Andreas Schober

Ein zweites Leben

Andreas Schober

Ein zweites Leben

Roman

Wir waren Teil einer Zeremonie, einer Predigt, einer neuen Religion. Alte Werften, Fabrikshallen, Diskotheken, Katakomben, Tunnel, Kellergewölbe und Höhlen waren die Gotteshäuser einer ganzen Generation. DJs und VJs predigten das programmierte Wort aus Beats und Loops und wir hingen an ihren Fingern wie Kinder an den Lippen eines begnadeten Geschichtenerzählers.
XTC war der Leib Christi und Laserlicht ersetzte sanften Kerzenschein.

Prolog

Ich gleite durch Raum und Zeit. Ein Körper ohne Geist, ein Geist ohne Körper. Ich bin ein Segelboot mit einem gebrochenen Masten, der Skipper über Bord gegangen, Spielball von stürmischer See und vollkommener Flaute. Rund um mich ist das Nichts und gleichzeitig werden binnen Sekunden Welten neu geboren. Aus einer schäumenden Gischt wachsen steile Klippen in den Himmel empor, werden von den wunderbarsten Gewächsen in ein farbenprächtiges Gewand gekleidet, nur um im selben Moment zu implodieren und genauso atemberaubend von der Oberfläche zu verschwinden, wie sie entstanden sind. Ich kämpfe den erbittertsten Kampf meines Lebens. Mein Gegner? Ich selbst - meine Gedanken und Erinnerungen. Je länger der Kampf dauert, umso mehr empfinde ich meinen Körper als leblose Hülle. Eine verschrumpelte, von braunen Flecken übersäte Frucht, die sich immer enger um ihren Kern zusammenzieht. Die fleischige Hülle zerfällt zu Staub, kehrt zu ihrem Ursprung zurück und der Kern ist allen äußerlichen Einflüssen vollkommen ausgeliefert. Ein holziges Stück Materie, scheinbar ohne Sinn und Zweck und doch trägt es alles Leben in sich. Der Kern ist die letzte Bastion. Ein Rückzugsort, um schlechte Zeiten abzuwarten. Dürre, Sturm und Kälte können der schützenden Hülle nichts anhaben. Im Inneren wartet das Leben auf seine Chance. Doch mein Kern wird angebohrt. Ein gieriger Wurm, mit rotierendem Fräswerkzeug in seinem Maul, dringt in mich ein. Mikrometer für Mikrometer arbeitet er sich vor. Er will meinen Lebenssaft schlürfen, er will meine Gedanken, kennt meine finstersten Abgründe und allesverzehrenden Ängste. Er will sie – gnadenlos.

„Deine Fantasie möchte ich haben“, schallt es in meinem Kopf.

Nur ein Geräusch, denke ich mir und konzentriere mich weiter auf meinen Gegner, der unaufhörlich an mir zerrt und auf mich einschlägt.

„Jetzt bin ich aber beleidigt. Nur ein Geräusch! Wo gibt es denn so etwas?“, empört sich die Stimme.

Ich halte nochmals kurz inne, um nach der Stimme zu lauschen. Wie bei einer Katze auf der Pirsch, bewegen sich meine Ohren hastig von einer Seite zur anderen, um auch nur das geringste Geräusch wahrnehmen zu können.

„So gefällt mir das schon besser“, singt die Stimme hörbar erfreut.

Es ist eine volle, majestätische und zugleich zutiefst niederträchtige Stimme. Himmel und Hölle, Licht und Schatten, Mann und Frau. Alles vereint in einer Stimme und doch zwieträchtig. Im selben Moment, als ich die Stimme wahrnehme und ihr meine Aufmerksamkeit schenke, lässt mein Gegner von mir ab und verwandelt sich in eine leblose Puppe, einen toten Boxsack.

„Wer bist du?“, frage ich ängstlich, aber neugierig.
„Ich bin du und du bist ich, sozusagen.“
„Das verstehe ich nicht“, erwidere ich.
„Das musst du auch nicht. Noch nicht.“
„Wie meinst du das?“
„Ich will damit sagen, dass wir beide noch sehr viel Zeit miteinander verbringen werden und nach und nach wirst du es schon lernen.“
„Was lernen?“ Ich bin verwirrt und fühle eine schleimige Verzweiflung meine Kehle hinaufklettern.
„Fragen über Fragen. Sollten wir uns nicht zuerst etwas besser kennenlernen?“, lispelt die Stimme mit einem süßlichen Unterton, der mich einlullt, als läge ich in einer riesigen Badewanne voller weicher Zuckerwatte.
„Schon, aber wo bist du, ich kann dich nirgends sehen.“
„Das macht nichts. Niemand kann mich sehen und hören kann mich außer dir auch niemand.“
„Soll das heißen, dass du nur in meinem Kopf existierst. In mir?“, will ich wissen.
„Wenn du es so ausdrücken willst, dann ja“, erwidert die Stimme.
Ein Schauer fährt mir über den Rücken. Angst krallt sich in mein Rückgrat.
„Du musst keine Angst haben. Ich bin bei dir. Ab jetzt wirst du nie wieder alleine sein“, höre ich die Stimme.
„Das will ich aber nicht“, klage ich verängstigt.
„Wie es aussieht, hast du keine andere Wahl, oder hörst und siehst du jemand anderen hier?“, zischt die Stimme merklich verstimmt.
„Ich will, dass du verschwindest und mich in Ruhe lässt!“, schreie ich verzweifelt.

„Leider kann ich dir diesen Gefallen nicht tun. Du hast mich gerufen und nun bleibe ich. Es gefällt mir in dir“, dröhnt die Stimme herrisch.
„Nein. Verschwinde!“, schreie ich lauthals.
Stille.
„Bist du weg?“, frage ich vorsichtig.
Nichts.
Plötzlich trifft mich ein Schlag hart von hinten und schleudert mich zu Boden.

Erster Teil

Jedes Ende ist ein Anfang

Am vierunddreißigsten Geburtstag meines Vaters kam es zum Eklat. Meine Eltern waren seit sechs Jahren verheiratet und nun schien sich die einstmals vor Gott und dem Staat geschlossene Verbindung in Rauch aufzulösen.
Sie waren vor ihrer Hochzeit schon fünf Jahre ein Paar gewesen, wobei sie sich zwischendurch für ein paar Monate getrennt hatten. Meine Mutter war um einige Jahre älter als mein Vater und ich glaube, sie zweifelten kurzfristig am dauerhaften Bestehen einer Beziehung unter solchen Vorzeichen. Mein Großvater pflegte immer zu sagen, dass der Mann älter sein müsse, damit die Eheleute emotional auf demselben Level seien. Männer werden in der Regel später reif als Frauen, halten sich dafür länger. Mein Großvater war ein echter Philosoph.
Bald fanden meine Eltern jedoch wieder zusammen. Altersunterschied hin oder her. Sie liebte seinen wilden Rauschebart und er konnte ohne die sommersprossige Frau nicht mehr leben. Zwei Jahre, nachdem ich als uneheliches Kind, als kleiner Unfall, geboren wurde, heirateten sie.

An besagtem vierunddreißigsten Geburtstag organisierte meine Mutter ein Fest für ihren Mann. Ich weiß nicht, ob sie die bevorstehende Katastrophe wirklich nicht kommen sah oder einfach nur stoisch und stur wie ein Esel auf den Untergang wartete. Sie spürte, dass etwas im Argen lag, konnte den dampfbeschlagenen Spiegel aber nicht trocknen, um klar zu sehen. Es waren Freunde und Verwandte eingeladen. Es wurde gegessen, gelacht und geflirtet. Unsere Wohnung, eine Dachgeschoßwohnung mit drei Zimmern und einem Balkon, von dem aus man nichts weiter sah als Wald, Wiesen und weit dahinter schroffe, licht bewaldete Bergspitzen, war in den Duft von schmelzendem Kerzenwachs und selbstgekochtem Chili getaucht. Im Hintergrund gaben CCR ihr Bestes, um gute Laune zu verbreiten, doch auch sie schafften es nicht gänzlich, diese Spannung, diesen dumpfen Schleier, der sich durch die Räume schlich, zu vertreiben. Es lag etwas Unsichtbares, Unfassbares, Verwirrendes in der Luft. Wie eine böse Vorahnung. Wie diese Gerüche, die von Zeit zu Zeit auftauchen, wenn man schläft, und nicht lokalisieren kann, wo deren Quelle ist. Bei näherer Betrachtung wurde klar, was dieses Gefühl bei den Gästen auslöste. Das Essen und Lachen folgte seinen angestammten Regeln. Das Essen nahm seinen Weg vom Teller über die Hand in den Mund der Person, der die Hand gehörte. Das Lachen galt Witzen oder komischen Bemerkungen und war durchaus fröhlich und ausgelassen. Da manche Gäste ziemlich tief ins Glas geschaut hatten und für reichlich Unterhaltung und Gesprächsstoff sorgten, wurde der wahre Grund für dieses seltsame Gefühl, diesen seltsamen ursprungslosen Geruch, schlicht und einfach übersehen. Es wurde geflirtet. Aber zwischen den falschen Personen. Wie Pakete, die an eine falsche Adresse geliefert

und heimlich behalten wurden, weil der Inhalt ein verlockendes Geräusch von sich gab, wenn man das Paket sanft und neugierig schüttelte.
Mit meinen acht Jahren war ich zwar der süßeste, aber auch der unwichtigste Teilnehmer dieses Festes. Dennoch merkte ich, dass hier etwas nicht stimmte. Alles wirkte künstlich. Jeder schien sich zu bemühen, eine Fassade aufrecht zu erhalten, die kurz vor dem Einsturz stand. Alle Darsteller dieser Farce hatten etwas Schemenhaftes. Schattenbilder. Manche versuchten ihr Unbehagen in Alkohol zu ertränken. Andere ignorierten das Offensichtliche. Und wieder andere warfen sich nervöse Blicke zu und fragten sich, ob sie etwas unternehmen sollten. Doch was konnte man gegen einen unsichtbaren Feind unternehmen?
Als es für achtjährige Jungs Zeit wurde schlafen zu gehen, brachte mich meine Mutter ins Bett wie jeden Abend, und dieses Ritual gab mir wieder das Gefühl, dass alles in Ordnung war. Sie gab mir einen Gute-Nacht-Kuss auf die Stirn, doch in dem Moment, in dem sie sich wieder von meiner Stirn entfernte, konnte ich im Halbdunkel des Raumes einen kurzen Blick auf ihr Gesicht erhaschen. Sie lächelte mich an wie liebende Mütter ihre Kinder anlächeln, bevor etwas Schlimmes passiert. Sie sah aus, als würde sie sich innerlich von einer guten Zeit mit reichen Ernten verabschieden und auf einsame Hungerjahre vorbereiten. Sie wirkte, als hätte sie eine böse Vorahnung, ohne es selber zu wissen. Ich war etwas erschrocken, doch überwog dieses kindliche Vertrauen in meine Eltern, sie würden schon keine Fehler machen und das Boot wieder in den Wind drehen und nicht in der Flaute verrecken lassen. Ich schlief ein. Immer wieder wachte ich kurz vom Lärm des Festes auf, dämmerte jedoch gleich wieder ein.

In einem Moment zwischen Wachen und Schlafen merkte ich, dass etwas anders war. Anfangs dachte ich, der Wald hinter dem Haus, in dem wir lebten, würde, dirigiert von einem nächtlichen Wind, ein melancholisches Konzert für mich geben, dessen Melodie durch das gekippte Fenster in mein Zimmer drang. Doch die Geräusche waren näher. Ich konnte leises Schluchzen und Wimmern wahrnehmen. Sogar mit meinen acht Jahren wusste ich, dass das keine Lieder waren, die auf der Setlist eines fröhlichen Festes standen. Ich öffnete meine schlaftrunkenen Augen einen Spalt weit und konnte vier Personen im Halbdunkel meines Zimmers ausmachen. Sie saßen am Boden und unterhielten sich aufgewühlt. Ich konnte nur Wortfetzen und Satzfragmente verstehen. Nicht mehr glücklich, ausziehen, wir haben uns verliebt, aber wieso, wieso, wieso? Immer wieder wieso? Irgendwann schlief ich wieder ein. Die Möglichkeit, dass sich meine Eltern trennen könnten, kam mir überhaupt nicht in den Sinn. Als Kind hat man ja keine Ahnung, was es bedeutet, eine Ehe zu führen oder sich scheiden zu lassen. Fuchur flog noch und die kindliche Kaiserin in mir hatte noch keine Träne vergossen.

Am nächsten Morgen erwachte ich mit einem flauen Gefühl im Magen. Ganz so, als hätte ich einen Albtraum gehabt. Ich hatte das Gefühl, als hätte ich in der Nacht einem seltsamen Ritual beigewohnt. Ich konnte mich aber nur noch an Schatten, die im Kreis beisammen saßen und irgendwelche Beschwörungen flüsterten, erinnern.
Wie jeden Morgen ging ich ins Schlafzimmer meiner Eltern um sie zu wecken oder noch eine Runde zu kuscheln. An diesem Morgen war der Hort der Wärme und Geborgenheit verlassen und kalt. Ich begann die

Wohnung nach meiner Mutter zu durchsuchen. Als ich sie weder in der Küche noch im Wohnzimmer fand, stieg ein leichtes Gefühl von Panik in meinem Brustkorb auf. Meine Schritte wurden schneller und ich begann, sie mit all meinen Sinnen zu suchen. Mein Gehörsinn führte mich zum Bad. Die Tür war verschlossen. Ich konnte nur den Wasserhahn gurgeln hören. Nichts Besonderes eigentlich und die aufsteigende Panik ließ wieder von meinem Brustkorb ab. Doch ich hörte noch ein weiteres Geräusch. Ein leises, aber stetiges Schluchzen. Sofort krallte sich die Panik wieder in meine Brust und nahm mir fast den Atem. Ich ging näher zur Tür und lauschte.
„Mama?“, flüsterte ich. Keine Antwort.
„Mama?“, fragte ich diesmal etwas energischer und bekam eine leise Antwort.
„Ja, ich komme gleich, zieh dich schon mal an, mein Kleiner“, antwortete meine Mutter.
Ihre Stimme klang fremd, zittrig, verbraucht, unglücklich. Sie strahlte nichts von ihrer gewohnten Wärme und Zuversicht aus.
Ich ging in mein Zimmer zog mir eine Jogginghose, mein Lieblingshemd, dicke Socken und meinen Sonntagsblazer an. Es passte nichts zusammen. Aber es war ja auch das erste Mal, dass meine Sachen nicht schon vorbereitet auf dem großen Sessel in meinem Zimmer lagen. In meinem fast schon avantgardistischen Aufzug setzte ich mich mit einem Glas Orangensaft an den Esstisch und wartete auf meine Mutter. Ich hatte Hunger, aber ich hatte keine Ahnung, wo ich etwas Essbares hernehmen sollte. Normalerweise stand immer schon ein Frühstück am Tisch, wenn ich mich an diesen Ort der Labung setzte. Ich wartete.
Ein paar Minuten später kam meine Mutter, stellte mir eine Schüssel Müsli mit frischen Beeren als Garnitur

vor die Nase und lächelte mich gequält an. Sie setzte sich neben mich. Ich erkannte sie fast nicht wieder. Es schien, als hätte sie über Nacht zehn Kilo an Gewicht verloren und die Ringe unter ihren Augen glichen den bläulich schimmernden Staub- und Nebelringen mancher Planeten.
„Wo ist Papa?“, fragte ich unschuldig und stopfte mir einen großen Löffel Müsli in den Mund. Die Beeren schmeckten süß und nach Wald. Ich liebte diesen Geschmack, nur diese kleinen Kerne in den Beeren hasste ich.
Nachdem ich die Frage gestellt hatte, sah ich, wie es ihr einen Stich versetzte. Ihre Augen wurden glasig und ihre Mundwinkel setzten zu einem Lächeln an, doch es war nur ein kläglicher Versuch, Zuversicht und Gelassenheit zu vermitteln. Sie driftete gedanklich ab und es dauerte ein paar Minuten, bis sie mir antwortete.
„Papa ist für eine Zeit nicht da und vielleicht kommt er auch nicht wieder.“
„Aha“, entgegnete ich.
Ich dachte, er sei wieder mal auf Geschäftsreise. Mein Vater arbeitete in der Baubranche und war oft wochenlang auf Baustellen in Deutschland oder Algerien. Ich fühlte zwar, dass diesmal etwas anders war, aber ich verstand die Tragweite der Aussage meiner Mutter noch nicht.
Die nächsten Wochen vergingen und ich hörte kein Sterbenswörtchen von oder über meinen Vater. Ich löcherte meine Mutter ständig mit der Frage, wann er denn wiederkommen würde, doch sie sagte nur, dass sie es auch nicht wüsste. Aber bestimmt bald.

Vier Wochen später kam mein Vater tatsächlich zurück. Aber es war nicht wie sonst, wenn er von einer Geschäftsreise heim kam. Er hatte mir kein Geschenk

vom Duty Free Shop mitgenommen und er wirkte nicht glücklich wieder hier zu sein. Er hatte sich anscheinend nicht aufs nach Hause kommen gefreut. Es lag eine schleichende Kälte in der Luft. Ganz so, als wäre irgendwo in der Wohnung ein Fenster offen, durch das ein sanfter, aber stetiger Luftzug seine Reise durch die Räume antrat. Nicht immer spürbar und doch vorhanden.
Allein die Tatsache, dass meine Eltern nun viel lauter als sonst miteinander redeten und meine Mutter ständig weinte, ließen mich erahnen, dass etwas im Argen lag. Dass mein Vater bei mir im Zimmer auf der Couch und nicht im Ehebett bei meiner Mutter schlief, bekräftigte diese Gefühle der Unsicherheit zusätzlich. Sie hatten Probleme. Das merkte sogar ich mit meinen wenigen Posten auf der Inventurliste des Lebens.

Eines Abends schlich ich mich aus meinem Zimmer und belauschte meine Erzeuger. Genau als solche empfand ich sie an diesem Abend. Sie hatten alle warmen und liebenden Züge verloren. Sie wirkten wächsern und unecht. Ich stand hinter der Ecke, an der das Vorzimmer in das Wohnzimmer überging und zitterte wie Espenlaub, so gespannt war ich. Ich durfte auf keinen Fall erwischt werden. Von Zeit zu Zeit wagte ich einen verstohlenen Blick um die Ecke und fuhr erschrocken zusammen. Der Anblick der beiden Gestalten, die dort auf unserer weinroten Samtcouch saßen, war befremdlich. Meine Mutter saß in sich zusammengesackt und mit verquollenen Augen neben meinem Vater. Er wirkte gefasster. Und doch war er ganz weiß im Gesicht und hatte tiefe Ringe unter den Augen. Die Szenerie wirkte für mich wie die Verurteilung Christi. Meine Mutter hatte sich der Entscheidung von Pilatus gefügt. Ich hatte genug gesehen und ging wieder in mein Zimmer, legte mich in mein Bett und zog die Bettdecke über die Nase. Die kleine Lampe auf meinem Nachtkästchen ließ ich an. Ich wollte schlafen und war mir sicher, wenn ich am nächsten Morgen erwachen würde, wäre alles nur ein schlimmer Traum gewesen. Von dieser Nacht an konnte ich jahrelang nicht ohne Licht schlafen. Das sanfte Leuchten nahm mir die Angst, die das erschütterte Vertrauen in meine Eltern nicht mehr vertreiben konnte.

Zum Glück wurde das Sorgerecht meiner Mutter zugesprochen. Da mein Vater schon immer viel unterwegs gewesen war, stellte seine Abwesenheit für mich keinen allzu großen Verlust dar. Im Grunde veränderte sich für mich nicht viel. Anfangs zumindest. Ich hatte ja noch eine Bezugsperson, die mir Sicherheit und Wärme bot. Das Leben meiner Mutter hingegen veränderte sich gewaltig. Eine blühende Landschaft nach einem Atomangriff. Sie wurde immer dünner, weinte oft und die Haare gingen ihr in Büscheln aus, als würde eine unsichtbare Hand Unkraut jäten. Sie war verlassen und mit einem Achtjährigen ihrem Schicksal überlassen worden. Sie saß vor einem riesigen Scherbenhaufen, der nicht vorhatte, in naher Zukunft das Weite zu suchen. Und dieser Scherbenhaufen begann sich nach und nach, wie eine ansteckende Krankheit, auch über mich auszubreiten. Ein sanfter Schatten legte sich über mein Leben, mein Gemüt. Eine dünne Staubschicht, die den Glanz einer polierten Oberfläche verhüllte.

Da meine Mutter nun alleinstehend war, musste sie sich einen Job suchen, um uns über die Runden zu bringen. Trotz des gesetzlichen Mindestbetrages an Alimenten, den mein Vater zahlen musste, reichte das

Geld hinten und vorne nicht aus. Er hatte nicht einmal den Anstand, sich ordentlich aus der Sache rauszukaufen.
Nach einiger Zeit bekam meine Mutter eine Anstellung in einer Einrichtung für geistig und körperlich behinderte Menschen. Für sie bedeutete dieser Job in der Abnormalität einen Schritt Richtung Normalität. Sie war von ihrem persönlichen Elend abgelenkt und konnte dabei noch anderen Menschen helfen – *tausche mein eigenes Elend gegen das Elend anderer.* Für mich bedeutete diese Veränderung, dass meine Mutter nicht mehr jeden Tag zu Mittag zu Hause war, wenn ich von der Schule kam. So begannen meine Jahre des juvenilen Vagabundenlebens. Ich wurde zu einem Familiennomaden.
Die meiste Zeit verbrachte ich bei meinem besten Freund. Nils war etwas größer als ich, hatte blonde, kurze und strubbelige Haare und ein paar Sommersprossen rund um die Nase. Er wohnte mit seinen Eltern und seinem älteren Bruder etwas außerhalb von unserem Dorf in einem großen Haus in Hanglage. Sein Vater war Koch und seine Mutter Hausfrau. Sie rasierte täglich ihre Augenbrauen, nur um sie sich gleich wieder mit einem Stift aufzumalen. Manchmal hatte ich Albträume von Gesichtern ohne Augenbrauen. Jeden Tag gab es eine Nachmittagsjause, die immer aus zwei leeren Semmeln und Verdünnsaft bestand. Meistens Himbeere-Zitrone. Ich habe nie begriffen, wie es möglich sein konnte, dass man in einem Haushalt, in dem einer der Elternteile Koch war, nichts Besseres als zwei trockene Semmeln zu essen bekam. Das muss einem doch in der Seele wehtun. Und wenn es mal was Ordentliches gab, dann immer, wenn ich nicht da war. Nils erzählte mir dann von Artischocken in Senfsoße oder kleinen Shrimps-Happen mit Safran.

Wenn ich der leeren Semmeln überdrüssig war, oder wieder einmal von augenbrauenlosen Gesichtern geträumt hatte, bekniete ich meine Mutter, den Nachmittag bei einer befreundeten schwedischen Familie verbringen zu dürfen. Allerdings war ich hier nur selten Gast, und das auch nur für kurze Zeit. Das war auch gut so, denn sonst hätte ich schon im zarten Jungenalter mein Herz verloren. Wahrscheinlich war ich der einzige Volksschüler weit und breit, der eine Beziehung mit einer schwedischen Blondine hatte. Wir hatten uns im Pausenhof der Volkschule kennen gelernt. Ich ging in die vierte Klasse und Greta in die zweite. Ihr Vater war Schiffskapitän und zog somit relativ oft mit seiner Familie um. Durch einen eigenwilligen Wind hatte es die Familie in mein Dorf verschlagen. Genauer gesagt in ein altes Bauernhaus etwas außerhalb des Dorfes. Mit Greta, ihrer Mutter, die köstliches schwedisches Blätterteiggebäck buk und mit Hanna, Gretas kleiner Schwester, verbrachte ich gemütliche Nachmittage. Im Grunde war für jede Alterstufe meines Ich eine geeignete Blondine im Sortiment. Greta war nett, aber der eigentliche Grund, warum ich meine Mutter anbettelte, in dem alten Bauernhaus sein zu dürfen, war Gretas Mutter. Die sexuelle Ausstrahlung einer älteren Frau, deren Mann tausende Kilometer entfernt war, gepaart mit den süßlichen Düften von Blätterteigschnecken, berauschte mich. Mindestens einmal wöchentlich brauchte ich eine Dosis. Anfangs versuchte ich, die Tarnung aufrecht zu erhalten, indem ich mit Greta Zeit verbrachte, doch je öfter ich den Bauernhof betrat, desto öfter ließ ich Greta und ihre Puppen links liegen und ging ihrer Mutter im Haushalt zur Hand.
„Du bist so ein netter Junge“, sagte Gretas Mutter eines Tages in ihrem nordischen Dialekt zu mir.

Ich wurde rot und schämte mich.
„Willst du mir helfen, die Schnecken zu rollen?“, fragte sie.
„Gerne“, antwortete ich schüchtern.
Bald war ich von oben bis unten mit Mehl angestaubt und hatte einen großen Fleck Vanillesauce auf meiner Hose. Als sie ihn sah, beugte sie sich vor mir hinunter und begann ihn mit einem Tuch wegzureiben.
„Das ist aber ein hartnäckiger Bursche!“, sagte sie zwischen zusammengepressten Lippen.
Als sie so unter mir hockte, konnte ich einen Blick unter ihre weiße Bluse erhaschen. Sie trug keinen Büstenhalter und die verschnörkelten, gestickten Blumen auf der Bluse warfen kleine Schatten auf ihre helle Haut. Ihre Brüste hatten schon etwas unter der Schwerkraft und den hungrigen Mündern ihrer Töchter gelitten, waren aber immer noch wohlgeformt.
Plötzlich hörte sie auf zu reiben und sah zu mir nach oben. Ich hatte das erste Mal in meinem Leben eine Erektion. In ihren Augen konnte ich sehen, dass sie sich einen Moment überlegte, ihn rauszuholen und etwas damit zu spielen. Ich stand wie gelähmt vor ihr und wagte kaum zu atmen. Mir war heiß und es tat weh. Sie kam wieder hoch, drückte mir eine schon gebackene Schnecke in die Hand und sagte mir, ich solle mich hier nie wieder blicken lassen. So stand ich mit einer Blätterteigschnecke in der Hand, meiner kleinen Schultasche am Rücken und einer Erektion in der Hose verloren vor der Tür des alten Bauernhauses. Ein Gefühl sagte mir, ich würde die Schnecken und die Blondinen vermissen.

Meinen Vater sah ich alle zwei Wochen. Er holte mich jeden zweiten Samstag im Monat mit seinem weißen VW Passat Kombi ab. Er fuhr dieses Auto nur, weil man die Rückbank umlegen und dann darin schlafen konnte. Ich mochte das Auto, nur den Geruch konnte ich nicht leiden. Es roch nach Verrat. Allein der Gedanke daran, dass mein Vater mit seiner neuen Frau in diesem Auto durch die Gegend fuhr, ließ mir die Galle überkochen und sauer die Kehle hinaufkriechen. Einmal fuhren mein Vater und ich nach Deutschland in irgendein Kaff, zu einem Dead Head Treffen. Wir rasten über die Autobahn und die Bäume flogen an uns vorbei, wie ein zu schnell abgespielter Film. Im Radio steckte eine Kassette von den Dire Straits. Mark Knopfler gab „Tunnel of Love“ zum Besten und die Klaviermelodie gegen Ende des Stückes wiegte mich in einen sanften Schlaf.

Seit seiner Schulzeit sammelte mein Vater Platten. Mitte der Siebziger Jahre gab es noch keine richtigen Plattenläden in Salzburg, doch er hatte Kontakte zu anderen Sammlern und wurde somit zu einem Platten-Kleindealer. Er bestellte die schwarzen Tonträger aus Amerika, verkaufte einige davon und finanzierte damit seine eigene Sammelsucht. Die Stones, CCR, Quicksilver, Dylan, alle gingen sie durch seine Hände. Und doch waren sie alle nur unwichtige Mätressen. Seine wahre Liebe, sein Heroin, seine Lieblingshure waren The Grateful Dead. Dem Bandleader Jerry Garcia verdankte ich sogar meinen Namen. Onkel Jerry wurde wie ein Familienmitglied behandelt und als er 1995 durch einen Herzinfarkt nach jahrzehntelanger Drogensucht starb, starb nicht nur ein Rocksänger. Es starben auch ein Teil von meinem Vater und mein Namenspatron.

Das Dead Head Treffen fand in einer Spelunke statt, die offiziell als Bikertreff und Truckerstation bekannt war. In Wirklichkeit hatte der Besitzer lediglich seinem zu groß geratenen Grateful Dead Tempel eine Küche

verpasst und konnte somit dem Fiskus einen gastgewerblichen Betrieb vormachen. Das hatte steuerliche Vorteile und lenkte von den illegalen Tätigkeiten des Wirts und seiner Gäste ab.
Im Keller, den man über eine alte, mit Steinplatten ausgelegte Wendeltreppe erreichte, spielte eine Coverband einen Hit der Dead nach dem anderen. Ich war fasziniert von den Gestalten, die hier herumliefen, standen und lagen. Während ich mir mit einem leicht angerosteten Löffel Pasta in den Mund schaufelte, stellte ich fest, dass alle Leute in diesem schäbigen, aber gemütlichen Keller etwas gemeinsam hatten. Sie waren Hippies. Alt-Hippies, Jung-Hippies, Geheim-Hippies, Hippie-Hippies und Hippie-Groupies. Mein Vater gehörte zu den Geheim-Hippies. Er hatte keine langen Haare, zog ein kühles Bier einem Joint vor und hatte fast immer Schuhe an. Er liebte einfach nur die Musik und das Artwork von The Grateful Dead.
Während die Band „Fire on a mountain“ zum Besten gab, setzte sich eine Frau neben mich auf die Holzbank. Als ich sie bemerkte, drehte ich mich ihr zu und erschrak fast zu Tode. Ihr Gesicht glich der Fratze einer einstmals schönen Frau. Ihre einst rückenlange, strohblonde Mähne hatte sich in ein Spinnennetz von grauen Strähnen verwandelt und ihre ehemals glatte Haut glich dem Grand Canyon.
„Na mein Süßer, gefällt dir die Show?“, fragte die alte Schabracke mit einer überraschend sanften Stimme.
„Ja“, antwortete ich kurz angebunden. Ich hatte mich von ihrem Anblick noch nicht erholt.
„Müssen Jungs in deinem Alter nicht schon im Bett sein?“, fragte sie weiter.
„Ich bin zehn. Und müssten sie nicht schon längst unter der Erde sein?“, blaffte ich das verwelkte Blumenkind an.

Die Frau brach in schallendes Gelächter aus und würgte einen dicken Klumpen Schleim aus den Tiefen ihrer Lunge nach oben, schmatzte kurz und schluckte. „Du gefällst mir“, lächelte sie und zündete sich eine Zigarette an.
Ich drehte mich wieder nach vorne und verfolgte das Geschehen auf der Bühne. Die Band hatte es auch nur in punkto Drogenkonsum auf das Level ihrer großen Vorbilder geschafft. Als der Bassist zum dritten Mal über das Gitarrenkabel des Sängers stolperte, leerte mein Vater sein Bier und schnappte mich fluchend an der Hand. Er schleifte mich über die Stufen nach oben und als wir am Eingang angekommen waren, drehte er sich um, kniete sich vor mir nieder und sah mir eindringlich in die Augen.
„Das waren nicht The Grateful Dead, verstanden! Nicht einmal annähernd. Das musst du wissen“, fluchte er außer sich.
Ich wusste nicht, was ich erwidern sollte. Er nahm mich an den Schultern und schüttelte mich, als wolle er Pflaumen aus einem Baum ernten.
„Verstanden?“
„Ja, verstanden“, sagte ich.
Wir gingen zum Auto, das etwas abseits der Spelunke zwischen parkenden Trucks stand, und zwängten uns in den Kofferraum. Ich schlief wie ein Baby in dem VW Passat Kombi. Irgendwie schaffte ich es, den Geruch und die damit verbundenen Erinnerungen auszublenden und mir vorzustellen, dass alles in Ordnung wäre. Keine Scheidung. Keine neue Frau. Einfach nur Normalität.

Solche Reisen, bei denen wir das ganze Wochenende zu zweit verbrachten, waren die Ausnahme. Normalerweise holte er mich Samstagmittag ab und wir fuhren

in die Wohnung in Salzburg, in der er mit seiner neuen Frau und deren zwei Kindern lebte. Von Anfang an mochte ich weder die Frau noch deren Kinder. Jedes Mal, wenn mein Vater Samstagmittag an unserer Wohnungstür klingelte, stellten sich mir die Nackenhaare auf. Ich hatte das Gefühl, ein Deportationskommando stünde vor der Tür und ich würde in ein Straflager abtransportiert werden.
„Bitte, bitte, lass nicht zu, dass er mich mitnimmt!“, bettelte ich meine Mutter an.
Ich konnte den Schmerz in ihren Augen sehen, als sie sagte, „Sei stark, mein Kleiner. Morgen Abend bist du wieder zu Hause und alles ist vergessen.“
Als die Klingel ihr schrilles Rufen ertönen ließ, atmete ich tief durch, nahm meinen kleinen Rucksack, hängte meine Seele an einen Kleiderhaken und eine leere Hülle öffnete die Tür für meinen Vater. Wenn sich die Blicke meiner Eltern trafen, wurde es um ein paar Grad kälter. Sie redeten kein Wort miteinander. In diesem Moment hasste ich sie beide. Als die Tür hinter mir und meinem Vater zufiel, hasste ich nur mehr ihn. Während der halbstündigen Autofahrt redeten wir nicht viel. Meinen Vater quälte das schlechte Gewissen und ich war damit beschäftigt, meine Rüstung für das kommende Gefecht anzulegen. Ich bereitete mich darauf vor, eine zweitägige Geheimschlacht zu schlagen. Es würde keine Verletzten geben, aber nach jeder Schlacht war ein kleiner Teil von meinem Ich gestorben.
Die neue Frau an der Seite meines Vaters und ihr nunmehriger Ex-Mann waren neben meinen Eltern die beiden anderen mysteriösen Gestalten an jenem schicksalhaften Abend des vierunddreißigsten Geburtstags meines Vaters in meinem Zimmer gewesen. Schauspieler in einem tragischen Akt, eines Stückes

namens Leben. Mit der Zeit begriff ich auch, was sich in diesen Stunden während des Festes zugetragen hatte. Mein Vater und die Frau offenbarten ihren Ehepartnern, dass sie eine Affäre hatten und gemeinsam leben wollten. Der Ex-Mann und mein Vater waren seit Jahren Arbeitskollegen gewesen. Bei irgendeiner Firmenfeier waren sich die Frau und mein Vater näher gekommen, ohne dass es ihre Partner bemerkt hatten. Ich wusste nicht, wie lange sie schon eine Affäre hatten. Alles, was ich wusste, war, dass ich jedes zweite Wochenende mit dem Verräterpaar und der Brut der Frau verbringen musste. Je öfter ich in diesem Schmierentheater die tragische Rolle des Patchworkfamiliensohnes spielen musste, desto mehr hasste ich die anderen Schauspieler. Immer öfter endeten die Aufführungen mit einem vorzeitigen Abbruch und einer hysterischen Szene der Frau. Ein rotes Gesicht mit sich weißlich verfärbenden, aufgeblähten Nüstern, irrationalem Geschrei und wilder Gestikulation. Bald kündigte ich mein Engagement und spielte nur mehr in Stücken mit, in denen mir sowohl Titel, als auch Darsteller zusagten.

Grüner Wald und Rock n`Roll

Meine Mutter schlich sich in mein Zimmer, um mich zu wecken. Sie öffnete behutsam die bunt gestreiften Vorhänge, um die Sonne in das kleine Zimmer zu bitten. Ich beobachtete sie. Als sie sich zu mir umdrehte, stellte sie zu ihrer Verblüffung fest, dass ich bereits putzmunter war. Ihre Verwunderung wuchs, als sie bemerkte, dass ich die Kleidung, die sie mir am Vorabend auf meinen großen Sessel gelegt hatte, bereits an hatte.
„Hast du etwa in den Sachen geschlafen?“, fragte sie mich erstaunt.
Ich nickte und zog mir die Decke über den Kopf.
Ich war seit Stunden wach und lag voll angezogen, ohne mich zu bewegen, damit nichts zerknitterte, im Bett. Ich hatte Angst. Es war der siebte September 1992, der Morgen meines ersten Schultages an dem Gymnasium, in das ich die nächsten neun Jahre gehen sollte. Die Schule, ein von Pfadfindern in den frühen Sechziger Jahren initiierter Schulversuch, lag gerademal zehn Minuten Autofahrt von dem Ort entfernt, in dem ich aufgewachsen war.

Der Ort, ein zweitausend-Seelen-Kaff fünfzehn Kilometer außerhalb von Salzburg, war seit dem Mittelalter

Dank seiner zahlreichen Wasserläufe von Mühlen übersät. An jedem Rinnsal stand eines dieser Gebäude, die ausgestattet mit hölzernen Mühlrädern und Mühlsteinen unaufhörlich Getreide in feines Mehl zerrieben. Die letzte Mühle quittierte 1967 ihren Dienst.
Ansonsten hatte der Ort nicht viel zu bieten. Einen schlecht ausgestatteten Bäcker, der mittlerweile sein Mehl mit Sicherheit aus einer der großen Getreidemühlen in Niederösterreich oder Wien bezog, eine überteuerte Autowerkstätte, die von einem glatzköpfigen und ganzkörpertätowierten Typen betrieben wurde (nur Gott weiß, was so einen Kerl in dieses Kaff verschlagen hat) und ein Gasthaus. Dieses allerdings war berühmt für seine Schnitzel. Die Speisekarte las sich wie der Reisebericht einer kulinarischen Weltreise, die man mittels Schnitzel als fliegendem Teppich bestritt. Indisches Schnitzel, gefüllt mit Gemüse, Curry und Sprossen, Griechisches Schnitzel gefüllt mit Schafkäse und Oliven, Paradies Schnitzel mit Pilzen und Nüssen und natürlich das weltberühmte Wiener Schnitzel.
Fernerhin boten das Dorf und seine Umgebung saftige, grüne Wiesen, an denen sich braun-weiß gefleckte Kühe satt fraßen, alte Mischwälder und Berge so weit das Auge reichte. Na ja, weit war das ja nicht, wegen der Berge.
Und auf eben so einem Berg, auf einem sonnigen Plateau, lag die Schule. Wenn ich an die schmale Straße dachte, die sich den Berg nach oben schlängelte, wie eine Anaconda, die gerade ihre Beute umschlingt, überlegte ich mir, wie die Pfadfinder damals diesen Platz gefunden haben mussten. Wahrscheinlich war der Oberfieselschweif mit seinen Schützlingen auf Wanderschaft, als er feststellte, wie unterbelichtet diese waren und beschloss, ihnen etwas Wissen einzutrichtern. Das

Hochplateau mit der herrlichen Aussicht auf einen See und die sich dahinter auftürmenden Kalkalpen schien ihm ein geeignetes Plätzchen gewesen zu sein, um sein Wissen weiter zu geben. Und die Schlucht, die von der gierigen Strömung eines sprudelnden Baches unterhalb des Plateaus über tausende von Jahren in den Fels gefressen worden war, war ihm sicherlich auch willkommen. Er konnte besonders bildungsresistente Schüler einfach über eine der vielen steilen Klippen der Schlucht stoßen, oder sich selbst, als letzten Ausweg, in die Tiefe stürzen. Alles in allem ein idealer Platz für eine höhere Bildungsanstalt. Keine störenden Reize von außen, nur Natur.

„So mein Kleiner, jetzt musst du aber wirklich aufstehen, sonst verpasst du noch den Schulbus", raunte meine Mutter etwas genervt, weil ich nicht unter der Decke hervor kommen wollte.
„Ich habe Angst", wimmerte ich.
Meine Mutter setzte sich an mein Bett, zog die Decke etwas nach unten, sodass gerade meine Nasenspitze herauslugte und sagte, „Du brauchst keine Angst zu haben. Und außerdem hast du dich schon so kess zurecht gemacht. Das sollen doch auch die anderen Schüler sehen, oder?"
Sie war unfair. Sie appellierte an meine Eitelkeit. Diese war zwar für meine zehn Jahre noch nicht sehr ausgeprägt, jedoch groß genug, um mich aus dem Bett zu treiben.
Ich verzehrte das Frühstück, das mir meine Mutter zubereitet hatte, wobei ich die Hälfte stehen ließ, putzte mir die Zähne und zog mir meine Schuhe an. Zum Abschied küsste mich meine Mutter auf die Stirn und schubste mich zur Tür hinaus.

Auf dem Weg zur Bushaltestelle war ich mehrmals kurz davor, kehrt zu machen, doch als ich Candy an der Haltestelle erspähte, fasste ich neuen Mut. Sie lebte mit ihrer älteren Schwester, ihrem noch ungeborenen Bruder und ihren Eltern in einem modernen Eckhaus unweit von unserer Wohnung. Ihr Vater war Banker und hatte graumeliertes Haar, das von einem Seitenscheitel in zwei ungleich große Hälften geteilt wurde. Er trug beharrlich Anzug und Krawatte. Auch in seiner Freizeit. Ihre Mutter hingegen hatte eine manchmal wild anmutende rote Mähne und schwor auf jede Form von Esoterik. Schon in der Volkschule hatte ich so manchen Nachmittag mit Candy und ihrer Familie verbracht. Das Essen war gut (keine trockenen Semmeln), und die kleinen Zankereien mit Candy waren belanglos, sobald ich einen Blick auf ihre ältere Schwester erhaschen konnte. Der Anblick dieses knochigen Mädchens, mit Zahnspange und der etwas zu spitzen Nase, ließ mein Herz höher schlagen. Candy war das genaue Gegenteil. Irgendwie sah sie aus wie ein übergroßes Bonbon aus einem Candy Shop (daher der Name). Ihre Lieblingsfarbe war definitiv Rosa in allen nur vorstellbaren Nuancen. Sie war um die Hüfte herum etwas dicklich, hatte dünne Beine, einen dünnen Hals und wieder große Füße und einen schwer wirkenden Kopf. Genau wie ein Bonbon in Verpackung. Dick, dünn, dick, dünn, dick. An Tagen, an denen sie guter Dinge war, durfte ich ihre schon recht ausgeprägten Brüste berühren. Sie meinte, das sei gut für das Wachstum der Kleinen. Ich dachte dabei an ihre Schwester. Obwohl es verstörend war, etwas Fleischiges in der Hand zu halten und an etwas Knochiges zu denken.

Als sie mich sah, winkte sie mir zu. Sie schien genauso erleichtert zu sein, ein bekanntes Gesicht zu sehen wie ich. Als ich an der Haltestelle angelangt war, schlang sie ihren Arm um meinen Hals, nahm mich in den Schwitzkasten und rubbelte mit ihrer Faust über meinen Kopf. Ich hasste es, wenn sie das machte, aber an diesem herbstlichen Morgen gaben mir die Wärme ihrer Achsel und ihr weicher, mädchenhafter Busen ein wohliges Gefühl von Geborgenheit.
„Na Jerry, siehst ein bisschen blass aus. Angst?“, spöttelte sie.
„Ein bisschen“, entgegnete ich, wobei ich genau wusste, dass sie mindestens so viel Angst hatte wie ich. Als wir in den Bus einstiegen, zeigte ich dem Fahrer stolz meinen Fahrausweis. Er war orange mit einem Foto meines Gesichtes drauf. Es war mein erster eigener Ausweis. Candy und ich setzten uns auf einen freien Platz in der Mitte das Busses.
Nach der zehnminütigen Fahrt durch den in verschiedensten Grüntönen schimmernden Wald, der die mäandrierende Bergstraße säumte, erreichten wir die Schule. Zwei oder drei Kinder hatten sich während der Fahrt übergeben und unter lautstarken Ekelbekundigungen stürmten alle aus dem gelben Schulbus, sobald dieser am Parkplatz vor der Schule gehalten hatte. Als wir zum Eingang der Schule marschierten, konnten wir hinter uns noch den Busfahrer fluchen hören, während er das Erbrochene (hauptsächlich Cornflakes und Milch) im Bus zusammenwischte.
Candy und ich kämpften uns durch die Innereien des Schulgebäudes, bis wir unser Klassenzimmer gefunden hatten. Obwohl an der Schule nur knapp dreihundert Schüler unterrichtet wurden, schienen mir die Gänge und kleinen Hallen des Schulgebäudes mindestens so überbevölkert zu sein wie die Salzburger Innenstadt

zur Festspielzeit. Neben der Tür unseres Klassenzimmers lächelte uns ein kleines weißes Schild, auf dem in großen schwarzen Lettern „1a" stand, einladend entgegen. Einige Schüler saßen bereits auf ihren kleinen Holzstühlen hinter den abgenützten Schreibtischen aus Buchenholz und beäugten uns neugierig. Ohne ein Wort zu verlieren, setzte sich Candy an einen freien Tisch und gab mir mit einer schnellen Handbewegung zu verstehen, dass ich mich neben sie setzen solle. Der Unterricht an diesem Tag reduzierte sich auf organisatorische Dinge und das Vorstellen der Schüler.

Die Schule wurde als Internat für Jungen und als Halbinternat für Jungen und Mädchen geführt. So kam es, dass in meiner Klasse Schüler aus Wien, Linz, Braunau und sogar Südtirol ihr Glück auf dem Bildungsweg versuchten. Von Anfang an gab es eine schier unüberwindbare Kluft zwischen internen und halbinternen Schülern. Die Internen lechzten nach dem Privileg von uns Halbinternen, jeden Tag nach Hause fahren zu können. Wohingegen einige recht früh entwickelte Halbinterne die Internen um die Freiheit, die sich scheinbar durch die Trennung von ihren Eltern ergab, beneideten. Als nach der ersten Stunde einer der internen Schüler heulend in einer Ecke stand, ging ein halbinterner Junge mit zerrissenen Jeans und fast schulterlangen Haaren auf das Häufchen Elend zu und blaffte ihn an: „Hör sofort auf zu flennen, du Sack. Sei doch froh! Ich muss heute wieder nach Hause fahren und mir von meiner Mutter alles, was Spaß macht, verbieten lassen. Du hast das große Los gezogen. Freiheit, Alter! Freiheit! Verstehst du!"

Der weinende Junge verstand nicht. Er sah sein Gegenüber verständnislos an und lief schluchzend davon. Als der kleine Rebell an mir vorbei ging, zuckte ich merklich zusammen, was ihm zu gefallen schien, denn

er grinste mich lausbübisch an und gab mir einen sanften Stoß gegen die Schulter. Ich war beeindruckt.
Am späten Nachmittag fuhren wir Halbinternen wieder mit dem Bus nach Hause. Ich kam etwas zu spät und als ich in den Bus einstieg, war nur mehr der Platz neben dem kleinen Rebellen frei. Niemand wagte es, sich neben ihn zu setzen. Ich blieb neben dem freien Platz stehen.
„Willst du da Wurzeln schlagen oder dich endlich hinsetzen?“, schnauzte mich der Junge an.
„Hinsetzen“, stammelte ich.
Er hatte einen Walkman von Sony dabei und stopfte sich gerade die Ohrstöpsel in seine Ohren, als er meinen neugierigen Blick wahrnahm.
„Willst du mithören? Gehört meinem Bruder. Hab mir das Teil heute ausgeliehen. Kennst du Guns n' Roses? Geile Band.“
„Ja gerne“, entgegnete ich. Ich wusste weder, wer Guns n'Roses war, noch was „geil“ bedeuten sollte. Die Musik gefiel mir und ich lächelte den Rebellen verlegen an. Unerwarteter Weise erwiderte er mein Lächeln.
In den folgenden Monaten wurden der Rebell und ich beste Freunde. Er wohnte mit seiner Mutter und seinem älteren Bruder – daher die Attitüde – in einem Dorf unweit des Kaffs, in dem ich lebte. Er wuchs ebenfalls ohne Vater auf. Allerdings waren seine Eltern nicht geschieden. Sein Vater war vor ein paar Jahren verunglückt. Aber das machte keinen Unterschied. Weg ist weg. Manchmal dachte ich, der Rebell hatte es sogar besser als ich. Er musste wenigstens nicht alle zwei Wochen in ein abnormales Parallel-Universum eintauchen, um seinen Vater zu sehen. Er konnte ihn immer in guter Erinnerung behalten, ohne dass dort irgendwelche Fratzen von neuen Ehefrauen und verrückten Kindern auftauchten und ihr Unwesen trieben.

Mittlerweile trug ich meine Haare fast so lang wie der Rebell und zu Weihnachten hatte ich ein Guns n'Roses T-Shirt und die beiden „Use Your Illusion“ Alben bekommen. Das T-Shirt war mein ganzer Stolz und die CDs rotierten im Dauerlauf in der veralteten Stereoanlage meiner Mutter. Die Lieder versetzten mich an fremde und abenteuerliche Orte. Speziell bei „You could be mine“ war dieses Phänomen sehr ausgeprägt. Nachdem ich *Terminator 1* das erste Mal gesehen hatte, ließ mich die Szene, in der John Connor, gemeinsam mit einem Freund, auf einer verrosteten Moto Cross von zu Hause abhaut, nicht mehr los. Die Verfolgungsjagd durch die Straßen der Stadt, verfolgt von einem außer Rand und Band geratenen Terminator, gepaart mit der Kraft dieses Liedes, bescherte mir jedes Mal aufs Neue eine Gänsehaut.

Meine Mutter verfolgte diese Entwicklung nicht ohne Argwohn. Ich glaube, sie war erleichtert, dass ich einen Freund hatte und in der neuen Schule zurecht kam. Doch gleichzeitig schien sie das Gefühl zu haben, die Kontrolle über mich zu verlieren. Seit ich in das Halbinternat ging, hatte sie wieder ganztags zu arbeiten begonnen und wir sahen uns nur mehr abends. Ich verlor zusehends das Bedürfnis, ihr von meinem Leben zu erzählen und so verbrachten wir die Abende großteils schweigend vor dem Fernseher und verputzten eine Schachtel Kekse, bis wir vor der Flimmerkiste einschliefen. Sie auf dem alten, moosgrünen Ohrensessel und ich auf der weinroten Samtcouch. Die Couch erinnerte mich zwar an meinen Vater, aber da sie so gemütlich war, ging ich den Kompromiss ein. Ein paar Sekunden an meinen Vater denken und dafür stundenlang wie ein alter Kater in der Sonne auf einem weichen Rasen liegen.

Seit der Scheidung hatte ich von Zeit zu Zeit Albträume. Schweißgebadet wachte ich auf und wenn ich nicht wieder einschlafen konnte, schlich ich in das Zimmer meiner Mutter. Das war das letzte Zugeständnis an meine Kindheit meiner Mutter gegenüber. Ich kroch vom Bettende aus zu ihr unter die Decke, ohne sie zu wecken und rollte mich ein, wie ein Husky in einem Wintersturm.
Die Albträume häuften sich gegen die Wochenenden hin, die ich bei meinem Vater verbringen sollte. Die Träume waren eher verstörend als beängstigend. Eines Nachts wachte ich nass geschwitzt auf. Ich wollte schon aufstehen und wie immer nach so einem Traum zu meiner Mutter gehen, als ich feststellte, dass etwas anders war. Ich fühlte mich zittrig, doch fühlte sich meine Haut warm und weich an und bei jeder Berührung breitete sich Gänsehaut über meinen Körper aus, wie eine sanfte Welle über einen nächtlichen Strand. Ich schloss die Augen und ließ meine Finger über meine Brust und meinen Bauch gleiten. Als ich über meine Unterhose strich, merkte ich, dass sie an einer Stelle ganz feucht und klebrig war. Ich schaltete die kleine rote Lampe auf meinem hölzernen Nachttischkästchen an und lugte unter die Decke. Direkt, wo sich mein Penis in der Unterhose eingebettet hatte, war der Fleck. Ich war angeekelt und fasziniert zugleich. Ich zog die Unterhose aus und roch an dem Fleck, um zu sehen, ob ich mir in die Hose gemacht hatte oder ob der Fleck etwas anderes bedeutete. Es war kein Urin. Ich versuchte mich an den Traum zu erinnern.

Es war ein warmer Tag. Der Himmel war von dünnen, fast durchsichtigen Wolken verschleiert. Der weiße VW Passat Kombi wartete vor der Tür unseres Wohnhauses. Es war Vater-Wochenende. Ich ging durch das

Stiegenhaus nach unten, aus der Haustüre hinaus, öffnete die Tür des Wagens, die immer etwas klemmte und setzte mich neben meinen Vater. Unsere Blicke trafen sich kurz. Er legte einen Gang ein und wir fuhren los. Bei der großen Abzweigung, an der wir sonst immer rechts fuhren, bogen wir dieses Mal links ab. Ich sah zu meinem Vater, der aber keine Anstalten machte zu wenden. Er reagierte gar nicht. Einer Wachsfigur gleich, die mich scheinbar willenlos an einen bestimmten Ort bringen sollte. Nach einer Weile erkannte ich, dass wir die kurvige Straße zu meiner Schule hinauf fuhren. Allerdings war der Wald nicht so schön grün und friedlich, wie ich ihn kannte. Die Farben wirkten blass und eine unfassbare Unruhe lag in der Luft. Je näher wir der Schule kamen, desto intensiver wurde dieses Gefühl. Als wir um die letzte enge Kurve, vorbei an dem kleinen Felsen fuhren, der das Schulgebäude bis zum letzten Augenblick verdeckte, erblickte ich einige Häuser. Sie ähnelten den verschiedenen Schul- und Internatsgebäuden meiner Schule, wirkten jedoch viel kleiner, als ich sie Erinnerung hatte. Eines der Gebäude glich dem Holzhaus, in dem mein Vater und seine neue Anhängerschaft seit kurzem lebten. Das Haus war jedoch schäbig und abgewohnt. Mein Vater hielt vor dem Haus und wir stiegen aus dem Auto aus. Er ging wie ferngesteuert auf das Gebäude zu und ich folgte ihm. Ich konnte nicht anders. Mein Körper verweigerte sich meinem Willen. Nun wurde mir auch klar, wo das Herz der Unruhe schlug, die ich schon die ganze Zeit spürte. Es war das Haus. Es vibrierte und strahlte eine seltsame Energie aus. Mein Vater öffnete die Tür und wies mich an einzutreten. Ich tastete mich vorsichtig durch die Tür und stellte fest, dass ich mich in meinem Klassenzimmer befand. Der Raum war bis auf einen kleinen Holztisch, einen dazugehörigen Sessel und das Lehrerpult leer. Ich drehte mich einmal im Kreis und als ich wieder meine Ausgangsposition erreicht hatte, saß plötzlich eine Frau hinter dem Lehrerpult. Ich hatte das Gefühl, dass es meine Mathematiklehrerin war, allerdings sah sie aus wie die neue Frau meines Vaters. Sie hatte eine strenge Hochsteckfrisur, die ihre fleischigen Wangen noch mehr betonte. Obwohl sie ein dunkelgraues Kostüm und eine weiße Bluse trug, sah sie schlampig aus. Ihr Lippenstift war etwas verschmiert und an ihren Wimpern hatten sich kleine Klümpchen von Wimperntusche gebildet. Als ich auf sie zuging, verwandelte sich das Weiß ihrer Bluse in ein intensives Rot. Mit einem Fingerzeig befahl sie mir, mich zu setzen. Ich saß auf dem kleinen Sessel und war hin- und hergerissen zwischen Abscheu und Begierde. Sie stand auf und ging auf mich zu. Sie trug keinen Rock und keine Unterwäsche. Ich konnte ihren dichten, schwarzen Busch sehen. Beschämt sah ich weg. Sie kam näher und setzte sich mit gespreizten Beinen vor mir auf den Tisch. Ihre Oberschenkel wirkten weich und ein bisschen fett. Ihre Bluse öffnete sich wie von Geisterhand und ihre Brüste sackten aus ihrer Hülle, wie zwei Walrösser, die sich auf einen von der Sonne aufgeheizten Strand fallen ließen. Sie fixierte mich mit ihrem Blick, nahm meine Hand und ließ mich ihren Busch berühren. Er fühlte sich borstig und hart an. Ich spürte einen angenehmen Schmerz und sah, wie mein Blut auf ihre Schenkel tropfte.

Von diesem Tag an kroch ich nie wieder zu meiner Mutter ins Bett.

Meine neue Schule hatte einen sehr guten Ruf zu verteidigen, und so wurden während der ersten Schuljahre

alle Schüler mit auffälligem Verhalten oder eindeutigen Lernschwächen ausgesiebt und der Schule verwiesen. Aus meiner Klasse erwischte es im ersten Jahr zwei Jungen.
Einer der beiden, ein Internatsinsasse mit Bürsten-Haarschnitt und einem Körper, an dem weniger Fleisch war als an einem afrikanischen Flüchtlingskind, hatte versucht, sich an der Türklinke seines Zimmers zu erhängen. Es hätte wahrscheinlich sowieso nicht geklappt, sich so zu erhängen und da er von einem der Erzieher dabei erwischt wurde, werden wir es nie erfahren. Jedoch wurden seine psychischen Probleme an den Tag befördert, wie ein tief vergraben geglaubtes Geheimnis und schon am nächsten Tag holten ihn seine Eltern ab.
Der zweite Junge verspürte das dringende Bedürfnis, seinen Penis in alle möglichen Öffnungen zu stecken. Eines Tages führte er seinen elf Jahre alten Schwanz in eine Colaflasche ein. An und für sich kein Problem. Als der Penis allerdings anschwoll und den engen Flaschenhals vollständig ausfüllte, wurde die Sache schmerzhaft und erniedrigend.
Eine lustige Vorstellung: Penis in der Flasche. Wie diese Modellboote, die kunstvoll in hübschen Glasgefäßen vor Anker liegen. Ich fragte mich jedes Mal, wenn ich eines dieser Wunderwerke sah, wie das Boot in die Flasche kam. Bei einem Schwanz ist das ja recht einleuchtend. Man nehme einen Penis in nicht eregiertem Zustand, stecke ihn in eine Flasche und warte, bis er anschwillt. Penisse machen das ja auch vor Schreck oder Angst und nicht nur aus sexuellen Gründen. Fertig ist der Penis in der Flasche.
Der Junge steckte fest und der Erzieher, der als menschlicher Korkenzieher fungieren musste, verfluchte den Tag seiner Geburt. Oder die des Jungen.

Ich weiß es nicht. Auch dieser Junge verließ die Schule auf der Rückbank des elterlichen Wagens.

Mädchen interessierten mich nur peripher. Ich hatte zwar die eine oder andere Freundin, doch mehr als Briefchen schreiben und Händchen halten war nicht drinnen. Diese kleinen, mit Gebärmüttern und Brustansätzen ausgestatteten Wesen machten mir Angst. Glücklicherweise hatte ich in meinem Großvater eine starke Männerfigur in meinem Leben. Er half mir und meiner Mutter finanziell und mental, die schwere Zeit nach der Scheidung zu überstehen und trug viel dazu bei, dass aus mir kein emotional völlig verkrüppelter Irrer, sondern ein normaler Jugendlicher wurde. Ich verbrachte einen Großteil meiner Ferien, egal ob Sommer-, Semester-, Oster- oder Weihnachtsferien bei ihm. Er lebte in einer pittoresken Stadt, in einem gemütlichen Haus mit grünen Fensterläden, direkt an einem Fluss. Es war der ideale Spielplatz für einen kleinen Abenteurer. Mit den Nachbarkindern, Richi, seiner Schwester Becks und Fatboy verbrachte ich jeden Tag am Fluss. Wir hatten uns eine recht ansehnliche Schabracke aus Altholz mit Aussichtsposten und Strickleiter zusammengenagelt, von der aus wir Robin Hood und Little John beim Kampftraining beobachteten, fuhren am Fluss mit dem Kanu neben Captain Hook her oder badeten gemeinsam mit Mogli in dem klaren, grünlich schimmernden Nass.
Die meiste Zeit war ich alleine bei meinem Großvater, da meine Mutter arbeiten musste. Er lebte für sich in dem großen Haus, das er in den fünfziger Jahren im Schweiße seines Angesichts gebaut hatte. Stein für Stein. Brett für Brett. Nagel für Nagel.
Meine Großmutter war vor ein paar Jahren gestorben und seitdem hatte mein Großvater gelernt zu kochen,

zu waschen, zu putzen und seinen Enkel zu versorgen. Ich liebte die Zeit bei ihm. Wir waren beste Freunde. Er war selber nicht immer ein Engel gewesen und so ließ er mir dementsprechend viele Freiheiten. Außer den Essenszeiten, acht Uhr morgens, zwölf Uhr mittags und sechs Uhr abends, gab es keine festen Zeiten, an die ich mich halten musste. Keine fixen Schlafenszeiten oder solchen Fantasie begrenzenden Kram. Oft saßen wir einfach gemeinsam auf dem Balkon oder auf der Terrasse und schauten in die Luft. Ein alter Mann und ein Kind haben sich in der Regel nicht unendlich viel zu erzählen und so begnügten wir uns mit einvernehmlichem Schweigen. Aber gemeinsam in die Luft sehen konnten wir perfekt. Es war ein herrliches, friedliches Gefühl. Zwei Menschen in verschiedenen Stadien ihres Lebens. So einfach. Er rauchte seine Pfeife, trank Wein und ich aß Kekse. Jedem das Seine. Dem Alter entsprechend.
In gesprächigeren Momenten brachte er mir allerlei blöde Sprüche bei, wie „Frauen haben keine Grütze" oder „Das schönste an der Gartenarbeit ist das Gießen". Manchmal erzählte er mir vom Krieg. Obwohl es ein morbides Thema und für einen kleinen Jungen ein ungewöhnlicher Gesprächsstoff war, faszinierten mich seine Kriegsgeschichten. Wahrscheinlich, weil sie die gleiche Sinnlosigkeit und Verzweiflung widerspiegelten, die ich nach der Scheidung meiner Eltern empfand.

Mein Großvater wurde am ersten Oktober 1941 eingezogen. Im Februar 1942 wurde er nach Russland geschickt. Ohne zu wissen, auf wen oder was er sich einließ, verließ er als ältestes von elf Kindern den elterlichen Bauernhof und zog in den Krieg. Als Bauernsohn, der in einem ländlichen Dorf aufgewachsen war, bedeutete die Einberufung nicht nur Krieg, son-

dern auch Abenteuer. Er würde eine neue Welt sehen, ohne zu wissen, dass er Teil einer Maschinerie wurde, die dabei war, die alte Welt zu zerstören. An der Front in Russland ereilte ihn dasselbe Schicksal wie tausende andere junge Männer. Er wurde verwundet.
Ein russischer Heckenschütze nahm ihn von einem Baum aus ins Visier und zielte. Peng. Daneben.
„Verdammt", fluchte der Russe und legte neu an.
Mein Großvater warf sich hinter den nächstbesten Mauerrest und wartete. Er wagte kaum zu atmen. Trotz der Eiseskälte lief heißer Schweiß über seine Stirn. Er wartete. So hatte er sich seine Reise in die östliche Welt nicht vorgestellt. Seit Monaten kauerte er in schlammigen, stinkenden Schützengräben, ernährte sich von Essensresten, die zu Hause am Bauernhof jedes Schwein verweigert hätte und trug Stiefel und Socken von Toten. Der russische Winter war erbarmungslos und trug das seine zu der beschissenen Stimmung unter den Soldaten bei.
Mit zitternden Händen drehte er sich eine Zigarette aus Zeitungspapierresten und irgendeinem Kraut, das ihm eine alte Bäuerin als Tabak verkauft hatte. Gerade als er die erste Rauchschwade in den Himmel blies, schlug eine weitere Kugel nur wenige Zentimeter neben ihm ein.
„Ha, daneben, du Hurensohn", schrie er seinem Gegner entgegen.

Mit der Zigarette im Mundwinkel legte er sein Gewehr auf die Mauer und zielte in Richtung seines Feindes. Gerade als er hoch genug über der Mauer war, um seinen Widersacher ins Visier zu nehmen, spürte er einen stechenden Schmerz in der rechten Schulter. Seine Finger lösten sich erschlafft vom Schaft der Waffe und er sank hinter seine kleine Schutzmauer. Jeder Atemzug

brannte in seinen Lungen wie der russische Schnaps, den er mit seinen Kameraden trank, um sich die Zeit zu vertreiben und den Kummer zu ersäufen. Sein Blut färbte den unschuldigen Schnee purpurn.
„Ha, getroffen, du Hurensohn“, triumphierte der Russe. Doch sein Jubel war nur von kurzer Dauer, denn gerade als er von dem Baum steigen wollte, auf dem er sich seit Stunden verschanzt hatte, um seinem angeschossenen Feind den Gnadenstoß zu geben, kam ein Trupp österreichischer Soldaten. Sie hatten die Schüsse gehört und suchten ihren vermissten Kameraden. Der Russe hatte Glück, denn einer der Soldaten, mit einer langen Narbe über dem linken Auge, hörte ein leises Stöhnen hinter einer kleinen Steinmauer. Das Stöhnen lenkte den Trupp von dem Russen ab, der leise von seinem Aussichtspunkt glitt und mit der Landschaft verschmolz.
„Still“, befahl der Soldat mit der Narbe. „Hört doch!“
Die Männer lauschten mit gespitzten Ohren. Nichts. Dann wieder ein leises Röcheln.
„Habt ihr das gehört?“, fragte er.
„Ja“, versicherte ein ziegengesichtiger Soldat. „Es kommt von da drüben“, und zeigte in Richtung der kleinen Steinmauer.
Die Soldaten liefen zu dem zerschossenen Schutzwall und fanden ihren Kameraden.
„Er atmet noch“, stellte einer der Soldaten fest.

„Achtung, er ist hinter euch in dem Baum da drüben“, keuchte mein Großvater, bevor er ohnmächtig wurde. Die alarmierten Männer eröffneten sofort das Feuer und durchsiebten die alte Eiche, doch der Russe hatte schon das Weite gesucht.
„Wir müssen ihn sofort ins Lazarett bringen, sonst verblutet er“, schrie der Soldat mit der Narbe.

„Ja, schnell“, riefen seine Kameraden im Chor.

Mein Großvater wurde von einem Jucken in seiner Schulter geweckt. Er wusste nicht, wo er war. Er wusste nur, dass er den Verstand verlieren würde, wenn er nicht augenblicklich etwas gegen das Jucken unternehmen würde. Nur war seine Schulter unter einem dicken Gips begraben und so konnte er sich keine Erleichterung verschaffen. Auf einem Nachttisch neben dem Bett lag ein Klemmbrett mit einem Bleistift darauf. Er versicherte sich, dass ihn niemand beobachtete, griff sich den Stift und bohrte ihn so tief er konnte unter den Gips. Ein tiefes Stöhnen der Erleichterung verließ seinen Mund und er rührte mit dem Stift unter seinem Gips herum, wie ein Chefkoch in einer dicken Suppe. Als er den Stift unter dem Gips herauszog, entdeckte er eine weiße Masse, die an der Spitze klebte. Anfangs dachte er, es sei Eiter, doch als sich der kleine Klumpen zu krümmen begann, wurde ihm übel. Er begann zu schreien und zu fluchen.
„Verdammte Scheiße. Wo bin ich hier und was ist mit meiner Schulter los? Ist hier niemand in diesem verdammten Drecksloch!“, donnerte er.
Er versuchte aufzustehen, doch im selben Moment durchzuckte ein Blitz seine Schulter, ihm wurde schwarz vor Augen und er fiel zurück in sein Bett.
Mit einem kratzenden Geräusch wurde der Vorhang, der um sein Bett errichtet worden war, zur Seite geschoben und ein dünner, hochgewachsener Mann, mit strengem Seitenscheitel und einer abgebrannten Zigarette im Mundwinkel, stand plötzlich knapp neben seinem Bett. Zu knapp. Sein Atem roch wie ein Räucherofen und sein Kittel war über und über mit Blut bespritzt.

„Aha, unser Patient ist munter. Welche Ehre. Wie fühlen wir uns denn?“, fragte der Arzt mit einem sarkastischen Unterton.
„Wie wir uns fühlen, wie wir uns fühlen? Ich fühle mich beschissen, aber ich glaube, die Maden in meiner Schulter fühlen sich wie im beschissenen Schlaraffenland“, schnauzte mein Großvater den Arzt an.
„So gefällt mir das. Sie scheinen das Schlimmste überstanden zu haben“, grinste der Arzt. „Dann werden wir den Gips entfernen und sehen, ob unsere kleinen Freunde gute Arbeit geleistet haben.“
„Das sind doch nicht wirklich Maden unter dem Gips, oder?“, fragte mein Großvater ungläubig.
„Doch“, antwortete der Arzt, „Und sie haben Ihnen das Leben gerettet“.

Trotz der Albträume, die ich durchlebte, nachdem mir Großvater eine seiner Geschichten erzählt hatte, bekam ich nie genug von seinen Abenteuern.
Ähnlich ging es mir mit dem anderen Geschlecht. Ich wollte zwar alles über Mädchen wissen, doch sobald sich eine wahre Chance dazu bot, rutschte mir mein Herz in die Hose und ich trat einen strategischen Rückzug an. Mit einem Mädchen machte ich sogar Schluss, weil sie mich küssen wollte.
Wir waren dreizehn Jahre alt. Sie hieß Anne und kam aus der Stadt, in der mein Großvater lebte. Sie war eine Freundin von Becks. Eines Tages entdeckte ich sie, wie sie am Flussufer saß und ins Wasser starrte. Ich schlich mich von hinten an sie heran und legte meine Hände über ihre Augen. Sie zuckte erschrocken zusammen und fuhr mich wütend an, „He, du Arsch, spinnst du?“
„Sorry, was machst du denn hier?“, fragte ich unschuldig.
„Ich sitze einfach nur gerne hier und schaue aufs Wasser“,

antwortete sie, „Und ich habe gehofft, dich zu sehen", fügte sie verlegen hinzu.
„Darf ich mich zu dir setzen?", fragte ich, obwohl ich die Antwort schon wusste. Wenn man bei Frauen erfolgreich sein wollte, musste man immer höflich und ständig auf der Hut sein, sagte mein Großvater. Und da ich ihn noch immer für einen großen Philosophen hielt, befolgte ich seinen Rat.
„Ja, sehr gern", und sie schenkte mir ein unwiderstehliches Lächeln.
Es war nicht dieses, „Wollen-wir-vögeln-Lächeln", das erwachsene Frauen anwenden, um Männer zu etwaigen Spielen zu verführen. Nein, es war das unschuldige Lächeln einer Dreizehnjährigen, die in einen Jungen verliebt war und zu schüchtern war, es ihm zu sagen.
Die nächsten Tage verbrachten wir jede freie Minute miteinander. Wir lagen in der Sonne oder ließen uns mit dem Kanu den Fluss hinab treiben. Die Wellen schlugen sanft gegen das Boot und an manchen Stellen gurgelte das Wasser, als wolle es uns eine Serenade vortragen. Nach einiger Zeit setzte sie sich auf meine Seite des Bootes und lehnte ihren Kopf an meine Schulter. Es war der Moment, in dem ich unsere jugendliche Beziehung einen Schritt weiter führen hätte können, stattdessen versaute ich ihn und zertrampelte unbewusst den Spross ihrer Zuneigung. Anstatt sie zu küssen, setzte ich mich an das andere Ende des Bootes und begann voller Inbrunst zu rudern, als müsste ich uns vor einer Flotte wütenden Wikinger in Sicherheit bringen. Ich konnte in ihrem Blick Enttäuschung ausmachen, doch da war noch mehr. So etwas wie Verständnis und Mitgefühl. Ich war einfach noch nicht so weit und sie verstand es.
Jahre später erfuhr ich, dass sie nach einer ausschweifenden Teenagerzeit ins Kloster gegangen war. Sie

hatte sich das, was ich ihr verweigert hatte, in den unterschiedlichsten Formen und Stellungen von den verschiedensten Typen geholt. Bei einem dieser Verlierer hatte sie sich mit HIV angesteckt und kurze Zeit später beschlossen, den Rest ihres Lebens in einem Haus Gottes zu verbringen. Allerdings nicht, weil sie plötzlich gläubig geworden war und für ihr Seelenheil beten wollte oder sich als Sünderin fühlte. Nein. Sie tat es schlicht und einfach, um die Männer von ihr und sich selbst von den Männern fern zu halten. Eigentlich hasste sie Gott dafür, dass er ihr die Bürde dieser beschissenen Krankheit auferlegt hatte, doch ein Kloster ist nun einmal einer der besten Orte auf der Welt, um abstinent zu leben.
Lange Zeit verkörperte sie meine erotische Fantasie einer gefallenen Dienerin Gottes. Unter ihrer schwarzen Nonnentracht trug sie ausschließlich gelbe Reizwäsche. Ich fragte mich, wo eine Nonne Unterwäsche wie diese auftrieb. Außerdem hatte sie nur mehr einen Arm. Sie hatte den anderen bei einem tragischen Unfall im Kloster verloren. Der Wein in diesem Jahr schmeckte etwas ferrytisch. Den gesunden Arm konnte sie allerdings perfekt dazu einsetzen, mir einen runter zu holen. Wahrscheinlich war ihre Unterwäsche in meiner Fantasie deshalb immer gelb, weil sie mich, wenn sie mich mit ihrer übrig geblieben Hand befriedigte, an eine dieser einarmigen Zitronenpressen erinnerte. Der lange Hebel verrichtete seine Arbeit gewissenhaft und quetschte den Saft, bis auf den letzten Tropfen, aus den sauren Früchten.

Am ersten Tag des vierten Schuljahres sah ich den Rebellen das erste Mal seit zwei Monaten wieder. Wir hatten uns die ganzen Ferien über nur einmal gesehen und das gleich am Anfang. Mittlerweile hatte er sich

die Haare auf einer Seite des Kopfes abrasiert und den Rest auf die andere Seite gekämmt. Er trug schwarze Doc Martens Stiefel mit roten Schuhbändern, zerrissene Jeans und ein ausgeleiertes T-Shirt. Sein Aufzug zog die Blicke der Lehrer auf sich, als würden sie an einem Unfall vorbei fahren und sich fragen, ob sie einen der Beteiligten kannten. Der Rebell freute sich über die Blicke und starrte jeden seiner Betrachter so lange an, bis dieser beschämt oder angeekelt zu Boden blickte und seines Weges ging. Er hatte sich nicht nur äußerlich verändert. Er war noch rebellischer und aufsässiger geworden. Er machte ständig Ärger im Unterricht und begann des Öfteren, dem langweiligen Unterricht ein paar Freistunden vorzuziehen. Eines Tages fragte er mich in der großen Pause, ob ich mit ihm nach Salzburg fahren möchte. Wir standen in einer abgelegen Ecke des Pausenhofs, als er sich eine Zigarette ansteckte und mich fragte, „Ich werde jetzt abhauen und in die Stadt trampen. Kommst du mit?“ „Wir können doch nicht einfach den Unterricht schwänzen. Was willst du überhaupt in der Stadt machen?“, fragte ich unsicher.
„Sicher können wir das. Scheiß auf die ganzen Typen hier. Was willst du denn noch von denen?“, schnauzte er zurück.
„Ich weiß auch nicht. Aber ...“
„Aber, aber. Du bist genau so ein angepasster Arsch wie die alle hier. Ich hau jetzt jedenfalls ab. Kommst du mit oder nicht?“
„Ich weiß nicht.“
Er schnipste die Zigarette wütend auf den Boden und fauchte mich an, „Mach doch, was du willst, du Arsch. Ich bin weg.“
„Hey, warte doch“, versuchte ich ihn aufzuhalten, doch er war schon unterwegs Richtung Straße und gab

mir mit einer eindeutigen Geste zu verstehen, dass ich mich verpissen sollte.
In den nächsten Wochen kam er immer seltener in die Schule und wenn er da war, legte er sich mit jedem Lehrer an. Eines Tages wurde er von unserem Klassenvorstand mit Marihuana erwischt. Er hatte das Gras am Bahnhof in Salzburg gekauft und in seinem Rucksack vergessen. Als er eine Entschuldigung für einen seiner vielen Fehltage aus der Kopftasche seines Rucksackes fischen wollte, fiel ein mit Gras gefülltes Säckchen auf den Boden. Er versuchte noch das Säckchen unauffällig aufzuheben, doch die Hand unseres Klassenvorstandes war schneller.
„Was haben wir denn hier?"
Der Rebell wurde rot und stotterte, „Das gehört nicht mir. Das hat mir jemand untergeschoben!"
„Natürlich, untergeschoben. Und du hast auch keine Ahnung, was das ist, oder?"
„Äh, nein ..."
Unser Klassenvorstand, ein kleiner Mann mit Glatze, schlechten Zähnen und einer Hühnerbrust mit wenigen Haaren darauf, witterte seine große Stunde. Er packte den Rebellen am Arm und zerrte ihn aus dem Klassenzimmer. Endlich konnte er sich vor dem Schuldirektor profilieren und einen Querulanten ans Messer liefern.
„Hey, lassen Sie mich los, Sie Nazi!", schrie der Rebell und einige Schüler wollten ihm zu Hilfe eilen. Doch unser Klassenvorstand gab uns mit einem sadistischen Blick zu verstehen, unsere Ärsche besser auf unseren Sesseln kleben zu lassen. Wir hörten die beiden noch eine Zeit lang diskutieren und schreien, während sie durch den langen Gang des Schulgebäudes zum Direktor gingen. Eine halbe Stunde später kam unser Klassenvorstand alleine zurück. Er stürmte in das

Klassenzimmer wie ein Scherge Hitlers, der in die Wohnung einer jüdischen Familie eindrang und schnappte sich einen weiteren Jungen. Ohne Kommentar schleifte er sein Opfer aus dem Klassenzimmer. Nach einer Weile kehrte der hühnerbrüstige Mann abermals zurück, setzte sich zufrieden lächelnd hinter sein Pult und sagte kalt: „Wenn ihr euch von euren Mitschülern verabschieden wollt, solltet ihr das in der Pause machen. Die Herren werden uns in Zukunft nicht mehr mit ihrer Anwesenheit beehren."
Ich starrte ungläubig in Richtung des Lehrerpults und dann zur Tür. Ich sprang auf und stürmte aus der Klasse.
„He, Jerry, wo willst du denn hin? Es hat noch nicht geläutet", schrie der Rausschmeißer des Rebellen mit hochrotem Kopf.
Aber ich hörte nur mehr ein lautes Rauschen in meinem Kopf und rannte den Gang entlang durch die Garderobe zum Haupteingang der Schule. Ich kam zu spät. Ich sah nur mehr die Rücklichter des Autos. Mein bester Freund fuhr weg ohne zurückzublicken. Ich war wütend und traurig. Schon wieder wurde ich von einem mir nahe stehenden Menschen verlassen. Mir steckte ein Kloß im Hals und ich konnte kaum schlucken. Ich ging zurück in die Klasse und verbrachte den restlichen Tag damit, unseren Klassenvorstand, den Rebellen, meinen Vater und mich selbst zu hassen.
Ich traf den Rebellen noch ein paar Mal zufällig. Er begann eine Lehre als Maler, trieb sich aber meistens mit irgendwelchen dubiosen Gestalten in der Bahnhofsgegend herum.
Nun saß ich allein hinter dem Holztisch in unserem Klassenraum, hinter dem der Rebell und ich die letzten vier Jahre gemeinsam den Unterricht verschlafen hatten. Er hatte seine Initialen in das Bankfach geschnitzt

und so musste ich ständig an ihn denken. Ich schwor mir niemals irgendwelche Drogen oder Alkohol anzurühren. Hätte der Rebell seine Finger von dem Zeug gelassen, würde er immer noch neben mir sitzen. Und ich schwor mir, bei jeder Gelegenheit, die sich mir bieten würde, unserem Klassenvorstand eins reinzuwürgen.
Doch ich war nicht der Einzige in unserer Klasse, dessen Banknachbar und Freund suspendiert worden war. Der zweite Junge, der von der Schule geworfen worden war, hinterließ ebenfalls einen leeren Platz hinter einem der Holztische. Der Zurückgelassene sah genauso zerknittert aus wie ich. In seinem Blick wechselten sich Hass und Trauer ab wie die schwarzen und weißen Streifen eines Zebrafells.

Auf zu neuen Ufern

Ich saß alleine hinter dem Holztisch, der jahrelang der freundschaftliche Hafen des Rebellen und mir gewesen war und starrte auf das Lehrerpult. Die Hassgefühle gegen unseren Klassenvorstand wollten sich einfach nicht verflüchtigen. Nach einer Weile Hass blickte ich nach links zu dem anderen Holztisch, der nur halbbesetzt war und stellte fest, dass dem Lehrerpult auch von dort ein eiskalter Wind entgegenwehte.
„Die reinste Verschwendung", dachte ich mir. „Wenn Dizzy", so hieß der andere verlassene Junge, „und ich uns verbünden würden, könnten wir der Hühnerbrust das Leben zur Hölle machen".
In der folgenden Pause ging ich zu Dizzy, der eigentlich Vinzent hieß (nach Vinzent van Gogh), und setzte mich neben ihn. Unsere Blicke trafen sich und ich wusste, dass er das gleiche dachte wie ich. Nach der Pause schlug ich meine Zelte neben Dizzy auf. Ich wurde freundlich aufgenommen und man konnte unserem Lehrer ansehen, dass er unschlüssig war, was er von dieser Verbrüderung halten sollte. Wir mussten ihm hoch und heilig versprechen, keinen Blödsinn zu machen und uns anständig zu benehmen, wenn wir nebeneinander sitzen wollten. Mit gekreuzten Fingern hinter dem Rücken legten wir das Versprechen ab.

Im Grunde spielten Dizzy und ich nicht in derselben Liga. Bis auf meine langen Haare und mein ausgewachsenes Faible für Hard Rock hatte ich nichts Wildes zu bieten. Und seit der Rebell weg war, verlor ich auch zunehmend den Status eines Aufwieglers. Ich verbrachte die meiste Zeit am Fußballplatz oder drehte meine Runden mit dem Mountain Bike. Nachdem ich hautnah mitbekommen hatte, wohin einen Drogen und der Umgang mit fragwürdigen Personen bringen konnten, zog ich es vor, meine Energien mit Sport abzubauen.
Dizzy hingegen trieb sich meist mit älteren Jungs herum, die ausnahmslos schwarz gekleidet waren, fiesen Black Metal alla Marduk hörten und sich des Öfteren einen hinter die Binde gossen. Dizzy war mit fünfzehn Jahren schon so depressiv und hasserfüllt wie ein Dreißigjähriger, der jahrelang nur in finsteren Bars herumgehangen war und mindestens drei Selbstmordversuche hinter sich hatte. Dabei sah er aus wie ein Unschuldslamm. Er hatte ebenmäßige Züge, eine markante Nase und seine blonden Locken umspielten seine wachsamen Augen. Er schaffte es perfekt, der Welt den braven Sohn vorzuspielen, nur um in Ruhe und im Verborgenen darauf zu warten, das nächste Massaker an der Gesellschaft anrichten zu können. Er lebte mit seinen Eltern und drei jüngeren Schwestern in einem hübschen Haus, unweit der Siedlung, in der meine Mutter und ich wohnten. Seine Eltern, beide Künstler, waren viel unterwegs und so musste er oft den Babysitter für seine Schwestern spielen. Die drei Gören, wobei die zwei jüngeren Zwillinge waren, machten ihm nicht nur einmal das Leben zur Hölle. Sie zollten ihm keinen Funken Respekt und da er der Älteste war, musste er den Schlamassel, den die Töchter Satans und ihre Königin, so bezeichnete er die

Zwillinge und seine andere Schwester, anrichteten, ausbaden. Manchmal unterstützte ich ihn bei dieser undankbaren Aufgabe. Es war schön, ein Teil einer Familie zu sein und ich fühlte mich ausgesprochen wohl bei den Kobalts.
Das Haus war voller Kunstwerke, antiker Möbel und vielsagender Bücher. Es hatte etwas von einem Kuriositätenladen, aber die einzelnen Stücke waren mit viel Liebe gemacht oder ausgesucht worden. Der ganze Stolz von Dizzys Mutter war ein kleiner Monet, den sie von ihrer Großmutter geerbt hatte. Es war eine rasch gezeichnete Skizze eines der Seerosen Bilder und ich bewunderte es jedes Mal aufs Neue. Zwar lange nicht so farbgewaltig und intensiv wie seine großen, in Öl gemalten Geschwister, ließ mir jedoch alleine die Strichführung eine Gänsehaut über den Rücken laufen.
Meistens musste Dizzy die drei Gören an den Wochenenden unter Kontrolle halten, da seine Eltern auf Kunstmessen oder Ausstellungen unterwegs waren, um ihre eigene Kunst zu vermarkten oder sich in der Szene mit anderen Künstlern auszutauschen. So verbrachte ich mehr und mehr Wochenenden mit den vier Kobalt Kindern.

Schon seit längerem sah ich meinen Vater nur mehr unregelmäßig. Er schien zusehends zu begreifen, dass ich die Wochenenden mit ihm, seiner neuen Frau und deren Brut hasste, und es für unser beider Seelenheil besser war, wenn wir uns von Zeit zu Zeit alleine, an neutralen Orten trafen, anstatt alle zwei Wochen die glückliche Patchwork Familie zu spielen. So war ich endlich von diesem Zwang befreit und konnte meine Wochenenden so verbringen, wie ich es wollte. Auch meine Mutter war erleichtert über diese Entwicklung. Sie brauchte sich nicht mehr vor Samstagmittag

fürchten. Kein schlecht gelauntes Kind. Keine Diskussionen über das Aussehen und Verhalten des miesepetrigen Nachwuchses mit meinem Vater. Und kein Warten auf den erzürnten Anruf des Ex-Mannes mit der Aufforderung, den griesgrämigen Sohn vorzeitig abzuholen. Ich hatte herausgefunden, dass ich das ohnehin schwache Nervengerüst der neuen Frau meines Vaters mit gewissen Aktionen so weit überlasten konnte, dass sie einen Tobsuchtsanfall bekam und meinen Vater lautstark aufforderte, ihr das Balg aus den Augen zu schaffen.
„Wenn dieses Balg nicht sofort aus meiner Wohnung verschwindet, geschieht ein Unglück!“, schrie sie mit hochrotem Kopf und vibrierenden Nasenflügeln.
„Schon gut, wir fahren ja schon“, kuschte mein Vater mit unterwürfiger Stimme.
„Komm, pack deine Sachen, ich fahre dich nach Hause“, flüsterte mein Vater und deutete Richtung Wohnungstür.
„Okay, tut mir leid“, heuchelte ich mit einer Stimme, als würde ich es bereuen, den seltenen Blumenstock auf ihren weißen Lieblingsteppich gekippt zu haben. Mein Rucksack war schon gepackt und mein Vater war etwas überrascht, dass ich so schnell fertig war.
„Du hast das doch nicht mit Absicht getan, oder?“, wollte mein Vater wissen, obwohl er die Antwort eben so gut kannte wie ich.
„Nein, nein“, beteuerte ich. „Es war ein Versehen“.
„Natürlich“, sagte mein Vater konsterniert.
Als wir im Auto saßen und die altbekannte Straße zu mir nach Hause fuhren, herrschte bedrückendes Schweigen. Ich war in Gedanken schon bei meiner Mutter und in meinem Zimmer, als mein Vater sagte, „So kann das nicht weitergehen. Jedes Mal dasselbe Trara. Ich glaube, wir sollten uns nur mehr alleine

sehen. Das wird zwar nicht mehr so oft sein, aber dafür wird niemand getötet und meine Nerven werden etwas geschont. Was hältst du davon?"
Ich war überrascht von seinem Angebot. Seit Jahren wünschte ich mir nichts anderes und jetzt war es endlich so weit.
Ich wollte nicht zu überschwänglich antworten, also sagte ich mit einem leicht traurigen Unterton in meiner Stimme, „Okay. Ich glaube auch, dass das für alle das Beste sein wird. Zwischen uns wird sich dadurch ja nichts ändern, oder?"
„Nein, natürlich nicht", antwortete mein Vater, wobei er mir nicht in die Augen sehen konnte.
Wieder schwiegen wir, denn wir wussten beide, dass sich einiges ändern würde. Aber wir ergaben uns unserem Schicksal. Die restliche Autofahrt starrte ich aus dem Fenster. Die Landschaft zog friedlich und grün an mir vorbei.
Als der weiße VW Passat Kombi vom Parkplatz vor unserer Wohnung wegrauschte, hatte ich das Gefühl, meinen Vater nie wieder zu sehen. Eigenartig. Ich fühlte keine Traurigkeit. Keine Erleichterung. Nur Leere.

Zunehmend war ich auch während der Woche bei den Kobalts anzutreffen. Selbst wenn Dizzy gar nicht zu Hause war. Er hatte seit kurzem eine Freundin in der Stadt. Sie war Halbasiatin und ein Jahr älter als er. Kay war die Tochter eines befreundeten Künstlerpärchens der Kobalts.
Dizzy und Kay hatten sich auf einer Vernissage ihrer Eltern kennen gelernt. Sie langweilten sich beide zu Tode. Als Dizzy Kay entdeckte, wusste er genau, was er zu tun hatte. Er klaute eine Flasche Sekt, schlich sich an das zierliche Mädchen heran, schnappte es an der Hand und ging mit ihm in die kühle Nacht hinaus.

Anfangs noch zögerlich, erlag sie bald seinem Charme und die beiden Ausbrecher wanderten über die finsteren Plätze und durch die engen Gassen der Altstadt, wie Josef und Maria, mit dem Unterschied, dass sie keinen Ort, um ihr Kind zu gebären suchten, sondern eine Flasche Sekt leeren wollten, ohne dabei erwischt zu werden. Kay war von Dizzys kühner Art fasziniert und verliebte sich noch in derselben Nacht Hals über Kopf in ihn. Von da an waren sie unzertrennlich und trafen sich in jeder freien Minute. Natürlich sah ich Dizzy dadurch seltener. Jedoch war mir das egal, solange ich trotzdem Gelegenheit fand, bei den Kobalts zu sein.

Entweder passte ich auf die drei Gören auf oder diskutierte mit Frau Kobalt über Kunst. Seit ich Dizzys Eltern besser kennen gelernt hatte, befasste ich mich zunehmend mit Malerei. Ich hatte selbst angefangen Ölbilder zu malen. Anfangs kopierte ich die Gemälde der großen Künstler. Später begann ich auch eigene Motive zu malen. Eines meiner ersten Bilder war die Kopie von Picassos „Schlafende Frau auf einem Stuhl". Aufgeregt erzählte ich eines Abends Dizzys Mutter davon.

„Kein einfaches Thema, das du dir da gesucht hast", analysierte sie.

„Wie meinen Sie das? Mir erscheinen manche Bilder Picassos wie gemacht, um kopiert zu werden. Sie sind irgendwie so einfach gemalt", bekrittelte ich fachmännisch, obwohl ich keine Ahnung hatte, wovon ich sprach. Mit meinen fünfzehn Jahren hatte ich gerade einmal eine Handvoll Picassos gesehen und wusste so gut wie nichts über das Leben und Schaffen des spanischen Künstlers.

„Das mag sein, aber genau darin liegt die Schwierigkeit. Picasso schaffte es, mit einfachsten Formen gewaltige

Emotionen zu erzeugen. Trotz der Reduzierung auf die kubischen Formen erkennt jeder Mensch sofort, um welchen Körperteil oder welchen Gegenstand es sich auf dem Bild handelt. Und diese Emotionen zu kopieren, ist genau das Schwierige."

Ich war fasziniert von ihrer Erklärung. Überhaupt war ich fasziniert von dieser Frau. Es war weniger ihr Äußeres. Sie war Mitte Vierzig und sah ziemlich verlebt aus. Sie rauchte wie ein Schlot und hatte bestimmt keine Party in ihrem Leben ausgelassen. Und doch strahlte ihr kleiner, drahtiger Körper eine unterschwellige Erotik aus. Genau wie alte Autos. Sie springen nicht immer an, stottern, es zieht durch die Schlitze an den Fenstern und doch ziehen einen die Geschichten, die sie erzählen, in ihren Bann. Nicht nur einmal verlor ich den Faden in unserem Gespräch, weil ich mir in Gedanken ausmalte, wie es wäre, von ihr verführt zu werden. Wie es wäre, ein Pärchen in einem von Picassos Bildern zu sein. Eingefroren in einer innigen Umarmung, die Körper auf das Wesentliche reduziert. Kubisch und doch voller Leidenschaft.

„Kannst du mir folgen?", wollte sie wissen, während sie sich eine Zigarette anzündete.

„Ähm ja. Entschuldigung, ich war in Gedanken", stotterte ich.

„Aha".

Sie sah auf die Uhr.

„Es ist spät. Ich glaube, du solltest jetzt besser nach Hause gehen. Deine Mutter macht sich bestimmt schon Sorgen um dich."

„Ist gut." Ich packte meine Sachen und verließ das Haus. Diese Nacht würde nur uns gehören.

Am nächsten Tag kauerten Dizzy, ich und eine schier unüberwindbare Langeweile hinter unserer Holzbank

in der Klasse und wir versuchten krampfhaft munter zu bleiben. Er war bei Kay gewesen und ich hatte die halbe Nacht wach gelegen und an seine Mutter und Picasso gedacht. Er gab mir einen sanften Stoß in die Rippen, der mich aus meinen Träumen riss.
„Was ist denn?“, wollte ich leicht verärgert wissen, da er gerade seine Mutter dabei störte, sich für mich zu entkleiden, um sich von mir malen zu lassen.
„Am Samstag gehen Kay und ich mit ein paar anderen Leuten ins Krotach in Salzburg. Du weißt schon, ein paar Bier trinken“, flüsterte er.
„Ich weiß nicht. Ich steh nicht so auf Bier trinken. Außerdem hab ich deiner Mutter versprochen, auf die Gören aufzupassen“, antwortete ich ausweichend.
„Ach, vergiss meine Mutter“, lamentierte er mit einer abwertenden Handbewegung. „Kay hat mir versprochen, dass ihre Freundin Taube mitkommen wird. Die ist echt süß. Gefällt dir bestimmt“, versuchte mich Dizzy zu überzeugen.
„Taube? Was soll denn das für ein Name sein? Wenn das so eine abgedrehte Hippie-Braut ist, komm ich sicher nicht mit.“
„Nein, ist sie nicht. Glaub mir, Alter. Ist doch nur ein Name.“
Ich überlegte eine Weile, bis ich zu dem Schluss kam, dass es vielleicht gar nicht so schlecht wäre, ein gleichaltriges Mädchen kennen zu lernen und nicht immer irgendwelchen Fantasien mit älteren Frauen nachzuhängen.
„Okay. Wenn es meine Mutter erlaubt, komme ich mit“, sagte ich.
„Super. Ich ruf nachher gleich Kay an und sag ihr Bescheid.“
Das nachfolgende Wochenende fuhren Dizzy und ich mit dem Bus in die Stadt. Wir stiegen am Mirabellplatz

aus, da wir uns mit den anderen an der Salzach treffen wollten. Doch zuvor deckten wir uns in dem kleinen Supermarkt in der Schrannengasse mit Alkohol ein. Der blockhafte, im neugotischen Stil erbaute Turm der Andräkirche beobachtete uns argwöhnisch, wie ein strenger Lageraufseher, der wusste, dass wir nichts Gutes im Schilde führten. Danach schlenderten wir Richtung Salzach. Bei jedem Klimpern der Flaschen in meinem Rucksack fühlte ich den strengen Blick des Turmes in meinem Rücken. Erst als wir den Mirabellgarten durchquert hatten, fühlte ich mich von der Schwere des Turmes befreit. Meine grün-blau karierten Doc Martens galoppierten neben Dizzys schwarzen Militärstiefeln wie junge Pferde bei ihrem ersten Ausritt und führten uns zum Elisabethkai. Ich trug zerrissene Jeans, ein einfärbig grünes T-Shirt und darüber ein derbes Holzfällerhemd, das in Erdtönen gehalten war. Dizzy tat es seinen Eltern gleich und trug nur Schwarz, allerdings nicht um seine Neutralität gegenüber Farben zum Ausdruck zu bringen, sondern um seine suizidale Lebenshaltung zu unterstreichen. An seinem Handgelenk trug er ein Nietenarmband aus Leder, auf das er besonders stolz war.
Am Ufer der Salzach traf man sich um vorzuglühen, abzuhängen oder Musik zu machen. Wir suchten das Ufer ab, bis wir eine Gruppe von fünf Leuten fanden. Kay sah uns als erste, sprang auf und begrüßte uns herzlich.
„Hi, ich bin Kay, du musst Jerry sein?“ Dizzy hat mir schon so viel von dir erzählt“, strahlte sie, nachdem sie Dizzy mit einem Kuss begrüßt hatte.
Ich war wegen ihrer herzlichen Begrüßung etwas verdattert, fing mich aber schnell wieder.
„Ja, bin ich, schön, dich kennen zu lernen“, entgegnete ich mit einem Grinsen.

Neben Kay lungerten drei Jungs – Heo, Werner und Steve, die uns mit einem Bier in der Hand entgegen prosteten – in der hohen Wiese herum.
Der flotte Fünfer wurde von Taube komplettiert. Ihr Anblick fesselte mich sofort. Ein Grunge Mädchen mit wirren, arschlangen, kastanienbraunen Haaren und Schmollmund.
„Das ist Jerry", stellte Kay mich vor.
Taube neigte ihren Kopf leicht zur Seite und sah mich neugierig an. Sie musterte mich von oben bis unten und lächelte mich an, wobei eine Zahnlücke zwischen ihren vorderen Schneidezähnen zum Vorschein kam. Sie trug ein ausgewaschenes T-Shirt, von dem mir Kurt Cobain ein herzliches „Come as you are" zurief. Der Bund am Hals und am Bauch war abgeschnitten worden. Vielleicht schrie Kurt deshalb so herzzerreißend. Unter dem Shirt zeichneten sich ihre jungen, vollen Brüste wie zwei Plutone unter einer ansonsten flachen Landschaft ab. Allem Anschein nach trug sie keinen Büstenhalter. Ihr straffer Hintern wurde von einem karierten Rock verdeckt und ihre schlanken Fesseln steckten in violetten Doc Martens.
Ich gab ihr einen schüchternen Begrüßungskuss auf die Wange und setzte mich neben Kay und Dizzy ins Gras.
Kay reichte mir Wodka. Ich nahm die durchsichtige Flasche zögerlich an und hielt kurz inne. Eigentlich hatte ich es nicht so mit Alkohol, weil mich das Zeug immer noch schmerzlich an den Rebell erinnerte, aber der richtige Zeitpunkt, gegen meine Prinzipien zu verstoßen, schien gekommen zu sein. Irgendwie musste ich sowieso meine Nervosität in den Griff bekommen. Der Kartoffelschnaps brannte sich durch meine Kehle und erreichte mit einem feurigen Aufschrei meinen Magen.

„Trink einen Schluck Bier dazu, dann ist es nicht so schlimm", riet mir eine Stimme aus dem Off. In meinen Ohren rauschte der Indische Ozean und ich musste mich bemühen, die Herkunft der Stimme zu lokalisieren.
Es war Taube. Sie hielt mir eine Dose Gerstensaft vor die Nase und gab mir mit einer sanften Bewegung zu verstehen, mit der gelblichen Flüssigkeit den Flächenbrand in meinem Mund und Hals zu löschen. Ich trank einen kräftigen Schluck.
„Danke. Huh, das brennt vielleicht", röchelte ich betäubt und mit Tränen in den Augen.
„Ich weiß. Hast das Zeug noch nicht so oft getrunken, oder?", fragte sie mitfühlend.
Ich schüttelte beschämt den Kopf.
„Macht nichts. Geht's wieder?"
„Ja sicher", hauchte ich, als ich mein Lächeln wieder gefunden hatte.
Sie lächelte zurück.
Sie nahm einen Schluck vom Wodka und verzog keine Miene, als sie die brennende Flüssigkeit schluckte. Danach holte sie eine Schachtel Marlboro aus ihrer Tasche, zündete sich eine Zigarette an und hielt mir das Päckchen anbietend unter die Nase.
„Nein danke. Ich rauche nicht!", lehnte ich entschieden ab. Ich war strikter Nichtraucher, obwohl ich den Anblick einer Frau, die an einem der weißen Stäbchen zog, sehr verlockend fand. Weiche Lippen, die das Ende einer Zigarette umklammerten. Die kleine Öffnung des Mundes, wenn der Rauch wieder aus der feuchten Höhle entwich. Pupillen, die sich durch die Befriedigung der Sucht schlagartig weiteten.

Bald waren die Flasche Wodka und ein paar Bier geleert und wir machten uns auf den Weg Richtung Krotach. Das Krotach war eine der beliebtesten Grunge

Bars in Salzburg. Im Erdgeschoß befanden sich eine hölzerne Bar und ein paar alte Tische. An den Wänden hingen Portraits von berühmten und weniger berühmten Rockstars. Ich fühlte mich beobachtet. Es war gruselig, denn mindestens die Hälfte der Personen, die da an den Wänden hingen, war bereits tot. Zudem waren die Wände schwarz gestrichen. Man kam sich vor wie in einem Mausoleum. Über eine enge Treppe gelangte man in einen Keller, der noch finsterer war als der Raum im oberen Stock. Eine Bar zog sich über die gesamte Länge des Verlieses und lud abschätzig zum Trinken und Versumpfen ein. Hier unten versammelten sich hauptsächlich einsame Gestalten, deren Seelen genauso schwarz waren wie die Wände.
Meistens standen Bands wie Nirvana und Soundgarden auf dem musikalischen Speiseplan, doch manchmal schafften es auch schwerer verdauliche Kompositionen von Fear Factory oder Type O Negative auf die Tageskarte.
Wir tranken Bier, in dem grüne Gummifrösche schwammen. Dieses Zeug war eines der Markenzeichen des Krotach und sollte bald mein Lieblingsgetränk werden.
Dizzy und Kay konnten die Finger nicht voneinander lassen. Sie küssten sich unablässig, wobei man sich schon fürchten musste, einer der beiden würde an der Zunge des anderen ersticken. Als Chris Cornell „Black hole sun" zum Besten gab, nahm mich Taube an der Hand und führte mich aus der Bar. Die Krotachgasse lag still zwischen den alten Häusern und schimmerte nass von dem leichten Regen, der eingesetzt hatte. Taube zog mich unter ein kleines Vordach. Unsere Nasen waren keine zehn Zentimeter von einander entfernt.
„Reiß dich zusammen, das wird dein erster Kuss. Versau es nicht!" flehte eine Stimme in meinem Kopf.

„Willst du mich küssen?“, fragte Taube, während sie mit ihrer Hand eine Haarsträhne aus ihrer Stirn strich. Ich blickte verlegen zu Boden und stammelte, „Ja schon, aber ...“

Im selben Moment presste sie ihre Lippen auf die meinen. Ich war überrascht von ihrem stürmischen Angriff, aber es gefiel mir. Ich ließ meine Lippen zurückschlagen und bald waren unsere Münder in einen innigen Kampf verwickelt. Abwechselnd eroberten wir fremdes Terrain und wagten uns immer weiter vor. Speicheldrüsen wurden aktiviert, Haare verfingen sich im Zungenknoten und zwischen den Zähnen, wie Fische in einem Treibnetz.

Als wir von einander ließen, hatten sich ihre zuvor dünnen und fast bleichen Lippen in zwei pulsierende, dunkelrote Schläuche verwandelt. Sie leckte sich genüsslich über ihre Lippen, wie ein Vampir, der sich die letzten Tropfen Blutes eines Opfers schmecken ließ.

Im selben Moment kam Dizzy um die Ecke geschossen.

„Da bist du ja, Alter. Wir müssen los, sonst verpassen wir den Bus nach Hause!“, rief er außer Atem.

„Scheiße, alles klar, ich muss nur noch meinen ...“

„Hier, ich hab deinen Rucksack schon mit. Komm jetzt, wir müssen los!“

„Alles klar, danke“.

Ich gab Taube einen Kuss und lief hinter Dizzy her, der schon um die nächste Ecke verschwunden war. Völlig atemlos erreichten wir den Bus gerade noch rechtzeitig. Während der Fahrt schlich sich fortwährend ein Grinsen auf meine Lippen und ich strich mir mit den Fingern sanft über den Mund. Dizzy sparte sich jeden Kommentar. Er konnte an meinem Gesichtsausdruck sehen, dass ich den Abend genossen hatte. Ich fühlte mich wie ein echter Mann. Ich war nicht mehr der kleine Junge. Die Welt konnte kommen und ich war zu allem bereit.

Ich starrte auf die blecherne Wanduhr in unserem Klassenzimmer. Die roten Zeiger bewegten sich an diesem Tag außerordentlich langsam. Es war der letzte Schultag vor den Sommerferien. Seit der ersten Stunde feuerte ich die Uhrzeiger an wie ein fanatischer Fan seine Lieblingsmannschaft.
Als es endlich Mittag schlug und zwei Monate Freiheit vor uns lagen, fuhr ich gemeinsam mit Dizzy nach Salzburg, wo wir uns mit Kay und Taube treffen wollten. Ein Tag, der gefeiert werden wollte.
Wir trafen uns ein weiteres Mal an Salzburgs blassgrauer Schlagader. Die Sonne stand hoch am Himmel und ließ das Wasser des Flusses zu kleinen Dampfschwaden, die sich verspielt in der Luft kräuselten, verdunsten. Das Bier in meiner Hand nahm langsam Körpertemperatur an und Taubes Haare klebten an meiner nackten Brust. Wir lagen rücklings im Gras und beobachteten die Vögel, die über uns schwebten.
„Wenn ich ein Vogel wäre, würde ich die ganze Zeit im Fliegen vögeln", sinnierte Taube.
Ich sah sie überrascht an und stellte fest, dass sie mindestens genauso verdutzt war wie ich. Sie hatte einen Gedanken laut ausgesprochen, der nicht für meine Ohren bestimmt war.

„Hmm", summte ich und merkte, dass sich in meiner Hose jemand zu Wort meldete.
Gerade als Taube, mit mädchenhaft geröteten Bäckchen, ihren Gedanken näher ausführen wollte, sprang Dizzy auf, packte seine Sachen und wollte gehen.
„He Alter, was ist denn los? Wo willst du denn hin?", fragte ich verwirrt und blickte von Dizzy zu Kay.
Kay saß zusammengekauert im Gras und Tränen hingen an ihren Augenlidern, wie Tropfen an einem undichten Wasserhahn. Eine unsichtbare Last schien sie

nach unten zu drücken und nur mit allergrößter Kraftanstrengung konnte sie aufrecht sitzen bleiben.
„Nichts. Komm, wir gehen!“, schnalzte Dizzy in einem Ton, den ich von ihm nicht kannte. Seine Stimme war eiskalt, jedoch schwang ein verletzter Unterton mit.
„Wieso? Ich verstehe gar nichts. Was ist denn? Kay?“ Erwartungsvoll blickte ich in ihre Richtung.
Kay sah mich kurz an, dann schüttelte sie resigniert den Kopf.
Ich blickte zu Taube. Sie sah ebenso verwirrt aus wie ich mich fühlte.
„Kommst du jetzt oder nicht?“, drängte Dizzy.
„Ich komm ja schon“, fluchte ich.
Ich packte meine Sachen, gab Taube einen Kuss, strich Kay über die Schulter und folgte Dizzy, der schon vorausgegangen war.
Als ich den Flüchtling eingeholt hatte, packte ich ihn an der Schulter und drehte ihn zu mir herum.
„Was soll denn das alles, kannst du mich mal aufklären?“, rief ich harsch.
Dizzy standen die Tränen in den Augen.
„Kay geht für ein Jahr nach scheiß Paris. Sie macht ein Auslandsjahr. Und sie glaubt nicht, dass es Sinn macht, eine Fernbeziehung zu führen.“
„Scheiße, Alter. Das tut mir leid für euch“, entgegnete ich etwas einfallslos.
„Ach scheiß drauf. Die Schlampe soll sich verpissen. Soll sie doch glücklich werden bei den beschissenen Schneckenfressern. Komm, ich brauch jetzt Bier, viel Bier“.
Diese Nacht schliefen wir bei mir. Ich in meinem Bett und Dizzy auf dem Klo.
Von dieser Nacht an übernachteten wir immer, wenn wir nicht katholisch nüchtern waren, in unserer Wohnung. Trotz ihrer weltoffenen Art hatten Dizzys Eltern,

was Rauschmittel anging, strikte Regeln. Meine Mutter war in diesen Dingen dagegen etwas toleranter. Sie hasste es, mich besoffen zu sehen, nichtsdestotrotz zog sie es vor, wenn ich in ihr Klo kotzte, als ich würde irgendwo auf der Straße liegen. Zum einen, weil sie mich in Sicherheit wusste, und zum anderen, weil sie mir gleich noch die Leviten lesen konnte.

Wenige Wochen später trennte sich Taube von mir. Sie hatte einen anderen Jungen kennen gelernt. Einen Gitarristen, schwärmte sie mir vor. Eigentlich hätte ich verletzt oder zumindest traurig sein müssen, stattdessen fühlte ich nichts. Ich hatte einen Schutzwall um mein Herz aufgebaut, der alles Schmerzliche von meiner Seele fernhielt. Nach den Erfahrungen mit meinem Vater und dem Rebellen hatte ich beschlossen, dass keine noch so mächtige Armee jemals wieder einen Krater in der Landschaft meines Herzens hinterlassen würde. Ich hatte die Schnauze voll von Enttäuschungen und diesem elenden Gefühl in der Magengrube, das einem fast den Atem nimmt. In mir herrschte tiefster Winter und ein meterdicker Eispanzer hatte sich über mein Innerstes ausgebreitet.

„Ich hoffe, du gehst den Kobalts nicht auf die Nerven, wenn du so oft dort bist", sorgte sich meine Mutter in einem Anflug mütterlichen Verantwortungsbewusstseins.
„Bis jetzt hat sich noch niemand beschwert", antwortete ich etwas gereizt.
Seit geraumer Zeit hatten meine Mutter und ich keinen guten Draht mehr zu einander. Etwas in mir hatte sich verändert, sodass ich ihre Nähe nicht mehr ertrug. Jegliche Versuche von Körperlichkeit ihrerseits blockte ich eiskalt ab. Keine Küsse, kein Kuscheln, selbst nette Worte kamen mir nur schwer über die Lippen. Als wäre sie Plus und ich Minus. Wir stießen uns ab.
Sie sah immer noch den kleinen Jungen in mir, der nachts in ihr Bett gekrochen kam, um sich vor finsteren Traumgestalten und Seelenfängern zu verstecken. Ich hingegen fühlte mich mittlerweile als Mann, der zwar dankbar war, das Geschenk des Lebens von seiner Mutter bekommen zu haben, die mütterliche Fürsorge aber nicht mehr brauchte. Ich schätzte meine Mutter, konnte dieses Gefühl aber nicht mehr zum Ausdruck bringen.
„Ich gehe jetzt", rief ich ihr zwischen Tür und Angel entgegen. „Bis morgen."

Sie rief mir noch etwas hinterher, ihre Worte verloren sich allerdings im Stiegenhaus wie Schatten bei Einbruch der Nacht.
Meine Füße trugen mich leise über die grob asphaltierte Straße, neben der sich der Dorfbach lustig plätschernd seinen Weg bahnte. Es dämmerte bereits, als ich beim Haus der Kobalts ankam. Dizzy war mein bester Freund und ich liebte es, mit Frau Kobalt über Kunst zu diskutieren oder mir von Herrn Kobalt die neuesten Entwürfe zeigen zu lassen, doch seit ein paar Wochen gab es einen weiteren Grund, warum ich das Künstlerhaus aufsuchte. Dizzys Schwester. Sie war zwei Jahre jünger als ich, jedoch schon recht frühreif. Bis vor kurzem hatte ich sie nicht als Frau, sondern lediglich als Dizzys lästige Schwester wahrgenommen. Doch eines Tages änderte sich meine Sichtweise drastisch.
Pünktlich zu Ferienbeginn überrollte eine Hitzewelle Österreich, die ihresgleichen suchte. Die Felder brauchten einen Vergleich mit der Steppe Kenias nicht zu scheuen. Die Hitze hatte alles Leben aus den Pflanzen gesaugt und die Bauern standen vor einer ökonomischen Katastrophe. Nur die Freibäder und Eisverkäufer konnten dem Wetter etwas Positives abgewinnen. Und kleine Spanner wie ich. Es war ein Donnerstagabend, als das Telefon läutete.
„Hallo“, flüsterte ich verschlafen. Von dem Läuten war ich aus einem leichten Schlummer vor dem Fernseher geweckt worden.
„Jerry. Hier spricht Frau Kobalt.“
„Ah, hallo. Was macht die Kunst?“
„Alles in Ordnung. Kannst du am Wochenende auf die Mädchen aufpassen? Mein Mann und ich müssen nach London zu einer wichtigen Ausstellung und wir werden Vincent mitnehmen. Er ist so deprimiert seit der Sache mit Kay.“

„Ich weiß. Ich mache mir schon ernsthaft Sorgen um ihn", erklärte ich. Dizzy war seit der Trennung von Kay noch finsterer geworden, als er ohnehin schon war. Seine Suizität stach mittlerweile hervor wie eine einzelne Mohnblume aus einem Kornfeld.
„Ich passe gerne auf die Mädchen auf."
„Danke Jerry, bis morgen dann."
„Bis morgen."

Am nächsten Tag zog ich für das Wochenende bei den Kobalts ein. Als ich die Zwillinge ins Bett gebracht hatte, ging ich auf dem Weg in die Küche am Zimmer von Toulouse (nach Henri de Toulouse-Lautrec) vorbei. Die Zimmertür stand einen Spalt offen und ich konnte in den halbdunklen Raum sehen. Toulouse hatte gerade geduscht und war dabei sich von einem feuchten Handtuch zu befreien. Eine innere Stimme sagte mir, ja befahl mir sogar, weiter zu gehen und nicht in das Zimmer zu spähen, aber ich konnte nicht widerstehen. Sie stand nackt, mit dem Rücken zu mir gewandt, in dem zeitlosen Raum und kramte in einer abgenutzten Kommode herum. Das gedämpfte Licht ihrer Nachttischlampe tauchte ihren jungen Körper in mannigfaltige Brauntöne. Ihre Rundungen glichen den Wanderdünen der großen Wüsten und mit jeder ihrer Bewegungen verlagerten sich die runden Hügel auf ihrem Körper, wie von einem heiteren Wind animiert. Sie bückte sich und schlüpfte in einen weißen Slip. Der Wüstenwind hatte sich inzwischen in meinen Kopf verlagert und war zu einem ausgewachsenen Sturm angeschwollen. Ich vernahm nur mehr ein wirres Rauschen und mein Herz schlug so schnell, dass Mike Portnoy neidisch geworden wäre. Ruckartig und gleichzeitig elegant drehte sie sich um und ging auf ihr Bett zu. Mir stockte der Atem, denn sie gewährte mir einen kurzen Blick auf ihre noch kleinen, spitzen Brüste. Sie ragten aus der Wüstenlandschaft, wie zwei Strohhütten, deren Dächer im untergehenden Sonnenlicht rosa schimmerten. Aber es war etwas anderes, das mich in Erstaunen versetzte. Zwischen ihren Brüsten verlief eine lange Narbe, welche die zwei Strohhütten, gleich einem vertrockneten Fluss, von einander trennte. Behände kroch sie unter ihre dünne Decke, die sich, wie frisch gefallener Schnee, an ihren Körper schmiegte. Der Gedanke an den kalten Schnee holte mich in die Realität zurück. Kurz schloss ich meine Augen, schluckte hart und schlich in mein eigenes Zimmer. Ich onanierte.

Als ich am nächsten Morgen erwachte, fühlte ich mich schrecklich. Ich hatte das hässliche Gefühl, meine eigene Schwester vergewaltigt zu haben.
Die Sonne brannte schon am Morgen gnadenlos auf die Welt herab und ich sah, dass Toulouse bereits wach war und im Bikini im Garten lag. Während die grüne Kaffeemaschine kräftigen, schwarzen Kaffee kochte, beobachtete ich Toulouse durch das Küchenfenster. Mit einer Tasse in der Hand ging ich in den Garten und setzte mich auf die wurmstichige Hausbank, die wie ein widerspenstiger Esel knarzte, als sie mein Gewicht spürte. Toulouse hörte das erbärmliche Geräusch und drehte sich zu mir um.
„Guten Morgen, Jerry. Gut geschlafen?"
„Nicht besonders", klagte ich mürrisch. Der Kaffee schmeckte bitter wie die Sünde.
„Na, na. Hat dir die Show nicht gefallen?", fragte mich Toulouse. Auf ihren Lippen tanzte ein schelmisches Grinsen. Sie hatte sich inzwischen hingesetzt und musterte mich neugierig. Dabei fuhr sie sich verschwenderisch oft durch die schwarzen Haare.

Mir blieb fast das Herz stehen. Hatte sie mich etwa gesehen? Verdammt!
„Äh, welche Show?", fragte ich unschuldig, während ich einen Schluck Kaffee schlürfte.
„Komm schon, glaubst du wirklich, ich habe dich gestern nicht gesehen, du kleiner Spanner? Bist du etwa ernsthaft der Meinung, dass ich jeden Tag so einen Aufwand treibe, bevor ich ins Bett gehe?"
„Gehofft hätte ich schon", wollte ich schon fast sagen, überlegte es mir aber anders und beschloss an meiner Unschuldslamm-Farce festzuhalten.
„Ich habe keine Ahnung, wovon du eigentlich redest", wehrte ich ab.
Schweigen. Sie schien abzuwägen, ob sie mir glauben sollte oder nicht. Dann stand sie auf und kam auf mich zu. Sie setzte sich neben mich und wartete. Wir sahen uns eine Weile an, und als ich schon dachte, ich würde mit einem blauen Auge davon kommen, steckte sie sich ihren Mittelfinger in den Mund und begann daran zu saugen. Mit einer eleganten Bewegung nahm sie den feuchten Finger aus dem Mund und verfolgte damit die feine Narbe auf ihrer Brust, die daraufhin zu schimmern begann, als hätte man sie frisch lackiert. Ihr Finger glitt weiter Richtung Bauchnabel, noch weiter, doch kurz vor ihrem Höschen hielt sie abrupt inne.
„Das glaubst du doch nicht im Ernst, oder?", fauchte sie und zwei Ohrfeigen rissen mich aus meiner Trance. Von einer Sekunde auf die andere brach die pulsierende Erektion in meiner Hose zusammen, wie ein erschossenes Tier.
„He, spinnst du!", entrüstete ich mich.
Sie gab mir einen Kuss auf meine rote Wange, ließ mich in meinem Elend alleine auf der Hausbank zurück und legte sich wieder in die Sonne.

„Los Jungs, einer geht noch", feuerte uns der versoffene Wirt, der hinter dem Holztresen einer aufwändig geschmückten Markthütte stand, an. Das alljährliche Dorffest in unserer Gemeinde stand an, und die Altsäufer nutzen solche Feste, um die Jugendlichen abzufüllen und sich üble Späße mit ihnen zu erlauben. An willigen Jungspunden wie uns, die es den Alten beweisen wollten, mangelte es nie. Obwohl wir ein ums andere Mal den Kürzeren zogen, was sich in der Regel in Kotzorgien äußerte, gaben wir nicht klein bei. Diesmal waren wir an den berühmt berüchtigten, ehemaligen Wirt des einzigen Gasthauses im Dorf geraten. Er war ein Koloss von Mann, mit aufgedunsenen Backen und rot unterlaufenen, ausdruckslosen Schweinsäuglein.
„Sicher Schorsch, nur her mit dem Zeug", forderte Dizzy selbstmörderisch.
„Immerhin sind wir zu zweit und er nur allein", flüsterte mir Dizzy hinter vorgehaltener Hand zu.
„So ist es recht. Immer fleißig trinken", sabberte der fette Wirt.
Wir prosteten uns zu und spülten das scharfe Zeug hinunter.
„Yeah", schrie Dizzy und knallte das Glas auf den Tresen.
„He Schorsch, wie geht's eigentlich deiner Alten?", wollte ich wissen.
Diese Frage stellten wir dem verwahrlosten Wirt jedes Mal, wenn wir ihn trafen, um zu testen, ob er sich schon völlig tot gesoffen hatte oder ob noch ein Funken Leben in ihm glomm.
Seine Frau war vor ein paar Jahren bei einem fast schon lächerlich tragischen Unfall ums Leben gekommen. Sie war die Köchin des Wirtshauses, das der alte Wirt geführt hatte. Ein Berg von einem Weib, gezeichnet

mit dem Aussehen eines Orks und der Seele einer Elfe. Das einzige, das die beiden Wirtsleute unterschieden hatte, war die Länge ihrer Haare gewesen. Doch wenn seine Frau in der Küche stand und ihr Haarnetz die fettige Masse auf ihrem Kopf in Zaum hielt, ähnelten sie einander wie ein Ei dem anderen, die darauf warteten, zu Schnitzelpanier verarbeitet zu werden.
Es war ein Sonntag und dutzende Gäste warteten im Gastgarten auf ihr plattgeklopftes, paniertes Stück Fleisch. Die Köchin arbeitete seit Stunden ohne Unterbrechung. Ihre Hände, ihr Gesicht, ihr kolossaler Leib, alles war schon genauso paniert wie das Fleisch, das sie im Akkord in die heißen, gusseisernen Pfannen warf und in blubberndem Butterschmalz goldgelb buk. Gerade als sie wieder ein großes Stück Fleisch, das in seiner Mehl-Ei-Brösel Maßanfertigung darauf wartete, für einen hungrigen Gast gebraten zu werden, in eine Pfanne legen wollte, stieß ihr eine gewaltige Stichflamme entgegen. Der Feuerschwall drang fauchend in ihre Lungen, in denen das jahrelang eingeatmete Fett sofort zu brutzeln begann, und verwandelte binnen Sekunden die Panier auf ihrem Körper zu einer festen Kruste.
Als die ersten Gäste unruhig wurden und lautstark nach ihrem Essen verlangten, begab sich der Wirt vorsichtig in die Höhle der Löwin. Er ging nie in die Küche. Außer seine Frau verlangte ausdrücklich nach ihm. Doch nun fragte er sich, wo der markdurchdringende Schrei, „Schnitzel ist fertig“, der ihn seit Jahren Tag für Tag verfolgte, blieb. Er öffnete die hölzerne Schiebetür einen Spalt und lugte in die Küche. Seine Frau war nicht da. Die Pfannen auf dem Herd dampften bereits, weil das Butterschmalz im Leerlauf vor sich hin köchelte, ohne dass es rohes Fleisch in eine knusprige Köstlichkeit verwandelte. Auf dem Boden

sah er eine grotesk angerichtete, im Todeskampf erstarrte Masse liegen. Er machte auf dem Stand kehrt, ging in den Gastraum, holte sich kommentarlos zwei Flaschen Schnaps und ging zurück in die Küche. Er ließ sich neben seine panierte Frau fallen und begann den Schnaps bis auf den letzten Tropfen auszusaufen. Nach dem letzen Schluck fiel er wie vom Blitz getroffen um und blieb neben seiner Frau liegen.
Das Paar wurde von einem Gast gefunden, dem die Warterei zu blöd geworden war. Anfangs wurden beide für tot erklärt, doch auf dem Weg ins Krankenhaus bemerkte ein junger Zivildiener ein Lebenszeichen bei dem fetten Wirt.
„Der Fette hat etwas gesagt!", rief der Zivildiener erstaunt.
„Was denn? Der ist doch tot!", schnaubte der begleitende Arzt gleichgültig.
„Ich weiß nicht genau. Ich glaube Schnaps".
Der Arzt kontrollierte den Puls des Wirtes.
„Er lebt tatsächlich noch. Unglaublich!"

Der Wirt zwinkerte unmerklich, sagte aber nichts. Jedoch in seinen Augen erkannte man ein kurzes Aufflackern von Traurigkeit. Er weilte noch unter den Lebenden.
„Nichts für ungut, Schorsch", entschuldigte ich mich.
„Prost!"
Nach der vierten Runde gaben wir uns geschlagen und suchten unsere Freunde. Der Wirt machte eine abwertende Bewegung mit der linken Hand, verzichtete auf ein Glas und trank direkt aus der Flasche, als wolle er uns beweisen, wie ein echter Mann soff. Er verfehlte seine fleischigen Lippen und die scharfe Flüssigkeit rann über sein zernarbtes Kinn und tropfte auf seinen feisten Bauch. Es war erbärmlich.

Lachend wankten Dizzy und ich durch das Dorf zu einem kleinen Schrottplatz am Ortsrand, wo sich die hiesigen Jugendlichen versammelten, um ungestört zu feiern.
Hier hatten schon Generationen vor uns ihre Leber zerlöchert und die Tabakindustrie nach Leibeskräften unterstützt. Dieser Platz war ein heiliger Schrein für uns. Es standen ein paar verrostete Autowracks herum, aus denen die Sitzbänke entfernt und zu einem Kreis versammelt worden waren. Niemandsland. Ein Ort ohne Regeln.
Im Zentrum des Kreises brannte bereits ein orangeblau züngelndes Feuer. Überall lagen leere Flaschen und Dosen herum. Zwischen ausgemusterten Verkehrsschildern, die ins Nirgendwo wiesen, lagen zerbeulte Elektrogeräte und undichte Fässer.
Toulouse kam auf uns zugerannt und umarmte mich stürmisch. Seit dem Wochenende bei den Kobalts waren ein paar Wochen vergangen und wir waren uns näher gekommen.
„Hi. Habt ihr gewonnen?“, wollte sie wissen.
Dizzy und ich sahen uns verständnislos an.
„Na, gegen den Wirt. Ihr wisst schon.“
„Ah, nein. Gegen die fette Qualle waren wir chancenlos“, erklärte ich und machte eine abwertende Handbewegung.
„Macht euch nichts draus, gegen jahrzehntelanges Training kommt man nicht so einfach an“.
„Da hast du wohl recht“, knurrte Dizzy zerknirscht.
„Kommt schon, der Gehirntod ist schon fast alle“, johlte Toulouse und zerrte uns zum Feuer. Gehirntod. Bei diesem Wort lief es mir kalt über den Rücken und es war mir, als würde ich aus meinem Magen ein verzweifeltes Stöhnen wahrnehmen. Dieses Gesöff war immer eine Überraschung. Bei jedem Fest wurde ein

Zeremonienmeister auserkoren, der in einem Plastikkanister einen Trank mischte, der im besten Fall schwer betrunken und im schlimmsten Fall blind machte.
Ich begrüßte einige der Jugendlichen und ließ mich auf die zerschlissene, moosgrüne Rückbank eines Opel Kadett fallen. Toulouse fläzte sich neben mich. Nach einer Weile hob sie ihren Kopf, den sie zuvor auf meine Schulter gelegt hatte, um ihren Nackenmuskeln eine kurze Auszeit zu gönnen und musterte mich eingehend.
„Du, ich mag dich. Also mehr als einen Freund oder Bruder", brach es aus ihr hervor. Sie war schon etwas betrunken und ich wusste, dass der Gefühlsmotor in ihrem verwirrten Gehirn vom Alkohol angestartet worden war. Sie war niedlich.
„Aha. Das mit dem Bruder wäre ja auch komisch, oder?" fragte ich zwinkernd.
„Wahrscheinlich", entgegnete sie, wobei ich von ihrem Gesichtsausdruck, der kurz aufblitzen ließ, wie versaut sie wirklich war, etwas konsterniert war.
Sie sah mich erwartungsvoll an.
„Ich mag dich auch. Sehr sogar", hörte ich mich sagen. Sie lächelte und legte ihren Kopf zurück an meine Schulter. Er war leicht. Ich genoss den Augenblick. Stille. Der Lärm des Schrottplatzes war verschwunden. Es gab nur uns beide und wir fuhren in dem alten Opel durch eine einsame, dunkle Landschaft, an deren Horizont ein helles Licht brannte.
Plötzlich erreichte ein dumpfes Geräusch mein Gehirn.
„Jerry, Jerry! Hey, wo bist du denn? Komm, Dizzy dreht total durch!", schrie mich Candy an. Sie hatte sich in den Jahren, seit ich meine Nachmittage bei ihr verbracht hatte, zu einer ansehnlichen jungen Frau ausgewachsen. Sie war immer noch fleischig, strahlte aber eine unterschwellige Erotik aus.

„Was ist denn los?", fragte ich benebelt, als wäre ich gerade aufgewacht.
„Schaus dir selber an". Sie zeigte in die Richtung der ausgeschlachteten Autos.
Ich nahm meinen Arm von Toulouses Schulter und drehte mich auf der Rückbank um. Ich traute meinen Augen nicht. Dizzy stand mit blankem Oberkörper auf dem Dach eines bemitleidenswerten, ehemals kastanienbraunen VW Jetta. Er hatte eine Bierflasche in der einen Hand und mit der anderen warf er uns seinen ausgestreckten Mittelfinger entgegen.
„Ihr könnt mich alle am Arsch lecken! Scheiß auf euch alle! Scheiß auf die Welt!", schrie er hysterisch und stampfte mit den Füßen auf das rostige Dach des Autowracks.
„Scheiße, was ist denn mit dem passiert?", raunte ich missmutig.
„Mach was!", forderte Toulouse und gab mir einen Stoß.
„Was denn? Der kriegt sich schon wieder ein." Ich wollte den Abend mit Toulouse genießen und kein Praktikum als Raubtierbändiger absolvieren.
„He, mach schon!", zeterten Toulouse und Candy gleichzeitig.
„Ja, ja. Ich geh ja schon", entgegnete ich trotzig.
Ich ging zu Dizzy und kam mir vor wie in einem schlechten Kriegsfilm.
„Hey Dizzy. Komm da runter und benimm dich nicht wie ein scheiß Affe."
„Leck mich und geh wieder meine Schwester ficken", zischte er.
„Was? Was soll denn der Blödsinn, komm jetzt da runter und beruhig dich."
„Einen Scheiß werde ich tun."
Ich hatte die Schnauze voll. Mit einer schnellen Bewegung schnappte ich mir seine Beine und zog sie in

meine Richtung. Dizzy landete mit einem blechernen Krachen rücklings auf dem Autodach und die Bierflasche zerschellte mit einem lauten Splittern am Boden. Ich zog ihn an den Beinen über das Autodach zu mir und drückte ihn gegen die Breitseite des Autos. Er rang nach Atem. Sein Gesicht war wutverzerrt und nur der entfernte Gedanke an unsere Freundschaft hielt ihn davon ab, mir ins Gesicht zu schlagen. Einige Momente tobte zwischen uns ein lautloser Kampf, bis wir von einer Hand, die mich von hinten an der Schulter packte, unterbrochen wurden.
„Hör auf damit, oder willst du ihn erwürgen?“, forderte eine fremde Frauenstimme.
Ich drehte mich, ohne den Griff an Dizzys Hals zu lockern um, und blickte in die großen, braunen Bernhardineraugen eines hübschen Mädchens. Dizzy wand sich wie ein Fisch an Land, um ebenfalls einen Blick auf seine Retterin zu erhaschen.
„Loslassen! Loslassen, habe ich gesagt!“, schrie die Fremde.
Ich lockerte den Griff um Dizzys Hals, wollte ihn aber noch nicht ganz los lassen.
„Wer bist denn du jetzt?“, fragte ich die Fremde.
Sie riss mich nun ganz von Dizzy weg und nahm ihn in den Arm, wie Maria Magdalena es mit Jesus getan hatte, nachdem er vom Kreuz genommen worden war. Dizzy ließ diese Geste der Barmherzigkeit über sich ergehen und drückte seinen Kopf an die üppige Brust der Fremden.
„Ich heiße Sonny, und ihr seid zwei Idioten, wie es aussieht“, antwortete sie.
„Hää?“, machte ich.
„Du hast schon verstanden“, schalt sie mich.
In der Zwischenzeit war Candy zu unserer kleinen Theatertruppe dazu gestoßen und klärte uns auf.

„Das ist Sonny, eine gute Freundin von mir. Sie ist gerade gekommen und hat nur gesehen, dass sich zwei Jungs prügeln. Sie ist manchmal etwas übereifrig mit ihrer Weltverbesserei“, erklärte Candy mit einem mahnenden Blick auf ihre Freundin.
„Dann soll sie doch die Welt wo anders verbessern“, fauchte ich wütend.
„Schon gut, schon gut. Ich gehe ja schon“, sagte Sonny resignierend.
„Nein, nicht gehen. Bleib doch noch etwas“, winselte Dizzy mit weinerlicher Stimme.
„Schon klar. Ich verpisse mich. Das ist mir zu blöd“, schimpfte ich, während ich Dizzy und Sonny einen abschätzigen Blick zuwarf.
Ich ging zurück zu meiner Bank und Toulouse, die sie in der Zwischenzeit komplett eingenommen hatte. Sie lag am Rücken, eine Hand hing auf den Boden und ihre Füße lehnten angewinkelt an der Rückenlehne der Bank. Ihr Oberteil war etwas noch oben gewandert und gab ihren flachen Bauch frei, der sich rhythmisch hob und senkte. Ihr Bauchnabel wirkte wie ein kleiner Meteoritenkrater. Unter ihrem Hosenbund lugten die Spitzen ihres Höschens frech hervor. Das war genug Aufforderung. Mit einer unbeholfenen Bewegung hievte ich sie hoch. Sie war plump wie ein Kartoffelsack, der einsam am Feld vergessen worden war. Schlaftrunken wollte sie wissen, was los sei, doch ich gab ihr keine Antwort. Überraschender Weise schien sie mir zu vertrauen und passte sich meinen Schritten an. Wir ließen den außer Kontrolle geratenen Schrottplatz hinter uns und wankten durch die Nacht zur Wohnung meiner Mutter. Abseits des Feuers war die klare Nachtluft kühl und etwas feucht. Verhältnismäßig wenige Sterne hatten sich dazu entschlossen, uns den Weg zu leuchten und so wirkte der Wald neben der

Straße dunkel und bedrohlich, was Toulouse dazu veranlasste, ihren gelenken Körper eng an den meinen zu schmiegen. Sie hatte ihre Hand unter mein Hemd gleiten lassen und streichelte meinen Rücken.

Wir kämpften uns die dutzenden Stufen in den dritten Stock hoch. Mit jedem Schritt näherten wir uns der rettenden Wärme und Wohligkeit der Wohnung und ich kam der Verheißung einer nackten, zumindest halbnackten Frau in meinem Bett immer näher.

Meine Mutter war an diesem Wochenende zu ihren Schwestern gefahren, um den Hexensabbat zu feiern. Die drei Schwestern waren weder Hexen noch an okkulten Praktiken interessiert, jedoch muteten ihre Zusammenkünfte, bei denen Alkohol in Strömen floss, dass die alten Wikinger neidisch geworden wären, und über Männer gelästert wurde, als wäre mein Geschlecht das personifizierte Böse, doch sehr hakennasig und besenfliegend an.

Während ich verzweifelt versuchte, den Schlüssel ins Schloss zu bringen und mir dachte, „Wenn das gleich in meinem Bett auch so läuft, gebe ich mir die Kugel", quängelte Toulouse, „Mach schon, ich muss mal."

Der Gedanke, dass sich die Frau, mit der ich in wenigen Augenblicken meine ersten sexuellen Erfahrungen machen würde, gleich in die Hose pinkeln würde, kühlte mein überhitztes Gemüt auf Normaltemperatur ab.

„Ich probier's ja."

Klick.

„Geschafft!", jubelte ich stolz, als hätte ich gerade einen kapitalen Zwölfender erlegt. Toulouse ignorierte meinen Siegestaumel, drückte mich zur Seite und stürmte auf die Toilette.

Ich stolperte in mein Zimmer, stopfte die Sachen, die überall am Boden verstreut lagen, in den Kleider-

schrank und zündete ein paar Kerzen an. Ich hörte die Toilettenspülung. Toulouse torkelte aus dem weiß gefliesten Raum, kam in mein Zimmer und fiel schwer wie eine gefällte Eiche in mein Bett.
„Na super", dachte ich mir. „Alles klar bei dir?"
„Hmmm", stöhnte Toulouse.
Ich dimmte das Licht, zog mich bis auf die Unterhose aus und stieg zu ihr ins Bett. Langsam ließ ich meine Finger über ihren Körper wandern und begann sie auszuziehen. Sie wehrte sich nicht, leistete aber auch keine Hilfe.
„Scheiß Knöpfe. Scheiß Haken. Scheiß Reißverschlüsse", fluchte ich leise vor mich hin.
„Hast du was gesagt?", fragte Toulouse schläfrig.
„Nein, nein, entspann dich einfach", säuselte ich, bemüht, meinen Ärger über ihre Kleidungsstücke zu unterdrücken.
Ihre Haut fühlte sich samtig, aber nicht so weich wie in meiner Phantasie, an. Meine Hände fanden automatisch ihre Brüste, wie blinde Tierbabys die Zitzen ihrer Mutter. Bei der Berührung der weichen Masse stöhnte sie leise auf und mein Schwanz wurde hart wie Eibenholz. Ich presste mich von hinten an sie heran und rieb mich an ihr. Sie begann unbeholfen und mechanisch meine Erektion zu massieren. Gerade als ich ihr das Höschen hinunter ziehen wollte, um in sie einzudringen, läutete die Wohnungsklingel.
„Scheiße, was ist denn das jetzt?", fluchte ich. Ich ignorierte das Läuten. Zum einen, weil mein Schwanz endlich Neuland erforschen wollte, und zum anderen, weil ich mir nicht mal sicher war, ob es wirklich geläutet hatte oder ob es nur der Überdruck in meinem Kopf war, der dieses Geräusch erzeugte, wie ein Dampfkessel, in dem das Wasser überkochte.
„Ring, Ring", rief die Klingel energisch.

„Verdammt, wenn das jetzt Dizzy ist, kriegt er was aufs Maul“, lamentierte ich, während ich meinen Schwanz wieder in sein baumwollenes Zuhause verfrachtete und zur Tür hastete. Ich riss die Wohnungstür auf und Dizzy fiel mir entgegen, wie ein Krüppel, dem man seinen Krückstock entrissen hatte.
Er krallte sich an meinem Hals fest und sabberte mir eine erbärmliche Entschuldigung für sein Verhalten am Schrottplatz ins Ohr. Ohne auf meine Reaktion zu warten, ließ er wieder von mir ab und ging zielstrebig auf mein Zimmer zu. Ich reagierte zu spät. Als ich begriff, dass er mein Bett anstrebte, lag er schon schnarchend und grunzend neben seiner halbnackten Schwester. Toulouse war im Halbschlaf und merkte nicht, dass ihr Bettgespiele ausgetauscht worden war. Sie streckte ihm ihren Hintern entgegen, wie mir wenige Sekunden zuvor und wollte da weitermachen, wo wir unterbrochen worden waren. Als ich ihre Hand in Richtung seines Schwanzes wandern sah, überlegte ich kurz, sie weiter machen zu lassen. Das hätte eine super Story gegeben, ich entschied mich aber zu intervenieren. Ich schaltete das Licht an und klatschte laut in die Hände. Die Geschwister wurden gleichzeitig von dem unerwarteten Geräusch hochgerissen, wie zwei Marionetten, an deren Schnüren plötzlich heftig gezogen wurde. Ihre Augen waren weit aufgerissen und ihre Brustkörbe hoben und senkten sich rasend schnell. Sie warfen mit verwirrten, orientierungslosen Blicken um sich, bis sie sich gegenseitig erkannten. Toulouse schrie und bedeckte ihre nackten Brüste. Im ersten Moment starrte Dizzy noch wollüstig auf die nackten Tatsachen, doch als er sich endgültig bewusst wurde, dass das neben ihm seine Schwester und nicht die bernhardineräugige Fremde vom Schrottplatz war, verzogen sich seine Mundwinkel angeekelt nach unten

und er sprang auf, wie von einer Biene gestochen. Die Bewegung war erstaunlich behände und gelenkig für seinen Zustand.
„Scheiße, was soll denn das, Jerry?“, schrie mich Dizzy wütend an.
Die beiden gaben ein Bild für Götter ab und ich schüttelte mich vor Lachen.
„Was gibts denn da zu lachen, du Schwein!“, plärrte Toulouse.
„Nichts. Es tut mir leid, wirklich“, beteuerte ich.
„Na klar. Ich verpisse mich“, lallte Dizzy.
„Du gehst nirgendwo hin“, sagte ich energisch, schnappte ihn am Hemdkragen und brachte ihn ins Wohnzimmer, wo ich ihn mit einem unsanften Stoß auf die Couch beförderte.
„So, und jetzt halt dein Maul und schlaf“, befahl ich ihm.
Dizzy wollte noch etwas entgegnen, aber die Horizontale hatte ihn schon überwältigt und er schlief im Nu ein. Er zuckte mit den Beinen wie ein Welpe, der seine ersten Erlebnisse auf der Erde im Traum noch einmal durchlebt. Ein diabolisches Kichern entwich meinem Mund und ich ging zurück in mein Zimmer. Toulouse hatte sich unterdessen eingerollt und schlief tief und fest.
„So viel dazu“, dachte ich mir und legte mich neben sie.

Monate zogen ins Land und die Metamorphose meines Ich ging zügig voran. Die dünne Haut des kleinen, sommersprossigen Jungen mit den unnatürlich großen Ohren schälte sich Schicht um Schicht ab und gab einen mutigen und selbstbewussten Kern frei. Nach den schmerzlichen Erfahrungen in der Zeit der Scheidung meiner Eltern, dem Verlust des Rebellen und der Sache mit Taube war ich allem Neuen gegenüber sehr skeptisch und zurückhaltend gewesen. Ich zog es vor, auf

der Stelle zu treten und nicht über die Zaunkante zu sehen. Das Risiko, unbekanntes Terrain zu erforschen und dabei verletzt zu werden, erschien mir zu groß. Aber tief in mir spürte ich eine unerklärliche Rastlosigkeit. Da war noch mehr, jedoch war ich lange zu ängstlich gewesen, um durch die angelehnte Tür zu gehen.
Mittlerweile waren jedoch die Narben, die ich durch die Scheidung meiner Eltern davongetragen hatte, so gut wie verheilt, ich hatte eine aufregende Beziehung mit Toulouse und ich glaubte schon alles gesehen und erlebt zu haben. Wäre mein Leben ein Film gewesen, wäre bereits der Abspann gelaufen. Doch das Leben war kein Film. Und wenn doch, wäre es traurig gewesen, wenn er bei einer durchschnittlichen Spielzeit von achtzig Minuten nach gerademal siebzehn vorbei gewesen wäre.
Ich hatte mich an die Stetigkeit des Seins gewöhnt und mein Leben schätzen gelernt. Doch das Leben hielt noch viele Überraschungen für mich bereit, die früher eintraten als mir lieb war.

Ein langerwarteter Anruf von Toulouse riss mich aus meiner geliebten Monotonie.
„Hi Jerry."
„Hey, ich freue mich so, deine Stimme zu hören. Ich habe dich vermisst", sang ich ins Telefon.
„Ich dich auch. Können wir uns treffen? Ich muss mit dir reden", säuselte Toulouse mit fremder Stimme.
„Ja sicher. Ich habe schon auf dich gewartet. Komm doch einfach bei mir vorbei. Ist alles in Ordnung, du klingst so anders?", fragte ich besorgt.
„Ja, sicher", entgegnete sie und ich wusste, dass sie log.

Toulouse war gemeinsam mit einer Freundin zwei Wochen in Spanien gewesen. Dort nahmen sie an einem Internationalen Treffen von Jugendlichen teil, die sich, um es grob zu umreißen, für den Weltfrieden einsetzten. Ich konnte mit dem Gequatsche dieser Typen nichts anfangen. Ich dachte mir, wenn sich jeder um seinen eigenen Kram kümmern und seinen Vorgarten sauber halten würde, müsste das doch reichen. Toulouse wurde immer wütend, wenn ich solche Sprüche losließ. Folglich beschimpfte sie mich als reaktionär und engstirnig. Ich wollte einfach nur meinen Frieden haben und diese Typen, mit denen sie sich auch zu Hause regelmäßig traf, um zu demonstrieren und die Welt im Kleinen zu verbessern, wie sie es nannte, waren mir ein Dorn im Auge.
Wir waren mittlerweile seit eineinhalb Jahren ein Paar und tief im Inneren unzertrennlich. Doch der frische Wind dieser neuen Welt, die sie durch die Typen in der Weltverbesserer-Organisation kennen lernte, wirbelte mächtig viel Staub in meiner heilen Welt auf.
Diese zwei Wochen waren die erste Trennung seit Beginn unserer Beziehung auf dem alten Schrottplatz gewesen. Ich vermisste sie schrecklich. Jeden Tag, an dem sie nicht da war, quälte ich meinen Körper mit Dauerläufen. Erst wenn mein Hals brannte und meine Beine vor Übersäuerung zitterten, hörte ich auf zu laufen und fand zu Hause meinen Frieden. Mehrere Tage schlief ich bei den Kobalts, in Toulouses Bett, um wenigstens ihren Geruch in meiner Nase zu haben. Dizzy meinte, ich sei verrückt und solle mich mal wieder zusammenreißen.
„Es sind gerademal zwei Wochen, Alter und du tust, als sei sie gestorben. Sie kommt doch wieder“, ätzte Dizzy eines Abends, als ich in Toulouses Bett lag. Ihre Decke an meiner Nasenspitze.

„Verpiss dich. Es fühlt sich an, als sei sie für immer weg“, jammerte ich, den Tränen nah.
„Ist ja gut, tut mir leid. Aber sie ist nicht tot und in ein paar Tagen ist sie wieder da.“
„Ich weiß“, schniefte ich.
„Komm, wir drehen eine Runde mit dem Mofa und trinken ein paar Bier am See. Was hältst du davon?
„Hmm, okay.“

Es klingelte an der Tür. Aufgeregt öffnete ich die letzte Barriere, die dem Wiedersehen mit Toulouse im Weg stand und sah eine junge Frau auf der Schwelle stehen, die Toulouse zum Verwechseln ähnlich sah. Ihre Augen, ihr Mund und ihre Hände waren vor mir versammelt, aber sie hatte sich in den zwei Wochen in einen anderen Menschen verwandelt.
„Hi, komm rein“, stammelte ich verwirrt und gab ihr einen Kuss. Sie schmeckte sogar anders.
„Hi“, grüßte sie mich kurz angebunden und ich konnte in ihren Augen sehen, dass ihr etwas schwer auf der Seele lastete.
Wir ließen uns auf meinem Bett nieder, in dem wir uns das erste Mal geliebt hatten, und sahen uns gegenseitig neugierig an.
„Wie war ...“
„Jerry, ich muss dir etwas Wichtiges sagen“, platzte sie mir ins Wort.
Ich war nicht überrascht.
„Was denn? Was stimmt denn nicht mit dir?“, fragte ich.
„Mit mir ist alles in Ordnung. Aber mit uns nicht, befürchte ich“, würgte Toulouse hervor.
Hitze stieg in meiner Brust auf und ich merkte, dass die Sicherheitskräfte, die für den Schutz meines Herzens zuständig waren, wieder begannen, erste Landsperren zu errichten und den Stacheldraht auszurollen.

„Ich habe in Spanien jemanden kennen gelernt. Einen Jungen aus Deutschland. Und wir haben uns geküsst", verkündete sie trocken, als würde sie mir ein Kochrezept ansagen.
Die Sicherheitskräfte wurden verdoppelt und der Stacheldraht gespannt.
„Was habt ihr euch? Wen hast du ...", mir blieb die Stimme weg.
Sie begann zu weinen.
„Es tut mir leid. Ich werde ihn sowieso nie wieder sehen. Alles an dem Treffen in Spanien war so neu und aufregend. Ich fühlte mich wie ein anderer Mensch. Die vielen fremden Leute aus allen möglichen Ländern. Die Farben. Die Gerüche. Alles war so aufregend. Und dann war er da. Wir redeten und dann ..."
„Halt die Klappe. Ich will das gar nicht hören. Was soll das? Wie soll das jetzt mit uns weiter gehen?", polterte ich wütend.
„Es tut mir ja leid. Ich war nicht ich selbst."
„Ach so! So einfach ist das. Und wirst du jetzt öfter nicht du selbst sein oder wie stellst du dir das vor?", schrie ich.
„Nein. Ich weiß auch nicht. Ich will mit dir zusammen sein. Wirklich!"
„Ich weiß nicht. Ich brauche etwas Zeit zum Nachdenken. Und ich weiß auch schon, wo ich die verbringen werde."
„Wie meinst du das?"
„Ich wollte nichts sagen, weil ich den Sommer mit dir verbringen wollte. Aber nun ist die Lage ja anders." Ich sah sie wütend an. „Ich könnte einen Monat nach England gehen und dort arbeiten."
Sie war sichtlich überrascht.
„Einen Monat? Ist ja genial. Ich mein, traurig für uns natürlich, aber total cool für dich."

„Ja, findest du? Das passt dir wohl gut ins Konzept. Der lahme Freund weg und du hast genug Zeit um irgendwelche Weltverbesserer abzuknutschen", wütete ich weiter.
„Hey, hey. Beruhig dich mal wieder. Das war doch nicht meine Idee, oder?", schrie sie jetzt ebenfalls.
„Tut mir leid. War nicht so gemeint. Ich hab dich einfach total vermisst und dann sagst du mir so was."
„Ich weiß. Ich hab dich auch vermisst. Es tut mir wirklich leid", hauchte sie und breitete die Arme aus.
Ich überlegte kurz, ob ich ihre Entschuldigung annehmen sollte und entschied mich dafür. Wir hielten uns lange fest. Dann schliefen wir miteinander. Und danach? Danach lag ich wach und merkte, wie die Mauer, die mein Herz so lange Zeit umgeben hatte, und die ich endlich eingerissen hatte, wieder aufgebaut wurde. Der ängstliche, verletzliche Junge war zurückgekehrt.

Eine Woche später saß ich das erste Mal in meinem Leben in einem Flugzeug.

Die Lichter wurden stetig heller und die Konturen der Straßen und Häuser zusehends klarer, als das Flugzeug den Sinkflug über London antrat. Es war gerade noch hell genug, um die Siedlungen rund um den Flughafen Stansted zu erkennen. Ich fragte mich, was die Menschen in den Häusern gerade machten. Wahrscheinlich das gleiche, was wir Österreicher jeden Abend machten. Vor dem Fernseher essen, in gesitteten Familien vielleicht sogar am Esstisch, und erst danach fernsehen. Auf jeden Fall fernsehen.
Mit einem leichten Ruck setzte das Flugzeug auf der Rollbahn auf und ich wurde von der schnellen Abbremsung in den Gurt gedrückt.
Als ich in Salzburg, gemeinsam mit den anderen Passagieren von einem Shuttlebus zum Flugzeug gefahren wurde, war mir schlecht. Ich hatte Angst und malte mir die verschiedensten Horrorszenarien, wie das Flugzeug abstürzen könnte, aus. Bei lebendigem Leibe in siebentausend Meter Höhe zu verbrennen, durch eine Explosion in Stücke gerissen zu werden, oder bei der Landung zu zerschellen, weil sich das Fahrwerk nicht ausfahren ließ, waren nur einige meiner Wahnvorstellungen.

Als das Flugzeug abhob, wechselten sich heiße und kalte Schauer ab, die über meinen Rücken jagten, wie zwei Rennwagen, die um die Führung in einem Grand Prix kämpften. Als der Kapitän das Fahrwerk einholte, fuhr mir das Geräusch, das dabei entstand, durch Mark und Bein. So ein schnelles Ende hatte ich nicht erwartet. Doch nach einer Weile gewöhnte ich mich an die Geräusche, beziehungsweise ließ mich von Tori Amos in eine samtigweiche Wolke aus Melodien und wunderschönen Tonfolgen entführen, wodurch ich eindämmerte.
Mit zittrigen Beinen erhob ich mich von meinem Sitzplatz, nahm meinen Rucksack aus der Gepäckablage über mir und setzte das erste Mal in meinem Leben einen Fuß auf britischen Boden. Ich fühlte mich sofort zu Hause. Das Land begrüßte mich mit einer warmen Brise, die mir die Haare ins Gesicht wehte. Es war der richtige Ort um mir über Toulouse und mich klar zu werden.
Auf der Suche nach einer Informationstafel irrte ich durch den Flughafen. Darica hatte mir empfohlen, den Schnellbus von Stansted nach Oxford zu nehmen. Nach einer Weile fand ich eine Informationstafel und erfuhr, dass der nächste Bus in zehn Minuten losfahren würde. Zum Glück erreichte ich den Busbahnhof schneller als zuvor die Informationstafel und erwischte den Bus noch. Der Fahrer, ein untersetzter Mann in den späten Vierzigern, der seinem Äußeren nach aus Indien stammte, wies mich an, meine Tasche in einem der Gepäckfächer unten im Bus zu verstauen. Ich kaufte mir ein Ticket und setzte mich auf den Platz mit der Nummer zweiundzwanzig. Die gleiche Nummer wie im Flugzeug. Ein gutes Omen, dachte ich mir.
Als der Bus losfuhr, atmete ich tief durch und fand das erste Mal seit Beginn meiner Reise Zeit, um über meine Gastgeber nachzudenken.

Darica und Alvaro waren gute Freunde meiner Tante. Sie hatte sie vor mehr als fünfzehn Jahren kennen gelernt, als sie ein Auslandssemester in Oxford absolvierte. Darica und Alvaro lebten damals in einem heruntergekommenen Häuschen und vermieteten ein leer stehendes Zimmer an Austauschstudenten oder junge Leute, die eine billige Bleibe suchten.
Zwei Dekaden später lebten die beiden immer noch in demselben Haus. Sie hatten es notdürftig renoviert und den Geist der frühen Achtziger mit den vergammelten Möbeln weggeworfen.
Meine Tante hatte mir vor meiner Abreise von wilden Partys erzählte, die sie in dem kleinen Haus gefeiert hatten. Jede Menge Koks und Gin waren neben Schnauzer und Schulterpolstern fixer Bestandteil dieser langen Nächte. Für meine Tante war die Zeit des wilden Schneetreibens mit ihrer Rückkehr nach Österreich vorbei, doch Darica und Alvaro feierten weiter. Darica arbeitete neben ihrem Studium einigermaßen erfolgreich als Model und Alvaro war einer der gefragtesten Vespa Tuner Südenglands. Doch mit der Zeit fraß das Koks tiefe Furchen in die Gesichter der beiden. Darica wurde zusehends seltener gebucht und als Alvaro, völlig zugekokst, einen schweren Unfall mit seiner Lieblingsvespa verursachte, bei dem sein bester Freund, der hinten auf dem Mofa saß, fast ums Leben kam, änderten die beiden ihr Leben. Statt der wilden Partys gab es ruhige Abende mit vegetarischem Essen und statt Koks versorgten sie ihre geschundenen Körper täglich mit Vitamintabletten. Mittlerweile arbeitete das Pärchen in Soho, im pulsierenden Herzen Londons, in einem kleinen Architektur- und Designbüro und führte ein gesetztes Leben.

Von einer schweren Hand wurde ich unsanft aus dem Schlaf gerissen.
„Sir, Sie müssen hier aussteigen", faselte der sichtlich genervte Busfahrer in gebrochenem Englisch. Der bemitleidenswerte Kerl musste an jeder Haltestelle seinen Sitz hinter dem großen Lenkrad verlassen, um Passagiere zu wecken, die zu faul waren, sich einen Wecker zu stellen.
„Wo sind wir?", fragte ich dämmrig.
Ich hatte einen steifen Hals vom Schlafen im Sitzen und konnte mich nicht ordentlich umsehen.
„Oxford, Highstreet, Ihre Haltestelle", klärte mich der Fahrer auf.
„Wie heißen Sie?", fragte ich.
Der Fahrer sah mich verwirrt an und antwortete zögerlich, „Akhilesh Deepak".
„Was bedeutet der Name?", wollte ich wissen.
Der Fahrer übersetzte sichtlich stolz, aber noch immer unsicher, „Akhilesh bedeutet so viel wie Herr des Universums und Deepak bedeutet Lamm".
„Aha", staunte ich, „vielen Dank für die schöne Busfahrt. Akhilesh Deepak. Auf Wiedersehen".
„Auf Wiedersehen, mein junger Freund", seufzte der Busfahrer merklich erleichtert, dass ich wirklich, wie er vermutet hatte, nur ein Tourist und kein Spion der Einwanderungsbehörde war.
Ich fand mich vor einer kleinen, mit Graffiti beschmierten Bushütte wieder. Meine Tasche lag geduldig neben mir auf dem noch warmen Asphalt, wie ein alter Hund, und ich versuchte mich zurecht zu finden. Ich fischte einen zerknitterten Stadtplan aus meinem Rucksack und versuchte den schnellsten Weg zu Darica und Alvaro zu eruieren. Der Stadtplan führte mich erst die Hauptstraße, eskortiert von Red Brick Häusern entlang, bevor er mir nach einigen hundert Metern

eine Abzweigung nach rechts vorschlug. Ich folgte den Anweisungen des Plans und drei Kreuzungen später stand ich vor dem Haus, in dem ich die nächsten vier Wochen wohnen sollte. Das Haus gefiel mir. Es war etwas schmuddelig, aber seine roten Ziegel und die kleinen weißen Fenster strahlten eine wohlige Wärme aus. Die hölzernen Fensterläden begrüßten mich mit einem leisen Quietschen. Gespannt drückte ich meinen Finger auf den neongrün schimmernden Knopf der Klingel und wartete. Ich lauschte, ob ich Schritte hören konnte. Nichts. Gerade, als ich abermals klingeln wollte, öffnete mir Darica verschlafen die Tür.
„Hi, mein Süßer", begrüßte sie mich herzlich und nahm mich in die Arme, wie einen verlorenen Sohn, der heimgekehrt war.
„Hi, Darica. Hab ich dich geweckt?", fragte ich etwas verlegen.
„Ja, aber das macht nichts. Alvaro und ich sind vor dem Fernseher eingeschlafen. Komm rein. Wie war deine Reise?"
„Gut", antwortete ich knapp.
„Komm mit hoch".
Ich folgte ihr in den ersten Stock. Die Stufen waren mit einem moosgrünen Teppich, der von gelben Streifen durchsetzt war, bezogen. Das war auch der Grund, warum ich Daricas Schritte vorhin nicht gehört hatte. Teppich im Stiegenhaus.
Alvaro fläzte auf der Couch. Im Fernsehen lief Natural Born Killers. Als er uns kommen hörte, öffnete er die Augen einen Spalt, wobei er zu überlegen schien, ob er sich schlafend stellen oder seinen müden Körper hochwuchten und mich begrüßen sollte. Er entschied sich für Zweiteres.
„Hey Jerry. Was läuft?", grüßte er lässig. Obwohl ich Alvaro erst zwei Mal getroffen hatte, als die beiden

meine Tante besucht hatten, hatte ich das Gefühl, einen älteren Bruder nach langer Zeit wieder zu sehen.
„Setz dich. Willst du etwas trinken?“, fragte mich Alvaro, nun etwas munterer.
„Ja gerne. Bier bitte“.
Alvaro sah mich kurz prüfend an, ging in die Küche und kehrte mit drei kleinen Flaschen Stella zurück. Erste Lektion in englischer Bierkultur: Es gibt keine Halbliter Flaschen. Nur nullkommadreiunddreißig Liter.
Er öffnete die Flaschen mit einem Feuerzeug und reichte zuerst Darica, begleitet von einem Kuss, und dann mir ein Bier. Wir prosteten uns gegenseitig zu und tranken. Zweite Lektion in englischer Bierkultur: Wundersamerweise schafften es britische Brauereien, Bier ohne Kohlensäure zu brauen. Gewöhnungsbedürftig.
„Reggi ist schon gespannt auf dich. Er war etwas skeptisch, ob du den Job in der Bar schaffen würdest, aber wir haben ihn davon überzeugt, dass du das sicherlich packen wirst. Also enttäusch uns nicht“, forderte Darica mit einem charmanten Schmunzeln.
„Ich werde mein Bestes geben“, sagte ich etwas beunruhigt.
Reggi war ein guter Freund von Alvaro und führte eine kleine Bar in Soho, in der Nähe des Büros, in dem Darica und Alvaro arbeiteten. Irgendwie hatte Alvaro Reggi davon überzeugt, mich bei ihm arbeiten zu lassen.
„Komm, ich zeige dir dein Zimmer. Du bist bestimmt müde von der Reise. Alvaro bringt dich morgen zu Reggi und dann könnt ihr alles klären. In Ordnung?“, sagte Darica fürsorglich.
„Ja. Alles klar.“
Ich leerte mein Bier, wünschte Alvaro eine gute Nacht und folgte Darica in den zweiten Stock.

Das Zimmer zwar klein, aber gemütlich. An einer Wand stand ein Bett, das fast das halbe Zimmer für sich beanspruchte. Unter einem winzigen Fenster, vor dem eine hohe Buche wuchs, standen ein hölzerner Tisch und ein Klappstuhl.
„Hier kannst du deine Sachen verstauen“, erklärte Darica und zeigte auf einen klapprigen schwarzen Schrank.
„Danke“.
Sie umarmte mich und wünschte mir eine gute Nacht, bevor sie das Zimmer verließ und leise die Tür hinter sich schloss.
Ich warf meine Tasche und den Rucksack in eine Ecke des Raumes und ließ mich auf das Bett fallen. Es war weich und im Nu hatte mich der Schlaf übermannt.
Ein Sonnenstrahl, der durch das winzige Fenster genau auf meinen Kopf fiel, kitzelte mich wach. Ich wollte mich umdrehen und fest in die Decke kuscheln, um noch etwas zu schlafen, als ich feststellte, dass ich auf und nicht unter der Decke lag. Ich blickte ans Bettende, von wo aus mich meine schmutzig-weißen Adidas Sneakers erwartungsvoll ansahen. Ich war in meinen Sachen eingeschlafen. Wie gerädert setzte ich mich auf und die Uhr an meiner rechten Hand verriet mir, dass es bereits Mittag war. Ich schlenderte ins Bad, entleerte meine übervolle Blase und erschrak, als mich aus dem Spiegel ein zerknittertes Ebenbild meines Gesichtes anstarrte. Ich hatte die Angewohnheit, wenn ich sehr müde war, auf das Blinzeln zu vergessen und meine Augenlider erst dann zu bewegen, wenn meine Augäpfel staubtrocken waren und zu brennen begannen. Ich wusch mir das Gesicht und putzte mir die Zähne. Dann ging ich in die Küche, um nach etwas Essbarem zu suchen. Am Kühlschrank, von dem sich selbstaufgebrachte, orange Farbe in dicken

Fetzen löste, wie Rinde von einem alten Baum, klebte ein kleiner roter Zettel mit einer Notiz für mich:

Guten Morgen.
Frühstück ist im Kühlschrank.
Im Ofen warm machen.
Komme gegen drei. Dann fahren wir nach London.
Treffen dort Reggi.

Alvaro

Ich ließ den Zettel kleben und öffnete den Kühlschrank, der mit einem leisen Knarren seinen verheißungsvollen Inhalt preisgab. Auf einem Teller waren Bohnen, gebratene Pilze, Tomaten und gerührte Eier, fein säuberlich in einem Kreis angeordnet. Während ich mir in einer hellblauen Tasse schwarzen Tee machte, erwärmte die Mikrowelle langsam das Essen. Mit vollen Händen setzte ich mich an den Esstisch, schaufelte das Essen gierig in mich hinein und taxierte das Zimmer. Überall standen Bilder von Menschen herum, wobei die meisten glücklich wirkten. Gegenüber einer braunen Cord Couch weilte auf einer niedrigen Kommode ein völlig veralteter Fernseher. Daneben glänzte dafür eine Stereoanlage von Yamaha. Allererste Klasse. In einem benachbarten Regal befanden sich unzählige CDs. Ich stand auf und ließ meinen Blick über die CDs gleiten, wie einen Laserscanner, der ein 3-D-Bild einer Landschaft generieren sollte. Iggy Pop bettelte geradezu darum, wieder einmal ein paar Runden in dem Luxus-CD-Spieler drehen zu dürfen und so frühstückte ich gemeinsam mit dem Passenger zu Ende. Als ich fertig war, setzte ich mich auf die Couch. Sie war schon ziemlich durchgesessen, aber trotzdem gemütlich. Ich ließ den Raum auf mich wirken und verfiel in Gedanken.

Ich dachte an Toulouse. Sie fehlte mir. Gleichzeitig musste ich jedoch an diesen Typen denken und sogleich hasste ich Toulouse. Ich war mir nicht sicher, ob ich noch mit ihr zusammen sein konnte. Wenn ich das noch wollte, so stellte ich fest, würde ich meine Einstellung zu gewissen Dingen ändern müssen. War es gut, so jung schon eine so intensive Beziehung zu führen? Sollten wir uns mehr Freiheiten lassen? Konnten wir zusammen sein und auch andere Leute treffen? Ist man mit siebzehn und fünfzehn Jahren überhaupt fähig, eine offene Beziehung zu führen? Ist man das jemals? Sollten wir auf Grund von jugendlicher Neugierde und sexuellen Trieben eine innige und vertraute Beziehung aufgeben? Ich fand keine Antwort auf diese Fragen und so entschied ich, das Leben die Lösungen finden zu lassen.
Ich war gerade etwas eingedöst, als Alvaro nach Hause kam.
„Hey Jerry. Na, bist du bereit für die große Stadt?“, fragte mich Alvaro mit funkelnden Augen.
„Ich glaube schon“, stammelte ich unsicher.
„Na dann, lass uns aufbrechen. Wenn wir uns beeilen, erwischen wir noch den Drei-Uhr-Bus nach London.“
„Alles klar. Ich hole nur noch schnell meine Tasche.“
„Gut, ich warte unten“, rief Alvaro, der schon im Stiegenhaus verschwunden war.
Alvaro und ich hasteten zum Busbahnhof, der ungefähr zwanzig Minuten entfernt lag.
„Ich gehe immer zu Fuß“, erklärte Alvaro, „da entdeckt man immer was Neues. Sogar in einer Gegend, die man schon zur Genüge kennt.“
Er trug braune Wildleder-Schuhe, dazu Jeans und ein eierschalenfarbenes Hemd, bei dem der oberste Knopf fehlte. Sein kurzes, braunes Haar war strohig und seine Zähne, die eine gelbliche Patina zeigten, standen leicht

schief. Seine grauen Augen versuchten Zuversicht auszustrahlen, vermochten es aber nicht, über die Abgründe, die sie gesehen hatten, hinweg zu täuschen. Die Jahre, in denen er und Darica durch die weiße Hölle gegangen und dabei fast erfroren wären, hatten ihre Spuren hinterlassen.
Am Busbahnhof kauften wir uns zwei zweite Klasse Tickets und hetzten zum Bahnsteig. Der Bus wartete schon ungeduldig. Wir stiegen in das vibrierende Fahrzeug ein und setzten uns auf unsere Plätze. Alvaro saß mir mit überkreuzten Beinen gegenüber und sah aus dem Fenster.
„Was ist Reggi für ein Typ? Ich meine, ist er nett?", wollte ich wissen.
„Lass dich überraschen. Er wird dir gefallen. Aber lass dich nicht vom ersten Eindruck täuschen", warnte er mich.
„Wie meinst du das?", fragte ich.
„Das wirst du schon noch früh genug sehen", tat Alvaro geheimnisvoll.
Der Bus verließ den Busbahnhof und wir fuhren anfangs durch belebte Straßen, vorbei an Kaufhäusern, alteingesessenen Geschäften mit farbenfrohen Reklametafeln an den Fassaden, Wäschereien und einigen Schnellrestaurants. Allmählich wurden die Innenstadthäuser, fast alle aus roten Ziegeln erbaut, manchmal mit pseudobarocken Fassaden, von Hochhäusern und Industriehallen aus Glas und Stahl abgelöst. Nach einer Weile erreichten wir die Autobahn nach London. Die Lärmschutzwände und Brückenpfeiler waren über und über mit Graffitis beschmiert. Nur die wenigsten konnte man als Kunst bezeichnen. Meist handelte es sich nur um Tags. Die Lärmschutzwände verschwanden und gaben den Blick auf zahlreiche Weiden, die hinter niedrigen Zäunen, direkt neben der Autobahn

begannen, frei. Kurzbeinige, meist weiße, selten braun gefleckte Schafe, labten sich an dem satten Grün oder dösten im Schatten eines Baumes. Von Zeit zu Zeit sah man vereinzelte Häuser zwischen friedlichen Hügeln, die, so weit das Auge reichte, die Landschaft prägten. Alles hatte etwas Tristes, aber gleichzeitig zutiefst Geerdetes an sich. Die latente Verkommenheit dieses Landes gab mir ein Gefühl des inneren Friedens. Hier konnte man perfekt nicht perfekt sein und trotzdem etwas Besonderes darstellen.
Nach fast eineinhalb Stunden Fahrt tauchten wieder Lärmschutzwände auf. Die Autobahn wurde vierspurig und am Horizont konnte man die ersten Hochhäuser erkennen. Der Verkehr verdichtete sich und der Busfahrer wurde sichtlich nervöser. Der Bus schlängelte sich durch die Automassen, vorbei an Fabrikgebäuden, über unzählige Kreuzungen und Brücken, bis wir schließlich unser Ziel, die Victoria Station erreichten. Wir verließen den Bus und drängten uns Richtung U-Bahn Station. Ich hatte noch nie so viele Menschen an einem Ort gesehen. Wie die Ameisen liefen sie geschäftig durcheinander und schafften dabei das Kunststück, sich gegenseitig nicht zu berühren. Mir gelang das nicht. Ich wurde von einer Schulter zur nächsten weitergereicht, wie die Kugel in einem Flipper. Alvaro schnappte mich an der Hand und zog mich in eine kleine Nische in einer Wand.
„Du musst dich einfach mittreiben lassen. Dann sind die vielen Menschen kein Problem. Passe dich ihrem Tempo an und bewege dich geschmeidig wie ein Fisch zwischen filigranen Korallenästen. Oder du wirst zerquetscht wie eine Fliege“, drohte Alvaro eindringlich.
„Geschmeidig wie ein Fisch“, wiederholte ich.
Alvaro machte einen Schritt aus der Nische und schon war er weg. Ich folge ihm auf den Schritt und wurde

ebenfalls mitgespült wie Treibgut. Der Lärm war ohrenbetäubend und ich hatte Mühe, ihn im Auge zu behalten. Wir schwammen in die Unterwelt der U-Bahnschächte, ließen uns ins Maul eines riesigen Blechwurmes treiben und fuhren zum Piccadilly Circus. Von hier aus gingen wir zu Fuß weiter zu Reggis Bar. Die Gassen wurden stetig enger und verwinkelter und die Leute verwandelten sich vom Touristen-Einheitsbrei am Piccadilly Circus zu unverwechselbaren Individuen. Alles war vertreten. Punks, Hippies, Dandys, Typen im Fünfziger-Jahre-Gangster-Look, gruft- und vampirophile Wesen, Typen, die von oben bis unten tätowiert und gepierced waren, aus Mangas entflohene Mädchen mit bunten Haaren, Banker, Inder, Türken, Afrikaner, schwule Opas, lesbische Omas und Normalos wie ich.

Die Bar befand sich in der Wardour Street und wurde von einem Friseur, in dem definitiv nur homosexuelle Männer arbeiteten und einer weiteren Bar, die allerdings erst öffnete, wenn Reggis Bar, der Lords Club, schon wieder schloss, flankiert. Also keine direkte Konkurrenz. Die Bar schmückte sich mit einer roten Holzfassade, besaß zwei große Auslagenfenster, in deren Mitte eine große und freundliche Glastür zum Eintreten einlud. Vor der Bar standen zwei Klapptische aus Teakholz mit dazugehörigen Stühlen. Das waren die Logenplätze für die extrovertierten Gäste, die das dringende Bedürfnis verspürten, sich am Laufsteg der Eitelkeiten zu präsentieren.

Wir schritten durch die Glastür und ich war überrascht vom Interieur der Bar. Ausnahmslos dunkles Holz, glänzendes Leder und an den Wänden Bilder von lokalen Berühmtheiten. Wahrscheinlich aus der Theater- und Musicalszene. Es war ein Dienstag und noch nicht viel los. In einer Ecke saß ein Mann mittleren Alters

mit einem dünnen Pferdeschwanz. Er trank Bier und rauchte eine Zigarette, während er wie hypnotisiert in den Fernseher starrte, in dem gerade ein Fußballspiel aus der dritten englischen Liga übertragen wurde. An einem Tisch, vor einem der großen Auslagenfenster, saßen zwei junge Männer. Typische Rucksack-Touristen. Sie trugen Shorts und Flip Flops, bunte Tanktops und waren gut trainiert. Amerikanische Collegestudenten, mutmaßte ich. Sonst war niemand zu sehen. Alvaro und ich setzten uns an die Bar, als wie aus dem Nichts ein glatzköpfiger Typ hinter dieser hochschoss.
„Bestellen oder abhauen“, schrie er mit einem breiten Lächeln im rotbackigen Gesicht.
„Hey Reggi, alles gut bei dir?“, grüßte Alvaro und streckte seine Hand über die Bar.
Reggi schüttelte die ausgestreckte Hand herzhaft und rief, „Klar wie der Himmel über London, mein Freund. Und selbst?“
„Kann nicht klagen.“
„Und du bist wohl unser Österreich-Import“, flötete Reggi und reichte mir ebenfalls die Hand.
„Ja. Jerry. Freut mich, dich kennen zu lernen“, erwiderte ich.
„Reggi. Die Freude ist ganz auf meiner Seite. Die Mädels werden uns die Bude einrennen, wenn sie herauskriegen, dass so ein hübscher Junge bei uns arbeitet. Und aus dem Ausland noch dazu. Na, solange die Bullen nichts spitz kriegen“, flüsterte Reggi mit einem verschwörerischen Lächeln. Er zwinkerte mir zu, sodass sich seine linke Augenbraue wie eine dicke Raupe in Richtung seiner Knollennase bewegte.
Ich sah zuerst Reggi und dann Alvaro etwas panisch an.
„Das ist doch legal, dass ich hier arbeite, oder?“, fragte ich.

Alvaro klopfte mir auf die Schulter. „Klar doch, mach dir keine Sorgen."
Reggi kam hinter der Bar hervor um mich etwas herum zu führen. Er trug eine graue Nadelstreifhose, ein rosa Hemd mit Manschettenknöpfen und diese unverkennbaren schwarz-weißen Lederschuhe, die die Killer in den alten Gangster Filmen stets zu tragen pflegten. Er war mittelgroß, bleich und etwas schwabbelig. Nicht fett, aber doch gut genährt. Ein Vorzeige-Engländer.
Die Bar war nicht allzu groß. Es gab sieben Tische, an denen auch Essen serviert wurde. Im hinteren Teil des Raumes standen drei große Ledercouchen mit einem niedrigen Tisch in ihrer Mitte. Diesen Teil mochte ich von Anfang an am liebsten. An der Bar selbst standen zehn Hocker mit Lederbezug und dahinter waren auf Glasregalen allerlei Spirituosen aufgereiht, wie Soldaten, die auf ihren Einsatz warteten.
„Da gehts zu den Toiletten und in den ersten Stock", erklärte Reggi und zeigte auf eine versteckte Tür in der Holztäfelung hinter den drei Ledercouchen. Über eine enge Treppe gelangten wir in den ersten Stock, der praktisch nur aus der Küche und einem kleinen Aufenthaltsraum für das Personal bestand. Hier war die Noblesse der Bar verschwunden. Es war stickig und die Wände hatten ihren letzten Anstrich bekommen, als Reggi noch an der Milchbar seiner Mutter seinen Durst stillte. In der Küche schwitzten zwei asiatische Köche um die Wette. Es roch nach Curry und frischem Fisch. Und es lag ein süßlicher Duft in der Luft, den ich nicht identifizieren konnte. Im Aufenthaltsraum stand ein alter Tisch, umringt von wackeligen Stühlen. Durch ein schmutziges Fenster drangen Tageslicht und Frischluft in den Raum. An der rechten Wand befanden sich zwei Klappbetten, die bei Bedarf heruntergeklappt werden konnten.

„Wofür sind denn die?“, wollte ich wissen und zeigte auf die Klappbetten.
„Ah, unser Luxusstockbett. Für den Fall der Fälle. Falls es mal spät wird oder einer unserer Barkeeper ein Wetttrinken mit einem Iren verliert. Besser als besoffen Auto zu fahren oder in der U-Bahn einzuschlafen und bis auf die Unterhose ausgeraubt zu werden“, lamentierte Reggi mit einem nachdenklichen Schmunzeln, als würde er sich an ein einschneidendes Erlebnis aus der Vergangenheit erinnern.
„Aha. Muss ich auch an solchen Wetttrinken teilnehmen?“
„Das ist dir überlassen. Aber offiziell darf man in England erst mit achtzehn Jahren Alkohol trinken. Eigentlich dürftest du nach zehn Uhr Abends nicht mal mehr in der Bar sein.“
„Aha.“
„Aber in diesem Stadtviertel ist das nicht so streng“, erklärte Reggi verschwörerisch. Hier gilt: Wenn du mich nicht anscheißt, scheiß ich dich auch nicht an!“
„Das werde ich mir merken.“
Wir kehrten in die Bar zurück, wo Alvaro bereits sein zweites Bier kippte.
„Da seid ihr ja wieder. Dachte schon, ihr würdet in den Klappbetten ein Nickerchen halten.“
Ich sah Reggi verblüfft an.
„Ja, manche Spezialkunden dürfen diese Betten ebenfalls benützen“, lachte Reggi und klopfte Alvaro vielsagend auf die Schulter.
Ich setzte mich neben Alvaro auf einen Barhocker und Reggi stellte mir ein Bier vor die Nase.
„Willkommen in der Mannschaft“, rief Reggi und hob feierlich sein Glas, in dem das Bier fröhlich hin und her schwappte.
„Morgen lernst du dann die anderen kennen. Du fängst

um neun an und arbeitest bis fünf. Dann ist Schichtwechsel und die neuen arbeiten bis zum Schluss weiter. Da weiß man nie so genau, wann das ist. Manchmal um eins. Manchmal gehen wir erst im Morgengrauen nach Hause. Ist das in Ordnung für dich?"
„Sehr in Ordnung. Muss ich sonst noch was wissen?", fragte ich.
Reggi dachte nach, wobei sich auf seiner kahlen Stirn runzelige Falten bildeten.
„Nein. Mach dir keine Sorgen. Das wird alles ganz easy. Ah, bequeme Schuhe sind nicht schlecht."
„Bequeme Schuhe?", fragte ich.
„Ja, bequeme Schuhe", wiederholte Reggi.
„Ganz easy also", dachte ich mir, „und bequeme Schuhe". Da bin ich mal gespannt.
Wir tranken das Bier aus und machten uns auf den Weg zurück nach Oxford.
Auf den Straßen Sohos war jetzt deutlich mehr los. Vor den Bars und Strip Clubs drängten sich die Leute und aus jedem Hauseingang drang laute Musik auf die Straße. Ein wildes Durcheinander von schwitzenden Körpern und schwirrenden Klängen. Ich war fasziniert von diesem Ort. Alvaro musste mich ständig mit einem heftigen Ziehen aus dem Staunen reißen, sonst wäre ich wohl verloren gegangen.
„Hast du noch nie Leute gesehen, die sich auf der Straße betrinken, um danach in einem Puff irgendein Mädchen oder einen hübschen Jungen zu verführen?", fragte Alvaro ungeduldig.
„Ehrlich gesagt nicht", staunte ich.
Alvaro schüttelte den Kopf und ging zielstrebig weiter Richtung U-Bahn. Als wir den Eingang zu einer der vielen U-Bahn Stationen erreichten, blieb Alvaro plötzlich stehen.
„Siehst du dieses Schild über uns? Das große U da

oben", fragte Alvaro und zeigte mit ausgestrecktem Zeigefinger nach oben.
„Äh, ja", antwortete ich etwas verwirrt, weil ich mir nicht vorstellen konnte, was an dem leuchtenden U so besonders sein sollte.
„Diese Schilder stehen immer dort, wo eine U-Bahn Station ist. Verstehst du? Falls du dich mal verirren solltest, musst du nur eines dieser Schilder suchen und schon bist du gerettet. Die U-Bahn Linien sind so eng miteinander verwoben, dass du, ganz egal wo du bist, innerhalb einer Stunde dort bist, wo du hinwolltest. Alles klar?"
„Ja, klar!", sprudelte ich. U-Bahn Schilder merken, notierte ich in meinem gedanklichen Notizblock. Der Block hatte an diesem Tag viele Eintragungen erhalten. Wir fuhren zur Victoria Station, von wo aus wir den Bus zurück nach Oxford nahmen. Als wir auf unseren Plätzen saßen, schlief ich sofort ein. Es war stickig und von Zeit zu Zeit wurde ich von einem Holpern des Busses oder einem fremdartigen Geräusch aus meinen Träumen gerissen. Alvaro schlief ebenfalls. In Oxford angekommen, gingen wir zurück zum Haus, in dem kein Licht mehr brannte.
„Darica schläft schon", flüsterte Alvaro. „Wir sollten leise sein, wenn wir ins Haus gehen."
Ich nickte.
Alvaro öffnete leise die Tür, die uns mit einem verschlafenen Knarren begrüßte und wir schlichen die weichen Stufen nach oben.
„Danke, dass du mich begleitet hast", flüsterte ich.
„Gerne, aber ab morgen musst du alleine zurecht kommen. Ich muss nämlich selbst wieder arbeiten", antwortete Alvaro leise.
„Schon klar. Gute Nacht."
„Gute Nacht."

Ich ging in mein Zimmer. Diesmal zog ich meine Schuhe und Kleider aus. Ich ließ alles auf den Boden fallen. Nach einer raschen Dusche legte ich mich in das etwas zu kurz geratene Bett und sah mit hinter dem Kopf verschränkten Armen aus dem kleinen Fenster. Die Buche vor dem Fenster ließ ihre Blätter im Wind hin und her treiben, wie Korallenäste im Meer. Ich wollte den Tag Revue passieren lassen, doch der Schlaf übermannte mich schneller, als ich einen konkreten Gedanken fassen konnte.

„Bier".
„Verzeihung?", fragte ich.
„Bier. Ich will ein Bier", wiederholte ein zausiger Typ, der wie aus dem Nichts an der Bar aufgetaucht war. Er wirkte traurig und verloren und da ich in vielen Filmen gesehen hatte, dass ein Barkeeper auch so etwas wie ein Seelenklempner sein musste, beschloss ich meiner Pflicht nachzukommen.
„Ist alles in Ordnung?", fragte ich den Mann.
Mit trüben Augen sah er mich entgeistert an und antwortete, „Das geht dich einen Scheißdreck an, und nun gib mir endlich mein Bier."
Ich war ein schlechter Seelenklempner. Ich ging zum Zapfhahn und füllte das Glas, das ich darunter hielt, bis zum Rand. Das Bier hatte so wenig Kohlensäure, dass sich keine schöne Krone formen ließ. Schweigend stellte ich das volle Gefäß vor den mürrischen Mann auf den Bartresen. Ohne ein Wort und ohne mich anzusehen, nahm er das Glas und leerte es in einem Zug.
„Noch eins", blaffte der Säufer.
„Verzeihung?", fragte ich abermals.
„Sag mal, bist du schwer von Begriff? Ich will noch ein Bier", fauchte er, mittlerweile am Rande seiner Geduldsgrenze.

„Entschuldigung, kommt gleich“, stotterte ich.

Es war mein erster Arbeitstag in Reggis Bar und ich war an morgendlichen Alkoholkonsum noch nicht gewöhnt.
Ich war seit neun Uhr morgens anwesend und Reggi hatte mir gezeigt, was ich zu tun hatte und wo alles war. Die Gläser, die Getränke, die kleinen Snacks, wie Erdnüsse und Chips mit Essig, wie der Zapfhahn und die Kaffeemaschine funktionierten, wie ich das Essen aus der Küche orderte, wie sich der Fernseher bedienen ließ und was zu tun war, wenn ein Betrunkener Ärger machte. Hinter der Bar lag ein Baseballschläger, auf dem in großen roten Buchstaben „Your Face“ geschrieben stand, und den Reggi liebevoll „Casandra“, nach seiner zweiten Frau, benannt hatte. Er meinte, dass der Anblick des Schlägers im Normalfall reichen würde, um die Unruhestifter abzuschrecken.
Jetzt war es gerade mal halb elf und der erste Saufbruder war schon da. Nach dem dritten Bier innerhalb einer Stunde war der Typ, mit dem Kopf auf seinen verschränkten Armen liegend, auf dem Bartresen eingeschlafen. Beruhigt löste ich meinen Blick von dem Baseballschläger, mit dessen Einsatz ich von Zeit zu Zeit geliebäugelt hatte, als der Morgentrinker lauter geworden war als der Marktschreier am Gemüsestand am Ende der Straße.
Als Reggi aus dem ersten Stock herunter hüpfte, um zu sehen, ob ich zurecht kam, blieb sein Blick an dem Betrunkenen hängen, der auf seiner Bar schlief.
„Was macht denn der da?“, empörte sich Reggi und deute mit dem Kopf auf den Betrunkenen.
„Schlafen“, entgegnete ich bedeutungslos.
„Das sehe ich selbst, aber so geht das nicht. Solche Typen fliegen raus. Hat er schon bezahlt?“

„Ja. Jedes Bier im Vorhinein. Sorry, aber er hat mir leid getan. Ich wollte ihn bei diesem Sauwetter nicht vor die Tür jagen."
Seit ich am Morgen in Oxford aufgebrochen war, hing eine finstere Wolkenschicht über Mittel- und Südengland. Je näher ich London gekommen war, desto dichter und bedrohlicher waren die Wolken geworden. Manchmal glaubte ich sogar, ein grimmiges Gesicht am Himmel zu erkennen. Einen alten Mann mit einem dichten Bart und rund aufgeblähten Backen, der einen Sturm über die Metropole zu jagen versuchte. Am Weg von der U-Bahn zu Reggis Bar hatte der Regen eingesetzt. Zuerst sanft und leise, wie ein zärtliches Vorspiel. Doch plötzlich war ein Sturm losgebrochen und es hatte wie aus Eimern zu schütten begonnen. Der Höhepunkt war ohne langes Hin und Her erreicht worden und entlud eine gewaltige Menge Regen über der Stadt. Als ich Reggis Bar erreicht hatte, ließ der Sturm wieder nach, aber der Regen blieb.

„Ja, ja, schon gut. Aber sobald andere Gäste kommen, fliegt er raus!"
„Okay."
„Sonst hast du ja alles im Griff, wie ich sehe."
„Ich gebe mein Bestes", sagte ich stolz.
„Mach dir keine Sorgen. Gegen ein Uhr kommt Brian. Der hilft dir dann, wenn die Leute kommen, um Mittag zu essen. Um diese Zeit ist immer sehr viel los. Viele gestresste Geschäftsleute. Da muss alles schnell, schnell gehen. Deshalb arbeite ich lieber am Abend. Da sind die Leute entspannter und alles läuft etwas friedlicher ab. Solange bis einer zu viel erwischt hat. Aber du wirst schon sehen - alles kein Problem."
„Ja gut. Danke Reggi."
„Wofür denn?"

„Na, dass ich hier arbeiten darf."
„Ach so, kein Thema. Es ist mir eine Ehre", witzelte er und verneigte sich beim Gehen kurz, indem er eine Hand auf den Rücken legte und sich ein Stück nach vorne beugte. Dann verschwand er wieder in den ersten Stock.

Kurz vor ein Uhr kam Brian.
Er war vor eineinhalb Jahren mit einem kleinen Rucksack und seinem Banjo aus Australien aufgebrochen, um die Welt zu entdecken und mit seiner Musik Geld zu machen. Aus der Musikkarriere wurde nichts und so musste er sich einen Job suchen, der etwas mehr Geld abwarf als er als Straßenmusiker verdiente. Eine Zeit lang jobbte er in Frankreich als Erntehelfer und Toyboy einer reichen Gutsherrin. Doch als ihn seine Mäzenin in den Stand der Ehe erheben wollte, schnappte er sich sein Banjo und kehrte dem französischen Landleben den Rücken. Er irrte einige Monate durch Europa, bis er in London landete. Eines Tages saß er in Reggis Bar auf einer der Ledercouchen und sah sich ein Fußballspiel im Fernsehen an, als er Zeuge wurde, wie Reggi mit Mitarbeitern verfuhr, die ihn beklauten. Der langhaarige Typ machte Bekanntschaft mit „Casandra" und suchte heulend das Weite.
„So eine Scheiße, jetzt kann ich wieder selber die Mittagsschicht machen", fluchte Reggi.
Brian ging zur Bar, setzte sich auf einen Hocker, beobachtete Reggi und wartete auf seine Chance.
„Was willst du trinken?", fragte Reggi, noch immer fluchend, den jungen Mann an der Bar.
„Jacky-Cola, und ich kann es mir auch gleich selber mixen", erklärte Brian frech.
„Was? Wie bitte?", fragte Reggi geistesabwesend, weil er sich mit dem Gedanken anzufreunden versuchte,

wieder die gestressten Geschäftsleute zu Mittag zu bedienen.
„Ich kann mir das Jacky-Cola auch gleich selber machen“, wiederholte Brian.
„Spinnst du, ich habe jetzt echt nicht die Zeit für solche Witze. Also was willst du?“
„Ich will für Sie arbeiten. Ich meine, ich habe das eben mitbekommen und ich vermute, dass Ihnen jetzt ein Mitarbeiter fehlt und da ich einen Job brauche, dachte ich, das trifft sich doch gut, oder?“, entgegnete Brian und setzte sein charmantestes Lächeln auf.
„Willst du mich anbaggern oder einen Job?“
„Einen Job, aber Ihr Arsch ist auch nicht von schlechten Eltern.“
„Ha ha, du gefällst mir.“ Reggi reichte Brian die Hand und fuhr fort, „ich bin Reggi und wie heißt du, mein Freund?“
„Brian“, stellte er sich vor und schüttelte Reggi kräftig die Hand, um zu beweisen, dass er keine Tunte und nicht hinter dem Arsch von Reggi her war.
„Kräftiger Händedruck, gefällt mir.“
Seit dem war fast ein Jahr vergangen und Brian arbeitete noch immer in der Bar. Einmal in der Woche spielte er mit seinem Banjo und bescherte Reggi damit Rekordumsätze. Brian war ausnehmend hübsch. Zum Glück hatte er einen einigermaßen stattlichen Bart, den er an der Oberlippe und in Form eines kleinen Dreiecks unter der Unterlippe sprießen ließ. Ansonsten hätte man ihn beinahe für eine androgyne Frau halten können.
Wenn Brian seine Auftritte absolvierte, war der Prozentsatz an Frauen in der Bar exorbitant hoch. In Folge dessen wurden auch mehr Männer angelockt und das Geschäft brummte. Für Brian war es egal, ob die Frauen nur wegen seines Äußeren zu seinen Konzerten

kamen und die Männer nur wegen der Frauen. Er liebte es, vor Publikum zu spielen und das hatte noch nirgends so gut funktioniert wie hier.

Brian kam hinter die Bar, stellte seinen Rucksack und sein Banjo, das er immer dabei hatte, hinter die Bar und musterte kurz seinen Arbeitsplatz und dann mich. Ich kam mir vor wie bei einer Hundeschau.
Scheinbar zufrieden, setzte er sein unwiderstehliches Lächeln auf und sagte mit einem eigenartigen Akzent, „Hi, ich bin Brian. Und mit wem habe ich das Vergnügen?"
Wäre ich schwul oder eine Frau gewesen, hätte ich mich sofort in ihn verliebt. So blieb es nur bei dem Gedanken daran.
„Hi, ich bin Jerry. Ich arbeite das nächste Monat hier", erklärte ich.
„Ah, unser Österreich-Import. Freut mich. Gefällts dir hier?"
„Ja."
„Bist ein bisschen wortkarg, was? Na ja, das wird sich schon noch ändern."
„Vielleicht", sagte ich.

Der Tag verging schleppend. Petrus kochte eifrig eine dicke Nebelsuppe über London, die er in unregelmäßigen Abständen mit einem kräftigen Regenguss würzte.
Gegen fünf Uhr war mein erster Arbeitstag zu Ende und ich machte mich auf den Heimweg Richtung Oxford. Auf dem Weg zur U-Bahn kaufte ich mir eine Portion Fish n' Chips. Ich hatte gelesen, dass der frittierte Fisch und die fettigen Pommes Frites das Leibgericht der Engländer waren. Als ich das Zeitungspapier, in dem das Essen eingewickelt war, auseinander

rollte, wurde mein Optimismus dem Essen gegenüber auf eine ernste Probe gestellt. Auf den ersten Blick konnte ich Fisch und Pommes kaum voneinander unterscheiden und der Geruch verhieß ebenfalls nichts Gutes. Trotzdem nahm ich ein Stück Fisch und steckte es in meinen vorfreudigen Mund. Anfangs schmeckte ich gar nichts, bis sich nach ein paar Sekunden ein fettiger, abgestandener Geschmack über meine Zunge ausbreitete und meinen Magen gegen einen plötzlich auftretenden Brechreiz ankämpfen ließ. Ich würgte das Stück Fisch hinunter, gab meinen Geschmacksknospen eine kurze Erholzeit und probierte eines der Kartoffelstäbchen. Wieder dasselbe. Anfangs nichts und dann der Brechreiz. Voller Ekel warf ich das Paket in den nächsten Mülleimer. Enttäuscht und hungrig fuhr ich mit der U-Bahn zur Victoria Station und mit dem Bus weiter nach Oxford.

Nachdenklich starrte ich aus dem Fenster, als sich Toulouse in mein Bewusstsein drängte. Es nagte an meinem Selbstbewusstsein, dass sie einen anderen Jungen geküsst hatte und ich fragte mich, ob nur mein Stolz oder auch mein Herz verletzt war. Konnte ich es akzeptieren, dass sie andere Jungs attraktiv fand? Dürfte ich selber andere Frauen attraktiv finden? Ich liebte es mit ihr zusammen zu sein und sie fehlte mir, aber Hormone haben nun mal ihren eigenen Willen.
Von einer grellen Stimme, die den Fahrgästen mitteilte, dass der Bus in wenigen Minuten Oxford erreichen würde, wurde ich aus meinen Gedanken gerissen. Als ich zu Hause ankam, war das Haus verlassen.
Ich kochte mir ein leichtes Nudelgericht und versöhnte meine Geschmacksknospen mit einem aromatischen Tomaten- und Kräutergeschmack. Danach las ich noch ein paar Seiten in Irvine Welshs Trainspotting, bis mich

die Müdigkeit übermannte und ich in einen unruhigen Schlaf fiel.
Ich träumte von Gläsern, die ein Eigenleben entwickelten und eine Bar führten, in der sie Drinks in ausgehöhlten Menschenköpfen servierten. Als Dekoration steckten sie Augäpfel auf langen, bunten Spießen in die hohlen Köpfe. Mit einem erstickten Schrei schreckte ich auf und betastete meinen Kopf. Als ich mich versichert hatte, dass kein Augapfelspießchen aus meinem ausgehöhlten Kopf stand, schlief ich wieder ein.

Am nächsten Morgen weckte mich lautes Geschrei. Anfangs dachte ich, es wären Kinder, die sich auf der Straße zankten, aber bei genauerem Hinhören stellte ich fest, dass der Lärm aus dem Wohnzimmer einen Stock tiefer zu mir nach oben drang. Ich rollte mich aus dem Bett, schlüpfte in meine braunen Flip Flops und öffnete die Tür meines Zimmers einen Spalt. Es waren Alvaro und Darica. Ich verstand nicht alles, aber ich konnte heraushören, dass es um letzte Nacht ging. Allem Anschein nach waren die beiden in einem Pub gewesen und Alvaro hatte sich über die Maßen betrunken und zu Hause auf das Sofa gekotzt.
Seit die beiden kein Koks mehr anrührten, hatte Alvaro anscheinend ein kleines Alkoholproblem etabliert. Diese Tatsache bestätigte eine meiner Theorien, was das Thema Sucht betraf. Ein Mensch, der einmal süchtig war, egal nach was, der brauchte eine neue Sucht, wenn er die alte Sucht besiegt hatte. Bei Drogensüchtigen wurde meist Alkoholsucht daraus, und bei Alkoholsüchtigen entschied sich der Körper für Drogen. Spielsucht, Sexsucht, Magersucht oder Fresssucht waren ebenfalls sehr beliebte Ersatzsüchte. Wie es Axl Rose in Mr. Brownstone so treffend formulierte:

I used to do a little but a little wouldn't do
So the little got more and more
That old man he's a real muthafucker

Um diesem Streit aus dem Weg zu gehen unterzog ich mich fürs Erste einer intensiven Körperreinigung. Nach einer ausgiebigen Dusche betrachtete ich mein Gesicht im Spiegel. Der Flaum über meiner Oberlippe begann sich langsam braun zu färben, wie das Fell eines Schneehasen im Sommer. Bedächtig rasierte ich mich und trotzdem leckte die Klinge zweimal Blut. Anschließend zupfte ich die Härchen zwischen meinen Augenbrauen und begutachtete die vereinzelten Pickel auf meiner Stirn. Alles in allem gar nicht so übel. Danach ging ich in mein Zimmer und kleidete mich an. Langsam wagte ich mich ins Wohnzimmer und obwohl der Streit abgeflaut war, lag noch eine leichte Spannung in der Luft.
„Hallo Leute, alles klar bei euch?“, fragte ich und tat so, als hätte ich von dem Streit nichts mitbekommen.
„Ja, ja“, nickte Darica und stierte, eine Zigarette rauchend, aus dem Fenster.
„Wie war dein erster Arbeitstag gestern?“, fragte Alvaro.
„Gut. Ich habe Brian kennen gelernt und meinen ersten Bartresenschläfer gehabt. Also alles gut“, antwortete ich heiter.
„Ah sieh an, die berühmten Bartresenschläfer“, stichelte Darica mit einem bösen Blick in Alvaros Richtung.
„Was siehst du mich so an? Es wird nicht mehr passieren, verdammt! Das hatten wir doch abgehakt, oder?“, winselte Alvaro mit flehender Stimme.
„Ja, ja, abgehakt“, antwortete Darica mit einer wegwerfenden Handbewegung.
„Also ich hab heute meine erste Abendschicht in der Bar. Irgendwelche guten Tipps?“, fragte ich in der

Hoffnung eine Antwort zu bekommen, die mir meine Angst nahm.
In einer Bar mitten in Soho in der Nacht zu arbeiten bereitete mir doch etwas Unbehagen. Ich hatte das unbestimmte Gefühl, „Casandra“ im Ernstfall nicht genügend zur Geltung zu bringen.
„Ganz ruhig Jerry, Reggi ist ja da und passt bestens auf dich auf, vertrau mir. Und die Ladys werden dich lieben. Nimm dich nur vor den Tunten in Acht. Für die bist du Frischfleisch“, kicherte Alvaro mit einem schiefen Grinsen, das seine markanten Backenknochen wie zwei kleine Berggipfel aus seinem Gesicht ragen ließ.
„Danke. Jetzt geht’s mir schon viel besser“, klapperte ich. Nun hatte ich wirklich Angst.

Nach dem Frühstück flanierte ich in die Stadt, kaufte mir Donuts und in einem mickrigen Zeitungsladen ein Magazin über London. Ich ließ mich auf eine rostige Parkbank nieder und aß einen Donut, der mit Vanillecreme gefüllt und bunten Streuseln dekoriert war. Aus dem Magazin erfuhr ich, dass die Camden Markets von den Spittelfield Markets als beliebtester Markt in London abgelöst worden waren. Allerdings nur bei Einheimischen. Für Touristen waren die Camden Markets immer noch die Nummer Eins unter den Märkten in London. Ich beschloss an meinem ersten freien Tag, also morgen, dort hin zu fahren. Nach dem dritten Donut, Schoko mit Schokostreuseln und einem Donut mit grünem Zuckerguss, schlenderte ich wieder nach Hause, um vor meiner ersten Abendschicht in der Bar noch ein bisschen zu schlafen.

Als ich vollkommen durchgeschwitzt, weil Petrus die Suppe satt und seinen Gelüsten für Grillfleisch nachgegeben hatte, in der Bar ankam, hatten Reggi und

Brian schon alle Hände voll zu tun, um die durstigen Kehlen der Gäste vor der Austrocknung zu bewahren. Reggi zapfte ein Bier, sah mich und rief gutgelaunt, „Hi Jerry, du kommst gerade rechtzeitig. Schwing deinen Hintern hinter die Bar und zeig, dass du dein Geld wert bist!"

„Hi Reggi, alles klar. Ganz schön was los heute", rief ich, um den Lärm der Gäste zu übertönen.

„Ja, kein Wunder bei dem Wetter."

„Hi Brian. Was macht die Kunst?", fragte ich unbeholfen.

„Kämpft gegen die Unterdrückung durch die Obrigkeit", wobei er einen nicht ganz ernst gemeinten, bösen Blick in Reggis Richtung warf und mit einem vollen Tablett an mir vorbeirauschte.

Ich schlüpfte hinter die Bar, verstaute meinen Rucksack unter dem Tresen und band mir eine schwarze Schürze um, die einem stylischen Kilt glich und die alle Mitarbeiter in Reggis Bar trugen.

„Was kann ich machen?", fragte ich Reggi voller Tatendrang.

„Die Gläser gehören in den Geschirrspüler, du kannst neuen Kaffee aufsetzen und die Jungs auf Tisch sieben kriegen zwei Gin Tonic", wies mich Reggi mit einer Selbstverständlichkeit an, als hätte ich mein Leben lang nichts anderes gemacht, als Drinks zu mixen und Kaffee zu kochen.

„Wird gemacht, Sir", salutierte ich.

Reggi lächelte mich an und gab mir zu verstehen, dass mir der Spaß schon noch vergehen würde.

Er hatte Recht. Nach vier Stunden Arbeit hatte ich das erste Mal Zeit für eine kurze Pause. Mit müden Beinen ging ich in den ersten Stock, holte mir in der Küche eine Kleinigkeit zu essen und setzte mich in das stickige Zimmer, in dem die Notbetten an der Wand befestigt waren. Es roch süßlich und nach Bratfett. Nachdem ich

etwas Hühnchen und ein paar Pommes hinuntergeschlungen hatte, ging ich aufs Klo und danach sofort wieder hinunter hinter die Bar.
Inzwischen war die Bar brechend voll und kein Platz mehr frei. Sogar vor der Bar standen die Leute auf der Straße und genossen bei einem kühlen Bier die wenigen Sonnenstrahlen, die sich durch die engen Häuserschluchten drängten. Wir zapften ununterbrochen Bier, mixten Drinks, servierten Essen, räumten die Spülmaschine ein und aus, wischten Tische ab, leerten Aschenbecher, kochten Kaffee und füllten die gläsernen Schälchen, die auf den Tischen und auf der Bar standen, mit gratis Erdnüssen und Chips. Ich nahm die Gäste gar nicht mehr als Menschen, sondern nur mehr als graue Automaten wahr, die mir ihre Wünsche mitteilten, die ich mechanisch ausführte. Ich gab ihnen ihr Getränk, sie zahlten und schon hatte ich wieder ein Gesicht vergessen.
Als ich die Spülmaschine zum gefühlten hundertsten Mal eingeräumt und auf Schnellwaschgang gestellt hatte, wurde mein Blick von einer neuen Person, die an der Bar einen der begehrten Barhocker ergattert hatte, gefesselt. In dem ganzen Getümmel strahlte sie eine traurige Ruhe aus, der ich mich nicht entziehen konnte. Ich starrte die Frau, die Mitte Vierzig gewesen sein dürfte, an, als wäre sie ein Geist. Der tosende Lärm rund um mich verstummte, als hätte jemand den Pauseknopf an einer Stereoanlage gedrückt.
„Was starrst du mich denn so an? Krieg ich hier auch was zu trinken oder soll ich dir Modell stehen, damit du mich im Geiste porträtieren kannst?“, zeterte die Frau mürrisch.
Ich hörte zwar, dass sie etwas gesagt hatte, ihre Worte drangen jedoch nur wie verlangsamte Schallwellen ganz dumpf in mein Gehirn ein.

„Hallo, ob ich hier auch etwas zu trinken bekomme, habe ich gefragt!", rief sie mit Nachdruck und winkte mit einer dünnfingrigen Hand vor meinen Augen herum.
„Äh, ja natürlich, Verzeihung", stotterte ich. „Was darfs denn sein?"
„Na geht doch. Pimm's bitte", bestellte sie mit einem vorfreudigen Lächeln.
„Wie bitte?" Ich war noch immer nicht ganz bei mir.
„Pimm's. Pimm's bitte!"
„Ach so, natürlich, kommt sofort."
Ich mixte den Drink aus Pimm's, einem extra Schuss Gin, Ginger Ale und jeweils einer Scheibe Gurke und Zitrone. Dann stellte ich das überschwappende Glas vor der geheimnisvollen Frau auf den Bartresen und starrte sie wieder an. Mit einer eleganten Bewegung führte sie das Glas an ihre vollen Lippen und nippte genüsslich. Als das herbe Getränk ihre Kehle hinunter lief, weiteten sich ihre Augen und ich konnte einen grünlichen Ring erkennen, der ihre Iris umspielte wie ein Hula-Hoop-Reifen den Bauch eines Kindes. Sie war stark geschminkt. Etwas zu stark für meinen Geschmack und sie trug eine schwarze Perücke, die wallend über ihre Schultern fiel. Offenbar hatte sie etwas zu verbergen. Auch ihre Kleidung schien mir für eine Frau in ihrem Alter etwas zu aufdringlich. Als wolle sie sich möglichst gewinnbringend verkaufen. Sie war schlank, hatte aber verhältnismäßig große Brüste, die fest und kompakt in einem engen, violetten Top verpackt waren. Ihr Dekolleté glitzerte wie eine Diskokugel. Der Glitter gab sein Bestes, von der nicht mehr ganz straffen Haut und den vereinzelten Fältchen abzulenken. Auch die Haut ihrer Oberarme hatte schon an Substanz verloren und hing, gleich einem schlecht gespannten Leintuch, schlaff an ihren Knochen.

„Wieso starrst du mich eigentlich die ganze Zeit so an?“, fragte sie. Ziehst du mich etwa mit den Augen aus, mein Kleiner?“
„Äh, nein, tut mir leid... es ist nur.“
„Es ist nur was? Willst du mich ficken?“, schnaubte sie ohne Scham.
„Was? Nein, natürlich nicht!“, versuchte ich zu erklären.
„Nicht? Gefalle ich dir etwa nicht?“
„Nein, so war das nicht gemeint, ich ...“
„Ist schon gut, ich verarsche dich doch nur. Ich bin das gewöhnt.“
„Wieso gewöhnt?“, fragte ich.
Sie sah mich misstrauisch an. „Was glaubst du denn, was ich bin?“
„Wie, was Sie sind? Wie meinen Sie das?“
„Na, was ich so mache.“
„Ich weiß nicht.“
„Ich sags dir, wie es ist, mein Kleiner. Ich bin eine Hure. Eine Nutte. Nicht mehr und nicht weniger.“
„Das tut mir leid“, sagte ich.
„Wieso tut dir das leid? Sehe ich so bemitleidenswert aus?“
„Äh, nein, so war das nicht ...“
„He Jerry, hör mit der Flirterei auf und zapf mir vier Bier für die Mädels auf Tisch acht“, rief mir Reggi zu, während er drei Teller auf der linken und zwei Drinks in der rechten Hand jonglierte.
„Ja, sicher Reggi, kommt sofort.“
Reggi wusste es nicht, aber er rettete mich aus einer Konversation, die gerade eine sehr peinliche Richtung für mich eingeschlagen hatte.
Den restlichen Abend erledigte ich meine Arbeit so gut ich konnte. Ich war abgelenkt, denn ich musste ständig an die Hure an der Bar denken. Sie saß den ganzen Abend alleine auf ihrem Barhocker, rauchte Zigaretten,

die in einem dieser Plastikfilter steckten, wie sie französische Damen benützten, und trank Pimm's. Jedes Mal, wenn ich hinter die Bar ging, um einen Drink zu mixen oder ein Bier zu zapfen, sah sie mich eindringlich an. Ich wusste nicht, ob sie nur mit mir spielte, oder ob sie mich verführen wollte. Doch tief in meinem Inneren fühlte ich mich ihr vertraut und hatte das Gefühl, dass sie einige meiner Fragen, was Beziehungen und Treue anging, die in meiner Seele brannten wie eine Zigarette, die auf blanker Haut ausgedrückt wurde, beantworten konnte.
Der Abend schritt voran und die Bar leerte sich allmählich. Die Hure saß geduldig auf ihrem Platz und rauchte.
„Darfs noch was sein?", fragte ich die Hure, als ich bemerkte, dass ihr Glas leer war.
„Nein danke, lass gut sein."
„Okay."
„Wie lange musst du denn noch arbeiten, mein Kleiner?", wollte sie wissen.
„Ich?"
„Ja du". Sie lächelte. Anscheinend amüsierte es sie, dass sie mich so verwirrte.
„Ich weiß nicht genau. Normalerweise bis elf Uhr."
Sie sah auf eine billige Plastikuhr, die sie bestimmt in einem der Läden in China Town oder auf einem Flohmarkt gekauft hatte.
„Also noch zehn Minuten. Solange kann ich jetzt auch noch warten", seufzte sie.
„Wieso wollen Sie denn warten, bis ich Schluss habe?"
„Ich dachte mir, du würdest mich vielleicht bei einem kleinen Spaziergang begleiten."
„Wirklich?" Ich war sprachlos. Was wollte sie bloß von mir? „Ähm, ich weiß nicht so recht."
„Was weißt du nicht? Fürchtest du dich vor mir?"

„Wenn ich ehrlich sein soll, schon ein bisschen", dachte ich bei mir. „Nein, natürlich nicht. Ich frage mich nur, warum Sie Ihre Zeit mit mir verschwenden wollen."
„Lass das mal meine Sorge sein."

Als meine Schicht zu Ende war, ging ich in den ersten Stock und holte meinen Rucksack. Ich wusch mir Hände und Gesicht und erfrischte meine Achseln mit einem Deoroller. Zurück in der Bar, war ich mir sicher, dass die Hure weg sein würde, aber sie saß noch auf dem Hocker. Sie hatte sich gerade eine Zigarette angezündet und lächelte fröhlich, als sie mich sah. Wahrscheinlich hatte sie ebenfalls damit gerechnet, dass ich mich durch den Hinterausgang davon schleichen würde.
„Bereit?", fragte sie.
„Ich glaube schon", antwortete ich unsicher.
„Na dann, los."
Brian und Reggi warfen mir einen schweinischen Blick zu, als ich mich verabschiedete.
Ich ging hinter der Hure aus der Bar und konnte das erste Mal ihren ganzen Körper in Augenschein nehmen. Sie war einen Kopf kleiner als ich, trug einen knielangen Seidenrock und gemütliche Ledersandalen. Ihre Fesseln waren schlank, fest und ihre Schenkel standen denen einer Zwanzigjährigen um nichts nach. Nur ihre Haut hatte etwas an Spannkraft verloren und sah aus wie frisch geschöpftes Büttenpapier. Sie bewegte sich mit derselben Eleganz, mit der sie Stunden zuvor das Cocktailglas an ihre Lippen geführt hatte.
Wir gingen eine Weile schweigend nebeneinander her. Die Straßen Sohos waren noch belebt. Allerdings trieben sich nur mehr auffällig gekleidete Leute und Besoffene herum. Von den Geschäftsleuten, welche die Bar zu Mittag überrannt hatten, war nichts mehr zu sehen.

Sie sah mich mehrmals neugierig an, sagte aber nichts. Sie lächelte immer nur und rauchte.
Als wir an der Markthalle von Covent Garden vorbei schlenderten, fasste ich mir ein Herz und fragte sie, „Sind Sie schon einmal betrogen worden?"
Sie sah mich verwundert an. „Da bringst du die ganze Zeit kein Wort heraus und dann fragst du mich so eine persönliche Frage?"
„Ich weiß, aber mich beschäftigt etwas. Und es frisst mich auf."
„Aha. Na dann überspringen wir eben die oberflächlichen Themen. Aber deinen Namen wüsste ich schon noch gern, bevor ich dir antworte."
„Natürlich, ich heiße Jerry", stellte ich mich vor und streckte ihr meine Hand hin, wie bei einem Vorstellungsgespräch.
„Sehr erfreut. Du kannst mich Sue nennen."
„Freut mich auch. Also, bist du schon einmal betrogen worden?", bohrte ich weiter.
„Tja, ich würde schon sagen und zwar von Gott. Um mein Leben", seufzte sie, mit einem verbitterten Unterton.
Mit dieser Antwort hatte ich nicht gerechnet.
„Wie kann man von Gott um sein Leben betrogen werden?", fragte ich.
„Hm, gute Frage. Glaubst du, dass ich meinen Job freiwillig mache?"
„Aber wenn du es nicht freiwillig machst, warum hörst du nicht einfach damit auf? Ich meine, du könntest doch genauso gut in einem Supermarkt oder einer Bar arbeiten. Oder Blumen verkaufen."
„So einfach ist das nicht. Wenn man an einem gewissen Punkt in seinem Leben angekommen ist, kann man nicht mehr so einfach umkehren."
„Das verstehe ich nicht."

„Ich erzähl dir mal was. Ich bin in einem kleinen Dorf an der Südküste Englands aufgewachsen. Es gab nichts, außer ein paar hübschen Häusern, vielen Schafen und der Natur."
„Wie in diesen Rosamunde-Pilcher-Filmen?", unterbrach ich sie.
„Genau so. Eines Tages, es war kurz nach meinem fünfzehnten Geburtstag, beschlossen meine Jugendliebe, ein großgewachsener, adretter Junge aus meinem Dorf und ich, Liebe zu machen."
Während sie den Jungen aus ihrem Dorf erwähnte, schien sie in Gedanken zurück in diese Zeit zu wandern und ein sehnsüchtiges Lächeln huschte über ihre Lippen.
„Zwei Monate später musste ich mich morgens übergeben, und als ich diesen Monat meine Periode nicht bekam, war klar, dass ich schwanger war. Der Junge und ich waren am Boden zerstört. Meine Eltern warfen mich hochkant raus und meinten, ich müsse den Schlamassel alleine ausbaden. Der Junge wurde in ein strenges Internat gesteckt und ich sah ihn nie wieder. Zum Glück hatte ich eine Tante in London, bei der ich, solange ich schwanger war, unterkam. Allerdings musste ich in ihrem Restaurant aushelfen. Durch die anstrengende Arbeit brach ich eines Tages zusammen und verlor das Baby. Das brach mir das Herz – zum zweiten Mal innerhalb kurzer Zeit."
„Das tut mir leid", nuschelte ich unbeholfen.
„Ist schon in Ordnung. Nachdem ich das Baby verloren hatte, trieb ich mich immer öfter auf der Straße herum und lernte die falschen Leute kennen. Ich begann zu trinken und Drogen zu nehmen. Bald waren meine wenigen Ersparnisse aufgebraucht und ich hatte Schulden bei einem Dealer. Er stellte mich vor die Wahl. Entweder ich würde für ihn anschaffen gehen, oder er

würde mich tot schlagen. Ich entschied mich für das Anschaffen. So schlief ich das erste Mal mit siebzehn Jahren gegen Bezahlung mit einem Mann. Diesem Mann folgten viele weitere, meistens hässliche, fette Kerle. Abstoßend und pervers. Selten auch nette Männer. Am liebsten waren mir junge, schüchterne Typen, die schon über zwanzig waren und endlich ihre Unschuld verlieren wollten. Aber das Gros waren diese schleimigen Arschlöcher, die nicht selten zu Gewalt neigen. Um diese Perversen zu ertragen nahm ich noch mehr Drogen. Nach zwei Jahren war ich dermaßen kaputt, dass ich in ein Krankenhaus eingeliefert wurde und gerade so mit dem Leben davon kam. Da ich meine Schulden bei dem Dealer abgearbeitet hatte und er sowieso glaubte, ich würde in irgendeiner Kloake verrecken, beschloss ich mich selbstständig zu machen."
„Als Hure?", fragte ich entgeistert.
„Ja genau, als Hure. Ich konnte ja nichts anderes. Ich suchte mir in Soho eine kleine Wohnung, in die ich meine Kunden mitnahm. Reich bin ich so zwar nicht geworden, aber immerhin konnte ich mir die Freier nun selber aussuchen und musste keine Angst vor schmierigen Dealern und Zuhältern mehr haben. Mit den Drogen hab ich aufgehört, aber einem guten Drink dann und wann kann ich einfach nicht widerstehen."
„Das klingt ja ..."
„Ich weiß. Klischeehafter gehts eigentlich nicht mehr, aber genau so ist es mir passiert. Die Einzelheiten erspar ich dir lieber. Vielen Frauen geht es so, und bei jeder wirkt es abgedroschen. Aber das Klischee der gefallenen Mädchen ist eine traurige Wahrheit."
„Hm ...", machte ich mit nachdenklicher Miene. Dagegen waren meine Probleme nicht der Rede wert. Toulouse hatte einmal einen anderen Jungen geküsst. Na und? Eigentlich nicht weiter schlimm. Ich sollte die

Sache ruhen lassen und selber das Leben genießen, dachte ich bei mir.
„Tja, und genau aus diesen Gründen wurde ich von Gott um mein Leben betrogen. Ich hätte gerne alles anders gemacht, aber so ist es nun mal. Warum hast du mich das eigentlich gefragt?"
„Meine Freundin hat einen anderen Jungen geküsst und ich fühlte mich betrogen, aber ich glaube, ich bin zu jung, um mich deshalb die ganze Zeit fertig zu machen. Wir sind noch unerfahren und neugierig, da kann so etwas schon mal passieren, oder?"
„Passieren kann so etwas natürlich immer. Nur tut es weh. Jedes Mal. Ihr solltet auf jeden Fall ehrlich zueinander sein."
„Meinst du? Also wenn ich jetzt, ich meine hier in England, jemanden kennen lernen würde und es meiner Freundin sagen würde, wäre es okay?"
„Das musst du schon selber wissen", zwinkerte Sue und klopfte mir auf die Schulter.
Wir gingen wieder eine Weile in Gedanken versunken schweigend nebeneinander her. Als wir an einem Restaurant vorbei kamen, das gerade schloss, wurde mir klar, wie spät es schon sein musste und ich blickte auf meine blaue Plastikarmbanduhr.
„Mist, schon so spät. Ich glaube, ich habe den letzten Bus nach Oxford verpasst. So eine Scheiße!", fluchte ich verzweifelt.
„Ist doch nicht so tragisch. Du kannst bei mir schlafen. Ich habe eine komfortable Couch und ich glaube etwas Müsli und Milch für ein spärliches Frühstück hab ich auch noch zu Hause."
„Wirklich. Du rettest mir das Leben. Vielen Dank!"
Wir gingen zu einer Bushaltestelle und fuhren ein paar Stationen in einem der Doppeldeckerbusse, für die London berühmt ist und von denen mindestens ein

Foto in jedem Urlaubsalbum klebte. Die Straßen waren fast menschenleer, nur vereinzelte Schatten huschten von einer Straßenseite auf die andere und verschwanden hinter der nächsten Straßenecke. Es war eine schwüle Nacht und mein Hemd klebte an meinem Rücken. Sue sah aus dem Fenster, als sie mich unvermittelt fragte, „Hast du denn jemanden kennen gelernt?"
„Wie bitte?", ich verstand nicht, was sie meinte.
„Na, du hast doch vorhin gesagt, wenn du hier jemanden kennen lernen würdest, dann ..." Sie lächelte verführerisch und das fahle, gelbliche Licht in dem Bus ließ sie um Jahre jünger aussehen.
„Vielleicht", kokettierte ich, wobei ich sie anlächelte.
„Aha", meinte sie kurz und sah wieder aus dem Fenster. Sie nahm meine Hand, umfasste sie fest mit ihren dünnen Fingern und legte das frisch vereinte Paar auf ihren Oberschenkel. Ihr Rock klebte ebenfalls feucht an ihrer Haut fest. Toulouse kam mir in den Sinn. Ich versuchte mir meiner Gefühle klar zu werden und dachte, ich müsste mich schlecht fühlen, aber aus einem unerfindlichen Grund plagte mich kein schlechtes Gewissen.
In meinem Leben hatte ich schon zu oft ein schlechtes Gewissen gehabt. Meiner Mutter gegenüber, wenn ich zu meinem Vater fuhr und sie mit wässrigen Augen an der Tür stand und mir nachsah. Meinem Vater gegenüber, wenn ich ihn hasste, der Schule gegenüber, wenn ich meine Aufgaben nicht erledigte, Gott gegenüber, wenn ich log oder onanierte, aber hier, in diesem Bus mit einer fremden Frau, auf deren Oberschenkel meine Hand lag und die ihre umschlungen hielt, hatte ich kein schlechtes Gewissen. Als wäre es in den Urlaub gefahren. Das Haus, in dem mein Gewissen wohnte, und von dem aus es jeden Tag zur Arbeit fuhr, um mich auf dem rechten Weg zu halten, war leer. An

der Haustüre hing eine kleine Notiz für die Nachbarn Mut, Liebe, Hass und wie sie alle hießen, mit folgendem Text:

Liebe Nachbarn

Ich bin für eine Weile verreist. Machen Sie sich keine Gedanken, lassen Sie Ihren Gefühlen freien Lauf. Ich werde zu gegebener Zeit zurückkommen. Ich bin mir sicher, Sie kommen eine Weile ohne mich aus.

Liebe Grüße
Ihr Gewissen

P.S.: Könnten Sie bitte einmal wöchentlich meine Blumen gießen?

Der Bus hielt an einer Bushaltestelle und wir stiegen aus. „Es ist nicht mehr weit, nur noch ein paar Schritte die Straße runter und schon sind wir da. Bist du müde?", fragte Sue.
„Nein, kein bisschen", antwortete ich.
Ich war viel zu aufgeregt um müde zu sein. Ich würde bei einer Nutte übernachten. Irgendwo in Soho. Das war das Verrückteste, das ich bisher in meinem Leben gemacht hatte. Ich kam mir unendlich abenteuerlustig und wild vor. So mussten sich Magellan, Columbus und James Cook gefühlt haben, als sie zu neuen, unbekannten Ufern aufbrachen.
Wir hielten vor einem zweistöckigen Reihenhäuschen, dessen Ziegelwände mit violetter Farbe übermalt waren. Ganz sicher konnte ich die Farbe in dem schummrigen Licht der Straßenlaterne nicht bestimmen. Es konnte auch Indigoblau oder Grau sein. Sue fummelte in ihrer Tasche herum und suchte ihren

Schlüssel. Die Tasche war bodenlos und aus rotem Leder. Sehr unpraktisch für mein Empfinden. Als sie den Schlüssel endlich gefunden hatte, steckte sie ihn ins Schloss und öffnete die Tür, die uns quietschend den Weg frei machte. Wir gingen in den oberen Stock und standen vor einer roten Holztür. Sue öffnete und ich folgte ihr in ihre Wohnung. Es roch nach Räucherstäbchen. Normalerweise mochte ich den Geruch nicht besonders, er hinderte mich am Atmen, aber hier fühlte es sich an, als würde ich Asthmaspray inhalieren und endlich frei atmen können. Es roch erdig und leicht nach Wald.

„Willkommen in meinem Reich. Mach es dir bequem. Ich gehe nur kurz auf die Toilette", säuselte Sue und warf mir ein verheißungsvolles Lächeln zu.

„Okay", sagte ich, während ich schon die Wohnung musterte. Alles war bunt. Jede Wand war in einer anderen Farbe gestrichen. Die Couch war weich, aber man versank nicht darin. Über der Couch hing ein Kunstdruck von Kandinsky, Blauer Himmel von 1940. Der Boden war mit alten Holzbrettern ausgelegt, die der Wohnung einen ländlichen Touch verliehen, und die von vielen Füßen glatt poliert worden waren. Sie hatte ein großes Bücherregal, das allerdings mehr mit sonderbaren Figürchen, Bilderrahmen, Steinen und Schälchen gefüllt war als mit Büchern. Die Ureinwohner des Regals traten nur vereinzelt auf. Die Wände der Wohnung waren dünn wie Sperrholz, denn ich konnte deutlich ihren Strahl hören, der fröhlich wie ein kleiner Gebirgsbach in die Toilettenschüssel prasselte. Dann hörte ich die Toilettenspülung und musste plötzlich an das letzte große Hochwasser denken, das fast das Haus meines Großvaters mit sich gerissen hätte. Überall war Schlamm und mit Wasser voll gesogenes Treibholz. Ich stand gerade am Balkon meines

Großvaters und beobachtete die braune Flut, als Sue neben mir auftauchte, wie ein Trugbild. Ein Gespinst meiner Fantasie. Sie trug einen in allen Facetten der Farbe Violett schimmernden Kimono, unter dem ihre Brüste bei jedem Schritt langsam hin und her schaukelten. Mein Blut geriet in Wallung, mir wurde heiß und kalt zugleich und ein ungestümes Rauschen überdeckte alle Gedanken in meinem Kopf. Sie stand starr wie eine Statue Michelangelos vor mir und ließ sich betrachten. Sie genoss meine Verwirrung. Als ich wieder einigermaßen bei Sinnen war, stammelte ich, „Gefällt mir besser".
„Was gefällt dir besser?", fragte sie irritiert.
„Deine Haare. Gefallen mir besser als die Perücke."
Sie trug ihr dunkelbrünettes Haar schulterlang und ihre Stirnfransen, die wie ein luftiger Vorhang in ihre Stirn fielen, verliehen ihrem Gesicht etwas Verspieltes und Mädchenhaftes, Unschuldiges, als wäre sie nie von zu Hause verstoßen worden und hätte eine ganz normale Jugend erlebt, wie tausende andere Mädchen.
„Danke. Ich mag sie so auch lieber", lachte sie und strich sich eine widerspenstige Strähne aus dem Gesicht.
„Möchtest du mich berühren?", fragte sie und begann den Knoten, der ihre Verhüllung zusammenhielt, wie ein Flachsband ein langerwartetes Paket, zu lösen.
„Ich, ich habe leider nicht so viel Geld", stotterte ich verlegen und blickte auf meine Schuhe, die ich mir vor ein paar Monaten in einem kleinen Geschäft in Salzburg gekauft hatte. Sue erinnerte mich an die Verkäuferin von damals.
Kurz huschten ein paar Fältchen über ihre Stirn und für den Bruchteil einer Sekunde schien es, als würde sie überlegen, ob sie gekränkt oder geschmeichelt sein sollte.

„Mach dir darüber keine Sorgen, mein Kleiner. Manchmal mache ich das auch zum Vergnügen."
Sie kam einen Schritt auf mich zu, wobei sich der Kimono öffnete wie eine Tür zu einem geheimen Zimmer. Ihre Nippel waren steif und ihre Scham lugte zwischen dem seidenen Umhang hervor, wie ein kleiner Moospolster, der sich unter der Hitze der Sonne kräuselte. Ich wurde härter als eine Lanze aus reinstem Stahl und ich stellte erstaunt fest, dass sich meine Finger, ohne mein Zutun, in den Stoff der Couch verkrallt hatten.
Sue bemerkte meine Anspannung. Sie dimmte das Licht und setzte sich neben mich. Sie ließ sich Zeit. Es schien ihr zu gefallen, mich zu quälen. Ihre Hand schlich über ihre Brust, über ihren Bauch und verschwand zwischen ihren Beinen, als wäre sie eine Wildkatze, die sich durch die Steppe pirschte, um in einer Felsspalte Zuflucht vor der sengenden Sonne zu suchen. Langsam beugte sie sich vor, öffnete meine Hose und zog sie mir bis zu den Knöcheln nach unten. Meine Boxershorts erinnerten mich an die Zelte, die wir im Jugendlager aufgebaut hatten, um darin, streng nach Geschlechtern getrennt, die Nächte zu verbringen.
Meine Finger waren noch immer raubtiergleich in die Couch verkrallt, als Sue hauchte, „Entspann dich, mein Süßer."
„Ich versuchs ja", presste ich durch meine Lippen, die sich danach sehnten, die ihren zu berühren.
„Wenn du nicht willst, müssen wir das auch nicht machen."
„Doch, ich will ja, aber ..."
Noch bevor ich den Satz beendet hatte, war sie über mir und ich in ihr. Eine Anakonda auf Nahrungssuche in den feuchten Sümpfen des Amazonasgebietes. Immer wieder tauchen Bilder von Toulouse in meinem

Kopf auf, doch sobald ich meine Augen öffnete, sah ich Sue, die sich schwitzend über mir wiegte wie eine überreife Kornähre im Herbstwind.

Ich erwachte, die Boxershorts und mein T-Shirt waren wie von Geisterhand zurück an meinen Körper gelangt, alleine auf der Couch, als wäre die letzte Nacht ein Traum gewesen. Aber Sues Kimono lag neben der Couch am Boden, wie ein Mahnmal, und machte mir anklagend bewusst, dass ich mit einer fast dreißig Jahre älteren Hure geschlafen hatte. Auch wenn sie für mich keine Hure war. Eigenartiger Weise fühlte ich mich nicht schuldig. Ich war auf einer Insel, in einer verrückten, lauten Stadt, weit weg von zu Hause und alles erschien mir so surreal, dass ich keine realen Gefühle entwickeln konnte. Ich war mir ja nicht einmal sicher, ob ich wirklich Sues Allerheiligstes erforscht hatte. Leise wie ein Indianer auf Kriegspfad schlich ich mich ins Badezimmer und ließ Wasser. Es brannte etwas. Danach wagte ich mich in Sues Schlafzimmer. Sie lag im Evakostüm, zusammengerollt wie ein Fötus, auf ihrem Bett. Ihr Antlitz abgewandt. Nur ihr langer, straffer Rücken blitzte mir bleich entgegen und lud mich ein, mich zu ihr zu legen. Vorsichtig hob ich die Decke und schlüpfte darunter, wie früher zu meiner Mutter, wenn ich schlecht geträumt hatte. Sue gab einen schmatzenden Laut von sich, streckte ihre Hand nach hinten und zog mich an sich heran. Im selben Moment war ich hart. Aber Sue war schon wieder eingeschlafen und so lag ich, eng an sie gepresst, hellwach neben ihr und wagte es nicht, mich zu bewegen. Jeder Millimeter, den sie sich im Schlaf bewegte, war wie ein Geißelschlag für meine Lenden. Langsam verfiel ich in einen tranceartigen Halbschlaf, träumte von lebendig gewordenen Perücken und Wasser in allen erdenklichen Formen.

Das Aroma von frisch gekochtem Kaffee schlich sich in meine Nase und weckte mich. Sue war schon aufgestanden und kochte in der Küche die schwarze Brühe. Verschlafen und holprig wie ein alter Kastenwagen wankte ich aus dem Schlafzimmer und ging in die Küche. Die Sonne stand bereits hoch am Himmel und warf ihre Strahlen kampfbereit in die Wohnung. Von der Straße drang der Lärm von vorbeifahrenden Autos, quengelnden Kindern und keifenden Müttern an meine Ohren, aber ich war immun dagegen. Ich war verliebt. Oder weckte Sue nur das Kleinkind in mir, das sich bei seiner Mutter unter dem Rockzipfel verstecken wollte? Sie war zu alt für mich, viel zu alt. Aber ich mochte sie und sie hat mir eine Welt eröffnet, die ich mit Toulouse nie betreten hatte. Noch nicht.
„Guten Morgen, mein Süßer“, sang Sue gutgelaunt mit strahlenden Augen. Sie trug kein Make-up, wodurch sie verändert, wirklich aussah. Krähenfüße wandelten um ihre Augen und kleine, fast unsichtbare Gräben überzogen ihren Hals wie Trockenrisse den Grund eines langsam austrocknenden Tümpels. „Gut geschlafen?“
„Ja gut, danke“, faselte ich verlegen, bei dem Gedanken daran, was sie letzte Nacht mit mir angestellt hatte. „Und du?“
„So gut wie schon lange nicht mehr. Zumindest die paar Stunden, die du mich schlafen hast lassen“, lachte sie. Ich wurde rot.
„Kaffee?“
„Ja gerne“, hüstelte ich dankbar für den Themenwechsel.

Am Nachmittag desselben Tages schlenderte ich mit einer Plastikschale voller Hünchencurry mit Reis und frischem Koriander, das ich mir in einer der vielen asiatischen Essensbuden in Camden Town gekauft hatte, über die überfüllte Camden High Street in Richtung Chalk Farm Road. In unregelmäßigen Abständen blitzten Bilder von Sue in meinen Gedanken auf. Bruchstücke eines Traumes, an den man sich krampfhaft zu erinnern versucht, um weiterträumen zu können. Ich konnte immer noch ihren Geruch an meinen Fingern erahnen. Sehnsucht und Lust fuhren mir durch Mark und Bein und dann drängte sich Toulouse in meinen Kopf und wischte die Gedanken an Sue weg, wie Spinnweben beim alljährlichen Frühjahrsputz. Ich verwandelte mich in eine leere Hülle – Fleisch und Knochen ohne Geist. Der Geist war auf eine Reise, zurück nach Österreich zu meiner Freundin, gegangen. Zu dem Menschen, den ich seit einiger Zeit in mein Leben gelassen hatte und der mich Stück für Stück vereinnahmte. Wollte ich das? War ich dazu schon bereit? Ist man mit siebzehn Jahren bereit und fähig, so eine Beziehung zu führen? Sue bewies mir eigentlich, dass es nicht möglich war. Es gab noch zu viele Sachen, Menschen und Länder zu entdecken. Ich musste mich entscheiden. Aber ich war lausig darin, Entscheidungen zu fällen. So schluckte ich diese bitteren Gedanken mit dem nächsten Bissen schmackhaften Currys hinunter, als ob ich sie in meinen Eingeweiden begraben könnte, wie einen ungeliebten Verwandten, an dessen Begräbnis man aus reiner Sittlichkeit teilnimmt.

Ich sog die Energie der Stadt auf wie ein nasser Schwamm und sogar als ich die leere Plastikschale in den Müll warf, fühlte es sich großartig an. Ich setzte mich an die Camden Docks und beobachtete die Leute, die an mir vorbeizogen, als wären sie Spielfiguren in einem völlig verrückten Schachspiel, in dem die Bauern Flohmarkthändler, die Läufer kleine Dealer und die Königin eine tätowierte und gepiercte Gruftibraut war, deren Kleidung aus Hotpants, Lackstiefeln und einem schwarzen Mieder mit violetter Spitze bestand. Und dann sah ich sie, die Königin. Sie stand an ein altes Eisengeländer gelehnt, das aus der Jahrhundertwende stammen musste und von dem der grüne Lack abplatzte, und ließ sich fotografieren. Die junge Fotografin kniete vor ihrem Model, als würde sie wirklich einer Königin huldigen. Die Königin wirkte wie ein Wesen von einem fernen Stern. Groß und noch größer durch ihre High Heels; das schwarze Lackmieder verpasste ihr eine Taille, auf die jede Wespe neidisch gewesen wäre und ihre gebärfreudigen Hüften wurden von nichts weiter verdeckt als von einem cremefarbenen Spitzenröckchen. Für Bruchteile von Sekunden blitze unter dem Röckchen ein dunkler Slip auf, und zeigte sich frech, wie die Zunge einer Schlange. Sie hatte das ebenmäßigste Gesicht, das ich je gesehen hatte. Engelsgleich. Ihre Augen wurden von einer Kaskade von Violett- und Rosatönen umspielt, als wären sie Schmetterlingsflügel. Ihre Lippen, schwarz wie die Nacht, hoben sich von ihrem bleichen Gesicht ab, wie sich die schwarzen Streifen eines Zebras von der weißen Grundfarbe des Felles unterscheiden. Sie bewegte sich wie in Zeitlupe, verlagerte ihr Gewicht von einem Fuß auf den anderen, beugte sich etwas vor, um dann gleich wieder nach hinten zu weichen, als hätte sie Angst vor der Fotografin. Das Schauspiel dauerte eine ganze Weile und ich war von einem Zauber belegt. Doch dann wurde ich von einer völlig unerwarteten Geste der Königin aus meinem Bann gerissen. Sie zeigte mir die Zunge und grinste mich frech an und da war es: Sie hatte ein Zungenpiercing und ich wusste, dass ich so etwas auch haben musste. Ich riss mich los und überließ die Königin und ihre Untertanen ihrem Schicksal.

Es dämmerte schon, als ich den Schlüssel in das Schloss von Alvaros und Daricas Tür steckte und drehte. Das Schloss gab ein knackendes Geräusch von sich und schon war ich in das Haus geschlüpft.
Die beiden saßen auf der braunen Couch und sahen sich einen Film an.
„Hi Leute", zirpte ich und hob meine Hand, um sie zu grüßen.
„Jerry! Wo kommst du denn her? Wir haben uns Sorgen gemacht. Wo warst du denn letzte Nacht?"
„Äh, bei einer Freundin?", nuschelte ich, mehr fragend als antwortend.
„Aha, bei einer Freundin also", näselte Alvaro verschwörerisch. „Und woher kennst du diese Freundin?"
Er hatte mich erwischt. Ich saß in der Falle.
„Aus der Bar", sagte ich etwas kleinlaut.
„Aus der Bar?", fragte Darica erstaunt. „Und wie alt ist diese Freundin, wenn sie sich spätabends in einer Bar in Soho herumtreibt?"
„Ich weiß nicht genau. Mitte zwanzig vielleicht", log ich. „Wir sind nach meiner Schicht noch etwas spazieren gegangen und dann habe ich den letzten Bus nach Oxford verpasst. Da bot sie mir an, bei ihr zu schlafen."
„Aha", argwöhnte Darica, „versteh mich nicht falsch, du kannst machen, was du willst, aber du solltest wenigstens anrufen, wenn du nicht nach Hause kommst, okay? Ich habe deiner Mutter nämlich versprochen, auf dich aufzupassen", erklärte sie, und mit einem Mal nahmen ihre Muttergefühle überhand und ihre Augen wurden feucht. Sie entschwand in eine längst vergangene Wirklichkeit. Vor genau siebzehn Jahren hatte sie eine Fehlgeburt erlitten. James, so nannten sie ihren ungeborenen Sohn, wenn sie von ihm sprachen, wäre jetzt so alt gewesen wie ich.

Nach einer durchgefeierten Nacht war Darica erwacht und hatte voller Ekel und Schrecken festgestellt, dass Blut auf der Innenseite ihrer Schenkel klebte wie Essensreste auf einem schlecht abgewaschenen Teller. Sie fragte sich, ob Alvaro, der seelenruhig neben ihr schnarchte, und sie es im Koksrausch wieder so wild getrieben hatten, dass sie eine innere Wunde davon getragen hatte. Im Laufe des Tages begann ihr Unterleib zu pulsieren und zu schmerzen, als würde der Teufel persönlich seinen eitertriefenden Dreizack in ihre Eingeweide bohren. Alvaro brachte sie in ein Krankenhaus und der Arzt, ein Mittvierziger mit Afro und Schnauzer, stellte fest, dass Darica im vierten Monat schwanger gewesen war und das Kind, einen Jungen, verloren hatte. Darica alterte von einer Sekunde auf die andere um zehn Jahre und der regenschwangere Himmel entledigte sich seines Nachwuchses, als wolle er sich Darica gegenüber solidarisch erweisen. Darica verfiel in eine schwere Depression und kokste noch mehr als zuvor. Erst als Alvaro den Vespaunfall hatte, wurde den beiden klar, wie viel sie ihre Sucht gekostet hatte und sie kündigten ihren Job bei der weißen Bestie.

„Verstanden. Ich melde mich in Zukunft, wenn ich wo anders schlafe“, versprach ich. Ein Anflug von schlechtem Gewissen durchfuhr mich, doch ich verwies den ungeliebten Gast noch in derselben Sekunde, in der er eingetreten war, des Raumes.
Darica schien zufrieden und widmete sich wieder dem Film. Alvaro hingegen schenkte mir noch ein vielsagendes Lächeln, das für meinen Geschmack etwas zu versaut ausfiel.
Die folgenden Tage vergingen wie im Flug. Aufstehen, Morgentoilette, Frühstück, mit dem Bus nach London fahren, durch den U-Bahn-Wahnsinn, Frühschicht,

Spätschicht, Bier hier, Bier da, Kaffee, Chips, mit dem Bus nach Oxford fahren, Essen, Schlafen, Aus.

Es war Freitag, das Ende einer langen Woche und ich hatte Spätdienst. In der Bar drängten sich die Gäste wie die potentiellen Schnitzel und Rostbraten in einem Lebendtiertransporter. Der Himmel spie wütend eine Regenfontaine nach der anderen auf die Stadt, als wolle er die Gebäude, Straßen und Parks von ihren Sünden reinigen und geläutert in neuem Glanz erstrahlen lassen. Je heftiger es regnete, desto mehr Menschen drängten sich in die Bar, um der Zwangsreinigung zu entgehen. Brian, Reggi, Luisa und ich hatten alle Hände voll zu tun, um den Durst der Gäste zu stillen. Zweimal durfte „Casandra" ihre Zähne zeigen und wurde nach ihrem Einsatz liebevoll an ihren Platz unter der Bar zurückgelegt. Normalerweise endete die Spätschicht für mich um elf Uhr, doch in dieser Nacht bat mich Reggi noch etwas zu bleiben, um ihnen zu helfen die durstigen Kehlen zufrieden zu stellen. Es war so viel zu tun, dass ich erst gegen halb ein Uhr auf meine Uhr blickte und erschrocken feststellte, dass mein Bus nach Oxford in einer halben Stunde fahren würde. Und er würde nicht auf mich warten.
„Hey Reggi, ich muss jetzt los, sonst verpasse ich den Bus. Tut mir leid", schrie ich durch die Bar.
„Okay, danke, dass du noch geblieben bist. Den Rest kriegen wir auch ohne dich besoffen", rief Reggi und schon wieder füllten seine magischen Hände zwei Gläser mit goldener Flüssigkeit.
„Okay, bis dann", brüllte ich, während ich meine schwarze Schürze hastig unter die Bar stopfte. Ich sprintete in den ersten Stock, als ginge es um eine Goldmedaille bei den Olympischen Spielen, um meinen Rücksack zu holen. Selbst hier oben in dem kleinen

Zimmer mit den zwei Notbetten war der Lärm aus der Bar noch ohrenbetäubend. Auf dem Weg nach draußen schlängelte ich mich gleich einem Wurm, der sich durch dichte Erde windet, durch die Leute und stand plötzlich vor der Tür im strömenden Regen. So schnell mich meine Füße trugen, lief ich zur nächsten U-Bahn Station, nur um festzustellen, dass die Linie, die mich zur Busstation bringen sollte, wegen Wartungsarbeiten seit Mitternacht außer Betrieb war. Meine Heimreise mit dem Bus konnte ich mir abschminken. Kurz überrollte mich eine Panikwelle, ein mächtiger Brecher, über den jeder Surfer glücklich gewesen wäre, doch dann fiel mir das schmuddelige Zimmer über Reggis Bar ein. Die Entscheidung zwischen einer Nacht auf der Straße in London und einem der Klappbetten fiel durch KO in der ersten Runde zu Gunsten der Klappbetten aus. Ich stapfte mit gesenktem Haupt, das unter der Kapuze meines Pullovers versteckt war, zurück zur Bar. Ich hatte keinen Grund zur Eile. Ich war nass bis auf die Haut und Bus musste ich auch keinen mehr erwischen. Erst jetzt stellte ich fest, dass die Straßen menschenleer waren. Seit ich in England war, hatte ich das noch nicht erlebt. Weltuntergangsstimmung breitete ihre Flügel über mein Gemüt aus. Als ich zur Bar kam, war bereits geschlossen. Reggi stand hinter dem Bartresen und zählte die Einnahmen des Tages, während Brian die Stühle auf die Tische stellte. Ich beobachtete die beiden eine Weile, bevor Brian auf mich aufmerksam wurde und mich zur Hintertür winkte. Ich ging um die Ecke und in die kaum einen Meter breite Gasse hinter der Häuserzeile, bis ich das Blechtor erreichte, durch das man von hinten in die Bar gelangte. Brian wartete schon auf mich.

„Hey Jerry, ich dachte, du wolltest nach Hause. Alles klar bei dir?“, fragte er mit einem besorgten Unterton

in seiner tiefen Stimme.
„Ja, ja, mir gehts gut. Ich hab nur den Bus verpasst und wusste nicht wohin. Da hab ich mir gedacht, ich frage Reggi, ob ich eines der Klappbetten benützen kann", zitterte ich.
„Ah, okay. Komm rein, das ist sicher kein Problem."
„Was ist denn da hinten los?", hörte ich Reggi schreien.
„Nichts", antwortete Brian, „es ist nur Jerry, er hat seinen Bus verpasst ..."
„Er soll reinkommen."
Ich folgte Brian durch den Hintereingang in die Bar. Reggi kippte gerade ein Glas Whiskey und vor ihm lagen drei Stapel Geldscheine. Fünfer, Zehner und Zwanziger, wie baufällige Hochhäuser stapelten sich die bunten Scheine auf dem Bartresen. Er stellte das leere Glas neben die Flasche und sah mich fragend an.
„Hi Reggi, ich hab den Bus verpasst. Naja und weil ich nicht wusste, wohin ich sollte, dachte ich mir ..."
„Du dachtest dir was? Dass du hier so mir nichts dir nichts nach Ladenschluss reinschneien kannst und in einem der Klappbetten schlafen darfst?", fasste Reggi ernst zusammen.
Ich war verwirrt, aber als ich Brian hinter mir kichern hörte, wurde mir klar, dass mich Reggi nur auf den Arm nahm.
„Äh, ja", stammelte ich leise.
„Haha, hast du das Gesicht von dem Kleinen gesehen?", sagte Reggi zu Brian und fing laut an zu lachen.
„Kommt Jungs, lasst uns nach oben gehen. Genehmigen wir uns einen Drink."
Brian und ich folgten Reggi in das Zimmer im ersten Stock. Reggi hatte eine Flasche Whiskey und drei Gläser mitgenommen. Wir setzten uns an den altmodischen, wackeligen Tisch – vielleicht Siebziger Jahre – und Reggi füllte die Gläser randvoll. Wir prosteten uns

zu und während der erste Schluck noch in meinem Hals brannte, hatte Reggi sein Glas bereits geleert und mit einem lauten Knall auf den Tisch sausen lassen. Danach stand er auf und holte eine zigarettenschachtelgroße, silberne Dose aus seiner Jackentasche und stellte sie auf den Tisch. Dann zauberte er Drehpapier und eine Zigarette aus einer anderen Jackentasche, wie ein Zauberer Hasen und Tauben aus einem Hut hervorzieht. Er legte ein Drehpapier auf den Tisch und begann den Tabak der Zigarette auf dem Papier zu verteilen. Aus einem kleinen Stück Karton rollte er einen Filter und legte ihn ans Ende des Papiers. Vorsichtig, als würde er die Büchse der Pandora öffnen, hob er den Deckel der Silberdose und von einer Sekunde auf die andere erfüllte schwerer, süßlicher und aromatischer Duft den Raum. Brians Augen begannen zu leuchten, als er Reggis Finger beobachtete, wie sie das grüne Kraut gleichmäßig auf dem Tabakbett verteilten. Mit der Routine von hunderten gerollten Joints nahm Reggi das gefüllte Papier, rollte es zu einer konischen Tüte, leckte über den Klebestreifen und vollendete das Meisterstück. Stolz blickte er auf die weiße Tüte. Er steckte sie in seinen Mund und entzündete sie mit einem Streichholz. Er atmete tief ein, hielt kurz die Luft an und stieß eine dicke Rauchwolke aus, als wäre sein Mund der Schornstein einer alten Dampflok. Ein breites Lächeln legte sich quer über sein Gesicht. Er nahm einen weiteren tiefen Zug und reichte den Joint an Brian weiter, der sich schon gierig die Lippen leckte. Ein paar Lungenzüge später kam der Joint zu mir. Kurz überlegte ich, ob ich ablehnen sollte. Doch während alle gutgemeinten Ratschläge, ja alles Bitten meiner Mutter, ich solle mich von jedweglichem Blödsinn fernhalten, an meinem inneren Bildschirm vorbeizogen, hatte der Joint bereits seinen Weg an meine

Lippen und der Rauch in meine Lungen gefunden. Ich musste husten und der Rauch kam in Schüben aus meinem Mund gestoben. Ich probierte zu atmen, aber ich inhalierte nur wieder den Rauch, der noch nicht aus meinen Lungen entwichen war. Erst nach intensivem Husten und Luftschnappen normalisierte sich meine Atmung wieder und frische Luft strömte in meine Lungen. Reggi und Brian hielten sich die Bäuche vor Lachen und wippten mit ihren Stühlen vor und zurück, wie zwei Steh-auf-Männchen.

Als Reggi wieder zu Atem kam, fragte er, „Jetzt sag nicht, dass du noch nie zuvor geraucht hast", und blickte in meine Richtung, während sich ein nächster Lachanfall seinen Weg an die Oberfläche bahnte.

„Nein, hab ich nicht", krächzte ich.

In diesem Moment bemerkte ich, wie schwer mein Kiefer war und wie langsam meine Gedanken einen zusammenhängenden Strang bildeten. Ein Wirr-Warr an Wörtern flog im Universum meines Kopfes umher, schwebte einmal hierhin und sogleich wieder woanders hin, um sich anschließend in Luft aufzulösen und gähnende Leere zu hinterlassen. Mein Körper war eine Tonne schwer und wurde in den Holzsessel gedrückt, als hätte sich die Schwerkraft verzehnfacht. Und dann kam es, das Gefühl, warum Menschen seit Jahrtausenden Marihuana rauchten. Ausgehend von meinem Bauchnabel stieg eine Wärme in meinem Körper auf, als würde die Sonne persönlich in meinen Eingeweiden aufgehen. Die Wärme breitete sich in alle Gliedmaßen aus, ein warmer Lichtstrom auf Erkundungsfahrt. Wasser, das seinen Weg durch eine vertrocknete Wüste findet und alles zum Leben erweckt. Ich entspannte mich und rutschte ein Stück tiefer. Noch immer hielt ich den Joint in meiner Hand und beim nächsten Versuch konnte ich inhalieren ohne zu husten. Brian hielt mir

sein Whiskeyglas entgegen und wir stießen an, wobei er zufrieden grinste. Auch Reggi nickte mir anerkennend zu. Mich beschlich das Gefühl, ein altes indianisches Mannwerdungsritual überstanden zu haben. Wir tranken noch ein paar Gläser Whiskey und der eine oder andere Joint drehte seine Runden. Mittlerweile war die Luft in dem winzigen Zimmer so verraucht, dass man ein Nebelhorn brauchte um den Ausgang zu finden. Nun wusste ich auch, woher der süßliche Geruch rührte, der mir neben den Kochgerüchen anfangs so penetrant aufgefallen war.
Es dämmerte bereits, als ich in einem der Klappbetten aufwachte. Reggi und Brian waren verschwunden und nur der pochende Schmerz in meinem Kopf versicherte mir, dass ich nicht geträumt, sondern wirklich mit den beiden getrunken und gekifft hatte. Ich streckte mich, wobei Kopf und Füße an der jeweiligen Wand anstanden und das Klappbett einen erbärmlichen Laut von sich gab. Die passende Geräuschkulisse zu der traurigen Darbietung meines Körpers an diesem Morgen. In dem Aschenbecher auf dem Tisch lag ein Joint, der geradermal entzündet und dann liegen gelassen worden war. Ich setzte mich an den Tisch und rauchte den Joint, als hätte ich mein Leben lang nichts anderes gemacht. Sofort stellte sich wieder die wohlige Wärme ein und das Kopfweh wurde erträglich. Als ich aus dem schmutzigen Fenster starrte und die Umrisse eines großen Werbeschildes auf der Außenmauer des gegenüberliegenden Hauses zu identifizieren versuchte, drängten sich Bilder meines ersten Rausches in den Kopf.

Vor fast genau drei Jahren erwachte ich, wie an diesem Tag mit Kopfschmerzen und einem Gefühl, als würde der Teufel sein Sonntagssüppchen in meinem

Magen kochen. Nur lag ich nicht in einem klapprigen Bett, sondern in der Badewanne meines Großvaters und hatte keinen Joint zur Hand, um das Unwohlsein zu lindern. Am Vorabend hatte alles ganz harmlos begonnen. Wie so oft saßen mein Großvater und ich auf seinem Balkon. Er rauchte Pfeife und trank ein Glas weißen Rum und ich aß Vanilleeis. Ohne bestimmten Grund fragte ich ihn, ob ich einen Schluck von dem Rum kosten dürfte.
„Natürlich darfst du probieren. Hier bitte", und mit einer auffordernden Geste hielt er mir das halbvolle Glas hin. Ich nahm einen Schluck und die Schärfe des Getränks raubte mir den Atem.
„Haha, ist dir wohl zu scharf, mein Kleiner", witzelte er belustigt. „Probiers so nochmal", und mit einer schnellen Bewegung leerte er den Inhalt des Glases über mein Eis. Ich sah ihn fragend an und er gab mir mit einem Nicken zu verstehen, dass ich es so noch einmal probieren sollte. Argwöhnisch führte ich den Löffel mit dem Rum-Eis-Gemisch an meinen Mund und ließ ihn darin verschwinden. Das Aroma des Rums und die Süße des Eises kopulierten in meinem Mund und ich fand Gefallen an dem Geschmack. Nach dem dritten Löffel entfaltete der Alkohol seine Wirkung, ganz sanft, wie ein Schneeglöckchen seinen Hals aus der tauenden Schneedecke reckt, wenn es die ersten Sonnenstrahlen erahnt.

„Schmeckt gut und fühlt sich irgendwie lustig an", gluckste ich, wobei ich unwillkürlich lachen musste.
„Ja, so fühlt sich Alkohol an. Willst du noch einen Schluck?", fragte mein Großvater, wobei er wohl vergaß, dass ihm sein vierzehnjähriger Enkel und nicht irgendein geeichter Säufer gegenüber saß. Natürlich wollte ich noch einen Schluck und während ich mein

hochprozentiges Eis schlürfte, leerte auch mein Großvater ein weiteres Glas. Am Ende des Abends hatten wir die ganze Flasche Rum geleert und als ich nach dem vierten Schuss Rum, der sich über mein Eis ergossen hatte, nicht von der Toilette zurückkehrte, begann sich mein Großvater Sorgen zu machen und suchte mich. Er fand mich in der Badewanne liegend vor. Ein sanftes Lächeln umspielte meinen Mund und ich schnarchte, dass der bärtigste Holzarbeiter stolz gewesen wäre. Mein Großvater ließ mich in der Wanne liegen, deckte mich zu und wankte dann selber in sein Bett.

Ein lautes Geräusch riss mich aus meiner Erinnerung. Die Straßenputzmaschine begann die Straßen Sohos von ihrem schmutzigen Kleid zu befreien und für einen neuen Tag voller Geschichten vorzubereiten. Da beschloss ich, dem Buch meines Lebens ein weiteres Kapitel hinzuzufügen. Das Piercing der Königin drängte sich blinkend in mein Bewusstsein und ich machte mich auf die Suche nach einem Piercingstudio.
Mit weichen Knien stolperte ich über die Stufen ins Erdgeschoß und zur Hintertür hinaus. Das Tageslicht blendete mich und ich rannte orientierungslos durch die Gassen Sohos, bis mir ein farbenfrohes Schild die Worte „Haunted Tattoo House“ entgegen warf. Ich stand vor dem Studio und überlegte, ob ich mich wirklich piercen lassen sollte. Meine Mutter hatte es mir eigentlich verboten, aber ich verspürte den inneren Drang es tun zu müssen. Es zog sich durch mein Leben wie ein roter Faden: Dinge, die ich besser sein lassen sollte, aber trotzdem tat, weil ich dazu getrieben wurde, auch wenn ich im Vorhinein schon wusste, dass ich Probleme bekommen würde. Ich musste es durchziehen. Langsam bewegte sich meine Hand Richtung Tür-

klinke und im Nu stand ich in dem Studio inmitten tätowierter und gepiercter Gestalten. Zu meinem Erstaunen nahm niemand Notiz von mir und so konnte ich mir in Ruhe die Auslagen mit den verschiedenen Steckern ansehen. Silber, Latex, buntes Plastik, Kugeln, spitze Kegel und stachelige Körper. Es gab die Stecker in allen nur erdenklichen Farben und Formen. Ich war noch etwas berauscht von dem morgendlichen Joint und so merkte ich gar nicht, dass ich schon eine ganze Weile in eine der beleuchteten Glasvitrinen starrte, als mich jemand von hinten ansprach.
„Hey Süßer, kann ich dir vielleicht helfen?", fragte mich ein offensichtlich schwuler Typ im Fünfziger Jahre Rockabilly Look. Seine Arme waren wild tätowiert und an seinem Hals drehte ein aufgemotzter 67er Chevy Deville seine Runden. Er hatte schwarze, nach hinten gegelte Haare und zwei Ringe blitzten aus seiner Unterlippe.
„Äh, ja", stammelte ich, „ich habe mir überlegt mich piercen zu lassen. Ich meine in der Zunge. Einen Stecker in der Zunge hätte ich gern." Ich wurde rot.
„Aha", sagte der Elvis-Verschnitt. „Und hast du dir das auch gut überlegt?", wollte er wissen, als sei er meine Mutter.
„Natürlich", entgegnete ich trotzig, obwohl ich mir gar nichts genau überlegt hatte. Ich hatte eine faszinierende Frau gesehen, die so einen Stecker hatte und war bekifft. So viel zu gut überlegt.
„Na, dann können wir uns ja an die Arbeit machen. Hast du schon etwas gegessen?", wollte der Typ wissen.
Langsam wurde mir die Sache zu bunt. Das war ja schlimmer als zu Hause.
„Das ist nämlich wichtig, weil du danach zwölf Stunden nichts essen darfst, wegen der Infektionsgefahr",

erklärte er mir und die aufbrausende Wut in mir verebbte sogleich wieder.
„Nein".
„Dann geh was essen und komm danach wieder!"
„Okay".
Als wäre ich nie in dem Studio gewesen, stand ich wieder auf der Straße und versuchte mich zu orientieren. Schräg gegenüber war ein kleiner Laden, der Sandwiches und Salate feil bot. Ich kaufte mir zwei Schinken-Käse-Brötchen und eine Cola. Mit meinem Proviant setzte ich mich auf eine Stufe, die einen der vielen Hauseingänge in der Straße bewachte und aß gierig meine Henkersmahlzeit. Es war faszinierend. Während meine Zunge den Nahrungsbrei in meinem Mund von einer Seite zur anderen schaufelte, als müsse sie beweisen, dass das auch ohne Stecker bestens funktionierte, verdrängte mein Gehirn alle Horrorgeschichten, die ich bisher über Piercings gehört hatte. Gelähmte Gesichter, durchstochene Nerven, verlorene Geschmacks- und Geruchssinne und Infektionen aller Art. Mit einem großen Bissen von dem Brötchen schluckte ich auch noch die letzten Zweifel hinunter. Ich leerte die Dose Cola, warf sie in den Mülleimer, der neben mir gewartet hatte wie ein schweigender Freund und ging zurück zum Piercing Studio.
Ich betrat das Studio. An zwei Liegen wurde tätowiert und aus einem Nebenraum hörte ich einen leisen, aber eindeutigen Schrei. Jemand war gepierced worden. Mir lief ein kalter Schauer über den Rücken. Aber nun war es zu spät für einen Rückzug, denn der tätowierte Typ von vorher hatte mich schon gesehen und kam mit weiten Schritten auf mich zu.
„Hey, hätte nicht gedacht, dass du wieder kommst. Respekt!"

„Äh, ja klar doch ... ich mein, äh ... ich will doch ein Piercing“, stotterte ich mit einem gezwungenen Lächeln auf den Lippen.
„Sehr gut. Und wo willst du dich piercen lassen? Ich bin mir nicht mehr sicher, was du vorher gesagt hast“.
„Zunge. In der Zunge?“, sagte ich fragend.
„Ah ja, sehr schön. Nicht alltäglich, aber es wird dir gefallen, und falls du eine Freundin hast, wird sie sicher auch Gefallen daran finden“, kokettierte er mit einem schiefen Grinsen auf seinen beringten Lippen.
„Ja sicher“, entgegnete ich.
Er klärte mich über alle Risiken und den genauen Ablauf des Stechens auf und ließ mich ein Formular unterschreiben, das ihn gegen jedwegliche Klagen immunisierte. Danach führte er mich in einen der kleinen Nebenräume und ich zwang mich in einen angsteinflößenden Zahnarztsessel, der bei jedem Kind eine Panikattacke ausgelöst hätte. Die Wände waren mit knallgelber, speckiger Farbe gestrichen und erinnerten mich an die kleinen Gummienten, die man mit in die Badewanne nehmen konnte. Ich transformierte mich in eine dieser Gummienten und schwamm in einem Meer aus Tattoos und Piercings.
„Bist du bereit, mein Süßer?“, fragte mich eine weit entfernte Stimme.
„Äh, wie ... was ... äh, ja sicher“, stammelte ich verwirrt. Ich würde ja nur platzen, wenn die Nadel meine gelbe Plastikhaut durchstechen würde. Nichts weiter.
„Okay, ich markiere jetzt die Stelle, wo ich stechen werde und dann wirst du einen kurzen Pieks spüren“, erklärte er mir.
Mit einem blauen Filzstift machte er einen kleinen Punkt in die Mitte des vorderen Drittels meiner Zunge. Zuvor hatte er die Zunge mit einer Lampe durchleuchtet, um Nervenbahnen zu finden und meine Zunge stechen

zu können, ohne sie zu lähmen oder mich meines Geschmacksinnes zu berauben. Dann fixierte er meine Zunge mit einer Zange und setzte eine ungefähr zehn Zentimeter lange Nadel an den blauen Punkt.
„Achtung, jetzt kommt ein kurzes Stechen und ...“
„Ahhh, fuck!“ Ein brennender Schmerz durchzuckte meine Zunge und raste über meinen Rücken bis in meine Zehen, wo er in die Luft zu fahren schien.
„... und schon sind wir durch.“
„Seisse daf dut höllif weh, ahhhh!“
„Ja, ja, das is bald vorbei“, sagte der Typ, als hätte mich nur eine Mücke gestochen.
Er fädelte den Stecker durch das Loch in meiner Zunge und verschraubte ihn an der Oberseite mit einer silbernen Kugel. Ich spürte das Ruckeln an dem fleischigen Muskel und mir wurde kurzzeitig übel. Nachdem die Prozedur beendet war, zog sich meine Zunge in den Mund zurück, wie ein verwundeter Bär in seine Höhle. Ich hatte das Gefühl, nie wieder etwas zu schmecken, geschweige denn kauen zu können.
„Sieht super geil aus“, freute sich der Typ. „In ein paar Tagen kannst du wieder ganz normal kauen und schmecken, aber bis dahin musst du vor und nach jeder Mahlzeit mit dieser Flüssigkeit deinen Mund ausspülen, verstanden?“, fuhr er fort, während er mir eine Flasche mit violettem Inhalt in die Hand drückte.
„Okay“, nuschelte ich. Meine Zunge fühlte sich an, als käme sie von einem mehrwöchigen Amerika-Urlaub zurück, in dem sie sich ausschließlich von Burgern und Pommes ernährt hatte.
Als ich das Studio verlassen hatte und ein paar Schritte gegangen war, kam ich an einem großen Schaufenster vorbei, in dem sich mein Körper spiegelte. Ich ging einen Schritt näher und betrachtete mein Gesicht. Es sah aus wie immer, aber das Pochen

in meiner Zunge erinnerte mich schmerzlich daran, dass sich einiges in meinem Leben verändert hatte. Ich war in einem fremden Land, hatte eine Freundin, die ich liebte, oder auch nicht. Jedenfalls hatte sie mich betrogen und ich hatte sie betrogen. Mit einer dreißig Jahre älteren Hure. Ich hatte mich piercen lassen, ohne über die möglichen Konsequenzen nachzudenken und ich hatte Marihuana geraucht. Was war mit mir los? Ich war doch der kleine Junge, dessen Eltern sich scheiden lassen hatten und der fast jede Nacht zu seiner Mutter ins Bett gekrochen kam, weil ihn Albträume plagten. Wohin war dieser Junge verschwunden? Oder war er gar nicht verschwunden, sondern hatte sich nur einen dicken Schutzpanzer zugelegt? Ich wusste es nicht. Aber in dem Moment, in dem sich meine Zunge, geschmückt mit dem silbernen Stecker, in der Scheibe widerspiegelte, waren alle Gedanken an den kleinen Jungen, an meine Eltern und die Scheidung, an Toulouse und ihren Betrug vergessen. Ein Gefühl des Triumphes und des Stolzes wallte in mir auf und gab mir neuen Mut. Ich würde mir alles nehmen, was das Leben zu bieten hatte. Nicht rücksichtslos oder link, aber auch nicht mehr ängstlich. Es war an der Zeit alles auszukosten. Aus dem Vollen zu schöpfen. Mit beiden Händen das kühle Nass des Gebirgsbaches in mein Gesicht zu spritzen. Ich spürte keinen Schmerz mehr. Weder in der Zunge noch in meinem Herzen.

Als ich an diesem Tag in das kleine Red Brick Haus in Oxford zurück kam, saßen Alvaro und Darica auf der Couch und waren in ein lebhaftes Gespräch vertieft. Sie tranken Bier und aßen undefinierbaren, veganen Knabber-Kram. Anfangs bemerkten sie mich gar nicht und ich glaubte schon, mich ungesehen in mein Zimmer

stehlen zu können, denn ich war nicht gerade scharf auf eine Unterhaltung mit den beiden. Meine Zunge war geschwollen und ich konnte nicht normal reden. Schon gar nicht englisch. Aber just in dem Moment, als ich mich schon in Sicherheit wähnte, schlug der innere Wachhund, wahrscheinlich ein verborgener Mutterinstinkt, bei Darica Alarm und sie witterte mich.
„Hi Jerry, wieso schleichst du dich denn hier so heimlich rein? Setz dich zu uns! Wir haben dich ja schon seit Tagen nicht mehr gesehen", sagte sie freundlich und winkte mich zu ihnen herüber.
Doch als sie mein Zögern bemerkte, wurde sie misstrauisch.
„Was ist denn los mit dir? Du tust ja so geheimnisvoll. Ist alles in Ordnung?", wollte sie wissen und ich wusste, dass die Falle zugeschnappt war. Ich nickte und machte eine abwertende Handbewegung und versuchte wieder, mich Richtung Zimmer davon zu machen. Aber ich hatte die Rechnung ohne Daricas Hartnäckigkeit gemacht.
„Na komm schon zu uns. Was ist denn los?", fragte sie nun energischer.
„Nix, mir gehts gut", nuschelte ich. „Bin nur müde."
„Natürlich. Du hast doch was. Alvaro, weißt du, was los ist?"
„Keine Ahnung", antwortete er mit einer kindlichen Unschuld, die sogar mir verdächtig vorkam.
„Komm doch mal rüber", forderte Darica nun mit Nachdruck.
Ich ging zu den beiden rüber und setzte mich in einen Korbsessel, der seine besten Zeiten schon lange hinter sich hatte.
„Wie läufts in der Arbeit? Kommst du zurecht? Reggi hat mir erzählt, dass du dich recht wacker schlägst", bohrte sie weiter.

Sie war um Welten schlimmer als meine Mutter. Denn zu Hause ging ich einfach in mein Zimmer, wenn mir die Fragestunde zu blöd wurde und ignorierte die mütterlichen Interventionen. Jedoch fehlte mir bei Darica der Mut dazu.
„Ja, ef läuft gut“, sabberte ich kurzangebunden und versuchte es tunlichst zu vermeiden meinen Mund dabei zu öffnen.
„Sag mal, du hast doch was. Wieso redest du so komisch?“, wollte sie wissen. Sie hatte die Fährte aufgenommen wie ein Bluthund.
„Weif auch nift, nur fo“, nuschelte ich und wusste, dass das Eis unter mir schneller schmolz als die Gletscher in der Arktis.
„Bist du krank? Mach mal deinen Mund auf. Du hast doch was“, sagte sie, wobei ihre Miene von genervt auf besorgt umschlug.
Ich wusste, dass ich gefangen war und dass sie es früher oder später sowieso herausbekommen würde. Außerdem hab ich mich freiwillig piercen lassen und wieso sollte ich dann nicht hinter meiner Entscheidung stehen?
„Okay, aber du darft nift fauer werden. Ich hab mich pierfen laffen“, verkündete ich mutig, öffnete den Mund und streckte meine geschwollenen Zunge heraus wie ein trotziges Kind und präsentierte den Stecker.
Darica sah zuerst mich und dann Alvaro entgeistert an. Alvaro machte eine unschuldige Miene, um zu beteuern, dass er mit der ganzen Sache nichts zu tun hatte. Dann sah sie wieder zu mir und sie schien zu überlegen, ob sie mich anschreien oder auslachen sollte.
„Weiß deine Mutter davon?“, fragte sie kurz und ohne meine Antwort abzuwarten, fuhr sie fort, „sie wird

stocksauer sein. Auf dich und auf uns. Was hast du dir bloß dabei gedacht?"
„Ich ... also ... ähh ... n-nift weiter. If wollte ef einfach haben".
„Aha, einfach so also. Und die Schwellung? Das sieht ja abartig aus!"
„Daf wird fon wieder. In ein paar Tagen ift daf wieder in Ordnung", erklärte ich, mehr um mich selbst, als um Darica zu überzeugen.
„Na, da bin ich mal gespannt. Tuts denn sehr weh?", erkundigte sich Darica.
„Ein bifchen fon, aber ef ift nift so flimm", sagte ich.

In dieser Nacht schlief ich sehr unruhig. Ständig quälte mich derselbe Traum. Einer dieser Träume, in denen man nicht von der Stelle kommt.
Ich war in dem Piercing Studio und jedes Mal, wenn ich den Raum mit dem großen Zahnarztsessel betrat, um mich zu setzen, war der Sessel weg und ich musste in einen anderen Raum gehen. Ich lief die ganze Zeit im Kreis und wenn ich den Sessel gefunden und mich gesetzt hatte, musste ich mich erst für einen Stecker entscheiden. Sobald alle Entscheidungen gefällt waren, verwandelte sich der Typ, der mich piercen sollte, in Darica und ich begann die ganze Geschichte zu hinterfragen. Schon stand ich wieder am Anfang. Jedes Mal wachte ich schweißgebadet auf und meine Zunge lag wie ein gestrandeter Wal in meinem Mund und blockierte alle Zugänge. Zweimal hatte ich sogar das Gefühl zu ersticken.
Nach einigen Tagen hatten sich sowohl meine Zung- als auch meine Mutter beruhigt. Als ich sie angerufen und ihr von dem Piercing erzählt hatte, musste ich den Telefonhörer ein paar Zentimeter von meinem Ohr weghalten, sonst hätte ich gut und gern einen bleibenden

Gehörschaden davon getragen. Nach ihrem Schreianfall kamen zwei Tage später die Selbstzweifel an meiner Erziehung und schließlich die Akzeptanz.

Die letzten Tage in England verbrachte ich mit Darica und Alvaro. Sie hatten sich extra frei genommen und wir waren jeden Tag unterwegs. Morgens gingen wir frühstücken und dann fuhren wir irgendwohin aufs Land und verbrachten die Nachmittage im Schatten eines Baumes. Die zwei genossen es sichtlich, ihrem stressigen Alltag für ein paar Stunden entfliehen zu können und ich hatte Gelegenheit, über meine Zeit auf der Insel zu reflektieren.
Ich hatte viele neue und wertvolle, teilweise auch verstörende Erfahrungen gemacht und war bereit für meine Zukunft. Ich freute mich auf Toulouse und meine Freunde, hatte aber auch Angst, wieder nach Hause zu kommen. Ich fürchtete, in den Tümpel, den ich nun endlich als Frosch verlassen hatte, zurückzukehren und mich wieder in die kleine Kaulquappe zu verwandeln, die ich vor dem England-Trip gewesen war. Ich wusste weder, ob ich noch in dem kleinen Dorf leben konnte, in dem ich aufgewachsen war, noch ob ich weiterhin zu einer Beziehung fähig war. Die paar Wochen in England hatten mich stärker werden lassen, aber auch die Barriere um mein Herz herum war wieder fester und undurchdringlicher geworden. Doch als ich die Wolken sah, die über uns am Himmel trieben wie die Schaumkronen auf einer aufgewühlten See, kam ich zu dem Schluss, alles einfach auf mich zukommen zu lassen. Neben den vielen Impressionen, die meine Fantasie beflügelt hatten, lernte ich vor allem eines: Mich treiben zu lassen. Locker zu lassen und nicht immer alles kontrollieren zu wollen.

Ich erinnerte mich an das Gesicht im Schaufenster, das beschlossen hatte das Leben voll auszukosten. Ich war gewappnet. Die Barriere war stabil und bot mir Schutz und so schnell würde ich diesen Schutzwall nicht aufgeben.

Nach meiner Rückkehr aus England fiel ich in ein tiefes Loch. Ich hatte Toulouse von der Hure in London erzählt und sie hatte es zwar mit zusammengebissenen Zähnen akzeptiert, aber auch nur weil sie sich diesen Fehler (oder war es gar keiner?) zuerst geleistet hatte. Unsere Schuld war ausgeglichen, zumindestens auf dem Papier. Aber es belastete unsere Beziehung. Ein Schatten, den wir weder fassen noch sehen konnten, von dem wir nur wussten, dass er uns erfrieren lassen würde. Wenn wir uns trafen, war es wie früher. Wir lachten, waren unterwegs, schliefen miteinander, lebten das Leben, aber ich hatte ständig das unbestimmte Gefühl, in eine Parallelwelt einzutauchen, sobald ich Toulouse sah. Gerademal eine Schwingung neben der realen Welt. Einen Millimeter verschoben.
Auch die Beziehung zu meinen Eltern erschien mir zusehends wie ein Paralleluniversum. Vor allem mein Vater schien in einer vollkommen anderen Welt zu leben als ich. Ich hatte ihn schon vor meiner Englandreise nur mehr sporadisch gesehen, doch als er von dem Zungenpiercing erfuhr, drehte er völlig durch und stellte mich vor eine Entscheidung: Er oder das Piercing. Mir blieb nur eine Möglichkeit. Das Piercing blieb.

Mit meiner Mutter verstand ich mich noch einigermaßen. Nachdem sie den Piercingschock überwunden und den Stecker akzeptiert hatte, normalisierte sich unsere Beziehung wieder großteils. Allerdings behandelte sie mich weiterhin wie einen kleinen Jungen und das führte regelmäßig zu lautstarken Auseinandersetzungen. Tief im Inneren liebte ich diese Frau. Die Frau, die mich geboren hatte. Aber es war endgültig an der Zeit, die Plazenta abzustreifen und mein eigenes Leben zu leben. Sie litt und es schmerzte mich tief in der Seele, aber da mussten wir durch. Beide.

Als im Herbst die Schule wieder ihre Pforten öffnete, verfiel ich endgültig in eine Art dauerhaften Trauerzustand. Ich trauerte der Freiheit und dem selbstständigen Leben in England nach. In nur vier Wochen hatte ich gelernt, was Freiheit wirklich bedeutete und nun saß ich wieder hinter der kleinen Holzbank in unserem Klassenzimmer fest und musste das neunmalkluge Getue der Lehrerschaft über mich ergehen lassen. Tag für Tag. Mein einziger Anker in diesem Meer aus Eintönigkeit, Farblosigkeit und alle Kreativität mordenden Tristesse war Dizzy. Ihm erging es schon seit Jahren so wie mir, seit ich wieder zu Hause war. Oft hatte ich mich gefragt, warum seine Welt so dunkel war. Nun verstand ich es.
Es war ein stürmischer Oktobertag. Der Wald, den ich von unserem Klassenzimmer aus sehen konnte, legte sich Schritt für Schritt die neueste Herbstkollektion zu und der Himmel focht täglich neue Schlachten aus. Wolkenfetzen trieben über das Land wie Rauchschwaden über ein Schlachtfeld. Vögel stoben in Schwärmen durch die Luft, sammelten sich für ihre Reise gen Süden und die Wiesen verfärbten sich braun. Manchmal roch es schon nach Schnee.

Ich dämmerte, den Kopf in meine Hände gestützt vor mich hin, als mir Dizzy etwas zuflüsterte.
„Sieh dir das mal an, Alter." Er hielt mir einen rechteckigen Flyer vor die Nase.
„Was ist das?", fragte ich mit so viel Interesse, wie ein Hausschwein für den Paarungstanz einer Wanderheuschrecke aufbringen würde.
„Na, lies doch", forderte er ungeduldig.
Ich nahm das Stück Papier und versuchte aus den vielen neonfarbenen Schriftzügen und Grafiken die inhaltliche Essenz herauszufiltern: William´s, Propaganda, Techno, Deep House, DJ Max Headroom, DJ Housecat, Special Guests, Eintritt 140.-, Samstag 14.10.1999.
„Was soll das sein?", fragte ich mürrisch.
„Pixi hat mir erzählt, dass dort die angesagtesten Partys stattfinden sollen und dass sie und Violetta am Samstag hingehen wollen. Sie hat mich gefragt, ob wir auch mitkommen. Das ist alles", murmelte er, als sei es ihm schnurzegal, ob ich mitgehen oder er ohne mich selbst gehen würde.
„Aber das William´s ist doch nur ein Café. Wo soll denn da eine Party stattfinden? Noch dazu Techno?", fragte ich zweifelnd.
„Ich weiß auch nicht. Pixi wirds schon wissen", sagte er gelangweilt.
Pixi war seit ein paar Wochen das einzige Thema, das ihn interessierte. Sie war mindestens genauso finster wie er, mit dem Unterschied, dass sie es durch ein blumiges und buntes Äußeres zu kaschieren versuchte.
Ihre Eltern arbeiteten als Psychologen und so hatte Dizzy Pixi auch kennengelernt. Vom Ferienbeginn an hatte sich Dizzy immer mehr zurückgezogen und verschanzte sich in seinem Zimmer, oder besser gesagt, in seiner Gruft und wollte vom Leben und der Welt

nichts mehr wissen. Frau Kobalt machte sich große Sorgen um ihren einstigen Goldschatz und bat ihn, doch einmal einen Arzt, einen Psychologen aufzusuchen. Anfangs kostete ihn der Wunsch seiner Mutter nur ein müdes Lächeln, jedoch ließ er sich nach einer Weile erweichen und versprach, es zumindestens zu versuchen. Ihr zuliebe.
So fand er sich eines Tages auf der Couch von Pixis Mutter wieder und sollte über sein Leben reden. Es gab nicht viel zu reden, aber ihm fiel ein Bild auf dem Schreibtisch der Ärztin auf. Es zeigte ein Mädchen mit großen Kulleraugen und wilden, rotbraunen Locken. Vielleicht sechzehn oder siebzehn Jahre alt.
„Wer ist das?", fragte er und zeigte auf das Bild am Schreibtisch.
„Das geht dich nichts an. Das ist privat", seufzte die Ärztin, genervt von seinen ständigen Ablenkungsmanövern.
„Wenn es privat ist, sollten Sie das Bild aber nicht hier aufstellen", fuhr er spitzfindig fort.
Die Ärztin war kurz konsterniert, fing sich aber schnell wieder. „Es ist privat. Lass uns doch lieber von dir sprechen", versuchte sie es mit guter Miene zum bösen Spiel.
„Okay, ich verrate Ihnen ein Geheimnis, wenn Sie mir sagen, wer das ist."
„Gut, gut. Es ist meine Tochter. Zufrieden?", keuchte sie in der Hoffnung, endlich etwas von ihrem Patienten zu erfahren.
„Fast. Wie alt ist sie und wie heißt sie?", wollte Dizzy wissen.
„Na gut. Sie heißt Pixalotta und ist gerade achtzehn geworden. Jetzt will ich aber etwas von dir wissen!"
„Okay. Ist nur fair. Ich habe Schuhgröße vierundvierzig", erklärte Dizzy und setzte eine Miene auf, als hätte er

gerade die Antwort auf die Frage nach dem Sinn des Lebens laut ausgesprochen.
Die Ärztin sah ihn perplex an. „Wie bitte?“, fragte sie ungläubig.
„Vierundvierzig. Meine Schuhgröße.“
Die Praxis von Pixis Mutter sah er nie wieder, dafür fand er Pixis Nummer heraus und rief sie an. Sie trafen sich und wurden bald ein Paar.

„Okay, wir können uns die Sache ja mal ansehen. Aber ihr versucht nicht wieder Violetta und mich zu verkuppeln. Ist das klar! Ich bin mit Toulouse zusammen und will es auch bleiben. Und ganz nebenbei ist sie deine Schwester, falls du das schon vergessen hast“, sagte ich ernst.
„Ja sicher. Tut mir leid, aber ihr würdet ...“
„Nichts würden wir und jetzt halt dein Maul“, fluchte ich und versuchte ein energisches Gesicht dabei aufzusetzen.
Am darauffolgenden Samstag holte mich Dizzy mit seiner babyblauen DS 50 von zu Hause ab und wir fuhren zu Pixi in die Stadt. Es war verhältnismäßig mild für Mitte Oktober und der fahle, blaugraue Himmel wurde nur von wenigen Wolken bevölkert.
Pixi lebte alleine in einer düsteren Wohnung in Salzburg, die ihre Eltern für sie gemietet hatten, weil sie der Überzeugung waren, etwas Abstand würde der Kind-Eltern Beziehung gut tun. Pixi tat es auf jeden Fall gut und wir beneideten sie um ihre eigenen vier Wände. Auch wenn es in Wirklichkeit ein Loch von Wohnung im achten Stock einer der vielen Plattenbauten im Stadtteil Lehen war und man durch das Küchenfenster gerademal auf den Flur und vom Balkon aus nur den nächsten Plattenbau sehen konnte, lag ein Hauch von Freiheit in der Luft.

Seit ich aus England zurück war, freute ich mich auf den ersten Tag ohne Toulouse. Wir hatte uns jeden Tag gesehen und sie war ganz verrückt nach meinem Piercing. Manchmal hatte ich das Gefühl, dass sie mich nur küssen wollte, um mit dem kleinen Stecker in meinem Mund zu spielen. Diesen Samstag musste sie auf die Zwillinge aufpassen, da die Kobalts nach Italien zu einer Kunstmesse geflogen waren.
Als ich neben Dizzy vor Pixis Wohnung stand, war ich etwas nervös. Mein Vorhaben, wild und frei zu leben, war in den vergangenen Wochen etwas ins Stocken geraten. Erstickt durch mütterliche Fürsorge und den lähmenden Schulalltag. Durch Monogamie, fettes Essen und ein zu weiches Bett. Doch heute würde es wieder losgehen. Pixi hatte uns eine Überraschung versprochen und ich war neugierig wie ein junges Erdmännchen. Dizzys Finger drückte auf die Klingel und ein schriller Ton erklang. Sekunden später öffnete eine breit grinsende Pixi die Tür und bat uns herein. Sie begrüßte Dizzy mit einem feuchten Zungenkuss und mich mit einem Kuss auf die Wange. Violetta war auch schon da und ihr Kopf leuchtete wie eines dieser Schwarzlichtposter in der Finsternis. Sie hatte sich die Haare violett gefärbt und ihre Augen so dunkel geschminkt, dass ich glaubte, sie hätte sich zwei Kohlenstücke anstatt ihrer Augäpfel ins Gesicht geklebt. Pixi wollte uns immer noch nichts Genaueres von der Überraschung erzählen. Nur so viel: Ihr werdet Augen machen. Im wahrsten Sinne des Wortes, wie ich noch feststellen sollte.

Kurze Zeit später fuhren wir in Pixis feuerrotem 1984er Ford Fiesta, den sie zu ihrem achtzehnten Geburtstag geschenkt bekommen hatte, und der ihr ganzer Stolz war, durch ein in der Dämmerung badendes

Salzburg. Alte Kastanienbäume und die verschnörkelten Fassaden der Salzburger Bürgerhäuser aus den vorigen Jahrhunderten huschten schemenhaft an uns vorbei. Als wir in Richtung Riedenburg, einem Stadtteil von Salzburg, und nicht zum Mirabellplatz, wo das William's sein feucht-fröhliches und nach Kaffee duftendes Dasein fristete, fuhren, wurde ich misstrauisch.
„Fahren wir nicht in die falsche Richtung?“, fragte ich kleinlaut.
„Nein, nein“, beschwichtigte mich Violetta, die in einem Minirock, den sie über einer Jeans trug, neben mir auf der Rückbank saß, „wir müssen nur noch kurz einen Freund besuchen und dann fahren wir ins William's. Entspann dich“, funkelte sie, mit einem Lächeln, das ihre Zähne und das Piercing, das sie im Lippenbändchen auf der Innenseite ihrer Oberlippe trug, preisgab.
„Okay, schon gut“, sagte ich.
Nach einer verwirrenden Fahrt durch Einbahnen und baumgesäumte Alleen parkten wir auf einem finsteren Parkplatz am Fuße des Mönchsberges. Pixi und Violetta stiegen aus dem Auto und gingen ohne weiteren Kommentar auf eine Leuchttafel zu, auf der in großen schwarzen Buchstaben vor rot-weißem Hintergrund „Cave Club“ stand. Außer dem Schild, einer metallenen Tür, die in den Felsriegel des Mönchsberges eingelassen war und einem finster dreinblickenden Türsteher, wies absolut nichts darauf hin, dass hier ein Club war.
„Was machen denn die beiden da drinnen?“, wollte ich von Dizzy wissen. Mittlerweile war ich kurz davor wütend zu werden.
„Ich weiß auch nicht. Wirklich Alter, keine Ahnung. Entspann dich einfach“, versuchte er mich zu beruhigen.
„Ich soll mich entspannen? Ich hab bald die Schnauze voll vom Entspannen. Ich piss mir gleich in die Hose,

so entspannt bin ich“, schmollte ich und verschränkte die Arme vor der Brust.
Eine endlose Viertelstunde später kamen die beiden zurück und stiegen genauso kommentarlos in das Auto ein, wie sie es verlassen hatten. Pixi ließ den Motor an, legte unter einem quengelnden Geräusch des Getriebes einen Gang ein und fuhr los.
„Und?“, wollte ich wissen.
„Was und?“, entgegnete Violetta verständnislos.
„Na, was habt ihr da drinnen gemacht? Wir wollten doch ins William´s fahren, oder?“, schimpfte ich.
„Ja, machen wir auch“, antwortete Violetta.
„Jetzt?“, quengelte ich weiter.
„Ja jetzt. Und nun hör auf zu nerven. Du bist ja schlimmer als ein Fünfjähriger“, keifte Violetta etwas barsch.
Ich lehnte mich zurück und beschloss mich überraschen zu lassen. Pixi zündete sich eine Zigarette an und öffnete ein Fenster, wodurch frische, kühle Herbstluft in den Wagen strömte.
Wir parkten in einer Seitengasse in der Nähe des Cafés. Ich wollte gerade die Tür öffnen und aussteigen, als mich Violetta am Arm packte und mir zu verstehen gab, noch etwas zu warten.
„So, jetzt bekommt ihr eure Überraschung“, verkündete Pixi feierlich und holte mit einer schnellen Handbewegung ein kleines durchsichtiges Plastiksäckchen aus ihrer Tasche. In dem Säckchen befanden sich vier Pillen. Weiße, flache, runde Pillen.
„Was ist das?“, fragte Dizzy, wobei er mir zuvor kam und ich froh war, dass einmal ein anderer die blöden Fragen stellte.
„Ferraris, die besten Pillen zur Zeit!“, erklärte Pixi.
„Was denn für Pillen?“, fragte diesmal wieder ich. Ich fand es gut, sich beim blöde-Fragen-Stellen abzu-

wechseln. So verlor keiner sein Gesicht. Zumindest nicht vollständig.
„XTC“, grinste Violetta verführerisch.
XTC. Dieses Zeug, das Leute aussehen ließ wie Zombies? Abgemagert, mit dunklen Augenringen und einem Rest-IQ von Fünfzig. Verrückt!
„Okay“, sagte ich und hielt meine Hand auf, als würde ich ein Bonbon von meiner Großmutter erwarten.
„So gefällt mir das“, lobte Pixi und drückte mir mit einem anerkennenden Lächeln eine der Pillen in die wartende, zittrige Hand. Ich beäugte die Pille wie ein Insekt, das ich gerade gefangen hatte. Auf der Oberseite war ein winziges Ferrari-Emblem eingestanzt und ich fragte mich, wie ein so kleines Ding eine so gewaltige Wirkung haben sollte. Ich war skeptisch, steckte die Pille aber trotzdem in meinen Mund, in dem mir das Wasser zusammen gelaufen war wie vor einem fünfgängigen Galamenü und schluckte. Meine Miene verzog sich zu einer grotesken Grimasse und für ein paar Sekunden glaubte ich zu ersticken. Röchelnd hustete ich und das Ferrari-Emblem brannte sich bitter in meinen Hals.
Pixi, die mein Gesicht im Rückspiegel sah, lachte und erklärte, „Je bitterer sie schmecken, desto besser sind sie!“
„Verdammte Scheiße, wollt ihr mich vergiften?“, fluchte ich.
Die zwei Gören schüttelten sich vor Lachen und jubilierten über das Schauspiel, das ich ihnen bot.
Nachdem ich mich wieder einigermaßen im Griff hatte, stiegen wir aus dem Auto aus. Die Türen knallten blechern und wir liefen zum Café. Nervosität und Aufregung polterten in meinen Eingeweiden um die Wette, dass es mir schier die Bauchdecke zu zerreißen drohte.

Das Lächeln der beiden Mädchen brachte uns am Türsteher, einem leeren Sack von Mann mit stark gegelten Haaren, dem es offensichtlich egal war, dass Pixi die einzige von uns war, die das achtzehnte Lebensjahr erreicht hatte, vorbei. Im vorderen Bereich sah das Café aus wie immer. Hölzerne Tische, hölzerne Sessel und an den Wänden fragwürdige Bilder irgendeines aufstrebenden oder absteigenden Künstlers. Sogar der Serviertisch mit den Zuckerschalen, Zahnstochern und Servietten, dem Besteck und einigen weißen Tassen beladen, stand an seinem angestammten Platz am Beginn des Ganges, der vorbei an den Toiletten in die beiden hinteren Räume führte. Es waren noch nicht allzu viele Leute da. Diese waren allerdings gekleidet, als wären Hippies auf einem LSD Trip in einen Malkasten, der zur Gänze aus Neonfarben bestand, gefallen. Wir gingen in einen der hinteren Räume, in dem House, was auch immer der Unterschied zu dem restlichen elektronischen Zeug war, aufgelegt wurde.
Bis zu diesem Abend konnte ich mit elektronischer Musik nichts anfangen. Ich hatte meinen Helden, wie Guns n' Roses, Pearl Jam oder Creed gegenüber sogar ein schlechtes Gewissen, weil ich mir hier mit der Musik aus der Dose vielleicht bis zur Endzeit meine Ohren versaute und nie mehr ihre Musik aufsaugen können würde wie ein Schwamm.
Wir saßen am Rand der Tanzfläche und tranken Wasser – *viel Wasser trinken, immer Wasser trinken, wenn man XTC nimmt; für den Kreislauf* – und ich fühlte mich fehl am Platz. Einige Leute tanzten mittlerweile und ich war, gegen alle Erwartungen, sogar einigermaßen angetan von den rhythmischen Bewegungen, die in krassem Gegensatz zu den gebückten, haarekreisenden Verrenkungen der Nirvana-Jünger standen. Die Leute hier waren sexy, schön und konnten sich

bewegen. Genau hierfür wurde der menschliche, vor allem der weibliche Körper gemacht. Sich vom Rhythmus durchpulsen zu lassen. Aber was machte ich hier? Ich sah zu Dizzy, dem es genauso zu ergehen schien wie mir. Neben Abscheu war ihm sogar eine Nuance Angst ins Gesicht gemalt.

Nach einer halben Stunde wurde es heißer und mein Puls legte an Druck zu. Meine Füße hatten ein gewisses Eigenleben entwickelt. Zu meinem Erstaunen hoben sie sich im Rhythmus der Musik, ich verspürte den Drang aufzuspringen und wie aus dem Nichts hatte sich ein Lächeln auf meine Lippen gezaubert. Pixi und Violetta tanzten bereits und ich beschloss, mich auch zu bewegen, allerdings erst einmal auf die Toilette. Meine Beine waren leicht wie Federn und der Boden hatte all seine Härte und Kälte verloren. Nach dem Pinkeln wusch ich mir die Hände und sah in den Spiegel. Meine Pupillen waren etwas geweitet, aber sonst schien alles normal zu sein.

Ich schwebte in den zweiten Raum, in dem die Musik um einiges lauter und härter war als in der Houselounge. Techno. Harter Detroit Techno, wurde ich später von Violetta aufgeklärt. Seit wir im Auto die Pillen geschluckt hatten, war eine Stunde vergangen und die Wirkung war fantastisch. Alles ging rasend schnell. Die Musik durchströmte meinen Körper und ich hatte das Gefühl vor positiver Energie zu platzen. Der Beat war mein Freund und die Droge meine Eintrittskarte in diese wunderbare Welt. Ich sah überall nur glückliche Menschen, die sich die Sohlen durchtanzten. Das war ES. Das Gefühl, das ich gesucht hatte. Unbewusst gesucht. Frei. Frei von allen belastenden Gedanken. Keine Eltern, keine Scheidung, keine Schule, reine Lebensfreude. Ich flog durch die Räume und fühlte mich so gut wie noch nie in meinem Leben. Physisch

und psychisch. Vom Zentrum meines Bauches aus strahlte eine nie versiegende Wärmequelle in alle Richtungen. Bis in die letzte Faser meines Körpers wurde alles von einem warmen, weichen Licht durchströmt. Ich war Licht. Die Musik war das Meer und die Droge das Boot, auf dem ich über die Wellen fegte, wie Flugfische es taten. In der Dichte des Wassers und dann wieder kurz in der Schwerelosigkeit der Luft.
Plötzlich entdeckte ich Dizzy. Er war auch auf der Tanzfläche, aber es war beängstigend, ihm zuzusehen. Er zuckte am ganzen Körper, hatte die Augen geschlossen und die Arme seitlich am Körper angelegt. Er schien in einer unsichtbaren Hand gefangen zu sein, die ihn durchschüttelte und nicht mehr frei gab. Sofort machte ich mir Sorgen. Sorgen, wie ich sie noch nie gefühlt hatte. Sorgen aus einer tiefen Liebe heraus. Ich war erfüllt von Liebe. Überschwappender Liebe. Ich ging zu Dizzy und legte meine Hand auf seine Schulter.
„Hey Diz, alles klar bei dir?“, rief ich mit rosiger Stimme.
Anfangs reagierte er nicht. Ich rüttelte an seiner Schulter, bis er langsam seine Augen öffnete und mich verträumt anstarrte – mit den schönsten Augen, die ich je erblickt hatte. Die Farbe war gänzlich von einem satten, tiefen Schwarz verdrängt worden. Aber es war ein samtig weiches, strahlendes Schwarz. Wie das Fell eines Panters.
„Hey Jerry. Wo kommst du denn her?“, sang er grinsend mit halb geschlossenen Augen. Auf seinem Gesicht lag ein dünner Schweißfilm. Er glänzte. Er sah aus, als hätte er gerade gevögelt und wäre mindestens drei Mal gekommen.
„Keine Ahnung. Gehts dir gut, Alter?“, fragte ich schreiend. Erst jetzt wurde mir bewusst, wie laut die Musik war.

„Ja, ja sicher. Nur dieser verdammte Körper macht nicht, was ich will“, fluchte er und begann zu lachen.
„Ich weiß. Ich war eben nochmal auf der Toilette um Wasser zu lassen. Scheiße Alter, vor einer halben Stunde war noch alles normal, aber jetzt ist mein Schwanz auf eine stattliche Länge von zwei Zentimetern zusammengeschrumpft und ist steinhart. Ich konnte fast nicht pissen, Alter“, brüllte ich und wir prusteten beide los. Das befreiendste Lachen meines Lebens.
Es war grotesk. Ich war vor dem Pissoir gestanden, mein Penis war sozusagen nicht mehr existent und ich fühlte nicht die Spur von Angst oder Panik. Ich war zu glücklich um Angst zu haben. Alle negativen Gefühle schienen aus meinem Körper verbannt gewesen zu sein. Weg.
„Verdammt, was haben uns die Mädels da bloß gegeben?“, kicherte Dizzy.
„Keine Ahnung und es ist mir auch scheißegal. Es ist das Beste!“, schrie ich, riss die Arme in die Luft, legte den Kopf in den Nacken und begann mich im Kreis zu drehen. In meiner Hand hielt ich eine kleine, mit Wasser gefüllte Plastikflasche, an der ich ständig nuckelte, wie ein Alki an einer Flasche Whiskey, mit der er sich endgültig tot saufen wollte – *viel Wasser trinken, immer Wasser trinken, wenn man XTC nimmt; für den Kreislauf* – hallte es in meinem Kopf.
Die Musik trieb mich zu körperlichen Höchstleistungen. Der DJ war mein persönlicher Fitnesstrainer und er war gnadenlos. Aber ich hatte Energie, unendlich viel Energie. Und das Wasser – pures Lebenselixier. Ich spie es mit dem Mund senkrecht in die Höhe, wie ein übermütiger Springbrunnen nach dem Frühjahrsputz. Ich war völlig fasziniert von den Wassertropfen, die im Stroboskop-Licht und den kaleidoskopischen Scheinwerfern schillerten und blitzten. Ich wurde wieder zu

dem kleinen Jungen, der vor vielen Jahren verschwunden war. Ohne Ängste und Zweifel. Voller Neugierde und Entdeckungsdrang. Ohne Narben. Vollkommen weggetreten war ich gleichzeitig so nüchtern und hellwach wie noch nie in meinem Leben. Ich war glücklich. Unendlich glücklich, obwohl mir bewusst war, dass ich auf Droge war.
Ich überließ Dizzy seinen Zuckungen und gehorchte den Anweisungen meines Fitnesstrainers. Meine Beine und Arme folgten dem Rhythmus, als würde ein unsichtbarer Marionettenspieler ihre Geschicke lenken. So war es auch nicht verwunderlich, dass ich mich von einem Augenblick zum nächsten in der Houselounge, dann im Gang vor den Toiletten, plötzlich an der Bar und wieder im hintersten Raum befand, ohne die Wege bewusst wahrgenommen zu haben.
Als ich am Weg zu den Toiletten war, sah ich in einer Ecke zwei Mädchen stehen, die sich innig küssten. Ihre Köpfe neigten sich von der einen Seite zur anderen, ihre Hände erkundeten sanft und zärtlich Neuland. Sie wiegten sich im Rhythmus der Musik, schwebten im Wasser wie zwei Seepferdchen beim Paarungstanz. Ich war von Sinnen und von Liebe und Zuneigung erfüllt. Ich kam mir vor wie ein Tierforscher, der einer seltenen Gattung beim Liebesspiel zusah. Und dann fielen mir der Rock und die violetten Haare auf. Es war Violetta. Und das zweite Mädchen, das von Violettas strammen Rücken und dem festen Hintern verdeckt wurde, war Pixi. Es war wie bei einem Unfall. Ich wusste, dass ich wegsehen, weitergehen sollte, aber ich konnte nicht. Immer wieder musste ich hinsehen. Aber ich spürte keine Erregung. Es tat sich gar nichts. Ich war einfach nur glücklich und freute mich für die beiden und hätte auch liebend gerne mitgemacht, aber nicht um der sexuellen Befriedigung willen, sondern

nur des Glückes wegen. Dann geschah es. Pixi öffnete ihre Augen, zwei seidig schimmernde Kohlenstücke, und sie entdeckte mich. Ich zuckte kurz zusammen, aber sie machte keine Anstalten aufzuhören. Nein, sie bezog mich in das Spiel mit ein. Physisch küsste sie Violetta, aber in Gedanken liebkoste sie meine Lippen. Ich war wie gebannt. Mein Blick war auf die beiden geheftet; ruhig, unabweichlich, aber meine Füße stampften weiterhin im Rhythmus der Musik auf den Boden, wie ungeduldige Pferde vor dem Ausritt. Ich war gefangen in der Szenerie, als ich eine Hand auf meiner Schulter bemerkte und feststellte, dass Dizzy hinter mir stand.

Ich wirbelte erschrocken herum.

„Hi Diz, wie lange stehst du denn schon da?“, fragte ich verlegen.

„Lange genug“, sagte er und schickte Pixi einen Kuss. Ich war wie vom Blitz getroffen. Sie hatte gar nicht mich geküsst. Ich war bloß das Objekt dazwischen. Die Pferde wieherten ungeduldig und ich wollte zurück auf die Tanzfläche huschen, als mich Dizzy zu sich umdrehte, an sich drückte und mich zu küssen begann. Anfangs sträubte ich mich, aber seine Hände waren zwei Zangen, die mich nie freigeben würden. Bald küsste ich ihn zurück. Die vereinzelten Bartstoppeln auf seiner Oberlippe stachen mich, aber es fühlte sich trotzdem gut an. Aufregend. Falsch. Ich küsste einen Mann. Den Bruder meiner Freundin. Und ich wusste, dass uns Pixi beobachtete. Violetta und ich waren nur Statisten, in einem seltsamen sexuellen Spiel. Ich stieß Dizzy weg und rannte in den hintersten Raum. Techno würde mich reinwaschen. Der DJ war mein Richter.

Gegen fünf Uhr morgens machte der Club dicht. Ich war hellwach, obwohl mein Körper unendlich müde

war. Es waren nur noch ein paar Tanzwütige auf der Tanzfläche. Geschlossene Augen und apathische Bewegungen. Körper, die nur noch von der Droge aufrecht gehalten wurden. Gepeitscht von ihrem Peiniger. Es fing gerade an zu dämmern, als wir durch die Stadt zu Pixis Wohnung rasten. Violetta war an meiner Schulter eingeschlafen und ich liebte es, hinten im Auto zu sitzen. Der Himmel war in Pastellfarben getaucht und ich spürte diese tiefe Zufriedenheit in mir. Zurück in Pixis Wohnung, erschien mir selbst dieses kleine, halbfinstere Domizil großartig. Ich zog mich aus, fiel auf die Couch und sobald ich mich in der Horizontalen ausgestreckt hatte, schlief ich ein.
Als ich am Nachmittag aufwachte, hatte sich Violetta zu mir gekuschelt und ihre Haare hatten einen violetten Abdruck auf meinem Oberarm hinterlassen. Vorsichtig, um sie nicht zu wecken, stand ich auf und hatte komischer Weise nicht die Spur von einem Kater. Keine Kopfschmerzen, keine Übelkeit. Nur Durst. Unendlichen Durst. Und erste Anzeichen eines Muskelkaters in den Beinen.
Auf der Toilette stellte ich fest, dass sich die Größe meines Schwanzes normalisiert hatte und ich wie gewöhnlich pissen konnte. Erleichterung. Sowohl im praktischen Ablauf des Pissens, als auch in Gedanken. Ich schlich auf den Balkon, stand in Boxershorts in der warmen Nachmittagssonne und der kühle Herbstwind umspielte meinen Körper. Gänsehaut. Mit jedem Atemzug inhalierte ich das Leben. Ich war infiziert. Mit dem Techno- und XTC-Virus.

„Du bist wohl völlig verrückt! Weißt du denn nicht, wie gefährlich dieses Zeug ist? Wie kann man nur so dumm sein?", schrie mich meine Mutter an. Sie kämpfte mit sich, versuchte die Haltung zu bewahren, doch glühende Wut und ihre Furcht waren zu stark. Sie bebte und war den Tränen nahe.
Es war der Dienstag nach der Propaganda Party im William´s. Wie so oft saßen meine Mutter und ich vor dem Fernseher, aßen ein namenloses Gericht, das meine Mutter mit viel Liebe, aber ohne jegliche kulinarische Raffinesse zubereitet hatte und schwiegen. Während Scully und Mulder außerirdische Psychopathen jagten, fragte meine Mutter ganz beiläufig nach meinem Wochenende und ich antwortete ebenso beiläufig, dass wir auf einer Techno Party waren und ich XTC genommen hatte.
„Ach so, dann ist ja gut", brummte sie geistesabwesend. Mulder prügelte sich gerade mit einem Kerl, der sich seine eigenen Gliedmaßen abtrennte, nur um sie sich wieder anzunähen, als ich eine seltsame Regung bei meiner Mutter wahrnahm. Sie griff seelenruhig zur Fernbedingung, schaltete den Fernseher ab, legte ihre Gabel auf den halbvollen Teller und sah mich ein paar Sekunden an. Dann fing sie an zu schreien. Nicht

sonderlich laut, aber mit einer Intensität, wie ich es noch nie erlebt hatte.
„Willst du dich umbringen? Ist es das? Ja? Ich könnte dich ...", zeterte sie weiter.
„Umbringen?", fragte ich ruhig.
Ich wusste, dass sich der Vulkan erst entladen musste, bevor ich ein vernünftiges Wort in den Ring werfen konnte. Sie sah mich an, als wäre ich einer der Behinderten, mit denen sie täglich in ihrem Job zu tun hatte. Sie versuchte etwas zu artikulieren, brachte jedoch keinen Ton über ihre bebenden Lippen. Also ergriff ich das Wort.
„Jetzt lass es mich doch erst mal erklären", begann ich.
„Was erklären? Dass mein Sohn ein Junkie ist! Möchtest du mir das erklären?", unterbrach sie mich und der Vulkan spie weiter Rauch und Asche.
„Ich muss dir auch nichts erzählen, wenn dir das lieber ist", nörgelte ich genervt.
„Entschuldigung, bitte klär mich auf", entgegnete sie mit einem sarkastischen Unterton.
„Okay", fuhr ich fort und erzählte ihr die ganze Geschichte. „Ich habe mich noch nie in meinem Leben so fantastisch gefühlt und am nächsten Morgen ging es mir grandios. Kein Kater. Nichts. Das ist doch tausendmal besser als sich tot zu saufen", erklärte ich in der Meinung, ich könnte mit meiner Schönmalerei irgendetwas bei meiner Mutter erreichen.
„Du sollst dich ja auch nicht tot saufen. Und es bleibt immer noch eine illegale, gefährliche Droge. Oder nicht?", erwiderte sie, nun mehr besorgt als wütend.
„Das stimmt ja, aber ich will das Zeug ja nicht jeden Tag nehmen. Nur ab und zu mal..."
„Nur ab und zu mal? Ich hör wohl nicht richtig. Du wirst dieses Zeug nie wieder anrühren, haben wir uns

verstanden? Ja?", forderte sie, nun wieder mehr wütend als besorgt und sah mich dabei eindringlich an.
„Okay, okay", versprach ich halbherzig.
Nach dem Gespräch wussten wir beide, dass ich wieder XTC nehmen würde, aber meine Mutter hatte das Gefühl, ihre elterlichen Plichten erfüllt zu haben und ich war froh, dass ich ihr noch immer alles erzählen konnte. Auch wenn sie manche Dinge wohl lieber nicht gewusst hätte. Im Grunde genommen war es unfair. Ich lud all meinen Müll bei ihr ab, um mein Gewissen zu beruhigen (solange ich meine Sünden beichtete, war es halb so schlimm) und sie machte sich ständig Sorgen um mich. Andererseits war sie die einzige Mutter in meinem Freundeskreis, die wusste, was ihr Sprössling trieb. Jede Medaille hat zwei Seiten.

Der Winter hielt Einzug und begrub das ganze Land unter einer dicken, weißen Schneedecke. Berge, Wälder, alles war in Watte gepackt. Die Menschen verschanzten sich zu Hause, aßen Unmengen an Keksen und Schweinebraten, tranken Glühwein, nur um sich an Silvester zu schwören, nächstes Jahr weniger zu fressen und zu saufen. Nach den Feiertagen und den ersten Wochen des neuen Jahres kam die große Depression. Alle guten Vorsätze für das kommende Jahr waren vergessen. Es wurde gefressen und gesoffen, geraucht und gespielt wie all die Jahre zuvor. Die kurzen Tage und langen Nächte zehrten an den Gemütern der Menschen und auch ich merkte, dass ich wiedermal eine Dosis Sonnenschein brauchte. Doch vorerst zeigte der weiße Meister kein Erbarmen. Wochenlang peitschte er klirrende Eiskristalle durch die Luft und raubte dem Leben draußen jeglichen Atem.
Ich verschanzte mich mit Toulouse in einem unserer Betten und wir ließen die Welt Welt sein.

Erst Anfang April verließen den Winter seine Kräfte. Es war Samstag und der erste sonnige Tag seit Wochen. Der Schnee trat den Rückzug an, sah ein, dass die Sonne stärker war und verwandelte sich in Wasser, das in kleinen Rinnsalen über Straßen und Wiesen floss, nur um in Kanälen und Ritzen zu verschwinden. Ich verbrachte den Tag bei den Kobalts und fläzte mit Dizzy und Toulouse im Garten herum. Die Sonne wärmte unsere bleiche Haut und Frau Kobalt versorgte uns mit allerlei Köstlichkeiten. Kochen war neben der Kunst ihre zweite große Leidenschaft. Für sie war Kochen Kunst.

Frau Kobalt stammte ursprünglich aus Ungarn. Nachdem ihre Eltern bei dem Ungarischen Volksaufstand von 1956 umgebracht worden waren, wuchs sie bei ihrer Großmutter auf. Ihr Großvater war im Zweiten Weltkrieg gefallen und so war Nana Uschka, so nannte Frau Kobalt ihre Großmutter, froh über die Gesellschaft des Kindes, das damals natürlich noch nicht Kobalt, sondern Szegedi geheißen hat. Da ihre Großmutter ihr Leben lang nur gekocht hatte und sonst nichts konnte und sich auch für nichts interessierte, gab sie ihr Wissen an das Mädchen weiter. Jeden Tag kochten sie ein neues Gericht und Frau Kobalt schrieb sich alle Rezepte genau auf. Schritt für Schritt, Zutat für Zutat. Solange, bis ihre Großmutter starb und Frau Kobalt nach Wien zog, um zu studieren. Dort lernte sie Herrn Kobalt kennen und wenige Monate später hieß sie nicht mehr Szegedi. Das Kochbuch besaß sie immer noch. Ein unterarmdickes Manuskript der Köstlichkeiten.
„Wer will noch Kirschtörtchen?“, flötete Frau Kobalt aus dem Küchenfenster zu uns in den Garten.
„Ich nehme gerne noch welche“, schmatzte ich.

Dizzy und Toulouse sagten nichts. Für sie war die Kocherei ihrer Mutter mehr Fluch als Segen. Toulouse lebte in ständiger Angst, an ihrem Prachtkörper könnten sich ein paar Kilos festkrallen und Dizzy war zu mehr als Fleisch - und nur Fleisch - nicht zu begeistern. Ich hingegen war dankbar wie ein Straßenkind. Dankbar für jedes schmackhafte Essen, das ich hier genießen durfte. Nicht, dass ich bei meiner Mutter nichts zu essen bekam. Nein. Ich hatte nur den Fehler gemacht, ein paar Mal selber zu kochen und als meine Mutter eines Tages feststellte, dass ich bald besser kochte als sie, fand sie es nur fair, nicht mehr jeden Abend für mich zu kochen.
„Ich verstehe euch nicht. Es gibt doch nichts Besseres als bekocht zu werden. Noch dazu so fantastisch", schwärmte ich, während ein weiteres Kirschtörtchen in meinem gierigen Mund verschwand.
„Ja ja", raunte Dizzy, mit einer abwertenden Handbewegung und drehte sich auf den Bauch, um seinen Rücken zu bräunen. Und Toulouse zwickte in ein unsichtbares Speckröllchen an ihrem Bauch und gab mir unmissverständlich zu verstehen, dass sie sich fett fand.
„Was machen wir heute noch?", fragte ich, kurz davor, mir die Törtchen noch einmal durch den Kopf gehen zu lassen.
„Bin heute bei Pixi. Kuschelabend zu zweit", erklärte Dizzy und es schien mir, als ob ich diesen „Hilfe, ich stehe unter der Fuchtel" Unterton in seiner Stimme ausmachte.
„Ich muss heute arbeiten. Das habe ich dir doch schon gesagt. Du weißt doch, der Job in dem alten Gasthof im Dorf", meinte Toulouse plötzlich schlecht gelaunt.
„Ja natürlich, weiß ich doch", wand ich mich wie ein Wurm am Haken. „Und was mache ich dann heute? Ich wollte endlich wiedermal ordentlich einen Drauf

machen. Ihr wisst schon. In einen Club gehen", jammerte ich.
„Tut mir leid, aber da musst du dir jemand anderen suchen", vertröstete mich Toulouse und gab mir einen Mitleidskuss auf die Wange, bevor sie ins Haus ging, um sich zu duschen.
Ich war schon kurz davor, mich mit einem Fernsehabend mit meiner Mutter abzufinden, als mir die violetthaarige Gestalt von Violetta in den Sinn kam.
„Ich habs", schnippte ich, „ich ruf Violetta an und gehe mit ihr in den Cave Club!"
„Was auch immer", schnaubte Dizzy.

Abends traf ich mich mit Violetta im William's um noch etwas in Ruhe zu quatschen. Wenn nicht gerade eine Propaganda Party veranstaltet wurde, war das William's ein ganz normales Café, in dem es den besten Cappuccino der Stadt gab. Eine Tasse, die man mit beiden Händen halten musste, weil man sie sonst nicht anheben konnte und die zur Hälfte voller Milchschaum war. Eine Prise Kakao zeichnete stets gekonnt ein marmorierendes Muster auf den weißen Gipfel, auf den sogar der Mount Everest neidisch gewesen wäre.
Gegen halb zwölf fuhren wir zum Cave Club. Ich besaß seit zwei Monaten einen Führerschein. Mein Großvater hatte mir den rosa Schein zu meinem achtzehnten Geburtstag geschenkt. Eigentlich wollte er ihn mir gar nicht mehr schenken, nachdem er von dem Zungenpiercing erfahren hatte. Wer sich selbst verstümmelt, hat seiner Meinung nach nicht das Recht ein Auto zu lenken. Die Gefahr, nicht nur sich selbst umzubringen, sondern auch noch einen Unschuldigen mit in den Tod zu reißen, war zu groß. Es kostete meine Mutter und mich mehrere Monate Überzeugungsarbeit, ihn doch noch umzustimmen. Schlussendlich einigten wir uns

darauf, dass ich den Führerschein bekommen würde, wenn ich das Piercing rausnehmen würde. Es war das erste und einzige Mal in meinem Leben, dass ich mich auf so einen Kuhhandel einließ. Aber einerseits liebte ich meinen Großvater und andererseits war mir die Freiheit auf vier Rädern tausendmal mehr wert als der kleine Stecker in meinem Mund. Die Narbe würde mich ohnehin für immer daran erinnern. An das Piercing, England, Reggis Bar und Sue.

Als wir beim Club ankamen, war kein Schwein zu sehen und kein Licht brannte.
„Scheiße, der Club hat geschlossen!", stellte Violetta verzweifelt fest.
„Sieht ganz danach aus. Was machen wir jetzt?", fragte ich niedergeschlagen.
„Ich habe keine Ahnung. Ich weiß nur, dass ich durchdrehe, wenn ich nicht bald tanzen kann und ein paar Beats vor den Latz geknallt bekomme", lamentierte Violetta und machte eine rhythmische Bewegung mit ihrem Arm.
„Ich weiß. Ich weiß", sagte ich und tat so, als würde ich nachdenken.
Auf dem verlassenen Parkplatz stand noch ein weiteres Auto. Ein alter Golf mit bayerischem Kennzeichen. Aus dem leicht geöffneten Fenster stiegen blaue Rauchschlieren auf und ein dumpfes Pulsieren drang aus den Lautsprechern des Autoradios. Im verrauchten Innenraum des Wagens waren zwei schemenhafte Gestalten zu erkennen.
„Ich geh mal die beiden da in dem Auto fragen, was hier los ist", sagte ich zu Violetta.
„Okay", seufzte Violetta.
Ich stieg aus dem Wagen meiner Mutter, den sie mir geliehen hatte und ging auf den Golf zu. Als ich nur

noch wenige Schritte von dem bayerischen Wagen entfernt war, manifestierte sich ein süßlicher, aromatischer Geruch in meiner Nase. Ich klopfte an das Fenster der Beifahrertür und zwei erschrockene Augenpaare starrten mich aus der Finsternis der nebeligen Höhle an.
„Hallo, tut mir leid, dass ich euch störe, aber wisst ihr, was hier heute los ist?", fragte ich.
Die beiden warfen sich panische Blicke zu. Sie hatten offensichtlich gerade einen Joint geraucht und hielten mich für einen Zivilpolizisten.
„Nein, keine Ahnung", murmelte der Beifahrer mit zusammengepressten Lippen. Seine Augen weiteten sich zu golfballgroßen Kugeln und ein ersticktes Wimmern drang zu mir nach draußen. Plötzlich machte er eine ruckhafte Bewegung mit seinem Becken und fischte einen halb abgebrannten Joint unter seinem Hintern hervor. Er sah mich an wie ein kleiner Junge, der dabei erwischt worden war, wie er die Mülltonnen der Nachbarn in Brand gesteckt hatte.
„Wir wollten nämlich in den Club gehen und jetzt sieht es so aus, als wäre geschlossen", fuhr ich fort. Ich fand es amüsant, die beiden ein bisschen zu quälen.
„Äh ja, wollten wir auch", wimmerte nun der Fahrer.
„Aha und was macht ihr jetzt?", fragte ich weiter.
„Keine Ahnung, vielleicht in die Nova fahren?", schlug der Beifahrer vor, der sichtlich noch immer unter Schmerzen litt. Sie waren sich anscheinend noch unsicher, ob ich Freund oder Feind war.
„Aha. Und wo ist das?", wollte ich wissen.
„In der Nähe von Wels. Kein schlechter Club. Gute Residents dort", erklärte nun wieder der Fahrer. Ich hatte Cheech und Chong auf frischer Tat ertappt.
„Cool, und wie kommt man da hin?", fragte ich. Ich roch eine Chance auf eine Party und biss mich fest, wie ein Raubtier an der Kehle seiner Beute.

„Hm, ist echt schwierig zu erklären. Ihr könnt uns ja einfach nachfahren", fuhr der Fahrer fort.
„Okay, klasse", jubelte ich und klopfte auf das Autodach, worauf die beiden zusammenzuckten, als hätte der Blitz eingeschlagen. Ich lief zurück zu Violetta und keine fünf Minuten später folgten wir einem alten Golf, aus dem eine dünne Rauchwolke aufstieg, durch die Stadt Richtung Autobahn.
Eine knappe Stunde später erreichten wir den Club, der etwas außerhalb von Wels im Niemandsland lag. Ein einzelnes, Fabrikhallen ähnliches Gebäude, auf dessen Dach in pinken Lettern N.O.V.A stand.
„Das sieht doch nicht so schlecht aus", sagte ich, mehr um mich selbst als Violetta zu überzeugen.
„Na ja, ich weiß nicht. Sieht irgendwie nuttig aus. Mehr wie ein billiges Puff als ein Club", sprach Violetta das aus, was ich mir dachte.
„Ja schon, aber jetzt sind wir nun mal da, also sollten wir auch reingehen!"
„Okay", sagte Violetta skeptisch.
„Wir müssen uns nur ein paar Pillen besorgen und schon läuft die Party. Du wirst schon sehen", feuerte ich uns mit Überzeugungskraft an.
Im Club ließ der DJ bereits ein Gewitter an Beats auf die hungrige Meute niederprasseln. Der Club bestand aus einem einzigen großen Raum. Am vorderen Ende war die DJ-Kanzel in Form eines Ufos installiert und am hinteren Ende fristete eine Bar, die einen halbkreisförmigen Bogen in den Raum zeichnete, ihr Dasein. Violetta und ich lehnten uns an den Tresen und suchten die Menschenmenge nach einem Dealer ab, wie ein hungriges Adlerpärchen, das die Berghänge nach potentiellen Beutetieren scannte, um seinen Nachwuchs vor dem Verhungern zu bewahren.

Als wir nach einer Weile niemanden ausgemacht hatten, mischten wir uns unter die Leute.

Mit der Zeit bekam man ein Auge für Typen, die Pillen vercheckten. Es waren meistens eher unauffällige Gestalten, die finster oder irre dreinschauten. Entweder man bekam direkt von ihnen was, oder sie brachten einen zu jemandem, der was hatte. Das waren dann entweder extrem aufgestylte junge Frauen, die wie Königinnen über ihrem Volk thronten und von stiernackigen Bullen flankiert wurden. Oder es waren ausländische Typen, die einen auf Mafia machten. Selten vercheckten Techno-Jünger selbst Pillen. Manchmal wurde man auch angesprochen und es wurde einem Zeug angeboten. Das war natürlich der Idealfall. So konnte man sich so manche peinliche Situation ersparen.

Nach ein paar Minuten sprach mich ein Typ mit Baseballkappe an, ob ich was brauche. Er meinte, er habe Schlümpfe, das beste Zeug zurzeit. Mit den Pillen war es wie in der Modewelt. Alle paar Wochen gab es einen neuen Hype, ein neue Wunderpille, den neuen Kultdesigner. Wie immer, wenn ich gefragt wurde, ob ich Pillen kaufen wollte, war ich misstrauisch. Ich sah ihn ein paar Sekunden an und versuchte abzuschätzen, ob er ein Zivilpolizist war oder wirklich XTC verkaufte. Ich hörte auf mein Bauchgefühl und es empfahl mir, dem Typen zu vertrauen. Ich kaufte ihm zwei Pillen, die rautenförmig und blau waren, ab.

Als ich Violetta fand und ihr stolz meine Beute zeigte, öffnete sie ihre kleine, zu einer Faust geballte Hand und zeigte mir ebenfalls zwei blaue Pillen. Lachend warfen wir eine Tablette ein. Die zweite wollten wir uns für später aufheben. Die meisten Pillen wirkten, je nach Qualität, zwischen vier und sechs Stunden. Normalerweise genügte mir eine, aber manchmal, wenn die Party richtig lange dauerte, nahm ich auch zwei. Seit dem Abend im William's vor einem halben Jahr war ich oft auf Techno Partys gewesen und hatte jedes Mal XTC genommen. Ich hätte mich zu dieser Zeit nicht als süchtig bezeichnet. Zu mindestens nicht nach XTC alleine. Ich liebte es, aus dem normalen Alltag auszubrechen, den braven Sohn, der in die Schule ging, bei seiner Mutter lebte und jeden Sommer zu seinem Großvater fuhr, hinter mir zu lassen. Ich war süchtig nach dieser lauten, schrillen und schnellen Welt. Und ich begann Techno zu lieben. Eddi, Slash und Layne waren zwar anfangs angepisst, beruhigten sich aber nach ausgedehnten Sessions, in denen ich mich ausschließlich ihrer Musik widmete und sie zeigen konnten, was in ihnen steckte. Sie gönnten mir meine Geliebte.

Gegen fünf Uhr morgens holte der DJ die letzte Platte vom Plattenteller und verstaute sie in ihrer quadratischen Kartonhülle. Der Club schloss für diese Nacht seine Pforten. Es fing gerade an zu dämmern und am Horizont färbten sich die ersten Wolken rosa. Meine Füße waren noch immer unruhig wie zwei junge Fohlen und mein Kiefer schmerzte. Ich hatte den typischen XTC Kieferkrampf. Wir hatten erst vor kurzem die zweite Pille genommen und die schlug ein wie ein schweres Nachbeben. Den Kaugummi, den ich meinem Kiefer zum Fraß vorgeworfen hatte, hatten meine Backenzähne innerhalb weniger Sekunden zu einer breiigen Masse zermahlen und die Innenseiten meiner Backen bluteten an mehreren Stellen.

„Ich kann jetzt noch nicht Autofahren“, erklärte ich Violetta.

„Ich weiß, aber was machen wir inzwischen?“, wollte sie wissen und sah mich an, als müsste ich die Antwort wissen.

„Ich weiß nicht. Lass uns zum Auto gehen und Musik hören. Wir machen unsere eigene Party", rief ich und tänzelte zum Auto.
„Super!", jubelte Violetta und hüpfte Richtung Auto, wie Heidi auf der Alm.
Ich schob eine Techno-CD in das Autoradio, öffnete die Türen und den Kofferraum und schon hatten wir unseren eigenen Club. Wir tanzten auf dem verlassenen Parkplatz. Unsere Füße wirbelten Staub auf, der in kleinen Schwaden auf den Schwingen des Morgenwindes davon schwebte. Wir waren so in unsere Bewegungen vertieft, dass wir die beiden Gestalten, die sich uns näherten, überhaupt nicht wahrnahmen.
„Hey, guter Sound", lobte eine Stimme, die ich eindeutig nicht als Violettas verrauchtes Krächzen erkannte. Ich drehte mich um und blickte in zwei Augenpaare, die mindestens so schwarz waren wie die Seele des Teufels. Nur das freche Lächeln versicherte mir, dass mir nicht zwei Wesen aus der Hölle gegenüber standen.
„Wie bitte?", fragte ich.
„Guter Sound", wiederholte die Stimme. Ich sah sie immer noch fragend an. „Die Musik. Sie gefällt mir", fuhr sie lächelnd fort.
„Ah ja, ähm, sicher", knirschte ich.
„Dürfen wir uns zu euch gesellen?", fragte jetzt die andere zischend. Sie klang gehetzt. Ihre Haare hingen ihr in feuchten Strähnen ins Gesicht und ihr Kiefer schien dermaßen verkrampft zu sein, dass sie ein Brecheisen benötigen würde, um jemals wieder feste Nahrung zu sich nehmen zu können. Eindeutig zu viel XTC. „Ja sicher", sagte ich, eingeschüchtert von ihrem irren Blick.
„Mach dir keine Sorgen", beruhigte mich die erste Stimme, „die wird schon wieder."

Die Stimme gehörte einem Mädchen, das gut und gerne zwei Köpfe kleiner war als ich, aber meinen Hüftumfang locker um das Doppelte übertraf. Sie hatte ein süßes Gesicht und schöne Augen. Volle Lippen und komischerweise schlanke Finger, in denen sie elegant eine Zigarette hielt. Sie war gerade beim Herunterkommen und ich beschloss, mich mit ihr in die Wiese hinter dem Auto zu setzen und die Tanzfläche Violetta und der Irren zu überlassen. Ich ließ mich in die vom Tau noch feuchte Wiese fallen und merkte, dass die Fremde froh war, endlich sitzen zu können.
„Mann, tut das gut. Meine Füße bringen mich um", seufzte sie voller Erleichterung und schenkte mir ein Grinsen, das sich von einem Ohr zum anderen erstreckte. Ich hielt ihr meine Hand hin und stellte mich als Jerry vor.
„Jerry! Aha. Schräger Name. Gefällt mir. Ich heiße Julia", erwiderte sie und streckte mir ebenfalls ihre Hand entgegen. Als sich unsere Hände kurz fest umschlungen hielten, war ich wirklich fasziniert von der Drahtigkeit und knochigen Gestalt ihrer Hand. Sie passte so ganz und gar nicht zum Rest ihres Körpers.
„Freut mich. Kommst du aus der Gegend hier?", fragte ich.
„Nein, eigentlich aus Salzburg. Heute bin ich sozusagen im Außendienst", erklärte sie und blickte verschwörerisch über ihre Schulter.
„Wie meinst du das, im Außendienst? Hast du heute hier gearbeitet?", fragte ich verwirrt. Ich war auf den Job gespannt, bei dem man auf XTC sein durfte.
„Könnte man so sagen. Ich verchecke die kleinen Glücklichmacher, denen deine Freundin da drüben ihre gute Laune und du deine schwitzenden Hände verdankst", kicherte sie, als wäre es das Normalste auf der Welt, Drogen zu verkaufen. Ich schämte mich für

meine Hände und versteckte sie in meinen durchgeschwitzten Hosentaschen.
„Hast du keine Angst erwischt zu werden? Wie bringst du denn die Pillen in die Clubs? Die machen doch immer wieder Taschenkontrollen“, erklärte ich.
„Da hab ich mir eigentlich noch nie großartig Sorgen gemacht. Als Frau gibt es ja ein paar ganz gute Versteckmöglichkeiten“, verriet sie und als sie meinen angeekelten Gesichtsausdruck sah, lachte sie, „nicht da, wo du jetzt denkst. Das ist ja ekelig, du perverses Schwein!“
„Ich hab doch gar ...“, wollte ich mich rechtfertigen, als sie weiter erzählte.
„Ich hab zum Beispiel beim letzten Danube Rave fünfhundert Pillen in meinem BH reingeschmuggelt und niemand hat auch nur den leisesten Verdacht geschöpft. Die Hälfte aller Besucher da drinnen war mit meinen Pillen zugedröhnt“, prahlte sie. Stolz schwang in ihrer Stimme mit.
„Aha“, sagte ich, wobei ich nicht wusste, ob ich beeindruckt oder beängstigt sein sollte. Aber sie schien wirklich nett zu sein und so beschloss ich, beeindruckt zu sein. Sie kramte in ihrer Tasche herum und holte ein Päckchen Marlboro heraus. Flinke Finger fischten eine Zigarette aus der Packung und im Nu leckte eine kleine Flamme an der Zigarettenspitze und dünner, blauer Rauch stieg auf.
„Willst du auch eine?“, bot sie mir einen Glimmstängel an.
„Nein danke, ich bin Nichtraucher“, nuschelte ich etwas verlegen.
„Auch gut, ist sowieso gesünder“, hauchte sie, ließ ihren schwerfälligen Körper nach hinten plumpsen und streckte sich im Gras aus. Sie blies kleine Rauchringe in die Luft. Ich ließ mich neben ihr ins Gras fallen und starrte in den Himmel. Ich liebte dieses Gefühl. Wenn man die ganze Nacht getanzt hatte und dann

einfach nur liegen konnte; vollgepumpt mit Glücksgefühlen. Nur liegen. Die Morgensonne im Gesicht. Komischerweise ging es mir an den Tagen, nachdem ich XTC genommen hatte, immer gut. Violetta hatte mir vor kurzem verraten, dass sie ständig Heulkrämpfe bekam, wenn sie XTC geschluckt hatte. Grundloses Weinen und Jammern. Den ganzen Tag lang. Und Pixi ging es gleich, erzählte sie. Oft saßen die beiden in Pixis Wohnung und heulten stundenlang um die Wette. Zwei heulende Schoßhunde, mit verschmierter Wimperntusche und eingehüllt in durchweichte Taschentücher. Sie hatten sich sogar schon überlegt, das Zeug nicht mehr zu schlucken, aber die Versuchung war einfach zu groß.
Nach einer Weile gesellten sich Violetta und die Irre zu uns und wir starrten zu viert in die Luft. Die Sonne stand mittlerweile hoch am Himmel und wir beschlossen, nach Hause zu fahren. Meine Beine hatten sich noch immer nicht ganz beruhigt und so gab der Motor von Zeit zu Zeit mürrische Geräusche von sich, wenn er zu wenig Benzin bekommen hatte, weil das Gaspedal zitterte und die Brennstoffzufuhr unterbrochen wurde. Wenigstens hatte sich mein Kiefer inzwischen einigermaßen entspannt.
Violetta saß neben mir wie ein Kleinkind und glotzte völlig paralysiert aus dem Fenster. Ich rechnete jede Sekunde mit dem obligatorischen Heulkrampf, aber sie murmelte nur, „Der Himmel ist so schön. Diese Farben. Unglaublich."
Wir waren kurz vor Salzburg, als ich an Julia denken musste. Ich hatte eine Freundin dazugewonnen und ich sollte sie noch oft wiedertreffen. Um es vorweg zu nehmen: Von diesem Tag an hatte ich keine Probleme mehr, bestes XTC zu bekommen. Zu jeder Tages- und Nachtzeit.

Die Wochen bis zum Schulschluss vergingen rasend schnell. Der Sommer hatte Einzug gehalten und die Natur zeigte sich von ihrer schönsten Seite. Abgesehen von den in regelmäßigen Abständen wiederkehrenden Tagen, an denen der Himmel nicht zu weinen aufhören wollte. Salzburger Schnürlregen. Oder Petrus war einer dieser Menschen, die Heulkrämpfe bekamen, wenn sie XTC genommen hatten.
Toulouse und ich waren wieder unzertrennlich. Es war wie am Anfang unserer Beziehung. Wir wollten nur uns. Niemand sonst interessierte uns. Vergessen das Gerede von offener Beziehung. Sie ging mittlerweile auf eine andere Schule und hatte sich verändert. Sie wurde zur Frau. Sie brauchte einen Rückhalt. Sicherheit. Und ich konnte ihr das geben. Wir waren wie Bonnie und Clyde. Wir fuhren durch die Gegend, nahmen gemeinsam Drogen, liebten unsere Freunde und nichts konnte uns davon abhalten, unser Leben miteinander zu verbringen. Wir schwänzten die Schule und blieben den ganzen Tag im Bett. Schliefen miteinander oder lagen bekifft am See. Nichts und niemand konnte uns etwas anhaben.
An den Tagen, an denen ich doch zur Schule musste, verschlief ich die meiste Zeit des Unterrichts neben Dizzy auf unserer kleinen Schulbank. An einem dieser Tage entschieden Dizzy, Noah - ein begnadeter Tunichtgut vor dem Herrn aus meiner Klasse - und ich in der großen Pause hinter die Garagen der Schule zu verschwinden und unserer alten Freundin Mary Jane einen Besuch abzustatten. Da uns in unserer Schule Prinzipien und Wissen eingehämmert wurden, machten wir es uns zum Prinzip, unser erworbenes Wissen möglichst oft und mit jeder Substanz, die uns zwischen die Finger kam, wieder zu vernichten.
In Noahs Hand lag ein Drehpapier, Dizzy streute Tabak

aus einer Zigarette darauf und ich garnierte das Gericht mit bestem Indoor Gras. Mit flinken Fingern drehte Noah das Papier zusammen und leckte über den Klebestreifen. Ein Zündholz fauchte wütend, der Joint brannte und ging von einer Hand zur nächsten, während er Zug um Zug kürzer wurde.
Fünfzehn umnebelte Minuten später saßen wir wieder auf unseren Plätzen im Klassenzimmer und sahen aus, als könnten wir kein Wässerchen trüben. Jeder von uns lehnte in seinem Sessel, ein zufriedenes Grinsen auf den Lippen und verträumte den Unterricht. Doch unser Deutsch Professor, ein fanatischer Anhänger des Müllner Bräu Biergartens, hielt es für angebracht, dass Dizzy etwas aus unserer Klassenlektüre vorlesen sollte. *Die Verwandlung* von Kafka. Nomen est Omen. Dizzys grinsendes Gesicht verwandelte sich in eine panische Fratze. Seine Muskeln spannten sich und er rutschte nervös auf seinem Sessel hin und her. Hektische Blicke rasten von Noah zu mir und zu Dizzy, von Dizzy zu mir und von mir zurück zu Noah. Gegen jede Vernunft nahm Dizzy die Herausforderung an und begann zu lesen. Nach mehreren erfolglosen Anläufen das erste Wort laut auszusprechen, verkündete Dizzy „Herr Professor, es tut mir leid, aber ich kann das nicht lesen. Ständig bekommen diese aufständischen Rs Füße und laufen wie verrückt auf der Buchseite herum."
Stille.
Man muss dazusagen, dass Dizzy noch nie ein begnadeter Leser war und so überging unser Professor diesen kläglichen Versuch und erlöste Dizzy von seiner Aufgabe. Er überließ ihn wieder seiner wohlverdienten Ruhe und gab sich mit dessen Anwesenheit, wenn auch nur physischer Natur, zufrieden.
Am Nachmittag dieses glorreichen Tages fuhren Noah, Dizzy, Oliver und ich in Noahs vierrädrigem Etwas der

Freiheit an einen unserer Lieblingsplätze. Ein Auto an sich mag ja nichts Besonderes sein, doch für selbsternannte Freidenker wie uns bedeutete es ein weiteres Abenteuer und einen weiteren Grund etwas Dummes zu machen.
Wir tuckerten gerade die einspurige Straße den Gaisberg hinauf, als Oliver die obligatorische Frage stellte, „Hat jemand Drehpapier und eine Zigarette?"
Ein paar gekonnte Handgriffe später folgte ein Joint seinem Weg von einer Lunge zur nächsten und mir schien die Sonne durch die Autoscheibe ins Gesicht. Im Radio lief „One" von Creed, eines dieser Lieder, die uns stets auf solchen Fahrten begleiteten. Scott Stap sprach mit seinem Text uns und einer ganzen Generation aus tiefster Seele.

Affirmative may be justified
Take from one give to another
The goal is to be unified
Take my hand be my brother
The payment silenced the masses
Sanctified by oppression
Unity took a backseat
Sliding further into regression
One, oh one,
The only way is one
I feel angry I feel helpless
Want to change the world
I feel violent I feel alone
Don't try and change my mind
Society blind by color
Why hold down one to raise another
Discrimination now on both sides
Seeds of hate blossom further
The world is heading for mutiny

When all we want is unity
We may rise and fall, but in the end
We meet our fate together
One, oh one,
The only way is one
One, oh one,
The only way is one
I feel angry I feel helpless
Want to change the world
I feel violent I feel alone
Don't try and change my mind

An unserem Platz etwas unterhalb des Gipfelplateaus angekommen, ploppten die ersten Bierdeckel und wir ließen uns auf den warmen Boden fallen. Die Aussicht über Salzburg war fantastisch und nach ein paar Minuten sahen wir uns gegenseitig an und brachen in schallendes Gelächter aus.
„Dizzy, wie kannst du nur so etwas bringen? Sind bei dir jetzt endgültig alle Kabel durchgebrannt?", krächzte ich, während ich vor Lachen nach Luft schnappte.
Alles, was Dizzy in seiner allgegenwärtigen Ruhe entgegnete, war, „Was kann ich dafür, wenn diese beschissenen Buchstaben Beine bekommen und aus meinem Buch laufen? Mal ehrlich, ist das meine Schuld?"
„Nein, natürlich nicht", bestärkte ihn Noah, nach Luft schnappend.
Von Zeit zu Zeit tauchte bei einem von uns ein grenzdebiles Grinsen auf, bis wir nach ein paar weiteren Joints im Gras lagen und die Leichtigkeit unseres Daseins genossen. Zu unseren Füßen lag Salzburg und über uns war der Himmel grenzenlos.
Es wurde Juli und wie durch ein Wunder schafften Dizzy und ich die Schule für dieses Jahr und wurden ohne Nachprüfung in die Sommerferien entlassen. Ein

willkommener Anlass, eine kleine Party zu feiern und sich in weit entfernte Sphären zu katapultieren. Das Dorf, in dem ich lebte und über dem die Schule thronte wie eine Burg, hatte nach wie vor kulturell und gesellschaftlich nicht viel zu bieten. Aber eines gab es – jede Menge Natur. Plätze zum Grillen, Flüsse und Seen zum Baden, Hügel und Berge zum Runterschauen und schmale Straßen, auf denen man auch besoffen nach Hause fahren konnte.
An einem dieser Orte, einer verborgenen Schlucht in der Nähe der Schule, feierten wir den Schulschluss. Über eine steile Böschung gelangte man zu mehreren, stufig abgesetzten Felsbänken, die ideale Sonnenterrassen abgaben. Der Bach hatte sich tief in die Kalkbänke eingefressen und mäandrierte fröhlich glucksend vor sich hin, ehe er sich weiter unten in flachen Schotterbänken verlief. Alle paar Meter hatte er tiefe, runde Becken ausgewaschen, die aufgereiht wie Perlen an einer Kette zwischen den Felsen ruhten. Dizzy, Noah, Oliver und ich quetschten uns in den feuerroten R4 der Kobalts und rasten die schmale Straße von der Schule den Berg hinab zu den Kobalts, um Toulouse abzuholen. In jeder Kurve neigte sich das Auto gefährlich weit nach außen, war kurz davor zu kippen und in den Wald zu schießen, wie eine Bowlingkugel. Alle neune und vier Tote.
Toulouse wartete bereits ungeduldig vor dem Haus auf uns. Ihre Wangen waren gerötet und sie hatte sich die Augen extra dunkel geschminkt. Jedes Mal, wenn sie Ärger mit ihrer Mutter gehabt hatte und aus purem Zorn geweint und gezetert hatte wie eine Walküre, versteckte sie sich hinter einer dicken Schicht aus Make-up, Kajal und Wimperntusche. Wenn ich sie so sah, wollte ich sie am liebsten gleich an Ort und Stelle nehmen. Wild und verrucht.

Sie setzte sich zu Oliver und mir auf die schmale Rückbank, gab jedem von uns einen Kuss und lehnte sich an mich.
„Alles okay?", fragte ich, obwohl ich die Antwort schon kannte.
„Ja sicher, lass uns nur von hier verschwinden", raunte sie.
Als wir aus der Hauseinfahrt fuhren, sah ich Frau Kobalt am Küchenfenster stehen. Sie sah besorgt aus. Ich winkte ihr, ohne dass Toulouse es merkte und sah, wie sich ihre Miene aufhellte. Auch wenn sie mit ihrer Tochter gestritten hatte, wusste sie dennoch, dass ihre Kleine bei mir und ihrem Bruder in guten Händen war. Auf dem Weg zur Party deckten wir uns in einem Supermarkt mit Grillfleisch, Maiskolben, Bier, Wodka und Bitter Lemon zum Mischen, Süßigkeiten, Tabak und Drehpapier ein. Als wir zur Schlucht mitten im Wald kamen, brannte bereits ein beachtliches Feuer und unsere halbe Klasse war eifrig damit beschäftigt, ein Bier nach dem anderen zu leeren. Candy winkte uns fröhlich zu, als wir uns mit Proviant, Rollmatten und Schlafsäcken schwer beladen den steilen Abhang zu den Sonnenterrassen nach unten kämpften.
„Hey, da seid ihr ja endlich!", rief sie. Sie war zu einer stattlichen jungen Frau geworden und erinnerte mich an eine der Amazonen aus Homers Ilias. Fast so groß wie ich, fielen ihre Haare in dunkelroten Locken weit bis über ihre Schultern hinab. Manchmal wirkte sie mit ihren breiten Schultern etwas hölzern, aber ihr großer Busen und ihr runder Hintern waren doch eindeutige Beweise für ihre Weiblichkeit. Nicht selten spielte sie in einem meiner erotischen Träume die weibliche Hauptrolle.
„Ja, tut mir leid, dass es so lange gedauert hat, aber jetzt sind wir ja hier. Außerdem bin ich froh, noch am

Leben zu sein. Dizzy fährt immer idiotischer mit der alten Karre von seinen Eltern. Irgendwann werden die Reifen von den Felgen rutschen und die Blechbüchse wird in den Wald schrammen", klagte ich mit einem ermahnenden Blick in Dizzys Richtung. Dizzy hatte schon die erste Dose Bier geöffnet, lupfte die Schultern und tat, als wüßte er von nichts.
Wir setzten uns zu den anderen an das prasselnde Feuer, grillten unser Fleisch, tranken Wodka und spülten das herbe Getränk mit Bier hinunter. Schwerer, aromatischer Geruch von Gras lag in der Luft und die letzten Sonnenstrahlen leuchteten mit den Flammen um die Wette. Als die Sonne hinter den Bäumen verschwunden war und nur mehr ein oranges Schimmern am Himmel an den Feuerball erinnerte, kam Toulouse zu mir. Sie setzte sich eng neben mich, legte ihre Hand in meinen Schritt und raunte mir ins Ohr, „Fick mich! Geh mit mir in den Wald und fick mich". Sie knabberte an meinem Ohr und ihr heißer, nach Wodka riechender Atem umfing meinen Nacken und Hals.
„Wie bitte?", fragte ich verdattert.
„Du sollst mich ficken! Jetzt! Dort oben im Wald." Sie klang wütend und packte mich nun fester im Schritt.
„Okay, ist ja gut". Ich war hart, wie eine der strammen, geraden Fichten, die uns umstanden als wären sie zur Nachtwache abkommandierte Soldaten.
Sie stand so abrupt auf, dass ich mir Bier über mein Hemd schüttete und zerrte mich an der Hand den steilen Hang hinauf in den Wald. Kaum waren wir aus der Sichtweite der anderen verschwunden, begann sie meine Hose zu öffnen und meinen Schwanz zu massieren. Sie küsste mich hart und biss mir in die Lippe.
„Au, spinnst du! Was ist denn los mit dir?", kreischte ich, während sich der eiserne Geschmack von Blut in meinem Mund ausbreitete.

„Nichts ist los mit mir“, blaffte sie, öffnete ihre Hose und ließ sie nach unten gleiten. Sie drehte sich um, lehnte sich gegen einen Baum und hielt mir ihren entblößten Hintern entgegen. So hatte ich sie noch nie erlebt. Ich presste mich an sie und sie stöhnte leise auf. Ihre Finger krallten sich in die raue Rinde. Ihr Becken verschlang mich wie ein gieriges Raubtier. Doch plötzlich stieß sie mich weg, zog hektisch ihre Hose nach oben und kotzte mir vor die Füße. Ich stand mit heruntergelassener Hose und entblößtem Ständer im Wald und meine Freundin kotzte mir vor die Füße. Der Anblick von Toulouses Mageninhalt veranlasste meinen Schwanz zu einem spontanen Rückzugsmanöver. Mein ganzer Stolz versteckte sich zwischen meinen Eiern und ließ mich mit meinem Elend alleine. Nachdem Toulouse alles ausgekotzt hatte, ließ sie sich auf den moosigen Waldboden plumpsen und begann zu heulen.
„Du hast doch was?“, fragte ich sie, nachdem ich meine Hose wieder hochgezogen hatte.
„Nein, es ... es ist nichts“, schluchzte sie und vergrub ihr Gesicht in meinem nach Bier stinkenden Hemd.
„Das stimmt doch nicht. Komm schon, heraus mit der Sprache“, bohrte ich weiter.
„Es sind diese ständigen Streitereien mit meiner Mutter. Ich halte das nicht mehr aus“, schniefte sie. „Ich auch nicht“, dachte ich bei mir.
„Mach dir nichts draus. Sie meint das doch nicht so. Und das weißt du genau“, versuchte ich sie zu beruhigen.
„Ich weiß nicht. Ich glaub, ich brauch mehr Abstand von ihr.“
„Wie meinst du das?“, fragte ich.
„Ich weiß auch nicht, mehr Abstand eben“, sagte sie. Danach drehte sie sich im Sitzen um und kotzte den Rest des Abends aus.

„Komm, du solltest dich schlafen legen“, schlug ich vor und half ihr auf die Beine.
„Okay“, sagte sie sanft.
Wir stolperten zurück zu den anderen und ich baute ihr ein gemütliches Nest etwas abseits des Feuers. Sie legte sich in die Kuhle aus Rollmatten und kuschelte sich in ihren Schlafsack. Im Nu war sie eingeschlafen und ich ging zurück zum Feuer.
„Hey, wo warst du, Alter?“, lallte Oliver und hielt mir einen Joint entgegen.
„Vergiss es. Ist noch Wodka da?“, fragte ich, als ich dicke Rauchschwaden aus meinem Mund aufsteigen ließ.
„Sicher“, rülpste Oliver und reichte mir die halbvolle Flasche. Ich nahm einen langen Schluck, würgte kurz, schluckte nochmal und stellte die Flasche zwischen meine Beine. Dizzy und Noah waren neben dem Feuer eingeschlafen und lagen eng umschlungen neben uns. Schnarchend hielt Dizzy seine Bierdose in der Hand.
„Hast du Feuer?“, fragte Oliver und sah mich mit glasigen Augen an.
Ich durchwühlte meine Taschen, fand jedoch statt einem Feuerzeug nur mein Schweizer Taschenmesser.
„Nein leider“, antwortete ich.
Nach ein paar Minuten bemerkte ich, dass ich das Messer noch immer in meiner Hand hielt und meine Finger neugierig damit spielten.
„Hast du eigentlich Geschwister“, fragte ich Oliver.
„Hä?“
„Ob du Geschwister hast?“, wiederholte ich meine Frage.
„Ja, drei Brüder“, sagte er.
„Mann, da haben deine Eltern sicher alle Hände voll zu tun“, mutmaßte ich.
„Ach, ist halb so schlimm. Wir sind die reinsten Musterknaben“, erklärte er mit seinem unschuldigsten Lächeln.

„Ja sicher“, und ich lachte los.
„Und du, hast du Geschwister?“, wollte Oliver wissen. Oliver war ein Jahr jünger als ich und ging in eine andere Klasse. Er war Internatsschüler und wir hatten uns über Noah kennengelernt. Die beiden waren gemeinsam in einem der Internatshäuser interniert. Oliver fühlte sich in seiner Klasse völlig fehl am Platz. Deshalb hing er mit den Internatsschülern aus meiner Klasse ab. Er gehörte zu uns und nicht zu dem Streberpack aus seiner Klasse. Wir sahen uns zusehends öfter und bald verband uns neben der Vorliebe für Rockmusik und Drogen eine tiefe Freundschaft.
„Nein. Einzelkind“, sagte ich etwas verbittert und nippte nachdenklich an meinem Bier. Seit der Scheidung meiner Eltern hatte ich mich immer nach einer richtigen Familie, nach sich liebenden Eltern und Geschwistern gesehnt.
„Schade“, meinte er.
Er starrte kurz in die Luft, als würde er eine schwerwiegende Entscheidung fällen. Dann riss er mir das Messer aus der Hand, öffnete die Klinge und ritzte sich in den Unterarm. Auf seiner Haut zeichnete sich ein dünner roter Streifen ab.
„Scheiße Alter, spinnst du!“, rief ich.
„Haha, du wolltest doch einen Bruder. Jetzt kannst du einen haben“, triumphierte er feierlich. Ich verstand nicht, was er meinte. Er sah meinen verwirrten Blick und schrie, “Blutsbrüder Alter! Blutsbrüder!“
Ich starrte ihn entgeistert an. Der Typ war vollkommen verrückt und noch während ich das dachte, sah ich meiner Hand zu, wie sie Oliver das Messer aus der Hand nahm und die Klinge in meinen linken Unterarm eintauchte, wie ein Pflug in einen weichen Boden. Sofort klaffte die Haut ein paar Millimeter auseinander und der kleine Graben füllte sich mit dunkelrotem

Blut. Ich glotzte Oliver etwas erschrocken an. Er nickte mir anerkennend zu und hielt mir seinen blutigen Unterarm entgegen. Wir pressten unsere Wunden aufeinander und für ein paar Augenblicke blieb die Zeit stehen. Stille. Die Flammen erstarrten mitten in ihrem Tanz und alle Münder vergaßen sich zu bewegen. Unser Blut vermischte sich. Wir wurden eins. Wir waren Brüder. Als wir aus der Trance erwachten, sahen wir uns kurz an wie ein junges Pärchen, das sich eben das erste Mal geküsst hatte und brachen in schallendes Gelächter aus. Wir nahmen einen großen Schluck Wodka und beträufelten auch die Schnitte in unseren Unterarmen mit ein paar Tropfen des scharfen Getränks.
Oliver und ich leerten die Flasche Wodka, rauchten einen weiteren Joint und sahen zu, wie die Sterne das Himmelszelt einnahmen. Proportional mit der Anzahl der Sterne nahm die Zahl der jugendlichen Säufer und Kiffer ab. Einer nach dem anderen rollte sich in einer Kuhle zusammen, blieb wie vom Schlag getroffen liegen oder schmiegte sich an einen geliebten Menschen, Stein oder eine Flasche. Es wirkte, als machte ein Rudel Wölfe Rast auf einer langen Reise.
Nach dem letzten Schluck Wodka verdrehte Oliver die Augen, kippte nach hinten über und blieb regungslos liegen. Nach wenigen Sekunden war ein tiefes Schnarchen zu vernehmen. Ich versuchte aufzustehen, benötigte jedoch drei Anläufe, bevor ich wackelig wie ein neugeborenes Fohlen auf die Beine kam. Ich stolperte und torkelte zu der Stelle, wo ich Toulouse vermutete. Nach kurzem Suchen und einem verzweiflungsbedingten Adrenalinschub fand ich meine Freundin und mein Nachtlager. Ich legte mich zu ihr und kuschelte mich von hinten an sie.
„Nicht jetzt, du geiler Bock“, brabbelte sie schlaftrunken.

„Gut“, lallte ich und heuchelte Enttäuschung. In Wirklichkeit war ich froh, mich nicht mehr bewegen zu müssen. Ich schloss die Augen und alles drehte sich. Blutüberströmte Brüder, die mich durch eine enge Schlucht verfolgten und mich in ihren Bann ziehen wollten, drängten sich in meine Träume. Der Mond wies mir den Weg und ich stürmte durch die Nacht. Roter Schweiß tropfte auf mein weißes Hemd und bildete ein groteskes Muster. Ich lief und lief und lief, bis ihre Schritte verhallt waren.

Der letzte Sommer

Dizzy und ich lagen am Ufer eines pittoresken Sees in der Nähe unseres Dorfes. Die Sonne brannte erbarmungslos auf unsere ausgetrockneten Körper und lähmte jegliches Leben. Dizzy reichte mir einen Joint, den er mit schwitzenden Fingern gedreht hatte und sank mit einem erschöpften Stöhnen wieder auf seinen Rücken. Der süße Rauch trocknete meinen Mund aus, legte sich schwer in meine Lungen und benebelte meine Gedanken. Seit dem Schulschluss waren zwei Wochen vergangen und wir taten nichts als Herumliegen. Wir hatten kein Geld und keine Fantasie. Toulouse hatte einen Ferienjob als Eisverkäuferin gefunden, der sie nicht reich machte, aber zumindestens beschäftigte.
„Wir brauchen einen Job, Alter", proklamierte ich.
„Was? Hast du etwas gesagt?", fragte Dizzy schläfrig.
„Ja. Wir brauchen einen Job. Wir liegen seit Tagen herum und machen nichts. Wir haben kein Geld und nichts zu tun", seufzte ich verzweifelt.
Seit einiger Zeit hatte ich festgestellt, dass sich die Wirkung von Gras verändert hatte. Ich war nicht mehr nur stoned wie am Anfang. Es verstärkte meine Stimmungen. War ich glücklich, weil sich etwas Positives in meinem Leben ereignet hatte, wurde ich euphorisch –

wollte mich bewegen, tanzen, war abenteuerlustig. Wenn ich traurig war, fiel ich in ein tiefes Loch. Ich wollte mich nur noch verkriechen und niemanden sehen. Und wenn ich verzweifelt oder ratlos war, entwickelte sich eine unscheinbare Windhose von Argwohn in einen Tornado der schieren Verzweiflung. In solchen Momenten sprach mir Jerry Cantrell aus der Seele:

Down in a hole, losin' my soul
Down in a hole, feelin' so small
Down in a hole, losin' my soul
Down in a hole, out of control

I'd like to fly but my wings have been so denied

Nach einer Weile fuhren wir zu den Kobalts, um etwas zu essen und im Garten weiter herumzuliegen. Gerade als ich von mannigfaltigem Vogelgezwitscher in den Schlaf gesungen worden war, läutete das Telefon im Vorhaus der Kobalts. Dizzy machte keine Anstalten, seinen schlaffen Körper zu bewegen, aber außer uns war niemand zu Hause, der den Dienst des Telefons hätte würdigen können.
„Hey Dizzy, willst du nicht mal ans Telefon gehen?", fragte ich, genervt von dem Geläute.
„Hm, geh du doch", war alles, was er murmelte.
„Du fauler Hund. Ich kann doch nicht einfach an euer Telefon gehen", lamentierte ich.
„Sicher, ist doch egal", grunzte Dizzy, der schon wieder in einen halbschlafähnlichen Zustand verfallen war. Grummelnd stand ich auf und ging zum Haus. Das Gras unter meinen nackten Füßen fühlte sich weich und kühl an. Gerade als ich das Telefon erreichte, gab es ein letztes, verzweifeltes Läuten von

sich und verstummte, wie ein Schiff, das vom Meer verschlungen worden war. Ich machte am Stand kehrt und wollte wieder an meinen Platz auf der Wiese zurückkehren, als es abermals klingelte. Das schrille Geräusch ließ mich zusammenzucken. Diesmal erreichte ich das sinkende Schiff, bevor es endgültig von den Wellen in die Tiefe gerissen wurde.
„Hallo, hier bei Kobalt“, meldete ich mich zögerlich.
„Hallo, bist du das Jerry? Hier spricht Pixi, ist Dizzy zu sprechen?“, fragte sie gut gelaunt.
„Ja ich bins. Ich glaub nicht. Tut mir leid. Er liegt im Garten und ist nicht munter zu bekommen. Soll ich ihm etwas ausrichten?“, fragte ich.
„Nein, ist schon gut. Ich kann es genauso gut dir sagen“, erwiderte sie.
„Aha“, sagte ich gespannt.
„Ihr seid doch auf der Suche nach einem Job, oder?“, fragte sie.
„Ja schon, aber ...“, wollte ich antworten.
„Wenn es euch interessiert, dann kommt übermorgen um zwei Uhr ins Kongresshaus in Salzburg“, flüsterte sie geheimnisvoll.
„Ja aber, was ...“, versuchte ich zu fragen.
„Lasst euch überraschen. Ich bin sicher, der Job gefällt euch. Violetta und ich werden auch da sein. Ich muss jetzt los. Bis übermorgen dann“, zwitscherte sie und legte den Hörer mit einem lauten Knacken auf.
Als Dizzy aufwachte, erzählte ich ihm von dem Job. Er war nicht begeistert, aber er versprach mit zu kommen. Wir rauchten einen weiteren Joint und lagen bis zum Sonnenuntergang im Garten. Die Vögel zogen am Himmel ihre Bahnen und die Wolken verfärbten sich im Laufe des Abends von weiß über rosa zu violett, nur um danach mit den Blau- und Grauschattierungen der Nacht zu verschmelzen.

Zwei Tage später holte mich Dizzy mit einem kastanienbraunen Opel Kadett ab. Es regnete, als hätte Gott vor, die Welt mit einer zweiten Sintflut heimzusuchen. Die Straße war kaum zu erkennen, doch Dizzy peitschte das alte Auto vollkommen unbeeindruckt voran. In jeder Kurve versetzte es den Wagen um ein paar Zentimeter gefährlich nahe an den Straßenrand.
„Muss das sein?", fragte ich Dizzy säuerlich. Oder besser gesagt angsterfüllt.
„Was denn?", antwortete er genüsslich.
„Na, dass du fährst wie ein vollkommen Irrer", zeterte ich.
„Entspann dich Alter, ist doch lustig. Ich hab alles unter Kontrolle", prahlte er.
Als wir das geschundene Auto kurze Zeit später in der Nähe des Kongresshauses parkten, hatte der Regen nachgelassen. Von den warmen Autoreifen stiegen kleine Dampfwolken in den feuchten Himmel und ich war kurz davor mich zu übergeben.
„Du siehst aber gar nicht gut aus", sagte Dizzy mit besorgter Miene.
Ich sah ihn nur grimmig an und bedachte ihn mit einem vielsagenden Schweigen.
Als wir das Kongresshaus erreichten, setzte gerade der nächste Regenguss ein. Sofort bildeten sich kleine Pfützen auf der noch nassen Straße. Pixi und Violetta standen vor der gläsernen Eingangstür und rauchten. Blauer Dunst kräuselte sich vor ihren Gesichtern und verflüchtigte sich zwischen den prallen Regentropfen.
„Wie siehst du denn aus?", fragte mich Violetta fürsorglich, während sich Pixi und Dizzy mit einem innigen Kuss begrüßten.
„Frag besser nicht." Ich blickte wütend zu Dizzy.
Wir folgten Pixi und Violetta in das Innere des Monsters aus Glas und Beton. Alle Türen sahen gleich aus,

nur auf einer klebte ein Schild mit der Aufschrift „Rettet die Welt – Informationstag".
Pixi öffnete die Tür und ging als Erste in den abgedunkelten Raum. Wir folgten ihr und mindestens zwanzig neugierige Augenpaare starrten uns an. An den Wänden hingen Poster von Greenpeace, Amnesty International, dem WWF und noch einigen anderen Umweltschutz- und Menschenrechtsorganisationen, die ich nicht kannte. Beobachtet von abgeschlachteten Walen, verhungernden Kindern und stoßzahnlosen Elefanten blickte ich zu Dizzy. Er dachte dasselbe wie ich. Doch es war zu spät für eine Flucht.
„Herzlich willkommen!", empfing uns eine rauchige Männerstimme und forderte uns freundlich, aber bestimmt auf, uns zu setzen.
Zwei Stunden später stolperten wir aus dem stickigen Zimmer. Wir waren wie hypnotisiert. Jeder von uns hatte eine dicke Mappe mit Informationsmaterial, Kugelschreibern, Feuerzeugen und Schlüsselanhängern bekommen und einen Arbeitsvertrag für sechs Wochen unterschrieben. Wir würden als Straßenwerber für wohltätige Organisationen in Deutschland arbeiten. Dizzy und ich waren mit einem sechsundzwanzig Jahre alten Mädchen namens Niki in einem Team gelandet. Sie war groß, schlank und hatte blonde, kinnlange Korkenzieherlocken und ich wusste sofort, dass sie ganz nach Dizzys Geschmack war. Seine Treue zu Pixi würde in den nächsten Wochen auf eine harte Probe gestellt werden. Unser Teamleiter war ein Mittvierziger, der aussah, als müsse man ständig saufen und mindestens zwei Packungen Zigaretten am Tag rauchen, um den Job zu ertragen. Seine Halbglatze war stumpf, unter seinen Augen hatten es sich dicke Ringe heimelig gemacht und sein Bart hatte die Farbe von nasser Asche.

Pixi und Violetta waren in einem anderen Team gelandet und hatten sich schon auf den Heimweg gemacht, als Dizzy und ich vor den großen Glastüren des Kongresshauses standen und uns verwirrt ansahen. Wir gingen wortlos zum Parkplatz und setzten uns in den Wagen. Die Scheiben waren beschlagen und vereinzelte Tropfen rannen über das Glas, wie durchsichtige Schnecken und hinterließen schmale, klare Streifen. Wir saßen einige Minuten wortlos nebeneinander und starrten aus den kleinen Fenstern.
„Was ist denn da drinnen eigentlich passiert?", fragte ich geistesabwesend.
„Ich habe keine Ahnung", sagte Dizzy. „Ich weiß nur, dass wir in einer Woche nach Deutschland fahren und wildfremde Leute auf der Straße anquatschen müssen."
Er startete den Opel, der mit einem mürrischen Stottern ansprang, als hätten wir ihn aus einem erholsamen Nachmittagsschläfchen geweckt. Nach ein paar Minuten war er jedoch munter und fuhr wie von selbst durch die verregnete Stadt.

Eine Woche später rasten wir mit knapp zweihundert Sachen über die deutsche Autobahn Richtung Würzburg. Unser Teamleiter, der „Führer", peitschte den Wagen gnadenlos über den Asphalt und sah dabei aus wie ein Irrer, der aus einer Anstalt entflohen war und vor der Polizei flüchtete. Seine wenigen Haare waren noch fettiger als an dem Tag in Salzburg, an dem wir ihn kennen gelernt hatten und seinem nach Alkohol stinkenden Atem zu Folge, hatte er eine harte Nacht hinter sich.
Neben dem Wahnsinnigen hinter dem Steuer trug auch der Joint, den Dizzy und ich am Morgen geraucht hatten, das Seine dazu bei, dass ich mich ziemlich unwohl fühlte. Ich versuchte, mich zwischen

Kartons von Werbematerial, Reisetaschen, zwei Kisten Bier und Proviant, der hauptsächlich aus Pizza und anderem Tiefkühlessen bestand, zu entspannen.
Mein wundgescheuerter Schwanz erinnerte mich an die letzte Nacht mit Toulouse und an den letzten Sommer, als wir für ein paar Wochen getrennt waren.
Sue kam mir in den Sinn. Einige Monate, nachdem ich wieder in Österreich war, hatte ich einen Brief aus Südengland erhalten. Sue schrieb, dass sie in ihr altes Dorf an der Küste zurückgekehrt war und sich ein hübsches Haus mit einem kleinen Garten und einem weißen Holzzaun gekauft hatte. Sie hatte das Sexgeschäft aufgegeben und sich als Autorin versucht.
Der Geruch von Toulouse haftete noch an mir und vermischte sich mit einer feinen Note von Haschisch aus meiner Kleidung zu einem erregenden Duft. Wir hatten uns keine Versprechungen für die Zeit, in der ich nicht da sein würde, gemacht. Wir liebten uns, aber gleichzeitig hatte ich das Gefühl, dass Liebe allein womöglich nicht stark genug sein könnte. Wer weiß, wie viele Sues da draußen herumliefen.
Am späten Nachmittag erreichten wir unsere Unterkunft. Es war eine heruntergekommene Wohnung am Stadtrand von Würzburg. Als Werber konnte man viel Geld verdienen, aber nur, wenn man die Fixkosten für Wohnen und Essen niedrig hielt. Die Wohnung lag in einem schäbigen Nebengebäude eines Hotels, direkt unter dem Dach. Es gab eine kleine Küche, die schon in den späten Siebzigern ihre besten Zeiten hinter sich gehabt hatte, drei Schlafzimmer, ein Bad mit einer Sitzbadewanne und einer von der Decke herunterhängenden Glühbirne als Lichtquelle. Dizzy und ich teilten uns ein Schlafzimmer, in dem zwei Betten standen, deren Matratzen so durchgelegen waren, dass man den Lattenrost Latte für Latte spüren konnte.

„Das kann doch nur eine schlechter Witz sein", erboste ich mich, während ich meine Sachen in einen wackeligen Schrank räumte.
„Ich weiß, Alter. Immer nur an das Geld denken, das wir verdienen werden. Immer nur an das Geld denken", versuchte sich Dizzy mit zweifelnder Miene selbst zu motivieren.
Später an diesem Abend, nachdem wir uns den Magen mit Tiefkühlpizza vollgeschlagen hatten, kam der „Führer" seiner Plicht nach und erklärte uns die Spielregeln des Werbens. Er stellte eine Flasche Whiskey vor sich auf den Tisch, setzte sich breitbeinig auf einen Stuhl und fing an. „Um ein guter Werber zu sein, gibt es nur eine Regel. Es gibt keine Regeln! Ihr könnt mit allen Mitteln arbeiten, um die Leute von unserer Sache zu überzeugen. Doch werdet ihr bald merken, dass Unehrlichkeiten und Lügen nicht lange Bestand haben. Ihr könnt schleimen, feilschen, hart verhandeln, ihr könnt der beste Freund, der nette Schwiegersohn, die Verführerin, der Geschäftsmann oder der liebenswürdige Enkel sein, scheißegal. Das Wichtigste ist, dass ihr ehrlich und überzeugend seid. Verstanden?"
Seine zittrigen Finger öffneten den Schraubverschluss der Whiskeyflasche. Dann nahm er einen langen Schluck und reichte die Flasche an Niki weiter. Sie setzte die Flasche an ihre vollen Lippen, trank wie ein alter Seemann und verzog keine Miene, als die scharfe Flüssigkeit ihre Kehle hinunter rann. Dizzy war sichtlich beeindruckt.
Unser erster Arbeitstag begann früh. Es hatte gerade erst zu dämmern begonnen, als mich das röchelnde Husten des „Führers" weckte. Von dem Whiskey vom Vorabend hatte ich einen leichten Kater und ein flaues Gefühl im Magen.

Anziehen, Morgentoilette, kurz frühstücken, Werbematerial sortieren und ins Auto räumen und schon waren wir auf dem Weg in die Innenstadt. Fußgängerzone. Auto ausräumen, Stand aufbauen, Kaffee - und mit Gebrüll warfen wir uns in das morgendliche Treiben der Einkaufsmeile.
Am frühen Nachmittag hatte ich noch keinen einzigen Vertrag abgeschlossen. Ich kam mir vor, als würde ich versuchen einer Horde von Blinden die gesamte Brockhaus-Enzyklopädie zu verkaufen. Die einzige Passantin, die ihren Einkaufsmarsch unterbrochen hatte und nicht nach meinen ersten drei Worten das Weite gesucht hatte, war eine alte Dame mit Schnauzer gewesen. Sie hörte mir interessiert zu, doch an ihrem Blick erkannte ich, dass ihr nicht die geschändeten und vom Aussterben bedrohten Tierarten, für die wir Spenden sammelten, leid taten, sondern ich. Ich hätte nicht für Greenpeace, sondern für bemitleidenswerte Werber Spenden sammeln sollen. Ich wäre Werber des Jahrhunderts geworden. Nachdem ich mein ganzes, im Eiltempo erworbenes Wissen über das gefährdete Überleben von Delphin, Blauwal und Tiger ausgekotzt hatte, schenkte mir die Dame ein aufmunterndes Lächeln und schlich mit ihrem dritten Bein aus poliertem Tropenholz weiter die Einkaufsmeile entlang.
Es war deprimierend. Ja geradezu entwürdigend. All diese angeekelten, mitleidigen oder gar hasserfüllten Blicke der Passanten brannten sich in meine Seele. Je älter der Tag wurde, desto mehr zweifelte ich an meinem Vorhaben, Geld mit Werben zu verdienen. Ich setzte mich auf den Boden und lehnte mich an eine schmutzige Hauswand. Ich sah nur mehr die Beine der Menschen. Alle Arten von Schuhen, Zehen, Knöcheln und Knien. Selbst sie schienen mich zu verspotten. Dann sah ich Dizzy und Niki. Dizzys Augen glichen

den von Panik erfüllten Lichtern einer Antilope, die auf der Flucht vor einem Geparden war. Sie zuckten von links nach rechts, ständig auf der Suche nach einem potentiellen Fluchtweg aus der Masse. Er war eine Rosine, die in einem Germteig für einen Butterzopf kräftig durchgeknetet wurde. Er war chancenlos.
Niki versuchte es mit der Fels-in-der-Brandung-Taktik. Sie stellte sich mitten auf die Straße und versuchte mit sturer Verzweiflung, die Menschen zum Anhalten zu bewegen. Aber das einzige, das an ihr haften blieb, waren die lüsternen Blicke einiger junger und auch älterer Männer, die hinter dem Rücken ihrer Freundinnen und Frauen versuchten, die hübsche Blondine in Gedanken auszuziehen.
Der „Führer“ war den ganzen Tag kaum zu sehen. Wir waren Kinderhände in einem Becken voll ausgehungerter Piranhas.
Gegen acht Uhr abends war der Tag für uns vorbei. Der „Führer“ tauchte schlagartig hinter mir auf und erschreckte mich fast zu Tode. Mein ohnehin angeschlagenes Selbstbewusstsein wurde durch diesen Schock vollkommen aus den Angeln gehoben. Ich zitterte.
„Was ist denn mit dir los?“, fragte er gutgelaunt. Er roch nach Bier.
„N-N-Nichts“, stotterte ich. „Gar nichts“.
„Aha. Und wie ist es gelaufen? Wie viele Tiere werden dank dir ein paar Tage älter werden?“, witzelte er, als würde er wirklich glauben, ich hätte neue Mitglieder oder auch nur ein paar Mark an Spenden gesammelt.
„Ähm, nun ja, äh“, stammelte ich.
„So schlimm?“, bemitleidete er mich.
Ich blickte zu Boden und fühlte mich wie der plattgedrückte Kaugummi vor meinen Füßen.
„Na ja, am ersten Tag kann das schon passieren“, sagte er tröstend.

Das waren die ersten freundlichen Worte, seit ich diesen finsteren Typen kannte. Niki und Dizzy hatten ebenso kläglich versagt wie ich und am Heimweg in unsere Unterkunft herrschte Totenstille im Auto. Nur der „Führer“ pfiff ein vergnügtes Lied.
Schweigend aßen wir unsere Tiefkühlpizzen. Unverwandt stand der „Führer“ auf, ging in sein Zimmer und kehrte mit einer Flasche Jack Daniels zurück. Er setzte sich wieder zu uns, stellte die Flasche und vier Gläser vor sich auf den Tisch und zündete sich eine Zigarette an. Er lehnte sich zurück, stieß kleine Rauchschwaden aus und erforschte uns mit stechenden Blicken. Dann füllte er die Gläser bis zum Rand mit der bernsteinfarbenen Flüssigkeit und bedeutete uns zu trinken. Wir leerten die Gläser in einem Schwung.
„Also, ich werde euch jetzt erklären, was es heißt, ein Werber zu sein“, sagte er mit ernster Miene. In weiterer Folge redete er sich in einen Rausch und als er seine Brandrede beendet hatte, hätte ich, ohne es zu merken, auf der Stelle eine Mitgliedschaft für jedwede Organisation unterschrieben. Egal welchem Zweck sie diente. Am Ende des Abends war die Flasche leer und ich fühlte mich, als wäre ich erleuchtet worden.
Am nächsten Tag schloss ich meinen ersten Vertrag ab. Auch Niki und Dizzy waren erfolgreich. Tag für Tag wurden wir besser. Es begann sogar Spaß zu machen und wir entfachten einen täglichen Wettkampf. Wir lernten Menschen einzuschätzen und zu manipulieren. Ich bekam ein Auge dafür, welche Passanten potentielle Opfer waren. Wir teilten sie in Gruppen ein. Bei manchen wussten wir, dass wir keine Chance hatten, andere leuchteten geradezu aus der Menge heraus, wobei Niki junge Männer und Dizzy und ich junge Frauen oder Frauen, deren Schwiegersöhne wir hätten sein können, bevorzugten. Ohne es zu merken, verän-

derten wir uns. Manchmal hatte ich ein ungutes Gefühl, wenn ich jemandem, von dem ich genau wusste, dass er sich die Spende eigentlich nicht leisten konnte, zu einer Unterschrift drängte, nur weil derjenige ein großes Herz hatte. Aber schließlich ging es um meine Provision. Und um die ging es doch, oder?

Bei Dizzy war die Veränderung schwerwiegender. Wenn wir anderen unsere Werbermaske mit der abendlichen Dusche abwuschen, frischte Dizzy nur sein Make-up auf. Er wurde zum Vollzeitwerber. Ständig versuchte er, bewusst oder unbewusst, etwas zu verkaufen und er konnte dieses schmierige Lächeln, das er sich für die Menschen auf der Straße zugelegt hatte, nicht mehr ablegen. Langsam, aber sicher spürte ich, wie sich ein Graben zwischen uns auftat. Jeden Tag wurde der Abstand größer. Eines Tages rief ich Toulouse an und erzählte ihr davon, doch sie meinte nur, dass er sich schon wieder einkriegen würde. Und sie würde mich vermissen. Ich vermisste sie auch.

Nach drei Wochen wuchs unsere Zweckgemeinschaft um zwei Mitglieder an. Lucky und Rocko. Zwei Jungs aus dem tiefsten Pinzgau, im alpinen Herzen des Salzburger Landes.

Lucky sah aus wie der typische Skilehrer zweiter Klasse. Statt braungebrannter Haut hatte er violette Ringe unter den Augen und war verhältnismäßig bleich. Seine brünetten Haare waren struppig und nicht penibel zurechtgemacht und sein Körper glich einem Adonis für Arme. Aber seine stechenden, graublauen Augen zogen einen sofort in den Bann und ließen einen nicht mehr los.

Rocko war noch schmächtiger, hatte kurz geschorene Haare, einen schiefen Schneidezahn und war so schlaksig wie ein Clown auf Ether.

Ich mochte die beiden vom ersten Moment an und war

froh, wiedermal ein ehrliches Lächeln zu sehen und einen ordentlichen Dialekt zu hören.
Dass der „Führer“ ein Chamäleon sein würde, war mir von Anfang an klar, aber dass sich Dizzy so verhalten würde, hatte mich überrascht. Neben seinem Dauergrinsen hatte er sich auch die hiesige Sprache, ein Gemisch aus Bayerisch und Hochdeutsch angewöhnt. Der Klang seiner Stimme in Verbindung mit dieser Sprache führte bei mir regelmäßig zu einem unangenehmen Würgen. Lucky und Rocko dagegen kannten keine Gnade und plapperten drauf los, ohne auch nur eine Silbe ihres Dialektes zu verändern. Immer wieder sah man ihren Gesprächspartnern auf der Straße an, dass sie kein Wort verstanden hatten. Die Einen zogen verwirrt und kopfschüttelnd von Dannen und die Anderen lächelten amüsiert und zückten ihre Portemonnaies.
Nicht nur ihren Dialekt betreffend waren die beiden gnadenlos. Lucky und Rocko waren ein Jahr jünger als ich, doch saufen konnten die beiden wie zwei sibirische Waldarbeiter. Die Anzahl der leeren Bierdosen in unserem Mistkübel stieg rasant an, seit die beiden in unsere Werber-WG eingezogen waren und der „Führer“ freute sich wie ein übermütiges Kind, dass er endlich jemanden gefunden hatte, der mit ihm Whiskey soff, ohne nach dem dritten Glas zu jammern zu beginnen. Ich gab mein Bestes, um mit den Dreien mitzuhalten, doch es war ein aussichtsloser Kampf. Mir blieb nur eines übrig: trainieren, trainieren und nochmal trainieren.
Am nächsten Abend rief mich Toulouse an. Schon am Klang ihrer Stimme merkte ich, dass etwas nicht stimmte. Es war dieser kaum hörbare Unterton, der ihren Wörtern den Charakter eines Kanons verlieh. Wir erzählten uns ein paar Belanglosigkeiten, doch bald gab mir der Alkohol in meinem Blut den Mut sie

zu fragen, was los sei. An diesem Abend feierte unsere Werber-WG. Wir hatten alle gute Zahlen geschrieben und der „Führer“ hatte uns mit einem schicken Abendessen in einem noblen Restaurant belohnt und danach saßen wir in unserer Unterkunft und tranken Bier und Whiskey.
„Was ist los? Du klingst so eigenartig. Als hättest du Scheiße gebaut und müsstest jetzt beichten“, argwöhnte ich, wobei ich bemerkte, dass meine Zunge schon einen leichten Schlag hatte.
„Nichts“, sagte Toulouse, aber ich wusste, dass sie log.
„Hey, mir kannst du nichts vormachen. Hast du wiedermal Stress mit deiner Mutter?“, fragte ich und stellte mich auf einen tränenreichen Wutausbruch ein.
„Nein, nein, es ist ...“, sie zögerte.
„Was ist es?“, fragte ich. Ich wurde ungeduldig.
„Da war dieser Junge bei mir am Eisstand und wir verbrachten meine Mittagspause gemeinsam und er hat ... er hat mich geküsst“, stotterte sie und ich merkte, dass sie es in dem Moment, in dem die Worte über ihre Lippen krochen, bereute, es mir gesagt zu haben.
Schweigen. Nun kamen die Tränen doch. Aber aus einem anderen Grund als ich gedacht hatte.
„Und wie war er? Ich hoffe, es hat sich ausgezahlt. Ich mein, das gibt es doch nicht! Da bin ich gerade mal ein paar Tage weg und schon machst du mit irgend so einem Typen herum. Was geht bloß in deinem Kopf vor?“, sagte ich. Vielmehr schrie ich, denn erst jetzt merkte ich, dass die anderen zu reden aufgehört hatten und neugierig in meine Richtung starrten.
„Was glotzt ihr denn so blöd? Verpisst euch“, blökte ich sie an.
„Was? Was hast du da gesagt?“, schrie nun Toulouse.
„Nein nicht du, die anderen ... ach vergiss es. Wie soll das jetzt weitergehen? Ich mein, ich dachte wir ...“,

versuchte ich zu sagen, aber mir fiel nichts mehr ein.
„Ich weiß auch nicht. Ich habe dem Typen gesagt, dass ich einen Freund habe und dann hat er sich mit einer fadenscheinigen Ausrede davon gemacht, der Penner“, klagte Toulouse.
„Das interessiert mich einen Scheißdreck. Ich glaub, ich brauche mal ein bisschen Zeit zum Nachdenken. Bis bald“, zischte ich, legte auf und ging zu den anderen zurück. Lucky hatte sich gerade eine Zigarette angezündet. Ich sah ihn kurz an, schnappte mir das Päckchen Camel, das vor ihm am Tisch lag, nahm eine Zigarette heraus und zündete sie an. Der Rauch fuhr in meine Lungen und mir wurde kurz schwindlig. Alle sahen mich an, als hätten sie einen Geist gesehen.
„Schon gut, ich will das jetzt, okay. Und keine blöden Fragen!“, rasselte ich so ernst, dass sich keiner auch nur einen Ton zu sagen traute.
Ich hatte zuvor noch nie eine Zigarette geraucht. Nur gekifft. Es war ungewohnt, aber ich mochte den warmen, sanften Rauch. Ich mochte es, ihn zu inhalieren und ihn langsam wieder aus meiner Lunge strömen zu lassen. Schon am übernächsten Tag kaufte ich mir meine erste eigene Schachtel Zigaretten. Eine schwarze Schachtel mit einem silbernen Totenkopfemblem à la Guns n' Roses vorne drauf. Black Death - ein äußerst passender Name.
An diesem Abend soffen wir noch bis spät in die Nacht. Die einen, weil sie es immer taten und es ihnen Spaß machte, die anderen, um sich Mut anzutrinken und ich, um meine Wut zu schüren und in weiterer Folge meinen Kummer zu ertränken.
Am nächsten Tag erwachte ich nackt und mit einem totalen Filmriss in meinem Bett. Glücklicherweise war Sonntag, unser einziger freier Tag, und wir mussten nicht aufstehen. Dizzy lag in seinem Bett und starrte an die Decke.

„Scheiße, mein Kopf bringt mich um“, stöhnte ich langsam, um mich nicht übermäßig anzustrengen. Aber nicht nur mein Kopf und mein Magen fühlten sich komisch an. Ich hatte einen äußerst merkwürdigen Traum gehabt. Einen äußerst realistischen. Ich erzählte Dizzy den Traum.
„Nachdem wir mit den anderen gesoffen hatten, bin ich zu dir ins Bett gekrochen. Ich war total unglücklich wegen Toulouse und du hast mich getröstet. Ich hab mich auf deine Brust gelegt, wie es normalerweise Toulouse bei mir macht und hab mich an dich gekuschelt. Wir haben geredet und du hast meinen Kopf gestreichelt. Meine Hand lag auf deinem Bauch, als ich merkte, dass du einen Steifen hattest. Es schien dir peinlich zu sein, aber ich war neugierig. Ich ließ meine Hand nach unten wandern. Ein Abenteurer, der ein neues Land entdeckt. Ein verbotenes Land. Ich berührte deinen Schwanz und du hast leise aufgestöhnt. Du hast mich auf den Rücken gedreht und bist unter die Decke gerutscht. Dann hast du meinen Schwanz gestreichelt, ihn festgehalten und behutsam massiert. Dein Schwanz war groß und rot, leicht gebogen wie eine Banane. Anschließend hast du dich auf den Rücken gelegt und ich bin unter die Decke verschwunden. Ich habe deinen Schwanz liebkost, ihn geküsst und in den Mund genommen. Scheiße Alter, ich hab dir einen geblasen“, lachte ich.
Dizzy starrte immer noch an die Decke.
„Es hat sich ziemlich eigenartig angefühlt. Glatt, fest und pulsierend. Du hast meinen Kopf nach unten gedrückt und an meinen Haaren gezogen. Dann bin ich wieder nach oben gekommen. Der Raum hat sich gedreht. Wir haben uns gegenseitig einen runter geholt. Der Bruder meiner Freundin hat mir einen runter geholt und ich habs gemocht, Alter. Es war, als würde

ich es mir selber machen. Genauso wie ich es mochte. Toulouse war immer zu zärtlich. Plötzlich hast du abgespritzt wie ein Sternenspritzer, hast deine Augen geschlossen und bist sofort eingeschlafen. Ich hab es mir dann selber gemacht, bis ich gekommen bin. Dann wurde alles unscharf. Nebelig. Verrückter Traum, nicht wahr", sagte ich und schmunzelte.
Irgendwie erregte es mich, über den Traum zu sprechen. Ich sah gespannt zu Dizzy, doch der lag noch immer wie versteinert in seinem Bett.
„Hey Dizzy, alles klar bei dir? Gehts dir gut?", fragte ich. „Dizzy?"
„Scheiße Alter, das war kein Traum", fauchte er und drehte mir den Rücken zu.
„Was?", fragte ich geschockt.
„Du hast mich schon verstanden", sagte Dizzy.
Ich wusste nicht, ob er wütend, angeekelt oder verstört war. Ich für meinen Teil war auf jeden Fall verstört. Ich hatte mir tatsächlich vom Bruder meiner Freundin einen blasen lassen. Von meinem besten Freund.

Die nächsten Tage waren wie ein Fiebertraum. Ich war Spielball des Lebens. Ich arbeitete, ging schlafen, arbeitete. Innerhalb weniger Tage war es, als hätte ich beide Kinder der Kobalts verloren. Mit die wichtigsten Menschen in meinem Leben. Seit dem Telefonat vor wenigen Tagen hatte ich nichts mehr von Toulouse gehört und Dizzy ging mir aus dem Weg. Er konnte mir nicht einmal in die Augen sehen. Wahrscheinlich sah er nur einen mannshohen Penis vor sich, wenn wir uns gegenüber standen. Es war zum Kotzen und ich fühlte mich wie der letzte Dreck.
Doch das Schicksal hielt eine Überraschung in Form einer dunkelhaarigen Schönheit für mich bereit. Ich saß auf einer Steinstufe in einer Seitengasse der

Schönbornstraße in Würzburgs Zentrum, rauchte in meiner Pause eine Zigarette und dachte über die Geschehnisse der letzten Tage nach, als sich ein fremdes Mädchen zu mir gesellte.
„Darf ich mich setzen?“, fragte sie und schenkte mir ein bezauberndes Lächeln.
„Äh ja, natürlich, setz dich“, stotterte ich überrascht.
„Mein Name ist Naoki, und wie heißt du?“, fragte sie.
„Jerry, freut mich“, sagte ich.
Sie war Halbasiatin. Ihre Haare waren schwarz wie die Nacht und glatt wie Seide. Ihre Augen schienen dem Kohlespeicher einer Dampflok entwendet worden zu sein, und ihre Haut hatte die noble Blässe des Mondes. Sie war nahezu perfekt. Doch von ihrem linken Ohr bis hin zu ihrem rechten Schlüsselbein zeichnete eine Narbe eine feine Line quer über ihren Hals. Mein Blick blieb an der ungewöhnlichen Linie kleben. Eigentlich stand ich nicht besonders auf Asiatinnen, aber ich war neugierig und in meinen Gedanken zog ich sie bereits aus. Ich segelte durch die grünen Berge Japans und durch die versinterten Kalktürme vor Thailands Küste.
„Mein Stiefvater wurde manchmal ziemlich wütend, wenn er beim Spielen verloren hatte“, erklärte sie, als sie meinen Blick bemerkte.
„Wie bitte?“, fragte ich verträumt und konnte noch immer die salzige Luft über den Meeren Thailands auf meiner Zunge schmecken.
„Die Narbe“, zeigte sie und ließ ihren Finger über die feine Linie streichen, wobei sie die Augen verdrehte, als wäre ihr in diesem Moment die Gurgel aufgeschlitzt worden.
„Tut mir leid, ich wollte nicht ...“
„Ist schon gut. Ich hab mich an die Narbe und an die Blicke gewöhnt“, erklärte sie selbstbewusst. „Also, wie lange bist du noch in der Stadt?“, fragte sie.

„Ich weiß nicht genau. Vielleicht noch zwei Wochen oder so“, murmelte ich. Ich verstand nicht, was sie von mir wollte. Vielleicht war sie ein Spion von der Konkurrenz.
„Am Samstag steigt im Airport, einem Club am Stadtrand, eine Party. Der Club feiert sein siebzehnjähriges Bestehen. Vielleicht hättest du ja Lust, mit mir da hinzugehen“, sagte sie nun etwas verlegen.
„Äh ja, natürlich, gerne“, freute ich mich.
Etwas Ablenkung konnte mir nur gut tun. Sie gab mir ihre Telefonnummer, küsste mich auf die Wange und verschmolz mit der Menschenmenge in der Einkaufsstraße. Sie war definitiv keine Spionin, vielleicht aber eine Halluzination.

Unter meiner Haut verliefen unterirdische Flüsse voller roter Blutkörperchen, die rascher dahinströmten als ein Bergbach nach einem Starkregen. Schweiß suchte sich durch die Poren an meinen Händen einen Weg an die Oberfläche, nur um dort in derselben Sekunde zu verdampfen. Mein Herz stampfte wie ein wildgewordener Gaul. In meinem Gehirn tobte ein Blitzkrieg und meine Synapsen standen kurz vor einer Notabschaltung durch den Systemadministrator. Das grelle Licht der bunten Scheinwerfer und des Stroboskops ließ meine Augen zucken. Meine Pupillen waren so schwarz und groß wie Naokis Augen und der DJ befeuerte meine Trommelfelle mit einer vernichtenden Gewehrsalve nach der anderen. Meine Gliedmaßen bewegten sich maschinell im Rhythmus der Musik. Mein Kiefer krampfte und meine Zähne rieben aneinander wie alte Mühlsteine. Doch meine Gedanken waren klar. Fokussiert. Ich war eins mit der Musik. Ich fügte mich den Tönen. Sie waren stärker als ich. Sie waren meine Verbündeten, verlangten aber unbedingten Gehorsam. Ich fühlte mich unbesiegbar, aber nicht überheblich. Einfach nur gut und im Gleichgewicht mit der Welt. Im Reinen mit mir und Toulouse. Und mit Dizzy. Er hatte sich überreden lassen mit mir und den beiden Pinzgauern in den Club zu gehen. Wir hatten zwar nicht über das Erlebnis von neulich gesprochen, aber zumindest konnten wir uns wieder in die Augen sehen. Manchmal erkannte ich sogar ein verschmitztes Grinsen in Dizzys eiserner Miene.

Dizzy und ich hatten uns von einem Amerikaner, der nach eigenen Angaben in Würzburg studierte und sich mit Dealen über Wasser hielt, XTC gekauft. Sonnen. Wir tanzten auf einem Balkon und die Sonnen gingen auf und beförderten uns in eine andere Welt. Rocko und Lucky saßen an einer Bar und schütteten sich Bier kombiniert mit Whiskey in die schier bodenlosen Mägen. Sie hielten nichts von Drogen, gaben sich dafür aber umso beherzter dem Suff hin.

Naoki tanzte neben mir. Sie war mindestens so zugedröhnt wie Dizzy und ich, nur mit dem Unterschied, dass bei ihr die mechanischen Bewegungen leichtfüßig, fast schon künstlerisch anmuteten. Ihr dünner Körper wiegte sich einmal sanft wie eine Anemone, dann wieder abgehackt und ruckartig wie der Flossenschlag eines Fisches hin und her. Dizzy und ich sahen neben ihr gar nicht gut aus. Dizzy hatte seit dem Abend im William's tänzerisch keine Fortschritte gemacht und glich eher einem Roboter mit Kabelbrand als einem graziösen Tänzer. Auch meine Tanzkünste beschränkten sich auf wenige, abgekupferte Bewegungen, deren Ausführung eher einer sehr freien Interpretation als einer gekonnten Nachahmung glichen.

Je stärker die Wirkung der Pille wurde, desto mehr faszinierte mich Naoki und umso größer wurde der Freiraum, den mir Toulouse gewähren würde. Gerade als

ich mir eine Zigarette anzünden wollte, stellte sich Naoki vor mich, wie die Wächterin eines geheimen Weges, sah mir mit ihren rabenschwarzen Augen tief in die Seele und küsste mich. Ich spürte die Berührung unserer Lippen. Sie hatte weiche, verführerische Lippen, aber ich fühlte nichts. Mein Körper lief auf Hochtouren, war voller positiver Empfindungen, aber ich konnte keine echten Gefühle wahrnehmen. Die Droge hatte alle wahrhaftigen Empfindungen in oberflächliche, überschäumende Sinneswahrnehmungen umgewandelt. Talkshowfernsehen am Nachmittag statt Arte zum Hauptabendprogramm. Naoki merkte, dass etwas nicht stimmte und sah mich eindringlich an. Sie erforschte meinen Geist. Die Musik trat in den Hintergrund. Wir befanden uns in einem Vakuum. Dann verpasste sie mir einen Blick, der sagte, dass sie ihre Zeit nicht mit einem drogenverseuchten, gefühlsverkrüppelten Typen verschwenden wollte, drehte sich um und ging über die wenigen Stufen auf die große Tanzfläche hinunter und wurde eins mit der Masse.
Ich überließ Dizzy seinen spastischen Zuckungen und machte mich auf die Suche nach den beiden Pinzgauern. Ich ging auf Watte. Schwebte durch die verschiedenen Räume, überall Menschen in Bewegung. Gesichter, Fratzen, Lachen. Manchmal drehten sich meine Augäpfel nach hinten und ich hatte das Gefühl, in mein Gehirn sehen zu können. Die Zigarette zwischen meinen Fingern war schweißnass, aber der Rauch schien meinen verkrampften Kiefer etwas zu entspannen. Als ich meine Fahndung nach den zwei vermissten Jungs schon aufgeben wollte, vernahm ich ein sonderbares Geräusch. Sprache. Aber anders als der allgemeine Tenor in den Räumen. Dialekt. Ich hatte sie gefunden.

Lucky schlief auf der Bar und Rocko versuchte allem Anschein nach, seinen Saufkumpanen für eine neue Theorie über die Frauenwelt zu begeistern. Als er mich kommen sah, verlagerte er seine Ansprache in meine Richtung. Er zwinkerte krampfhaft mit seinen Augenlidern. Offensichtlich hatte er Probleme damit, mich scharf zu sehen.
„Tscherry, alder Freund. Ich sags dir jetz mal ehrlich, diese Frauenweld, ich versteh das nich", lallte er und kippte nach hinten über. Er konnte sich gerade noch am Hemdzipfel von Lucky festhalten. Kurz hatte er sein Gleichgewicht wieder gefunden, doch dann fing der bewusstlose Körper von Lucky an, von der Bar zu rutschen und beide standen knapp davor, von ihren Barhockern zu gleiten und auf den harten Boden aufzuschlagen. Im letzten Moment konnte ich die beiden in Alkohol konservierten Kadaver auffangen und es stellte sich ein fragiles Gleichgewicht ein. Plötzlich wurde die Last leichter und ich schaffte es, die beiden zurück an die Bar zu lehnen, wo sie gleichzeitig erschrocken aufsahen und dann auf der Bar verendeten, wie zwei verdurstende Büffel in der Wüste. Ich sah mich verwundert um und sah in ein Paar grüne Augen.
„Hi, ich dachte, du hättest etwas Hilfe nötig", sagte eine ungefähr vierzigjährige Frau.
„Ja, ja, äh danke. Du musst entschuldigen, aber...", versuchte ich meine Freunde in Schutz zu nehmen.
„Ist schon gut, sowas sehe ich nicht zum ersten Mal. Ich heiße übrigens Nico", stellte sie sich freundlich vor.
„Hi, ich heiße Jerry."
„Ihr seid nicht von hier, nehme ich an. Österreich!", stellte sie fest.
„Ja genau. Wir arbeiten nur in Würzburg", erklärte ich.

„Aha, und heute feiert ihr, wie es aussieht", kicherte sie mit einem wissenden Blick auf Rocko und Lucky.
„Ja genau", antwortete ich.
Ich merkte sofort, dass sie auf Droge war. Allerdings nicht auf XTC. Sie hatte stecknadelgroße Pupillen, die kurz davor waren in ihrer Regenbogenhaut zu implodieren wie schwarze Löcher. Außerdem war sie zu kontrolliert und abgeklärt für XTC. Sie war auf Speed oder Koks.
Wir setzten uns an die Bar und überließen die beiden Rauschkugeln neben uns ihrem Schicksal.
„Gut bedient?", fragte Nico.
„Wie meinst du das?", stellte ich mich dumm.
„Na deine Augen, ganz schön große Pupillen", grinste sie.
„Ja und deine, ganz schön kleine Pupillen", antwortete ich. Kurz hielten wir beide inne. Wir fühlten uns ertappt. Dann lachten wir herzhaft los. Ich mochte sie von Anfang an. Naoki war vergessen.
„Kommst du oft her?", fragte ich, weil ich nicht wusste, was ich sonst sagen sollte.
„Naja, alle zwei Wochen. Da hat mein Ex-Mann unsere Tochter", erklärte sie.
„Aha, und sonst die brave Mama, oder wie?", fuhr ich fort. Ich taxierte sie von oben bis unten und fragte mich, wie sie es geschafft hatte, nach der Geburt wieder diese Figur zu bekommen.
„Ja, ich mein, versteh mich nicht falsch. Ich liebe meine Kleine und hasse meinen Ex, ganz nebenbei, aber von Zeit zu Zeit muss ich aus diesem Mutter-Arbeit-Wahnsinn ausbrechen", sagte sie, als müsse sie sich vor mir rechtfertigen.
„Hm", machte ich.
Aus welchem Wahnsinn musste ich eigentlich ausbrechen? Wie rechtfertigte ich meinen Drogenkonsum?

Gar nicht. Es gab keinen Wahnsinn, zumindestens nicht in meinem aktiven Bewusstsein, aus dem ich ausbrechen musste. Wie es um mein Unterbewusstsein bestellt war? Keine Ahnung.

Wir unterhielten uns eine ganze Weile, bis die DJs Feierabend machten und Dizzy vollkommen nassgeschwitzt zur Bar kam

„Wer ist denn deine Freundin?“, fragte er außer Atem.

„Nico“, kam sie mir zuvor und streckte Dizzy ihre Hand entgegen.

„Freut mich“, sang Dizzy. „Hey Jerry, wie kommen wir eigentlich nach Hause und was ist überhaupt mit den beiden los?“. Er zeigte auf Lucky und Rocko.

„Keine Ahnung.“

„Wo müsst ihr denn hin?“, fragte Nico.

„Ein Stück außerhalb von Würzburg“, sagte ich und blickte fragend zu Dizzy.

„Ich kann euch zur Lokalbahn bringen“, bot uns Nico an.

„Hm, das wär doch super, oder?“, überlegte Dizzy. „Danke“.

Lucky war nur unter der Bedingung, noch einen Kurzen trinken zu dürfen, bereit schon zu fahren. In einem Akt der Verzweiflung stürzte er das scharfe Getränk seine verätzte Kehle hinunter, bevor er endgültig kollabierte. Wir mussten ihn zum Auto tragen und auf der Rückbank festschnallen. Dann zwängten sich Dizzy und Rocko zu ihm und ich setzte mich neben Nico auf den Beifahrersitz.

„Also, wenn ich jetzt Kondome dabei hätte, würde ich euch mit zu mir nehmen und wir könnten etwas Spaß haben“, grinste Nico und zeigte ihre weißen Zähne.

„Kein schlechtes Angebot“, erwiderte ich, „aber vier Jungs schaffst du sowieso nicht!“ Wir mussten alle lachen.

Nico ließ uns am Bahnhof aussteigen und gab mir noch einen feuchten Abschiedskuss.

In den nächsten zwei Wochen sank die Stimmung in unsere Werber-Gemeinschaft auf ein historisches Minus. Dizzy schien die Nacht doch noch nicht verarbeitet zu haben und zog es vor, in meiner Anwesenheit kein Sterbenswörtchen über seine Lippen kommen zu lassen. Rocko und Lucky hatten jegliche Motivation zu arbeiten verloren und fingen meist schon am Nachmittag mit dem Saufen an. Eigentlich hätte den „Führer" diese Entwicklung beunruhigen sollen, aber da er meist den ersten Schluck machte, bildeten die drei ein Trio Infernale und wir anderen waren uns selbst überlassen. Ich war noch zwei Mal im Airport gewesen und hatte mich mit XTC versorgt. Naoki traf ich nicht wieder und das war auch besser so, denn das schlechte Gewissen Toulouse gegenüber nagte an mir wie eine Feldmaus an einem Sack Getreide.
Am Ende der zweiten Woche, der insgesamt fünften, sprach Lucky aus, was wir alle dachten.
„Ich bin fertig mit der Scheiße, ich werde morgen abreisen!", platzte es während des Abendessens aus ihm heraus. Rocko nickte zustimmend. Plötzlich hörte ich meine Stimme. „Ich werde ebenfalls abreisen."
Ich war wirklich dankbar, dass Lucky ausgesprochen hatte, was ich fühlte. Ich war fertig. Körperlich. Das wenige Schlafen, das schlechte Essen, Alkohol, XTC und mein neuestes Laster, das Rauchen, hatten ihre Spuren hinterlassen. Meine Lunge war klebrig wie eine frisch asphaltierte Straße und mein Blut hatte von Bier und Whiskey bestimmt schon eine leichte Gelbfärbung angenommen.
Dizzy wollte noch eine Woche bleiben und in das Team von Pixi wechseln. Eigentlich war ich ganz froh,

dass er noch blieb. Etwas Abstand war sicherlich das beste für unsere Freundschaft.

Am nächsten Tag fuhren Rocko, Lucky und ich mit dem Zug nach Hause. Wir tranken zwei Bier, wobei ich nach der Hälfte der zweiten Dose einschlief. Nach vier Stunden erreichten wir leicht verkatert Salzburg. Ich freute mich, zu Hause zu sein. Endlich wieder heimatlichen Boden unter den Füßen.
Der Tag war stürmisch-grau und die Stadt schien sich nicht sicher zu sein, ob sie uns willkommen heißen oder vergraulen wollte. Mit hochgezogenen Krägen standen wir am Bahnhofsvorplatz und rauchten, bis Lucky das Schweigen brach.
„Hey Jerry, du könntest uns doch mal in Rauris besuchen kommen!", lud er mich freundlich ein.
In den vergangenen Wochen war eine enge Freundschaft zwischen uns gewachsen. Seine Bodenständigkeit und Ehrlichkeit faszinierten mich. Sie gaben mir Halt in einer unsteten Welt. Ohne ihn hätte ich die letzten Wochen in Deutschland wahrscheinlich nicht überstanden. Mein bisheriger Anker, Dizzy, war ja schleichend in andere Sphären abgetaucht und Toulouse hatte ich nur selten gesprochen. Die glänzende Patina der Kobalt-Kinder hatte ein paar Kratzer abbekommen.
„Ja sicher, gerne", freute ich mich. „Erst muss ich aber mal nach Hause. Meinen Körper wieder auf Vordermann bringen und ein paar Sachen klären. Danach werde ich auf jeden Fall zu euch kommen".
„Ja passt, melde dich einfach bei mir", sagte Lucky.
Wir verabschiedeten uns per Handschlag und die beiden Pinzgauer machten sich auf den Weg zum Zug, um nach Hause zu fahren.
Ich setzte mich auf eine einsame Bank und zündete mir eine Zigarette an. Ich hatte Toulouse noch gar nicht mitgeteilt, dass ich wieder da war. Ich hatte sowieso

keine Ahnung, was ich ihr hätte sagen sollen. Je länger ich saß und rauchte, desto mehr wurde mir aber bewusst, wie sehr ich sie vermisste. Wie sehr sie mir als Mensch, aber nicht als Freundin gefehlt hatte. Meine Liebe zu ihr war im Wandel. Ich fühlte, dass sie immer ein besonderer Mensch in meinem Leben sein würde, aber da war ein neues, noch ungreifbares Gefühl in mir. Toulouse schien mir zu entgleiten.

Nach ein paar Tagen zu Hause, die ich mit Essen, Schlafen und etwas Sport verbrachte, zog es mich nach Rauris. Toulouse und ich hatten uns jeden Tag gesehen. Wir redeten, schliefen miteinander und zogen durch Salzburg. Allerdings wurden die Gespräche freundschaftlicher, der Sex anonymer und nicht mal, als ich ihr von Naoki erzählte, schien sie sonderlich beunruhigt zu sein. Wir spürten beide, dass sich der Wind gedreht hatte. Wenn ich mir vorstellte, nicht mehr mit ihr zusammen zu sein, schnürte es mir die Luft ab, doch im nächsten Moment fühlte ich mich leicht wie Zuckerwatte.
Da Toulouse noch eine Woche arbeiten musste, machte ich mich alleine auf den Weg nach Rauris. Ich genoss die Zugfahrt, vorbei an steilen Felswänden, dunkelgrünen Wäldern, immer entlang der ständig wilder werdenden Salzach.
In Taxenbach stieg ich aus und atmete tief ein. Ich fühlte mich voller Leben. Gerade als ich mir eine Zigarette anzünden wollte, kam ein weißer, von Rostflecken übersäter VW Jetta auf den Bahnhof zugerast. Mit einem Quietschen und einem lauten Niesen kam das geschundene Vehikel direkt vor mir zu stehen. Zwei Gesichter waren hinter der Windschutzscheibe, in der sich vereinzelte Wolken spiegelten, zu erahnen. Eines der Gesichter gehörte eindeutig Lucky. Das

zweite Gesicht, das zum Fahrer gehörte, war mir fremd. Mit einer Zigarette im Mundwinkel stieg Lucky unter lautstarkem Protest der Autotür aus und kam verschmitzt lächelnd auf mich zu.
„Jerry, mein Freund! Gut dich zu sehen. Wie war die Fahrt?“, fragte er.
„Wie eine Fahrt in eine andere Welt“, erklärte ich.
Wir umarmten uns kurz und dann stellte er mir den mysteriösen Fahrer vor, der sich mittlerweile zu uns gesellt hatte.
„Das ist Bleech“, sagte Lucky und legte seinen Arm um die Schulter des Fahrers.
„Hi, ich bin Jerry“, stellte ich mich vor.
Als ich die fast durchscheinende Farbe seiner Haut und die bläulichen Ringe unter den Augen von Bleech richtig wahrnahm, wusste ich, woher sein Name rührte. Er streckte mir die Hand entgegen und nickte kurz. Aufgrund seiner Hautfarbe und der Augenringe hatte ich einen schwachen Händedruck erwartet, aber seine Hände schlossen sich um meine Finger wie ein Schraubstock um ein Stück Eisen.
Wir stiegen ins Auto. Ich setzte mich auf die Rückbank, die ich mir mit zwei leeren Bierkisten und allerlei Müll teilen musste. Mit einem lauten Aufheulen setzte sich das Gefährt ruckhaft in Bewegung und schon rasten wir die steile Bergstraße nach Rauris hinauf. Alle Fenster waren runtergekurbelt und Scott Stap sang uns sein „With arms wide open“. Ich konnte mir kein passenderes Lied für diesen Moment vorstellen. Zurückgelehnt ließ ich die prachtvolle Bergwelt an mir vorbeigleiten und meine Seele baumeln. Ruhe vor dem Sturm.
Wir hielten vor einer Art Jugendzentrum und ich folgte Lucky und Bleech in das alte Haus mitten im Dorfkern.

Rauris war ein typisches Gebirgsdorf. Die schroffen Bergspitzen verwehrten der Sonne ab dem frühen Nachmittag den Eintritt in das enge Tal, die Häuser hatten meist alte Holzfassaden und viele Menschen kleideten sich täglich in Tracht. Nicht wie die Salzburger Schickeria nur zu den Festspielen. Die Anzahl der degenerierten Kinder war aufgrund der mangelnden Blutdurchmischung im Vergleich mit außeralpinen Lebensräumen bedenklich hoch. Aber genauso wurden traditionelle Werte, wie Familie, Freundschaft und harte Arbeit hochgehalten.

Über eine enge und steile Stiege gelangten wir in den ersten Stock und schon einige Meter vor dem Aufenthaltsraum drangen Musik und ein wildes Stimmengewirr an meine Ohren. Als Lucky die Tür öffnete, wurde es kurz still und dann wurde er mit allerlei Begrüßungsfloskeln bombardiert und Hände wurden abgeklatscht.

„Hi Jungs, das ist Jerry. Mit ihm war ich in Deutschland arbeiten“, stellte mich Lucky der Meute vor.

Auf zwei Sofas, die in der Form eines halben Quadrats angeordnet waren, saßen sechs Jungs, tranken Bier und rauchten.

„Hi, wie gehts“, fragte mich ein dürres Elend von Mensch. Er war einen halben Kopf größer als ich, hatte eine markante Nase und leicht schiefe Zähne.

„Danke gut und selbst?“, erwiderte ich einfallslos.

„Gut, danke. Bier?“, fuhr er fort. Ohne meine Antwort abzuwarten, drückte er mir eine warme Dose in die Hand. Ich setzte mich und öffnete die Dose, die ein vertrautes Zischen von sich gab. Die anderen Jungs waren wieder in ihre Gespräche vertieft. Sie schenkten mir keine besondere Aufmerksamkeit, gaben mir aber auch nicht das Gefühl, unwillkommen zu sein. Von Zeit zu Zeit sprach mich einer der Jungen an oder ich klinkte mich in eines der laufenden Gespräche ein. Lucky telefonierte die meiste Zeit oder beobachtete das Geschehen, wie ein Mafiapatron seine Leute, bevor sie zu einem Coup aufbrachen. Eine heitere Stunde später hievten wir unsere juvenilen Körper hoch und schlenderten zu einer Bar, die gleich gegenüber auf der anderen Straßenseite lag. Dort setzten wir uns an einen runden Holztisch und bestellten Bier und Schnaps. Die Bar war eingerichtet wie eine Skihütte. An den Wänden hingen alte Holzski und vergilbte Bilder, die längst verstorbene Menschen beim Skifahren zeigten. Nach und nach gesellten sich immer mehr Leute zu uns. Darunter auch ein paar Mädchen. Ich dachte schon, in dem Dorf gäbe es gar keine, weil sich bis dahin kein einziges Exemplar gezeigt hatte. Aber nun schienen sich die Geschichten von den vielen willigen und hübschen Mädchen, die mir Lucky erzählt hatte, doch noch zu bewahrheiten. Wir tranken Bier, rauchten und quatschten. Unsere Gespräche hatten so viel Tiefgang wie eine Konversation unter Affen. Nur wenn sich eines der Mädchen schüchtern in eine Unterhaltung einbrachte, aktivierten wir das Notstromaggregat in unserem Gehirn und quetschten ein paar Fragmente einer ernsthaften Konversation aus der weichen Masse. Als der Tisch kurz davor war, aus allen Nähten zu platzen, wechselten wir in die Kellerbar.

Der Römerkeller war legendär. Und der Barkeeper ebenso. Steff war um die vierzig, konnte aber genauso gut fünfzig oder fünfunddreißig gewesen sein. Sein Gesicht ließ keine genaue Schätzung zu. Die Krähenfüße um seine Augen und die dichten Augenbrauen standen in starkem Kontrast zu seiner glatten Haut auf der Stirn und am Hals.

Vor vielen Jahren hatte er das Dorf verlassen, um sein Glück als Skilehrer und Musiker zu machen. Als Skilehrer brach er einige Herzen, sich selbst zwei Mal das Bein und vor betrunkenen Touristen spielte er einige kleine Konzerte in Après Ski Bars. Er spielte, gab Skiunterricht und trank. Anfangs nur abends vor seinen Konzerten, um die Nervosität zu mildern und zu feiern. Doch mit der Zeit schien sich seine Nervosität auf den ganzen Tag auszuweiten und er trank schon am Morgen. Er verlor seine Anstellung als Skilehrer und als er bei einem Konzert volltrunken von der Bühne stolperte und einer dicken Holländerin in den Schoß kotzte, war auch seine Bühnenkarriere am Ende.

Mit eingezogenem Schwanz zog er sich in sein heimatliches Tal zurück und verschanzte sich im Römerkeller. Lange war er selbst sein bester Kunde, aber nach und nach kamen die Leute, um seinen Geschichten und Liedern zu lauschen und sich in der Sicherheit des Steingewölbes zu betrinken. Diese Aufmerksamkeit riss ihn aus seinem Sumpf und er entschied sich, lieber den anderen beim Trinken zuzusehen und die Trunkenbolde zu unterhalten als selbst zu saufen.

Als wir über die alten Steinstufen in den Keller wankten, schlich sich ein Geruch von Bier, Erbrochenem und Schweiß in meine Nase. Komischerweise war der Geruch nicht unangenehm. Er passte genauso gut zu diesem Ort wie der Duft nach Rosen und Lavendel zu einem englischen Garten.

Bleech, Lucky und ich setzten uns an die altgediente Bar, während sich die anderen auf die wenigen Tische verteilten. Lucky stellte mich Steff vor und weil ich das erste Mal im Römerkeller war, stellte er mir einen doppelten Schnaps vor die Nase und sah mich erwartungsvoll an.

„Aha, ein Aufnahmeritual“, dachte ich bei mir und schüttete den Fusel, ohne mit der Wimper zu zucken, in meinen Rachen. Ich knallte das leere Glas auf den

Bartresen und versuchte möglichst gelassen zu wirken. Der Schnaps schien mich innerlich zu verätzen, aber ich durfte keine Schwäche zeigen. Ich nahm eine Marlboro aus einem Päckchen, das am Tresen lag, und zündete sie vorsichtig an. Ich fürchtete, der Brennstoff in meinem Magen könnte sich entzünden, wenn ich an der Zigarette zog und meine Eingeweide würden sich über die altehrwürdigen Wände des Kellers verteilen. Langsam ließ ich den Rauch aus meinem Mund entweichen und Steff schenkte mir ein anerkennendes Lächeln.

Ein paar Bier später hatte sich der Keller gefüllt und einige der Anwesenden grölten bereits lautstark zu den Liedern, die Steff auf der Gitarre spielte. Hoch motiviert versuchten einige der Jugendlichen zu tanzen, wobei die meisten aussahen wie Yetis auf Speed. Nur einige der Mädchen bewegten ihre schmalen Hüften einigermaßen im Takt. Dann übergab Steff der Stereoanlage die musikalische Führung. Kurz taten die Jugendlichen ihren Unmut mittels dröhnender Proteste kund, gewöhnten sich aber schnell an Metallica und Co. Sie begannen, ihre Köpfe kreisen und die Hände fliegen zu lassen.

Noch nie hatte ich einen so schnellen Stimmungswechsel erlebt. Binnen weniger Minuten verwandelte sich der Keller von der Volksmusik- und Liedermacherbühne in eine laute und aggressive Metalhölle. Spätestens als Steff „Ratamahata“ von Sepultura auflegte, brachen alle Dämme. Die Tische wurden geentert, T-Shirts flogen durch den Raum, geflochtene Zöpfe wurden geöffnet und wirre Haare folgten den wilden Rotationen der Köpfe.

In einer finsteren Ecke hinter der Stiege begrapschte Lucky ein blondes Mädchen und aus dem Augenwinkel heraus konnte ich gerade noch erkennen, wie das lange Elend aus dem Jugendzentrum unter einen der Tische kotzte. Ich war in Sodom und Gomorra gelandet und fühlte mich wie im Himmel.

Am nächsten Tag erwachte ich mit einem mörderischen Kater in einem Doppelbett und hatte keinen blassen Schimmer, wo ich war. Als ich aus dem Fenster schielte, stellte ich fest, dass es sich um ein Zimmer im ersten Stock handeln musste, denn ich war auf gleicher Höhe mit den Spitzen der Fichten, die im Garten des Hauses wuchsen. Ich war noch voll angezogen, sogar einen Schuh hatte ich noch an. Der andere lag vor dem Bett, wie ein liegengebliebener Wagen in der Wüste. Mein Körper fühlte sich klebrig an und stank nach Bier und kaltem Rauch. Ich torkelte die Stufen hinunter und fand Lucky und Bleech auf der Terrasse.
„Morgen. Ihr seht ja genauso beschissen aus, wie ich mich fühle“, krächzte ich und ließ meinen schlaffen Körper in einen der Plastiksessel, die auf der Terrasse standen, plumpsen.
„Guten Morgen. Du siehst aber auch nicht gerade aus, als hättest du ein Wellness Wochenende hinter dir“, entgegnete Lucky und sah bedeutungsvoll zu Bleech.
„Ich weiß. Wo sind eigentlich deine Eltern?“, fragte ich. Die Sonne blendete mich und ich musste blinzeln.
„Verwandte besuchen“, antwortete Lucky kurz angebunden.
„Wer war denn die hübsche Blondine gestern im Römerkeller?“, fragte ich weiter.
„Scheiße Alter, gerade aufgestanden und schon bombardierst du mich mit Fragen“, stöhnte Lucky genervt.
„Entschuldige“, sagte ich kleinlaut.
„Schon gut. Es war meine Freundin. Lilli.“
„Aha. Sie war ziemlich hübsch, so viel ich gesehen habe.“

„Hey Alter. Finger weg! Alles klar?", zischte Lucky mit ernster Miene, die sich sogleich in ein herzliches Lachen verwandelte.
„Natürlich. Was denkst du denn von mir? Ich habe doch selber eine Freundin. Du weißt schon, Toulouse", erklärte ich.
„Na sicher."
Ich holte mir ein großes Glas Leitungswasser. Als sich das Wasser in meine Kehle ergoss und meinen Magen durchspülte, schmeckte es sonderbar mineralisch und ich fühlte, wie mich ein wundervoller Strom reinster Energie durchfloss.

Wir verbrachten den Vormittag auf der Terrasse, rauchten Zigaretten und erzählten uns Geschichten. Im Laufe des Tages gesellten sich einige Freunde zu uns und lümmelten schamlos auf der Terrasse herum. Es wurde Bier getrunken und eine Flasche Schnaps zog ihre Bahnen, wie ein Planet im Sternensystem der durstigen Münder.
Am späten Nachmittag war ich schon wieder leicht besoffen. Ich rauchte eine Zigarette nach der anderen und taxierte die wenigen anwesenden Mädchen.
Am Abend beschlossen wir ins Freibad einzusteigen und Nacktschwimmen zu gehen. Wie Komantschen auf einer vollkommen sinnlosen Mission schlichen wir durch die Dämmerung und kletterten über den Zaun. Da wir alle schon angeheitert waren, stellte dieser ein weit größeres Hindernis dar als gedacht. Mit Ach und Krach schafften wir es jedoch in das Bad.
Als wir schließlich drinnen waren, rissen wir uns die Kleider vom Leib und sprangen ins kühle Nass. Unsere bleichen Körper leuchteten in dem bläulich schimmernden Wasser wie Bojen. Vor allem Bleech sah einem Albinowal zum Verwechseln ähnlich.

Die Mädchen waren anfangs noch etwas zögerlich, als die Erste jedoch voll bekleidet in das Becken flog, zogen es die anderen vor, ebenfalls nackt zu baden. Nach einer Weile wilden Gerangels im Wasser entdeckten wir die Wasserrutsche. Einer nach dem anderen schossen wir die Steilkurven hinunter und verbrannten uns die nackten Ärsche an dem anfangs noch trockenen Kunststoff. Lucky rutsche als Erster am Bauch. Dummerweise ließen ihn seine durch den Alkohol benebelten Sinne im Stich, er tauchte am Ende der Rutsche etwas zu früh ab und schlug voll mit der Fresse in die Kante ein. Wir hörten einen dumpfen Knall und wenige Sekunden später tauchte er röchelnd und mit blutiger Nase aus dem Wasser auf. Danach hatte er erst mal genug und legte sich ins Gras.
Nach dem Baden saßen wir eine Weile nackt in der Wiese, schauten uns den Sternenhimmel an und tranken Wodka. Nirgends war der Sternenhimmel so klar und weit wie in den Bergen. Unendlich viele, silbern leuchtende Punkte säumten den dunkelschwarzen Himmel. Die Berggipfel wachten über uns und eine warme Spätsommerbrise umspielte unsere Körper.

Am nächsten Morgen brachten mich Lucky und Bleech zum Bahnhof. Die ganze Zugfahrt dämmerte ich im Halbschlaf vor mich hin und träumte von Toulouse.
Wieder zu Hause, verbrachte ich die nächsten zwei Tage mit Schlafen und der Regeneration meines Körpers. Ich duschte zweimal täglich, aß ausgiebig, schnitt meine Nägel und putzte regelmäßig meine Zähne.
Die letzten Ferientage verbrachte ich mit Toulouse. Wir lagen die meiste Zeit am See in der Sonne, zogen auf der Suche nach Abenteuern durch Salzburg und trafen Freunde.

Eines Tages, als ich zu Hause auf Toulouse wartete, entdeckte ich im Bücherregal meiner Mutter ein paar Bücher, die mein Interesse weckten. Bis zu diesem Zeitpunkt hatte ich gerade mal eine Hand voll Bücher gelesen und das auch nur, weil ich sie für die Schule lesen musste.
Es waren vier Bücher mit buntem Einband. Sie sahen aus wie Bücher aus den siebziger Jahren, die man manchmal auf Flohmärkten findet. Taschenbücher, deren Umschläge an gebatikte Hosen von Hippies erinnerten; pastellfarben und aus rauem Papier. Ich hatte einige Probleme, den Namen des Autors, der am Buchrücken geschrieben stand, zu entziffern. Der Name war in der für die siebziger Jahre typischen, psychedelisch verschnörkelten Schrift gedruckt. Mit größter Anstrengung konnte ich den Namen Carlos Castaneda entziffern. Ich las die Kurzbeschreibung auf der Buchrückseite und fand heraus, dass es sich um die Reiseberichte des Autors handelte. Auf einer seiner Reisen lernte er den Jaqui Indianer Don Juan kennen, der in der Wüste New Mexikos lebte und seine Zeit damit verbrachte, fliegen zu lernen. Nicht fliegen im herkömmlichen Sinn, sondern fliegen mit Hilfe psychedelischer Substanzen, wie Peyote oder Datura. Gerade als ich mit dem Lesen des ersten Buches beginnen wollte, läutete es an der Tür. Ich öffnete und Toulouse lachte mir entgegen.
„Hi, komm rein“, begrüßte ich sie.
„Hallo“, sagte sie mit einem verschmitzten Lächeln.
Wir gingen in mein Zimmer und liebten uns. Als wir eng umschlungen auf den gelben Laken lagen, beschlossen wir, zum See zu fahren. Wir zogen uns hastig an und nach einer halbstündigen Fahrt mit der hellblauen DS 50 von Dizzy, die mittlerweile in Toulouses Besitz übergegangen war, erreichten wir den See.

Wir schlenderten zu unserem Lieblingsplatz und ließen uns ins weiche Gras fallen. Während sich Toulouse ins kühle Nass wagte, drehte ich einen Joint und begann mit dem Lesen. An diesem Tag las ich das erste Buch und einen Großteil des zweiten Bandes, wie in einem Rausch.

Innerhalb der nächsten zwei Tage hatte ich alle vier Bücher gelesen und einen Entschluss gefasst. Ich wollte fliegen lernen. Ich wollte meinen Geist mit Hilfe psychoaktiver Substanzen erweitern. Ich wollte ein Schüler Don Juans werden. Es gab nur ein Problem. Ich hatte keine Möglichkeit an Peyote zu kommen und Datura, Engelstrompete, wuchs zwar auf jeder zweiten Terrasse der ländlichen Bevölkerung, war mir aber zu unsicher. Ich hatte schon zu viele Horrorgeschichten über diese Pflanze gehört, um eine Sinneserweiterung mit ihrer Hilfe in Betracht zu ziehen. So blieb der Traum vom Fliegen vorerst im Hangar, wie der geflügelte Traum eines findigen Ingenieurs.

Don Juan lehrt mich fliegen

Unser letztes Schuljahr hatte begonnen und die Welt schien sich unserem missmutigen Gefühl anzupassen. Seit Tagen regnete es wie aus Kübeln und in den Nachrichten wurde dauernd von verheerenden Überschwemmungen und Vermurungen berichtet. Es herrschte echte Weltuntergangsstimmung.
Um den Abschluss zu schaffen, würde ich mich um einiges mehr anstrengen müssen als im Jahr zuvor. Hatte ich vor zwei Monaten mit Ach und Krach ein Zeugnis erhalten, das mich zum Aufstieg in die Maturaklasse berechtigte, warnten mich meine Lehrer und meine Mutter, dass es dieses Jahr nicht mehr so einfach werden würde.
Besonders meine Mutter redete mir eindringlich ins Gewissen. Mit feuchten Augen ließ sie beinahe täglich eine Brandrede auf mich niederprasseln und ich versicherte ihr, mein Bestes zu geben.

Trotz aller guten Vorsätze schwänzten Dizzy und ich eines Tages den Unterricht, um nach Salzburg zu fahren. Unsere kurze Beziehungspause hatte uns beiden gut getan und wir waren wieder wie Pech und Schwefel.
Wir wollten einem alten Bekannten, dem „Verkäufer“, einen Besuch abstatten. Er nannte sich selbst „Free

Bird", aber wir nannten ihn einfach nur den „Verkäufer", weil uns sein Hippiename zu blöd war. Er arbeitete im Green House, einem heruntergekommenen Hanfshop. Er erfüllte alle Klischees eines hängengebliebenen Hippies. Lange ungewaschene Haare, Dreitagebart, Grateful Dead T-Shirt und dreckige Fingernägel. Eigentlich hatten wir nur vor, uns mit Drehpapier und Tabak einzudecken, doch wie es der Zufall wollte, machte uns der „Verkäufer" ein verlockendes Angebot.
„Hey Beavis und Butthead, ich glaube, ich habe da etwas, das euch interessieren könnte", flüsterte er geheimnisvoll.
„Was denn?", wollte ich wissen.
„Fragen über Fragen", beklagte er sich genervt. Ich sah verständnislos zu Dizzy. Der zuckte nur mit den Schultern. Wir folgten dem „Verkäufer" in den versteckten Hinterraum des Geschäfts, in dem wir schon so manchen benebelten Nachmittag verbracht hatten und sahen ihm zu, wie er etwas aus einem großen Kühlschrank holte. Dabei sprach er mit sich selbst und dirigierte mit einem Finger in der Luft herum. Er drehte sich abrupt um und starrte uns an, als hätte er einen Geist gesehen.
„Was macht ihr denn hier drinnen?", fragte er säuerlich.
„Was? Du hast doch gesagt, dass wir mit dir nach hinten kommen sollen", entgegnete ich verwirrt.
„Wirklich?", brabbelte er verdattert.
„Ja wirklich", schnauzte ihn Dizzy an. Er verlor bei dem „Verkäufer" immer äußerst schnell seine Geduld.
„Ach ja, die ultimativen Träumebringer", flötete er nun enthusiastisch und hielt uns eine mit einer braunen Masse gefüllte Plasikbox vor die Nase. Ich hatte mir eine Zigarette angezündet und blies den Rauch verächtlich in seine Richtung.

„Was soll denn das sein?", näselte ich skeptisch.
„Erde", erklärte der „Verkäufer" gelassen.
Dizzy und ich sahen uns verdutzt an. Wie sollte uns eine Box mit Erde die ultimativen Träume bringen?
„Sollen wir jetzt unter die Gärtner gehen?", fragte Dizzy merklich entnervt.
„Wenn du es so ausdrücken willst, dann ja", entgegnete der „Verkäufer" ruhig. „Das ist Mutterkuchen für Mexikanische Zauberpilze."
„Mexikanische Zauberpilze!", wiederholte Dizzy beeindruckt.
„Ja genau und gegen die Dinger ist jeder Marihuana-Whiskey-Rausch eine laue Brise", prahlte der „Verkäufer" und machte mit seiner Hand eine Bewegung, als wolle er einen Sturm heraufbeschwören.
Als ich das Wort Zauberpilze hörte, traf mich der Gedanke an Don Juan wie ein Hammerschlag. Ich hatte ein Mittel gefunden, um Fliegen zu lernen. Sofort Feuer und Flamme, musste ich den Mutterkuchen unbedingt haben.
„Cool. Und was müssen wir mit dem Mutterkuchen machen?", fragte ich neugierig. Ich war aufgeregt wie ein Kleinkind am Weihnachtsmorgen.
„Ganz einfach. Ihr müsst den Mutterkuchen in ein Terrarium stellen und für gleichbleibende Temperatur und hohe Luftfeuchtigkeit sorgen. Hohe Luftfeuchtigkeit", wiederholte der „Verkäufer". „In zwei Wochen könnt ihr dann das erste Mal ernten. Und wenn ihr es richtig macht, könnt ihr bis zu drei Generationen an Pilzen züchten."
Wir hingen an seinen Lippen, wie fanatische Anhänger den Reden ihres Gurus folgten, und mit jedem Wort, das seinen Mund verließ, stieg unsere Begeisterung.
„Okay! Wir nehmen einen", riefen Dizzy und ich gleichzeitig.

Wir drückten dem „Verkäufer“ Geld in die Hand, doch als er mir die Box mit dem wertvollen Inhalt übergab, hielt er kurz inne und sah mich eindringlich an.
„Diese Pilze können verdammt viel Spaß machen, aber gebt auf die Dosierung acht und nehmt die Träumebringer nur in einer entspannten Umgebung“, ermahnte er uns so ernsthaft, dass ich glaubte, ein anderer Geist sei in seine verlotterte Hülle gefahren. „Bei solchen Experimenten kann man nie wissen, was passiert.“
Ich hätte schwören können, dass sich das Licht, als der „Verkäufer“ seine Warnung aussprach, in dem düsteren Hinterraum für einen grausamen Moment verdunkelte. Mir lief ein kalter Schauer über den Rücken.
Wir verließen das Geschäft und verharrten ein paar Minuten wie hypnotisiert am Gehweg vor der Tür des Ladens. Wir zündeten uns eine Zigarette an und sinnierten jeder für sich in der kühlen Herbstluft. Mit dem letzten Zug an der Zigarette schüttelten wir die eigenartige Benommenheit von uns ab und machten uns umgehend auf den Weg zu Dizzy. Er hatte ein altes Aquarium im Zimmer stehen, das wir in die Gebärmutter für unsere Zauberpilze umfunktionieren wollten. Am Abend hatten wir das Aquarium in meinem Zimmer aufgestellt, mit Temperaturmesser und einem niedrigen Podest ausgestattet, und die Muttererde in ihrem neuen Zuhause untergebracht.
Da Dizzys Eltern einen Nervenzusammenbruch erlitten hätten, wenn wir unser botanisches Experiment in Dizzys Zimmer installiert hätten, verlagerten wir unsere Pilzzucht in mein Zimmer. Mit Hilfe einer fadenscheinigen Ausrede beruhigten wir meine Mutter und so stand meinem Traum vom Fliegen nichts mehr im Weg. Fast nichts.

Die ersten Tage passierte nichts. In Gedanken verfluchte ich den „Verkäufer“. Dieser Scharlatan. Er hatte uns verarscht. Doch am fünften Tag streckten die ersten Pilze ihre winzigen, hellbraunen Köpfe aus der Erde. Jeden Tag nach der Schule stürmte ich als erstes in mein Zimmer, um zu sehen, wie es meinem Nachwuchs ging. Nach zehn Tagen waren knapp zwei Dutzend haselnussbraune Pilze aus dem Mutterkuchen gesprossen und präsentierten stolz ihre runden Hüte.
„Hey Dizzy“, flüsterte ich, um die Aufmerksamkeit unserer Geschichtsprofessorin nicht auf uns zu lenken, „ich glaube, unser Experiment hat funktioniert. Die Pilze sind bald reif für die Ernte.“
„Klasse. Das trifft sich ja hervorragend“, entgegnete Dizzy begeistert. Um ein Haar hätte er den schlafenden Hund geweckt, aber die grauhaarige Professorin war so in einer der Isonzoschlachten gefangen, dass sie Dizzys Begeisterungsausbruch für eine Granatexplosion hielt.
Ich sah ihn fragend an.
„Gestern hat mich Violetta angerufen. Sie will am Samstag nach Linz zum Danube Rave fahren und hat mich gefragt, ob wir mitkommen wollen.“
„Sehr gut. Dann ernten wir die Pilze am Freitag und am Samstag, bevor wir nach Linz fahren, essen wir die kleinen Kerle“, sagte ich euphorisch. Alleine der Gedanke an den Trip ließ meine Hände feucht werden. „Ich sag dir, ich werde nach Linz fliegen!“
Dizzy sah mich etwas verständnislos an, fragte aber nicht weiter nach.

Samstagnachmittag trafen wir uns mit Violetta am Bahnhof in Salzburg. Sie trug Jeans und einen kurzen Rock darüber - so wie immer. Ihr Bauchnabel blitzte zwischen Hosenbund und einem hautengen Oberteil

hervor. Sie hatte sich die Haare frisch gefärbt und sie in Form zweier Knoten links und rechts an ihrem Kopf befestigt. Über ihrem Outfit trug sie einen froschgrünen Regenmantel. Es war zwar nicht mehr so warm wie im Hochsommer, aber dennoch fand ich den Mantel etwas übertrieben.
„Hübscher Mantel, erwartest du Regen?“, witzelte ich mit einem schiefen Lächeln auf meinen Lippen.
„Danke, man kann ja nie wissen“, entgegnete Violetta und sah vielsagend in den Himmel.
„Das stimmt“, sagte ich.
„Genau“, sagte Violetta.
„Okay, genug geplappert“, unterbrach uns Dizzy, „Jacky wartet schon auf uns“.
„Gut, gut, wir kommen ja schon“, beruhigte ich ihn.
Wir stiegen in den nächstbesten Bus ein und fuhren ins Nonntal. Jacky saß in einem zugewucherten Park auf einer Bank. Wir sahen ihn nur von hinten. Rauch stieg auf. Die ersten Bäume verloren ihre Blätter, die wie Miniatursegelboote zur Erde glitten.
„Hi Jacky“, grüßte ich ihn und wir reichten uns die Hände. Er sah noch beschissener aus als sonst. Eingefallene, nervöse Augen, die sprunghaft von einer Seite zur anderen glitten, als würde er jederzeit einen Hinterhalt erwarten, taxierten mich argwöhnisch. Er trug eine alte Wollmütze und abgelatschte Doc Martens. Seine Hose bestand mehr aus Löchern als aus Stoff und sein Pullover hatte auch schon bessere Zeiten gesehen.
„Na, wie laufen die Geschäfte?“, fragte Dizzy.
Normalerweise ein schwerer Fehler. Denn bei diesem Thema wurde Jacky anfangs wütend und dann arteten seine Erzählungen meist so unglaublich aus, dass man sie schon wieder glauben musste. Aber an diesem Tag war es anders. Er schien irgendwie beunruhigt zu sein.

„Keine Zeit zum Reden. Der Boden ist heute ziemlich heiß, sag ich euch. Es liegt was in der Luft. Ihr könnt von Glück reden, dass ich überhaupt gekommen bin. Also lasst uns Geschäfte machen, Business, Business", drängte er und endlich kam wieder etwas Leben in seine toten Augen.
Wir kauften für jeden von uns XTC und ein paar Gramm Gras. Frisch aus Holland, hatte uns Jacky versichert. Danach verschwand er unverwandt und ließ uns verdattert stehen.
„Was war denn mit dem los?", fragte Violetta verdutzt.
„Keine Ahnung, aber ich weiß, was wir jetzt machen", zwinkerte ich Dizzy zu. Er nickte und setzte sich als erster auf die Parkbank. Violetta und ich setzten uns zu ihm und ich fingerte eine schwarze Filmdose aus meinem Rucksack. Ich hielt die Dose knapp vor mein Gesicht und ließ sie ein paar Mal in meiner Handfläche hin und her rollen, damit die anderen sie sehen konnten. Violetta hatte sich eben eine Zigarette angezündet und sah mich fragend an.
„Pilze", erklärte ich.
„Pilze?", fragte sie.
„Ja Pilze, und die werden wir jetzt essen".
„Aha, und was soll das bringen?"
„Naja, einen guten Trip hoffentlich", mischte sich Dizzy ein und wir fingen an zu grinsen.
„Zauberpilze? Ihr habt Zauberpilze dabei? Wieso habt ihr das denn nicht gleich gesagt?", entgeisterte sich Violetta und hielt ihre Hand auf, als würde sie eine Süßigkeit von ihrem Großvater erwarten.
„Immer mit der Ruhe", flüsterte ich und öffnete die Dose. Mit einem leisen Plopp hob sich der Deckel und ich spähte gespannt in den geheimnisvollen Behälter. Am Tag zuvor hatte ich neun Pilze, von der Größe eines durchschnittlichen Fingers geerntet. Sie waren

wunderschön. Fragil und formschön. Sie strahlten eine enorme Kraft aus. Nicht wie ihre seelenlosen Verwandten, die täglich in brutzelnden Kochtöpfen landeten. Doch als ich den Inhalt der Dose in meine Hand leerte, lag da ein schwärzlich-grünlicher Haufen verschrumpelter, schleimiger Pilze vor uns.
„Was soll denn das sein?", verzog Violetta angeekelt ihre Lippen, als würden diese Dinger niemals die Schwelle ihres Mundes überschreiten.
„Ich weiß auch nicht. Gestern haben sie noch ganz normal ausgesehen. Richtig appetitlich", schwärmte ich und war mir selber nicht mehr sicher, ob wir die Träumebringer wirklich essen sollten. Doch meine Zweifel wurden mit einer gezielten Bewegung von Dizzys Hand aus der Welt geschafft. Er schnappte sich einen der schleimigen Pilze und steckte ihn ohne mit der Wimper zu zucken in seinen Mund. Er begann bedächtig zu kauen. Langsam verzerrte sich sein Gesicht und er schluckte mit größter Überwindung.
„Uhhh, war das ekelhaft", schrie er und streckte uns seine Zunge entgegen.
Nun mussten Violetta und ich nachziehen und ließen, einer nach dem anderen, einen Pilz im Mund verschwinden. Es schmeckte nach Erde und Schimmel. Gaumen und Zunge rebellierten, aber ich schluckte die glibberige Masse.
„Gar nicht so schlimm", log ich.
Jeder von uns musste noch zwei dieser ekeligen, schleimigen Scheißer runterkriegen. Wenige Minuten später rauchten wir alle eine Zigarette und hofften, dass unsere Mägen nicht kapitulieren und ihren Inhalt wieder nach oben befördern würden.
Inzwischen war es Abend geworden und wir mussten unseren Zug nach Linz erreichen, um zum Danube Rave zu gelangen. Aber um zum Bahnhof zu kommen,

mussten wir erst mal ein paar Stationen mit dem O-Bus fahren. An und für sich keine große Sache, außer man hat gerade Zauberpilze gegessen und war mit XTC und Gras ausgestattet.
„Wie lange dauert es eigentlich, bis man die Pilze spürt?“, wollte Violetta wissen, während wir auf der Parkbank saßen.
„Ich weiß nicht genau. Vielleicht eine Stunde oder etwas weniger. Kommt ganz darauf an, ob du vorher etwas gegessen hast und wie schnell deine Verdauung funktioniert“, fachsimpelte ich, obwohl ich nicht die geringste Ahnung hatte.
„Na dann sollten wir vielleicht aufbrechen, bevor die Wirkung einsetzt und wir hier nicht mehr wegkommen“, schlug Dizzy vor und stand abrupt auf.
„Okay, ihr könnt ja schon mal zur Bushaltestelle vorgehen. Ich gehe noch schnell pinkeln und komme dann gleich nach.“ Ich ging in Richtung einer Hecke, die mir nach einem guten Ort aussah, um mein Geschäft zu verrichten.
Ich fühlte mich wie eine Sehne, die kurz davor war zu reißen, so gespannt war ich, wann und wie sich die Wirkung der Pilze einstellen würde. Würde ich gleich heute fliegen können oder wie Carlos Castaneda Monate und viele Stunden des Lernens dafür benötigen? Wie würde es sich anfühlen und würde ich wiederkommen wollen? Ich war so in Gedanken versunken, dass ich gar nicht merkte, dass ich mit dem Wasserlassen schon längst fertig war und meinen Penis nur noch zwischen den Fingern hielt wie einen ausgetrockneten Wasserschlauch. Ich steckte ihn zurück in seine warme Behausung und machte mich auf den Weg, die anderen einzuholen.
Ich verließ den Park und folgte dem Fußweg in Richtung Bushaltestelle, als meine Füße wie von selbst stehen

blieben und mein Blick an einem braunen Blatt mit gezacktem Rand hängen blieb. Ich wusste, dass es ein ordinäres Blatt war, wie es Millionen andere gab, doch meine Augen gaukelten mir etwas anderes vor. Das Psilocypin hatte mit voller Wucht begonnen, meine Synapsen zu bombardieren. Anstatt eines Blattes kreuzte ein urzeitliches Wesen mit massiver Panzerung meinen Weg. Ein Ankylosaurier, der dem Fundus des Minimundus entsprungen hätte sein können. Vollkommen gefangen kniete ich mich vor dem Lebewesen nieder und beobachtete es. Es schien mich nicht wahrzunehmen. Plötzlich bildete sich eine durchscheinende, purpur farbene Halbkugel um das Tier herum, die immer größer wurde. Sie hatte ein internes Muster, das an eines der Häkeldeckchen erinnerte, die meine Großmutter so liebevoll gehäkelt hatte. Ein Potpourri aus Maschen, Stäbchen und Stichen. Als die Halbkugel einen Durchmesser von beinahe einem halben Meter erreicht hatte, hörte sie ebenso schnell auf zu expandieren, wie sie erschienen war. Die Zeit schien wie eingefroren. Nur ein leichtes Zittern zeugte noch davon, dass ich auf etwas Lebendiges starrte und nicht auf ein Straßengemälde. Das sphärische Gebilde schien eine Symbiose mit dem Wesen zu haben. Eine Art Schutzhülle womöglich. Vielleicht existierte das Lebewesen wirklich. Vielleicht auch nicht. Gab es das Wesen, nur weil ich es sah, oder brauchte es mich nicht um zu existieren? Ich hätte nicht sagen können, ob ich einer Halluzination auf den Leim gegangen war, oder ob es Teil unserer Welt war. Nach einer Weile übermannte mich die Neugierde und ich versuchte, mit einem zittrigen Finger in die Hülle einzutauchen und das Wesen zu berühren. Zuerst drang mein Finger und dann meine ganze Hand in die purpurne Hülle ein. Sie begann nun stärker zu vibrieren. Ich hielt den Atem an.

Kurz bevor ich das Wesen berühren konnte, platzte die Hülle wie eine Seifenblase und das Wesen wurde wieder zu einem stinknormalen Blatt. Wie versteinert. Ein Pseudofossil. Ich erschrak und war traurig. Ich hatte es zerstört - doch im nächsten Moment fielen mir meine Freunde ein und ich rannte Richtung Bushaltestelle. Ich musste ihnen von meiner Entdeckung berichten.
Als ich die beiden eingeholt hatte, wurde ich von einem heftigen Lachanfall geschüttelt. Dizzy dirigierte mit erhobener Hand in der Luft herum und marschierte im Stechschritt neben Violetta her. Violetta hatte eine leicht gebückte Körperhaltung eingenommen und tapste unsicher voran. Ich lief vor sie und gebot ihnen Einhalt. Wie aus einer Trance gerissen, blieben die beiden abrupt stehen.
„Scheiße Jerry, was machst du denn da?", empörte sich Dizzy.
„Nichts, aber was ist denn eigentlich mit euch los?", fragte ich nach Atem ringend. Meine Entdeckung, die keine zwei Minuten alt war, hatte sich aus meinen Gedanken verflüchtigt. Ich wusste nur, dass ich den beiden etwas Wichtiges sagen wollte, fand aber keine Worte.
„Geh aus dem Weg, du störst ja die ganze Parade", drängte Dizzy, während er eine ausschweifende Armbewegung machte. Violetta sah mich tadelnd an. Sie hatte sich in eine aufrechtgehende Schildkröte verwandelt und kicherte ununterbrochen, wie ein kleines Mädchen, das am Jahrmarkt Zuckerwatte bekommen hatte.
„Scheiße, fühlt ihr euch auch so eigenartig?", erkundigte ich mich in der Hoffnung, nicht der Einzige zu sein, der den Verstand verlor.
„Was denkst du denn?", fragte Dizzy. „Ich dirigiere eine Blasmusikkapelle und Violetta ist eine riesige

Schildkröte. Und das mitten in Salzburg. Was denkst du denn?", wiederholte er lachend.
Wir warteten an der Bushaltestelle auf den nächsten Bus. Die anfängliche Übelkeit hatte sich in eine wohlige Wärme verwandelt, die sich in meinem ganzen Körper ausbreitete. Ich hatte eine völlig veränderte Körperwahrnehmung. Alle Sinne spielten verrückt. Ich hatte das Gefühl, Farben fühlen zu können. Wenn ich etwas Blaues sah, fröstelte mich. Bei Gelb und Rottönen begann sich mein Körper wieder zu entspannen. Mein Gehör war hypersensibel. Überall um mich herum entstand eine faszinierende Geräuschkulisse und ich konnte die Töne förmlich sehen. Ich verlor jegliches Zeitgefühl und mein Körper war nur mehr eine Hülle, die meinem Geist ein Heim bot.
Wie aus dem Nichts manifestierte sich ein Monster von Bus hinter mir und kam mit schnaubenden Geräuschen knapp neben uns zum Stillstand. Mit zittrigen Knien stieg ich als erster in den Bauch des riesigen Blechwurms. Einige der Fahrgäste ignorierten uns, bei anderen hatte ich das Gefühl, sie würden in mein Innerstes sehen und in meiner Seele lesen wie in einem offenen Buch. Ich setzte mich auf den erstbesten freien Platz an einem Fenster und klammerte mich an einem abgenutzten Plastikgriff fest. Violetta setzte sich kichernd neben mich und Dizzy nahm gegenüber von uns Platz. Er winkte seinen Kollegen von der Blasmusikkapelle zu, die vor dem Bus zu stehen schienen und ihm ihren Salut zollten.
„Super Truppe", lobte Dizzy trocken, „aber ein bisschen anhänglich." Er lehnte sich entspannt zurück und starrte aus dem Fenster. Nur Gott weiß, was er in diesem Moment wahrnahm.
Als sich der Bus in Bewegung setzte, wurde ich in den Sitz gedrückt wie bei einem Flugzeugstart. Die Däm-

merung hatte bereits ihre dunklen Flügel über die Stadt ausgebreitet und die künstliche Beleuchtung der Stadt tat ihr Bestes, die Illusion von Tageslicht aufrecht zu erhalten. Als der Bus seine maximale Reisegeschwindigkeit erreicht hatte, zogen sich alle Lichter unendlich in die Länge. Die rot-orange-grünen Lichter der Ampeln, gelbe und weiße Straßenlaternen und kaleidoskopische Anzeigenschilder und Reklametafeln wurden Teil einer gigantischen Lasershow. Die Lichter suggerierten mir, dass wir mit Überschallgeschwindigkeit durch die Altstadt von Salzburg rasten. Ich musste mich festhalten, wie in einer Achterbahn, um nicht von meinem Sitz geworfen zu werden. Ich nahm die anderen Personen im Bus überhaupt nicht mehr wahr. Es gab nur noch Violetta, Dizzy und mich und wir waren auf einer fantastischen Mission in weit entfernte Galaxien. Von Zeit zu Zeit verzogen sich die Gesichter der anderen zu länglichen Fratzen und ihre Haut schlackerte wellenförmig über ihren Knochen. Komischerweise flößten sie mir keine Angst ein, sondern lösten nur Bewunderung in mir aus.
Keiner von uns sprach ein Sterbenswörtchen, bis wir nach einer schier endlosen Reise den Salzburger Hauptbahnhof erreichten. Dampfend und pfeifend öffneten sich die Türen des Busses und wir stiegen mit geschwollener Brust aus, gerade so, als wären wir soeben von einer erfolgreichen Marsmission heimgekehrt. Nur das Volk schien nichts von unserer Heldentat mitbekommen zu haben.
Als der Bus abgefahren war, standen wir wie Hänsel und Gretel, ausgesetzt im Wald, auf dem grauen und trostlosen Bahnhofsvorplatz. In meinem Kopf machte sich eine ungeahnte Verwirrung breit und den anderen beiden Astronauten schien es nicht besser zu gehen.
„Okay, was wollten wir nochmal hier?“, fragte Dizzy,

worauf wir alle in schallendes Gelächter ausbrachen.
„Wollten wir nicht irgendwo hinfahren?“, warf Violetta ein.
„Stimmt, stimmt“, sinnierte Dizzy nachdenklich. Er stützte sein Kinn auf seine Faust und grübelte. Wir alle grübelten. Ich konnte keinen bleibenden Gedanken fassen. Immer wenn ein Gedanke den Weg an die Oberfläche geschafft hatte, wurde dieser von einem anderen zurück in die Tiefe gezogen und der nächste versuchte sein Glück. Wir waren verloren. Ich versuchte, mir eine Zigarette anzuzünden, doch bog sich das weiße Stäbchen hartnäckig von dem Feuer weg, wie ein Magnet, der von einem anderen abgestoßen wurde. Es machte mich wahnsinnig. Nach einer kleinen Ewigkeit erlöste uns Dizzy von unserer Qual.
„Linz, Alter. Linz!“, rief er begeistert.
„Was?“, fragten Violetta und ich gleichzeitig.
„Linz. Wir wollten doch nach Linz. Zu irgendeinem Rave, oder?“
„Ja, ja genau. Zum Danube Rave. Super. Kommt, lasst uns zum Zug gehen“, strahlte Violetta voller Tatendrang.
„Ja, okay, aber wir haben noch keine Fahrkarten und null Plan, wann und wo der nächste Zug abfährt. Und ich kann garantiert mit niemandem außer euch beiden reden“, erklärte ich. Der Marlboro Mann auf der riesigen Reklametafel über dem Haupteingang zwinkerte mir zu.
„Okay, du hast Recht, wir haben ein Problem“, erkannte Dizzy und zuckte zusammen, als wäre ein Greif vom Himmel herabgestoßen, um ihm seinen Kopf abzureißen.
„Scheiße, scheiße, scheiße“, stammelte Violetta neben uns.
„Jetzt mal ganz locker“, versuchte ich uns zu beruhigen. Wir waren die einzigen Überlebenden in einem holo-

kaustischen Endzeitkrieg und die feindlichen Linien rückten immer näher. Wir brauchten einen Plan. Glücklicherweise gab es für solche Situationen eine relativ einfache Lösung. Man musste nur an den Heldenmut, die naturgegebene Neugierde oder sonst irgendeinen menschlichen Instinkt appellieren und ein Mitglied der Expedition auf eine Ein-Mann-Mission schicken. Dizzy wurde von uns auserwählt, den Kampf gegen die feindlichen Einheiten aufzunehmen und als Missionsziel die Fahrkarten zu besorgen. Er nahm den Auftrag tapfer an, salutierte vor uns, schlug die Hacken aneinander und kämpfte sich durch die gegnerischen Linien zum Fahrscheinschalter. Violetta und ich beobachteten ihn und hielten ihm den Rücken frei. Er stolperte mit völlig unkontrollierten Bewegungen in Richtung des Schalters, berührte aber keine der vielen Personen in der Schalterhalle. Er erinnerte mich an Jonny Depp in *Fear and Loathing in Las Vegas*, als dieser im Etherrausch durch die Hotellobby stakste und schlussendlich am Schalter von einer riesigen Echse in Empfang genommen wurde. Ich hoffte inbrünstig, Dizzy würde keinem mannshohen Reptil begegnen.

Nach ein paar Minuten kam Dizzy mit stolz geschwellter Brust zurück und präsentierte uns drei Tickets nach Linz.

„Leutnant Dizzy meldet gehorsamst: Mission erfüllt“, strahlte er, während er mit einer Hand salutierte.

Kurzes Schweigen, gefolgt von schallendem Gelächter.

„Ausgezeichnet. Mission erfolgreich ausgeführt“, lobte ich Dizzy und klopfte ihm auf die Schulter.

„Jetzt müssen wir nur noch den Zug erwischen“, sagte Violetta und sah sich um wie ein kleines Mädchen, das im Getümmel seine Mutter verloren hatte. Wir gingen in die Bahnhofshalle und versuchten an der großen

Anzeigetafel die Abfahrtszeiten zu entziffern. Ich kam mir vor wie ein Kryptograf. Die kleinen Lettern an der Tafel, Buchstaben und Zahlen; meine Muttersprache war mir in dieser Erscheinungsform vollkommen unverständlich.

„Ich kann da oben überhaupt nichts entziffern", wimmerte ich verzweifelt.

„Ich schon", sagte Dizzy enthusiastisch. „Salzburg-Linz-Wien-Bahnsteig 3a-20:03."

Mit einem Blick auf meine Uhr, die ich komischerweise lesen konnte, stellte ich fest, dass es fünf vor acht war.

„Scheiße, der Zug fährt in genau acht Minuten. Kommt schon!", rief ich und lief los, als ginge es um mein Leben. Wie verurteilte Mörder auf der Flucht hetzten wir durch die Katakomben des Bahnhofsgebäudes. Vor jeder Ecke hielt ich kurz inne und vergewisserte mich, dass die Luft rein war und uns niemand verfolgte. Dann ging es weiter. Immer weiter. Meine Lungen brannten, als hätte ich Spiritus verschluckt, der sich gerade entzündete. Völlig außer Atem kamen wir schließlich wieder in der Bahnhofshalle an und hatten den Zug verpasst.

„Scheiße, Alter, wo läufst du denn hin? Da waren wir ja schon und das sieht mir gar nicht nach Bahnsteig 3a aus", klagte Dizzy mit einem argwöhnischen Blick. Er drehte sich im Kreis und versuchte, die vermeintlichen Bahngleise zu finden.

„Ach nein?", zeterte ich sauer, „Das liegt vielleicht daran, dass wir wieder in der Bahnhofshalle sind."

Ich stützte meine Hände keuchend auf meine Knie und atmete tief ein und aus.

„Gut, gut, gut, ruhig Blut meine Freunde", sagte Violetta diplomatisch. „Diesen Zug haben wir sowieso verpasst. Der nächste fährt in einer Stunde und den sollten wir dann wohl erwischen, oder?"

Dizzy und ich nickten verlegen, wie zwei Halunken, die eine Rüge erhalten hatten.
Wir irrten durch den Bahnhof und wie durch ein Wunder landeten wir zufällig am richtigen Bahnsteig. Wir setzten uns auf eine Bank und warteten. Wir rauchten und jeder von uns lebte die folgenden Minuten in seiner eigenen Welt. Wiederholt gingen Schaffner an uns vorbei und ich versuchte, möglichst unauffällig zu sein. Ich war zwar vollkommen in meine Fantasiewelt vertieft, aber ich wusste, dass wir genug Drogen dabei hatten, um gröbere Probleme zu bekommen, falls wir damit erwischt werden würden, und so stellte jeder Uniformierte, ob echter Polizist oder harmloser Zugschaffner, eine potentielle Gefahr dar.
Nach einer halben Ewigkeit fuhr der nächste Zug am Bahnsteig ein, aber keiner von uns rührte sich vom Fleck. Wir klebten fest. Niemand wusste, ob das der richtige Zug war oder nicht. Ich hatte jegliches Zeitgefühl verloren und konnte den Zahlen auf meiner Uhr keine Bedeutung mehr beimessen. Wir diskutierten so lange, ob wir in den Zug einsteigen sollten oder nicht, bis dieser unter tosendem Lärm ohne uns vom Bahnsteig abfuhr. Wir sahen einander entgeistert an und brachen in verzweifeltes Gelächter aus.
„Verdammt, ihr verpeilten Penner! So kommen wir heute sicher nicht mehr nach Linz“, schrie uns Violetta an, stand wütend auf und hüpfte vor uns im Kreis herum wie ein wild gewordener Kobold. Als sie sich beruhigt hatte, setzte sie sich wieder neben uns und wir lehnten uns auf der Holzbank zurück. Wir hatten unsere Situation erkannt und akzeptierten das Unumgängliche. Wir waren auf einem Pilzerausch und der Abend würde sich etwas anders gestalten als wir geplant hatten.

So warteten wir eine weitere Stunde und die Wirkung der Pilze ließ etwas nach. Farben und Formen, Gerüche und Geräusche, Gesichter normalisierten sich einigermaßen, obwohl ich mir noch nicht ganz sicher war, was Realität und was Trip war.
Pfeifend und schnaubend fuhr eine Stunde später der nächste Zug am Bahnsteig ein. Diesmal waren wir vorbereitet. Unsere Rucksäcke waren bereits geschultert und wir standen in Reih und Glied vor unserer Bank, die uns zwei Stunden lang Asyl gewährt hatte. Mit schwankenden Schritten stiegen wir in das Ungetüm aus Stahl und Glas ein und suchten uns ein leeres Abteil. Jeder von uns ließ sich auf einen gepolsterten Sitz plumpsen und war froh, wieder sitzen zu können. Die paar Schritte von unserer Bank bis in das Zugabteil hatten das Psilocypin in meinem Blutkreislauf erneut in Gang gebracht und ich war augenblicklich fasziniert von dem kaleidoskopischen Muster der Polsterbezüge. Die Bahn hatte sich gemausert. Das Unterhaltungsprogramm war wirklich erstklassig.

Nach der einstündigen Fahrt holte uns ein Freund am Bahnhof in Linz ab und wir fuhren in seinem weißen Mitsubishi ins Hafenviertel von Linz, wo der Rave in einer alten Werfthalle stattfinden sollte. Wir parkten auf einem großen Parkplatz in der Nähe der Werft. Ich kramte das XTC aus meinem Rucksack. Jeder von uns nahm eine der weißen Pillen und wir spülten sie mit einem Schluck Wasser unsere Kehlen hinunter. Ich war etwas unsicher. Schon oft hatte ich XTC konsumiert und konnte die Wirkung mittlerweile gut einschätzen, doch wie die Wirkung auf einen noch nicht restlos verdauten Pilzerausch sein würde, wusste keiner von uns. Mit dem bitteren Nachgeschmack der Pille schluckte ich alle Zweifel hinunter und wir gingen Richtung Eingang.

Auf vier verschiedenen Floors legten einige der besten DJs der Welt auf und befeuerten das Publikum mit höllisch schnellen und lauten Beats. Wir warfen uns der Musik zum Fraß vor. Wir waren Teil einer Zeremonie, einer Predigt, einer neuen Religion. Alte Werften, Fabrikshallen, Diskotheken, Katakomben, Tunnel, Kellergewölbe und Höhlen waren die Gotteshäuser einer ganzen Generation. DJs und VJs predigten das programmierte Wort aus Beats und Loops und wir hingen an ihren Fingern wie Kinder an den Lippen eines begnadeten Geschichtenerzählers. XTC war der Leib Christi und Laserlicht ersetzte sanften Kerzenschein. An der Loveparade nahmen mehr Menschen Teil als an einem Papstbesuch.
Nach einer halben Stunde wurden wir erleuchtet und das XTC durchströmte uns. Wie reine Energie floss das Gift durch unsere Adern und peitschte Herz und Nieren nach vorne. Der Pilzerausch hatte mich physisch und psychisch müde gemacht. Während des Trips prasselten so viele Sinneseindrücke auf mein Gehirn ein, dass mein Körper völlig leer war. Der Akku war verbraucht, alle Ressourcen verschlungen. Doch das XTC ließ den Wasserspiegel in dem vertrockneten Brunnen meines Körpers wieder steigen. Wie ein Motor nach einem längst überfälligen Ölwechsel begann meine fleischliche Hülle zu schnurren wie ein süßes Kätzchen. Wärme und Energie breiteten sich aus. Jede Zelle sog die Energie auf wie ein ausgedörrter Wüstenboden den ersten Regen seit hundert Jahren. Ohne es zu merken, stand ich plötzlich inmitten der Menge und tanzte. Ich tanzte energiegeladen wie ein Ross, dem man Arsen ins Futter gemischt hatte. DJ Rush ließ ein wahres Fegefeuer auf die Massen los. Der Beat trieb meinen Herzschlag steil nach oben und meine Beine bewegten sich wie ein Schweizer Uhrwerk.

Von Zeit zu Zeit brachten sich die Pilze lebhaft in Erinnerung, wenn mich die Beats trafen wie Schläge oder sich die Leute neben mir in wundersame Wesen verwandelten. Ich befand mich in einem Vakuum aus Raum und Zeit. Es gab nur noch die Musik und mich. Die Stunden verflossen und erst als sich die Menge zu lichten begann, stellte ich fest, dass meine Freunde verschwunden waren. Es war gegen zehn Uhr morgens, als ich mich auf die Suche nach den anderen begab.
In der Chill Lounge fand ich Dizzy und Violetta auf einer Couch zusammengekuschelt liegen. Sie sahen unendlich friedlich aus inmitten der letzten Tänzer des Festes. Die Typen, die um diese Zeit noch nicht ruhig sitzen konnten, waren völlig zugedröhnt. Sie hatten einen starren, leeren Blick, verkrampfte Gesichtsmuskeln und zuckten mehr mit ihren Gliedmaßen als zu tanzen. Ich setzte mich neben meine Freunde und rauchte eine Zigarette.
Unsanft wurde ich wachgerüttelt.
„He, aufstehen und nach Hause gehen. Die Party ist vorbei", schnauzte mich ein übellauniger Security Mitarbeiter an.
Ich war ebenfalls auf der Couch eingenickt und wusste anfangs überhaupt nicht, wo ich war. Den orientierungslosen Blicken der anderen nach zu schließen, hatten sie dasselbe Problem wie ich. Nach ein paar Minuten hatten wir uns orientiert, unsere Sachen gepackt und machten uns auf den Weg Richtung Bahnhof, um wieder zurück nach Salzburg zu fahren.
Der Zug hatte Verspätung und so gingen wir in den nahen Park, um einen Joint zu rauchen. Ich drehte mit geübten Händen eine perfekte Tüte und reichte sie Violetta. Sie nahm ein paar Züge und gab den Joint an Dizzy weiter. Nachdem er geraucht und den Joint

an mich zurückgegeben hatte, wurde er merkwürdig still. Fast hätten wir abermals den Zug verpasst, erreichten ihn aber gerade noch und fuhren ohne weitere Zwischenfälle nach Salzburg.
Ich genoss die Fahrt. In einem Zustand zwischen Wachen und Schlafen nahm ich meine Umwelt nur schemenhaft wahr und träumte vor mich hin. Ich war so weit von einem klaren Verstand entfernt, wie man sich nur denken kann, aber ich war glücklich. Violetta schlief an meiner Schulter und Dizzy, der uns gegenüber saß, sah aus wie eine Wachsfigur. Sein eigenes Abbild aus Madame Tussauds Wachsfigurenkabinett. Niemand ahnte, was sich in den unergründlichen Tiefen seiner Seele abspielte.

Don Juan hatte gelogen

Der Schulalltag hatte uns wieder fest in seiner gelehrten Hand. Integrieren, differenzieren, konjugieren, philosophieren, Grenzen abstecken und neue Territorien erkunden, in die Weltgeschichte eintauchen, Lyrik. Allesamt mächtige Worte. Sie alle waren meine Feinde, doch ich musste sie, wenn schon nicht zu Freunden, dann mindestens zu gutgesinnten Verbündeten machen, um meinen Abschluss zu schaffen. Die Lehrerschaft und meine Mutter saßen mir im Nacken und meine Beziehung mit Toulouse war im Packeis der Liebe festgefroren. Ich merkte immer öfter, dass wir uns voneinander entfernten. Unsere Liebe verwandelte sich schleichend, kaum merkbar, in eine Art Geschwisterliebe. Die Kobalts behandelten mich zusehends wie ihr eigenes Kind und so hatte ich immer öfter das Gefühl, mit meiner eigenen Schwester zu schlafen, wenn Toulouse und ich uns liebten. Wir wussten es beide, waren aber zu feige, es uns einzugestehen, und so machten wir weiter wie bisher und warteten auf den unumgänglichen Sturm, der das Konstrukt unserer Beziehung zum Einsturz bringen würde. Der Atem des Wolfes, der das Haus der drei kleinen Schweinchen fortbläst.

Der Sturm kam in Form einer kleinen, vollmundigen, großbrüstigen und aschblonden Raucherin. Ich hatte sie bei einem Tanzkurs kennengelernt, der jedes Jahr im Auftrag unserer Schule und einer Partnerschule von einer namhaften Tanzeinrichtung in Salzburg veranstaltet wurde. Da in unserer Schule fast nur Jungen unterrichtet wurden und in der Partnerschule nur Mädchen zugelassen waren, hatten die Direktoren der beiden Bildungsanstalten eines feucht-fröhlichen Abends beschlossen, ihre Schüler gemeinsam salonfähig machen zu lassen. Für den alljährlichen Maturaball. Eine der wenigen Entscheidungen, die bei den Schülern nicht auf grenzenlose Abneigung stieß.
Der erste Abend in der Tanzschule war an Überraschungen kaum zu übertreffen. Der Raum war erfüllt von Testosteron und Moschusdüften, die mit Parfüm und roten Bäckchen um die meiste Aufmerksamkeit buhlten. Existenzen wurden zerstört und manche stiegen auf wie Phönix aus der Asche. Es stellte sich heraus, dass cool in einer Ecke stehen und alles, was nach Autorität roch, milde zu belächeln, beim Tanzen nicht zu Erfolg führte. Hier waren Engagement und Gehorsam, gute Manieren und Talent gefragt. So stellte sich heraus, dass Yoko, der seinen Spitznamen seiner Ähnlichkeit zu Yokosuna, einem übergewichtigen Ringer, verdankte, leichtfüßig wie ein Balletttänzer über das Parkett glitt. Er schwang seinen massigen Körper im Dreivierteltakt durch den Saal, bewegte sich graziös und vollkommen im Rhythmus der Musik. Nach kurzer Zeit rissen sich die Mädchen darum, mit ihm tanzen zu dürfen. Neidlos mussten wir seine Überlegenheit anerkennen. Jahrelang war er bei allen sportlichen und körperlichen Aktivitäten das schwarze Schaf gewesen, doch nun schlug einmal in der Woche seine große Stunde. Er war der einzige von uns, der Geld in echte

Tanzschuhe und eine kleine schwarze Fliege investierte, um seine schleichenden Tanzschritte, seine Pirouetten und Ausfallschritte noch besser zelebrieren zu können. Gegen ihn sahen die meisten von uns aus wie Hühner, deren Köpfe abgeschlagen worden waren und die vollkommen orientierungslos im Raum herumrannten, bis sie wie vom Schlag getroffen an Ort und Stelle umkippten. Die Schnittstelle zwischen Hirn und den ausführenden Extremitäten schien im Bezug auf Tanzbewegungen bei mir und vielen anderen noch nicht eingerichtet zu sein. Und sie wurde es auch nie. Projekt wegen Unrentabilität und vergleichsweise hohem Aufwand gestoppt. Dizzy und ich besannen uns unserer wahren Könnerschaft: Cool in einer Ecke stehen und souverän die Lage überblicken. Zu unserem Glück gab es noch Mädchen, die auf diese Taktik ansprangen.
Dizzy ging seit kurzer Zeit wieder solo durch das Leben. Pixi und er hatten sich nach fast zwei Jahren Beziehung getrennt. Das ständige Auf und Ab ihrer Liaison hätte bei dem erfahrensten Seemann zu ausgeprägter Übelkeit und gelegentlichem Erbrechen geführt. Eines Abends zitierte Pixi Dizzy zu sich und zog einen Schlussstrich. Dizzy war geknickt, aber noch nicht hoffnungslos. Es war nicht das erste Mal gewesen, dass sie Schluss gemacht hatte und so dachte er, dass sie sich bald wieder einkriegen würde.
„Das wird schon wieder", sagte er einen Tag nach ihrer Trennung zu mir, als wir in der großen Pause am Raucherplatz unserer Schule standen und in der warmen Morgensonne eine Marlboro rauchten.
„Bist du dir sicher? Was du mir von Pixis Plänen erzählt hast, klang mir doch recht entschlossen. Ich habe das Gefühl, sie bricht zu neuen Ufern auf", sagte ich, obwohl es mir noch im selben Moment leid tat. Ich wollte seine Hoffnung nicht zerstören.

„Ich weiß nicht. Sie ändert ihre Meinung doch ständig."
„Stimmt. Aber willst du noch mit ihr zusammen sein?"
„Ich weiß nicht." Er blies eine kleine Rauchwolke aus und sah in die Ferne. Auch er schien schon zu neuen Ufern aufzubrechen.
Schon am ersten Abend des Tanzkurses stach mir die Raucherin ins Auge. Ihre tiefblauen Augen schienen in meine Seele vordringen zu können. Aber am meisten faszinierten mich ihre Hände. Sie waren kaum größer als Kinderhände und strahlten doch so viel Kraft aus. Ich hätte sie nie angesprochen, weil ich ja noch mit Toulouse zusammen war. Auch wenn wir Schwierigkeiten hatten, wollte ich unsere Beziehung nicht so mir-nichts-dir-nichts aufgeben. Doch dann machte mir Dizzy einen Strich durch die Rechnung. Voll bis zum Rand mit aufgestautem Sperma war er nach der Trennung von Pixi hinter jedem Rock her. Während des dritten Abends des Tanzkurses war es dann so weit. Eine der angehenden Tänzerinnen erlag seinem Charme. Sie hieß Betty und war die beste Freundin und Zimmergenossin von Pinella, der kleinen Raucherin, die ich nicht mehr aus meinem Kopf brachte. Und da es ein Naturgesetz zu sein schien, dass Freunde immer die Freundinnen der Freundin ihrer besten Freunde vorgestellt bekamen, war es unumgänglich, dass ich Pinella näher kennen lernte. Pinella wurde meine Tanzpartnerin, Betty wurde Dizzys neue Freundin und bald waren wir auch außerhalb des Tanzkurses immer öfter zu viert unterwegs. Unser Stammplatz wurde das Skyroof am Dach eines Einkaufscenters am Stadtrand von Salzburg.
Als wir wieder einmal auf dem harten Holzboden des Daches lagen und von der warmen Herbstsonne umschmeichelt wurden, fragte ich Pinella, ob ihr Name eine tiefere Bedeutung hätte.

„Der Name selber nicht, aber wie ich zu ihm kam schon", antwortete sie geheimnisvoll.
„Und welchem Umstand verdankst du deinen Namen?", wollte ich wissen.
„Ich habe ihn meinem Vater zu verdanken. Der ist ein fast schon krankhafter Sammler und Flohmarktgänger. Als ich noch klein war, hieß es jeden Sonntag um sechs Uhr aufstehen und zu irgendeinem Flohmarkt fahren. Ich habe es gehasst", presste sie hervor und verzog dabei wütend ihren linken Mundwinkel.
„Kann ich gut verstehen", unterbrach ich sie.
„Auf jeden Fall ist mein Vater auch totaler Amerika-Fan. Und kurz vor meiner Geburt erfüllte er sich seinen größten Wunsch. Er flog mit einem Freund gemeinsam nach Amerika und besuchte alle namhaften Flohmärkte in der neuen Welt."
„Aha", ich nahm einen Schluck Bier und reichte ihr die Flasche.
„Danke. Ja, und einer dieser Flohmärkte befand sich in Florida und hieß Pinella's Flea Market. Er war so fasziniert von dem Markt und den Menschen, dass er nach seiner Rückkehr und nach meiner Geburt meiner Mutter keine andere Wahl ließ, als mich nach diesem bescheuerten Markt zu benennen", sagte sie aufgewühlt.
„Ist doch ein schöner Name", sagte ich.
„Ach ja, findest du?"
„Ja, finde ich."
„Ich weiß nicht", sagte sie nachdenklich.
Nach einer Weile gesellten sich Dizzy und Betty zu uns. Dizzy lehnte sich an das grün gestrichene Geländer und Betty legte sich auf den Rücken und platzierte ihren Kopf auf einen seiner Oberschenkel. Die Sonne senkte sich hinter die Häuser der Stadt und am Himmel zeichneten die Wolken ein farbenprächtiges Aquarell.

Der Geruch von Bier vermischte sich mit dem Duft der Stadt und einer sanften, blumigen Brise, die von den nahen Feldern zu uns heraufzog. Als die Sonne weg war, wurde es kühler. Die ersten Vorboten des Winters zogen ins Land. Ich war in Gedanken versunken. Wo war Toulouse? Was löste Pinella in mir aus? Konnte aus einer Geliebten wirklich eine Schwester werden? Es war eine Gedankenspirale. Ein Labyrinth ohne Ein- und Ausgang. Ich war gefangen. Ich beschloss, wieder einmal das Leben entscheiden zu lassen. In dem Moment hörte ich die Stimme von Pinella, wie ein Echo einer weit entfernten Stimme in einem dichten Wald.
„In ein paar Wochen ist doch der Air & Style in Seefeld, oder?"
„Ja, ich glaub schon", erwiderte Dizzy. „Wieso?"
„Meine Tante hat eine Wohnung in Seefeld, die fast den gesamten Winter leer steht. Ist ihr irgendwie zu kalt da oben, wenn die Tage kürzer werden. Wir könnten während des Air & Style dort wohnen", erklärte sie.
„Das hört sich gut an", sagte Dizzy. „Was hältst du davon, Jerry?"
„Ja, klingt gut. Kann Toulouse auch mitkommen?", fragte ich und war auf die Reaktion von Pinella gespannt.
„Natürlich. Kein Problem. Es gibt genug Platz. Ich freu mich schon", zirpte Pinella und warf mir einen Blick zu, der mir verriet, dass der Trip für mich weniger entspannt werden könnte, als ich mir vorstellte. Würde ich zwischen zwei Frauen stehen und wäre ein salomonisches Urteil meine einzige Rettung?
Wenige Tage später begann es zu schneien. Frau Holle lüftete ihre Wäsche, als wäre sie gedopt. Die Radprofis bei der Tour de France waren unschuldige Schuljungen im Vergleich zu der alten Frau. Dicke, weiße Flocken wurden von einem eiskalten Sturm über das Land gefegt.

Binnen weniger Tage war die bunte, herbstliche Welt von einer flauschigen Decke begraben. Stille zog ein. Die letzten Vögel, die den Abflug in den Süden verpasst hatten, und die wenigen verrückten, die das ganze Jahr hier blieben, schlüpften in ihre Nester und Baumhöhlen und kehrten der Kälte den Rücken zu. Die Bäche und Seen begannen sich mit einem blau schimmernden Eispanzer zu rüsten und die vielen Schornsteine, die die Dächer der Häuser krönten, rauchten um die Wette. Mit klappernden Zähnen wartete ich mit Toulouse und Dizzy vor dem Salzburger Hauptbahnhof auf Betty, Pinella und zwei weitere Freunde der beiden. Ich rauchte eine Zigarette und als ich mich auf dem mit rechteckigen, grauen Granitsteinen gepflasterten Bahnhofsvorplatz im Kreis drehte, schossen mir Bilder des Pilzetrips, den ich mit Violetta und Dizzy vor wenigen Wochen erlebt hatte, in den Kopf. Die Erinnerung war nur schemenhaft, obwohl sich einzelne Bilder wie eine Tätowierung in meinen Geist gebrannt hatten.
„Wo bleiben die denn?“, fragte Toulouse ungeduldig.
„Was, wie bitte?“, stammelte ich in Gedanken versunken.
„Wo warst du denn gerade?“, fragte Toulouse.
„Ich? Keine Ahnung. Erinnerungen“, antwortete ich. Ich fühlte mich irgendwie eigenartig. Veränderung lag in der Luft. Und ich war nicht der Einzige, der es spürte. Toulouse sah mich wiederholt an, als würde sie nach etwas suchen, das sie in meinem Gesicht nicht mehr sehen konnte. Antworten, Fragen, Lösungen. Gerade, als ich meine Zigarette fertig geraucht hatte, kamen die anderen. Wir begrüßten uns und machten uns auf den Weg zum Zug. Die Luft war geladen. Obwohl sich die beiden Mädchen das erste Mal sahen, konnte man die Funken zwischen Toulouse und Pinella förmlich sprühen sehen. Ich beschloss, mich etwas im Hintergrund zu halten. Wir okkupierten ein

ganzes Zugabteil und verteilten überall unsere Sachen. In unserem Abteil sah es aus, als würde eine indische Familie in den Sommerurlaub fahren. Nachdem der Schaffner unsere Tickets kontrolliert hatte, holte Pinella ein kleines silbernes Döschen aus ihrer Tasche.
„Mein Bruder hat mir ein bisschen Gras von seiner letzten Ernte geschenkt", sagte sie verstohlen und zeigte uns den Inhalt des Döschens. Drei grüne, harzige Butts lagen in dem Behälter und ließen sich von uns betrachten, als wären sie ein seltenes Naturspektakel. Ich nahm eine der Blüten und roch daran.
„Riecht gut. Irgendwie nach Mango", sagte ich fachmännisch.
„Ich weiß. Mein Bruder ist sowas wie ein Hobbygärtner. Sollen wir einen Joint rauchen?", fragte Pinella, obwohl sie die Antwort schon wusste.
„Ja sicher", rief Dizzy.
Pinella drehte mit geübten Handgriffen einen Joint und wir verfolgten gespannt ihre Bewegungen. Sogar Toulouse vergaß für kurze Zeit ihre Abneigung Pinella gegenüber. Als sie fertig war, gingen wir immer abwechselnd auf die Zugtoilette und rauchten den Joint. Der gesamte Zug war mit Jugendlichen vollgestopft, die Bier tranken und laut grölten. So fiel unsere kleine Gesetzesunterwanderung gar nicht auf. Nach ein paar Minuten hatten wir alle der Toilette einen Besuch abgestattet und saßen wieder unschuldig wie die Messdiener auf unseren Plätzen. Während der fast dreistündigen Fahrt rauchten wir noch zwei weitere Joints und waren, als wir in Seefeld ankamen, vollkommen zugedröhnt. Mit Müh und Not fanden wir in die Wohnung von Pinellas Tante. Dizzy und Betty besetzten gleich das einzige absperrbare Zimmer und wir anderen machten es uns im Wohnzimmer bequem. Ich richtete für Toulouse und mich ein gemütliches Plätzchen

am Boden unter einem großen Fenster her. Ich spekulierte damit, später beim Einschlafen die Sterne betrachten zu können. Die anderen verteilten ihre Sachen auf Couchen und ebenfalls am Boden. Der Boden war gut. Ich fühlte mich geerdet, wenn ich am Boden schlief. Er gab mir Sicherheit.
Ein paar Dosenbier und einen weiteren Joint später machten wir uns auf den Weg in das Stadion, in dem der Air & Style stattfinden sollte. Normalerweise war Seefeld ein verschlafenes Bergdorf, in dem sich abends nur Stammtischsäufer und betagte Touristen herumtrieben. Einmal im Jahr erwachte der Ort jedoch zum Leben. Gleich den Blumen in der Wüste, die nach einem lange herbeigesehnten Regenguss ihre farbenprächtigen Köpfe aus dem Sand steckten und sich der Sonne entgegen reckten, wurden die Gassen und Plätze von jungen Leuten in weiten Hosen und Wollmützen gesäumt. Die Massen strömten wie die Lemminge in das Stadion, um ihren Ikonen zu huldigen. Snowboardprofis und Musiker waren die eigentlichen Regenten der Welt. Hätten sie nur etwas mehr Verstand und Führungsqualitäten an den Tag gelegt, anstatt ständig in dem weißen Medium zu versinken oder besoffen auf einer Bühne zu stehen, hätten sie eine ganze Generation führen können. In eine bessere Zukunft oder ins Verderben. Nachdem die Community den besten Fahrer gekürt hatte, spielten Guano Apes ein Livekonzert. Hymnen, wie „Lords of the Boards“ oder „Open your eyes“ durchbrachen die klare Nachtluft und fegten weit über die angrenzenden Bergketten hinweg. Ich stand an eine Absperrung gelehnt und rauchte eine Zigarette, als plötzlich ein völlig besoffener Typ neben mir auftauchte. Er sah mich mit seinen blutunterlaufenen Schweinsäuglein kurz an, holte seinen Schwanz heraus und fing an zu pissen. In

seinem Suff schien er nicht zu bemerken, dass er mir volle Kanne ans Bein pinkelte. Die gelbe Flüssigkeit sprudelte fröhlich auf meine Hose, von der sie abperlte, wobei die Tropfen das Licht in vielen Farben reflektierten.
„He, du Schwein, was soll die Scheiße!“, schrie ich ihn wütend an, riss mein Bein zur Seite und schüttelte es wie ein Derwisch, um die Besudelung wieder loszuwerden. Keine Reaktion. Der dampfende Strahl wurde nicht unterbrochen. Nun musste sich der Springbrunnen auf zwei Beinen an der Absperrung abstützen um nicht umzukippen. Völlig perplex ging ich einen Schritt zur Seite und fragte nochmal: „He, spinnst du?“ Diesmal schien meine Stimme in das vom Alkohol gelähmte Gehirn vorzudringen, löste aber keinerlei Reaktion aus. Er sah mich verständnislos an, packte seinen Schwanz wieder ein und torkelte ohne ein Wort zu sagen davon. Das war einer der Momente im Leben, in denen mir klar wurde, dass es verschiedene Arten von Menschen gibt. Die einen pissen dich an, die anderen auch, aber den einen tut es wenigstens leid. Nachdem meine anfängliche Wut verraucht war, fand ich die ganze Situation sogar auf eine absurde Weise lustig.
Nach dem Konzert ließen wir uns mit den Menschenmassen in den Ort treiben. In jeder noch so heruntergekommenen Spelunke wurde an diesem Abend gefeiert. Kneipen, die das ganze Jahr im Dornröschenschlaf versunken waren, wurden durch die Lippen einer unersättlichen Gier nach Alkohol wachgeküsst. Aus jeder Bar dröhnte Musik in den verschiedensten Facetten, vermischt mit dem Gegröle testosterongeladener Männer und dem Gekreische rotbäckiger Mädchen an mein Ohr. Toulouse hatte sich in meinen Arm eingehakt und stolperte leicht betrunken neben mir

her. Bislang war alles glimpflich verlaufen. Toulouse und Pinella beobachteten sich zwar voller Argwohn, hatten einander aber bis jetzt nicht die Augen ausgekratzt. Wir gingen in die nächstbeste Kneipe, aus der einigermaßen annehmbare Musik strömte, und bestellten an der Bar Bier und Jägermeister. Nach der ersten Runde ging Toulouse auf die Toilette und noch bevor sie vollständig aus meinem Gesichtsfeld verschwunden war, stand Pinella plötzlich neben mir und blickte mich erwartungsvoll an. Ihre aquamarinblauen Augen waren geweitet und leicht gerötet. Ein faszinierendes Farbenspiel. Erst jetzt wurde mir vollends bewusst, wie klein sie war. Sie reichte mir gerade einmal bis zur Brust.
„Hey, alles klar bei dir?“, fragte ich sie. Mein Gehirn wusste genau, dass nicht alles klar war, aber mein Mund zog es vor, sich dumm zu stellen.
„Eigentlich nicht. Ich beobachte euch schon den ganzen Tag und es tut mir in der Seele weh. Warum tust du mir das an?“, fragte sie, wobei sich ein dünner Tränenfilm über ihre Augen ausbreitete.
„Was mache ich denn? Toulouse ist meine Freundin. Das weißt du doch“, verteidigte ich mich. Ich fühlte mich wie Judas.
„Ja natürlich. Ich weiß aber auch, dass ich dir nicht egal bin. Ich sehe deine Blicke und die sind nicht nur freundschaftlich.“
„Was willst du damit andeuten?“
„Was ich damit andeuten will? Bist du wirklich so blöd, oder verarscht du mich? Du kannst uns nicht beide haben. Du solltest dich entscheiden“, zischte sie forsch.
„So einfach ist das nicht“, wand ich mich.
Plötzlich stand Toulouse neben uns und fragte argwöhnisch: „Was ist denn hier los?“
„Ja, Jerry, was ist denn hier los?“, fragte nun auch Pinella.

Der Supergau war eingetreten. Jetzt hieß es vorsichtig sein. Ich musste meine Worte sehr sorgsam wählen oder ich würde einen Sturm entfesseln.
„Nichts, gar nichts", sagte ich bestimmt, nahm Toulouse an der Hand und wir mischten uns unter die Menge.
„Was hat denn Pinella?", wollte Toulouse wissen.
„Ich weiß nicht genau. Sie fühlt sich nicht so gut", sagte ich, in der Hoffnung, das Misstrauen, das in Toulouse zu keimen begann wie ein Samenkorn im Frühjahr, würde sich in Mitleid umwandeln. Ich hatte Glück.
„Die Arme, können wir etwas für sie tun?", fragte Toulouse.
„Ich glaube nicht. Am besten lassen wir sie etwas in Frieden."
„Okay. Komm, lass uns tanzen. Ich liebe dieses Lied", trällerte Toulouse und führte mich auf die mit schwitzenden Leibern vollgestopfte Tanzfläche.
Mit fortschreitender Stunde lichtete sich das Lokal und außer ein paar Typen, die neben ihrem Glas Bier am Tresen eingeschlafen waren und vereinzelten Pärchen, die sich in eine finstere Ecke zurückgezogen hatten, waren wir die einzigen, die noch in der Bar herumhingen. Dizzy torkelte wie ein alter Seemann auf Landgang und klammerte sich an Betty, um nicht umzufallen. Pinella versuchte verzweifelt, sich einen besoffenen Amerikaner vom Leib zu halten, der sie für eine Holländerin hielt und immer wieder nach ihren Holzschuhen fragte. Toulouse und ich saßen nebeneinander an der Bar und rauchten. Immer wieder drohte mein Körper von dem mit Leder bezogenen Barhocker zu rutschen, doch ein unerklärlicher Reflex rettete mich ein aufs andere Mal vor dem harten Aufschlag auf dem klebrigen Boden. Erst als uns der Barkeeper

freundlich, aber bestimmt aufforderte, seine Kneipe zu verlassen, gaben wir uns geschlagen und stolperten einer nach dem anderen in die frostige Nacht hinaus. Es war eine diesige Nacht und der Mond hatte einen Hof, der sich in dermaßen pastellenen Farben um sein weißes Zentrum ausbreitete, dass die gesamte Kleidungsindustrie der achtziger Jahre vor Neid erblasst wäre. Jeder Schritt war eine Qual und die wenigen Minuten bis zur Wohnung von Pinellas Tante erschienen mir länger als der gesamte Jakobsweg. Mit vereinten Kräften hievten wir unsere in Schnaps und Bier eingelegten Körper die Stufen des Stiegenhauses hoch und ließen uns in der Wohnung auf alles fallen, was in irgendeiner Form weich aussah. Wir rauchten noch einen Joint und schliefen an Ort und Stelle ein. Toulouse lag auf meiner Brust und ich konnte ihren Atem an meinem Hals spüren, doch mit dem letzten Wimpernschlag vor dem Einschlafen sah ich, dass mich Pinella beobachtete.

Als ich meine Augen wieder öffnete, ging ich in einer dunklen Gasse in einer Stadt, die ich nicht kannte. Die Gebäude waren schäbig und heruntergekommen. Meine Schuhe hatten Löcher und meine Kleidung war schmutzig und hing teilweise in Fetzen von meinem ausgemergelten Körper. In jeder Ecke lag Müll am Boden und als ich an einem Hauseingang vorbeikam, über dem ein schiefes Schild mit der Aufschrift „Hundesanatorium“ hing, nahm ein Rudel verwahrloster Köter Reißaus. Nur ein besonders hässliches Exemplar mit eitrigen Pusteln am Hals und stumpfem Fell lag noch auf einer der Stufen. Als er mich sah, nahm er einen demonstrativen Schluck aus einer Flasche Schnaps (die er verwunderlicherweise mit seiner Pfote halten konnte) und schnauzte mich an: „Was glotzt du

denn so blöd. Noch nie einen besoffenen Hund gesehen?"
„Äh, wie bitte?", fragte ich verdutzt. Hatte der Hund wirklich gerade gesprochen?
„Willst du mich provozieren, du Penner? Glaubst wohl, du bist was Besseres und kannst dir alles erlauben!", bellte der besoffene Hund und versuchte aufzustehen, um mich mit einer seiner dreckigen Pfoten zu schlagen. Doch er kippte gleich wieder nach hinten über und blieb keuchend und fluchend zwischen Pappkarton und alten Zeitungen liegen.
„Tut ... tut mir wirklich leid", sagte ich, noch immer perplex.
„Ach, verschwinde bloß", sabberte der Hund und machte eine abwertende Bewegung mit der Pfote.

Kopfschüttelnd ging ich weiter und plötzlich hörte ich einige Straßen weiter Lärm. Ein lautes Stimmengewirr und Musik. Ich folgte den Geräuschen. Mit jeder Kreuzung kamen sie näher und die Gassen und Straßen wurden immer heller. Schritt für Schritt. Und mit einem Mal stand ich mitten unter hunderten von Menschen auf einer breiten Straße oder einem Platz. Es schien eine Faschingsparade zu sein. Zuerst sah ich Toulouse und dann Pinella. Ich winkte ihnen, doch sie reagierten nicht. Ich wollte zu ihnen gehen, als Toulouse plötzlich neben mir stand.
„Wie bist du so schnell hierhergekommen?", fragte ich sie verdutzt.
Sie antwortete nicht, drehte sich um und verschmolz mit der Menge. Doch sogleich stand sie wieder neben mir. Wie aus dem Nichts stand auch Pinella neben mir. Sie starrten mich an, bis ich bemerkte, dass gar nicht Toulouse und Pinella vor mir standen, sondern irgendwelche Leute mit Masken, die den Gesichtern der beiden zum Verwechseln ähnlich sahen. Überall nur die Gesichter der beiden. Dicke Körper, dünne, große,

kleine, schmale, gebeugte, humpelnde, Kinder. Alle trugen sie Masken mit den Gesichtern der beiden. Je mehr dieser Masken auftauchten, desto grotesker wurden sie. Sie verzogen sich zu Fratzen. Schauderhaft grinsende und lüstern lachende Fratzen. Sie vervielfältigten sich, umschwärmten mich wie ein Bienenschwarm. Sie begannen an mir zu zerren. Die Musik wurde immer lauter und schneller. Mir wurde übel und der kalte Schweiß stand mir auf der Stirn.

Mit einem Ruck wachte ich auf. Ich wusste nicht, wo ich war, doch die Brühe in meinem Magen wusste genau, wohin sie wollte. Genau durch meine Speiseröhre nach oben. Ich sprang auf und rannte auf die Toilette. Mein gesamter Mageninhalt sprudelte aus meiner Kehle in die Kloschüssel und färbte das Wasser bräunlich. Ich spülte meinen Mund aus und wusch mir das Gesicht mit kaltem Wasser. Danach schleppte ich meinen Körper wieder zu meiner Bettstatt und ließ mich neben Toulouse fallen. Ich musste zwei Mal hinsehen und mich davon überzeugen, dass sie wirklich neben mir lag und nicht irgendwer mit einer Toulouse-Maske vor dem Gesicht. Ich hatte einen höllischen Kater.
Ein paar Stunden später weckte mich Toulouse und keuchte aufgeregt, dass sie verschlafen hätte und sofort zum Bahnhof müsse, um mit dem nächsten Zug nach Salzburg zu fahren. Sie musste am Abend arbeiten. Vor kurzem hatte sie den Job erst begonnen und konnte es sich nicht leisten, zu spät zu kommen. Die Gäste in der kleinen Bar würden sich ihre Getränke nicht selber einschenken. Sie packte ihre Sachen und sah mich erwartungsvoll an.
„Es tut mir leid, aber ich kann jetzt noch nicht fahren. Mir gehts beschissen. Ich fahre später mit den anderen,

okay?“, sagte ich. Meine Stimme klang erbärmlich. Zumindest in meinen Ohren.
„Mach doch, was du willst. Ich muss jetzt los!“ Sie gab mir einen flüchtigen Kuss, nahm ihren Rucksack und schlich sich aus der Wohnung. Die anderen schliefen noch. Der Kuss war mehr ein Ritual eines aussterbenden Stammes als die Bekundung echter Zuneigung. Aber mein Kopf schmerzte zu sehr, um mir ernsthaft Gedanken über ihr Verhalten machen zu können. Ich dämmerte wieder ein.
Das Geräusch der Toilettenspülung weckte mich aus meinem fiebrigen Schlaf. Ich sah mich in dem stickigen Zimmer um, aber niemand war hier. Die beiden Freunde von Betty und Pinella waren verschwunden und auch der Schlafsack von Pinella war leer. Ich setzte mich auf und rieb mir die Augen. Die Kopfschmerzen hatten nachgelassen. Die Badezimmertür öffnete sich und Pinella kam, bekleidet mit einer bunten Pyjamahose und einem Trägerleibchen, in das Zimmer und setzte sich auf die Couch.
Sie sah mich schweigend an. Dann nahm sie eine Zigarette aus einem Päckchen Gauloises und zündete sie vorsichtig an. Sie nahm einen tiefen Zug und fragte: „Und, gut geschlafen?“
„Nicht besonders“, stammelte ich.
„Wo ist Toulouse?“, wollte sie wissen.
„Toulouse ist schon gefahren. Sie muss heute noch arbeiten. Wie gehts dir?“, fragte ich. Sie antwortete nicht. Ich stand auf und setzte mich neben sie auf die Couch. Ich trank einen großen Schluck Cola aus einer halbvollen Flasche, die auf dem Tisch stand. Die Kohlensäure war schon ziemlich ausgeraucht. Ich zündete mir auch eine Zigarette an und betrachtete Pinella. Sie gefiel mir. Sie hatte etwas von einer seltenen Porzellanpuppe. Wenn Toulouse die Farbe der afrikanischen

Erde hatte, war sie die weiße Pracht der Pole. Am Ansatz ihrer Brüste schimmerten die Adern bläulich durch ihre helle Haut, wie Risse im ewigen Eis.
„Was Betty und Dizzy wohl gerade treiben?“, fragte sie verstohlen.
„Hmmm, entweder sie schlafen wie unschuldige Schulkinder oder sie vögeln sich ihre Gehirne raus“, sagte ich. Wir mussten beide lachen.
„Willst du einen Joint rauchen?“, fragte sie.
„Gerne. Vielleicht beruhigt das meinen Magen etwas.“
Mit flinken Fingern drehte sie einen Joint, der keinen Vergleich zu scheuen brauchte. Dann zündete sie ihn mit einer schnellen Bewegung an, inhalierte genussvoll und ließ eine kleine Rauchwolke aus ihrem Mund aufsteigen. Dabei glänzten ihre Lippen feucht in der flachen Sonne, die ein paar dünne Strahlen in die Wohnung schickte. Sie reichte mir den Joint, ließ sich tief in die Couch gleiten und entließ einen sanften Seufzer aus ihren Lungen. Ich sank neben sie in die Couch. Es fühlte sich an, als wäre ich aus einem Flugzeug gestürzt und in einer luftig weichen Wolke gelandet, die mich vor dem sicheren Tod bewahrte. Mit geschlossenen Augen reichte ich Pinella den Joint. Erst berührten sich unsere Fingerspitzen und wenige Augenblicke später spürte ich ihre spröden Lippen auf den meinen. Überrascht öffnete ich die Augen und sah Pinellas Gesicht wenige Zentimeter vor meinem. Ohne zu überlegen erwiderte ich ihren Kuss und wir begannen uns innig zu umarmen und zu küssen.
Plötzlich stand Dizzy im Zimmer und wir stoben auseinander wie zwei Kinder, die von ihrer Mutter beim Stibitzen aus der verbotenen Süßigkeitenlade erwischt worden waren.
„Lasst euch nicht stören, ich hole mir nur etwas zu trinken. Schlimmer Kater“, sagte Dizzy und griff sich an die Stirn.

Pinella und ich saßen verlegen und unbequem mit hochroten Köpfen nebeneinander auf der Couch. Als Dizzy wieder in das andere Zimmer verschwunden war, schnappte ich mir den Joint und nahm einen tiefen Zug. Ich blies den Rauch langsam in die Luft und sah Pinella an. Erwartungsvoll erwiderte sie meinen Blick mit ihren großen blauen Augen.
„Wo soll das hinführen?", fragte ich unsicher.
„Ich weiß auch nicht. Ich weiß nur, dass ich dich wirklich gerne mag. Eigentlich so gerne wie noch keinen Jungen zuvor", sagte sie nachdenklich.
„Ich mag dich ja auch, aber ich habe eine Freundin. Auch wenn wir gerade schwere Zeiten durchmachen, kann ich sie nicht einfach so aufgeben", entgegnete ich.
„Das musst du schon selber wissen. Ich weiß nur, dass mir sehr viel an dir liegt und dass ich nicht so schnell aufgeben werde", sagte sie leicht säuerlich und ließ mich alleine zurück.
Sie ging ins Bad und wenige Sekunden später hörte ich das Duschwasser auf die Duschpfanne prasseln. Ich wünschte mir, ein kleiner Schmutzpartikel zu sein, der einfach durch die Kanalisation in irgendein Meer gespült und von einem marinen Organismus verschluckt werden würde. Ich rauchte den Joint zu Ende und dämmerte auf der Couch ein.
Zwei Stunden später wurde ich von einem sanften Kuss geweckt. Ich musste grinsen und war mir sicher, dass mich Toulouse geweckt hätte und dass ich den Kuss mit Pinella nur geträumt hatte. Doch als ich meine Augen öffnete, lächelte mich ein blonder Engel an und nicht Toulouse. Ich erschrak.
„Scheiße, was ist los?", blaffte ich sie verschlafen an. Meine Reaktion tat mir im nächsten Augenblick schon leid.

„Tut mir leid, ich wollte dich nicht stören, aber wir müssen zum Zug. Es ist schon spät und die anderen sind schon vorgegangen", sagte sie sanft.
„Okay. Alles in Ordnung, ich habe nur etwas Komisches geträumt", stammelte ich.
Als wir zum Bahnhof gingen, war ich in Gedanken verloren. Keiner von uns sprach ein Wort. Wir rauchten und gingen nebeneinander her, wie zwei Menschen, deren Schicksal in einer Welt untrennbar miteinander verbunden war, die aber noch in einer anderen Welt lebten. Wir waren Ost- und Westberlin kurz vor dem Fall der Mauer, wir waren eine Fatamorgana. Ich dachte immer, ich würde ewig mit Toulouse zusammen sein. Nichts konnte uns bisher trennen und doch waren wir uns fern wie nie. Der Eisberg kam unausweichlich auf uns zu und mein Rettungsboot trug den Namen Pinella. Als wir zum Bahnhof kamen, warteten Betty und Dizzy bereits auf uns.
Dizzy lungerte auf einer Bank und Betty lag auf dem Rücken, den Kopf auf seine Oberschenkel gebettet. Die Sonne trat bereits ihren Rückzug an und die Welt bereitete sich auf eine weitere kalte Nacht vor.
Im Zug saß ich neben Pinella. Nach einer Weile lehnte sie sich an meine Schulter und holte sich mit einem sanften Blick meine Erlaubnis dazu ab. Ich legte meinen Arm um ihre Schulter und gab ihr einen Kuss auf die Stirn. Dizzy und Betty saßen uns zusammengekuschelt gegenüber. Als sich die Blicke von Dizzy und mir trafen, sah ich Verständnis und wusste, dass er seiner Schwester nichts davon erzählen würde. Die Welt außerhalb des Zuges war dunkel und ich war froh über diese Dunkelheit. Ich sehnte mich nach der Finsternis. Keine Farben, keine Formen, keine Gedanken, nur Leere.

Zurück in Salzburg versuchte ich mich auf die Schule zu konzentrieren. Seit Wochen hatte ich nichts von Pinella gehört. Der Tanzkurs war vorbei und so gab es keinen Grund, sie zu treffen. Auch Toulouse sah ich nur sporadisch. Das erste Mal im Leben ging ich gerne zur Schule. Sie war Ausrede und Fluchtort zugleich. Doch ich hatte die Rechnung ohne Pinella gemacht. Als ich eines Abends von der Schule nach Hause kam, lag ein Brief auf meinem Schreibtisch.
„Wer ist denn Pinella?“, wollte meine Mutter wissen, die sich schon über meinen schulischen Ehrgeiz in letzter Zeit wunderte, aber aus taktischen Gründen an sich hielt. Bloß keine schlafenden Bären wecken.
„Niemand“, sagte ich und verschwand in mein Zimmer. Ich ließ meinen Rucksack in eine Ecke fliegen und legte mich auf mein Bett. Neugierig betrachtete ich den Brief, wagte es aber nicht, ihn zu öffnen. Er roch gut. Er roch nach ihr. Ich legte den Brief beiseite, verschränkte die Arme hinter meinem Kopf und starrte an die Decke.
„Sei kein Feigling“, dachte ich mir „und mach den Brief auf.“ Vorsichtig öffnete ich das Kuvert und zog ein doppelt gefaltetes Blatt Papier heraus. Der Brief war mit der Hand geschrieben. Sie hatte eine schöne Handschrift. Rundlich und gedrungen, nur die Anfangsbuchstaben waren groß und verschnörkelt. Eindeutig die Anführer. Ich war hin- und hergerissen. Sollte ich den Brief überhaupt lesen oder ihn besser einfach wegwerfen und die ganze Sache vergessen? Ich ließ das Stück Papier auf meine Brust gleiten und schloss die Augen. Doch der Brief rief mich. Ganz leise hörte ich ihn sagen, „Lies mich!“ Er hatte mich überzeugt. Abermals entfaltete ich das Papier und begann zu lesen.

Lieber Jerry!

Bitte verzeih mir, dass ich dir diesen Brief schreibe. Ich weiß, in welche Situation ich dich damit bringe.

„Du hast ja keine Ahnung", dachte ich bei mir.

Seit dem Kuss auf der Couch in Seefeld macht mein Herz Luftsprünge bei dem Gedanken an dich und trotzdem habe ich versucht, nicht an dich zu denken. Ich will nicht der Schiefer im Fleisch deiner Beziehung mit Toulouse sein. Ich will nicht, dass ihr euch meinetwegen trennt. Obwohl ich natürlich nicht einmal weiß, ob du überhaupt darüber nachdenkst, dich von ihr zu trennen.
Ich habe noch nicht so viele Jungen kennengelernt, die ich wirklich gemocht habe. Eigentlich bist du der erste, bei dem ich das Gefühl habe, etwas zu empfinden.
Als wir uns geküsst haben, hatte ich das Gefühl, dass da etwas zwischen uns war.
War es Einbildung oder Wirklichkeit?
Ich weiß auch nicht. Vielleicht sollte ich dich einfach vergessen. Aber immer, wenn ich das versuche, verspüre ich ein Stechen in meiner Brust. Ich liege in meinem Bett, schließe meine Augen und sehe dein Gesicht vor mir. Deine strahlenden Augen und dein Lächeln und sofort weiß ich, dass ich dich niemals vergessen kann.
Ich muss jetzt aufhören zu schreiben. Papier und Stift können meine Gefühle nicht ausreichend beschreiben. Ich hoffe, dich bald wiederzusehen.

Deine Pinella

Ich wollte ihr sofort meine Liebe gestehen. Ich war verzaubert. Fast hatte ich sie aus meiner Gedankenwelt verdrängt gehabt, doch nun war sie präsenter als je zuvor. Und der innere Zwiespalt, der sich in meinem Herzen und meiner Seele aufgetan hatte, war nun so breit geworden, dass ein ganzer Elefant darin hätte verschwinden können. Ich ließ mich auf den Rücken fallen. Alle Viere weit abgestreckt. Der Brief lag neben mir wie die Tatwaffe bei einem heimtückischen Attentat. Ich war erschossen worden. So sehr ich mich auch bemühte, ich konnte keinen klaren Gedanken fassen. Ich musste mich ablenken.
Mein Blick fiel auf das Terrarium, in dem Dizzy und ich die kleinen Pilze gezüchtet hatten, die unseren Trip nach Linz so abenteuerlich gemacht hatten. Seit dem Danube Rave hatten zwei weitere Generationen von Träumebringern ihre braunen Köpfe aus der Erde gesteckt. Wir hatten sie geerntet und in Zeitungspapier gehüllt getrocknet.
Nun stand nur noch der Plastikbehälter mit der ausgesaugten Muttererde in dem Terrarium. Das Licht war ausgeschaltet und das Wasser verdampft. Der Glanz der ehemaligen Goldgräberstadt war verblasst. Ich wartete nur noch auf den passenden Anlass, mich wieder den Lehren Don Juans zu widmen und meine Flügel auszubreiten. Meine Mutter war mehr als erleichtert, als sie eines Abends feststellte, dass mein kleines Drogenlabor seine Pforten geschlossen hatte.
„Was ist denn mit eurem Terrarium geschehen?“, fragte sie mich ganz nebenbei beim Abendessen.
„Geschlossen“, sagte ich kurz angebunden.
„Aha. Und die Pilze?“
„Geerntet und getrocknet.“
„Und habt ihr vor, sie zu nehmen?“, fragte sie nun mit besorgter Miene.

„Ja natürlich“, antwortete ich unverhohlen, wobei ich meine harsche Antwort wenige Sekunden später bereute. „Ich meine, wenn der richtige Zeitpunkt gekommen ist, werden wir sie nehmen.“
„Muss das denn wirklich sein? Du weißt doch, wie gefährlich das sein kann.“
„Ja natürlich, aber wir passen schon auf uns auf. Das letzte Mal ist ja auch alles gut gegangen“, sagte ich beschwichtigend.
„Aber warum müsst ihr sie dann nochmals nehmen? Reicht denn das eine Mal nicht, um etwas auszuprobieren?“ Sie war gut. Sie versuchte es mir auszureden, ohne es mir direkt zu verbieten.
„Es würde schon reichen, aber ich muss noch etwas zu Ende bringen, das ich dir nicht erklären kann“, sagte ich geheimnisvoll.
„Ich mache mir ja nur Sorgen. Denk nur daran, wie es den Klienten bei mir in der Arbeit geht.“ Sie arbeitete mittlerweile seit beinahe zehn Jahren mit geistig behinderten Menschen.
„Ich weiß, aber die sind ja auch behindert, oder? Und ich bin nicht behindert, stimmts?“
„Natürlich stimmt das. Aber ich weiß auch, wie schrecklich es für Menschen ist, in einer Welt festzuhängen, aus der es keine Rückkehr mehr gibt. Verstehst du?“
„Ja sicher, aber ...“ Sie unterbrach mich.
„Ich bin mir da nicht so sicher, dass du das wirklich verstehst. Es ist die Hölle für diese Menschen. Sie können sich der Welt nicht mitteilen und verstehen sich selbst und ihr Umfeld nicht. Und ja, sie sind behindert, aber wo ist der Unterschied, ob man behindert ist oder aus einem Drogenrausch nicht mehr aufwacht?“
„Ich weiß auch nicht. Es wird schon nichts geschehen“, sagte ich gereizt. Ich wollte nicht mehr weiter über

dieses Thema sprechen. Ich wollte über die Gefahren nicht nachdenken. Ich wollte nur fliegen lernen.
„Ist ja gut. Ich möchte nur, dass du vorsichtig bist. Versprich mir das!“, forderte sie mit Nachdruck.
„Okay, ist ja gut, ich versprechs“.
Ich versuchte ihre Worte zu verdrängen, doch sie spukten ständig in meinem Kopf herum. Was wäre, wenn ich wirklich hängenbleiben würde? Wie würde das sein? Würde ich dann auch in einer Anstalt enden und den ganzen Tag mit imaginären Menschen reden und die Welt nicht mehr verstehen? Ich redete mir ein, dass schon alles gut gehen würde und dass es für mich Zeit wäre, einen weiteren Schritt auf dem Weg zum Fliegen zu machen. Es musste nur noch der richtige Zeitpunkt kommen und wie es der Zufall so wollte, kam dieser Zeitpunkt früher als erwartet.

In der großen Pause stand ich mit Noah gemeinsam am Raucherplatz unserer Schule und zündete mir gerade eine Marlboro an, die ich mir von ihm geschnorrt hatte, als er meinte: „Kommenden Freitag wird in der Szene eine Goa Party veranstaltet. Sollten wir da vielleicht hingehen?“
„Hmm, hört sich nicht schlecht an“, sagte ich, während Rauch aus meiner Nase strömte.
„Finde ich auch. Ein paar Leute aus unserer Klasse wollen ebenfalls hingehen. Das wird sicher eine fette Party“, fuhr er fort.
„Ja sicher.“ Es war der ideale Anlass, die Pilze zu nehmen. Dachte ich mir zumindest.
Wieder zurück im Unterricht steckte ich Dizzy hinter vorgehaltener Hand die Neuigkeit. Er war sofort Feuer und Flamme und nachdem wir die Einzelheiten ausgemacht hatten, ließen wir uns von unserem Geschichtsprofessor noch etwas Wissen in unsere Matschbirnen

injizieren. Ich war mir sicher, dass Plato und Konsorten nicht ohne so manche Hilfsmittel, die den Geist erweiterten, auf ihre Theorien gekommen waren und ihre Weltanschauung von Zeit zu Zeit im neunten Monat weinschwanger war.

Freitagnachmittag kam Dizzy gleich nach der Schule mit zu mir nach Hause. Meine Mutter war in der Arbeit und hatte vor, danach meine Tante zu besuchen. Wir hatten die Wohnung also für uns allein. Wir kochten uns eine Kleinigkeit und nach dem Essen genehmigten wir uns einen Schnaps. Dizzy rollte gerade einen dicken Joint, als mir die Pilze einfielen. Ich ging in mein Zimmer und holte die getrockneten Träumebringer, die ich in einem kleinen Lederbeutel in einer alten Holzschatulle, die ich von meinem Großvater bekommen hatte, aufbewahrte. Stolz wie ein junger Apache, der sein erstes Wild erlegt hatte, ging ich zurück zu Dizzy, der es sich auf der Couch bequem gemacht hatte. Vor ihm, auf dem niedrigen Glastisch, lag der Joint, den er eben gedreht hatte.
„Was versteckst du denn da in deiner Hand?“, fragte Dizzy.
„Das, mein Freund, ist unsere gesamte Pilzernte. Geputzt und getrocknet. Fertig zum Verzehr, um uns in andere Sphären zu katapultieren.“
In dem Moment, als das Wort Pilzernte meinen Mund verließ, schien sich etwas in Dizzy zu verändern. Sein Gesicht verwandelte sich für Sekundenbruchteile in eine angsterfüllte Fratze. Er sah aus wie ein Kriegsgefangener kurz vor der Erschießung.
„Hey, Diz. Alles klar? Gehts dir nicht gut?“, fragte ich besorgt.
„Nein, mir gehts gut. Hab mich nur an etwas Unschönes erinnert“, antwortete er gequält.

„Okay", sagte ich und leerte den Inhalt des Lederbeutels vor ihm auf einen alten Bronzeteller aus Algerien, den mein Vater von einer seiner vielen Dienstreisen mitgebracht und meiner Mutter geschenkt hatte, als sie noch ein Paar waren. Ein knappes Dutzend verschrumpelter, vertrockneter Pilze lag vor uns. Ich sah zu Dizzy und konnte wieder diesen Blick erkennen.
„Mit dir stimmt doch etwas nicht", sagte ich argwöhnisch.
„Okay. Ich will diese Dinger nicht mehr nehmen. Sie machen mir Angst", stammelte er. Er schien erleichtert zu sein. Als habe er ein lang gehütetes Geheimnis endlich laut ausgesprochen.
„Wieso denn Angst?", fragte ich verständnislos.
„Du weißt doch noch, als wir aus Linz zurückgefahren sind. Vom Danube Rave."
„Ja natürlich. Das war eine geniale Zugfahrt", sagte ich, überwältigt von der Erinnerung.
„Für mich war die Fahrt weniger genial. Wenn ich ehrlich sein soll, war es die Hölle."
„Wieso denn die Hölle? Du bist doch die ganze Zeit ruhig dagesessen und hast aus dem Fenster gestarrt."
„Das stimmt schon. Aber ich war nicht deshalb so reglos, weil ich fasziniert von der Landschaft war, sondern weil ich Todesangst hatte. Während ihr vor euch hingeträumt habt, wurde ich in einem Deportationszug in ein KZ verfrachtet und ihr seid Mithäftlinge gewesen. Ich habe überall nur Gitterstäbe gesehen und Menschen schreien gehört. Violetta und du saht aus wie Gerippe. Abgemagert und zum Tode verurteilt. Voller Angst und Schrecken", erzählte er und die Erinnerung an die Fahrt machte ihm sichtlich zu schaffen.
„Scheiße Diz, das tut mir leid. Aber ich habe wirklich nichts gemerkt. Warum hast du denn nichts gesagt?"
„Ich weiß auch nicht, ich konnte einfach nicht. Und als wir kurz vor Salzburg waren, hat es genauso schnell

aufgehört, wie es angefangen hat und ich habe mich wieder ganz normal gefühlt. Ich habe mir das alles nur eingebildet. Trotzdem hab ich seitdem ordentlich Respekt vor den kleinen Dingern da", seufzte Dizzy und zeigte auf die Pilze, die auf dem Bronzeteller lagen, wie erschossene Soldaten auf einem Schlachtfeld.
„Ich bleibe lieber beim Gras", fuhr er fort und nahm den Joint in die Hand.
„Okay, macht auch nichts, dann nehm ich halt alleine ein paar von diesen Träumebringern hier." Die Geschichte von Dizzy hatte mich zwar etwas erschreckt, aber ich war fest entschlossen, mir Flügel wachsen zu lassen.
„Wann kommen eigentlich die anderen?", fragte ich Dizzy, während der erste kleine Pilz in meinem Mund verschwand.
„Ich glaube gegen neun Uhr. Aber wahrscheinlich kommen sie zu spät, wie immer. Irgendein Erzieher macht ihnen sicher wieder einen Strich durch die Rechnung und will sie nicht fahren lassen", lamentierte Dizzy und verdrehte die Augen.
„Ja wahrscheinlich. Die armen Schweine. Wir können echt froh sein, dass wir nicht im Internat sind."

Wir unterhielten uns über meine Zwicklage mit Pinella und Toulouse. Als ich wieder auf den bronzenen Teller sah, um einen weiteren Träumebringer zu essen, waren alle Pilze weg.
Ich sah Dizzy etwas verwirrt an und fragte, „Habe ich die jetzt alle gegessen?" Die Pilze waren wie von selbst in meinen Mund gewandert, ohne dass ich es aktiv wahrgenommen hätte.
„Was? Keine Ahnung", lallte Dizzy. Er war schon total bekifft und zu nichts mehr zu gebrauchen.

Ich schaltete den Fernseher ein und es lief einer dieser Rocky Filme mit Sylvester Stallone. Nach ein paar Minuten merkte ich, dass irgendetwas mit dem Fernseher nicht in Ordnung war. Rocky war plastisch geworden. Ich wusste genau, dass es 1982, als dieser Film gedreht wurde, noch kein 3-D Fernsehen gab. Ich drehte mich zu Dizzy, um ihm von meiner Entdeckung zu erzählen, doch er war eingeschlafen. Im scheinbar selben Moment nahm ich etwas Fantastisches in meinem Blickfeld wahr. Ich konnte kein Wort sagen. Ich starrte einfach nur mit offenem Mund auf Dizzy. Seine blonde Kurzhaarfrisur bewegte sich und schwankte hin und her wie eine Seeanemone auf einem bunten Korallenriff im Meer. Plötzlich wurde mir bewusst, dass nicht der Fernseher kaputt war, sondern dass die Wirkung der Pilze eingesetzt hatte. Nur viel schneller und heftiger als beim letzten Mal. Ein kalter Schauer lief über meinen Rücken und mein Herz begann zu rasen. Ich sprang auf und lief ins Badezimmer. Das Antlitz, das ich im Spiegel sah, war mein eigenes, aber irgendwie sah es fremd und ängstlich aus. Ich schlug mir kaltes Wasser ins Gesicht, ging in mein Zimmer und legte mich auf mein Bett.

„Okay, ganz ruhig, das ist nur die Wirkung der Pilze. Vielleicht habe ich einfach etwas zu viel erwischt. Von so etwas stirbt man nicht“, versuchte ich mich zu beruhigen.

„Sterben vielleicht nicht, aber den Verstand kann man schneller verlieren als man denkt“, sagte eine andere Stimme. Ich sah mich im Raum um, war aber alleine.

„Scheiße, was passiert mit mir?“, fragte ich mich, während sich das Zimmer um mich herum zu bewegen begann. Die Farben auf dem Bild über meinem Bett pulsierten und die Wände bewegten sich auf mich zu. Mir wurde abwechselnd heiß und kalt. Mein Magen

rebellierte und ich hatte Probleme mit dem Schlucken.
„Fuck, Dizzy!“, rief ich voller Schrecken, während ich zu ihm ins Wohnzimmer lief. Er schlief noch immer seelenruhig auf der Couch.
„Dizzy, Dizzy!“ Ich rüttelte ihn wach.
„Hääää, was ist denn los? Wo bin ich?“, fragte er völlig verpeilt. In dem Moment, als er den Mund öffnete, war wieder alles normal. Die Wände waren an ihrer angestammten Position und die Farben der Bilder hatten aufgehört sich zu bewegen. Nur ein seltsames, beklemmendes Gefühl geisterte in meinem Körper herum. Ein Parasit, der sich meinen Körper als Wirt und mein Gehirn als Brutstätte für seinen virulenten Nachwuchs ausgesucht hatte.
„Ich weiß auch nicht. Die Pilze kommen ganz eigenartig. Ich habe das Gefühl, als würden sie gegen mich arbeiten“, erklärte ich.
Dizzy sah auf die Uhr und meinte, dass gerade mal zwanzig Minuten vergangen waren, seit ich die Pilze gegessen hatte.
„Normalerweise dauert es fast eine Stunde, bis die Wirkung einsetzt. Am besten, beruhigst du dich erstmal und vesuchst den Trip zu genießen“, sagte er aufmunternd.
Ich fühlte mich besser, doch im selben Moment kam der nächste Angriff auf meine Synapsen. Eine gestreckte Rechte mitten in mein Unterbewusstsein. Der Raum begann sich wieder zu bewegen und mir wurde kotzübel.
„Scheiße, Diz. Irgendetwas stimmt nicht mit mir. Ich glaube, ich muss kotzen“, keuchte ich panisch. Ich wollte auf die Toilette laufen, konnte mich jedoch in der Wohnung nicht mehr orientieren.
„Okay Jerry, setz dich an den Tisch und versuch dich zu entspannen. Ich hole dir einen Kübel“, sagte Dizzy.
Er schien den Ernst der Lage immer noch nicht begriffen

zu haben. Als er mit dem Kübel zurückkam und ihn neben mich stellte, blickte ich ihn verwirrt an.
„Wofür soll denn das jetzt gut sein?“, fragte ich ihn.
„Du hast doch gerade gesagt, dass du kotzen müsstest, oder?“, antwortete er.
„Was, wirklich?“ Ich sah ihn entgeistert an.
„Ja, aber ist egal. Lass uns etwas anderes probieren. Ich hole dir eine Banane und Wasser. Das hilft dir bestimmt“, grinste er zuversichtlich.
„Gut, danke“, sagte ich. Oder sagte ich es nicht? Ich konnte nicht mehr einschätzen, ob ich etwas laut aussprach oder es nur in meinen Gedanken formulierte. Ich hatte große Probleme, die Realität von dem Trip zu unterscheiden. In meinem Kopf begannen sich Szenarien abzuspielen wie in einem Film und ich konnte immer schwieriger erkennen, was echt war und was nicht. Immer wieder kam mir das Gespräch mit meiner Mutter in den Sinn. Ich bekam zusehends das Gefühl, dass wir nicht über ihre Arbeit, sondern über mich gesprochen hatten. Mit einem Mal stellte ich mein ganzes Leben in Frage.
„Hier mein Freund, iss die Banane und trink etwas!“, forderte Dizzy mich auf und hielt mir das gelbe Obst vor die Nase, das ich anfangs gar nicht als solches erkannte. Ich versuchte die Frucht zu schälen, konnte mich aber nicht mehr erinnern, wie man das machte. Außerdem fühlte sie sich kalt an und die Oberflächenstruktur war vergleichbar mit der von Plastik. Ich bezweifelte die Essbarkeit dieses Dings. Als Dizzy meine Schwierigkeiten bemerkte, nahm er mir die Banane aus der Hand und schälte sie bis zur Hälfte. Es kostete mich größte Überwindung davon abzubeißen und das Fruchtfleisch zu kauen. Die pampige Masse verklebte mir völlig den Mund und ich konnte kaum atmen, geschweige denn schlucken.

„Scheiße, Dizzy, es geht mir echt nicht gut. Sind wir eigentlich noch in unserer Wohnung?", schmatzte ich. Ich wusste es beim besten Willen nicht mehr. Alles sah so verändert aus.
„Versuch dich zu beruhigen. Alles ist in Ordnung. Das sind bloß die Pilze. Vergiss deine negativen Gedanken", versuchte Dizzy meine Situation zu verbessern.
„Gut, ich bemühe mich. Aber es ist viel intensiver als beim letzten Mal", stöhnte ich und dachte im selben Augenblick, ob es überhaupt schon ein Mal davor gegeben hatte. War mein Leben nicht immer so wie jetzt? Angsterfüllt blickte ich in den Kübel neben mir und fragte Dizzy, ob ich schon erbrochen hätte.
„Nein", sagte Dizzy, schon leicht genervt, weil ich mich alle paar Minuten nach meinem Mageninhalt erkundigte.
Die Kohlenhydrate hatten meinem Körper anscheinend geholfen, denn meine Stimmung besserte sich und ich begann wie ein Kabarettist durch die Wohnung zu laufen und lachte mich über alles Mögliche kaputt. Immer wieder zeigte ich auf Dizzy, als hätte ich noch nie einen Menschen gesehen und gackerte los wie ein Huhn. Plötzlich durchschnitt ein schrilles Geräusch meine Show, wie die Pausenglocke regelmäßig Schüler aus ihrem Schlaf reißt. Wir sahen uns verwirrt an, als es ein zweites Mal läutete.
„Das ist die Türglocke. Wer ist das?", fragte ich panisch.
Dizzy sah auf die Uhr. „Fuck, das sind die anderen. Die holen uns ab. Was brauchen wir? Geld, Handy, ..."
„Warte mal, Dizzy. Ich kann so nicht unter Menschen gehen. Verstehst du? Ich habe das alles nicht mehr unter Kontrolle."
„Jetzt stress dich mal nicht so, Alter. Wir schaffen das schon. Zieh dir etwas an und den Rest erledige ich!"

Ich ging in mein Zimmer und öffnete meinen Kleiderschrank wie eine Schatzkiste. Ich wühlte in den Kleidungsstücken und war fasziniert von den verschiedenen Stoffen. Einige fühlten sich glatt und kühl an wie Marmor. Andere hingegen wie raue Baumrinde und wieder andere wollig-weich wie das Fell einer jungen Angorakatze. Während ich immer tiefer in meinem Kleiderschrank verschwand und fasziniert die Welt der Stoffe erkundete, öffnete Dizzy die Tür. Es war Noah.

„Was ist denn hier los?“, fragte er lachend. Es musste ein Bild für Götter gewesen sein. Ich stolperte nach meiner Kleiderschrankexpedition auf den Gang und kämpfte damit, mir eine Jacke anzuziehen, schaffte es aber nicht, weil sich die Ärmel wie die Tentakel eines Riesenkalamars um meinen Körper wickelten, der mir überhaupt nicht mehr gehorchte. Dizzy ließ Noah ohne jeglichen Kommentar in der Tür stehen. Er lief ebenfalls vollkommen orientierungslos in der Wohnung umher und suchte noch immer irgendwelche Sachen, die wir seiner Meinung nach unbedingt brauchten. Noah beendete die Vorstellung und half mir, die Jacke überzuziehen. Er machte die Wohnung klar, schnappte Dizzy und mich am Arm und schleifte uns die zwei Stockwerke nach unten auf die Straße.

„Halt!“, schrie ich kurz vor der Haustür.

„Was ist denn noch?“, fragte mich Noah leicht genervt. Dizzy stand neben ihm und machte mit einem Blick in meine Richtung mit dem Zeigefinger eine kreisende Bewegung vor seiner Stirn.

„Wo gehen wir denn überhaupt hin?“, fragte ich, entschlossen, mich ohne eine adäquate Antwort keinen Zentimeter mehr zu bewegen. Ich sträubte mich und blieb stehen, wie ein störrischer Esel, der nicht in den Stall wollte.

„In die Stadt zur Goa Party. Wie wir ausgemacht haben. Weißt du noch?“, sagte Noah beschwichtigend. Mittlerweile hatte er begriffen, dass mit mir etwas nicht stimmte. Argwöhnisch folgte ich ihm aus dem Haus. Es war finster geworden und hatte geregnet. Alle Lichter wurden von der nassen Oberfläche der Welt reflektiert und lösten in meinem Gehirn eine Farbexplosion nach der anderen aus. Ich sah überall Blaulichter blinken.
„Scheiße, die Bullen. Wir müssen sofort weg von hier!“, begann ich hektisch zu rufen und versuchte wieder ins Haus zu laufen. Noah erwischte mich gerade noch an der Jacke und versuchte mich zu beruhigen.
„Hier ist keine Polizei, du Verrückter. Siehst du, das sind bloß die anderen, die im Auto auf uns warten. Auf was seid ihr zwei eigentlich unterwegs?“, wollte er wissen.
Weder Dizzy noch ich konnten diese Frage beantworten. Ich begriff die Welt als solche nicht mehr und Dizzy lachte sich ständig über alles und jeden kaputt.
„Einsteigen. Sofort! Kommt jetzt, die anderen warten schon“, befahl Noah, dem mittlerweile der Geduldsfaden reißen wollte.
Ich musste mich wirklich überwinden, in das Auto zu steigen. Es bedurfte einiger Überredungskunst, mir klar zu machen, dass ich nicht von der Polizei verhaftet wurde, sondern dass es sich nur um den alten Opel eines Klassenkameraden handelte, mit dem wir in die Stadt fahren würden.
Als wir losfuhren, beruhigte ich mich wieder einigermaßen. Die Landschaft zog dunkel an uns vorbei und ich starrte fasziniert aus dem Fenster. Als ich mich nach einer Weile zu Noah drehte, der neben mir am Steuer saß, weil der eigentliche Besitzer des Wagens

schon zu besoffen war, um noch fahren zu können, hatte ich wieder keine Ahnung, wo ich war. Das Interieur des Autos hatte sich in den Renault meiner Tante verwandelt, den ich mir vor ein paar Wochen für wenige Tage ausgeliehen hatte, und Noah sah aus wie einer dieser ausländischen Taxifahrer, die ihren Fahrgast in gebrochenem Deutsch nach dem Fahrziel fragen. Ich blickte über meine Schulter und glaubte Dizzy und noch zwei Jungs aus meiner Klasse auf der Rückbank zu erkennen. Ich wusste, dass ich die drei Gestalten im Halbdunkel hinter mir kannte, aber sie sahen so verändert aus, dass ich mir nicht mehr sicher war, mit wem ich da eigentlich im Auto saß. Plötzlich wurde mir übel.

„Stopp! Stehen bleiben, ich muss kotzen“, rief ich panikerfüllt.

„Scheiße“, fluchte Noah, während er schon mit voller Kraft in die Eisen stieg. Als das Auto zum Stillstand gekommen war, fragte ich, ob wir schon da seien und wollte gerade aussteigen, als mich Dizzy von hinten am Kragen packte und zurück auf meinen Platz drückte.

„Nein, sind wir nicht und jetzt reiß dich zusammen!“, blaffte Dizzy, während sich die anderen vor Lachen fast in die Hose machten.

„Was ist denn hier so lustig?“, empörte ich mich.

„Nichts, du hast nur gesagt, du müsstest kotzen und ...“, erwiderte Noah, als ich ihm ins Wort fiel.

„So ein Blödsinn. Du bist stehengeblieben und ich dachte, wir wären schon da. Außerdem muss ich überhaupt nicht kotzen“, behauptete ich selbstbewusst.

Meine Gedanken rotierten. Sie sprangen hin und her wie Kinder beim Tempelhüpfen. Ich hatte weder meinen Körper noch meinen Geist unter Kontrolle. In unregelmäßigen Abständen wurde ich von Wellen purer Angst, höchster Freude, totaler Verwirrung oder absoluter Klarheit erfüllt. Doch je länger der Trip dauerte, desto mehr überwogen Angst und Verwirrung. So hatte ich mir den Weg zum Fliegen nicht vorgestellt. In diesem Zustand konnte ich nicht einmal geradeaus gehen, wie sollte ich da fliegen? Absturz vorprogrammiert.

Wir parkten in einer kleinen Gasse im Nonntal. Ich stieg aus dem Auto aus, ging schnurstracks auf das nächstbeste Haus zu und läutete an einer der vielen Klingeln. Dizzy lief zu mir und zerrte mich von der Eingangstür weg.

„Was machst du denn da? Du kannst doch nicht einfach irgendwo anläuten!", schalt mich Dizzy.

„Wieso irgendwo?", fragte ich ihn erstaunt. „Ist das nicht das Haus, in dem Pixi wohnt?"

„Nein, du Spinner. Pixi wohnt ganz woanders. Was sollten wir auch bei Pixi machen? Ich bin doch gar nicht mehr mit ihr zusammen. Das weißt du doch!", polterte Dizzy gereizt. Anscheinend hatte ich alte Wunden wieder aufgerissen. „Komm, gehen wir", sagte er, während er säuerlich lächelnd seinen Kopf schüttelte.

Ich bekam es immer mehr mit der Angst zu tun. Ich hätte schwören können, dass wir eben noch vor dem Haus standen, in dem Pixi wohnte. Mir wurde bewusst, dass ich Realität und Trip nun endgültig nicht mehr unterscheiden konnte. Mich überkam immer mehr das Gefühl, dass ich mir das alles hier nur ausdachte und ich in Wirklichkeit in einem Bett in einer Anstalt lag. Der Trip förderte den ganzen Inhalt meines Unterbewusstseins zu Tage. Alles vermischte sich. In meinem Kopf wurden Schubladen geöffnet, die nicht geöffnet werden sollten, und vor allem wurden sie nicht mehr geschlossen. Tausende Erinnerungen, Gedanken und Sinneseindrücke schwirrten völlig durch-

einander in meinem Kopf herum und lösten das totale Chaos aus. Als wären sie Fledermäuse, deren Echoortung durch eine andere Frequenz gestört wurde und es ihnen unmöglich machte, zu navigieren.
Wir stakten Richtung Innenstadt. Dizzy ging neben mir und erzählte von dem DJ, der heute in der Szene auflegen sollte. Seine Worte drangen in meinen Kopf ein, fanden jedoch keinen Hafen, an dem sie anlegen konnten, und verließen ihn unverrichteter Dinge wieder. Die Straße schimmerte schwarz und als ich aufsah, stellte ich fest, dass wir gerade am Justitzgebäude vorbeigingen. Plötzlich fingen meine Gedanken wieder an, sich zu überschlagen. Mir wurde bewusst, dass ich völlig zugedröhnt durch die Stadt lief, und mir kam in den Sinn, dass wir nicht zufällig hier entlanggingen. Ich bildete mir ein, dass meine Freunde Polizisten waren, die mich einkerkern wollten. Als sich diese Vorstellung in meinem Gehirn festgesetzt hatte, verwandelte sich die ruhige Gasse in ein Schlachtfeld. Der Teufel hatte ganze Arbeit geleistet. Seine dämonischen Schergen mussten ihm hunderte von Leibern in die Unterwelt gezerrt haben, die sie nach einem reichlichen Mahl Stück für Stück auseinandergefetzt hatten. Stumpfe Messer fraßen sich brennend durch Fleisch und grobe Zangen rissen spielend Gliedmaßen aus. Nach dem blutrünstigen Spektakel spuckte die Hölle, unter lauten Anfeuerungen des dunklen Herrn, blutige Hautfetzen, gesplitterte Knochen und triefende Eingeweide zurück an die Erdoberfläche. Voller Ekel musste ich über diesen vom Verderben heimgesuchten Ort gehen, um meine vermeintlichen Freunde nicht zu verlieren. Obwohl das Risiko bestand, dass der Teufel die Gewalt über meine Freunde an sich gerissen hatte, waren sie meine einzige Chance. Alleine wäre ich verloren.

Zu allem Überfluss hatte ich die Fähigkeit, mit anderen Menschen zu kommunizieren, verloren. Ich wollte Dizzy von meiner Angst, dem Blut und den Polizisten erzählen, brachte aber nicht den geringsten Laut über meine Lippen. Ich wusste nicht mehr, ob er Freund oder Feind war. Um keine Aufmerksamkeit zu erregen, versuchte ich so unauffällig wie nur möglich hinter den anderen herzuschleichen. Ich wusste nur, dass ich ohne sie am Arsch war. Ich hatte keine Ahnung, wo ich war und wohin wir gingen. Wieder und wieder überrollten mich Wellen von Angst. Ich war ein Schiff auf hoher See, mitten in einem tosenden Sturm, ohne Steuermann. Dieses Gefühl kam ganz langsam und schleichend herangekrochen wie eine schleimige Nacktschnecke. Immer entlang meiner Wirbelsäule, bis es meinen Kopf erreichte. Nach einer halben Ewigkeit standen wir vor dem Eingang der Szene. Überall waren Leute, die mich wie einen Aussätzigen anstarrten.
„Dizzy, Dizzy, ich kann da nicht hineingehen. Die Leute starren mich alle an wie einen Verrückten", flehte ich. Ich glaubte zu flüstern. Tatsächlich hatte ich kein Gefühl mehr dafür, ob ich flüsterte oder schrie. Dizzy sah zuerst mich an, drehte sich einmal im Kreis und versicherte mir: „He Jerry, jetzt rede nicht so einen Blödsinn. Keine Sau schaut dich an! Alles bestens. Wir gehen jetzt da rein und feiern ordentlich. Du wirst schon sehen, dann gehts dir besser."
Unablässig plagten mich Zweifel, aber als ich mich erneut umsah, stand ich schon mitten im Getümmel in dem Club. Wie durch ein magisches Portal war ich in den Club geschleust worden und als ich auf meine rechte Hand sah, stellte ich fest, dass ich eine Dose Nespresso in der Hand hielt. Verwirrt sah ich die Dose an.

„Trink das. Das hilft dir sicher. Das haben wir gratis am Eingang bekommen. Cool, oder?“, lächelte Dizzy, der anscheinend überglücklich über das Geschenk des Veranstalters war.
Ich öffnete die Dose und setzte sie argwöhnisch an meine Lippen. Die schwarze Flüssigkeit ergoss sich in meinen Mund und legte sich wie ein Ölfilm über meinen gesamten Mund- und Rachenraum. Ich hatte das Gefühl zu ersticken. Der Kaffee fühlte sich an wie Teer. Mein Gaumenzäpfchen war ein mit Öl verklebter Seevogel, der an einem verpesteten Strand ums Überleben kämpfte. Prustend spuckte ich das Zeug auf den Boden, als mich von hinten eine Hand an der Schulter packte. Erschrocken zuckte ich zusammen und fuhr herum. Es war Georg, ein alter Freund von mir. Ich blieb wie angewurzelt stehen und starrte ihn an. Er stand strahlend vor mir, einem Engel gleich, der gerade vom Himmel herabgestiegen war. Abermals waren es die Haare, die meine gesamte Aufmerksamkeit auf sich zogen. Er hatte blonde, schulterlange Rastalocken. Aus jeder einzelnen Strähne auf seinem Kopf tropfte herrliches, klares Wasser auf seine Schultern. Ich streckte meine Hand aus, ergriff eine der Strähnen und begann zu trinken. Das Wasser reinigte meinen Mund und ich konnte wieder frei atmen. Georg war völlig verwirrt. Er sah zu Dizzy, der hinter mir stand, und wollte wissen, was mit mir los sei.
„Nichts, Jerry hat Pilze genommen und etwas zu viel davon erwischt. Der macht schon die ganze Zeit nur Scheiße. Kannst du kurz auf ihn Acht geben, ich muss mal pissen“, sagte Dizzy und noch bevor Georg antworten konnte, war er auch schon verschwunden.
„Ja, sicher“, rief er Dizzy nach.
Georg packte mich, während ich an seinen Haaren nuckelte wie ein Zicklein an den Zitzen seiner Mutter, und führte mich nach draußen.

„He, Alter, jetzt lass mal für eine Sekunde meine Haare in Ruhe. Geht es dir gut, du bist ja vollkommen von der Rolle!", bemerkte Georg. Immer noch versuchte ich an seine Haare zu kommen, um von dem köstlichen Nass zu trinken. Als er mich das zweite Mal von seiner Haarpracht wegdrängte, sah ich ihn an wie ein zorniger kleiner Junge, dem der Vater soeben sein Lieblingsspielzeug weggenommen hatte.
„Jetzt hör mir doch mal zu. Ob es dir gut geht, habe ich gefragt", wollte er nun eindringlicher wissen.
Ich sah ihn verständnislos an.
„Ich weiß nicht. Irgendwie bin ich schrecklich verwirrt. Aber was machen wir eigentlich hier draußen? Wir müssen uns doch den DJ anhören", sang ich und rannte im selben Moment zurück in den Club. Ich bemerkte, dass ich alleine war. Georg war weg. Dizzy war weg. Aber überall sah ich Leute, die ich kannte, obwohl sie gar nicht da sein konnten. Panik fuhr mir durch Mark und Bein. Wie aus dem Nichts tauchten an einem Tisch in einer Ecke alle meine Freunde auf. Voller Erleichterung drängte ich mich durch die Gäste und wollte mich zu den anderen setzen, doch keiner schien mich wahrzunehmen. Ich begrüßte sie, doch keiner erwiderte meinen Versuch einer Kommunikation. Es war, als würden sie mich nicht kennen. Ich hatte das Gefühl, vollkommen alleine auf der Welt zu sein und wieder kam mir in den Sinn, ob ich nicht in Wirklichkeit in einem Bett lag, mit Psychopharmaka zugedröhnt war und mir das alles hier nur einbildete. Ich war kurz davor in Tränen auszubrechen, als Candy auf mich zukam und mich umarmte.
„Hey, da bist du ja. Wir haben dich schon gesucht. Alles klar bei dir?", fragte sie mit einem besorgten Unterton in der Stimme, der mich an meine Mutter und ihre Warnung erinnerte. Kein Ton kam über meine

Lippen. In Gedanken formulierte ich eine Brandrede über meinen beschissenen Zustand, doch drang genauso viel nach außen wie aus einem Gefangenenlager in Afghanistan. Waren vor ein paar Sekunden eine freundliche Stimme oder ein bekanntes Gesicht mein größter Wunsch gewesen, empfand ich jetzt genau das als höchst unangenehm. Weder verstand ich die Frage, noch konnte ich eine adäquate Antwort formulieren. Ich kam mir vor wie ein Irrer, der von einem Bekannten Besuch bekam, sich aber nicht mitteilen konnte und daran zu Grunde ging. Ich wusste nicht mehr, wer ich war. Ich drehte mich um und setzte mich auf einen alleinstehenden Stuhl. Candy war ob meiner Reaktion etwas verwirrt, ließ mir aber meinen Willen. Verzweifelt saß ich auf dem Stuhl, als ich plötzlich wieder die Stimme hörte: „Gratuliere, jetzt hast du es geschafft. Wie sagt man so schön? Ach ja genau - hängengeblieben. Das ist doch der Ausdruck für Menschen, die zu viele Drogen genommen haben und nicht mehr ganz normal im Kopf sind, oder?"
„Wer spricht da?", fragte ich erstaunt.
„Wer da spricht? Erkennst du denn meine Stimme nicht?"
Ich blickte mich rasch um, konnte aber niemanden erkennen.
„Was willst du?"
„Ich, ich will gar nichts. Du kannst mich als eine Art Wetterbericht sehen. Ich gebe dir stündlich einen kurzen Bericht über deine geistige Verfassung. Zurzeit zieht eine dicke Nebelfront durch deinen Frontallappen und verschleiert alle geistigen Erhebungen. Nur die niederen Instinkte sind wolkenfrei", sagte die Stimme. Ich hatte Todesangst. Die Stimme war in meinem Kopf und nur ich konnte sie hören. Ich konnte meine Gedanken hören, aber nicht mehr steuern. Mit

dieser psychedelischen Droge hatte ich ein echtes Problem. Ich konnte mich nicht mehr verstellen. Es war kein Drogenrausch mehr, in dem ich mich befand. Es schien mein Leben zu sein.
Wenn ich bekifft, besoffen oder auf XTC war, konnte ich mich zumindest für ein paar Minuten zusammenreißen und mich normal verhalten. Ich wusste bisher immer, wenn ich Drogen konsumiert hatte, dass die Wirkung von begrenzter Dauer war. Ich wusste, was real war und welche Sinneseindrücke durch die Droge ausgelöst wurden. Aber jetzt konnte ich mich nicht mehr verstellen oder zusammenreißen. Ich hatte das Gefühl, schon ewig in diesem Zustand zu sein. Immer wenn ich mit jemandem reden wollte, sahen mich alle wie den letzten Dreck an und ignorierten mich und wenn jemand zu mir kam, um mit mir zu sprechen, konnte ich kein Wort sagen und bekam Angst. Ich war in einem Teufelskreis gefangen. Meine Gedanken drehten sich immer und immer wieder im Kreis. Immer wieder dieselben Gedanken, doch mit jeder neuen Runde verloren sich einige Inhalte. Es wurden immer weniger und die Spirale drehte sich zusehends langsamer. Sie schien sich einem absoluten Nullpunkt zu nähern. An diesem Punkt war das Nichts. Ende. Aus.
Beharrlich saß ich auf dem Stuhl, als ich plötzlich bemerkte, dass die Sitzfläche nass war. Ich wusste aber genau, dass diese, als ich mich hingesetzt hatte, trocken gewesen war. Außerdem war sie warm. Ich hatte mir in die Hosen gemacht. Oder auch nicht. Ich konnte es nicht mit Sicherheit sagen, traute mich aber ebenso wenig aufzustehen, um nachzusehen. Die Leute rund um mich zeigten alle mit dem Finger auf mich und lachten mich aus. Ich schloss die Augen und versuchte, wieder Ordnung in meiner Gedankenwelt zu schaffen.

„Schau, da drüben sitzt Jerry", sagte Candy zu Dizzy und zeigte in meine Richtung.
„Ah, sehr gut, ich habe mich schon gefragt, wo der die ganze Zeit steckt", lallte Dizzy mit einem leichten Zungenschlag. Mittlerweile war zu den paar Joints, die er an diesem Abend geraucht hatte, auch eine ordentliche Menge Alkohol dazugekommen.
„Was ist denn eigentlich mit Jerry los? Der benimmt sich ja wie ein Irrer", sagte Candy.
„Ich weiß. Er hat Pilze genommen und die sind ihm nicht gut gekommen", antwortete Dizzy.
„Können wir ihm nicht irgendwie helfen?", wollte Candy wissen.
„Nein, das wird schon wieder. Jetzt schläft er. Das ist sicher das beste."
Dizzy und Candy sahen einfach nur ihren Freund auf einem Sessel sitzen und schlafen. Ich durchlebte unterdessen die Hölle. Als die Gedankenspirale in meinem Kopf fast ihren Nullpunkt erreicht hatte, setzte mein Geist zu einem letzten Rettungsversuch an. Wie ein uralter, verrosteter Motor, der immer und immer wieder gestartet wurde und nicht anspringen wollte, kam kurz vor dem Absaufen ein leises Stottern. Der Motor funktionierte noch. Ein weiterer Versuch und er sprang wieder an. Ich riss die Augen auf, zwei Stöpsel ploppten aus meinen Ohren und die ganze Szenerie des Clubs prasselte auf mich ein. Ein frischer Sommerregen spülte die harte Kruste aus Angst von meinem Körper ab. Es waren erst ein paar Stunden vergangen, seit ich die Pilze genommen hatte, aber mir kam es wie eine Ewigkeit vor. Zeit, normalerweise ein Faktor, der große Teile meines Lebens bestimmte, war völlig gegenstandslos geworden. Minuten wurden zu Stunden und Tagen und ganze Monate reduzierten sich auf Bruchteile von Sekunden. Interessant war auch, dass sich negative Erleb-

nisse fast ins Unendliche ausdehnten und die wenigen positiven Aspekte des Trips so schnell vergingen, dass ich mich sogleich fragte, ob es überhaupt welche gegeben hatte. Ich stand auf und ging zu den Toiletten. Unsicher wie ein frisch geborenes Fohlen stolperte ich durch die Menge und folgte den Stufen in den Keller, wo sich die Toiletten befanden. Als ich vor einem Pissoir stand und meine Hose öffnete, merkte ich, dass sie trocken war. Der Rückschritt in meine Babyphase war nur Einbildung gewesen. Das Urinieren war die größte und zugleich grausamste Erleichterung meines Lebens. Die Flüssigkeit tropfte dunkelgelb und fast viskos aus meinem verschrumpelten Schwanz. Schwefelsäure war das reinste Gesundheitsbad im Vergleich zu meiner Pisse. Als ich die schmerzhafte Prozedur hinter mich gebracht hatte, fühlte ich mich etwas besser. Neben der Klofrau stand ein Stuhl, auf den ich mich fallen ließ. Sie sah mich etwas verdutzt an, merkte aber, dass es mir nicht gut ging und legte ihren Arm um meine Schulter. Der dicke Arm lastete schwer auf meinen zitternden Schultern. Mein Kopf war an ihren großen Busen gedrückt, der sich hinter einer dunkelblauen Arbeitsschürze versteckte. Ich fühlte mich geborgen.
„Das wird schon wieder, mein Freund“, sagte sie tröstend. Seit Stunden waren das die ersten Worte und Berührungen, die sich ehrlich und echt anfühlten. In diesem Moment konnte ich mir keinen Platz vorstellen, an dem ich lieber gewesen wäre. Diese Toilette, der Stuhl und die dickliche Klofrau mit ihrem warmen Lächeln waren mein Hort der Zuflucht. Nach einer Weile fühlte ich mich bereit, den sicheren Hafen zu verlassen und mich wieder in die raue See des Lebens zu wagen. Ich gab der Klofrau ein extra dickes Trinkgeld und bedankte mich bei ihr, als hätte sie mein Leben gerettet. Auf eine gewisse Weise hat sie das auch.

Langsam stieg ich die Stufen nach oben. Zwar hatte ich immer noch wacklige Beine, aber zumindest wusste ich, dass es meine waren und dass der Boden unter meinen Füßen real war. Als ich zurück in den Club kam, sah alles fast normal aus. Die Farben, die kurz zuvor noch so intensiv und strahlend waren, hatten ihre normale Leuchtkraft wiedergewonnen. Die Menschen, die ich ansah, nahmen mich als ihresgleichen wahr und ihre Gesichter hatten aufgehört, sich ständig zu verwandeln. Sie hatten wieder große Nasen und kleine Nasen, markante Kinne, runde Formen, blaue, braune, grüne Augen, blonde und brünette Haare. Keine Fratzen, keine übergroßen, hervorquellenden Augen und riesige Münder. Alles war wieder beim Alten. Ich ging zum Tisch, an dem zuvor meine vermeintlichen Freunde gesessen hatten, um festzustellen, dass das gar nicht die Menschen waren, die ich seit Jahren kannte. Ich lief in dem Club herum und versuchte, ein bekanntes Gesicht zu finden. Kurz bevor ein neuerlicher Angstschub über meinen Rücken kroch und ich das Gefühl bekam, der Albtraum sei noch immer nicht vorbei, erkannte ich Noah. Wie ein scheues Reh ging ich vorsichtig auf ihn zu, als ich zu meiner großen Freude entdeckte, dass auch Candy und Dizzy bei ihm standen. Wenige Schritte später stand ich vor Candy und umarmte sie, als sei sie eine Mutter und ich ein Kind, das im Supermarkt verloren gegangen und eben wiedergefunden worden war.

Zweiter Teil

Ich schrecke hoch. Schweißgebadet sitze ich in meinem Bett und schnappe nach Luft. Mein Herz pocht wie verrückt, will mir aus der Brust springen.
Seit dem Trip plagen mich Albträume. Ein bestimmter Traum verfolgt mich wie ein hartnäckiger Virus.
Inmitten unzähliger Menschen dränge ich mich durch die engen Gassen einer Stadt, die ich zu kennen scheine, deren Name mir aber partout nicht einfallen will. Die Menschen gleichen einander, wie ein Ei dem anderen. Es sind graue Schattenbilder, ohne jeden Hauch von Charakter und Persönlichkeit. Ich springe in die Luft, um mir einen Überblick zu verschaffen. Höher, immer höher. Plötzlich sehe ich ein Mädchen. In Farbe. Purpurn und pulsierend. Ich rufe und winke, doch ich erhalte keine Antwort. Wie von einer unsichtbaren Macht getrieben, quetsche ich mich durch die Massen, bis der Farbklecks zum Greifen nahe ist. Doch in dem Moment, in dem ich nur mehr eine Armlänge von dem Mädchen entfernt bin und meine Hand nach ihm ausstrecke, explodiert es in Abermillionen winzige, purpurne Farbpigmente und ist verschwunden. Ich bin verzweifelt. Weiter, immer weiter. Die Massen werden zusehends bedrohlicher – immer enger. Ich bekomme keine Luft mehr. Ohnmacht überwältigt mich.

Ein weiterer Jahreswechsel steht bevor. Kinder kaufen mit ihren Eltern Raketen und alle möglichen Silvesterartikel ein. Der Handel jubelt. Die Menschen schwelgen in Vorfreude und übertrumpfen sich gegenseitig mit ihren guten Vorsätzen für das Neue Jahr.
Für mich stellt dieser Jahreswechsel eine bedeutsame Wegmarke dar. Meine Beziehung mit Toulouse ist im Wandel begriffen - werden wir wieder zueinander finden, oder ist der Sand in der Sanduhr unserer Beziehung bereits vollständig durchgerieselt? Der Abschluss meiner schulischen Laufbahn steht bevor und der Pilztrip hat mein Leben nachhaltig beeinflusst. Doch erstmal muss im Kalender eine Eins an das Jahr zweitausend angefügt werden.
Die Weihnachtsfeiertage sind vorbei und nach einem ausgedehnten Spaziergang durch die Wälder, die unser Dorf umrahmen wie eine schützende Mauer, sitzen Dizzy und ich auf einer Bank am Waldrand und rauchen einen Joint.
Die Sonne steht tief am Himmel und schickt sich an, hinter einem der markanten Bergrücken unserer Heimat zu verschwinden, als Dizzy beiläufig fragt: „Hast du eine Idee, was wir zu Silvester machen könnten?" Er bläst eine dicke Rauchwolke in die kalte Winterluft und reicht mir den Joint.
„Nein, ich bin völlig planlos. Niemand gibt eine Party und eigentlich weiß ich nicht mal, mit wem ich Silvester feiern will. Mit Toulouse läuft es nicht gut und von Pinella habe ich auch seit längerem kein Lebenszeichen mehr vernommen."
„Hmm ... Toulouse hat etwas von einer Party in der Szene erzählt", grübelt Dizzy, wobei ihm im nächsten Moment klar wird, was er mir soeben vorgeschlagen hat. „Tut mir leid, Szene ist wohl nicht der richtige Ort für dich zum Feiern, oder?"

„Ach, schon gut. Ich habe sowieso nicht vor, mich zuzudröhnen. Der Trip hat tiefere Spuren hinterlassen als mir lieb ist. Ich befürchte, dass ich mich nirgends richtig wohl fühlen werde, da können wir ebensogut in die Szene gehen."
„Okay. Wir könnten uns ja das Feuerwerk am Residenzplatz ansehen und dann feiern gehen", schlägt Dizzy vor und sein Gesichtsausdruck verrät mir, dass er von seiner Idee sehr angetan ist.
Die Sonne stirbt hinter einem Bergrücken, dessen Relief wie ein riesiges Maul anmutet und hinterlässt die Welt in einer dämmrigen Melancholie. Mit eingezogenen Hälsen stapfen wir nach Hause. Der gefrorene Schnee knirscht unter meinen Schuhen. Wieder bin ich der Welt enthoben.

Es ist der einunddreißigste Dezember 2000 und Dizzy, Toulouse, ihre beste Freundin Cherry und ich rasen im roten R4 der Kobalts in die Stadt. Ohne ein Wort zu verlieren, sitzen die Mädchen auf der Rückbank. Scheinbar reglos – und doch kann ich die Blicke von Toulouse in meinem Nacken spüren. Ich bin etwas erregt. Es ist, als wäre sie eine Fremde. Zusammenhanglose Sequenzen und verzerrte Bilder des Trips drängen sich in mein Bewusstsein wie ungebetene Gäste. Toulouse war die einzige Person, nach der ich mich während des Trips gesehnt hatte. Doch sie war nicht da. Und nun ist sie da und es kommt mir vor, als existierten wir gar nicht mehr.
Die ersten farbenfrohen Lichtblitze und Knaller reißen mich aus meinen Gedanken. Heute wird gefeiert - komme, was da wolle.
Wir parken das Auto im Nonntal und flanieren durch die hell erleuchteten Gassen Richtung Residenzplatz. Toulouse hat sich bei mir eingehängt und lächelt zu-

frieden. Für einen Moment ist das alte, vertraute Gefühl unserer Liebe hellwach. Wie ein Kleinkind, das ausgeschlafen und voller Tatendrang ist, während sich seine unter Schlafentzug leidenden Eltern vor Müdigkeit kaum noch aufrecht halten können.
Die ehrwürdigen Gassen und kleinen Plätze der Stadt sind bereits hoffnungslos überfüllt. Unmengen an Menschen drängen zum Residenzplatz, von wo aus das mitternächtliche Feuerwerk am eindrucksvollsten zu verfolgen ist. Man steht in einem Kessel, inmitten historischer Gebäude und wird mit Farben und kaleidoskopischen Sinneseindrücken förmlich bombardiert. Jahrhundertealte Mauern, Giebel, Putten, Statuen und Säulen beobachten das bizarre Treiben, das sich über die Dekaden so gewaltig verändert hat. Die Heiligen Virgil und Rupert, denen der Dom geweiht ist, hätten den Weltuntergang ausgerufen, hätten sie die roten und violetten Lichter am nächtlichen Firmament erblickt. Die Vorboten der Hölle ließen ihre Geißel auf die Menschheit los. Der Platz, auf dem Pearl Jam einige Monate zuvor eines ihrer besten Livekonzerte gegeben hatten, steht unter Dauerbeschuss.
Kurz vor Mitternacht erreichen wir das Zentrum des Platzes. Einige Wagemutige erklimmen den großen Brunnen im Herzen des Platzes und halten sich an Hufen und Mähnen der überdimensionalen Pferde fest, die die enormen Wasserschalen des Springbrunnens auf ihren mächtigen Schultern tragen. Wir drängen uns durch die Massen, als Toulouse abrupt stehen bleibt und meine Hand fallen lässt wie eine heiße Kartoffel. Verwundert drehe ich mich um.
„Was macht die denn hier?“, fragt Toulouse empört. Ein angewidertes Funkeln huscht über ihre Augen.
Ich sehe mich verwirrt um und frage, „Wen meinst du?“

„Die da“, und sie zeigt mit ihrem dünnen Zeigefinger in Richtung einer kleinen Blondine.
„Keine Ahnung“, würge ich mit einem riesigen Kloß im Hals. Meine Knie werden weich.
„Ach, tu doch nicht so. Du wusstest genau, dass sie auch da sein würde. Gib es doch zu!“
„Ich hatte keine Ahnung. Wirklich nicht“, stammle ich.
„Lüg doch nicht“.
„Dizzy?“, sage ich flehend zu ihrem Bruder.
„Regt euch ab, das sind doch nur Betty und Pinella“. Er winkt den beiden zu und grinst bis über beide Ohren.
„Siehst du. Er hat sie eingeladen, nicht ich“, verteidige ich mich.
Die Miene von Toulouse erweicht sich kein bisschen.
„Na schön, du hattest also keine Ahnung. Aber was hast du jetzt vor? Willst du mit uns beiden feiern?“, faucht sie erzürnt.
„Ich, äh, ich weiß ni ...“
Schon steht Pinella vor mir und gibt mir einen Kuss auf die Wange.
„Schön dich zu sehen, Jerry“, zirpt sie mit einem Unterton in der Stimme, der mir durch Mark und Bein fährt.
Ich begrüße Betty und verpasse Dizzy einen Blick, der ihm klar macht, dass er mächtig Scheiße gebaut hat.
„Sorry, Alter, aber Betty hat gefragt, was wir machen und da hab ich sie eingeladen.“
„Scheiße, du hättest mich wenigstens warnen können“, beschwere ich mich wütend.
„Jetzt beruhige dich. Es wird schon alles gut gehen“, säuselt er selbstzufrieden.
„Ja, für dich schon, mein Freund“, denke ich mir.
Insgeheim freue ich mich, Pinella zu sehen. Sie weckt Gefühle in mir, die ich bei Toulouse schon geraume

Zeit nicht mehr verspüre. Aber der Gedanke daran, dass jetzt Pinella und Toulouse hier sind, lässt mir den kalten Angstschweiß in die Arschfalte fließen.
Punkt Mitternacht ist die Stadt taghell erleuchtet, nur mit dem Unterschied, dass die pastellenen Farbtöne des Tageslichts durch grelle Neonfarben ersetzt worden sind. Es riecht nach Schwefel und Rauch. Rund um mich herum fallen sich die Menschen in die Arme und wünschen sich alles Gute für das neue Jahr. Ich bin ein Fremdkörper. Ich weiß nicht, was ich mir oder sonst jemandem wünschen sollte. Toulouse ist verschwunden und Pinella umkreist mich wie ein Geier ein Stück Aas. Plötzlich spüre ich eine Hand auf meiner Schulter. Es ist Dizzy.
„Komm Alter, lass uns gehen. Lass dir von den Weibern nicht den Abend verderben", muntert er mich auf.
„Okay", entgegne ich verdrießlich.
Wie Fische in einem reißenden Strom schwimmen wir durch die Getreidegasse Richtung Anton-Neumayr-Platz. Vor dem Eingang der Szene hat sich bereits eine wartende Menschentraube gebildet. Schleichend bekomme ich ein mulmiges Gefühl. Vor wenigen Wochen habe ich hier die schlimmste Nacht meines Lebens durchlitten. Mit zittrigen Händen zünde ich mir eine Zigarette an.
Eine gestresste Stimme reißt mich aus meinen Gedanken. „Ausweis!", brüllt ein stiernackiger Türsteher.
Ich zeige ihm meinen Schülerausweis, der meine achtzehn Lenze bestätigt und der Bulle winkt mich durch.
Im Club fehlt von Toulouse oder Pinella jede Spur. Verloren stolpere ich zur Bar, wo ich Noah treffe.
„Hey, Jerry, ein gutes Neues wünsch ich dir", ruft er lächelnd.
„Danke, wünsche ich dir auch", antworte ich gedämpft.

„Was ist denn mit dir los?“, fragt er.
„Ach nichts, Frauenprobleme“, erwidere ich.
„Toulouse?“, fragt er.
„Ja. Und Pinella“.
„Oh, du armes Schwein. Komm, lass uns etwas trinken. Dann kommst du auf andere Gedanken.“ Er bestellt zwei Bier und zwei Jack Daniels.
„Okay. Du hast Recht. Jetzt wird gefeiert!“, brülle ich. Grübeln kann ich auch noch morgen.
Nach der dritten Runde fühle ich mich besser. Ein zaghaftes Lächeln huscht über meine Lippen und ich lasse meine Blicke durch den Raum streifen.
Meine übervolle Blase treibt mich zu den Toiletten im Keller. Ich wanke über die Stufen nach unten und erkenne die Klofrau, die sich so rührend um mich kümmerte, als ich die Welt nicht mehr fassen konnte. Ich winke ihr zu, aber sie reagiert nicht. Konsterniert gehe ich an ihr vorbei. Hatte ich mich getäuscht? Hat es die gute Klofee damals überhaupt gegeben?
Nachdem ich meine Blase geleert habe, gehe ich zurück nach oben und mische mich unter die tanzenden Menschen. Ich dränge mich zur Bar, um mir noch ein Bier zu bestellen, als Pinella plötzlich neben mir steht. Sie hält ein Cocktailglas in ihrer kleinen Hand und saugt an einem schwarzen Strohhalm. Meine Gedanken überschlagen sich.
„Gehst du mir aus dem Weg?“, fragt sie mich unschuldig.
„Ich, was? Nein. Es ist nur wegen Toul ...“, versuche ich zu erklären.
„Es ist wegen Toulouse, oder? Sag mal, weiß sie eigentlich von dem Kuss in Seefeld?“, fragt sie.
„Nein, ich ...“
„Du bist so feige. Solltest du dich nicht mal entscheiden?“
„Ja sicher, aber so einfach ist das nicht.“
„Ich weiß. Nur werde ich auch nicht ewig warten.“

Ich stecke in einer Zwicklage. Alte Liebe oder neues Glück?
Die Neugierde überwiegt und ich entscheide mich, ins kalte Wasser zu springen. Ich nehme Pinella an der Hand und führe sie nach draußen. Noch immer färben einzelne Feuerwerksraketen den schwarzen Nachthimmel bunt und auf den Straßen wird gefeiert. Ich sehe mich um. Keine Spur von Toulouse. Gemeinsam mit Pinella schleiche ich Richtung Salzach. Wir setzen uns auf eine Parkbank am Kai und Pinella kramt ein Päckchen Gauloises aus ihrer Tasche. Doch bevor sie sich eine Zigarette anzünden kann, packe ich sie an den Schultern und drehe sie zu mir herum. Ich studiere ihren Gesichtsausdruck. Im fahlen Licht einer nahen Straßenlaterne sieht sie mystisch aus. Ich bin mir nicht sicher, wen ich vor mir habe. Einige Sekunden sitzen wir einander wie versteinert gegenüber. Zwei Marmorstatuen, die Michelangelos Hand entsprungen sein könnten. Unverwandt küsst sie mich und nimmt wieder Abstand. Sie wartet. In meinem Gehirn herrscht Leere. Ich küsse sie ebenfalls. Der Bann ist gebrochen. Wir umarmen und küssen uns innig, atmen heftig. Das Blut rauscht und die Hände werden feucht.
„Darauf habe ich schon so lange gewartet", seufzt sie. Ich finde keine Worte, halte sie einfach nur fest. Ihren kleinen, festen Körper.

Nach einer Weile gehen wir zurück zum Club. Kurz vor der Eingangstür lasse ich ihre Hand fallen und schlüpfe durch die große Glastür in den stickigen und überfüllten Raum. Ich plumpse in einen der großen, braunen Ledersessel.

Wenige Minuten später kommt Pinella mit zwei randvollen Cocktailgläsern angetanzt und setzt sich auf

meinen Schoß. Sie gibt mir eines der Gläser und mustert mich eindringlich.
„Ein frohes Neues Jahr“, wünscht sie mir und hält mir ihr Glas entgegen.
„Ja, ein frohes Neues Jahr“, erwidere ich und lasse mein Glas sanft an das ihre stoßen. Wir trinken. Fruchtig-süß wie die Sünde fließt die orange Flüssigkeit meine Kehle hinunter. Gerade in dem Moment, in dem ich Pinella einen Kuss geben will, erkenne ich Toulouse im Augenwinkel. Ich neige meinen Kopf in ihre Richtung. Meine erste Liebe steht wie versteinert in der Menschenmenge. Keine Spur von Liebe, Zuneigung oder der geringsten Sympathie zeichnet sich in ihrem Blick ab. Die Erde hat aufgehört, sich zu drehen. Es gibt nur noch uns beide. Scheinbar endlos sehen wir uns an. Erforschen den jeweils anderen. Jäh dreht sie sich um und drängt sich zum Ausgang.
„Scheiße!“, fluche ich und versuche aufzustehen. Aber Pinella sitzt auf mir. Ich hatte ihr Gewicht gar nicht mehr wahrgenommen.
„Was ist denn los?“, fragt sie verwirrt.
„Toulouse. Ich muss ...“. Aber ich finde keine Worte. Was muss ich?
„Toulouse? Wo ist sie denn?“
„Weg. Ich muss ...“, stammle ich. Sanft schiebe ich Pinella zur Seite. „Es tut mir leid, aber...“
„Schon gut, geh nur“, seufzt sie.
Hastig quetsche ich mich zum Ausgang und halte auf dem Platz vor dem Club kurz inne. Meine Blicke rasen von einer Seite zur anderen. Gerade noch kann ich die Silhouette von Toulouse erkennen, die um eine Straßenecke huscht. Ich laufe ihr nach. Hole sie ein. Meine Hand versucht ihre Schulter zu fassen, doch bevor ich sie berühre, dreht sie sich um. Sie ist wutentbrannt. Tränen kullern über ihre geröteten Wangen.

„Ich. Es tut mir leid ...“, stottere ich, doch bevor ich den Satz vollenden kann, spüre ich, begleitet von einem lauten Klatschen, einen brennenden Schmerz auf meiner Backe. Ihr Blick bohrt sich in meine Seele. „Was denkst du dir eigentlich? Bin ich dir so scheißegal? Schlimm genug, dass die Schlampe heute hier ist. Aber musst du dann auch noch mit ihr herummachen? Vor meinen Augen!“, schreit sie.
„Du hast ja Recht, aber jetzt beruhige dich erstmal. Lass es mich doch erklären“, bettle ich.
„Was willst du erklären? Dass du zwei Jahre Beziehung einfach so wegwirfst? Für so ein Flittchen. Ich wusste schon seit dem Tag in Seefeld, dass da etwas im Busch ist, aber das hätte ich mir echt nicht gedacht.“
„Jetzt hör mir doch einmal zu“, flehe ich, obwohl ich keinen Schimmer habe, was ich sagen sollte, falls sie mir tatsächlich zuhören würde.
„Einen Scheißdreck werde ich tun. Es ist aus! Verstehst du mich? Aus und vorbei und du brauchst dich nie wieder blicken zu lassen. Ist das klar?“ Ohne meine Reaktion abzuwarten, dreht sie sich um und lässt mich stehen.
„Wo willst du hin?“, rufe ich ihr nach, aber sie reagiert nicht.
Wie angewurzelt verweile ich auf dem Gehsteig. Alle Geräusche um mich herum verschwinden. Es ist annähernd still. Nur ein rollendes Rauschen macht sich in meinem Kopf breit. Das Rauschen des Meeres, wenn es von einem Schiffsbug verdrängt wird. Der Bug des Schiffes, dessen ich soeben für immer verbannt worden bin. Ich bin der Meuterei für schuldig erklärt worden. Keine Verhandlung. Keine Rechtfertigung. Schuldig. Und ich bin mir meiner Schuld bewusst.
Ich krame eine Zigarette aus dem Päckchen Marlboro in meiner Hosentasche hervor und zünde sie an. Der

Rauch brennt sich in meine Lunge, wie mein Verrat sich in das Herz von Toulouse gebrannt hat. Bitter entweicht der Rauch meiner Lunge. Worte von Steven Tyler kommen mir in den Sinn:

Girl, before I met you I was F.I.N.E. Fine
but your love made me a prisoner ...

Wie ein geschlagener Hund schleiche ich zurück in den Club. Pinella sitzt noch immer auf dem großen Ledersessel. Neben ihr stehen Betty und Dizzy. Dizzy wankt und muss sich bei Betty abstützen.
„Hey Alter, wo warst du denn? Soll ich etwa den ganzen Abend allein mit den Mädels hier verbringen?“, lallt Dizzy und schüttet sich Bier auf sein Hemd.
„Nicht jetzt, okay?“, sage ich und zünde mir eine weitere Zigarette an.
„Was war denn los?“, fragt Pinella.
„Toulouse hat uns vorhin beobachtet und ist stinksauer. Sie hat Schluss gemacht“, erzähle ich kleinlaut.
„Das tut mir leid“, sagt Pinella und ich frage mich, ob sie sich eigentlich nicht über diese Nachricht freuen müsste.
„Na ja. In Wirklichkeit war es nur mehr eine Frage der Zeit. Nur so bald und vor allem heute hätte ich es nicht erwartet.“
„Hmm“, macht Pinella, steht auf und umarmt mich. Ihre Berührung tut gut, aber irgendwie fühlt sie sich auch falsch an.
„Wo ist Toulouse jetzt?“, fragt Dizzy.
„Keine Ahnung. Nachdem sie mir eine gescheuert hat, ist sie abgehauen“, klage ich.
Dizzy muss sich ein Grinsen verkneifen.
„Ja, ja, lach du nur. Ich weiß, dass ich es verdient hab.“
„Tut mir leid“, heuchelt Dizzy.

„Schon gut, ich brauch jetzt erstmal etwas zu trinken."
An der Bar bestelle ich einen doppelten Tequila. In einem Schluck leere ich das kleine Glas und bestelle gleich noch eines. Gerade als ich das dritte bestellen will, spüre ich eine Hand an meiner Schulter. Es ist Pinella.
„Das hat jetzt auch keinen Sinn", meint sie.
„Ach ja? Und was hat deiner Meinung nach jetzt einen Sinn?", schnauze ich sie an.
„Komm, wir gehen ein paar Schritte. Die frische Luft tut dir sicher gut."
„Meinetwegen."
Es hat bereits zu dämmern begonnen. Die ganze Stadt ist in ein schales Blau getaucht und nur noch in vereinzelten Fenstern brennt Licht. Einige grölende Besoffene kreuzen unseren Weg, als wir über die alten Plätze und durch die historischen Gassen der ehemaligen Salzstadt wandern.
Wir reden kein Wort. Ich bin in Gedanken versunken. Es ist schön, Pinella an meiner Seite zu wissen. Begleitet von der aufgehenden Sonne spazieren wir auf den Festungsberg. Auf halber Höhe setzen wir uns auf eine alte Holzbank. Wir lehnen unsere Köpfe aneinander. Vom blumigen Duft ihrer Haare begleitet, dämmere ich ein.

„Er weint."
„Er weint im Schlaf."
„Ist das überhaupt möglich?"

Von einer sanften Berührung werde ich aus meinen Träumen gerissen. Zart wie ein Windhauch streichen Pinellas Lippen über meine Wange.
„Aufwachen", flüstert sie fröhlich.
Langsam öffne ich meine Augen und erwarte, in die

grünen Augen von Toulouse zu sehen. Stattdessen strahlen mich die meerblauen Augen von Pinella an.
„Was? Wo sind wir überhaupt?“, fasle ich verwirrt.
„Was ist denn los mit dir? Kannst du dich nicht mehr erinnern? Wir sind am Festungsberg“, entgegnet sie kopfschüttelnd.
„Stimmt, stimmt. Tut mir leid, ich habe nur etwas Seltsames geträumt.“
Langsam werden mir die Ereignisse der letzten Nacht bewusst. Toulouse hat mich verlassen.
„Was soll ich jetzt bloß machen?“, seufze ich.
„Wie meinst du das?“, fragt Pinella sichtlich verstört.
„Keine Ahnung. Eigentlich sollte ich heute bei den Kobalts zum traditionellen Neujahrsessen aufkreuzen, aber da kann ich offensichtlich nicht hin. Und nach Hause will ich jetzt auch nicht. Auf die Moralpredigt meiner Mutter kann ich gut und gerne verzichten.“
„Hmm ... du könntest ja mit zu mir kommen“, schlägt Pinella vor. Sichtlich gespannt wartet sie auf meine Reaktion.
„Ich weiß nicht. Ob das so eine gute Idee ist?“
„Sicher. Mein Bruder und seine Freundin sind auch da. Das wird bestimmt lustig.“
„Meinst du?“
„Sicher. Komm. Ich lade dich auf einen Kaffee ein und dann fahren wir zu mir. Da kommst du bestimmt auf andere Gedanken.“
„Okay.“
Sie lächelt zufrieden und nimmt mich an der Hand. Jetzt fühle ich mich wie ein kleiner Junge. Wie ein Findelkind, das jemanden gefunden hat, der ihm ein Dach über dem Kopf und eine warme Mahlzeit anbietet. Es ist warm. Zu warm für die Jahreszeit. Der Himmel ist übersät von langgezogenen Föhnwolken, die kunstvoll auf die blaue Fläche aufgetragen worden sind.

Mit dem Bus fahren wir zum Bahnhof und mit dem Zug weiter Richtung Oberösterreich. Die Zugfahrt vergeht wie im Flug. Gedankenverloren starre ich aus dem Fenster. Pinella liegt mit dem Kopf auf meinem Oberschenkel und schläft. Nach einer knappen Stunde verlassen wir den Zug und gehen zu Fuß zu Pinella nach Hause. Zum Glück sind ihre Eltern bei Verwandten. Als zukünftiger Schwiegersohn vorgestellt zu werden, hätte ich nicht verkraftet. Wir gehen in den ersten Stock und werfen unsere Sachen in Pinellas Zimmer. Man sieht sofort, dass sie schon lange nicht mehr hier wohnt und nur in den Ferien und manchmal am Wochenende nach Hause kommt. Die Einrichtung erinnert mich an das Zimmer der Zwillinge der Kobalts. Alles ist in rosa gehalten und das Bett ist für zwei Personen eindeutig zu klein. Zum Schlafen zumindest.
Pinella klopft leise an der Tür des gegenüberliegenden Zimmers. Ein würziger Geruch steigt mir in die Nase. Gras.
„Wer ist da?“, ruft eine merklich nervöse Männerstimme.
„Ich bin es nur. Mach schon auf“, fordert Pinella.
„Einen Moment“, erwidert die Männerstimme.
Ich höre ein schlurfendes Geräusch. Der Schlüssel dreht sich im Schloss und die Tür öffnet sich einen Spalt.
„Ach du bist es nur, komm rein“, murmelt Pinellas Bruder.
Trotz des dichten Rauches im Zimmer sticht mir sofort eine ansehnliche Musiksammlung ins Auge. Neben einem Bett und einer Couch befindet sich nur noch ein gläserner Couchtisch, der vor Müll und altem Geschirr überquillt, in dem Zimmer.
„Willst du mir nicht deinen Freund vorstellen?“, fragt Pinellas Bruder.

„Ach ja, sicher. Das ist Jerry", stellt sie mich sichtlich verlegen vor.
„Hi Jerry. Ich heiße Mike. Das da drüben ist Nessi, meine Freundin."
„Freut mich", sage ich. Erst jetzt bemerke ich, dass noch jemand im Zimmer ist. Auf dem Bett räkelt sich, eingehüllt in eine dünne Decke, eine dunkelhaarige Schönheit. Sie winkt mir völlig bekifft zu. Mike hält mir einen halb gerauchten Joint entgegen und setzt sich zu seiner Freundin. Pinella und ich kuscheln uns auf die Couch. Im Fernsehen läuft ein alter Western.
„Ich liebe diese Filme", schwärmt Mike. Nessi schüttelt den Kopf und vergräbt sich noch tiefer in ihre Decke.
„Harte Nacht gehabt?", fragt Pinella.
„Das kannst du laut sagen", krächzt Mike, während er schon den nächsten Joint dreht. Wir liegen den restlichen Tag herum. Immer wieder schlafe ich ein und schrecke verwirrt auf.
Ich bleibe zwei Tage, doch Pinella und ich vögeln nicht miteinander. Auch wenn die Verlockung groß ist, fühlt es sich noch nicht richtig an. Ich verfalle in eine Art Trancezustand. Als würde ich das Leben eines anderen leben. Es ist surreal.

Als ich wieder zu Hause bin, fasse ich mir ein Herz und rufe Toulouse an. Frau Kobalt nimmt ab.
„Hallo Frau Kobalt, hier spricht Jerry."
„Guten Tag Jerry", sagt sie. In ihrer Stimme schwingt etwas Trauriges mit. „Du willst bestimmt mit Toulouse sprechen."
„Ja bitte. Ist sie da?"
„Ja, aber ich weiß nicht, ob sie mit dir reden mag."
„Bitte, ich muss mit ihr sprechen."
„Gut, einen Moment."
Ich höre Schritte und dann Stimmen im Hintergrund.

Frau Kobalt versucht Toulouse zu überreden, mit mir zu sprechen. Stille. Nach einer Weile höre ich weitere Schritte. Jemand nimmt den Hörer ab.
„Ja“, höre ich eine ausdruckslose und heisere Stimme.
„Toulouse?“, frage ich zögernd.
„Ja, was willst du?“
„Ich ... ähh ... ich wollte mit dir reden.“
„Es gibt nichts zu reden. Ich brauche etwas Abstand. Ich melde mich bei dir“, sagt sie barsch und legt auf.
Minutenlang halte ich den Hörer noch in meiner Hand. Ich bin unfähig aufzulegen. Sie wird nie wieder so mit mir reden wie früher. Ich schleiche in mein Zimmer und lasse mich auf mein Bett fallen. Bilder von Toulouse begleiten mich in den Schlaf.

Die Weihnachtsferien sind vorbei. Der alle Jahre wiederkehrende Frieden muss allmählich der Geschäftigkeit des Alltags weichen.
Nach den Geschehnissen der letzten Wochen konzentriere ich mich erstmal auf die Schule. Ich habe einiges nachzuholen, um den Abschluss zu schaffen. Zahlen, Wörter und Diagramme kämpfen sich durch den zähen Schlick aus Alkohol, Drogen und Frauen mühsam an die Oberfläche und versuchen die Oberhand über die monströsen Gegner zu erlangen. Ich gebe mir redlich Mühe, um die Inhalte der Schulfächer nicht von vornherein zu ignorieren und bin im Unterricht aufmerksam. Die Aktivierung meines Gehirns tut mir gut, ich komme auf andere Gedanken und vergesse beinahe die Trennung von Toulouse.
Außerdem habe ich einen Nebenjob angefangen. Dizzy hat vor ein paar Wochen in einem Callcenter zu arbeiten begonnen und hat mir erzählt, dass dort gerade ein Job frei geworden sei. Am darauffolgenden Tag fuhr ich nach Salzburg und bekam den Job. Die Bezahlung

ist in Ordnung und die Arbeitszeiten kann ich mir selbst einteilen.

Eines Abends sitze ich in meinem Zimmer am Schreibtisch und versuche, mir die Grundregeln des Integrierens einzuprägen, als das Telefon läutet. Ich ignoriere das schrille Geräusch und meine Mutter hebt ab.
„Jerry, es ist für dich. Eine Pinella oder so ähnlich", ruft sie mir zu.
Überrascht blicke ich auf und auch Ed Vedder, der auf einem Poster über meinem Schreibtisch hängt, bringt seine Verwunderung zum Ausdruck. Ich verlasse mein Zimmer und meine Mutter drückt mir den Hörer in die Hand.
„Pinella. Was ist denn das für ein Name?", fragt sie spöttisch.
„Nur ein Name. Danke", murre ich und nehme den Hörer. „Hallo?"
„Hi Jerry. Wie geht es dir?", fragt Pinella.
„Gut, danke und dir?"
„Alles okay. Etwas Stress in der Schule, aber sonst gut. Hast du nächsten Freitag schon was vor?"
„Ähm, Freitag? Nein, ich glaube nicht. Bin zurzeit hauptsächlich zu Hause und verbringe meine Abende mit Lernen. Wieso?", erkundige ich mich neugierig.
„Eine meiner Mitschülerinnen hat eine Wohnung in der Stadt und sie fährt übers Wochenende weg. Wir könnten dort schlafen, wenn du willst. Ich koche etwas für uns."
„Hört sich gut an, aber ich muss echt lernen", höre ich mich sagen und könnte mich im gleichen Augenblick selbst ohrfeigen.
„Schade. Ich hätte dich gerne gesehen", seufzt sie enttäuscht.
In meinem Kopf installiert sich eine Waage. Verant-

wortungsbewusstsein wird gegen die Verlockungen des anderen Geschlechts abgewogen. „Ach was solls. Etwas Abwechslung tut mir sicher gut", zischt die Schlange der Versuchung.
„Super. Ich freu mich. Bis Freitag dann", singt sie.
„Ja, bis Freitag."
Ich lege den Hörer auf und verschwinde in mein Zimmer. Die Frage meiner Mutter, wer diese Pinella sei, würdige ich keiner Antwort. Sie hat schwerer an meiner Trennung von Toulouse zu nagen als ich.

Es ist Freitagnachmittag und ich will per Anhalter in die Stadt. Die Busverbindungen am Land entbehren jeder Regelmäßigkeit und so ist die Reise per Daumen oft die einzige Möglichkeit, die knapp zwanzig Kilometer nach Salzburg zu überwinden. Dick eingepackt stapfe ich zur Straße und warte.
Der Winter ist mit voller Kraft zurückgekehrt und hat innerhalb weniger Tage das ganze Land unter einer mächtigen Schneedecke begraben. Ein wütender Sturm treibt die Schneeflocken fast waagrecht über die Landschaft und verleitet meine Nasenspitze dazu, sich rot zu verfärben.
Normalerweise wird man beim Autostoppen recht schnell mitgenommen, lernt meistens interessante oder schräge Leute kennen und es ist gratis. Es ist jedes Mal eine Überraschung, wer zu einem Privatchauffeur avanciert. Hat man es erst mal geschafft, dass sich jemand erbarmt, erzählen die Menschen von ihren Familien und Jobs, ja sogar von ihren Problemen. Zuhören ist die Gegenleistung für die gratis Reise.
Nach einer Weile hält ein roter Kombi. Ein alter Mitsubishi, dessen beste Zeiten lange passé sind. Am Steuer sitzt eine junge Frau. Auf der Rückbank balgen

sich zwei Kleinkinder. Anscheinend geht es um ein zerfleddertes Märchenbuch. Ich öffne die Beifahrertür.
„Hallo. Wo willst du denn hin?“, fragt mich die junge Frau.
„In die Stadt“, antworte ich.
„Okay, spring rein.“
„Super. Danke.“
Sie fährt los. Die Reifen suchen auf der winterlichen Straße verzweifelt nach Halt. Von Zeit zu Zeit brüllt die junge Mutter diverse Drohungen nach hinten, wird von ihren Kindern aber vollkommen ignoriert.
„Leg dir nie Kinder zu“, schimpft sie.
„In nächster Zeit nicht“, grinse ich sie an.
Sie grinst zurück und ich glaube, sie beneidet mich ein Stück weit um meine Freiheit. Ihrem Aussehen nach, lange zottelige Haare, gerade Nase und volle Lippen, war sie bestimmt mal ein guter Fang. Voller Leben und sprudelnder Energie, ehe sie sich von irgendeinem Idioten schwängern ließ, der, nachdem sie das zweite Mal zum Walross mutiert war, das Weite suchte.
Als wir in die Innenstadt gelangen, gerät unsere Fahrt ins Stocken. Wie zu dickes Blut quälen sich die Autos durch die verschneiten Straßen. Nach schier ewigem Anfahren und Stoppen, Gehupe und einem Beinahe-Auffahrunfall, lässt mich die junge Frau am Bahnhof aussteigen und ich wünsche ihr einen schönen Tag. Sie winkt mir zu und fährt los.
Ich nehme den nächsten O-Bus und fahre quer durch die Stadt zu Pinella. Die Wohnung ihrer Mitschülerin befindet sich in einer dieser Siebzigerjahre-Plattenbauten, die Anfang der Neunzigerjahre vollkommen geistlos saniert worden waren und jetzt ihr unseliges Dasein fristen wie einige ehemalige Hollywood Stars, die dem Irrtum unterliegen, nach zehn Gesichtsoperationen seien sie noch interessant für die Traumfabrik.

Vor dem Wohnhaus halte ich kurz inne und atme tief durch. Als ich mir meines Vorhabens sicher bin, läute ich an der Klingel und mit einem surrenden Geräusch öffnet sich die in Metall gefasste Glastür. Ich schlüpfe in das Gebäude und steige die Stufen bis in den dritten Stock hoch. Am Ende des Flurs wartet Pinella bereits in der Tür und winkt mir zu. Wir begrüßen uns mit einem schüchternen Kuss und sie bittet mich in die Wohnung.

Sie trägt ein enges Top, das ihre zierliche Figur und ihre vollen Brüste perfekt in Szene setzt und zu meiner Überraschung eine ausgeleierte Pyjamahose und vergilbte Badelatschen. Überall in der Wohnung brennen Kerzen und es liegt eine Note von Sandelholz und Jasmin in der Luft. Sie führt mich zu einem alten Samtsofa und wir setzen uns. Ohne ein Wort zu wechseln sitzen wir einander gegenüber und rauchen eine Zigarette.

„Schön, dass du da bist", bricht sie schließlich das Schweigen und zieht genüsslich an ihrer Zigarette.

„Finde ich auch", entgegne ich.

„Willst du ein Bier?", fragt sie.

„Ja gerne", antworte ich mit Erleichterung. Etwas Alkohol hat in solchen Situationen noch nie geschadet. Sie kommt mit zwei Flaschen Bier zurück und reicht mir eine davon. Mit einem Feuerzeug öffne ich die Flaschen und wir stoßen an. Das Bier prickelt in meinem Mund und nach einigen Schlucken entspanne ich mich. Es ist das erste Mal, dass wir wirklich alleine sind. Wir erzählen uns Geschichten aus unserem Leben. Ich berichte ihr von meiner Englandreise, wobei ich den Teil mit Sue sicherheitshalber ausspare, und sie erzählt von ihrer Kindheit und wie sie Sonntag für Sonntag mit ihrem Vater auf diversen Flohmärkten nach Raritäten und Schnäppchen suchte.

„Ich glaube, das Essen ist jetzt fertig", sagt sie eifrig und verschwindet in der Küche. Kurz darauf kehrt sie mit zwei dampfenden Tellern zurück, wobei einer randvoll und der zweite nur mit einer kleinen Portion beladen ist. Es gibt frisches Gemüse und Würstchen im Schlafrock.
„Schmeckt sehr gut", schmatze ich mit vollem Mund.
„Freut mich."

Nach dem Essen lehne ich mich zurück und zünde mir eine Zigarette an. Lange sitzen wir auf dem Sofa und sehen uns an.
„Wollen wir baden gehen? Es gibt eine große Badewanne", schlägt sie vor, als wäre es das Normalste auf der Welt.
„Ja sicher", platzt es aus mir heraus und im selben Moment werde ich ob meiner übereifrigen Antwort rot.
Sie lächelt, nimmt mich an der Hand und führt mich in ein geräumiges Bad. Mit flinken Händen dreht sie den Wasserhahn auf und freudig glucksend ergießt sich Wasser in die Wanne. Auf der Wasseroberfläche entstehen die ersten Schaumkronen. Sie zündet Kerzen an und schaltet das Licht aus. Behände dreht sie sich um, streift ihr Top und die Pyjamahose ab und lässt mich nur ihre nackte Rückseite sehen. Wie gebannt stehe ich in dem dampfigen Raum. Dann steigt sie in die Wanne und versinkt in dem weißen Schaum. Ein Bild für Götter.
„Willst du da stehen bleiben oder auch reinkommen?", fragt sie erwartungsvoll.
„Reinkommen", stammle ich.
Ein kesses Lächeln huscht über ihre Lippen. Ich ziehe mich aus und tauche ebenfalls in das heiße Wasser ein. Der Schaum verhüllt ihren Körper, doch manchmal

blitzt ein Stückchen Haut zwischen den im Kerzenlicht schillernden Blasen hervor und lässt mich innerlich erbeben. Ich kann ihren Körper unter dem Wasser spüren, aber nicht sehen. Eines Sinnes beraubt sind die Empfindungen umso intensiver. Ich lehne mich an das Ende der Wanne und sie schmiegt sich mit ihrem Rücken an meine Brust. Ihre Brüste werden von dem warmen Wasser umspült, wie zwei glattpolierte Felsen in einem Bergsee. Ein dünner Seifenfilm lässt ihre Haut glänzen wie Perlmut.
Meine Finger ertasten ihren Bauch und erfühlen ihre weiche Haut. Sie führt meine Hand an ihre Scham. Ein kleines Büschel Haare verdeckt gewissenhaft den Eingang zu ihrer Weiblichkeit. Ein leises Stöhnen entfährt ihren Lippen. Sie drückt sich an mich und ich küsse ihren Nacken. Schier endlos treiben wir auf hoher See. Schwerelos.
Plötzlich steht sie auf und steigt aus der Wanne. Sie hüllt sich in ein Handtuch und verlässt den Raum. Ich bin ganz benommen und doch folge ich ihr. Stehe in ihrem Bann.
Sie räkelt sich auf der Couch und erwartet mich. Zwischen ihren Zähnen hält sie ein Kondom gefangen. Es ist der Schlüssel zu einer verborgenen Schatzkammer. Ich öffne die Verpackung und will mir den Gummi überstreifen, doch als mein Schwanz seinen Maßanzug aus Latex erblickt, zieht er sich spontan zurück, anstatt ihn würdevoll zu tragen.
„Tut mir leid“, stammle ich. „Ich weiß auch nicht, was da los ist.“ Es ist zum Mäusemelken.
„Macht doch nichts. Ich bin auch nervös.“
„Wieso denn nervös?“, frage ich. Panisch wäre in meinen Augen das richtigere Wort.
„Hmmm ... das ist das erste Mal für mich, weißt du“, fügt sie etwas verlegen hinzu.

„Wie, das erste Mal?“, frage ich ungläubig.
„Na eben das erste Mal. Ich bin noch Jungfrau“, fährt sie fort.
„Ohh. Das macht doch nichts“, erwidere ich plump. Damit hatte ich nicht gerechnet. Sie hatte sich immer so erotisch und kess gegeben. Aber Hunde, die bellen, beißen ja bekanntlich nicht.
„Willst du es jetzt noch? Ich meine, mit mir schlafen“, fragt sie.
„Ja natürlich. Und du?“
„Ja, unbedingt“, sagt sie.
Ich küsse sie.

Die Wochen ziehen ins Land. Ich verbringe viel Zeit mit Pinella, doch irgendetwas stimmt nicht. Die Beziehung mit ihr fühlt sich falsch an. Wie bei einem süßen Dessert, dem man nicht widerstehen kann, nach dessen Genuss einem aber ein aufs andere Mal übel wird. Lange finde ich keine Ursache für diesen Umstand, bis mir eines Nachts, als ich nackt neben ihr liege und nicht schlafen kann, klar wird, dass ich ihr unterbewusst die Schuld für das Scheitern meiner Beziehung mit Toulouse gebe.
Nach wenigen Wochen trennen wir uns.
Um meine neu gewonnene Freiheit zu feiern, beschließe ich einen Abstecher nach Rauris zu machen. Kein Ort auf dieser Welt scheint mir passender für diesen Anlass.
Ich rufe Lucky an und frage, ob ich bei ihm vorbeikommen könnte.
„Ja sicher, Alter. Du bist immer willkommen. Außerdem gebe ich am Wochenende ein kleines Fest zu Ehren meiner hochgeschätzten Freunde“, gibt er sich weltmännisch.
„Super, dann komme ich am Freitag.“

„Alles klar. Bis Freitag."
Ich lege den Hörer auf. Nun steht mir nur noch die mütterliche Hürde im Weg. Ich hatte meiner Mutter versprochen, das Feiern hinten anzustellen und mich auf die Schule zu konzentrieren. Nach langem Hin und Her und dem Versprechen, die nächsten Wochenenden zu Hause zu verbringen, erlaubt sie mir, zu fahren. Da sie kommendes Wochenende gemeinsam mit meiner Tante zu meinem Großvater fahren will, leiht sie mir sogar ihr Auto.

Die Woche zieht sich ewig hin. Ich verfaule in der Schule und bin in Gedanken schon in Rauris.
„Herr Zimmermann! Was würden Sie dazu sagen?", fragt mich mein Philosophielehrer und reißt mich aus meinen Träumen.
„Ähh ... was? Wie bitte?", stammle ich verlegen.
„Sie sollten sich endlich mehr auf den Unterricht konzentrieren. Wir befinden uns im Abschlussjahr und um Ihre Noten ist es nicht gerade rosig bestellt", rügt er mich ernst.
„Ja sicher. Verzeihung", nuschle ich scheinheilig. Muss er mir das unter die Nase reiben? Mir ist mehr als bewusst, dass es eng wird, aber was helfen alle Bemühungen, wenn das Leben so viele weitaus spannendere Dinge zu bieten hat!

Als am Freitag die Schule zu Ende ist, will ich so schnell wie möglich nach Hause, meine Sachen packen und nach Rauris aufbrechen. Den ganzen Vormittag habe ich schon Hummeln im Arsch gehabt. Gerade als ich meine Schulsachen in meinen schwarzen Rucksack stopfe, fragt mich Dizzy, was ich am Wochenende vor hätte.
„Nach Rauris fahren, Alter. Feiern!", verkünde ich euphorisch.

„Ach so."
„Hey, komm doch einfach mit, oder hast du schon was vor?"
„Nein, eigentlich nicht. Meinst du, das geht?"
„Ja sicher. Lucky freut sich bestimmt, dich zu sehen."
„Okay, cool."
„Ich hole dich dann ab. Ich hab das Auto meiner Mutter", erkläre ich stolz.
„Super, bis später also."

Zu Hause packe ich ein paar Sachen für das Wochenende zusammen. Zahnbürste, Deo, Klamotten und etwas Gras. Ich esse eine Kleinigkeit - Lasagne vom Vortag - und breche auf. Ich schmeiße meinen Rucksack in den Kofferraum und schon bin ich unterwegs. Die Sonne steht tief und taucht die Welt in ein leuchtendes Orange.
Als ich bei den Kobalts ankomme, wird mir bewusst, dass Toulouse zu Hause sein könnte. Seit dem Streit zu Silvester habe ich sie nicht mehr gesehen und bis auf ein paar kurze Telefonate haben wir keinen Kontakt gehabt.
Ich atme tief durch und steige aus dem Auto. Der Schnee knirscht unter meinen Füßen, als ich zur Haustüre des vertrauten Hauses stapfe und an der Tür läute. Ich höre Schritte und einen Schlüssel, der sich im Schloss dreht. Toulouse öffnet die Tür. Ihr Anblick trifft mich wie der Tritt eines ausschlagenden Pferdes. Verdammt, sieht sie gut aus.
„Hi Jerry. Dizzy kommt gleich", sagt sie, als wäre nie etwas geschehen.
„Hi. Okay. Wie geht es dir?", frage ich zögerlich.
„Ganz gut, danke. Und dir?"
„Auch gut. Viel zu tun."
„Rauris also, ja?", fragt sie.

„Ja genau. Lucky macht eine Party und ..."
Sie lässt mich nicht ausreden. „Da ist er ja schon", und sie zeigt auf ihren Bruder.
Anscheinend interessiert sie sich nicht sonderlich für meine Wochenendpläne. „Ist nur fair", denke ich mir. Wenigstens redet sie wieder mit mir. Gleich einem unsichtbaren Band spüre ich noch immer eine starke Verbindung zwischen uns.
„Hi Jerry. Können wir?", fragt Dizzy aufgeregt.
„Ja sicher", antworte ich. „Bis bald, Toulouse", rufe ich, aber sie ist schon in ihr Zimmer verschwunden.
„Das wird schon wieder. Sie braucht nur etwas Zeit", ermutigt mich Dizzy, als er meinen Blick sieht.
„Hoffentlich", seufze ich.
Wir hasten zum Auto, Dizzy wirft seine Sachen auf die Rückbank und wir fahren los. Ice Cube rappt über seiner Jugend im Ghetto von L.A. und die Beasty Boys sabotieren das System. Nach einer Weile erzählt Dizzy ganz nebenbei, dass mit Betty nichts mehr läuft und er sich schon auf die berühmte Frauenwelt von Rauris freut. Ich bin etwas überrascht von dieser Neuigkeit, aber da ich vor geraumer Zeit entschieden habe, nicht mehr über Dizzys Liebesleben nachzudenken, hake ich nicht weiter nach.
„Du wirst dich wundern", zwinkere ich.
„Na, ich bin mal gespannt", sagt er argwöhnisch und öffnet eine Dose Bier.
Er nimmt einen langen Schluck und reicht mir die Dose. Ich benetze meinen Rachen mit der goldenen Flüssigkeit und nach einer knappen Stunde rasen wir bereits die steile Bergstraße nach Rauris hinauf.
Wir parken vor dem Haus von Luckys Eltern, das im typischen Alpenstil gebaut worden ist. Kleine Fenster, viel Holz und ein mit Büschen und hohen Nadelbäumen gesäumter Garten. Ich läute an der Tür und wenige

Sekunden später öffnet Lucky. Er ist leicht betrunken und grinst uns verwegen an.
„Willkommen in der Casa de Lucky“, empfängt er uns fröhlich.
„Hi Lucky“, rufe ich und wir umarmen uns. „Ich habe noch jemanden mitgebracht. Das geht doch in Ordnung, oder?“ frage ich.
Lucky setzt ein ernstes Gesicht auf und mustert Dizzy von oben bis unten.
„Normalerweise nehme ich keine dahergelaufenen Straßenköter auf“, grunzt er, „aber diesmal werde ich eine Ausnahme machen“, fährt er fort, wobei sich seine Mundwinkel heben.
„Hi Lucky“, stammelt Dizzy, konsterniert durch Luckys Ansage.
„Nichts für ungut, Alter“, lacht Lucky und umarmt auch Dizzy. „Immer rein in die gute Stube.“
Wir folgen Lucky ins Haus, werfen unsere Rucksäcke achtlos in eine Ecke und gehen in die Küche. Auf einer gemütlichen Eckbank sitzen Bleech und Rocko und winken uns freudig zu. Neben Bleech fläzt ein Mädchen mit langen, glatten Haaren und einem Blick, der meine Knie weich werden lässt. Sie war mir bei meinem ersten Besuch vor einigen Monaten schon aufgefallen, hatte aber kein Interesse an mir gezeigt. Ich pflanze meinen Arsch neben sie und sie stellt sich als Liv vor.
„Freut mich“, sage ich und strecke ihr meine Hand entgegen.
Sie ignoriert meine Hand und drückt mir einen Kuss auf die Wange.
„Nicht so schüchtern mein Freund, wir sind hier in den Bergen“, verkündet sie kess.
Fragend blicke ich zu Lucky, der mir zu verstehen gibt, dass es die Kleine faustdick hinter den Ohren hat. Wir

trinken Bier und das Rauris Spezialgetränk – Roter Wodka mit Mineralwasser – und obwohl die Party erst für den folgenden Abend geplant ist, sind wir bald alle ziemlich betrunken. Nach einer Weile wanke ich schwerfüßig auf die Terrasse, um eine Zigarette zu rauchen und die reine Bergluft zu genießen. Die Luft ist kühl und von den Bergspitzen leuchtet der Schnee.
„Hast du für mich auch eine?", höre ich eine Frauenstimme. Es ist Liv.
„Sicher. Hier bitte", und ich halte ihr die geöffnete Packung Marlboro hin. Statt eine Zigarette aus dem Päckchen zu nehmen, klaut sie mir meine Zigarette aus dem Mund und zieht genüsslich. Ich lasse mich auf einen der Gartenstühle fallen und ohne meine Erlaubnis einzuholen, setzt sie sich auf meinen Schoß. Ich bin überrascht von ihrer direkten Art. Sie beobachtet mich lange und raucht. Unverwandt schnippt sie die Zigarette weg und küsst mich auf den Mund. Mit wirr funkelnden Augen sieht sie mich erwartungsvoll an. Ich küsse sie zurück. Weiche, schmale Lippen; und ich habe das Gefühl ein Blauwal zu sein, der eine Forelle küsst. Sie ist jung, aber schon eine ganze Frau. Ihr fester Körper passt sich perfekt an ihren menschlichen Sessel an.
Plötzlich stürzt Lucky auf die Terrasse und ruft: „Auseinander oder heiraten!"
„Verschwinde, du Arsch. Siehst du nicht, dass du störst?", schnauzt ihn Liv an.
„Sieh an, die junge Dame meint es wohl ernst", spöttelt er.
„Du Arsch!", schreit sie.
Ich schiebe sie beiseite und springe auf. Mit geschwellter Brust baue ich mich vor Lucky auf und taxiere ihn von oben bis unten. Unverwandt schubst er mich. Ich erwidere seinen Angriff und schon sind wir mitten in

einer Rangelei. Der Alkohol hat unseren Gleichgewichtssinn untergraben wie die anbrandende Flut die Klippen an den Küsten Südenglands. Eine hinterlistige Sonnenliege stellt uns ein Bein und wir fallen rücklings ins Leere wie zwei gefällte Eichen. Es sind Momente wie dieser, in denen man Newton ohne jeden Zweifel beipflichten muss. Man kämpft um sein Gleichgewicht und in dem Augenblick, in dem man den Kampf gegen die Schwerkraft verloren hat, verlangsamt sich das Leben in eine Zeitlupeneinstellung. Die Zeit scheint für ein paar Sekundenbruchteile eliminiert zu sein. Und plötzlich setzt die Normalgeschwindigkeit wieder ein und man rast in sein Verderben. In unserem Fall in einen Busch und in den kalten Schnee. Wir wälzen uns am Boden und krümmen uns vor Lachen. Liv stürzt sich auf uns und gibt uns beiden eine gehörige Kopfnuss.
„Ihr seid solche Idioten!", brüllt sie empört.
Lucky und ich sehen uns verdutzt an und prusten erneut los. Er rappelt sich auf und hilft mir mit ausgestreckter Hand auf die Beine.
„Komm, mein Freund. Lass die Weiber Weiber sein und geh mit mir einen trinken."
„Nichts lieber als das", verkünde ich und folge ihm.

Den nächsten Tag verbringen wir eingehüllt in dicken Jacken auf der Terrasse, grillen im Schnee und wärmen uns schon am Vormittag mit Bier. In der Glotze rotieren Skate und Snowboardvideos im Dauerdurchlauf. Vor allem die Whiskey-Videos, zu dieser Zeit die härtesten und krassesten Videos, was Skaten betrifft, erregen meine Aufmerksamkeit. Neben den technischen Finessen der Protagonisten haben es vor allem ihre nächtlichen Aktivitäten in sich. Die Jungs filmen sich beim Saufen und Kotzen in allen Lagen. Der je-

weilige Höhepunkt der Videos ist erreicht, wenn die Verrückten beginnen, die leeren Alkoholflaschen auf ihren eigenen Köpfen zu zertrümmern. Recycling für Skater. Teilweise splittert das Glas, teilweise befördern sich die Jungs eigenhändig ins Koma. Die Videos laufen den ganzen Tag und so wird uns unbemerkt suggeriert, dass wir auch ins Recyclinggeschäft einsteigen sollten. Der Fernseher konditioniert uns, wie man eigentlich Hunde abrichtet. Stöckchen bringen und Leckerli kassieren.
Am späten Nachmittag stolpere ich von der Küche zur Terrasse, als ich am Fernseher vorbeikomme und sich gerade einer der Jungs eine Flasche am Schädel zerschmettert. Mein Blick fällt auf die fast leere Wodkaflasche in meiner Hand, die mich auffordernd angrinst, und gleitet zurück zum Fernseher. Ich frage mich, ob es möglich ist? Es ist möglich! Dizzy, Bleech und Rocko kauern wie ein verschwörerisches Pack auf der Terrasse und rauchen einen Joint. Sie taxieren mich verstohlen. Anscheinend haben sie eine Vorahnung. Ich platziere mich vor ihnen wie ein Zauberer, der ein Kunststück ankündigt, trinke die Flasche in einem Zug leer und schlage sie mir mit voller Wucht auf die Stirn. Sie zersplittert in tausend Stücke, die wie Schneeflocken zu Boden schweben. Einen Moment bin ich wie benommen, sehe Sterne. Sie blitzen kurz auf, verschwinden sogleich, nur um an einer anderen Stelle wieder zu erstrahlen.
„Scheiße, spinnst du! Was machst du denn da?", platzt es aus Bleech heraus.
„Verdammt, ich hätte echt nicht gedacht, dass das wirklich funktioniert!", juble ich von Adrenalin durchströmt.
„Ich glaube, ich spinne!", ruft Dizzy verzückt, drückt mir den Joint in die Hand, geht zum Gartentisch,

nimmt eine leere Weinflasche, setzt sich seine blaue Haube auf und knallt sich die Flasche auf den Schädel. Die Flasche erzeugt ein stumpfes „Donk" auf seinem Kopf, bleibt jedoch ganz.
„Du musst fester schlagen", feuere ich ihn an.
„Okay", sagt er entschlossen, holt ein weiteres Mal aus und diesmal zerschellt die Weinflasche, als wäre sie aus Zuckerguss. Seine Knie sacken ein kleines Stück ein und er muss sich an einem Sessel abstützen.
„Scheiße!", ist sein einziger Kommentar.
Gerade als ich eine weitere Flasche auf meine Stirn rasen lassen will, fliegen mir hunderte Scherben um die Ohren, wie Granatsplitter. Bleech und Rocko haben sich gleichzeitig Flaschen über den Schädel gezogen und jubeln wie Mitglieder eines afrikanischen Stammes, die in der Savanne ein seltsames Ritual abhalten. Bleech blutet aus einem Schnitt an der Stirn. Rausch sei Dank spürt er nichts und nimmt mir unbeeindruckt den Joint aus der Hand.
„Ist das alles?", fragt er, als wäre nichts gewesen.
Die ganze Terrasse ist mit Scherben übersät, doch wir haben noch nicht genug. Es gibt da noch die Königsdisziplin, an der sogar die Jungs aus den Videos fast gescheitert wären. Bierflaschen. Kleiner als Weinflaschen, mit dickerem Glas und bockhart. Ich nehme eine der leeren Bierflaschen, die wie ausgediente Soldaten auf dem Gartentisch warten und überlege kurz, ob ich das wirklich tun soll. In eben diesem Moment höre ich neben mir ein dumpfes Geräusch.
„Ahh, scheiße tut das weh, die ist viel zu hart", wimmert Dizzy und hält sich den Kopf. Angestachelt von seinem Irrsinn, nehme ich ihm die Flasche aus der Hand und stelle mich mit gespreizten Beinen vor ihn hin. Einen Augenblick später lasse ich die Flasche auf meine Stirn niederrasen wie eine stumpfe Axt auf

einen alten Holzstock. Ich taumle rückwärts gegen die Hauswand und sehe wieder Sterne, doch die Flasche in meiner Hand ist unversehrt.
„Verdammt, ist die hart", jammere ich.
„Ich habs dir ja gesagt", freut sich Dizzy schelmisch, dass nicht nur sein Schädel zu weich für die Bierflasche ist. Bleech und Rocko sehen sich zweifelnd an und überlassen die Flaschen in ihren Händen dem richterlichen Beschluss des Terrassenpflasters.
„Was ist denn hier los? Seid ihr jetzt vollkommen verrückt geworden?", brüllt Lucky, der eben auf die Terrasse kommt, mit hochrotem Kopf.
Wie kleine Jungs, die bei einem Streich erwischt worden sind, stehen wir vor ihm und sagen kein Wort.
„Hat es euch etwa die Sprache verschlagen, ihr Volldeppen!", schreit er mit sich überschlagender Stimme.
Ich kann mir das Lachen nicht mehr verkneifen und pruste los wie ein Kamel, „Tut uns leid Alter, das war wie ein Wirbelsturm. Unaufhaltsam."
Lucky sieht mich mit funkelnden Augen an. Er macht am Stand kehrt, nimmt eine unversehrte Flasche und schlägt sie sich auf den Kopf. Mit einem klirrenden Geräusch zerspringt sie und ihre Überreste gesellen sich zu den gläsernen Körperteilen ihrer Kollegen, die wie abgerissene Gliedmaßen nach einem Bombenangriff auf einem Schlachtfeld liegen.
„Und jetzt räumt ihr diese beschissenen Scherben hier weg, bevor ich komplett auszucke. Ist das klar?", brüllt er in einem Ton, der uns zu verstehen gibt, dass wir Idioten sind, er aber von unserem Schlag ist.
Nachdem wir die Scherben notdürftig aufgeräumt haben, Rocko sich in die Hand geschnitten hat und dem Schlachtfeld zu unseren Füßen mit seinem Blut zusätzliche Authentizität verleiht, zünde ich mir eine Zigarette an und mache mich auf die Suche nach Liv.

Ich wanke durch das Haus und folge meinem Instinkt in den ersten Stock. Aus einem der Zimmer höre ich Musik pulsieren. Es scheint, als würde das Haus leben. Wir alle sind Bestandteile seines Blutes. Ich lausche an den drei Türen, die im Spalier entlang des Ganges aufgereiht sind, und werde an der hintersten fündig. Ich öffne die Tür einen Spalt weit und das stumpfe Pulsieren explodiert schlagartig zu einem Presshammer-Crescendo. Allem Anschein nach habe ich die Techno-Fraktion aufgespürt. Einige Partygäste tanzen wie in Trance zu dem stampfenden Beat. Die Tür gewährt mir widerstandslos Eintritt und ich geselle mich zu den Jüngern der elektronischen Musik. Sofort erblicke ich Liv. Sie trägt nur noch ihre hautengen Jeans und einen pinken Büstenhalter. Ihre Haare kleben an ihrer verschwitzten Haut und sie wiegt sich mit geschlossenen Augen im Takt der Musik. Ungläubig reibe ich mir die Augen. Befinde ich mich wirklich in einem Einfamilienhaus in einem der engsten Täler der Alpen oder in einem Club in einer der Metropolen Europas? Die ländliche Einrichtung und die Spitzenvorhänge an den Fenstern sind eindeutig – Einfamilienhaus.
In einer Ecke lehnt Dizzy und versucht, eine hübsche Brünette von sich zu überzeugen. Bis auf seine Boxershorts, eine dunkle Sonnenbrille und seine löchrigen Adidas Sneakers hat er sich seiner gesamten Kleidung entledigt. Als er mich sieht, kommt er auf mich zu und fällt mir lachend um den Hals.
„Ich bin im Himmel und heute ist Erntedankfest“, lallt er mir feucht ins Ohr.
„Ich sags ja, Rauris – immer eine Reise wert. Wer ist denn dein Opfer da drüben?“, frage ich nebenbei, denn meine Gedanken sind längst bei Liv.
„Keine Ahnung, Alter, aber sieh dir nur ihre Titten an.

Ich werd verrückt." Er zwinkert mir zu und macht sich hüpfend auf zu seiner Gespielin, die ihn schon freudig erwartet.

Vor meinen Füßen entdecke ich eine halbvolle Flasche Jack Daniels. Meine Hand nimmt die Flasche, schraubt den Deckel ab und führt sie an meine Lippen. Die bräunliche Flüssigkeit verätzt meinen Mund und brennt sich durch den Rachen in meinen Magen. Dort angekommen detoniert die Bombe und mir wird schlagartig heiß. Kurz kämpfe ich mit einem Übelkeitsschub und Gleichgewichtsproblemen, bevor ich mich umdrehe und auf Liv zuwanke.

Sie steht nur wenige Zentimeter vor mir und blickt überrascht auf. Sie lächelt mich mit strahlenden Zähnen an, wobei sie anmutet wie eine Burlesquetänzerin aus einem Pariser Stripladen. Mit einer gekonnten Bewegung nimmt sie mir die Whiskeyflasche aus der Hand, trinkt einen Schluck und drückt ihre feuchten Lippen auf die meinen. Der Whiskey rinnt über unsere Münder und tropft auf den Boden. Einer der Tropfen mäandriert über ihren Hals und versandet zwischen ihren Brüsten. Ich beneide ihn.

Ich nehme sie an der Hand und führe sie aus dem Zimmer, drücke sie an die gegenüberliegende Wand, die mit einer beigen Tapete beklebt ist, und küsse sie. Wir verschwinden in eines der anderen Zimmer. Anscheinend ein kleines Gästezimmer, in dem sich nichts befindet außer einem Bett, einem Nachtkästchen und einem antiken Bauernschrank, der mit floralen Mustern und Alpenmotiven liebevoll bemalt ist. Sie schließt die Tür hinter sich, dreht den Schlüssel im Schloss und gibt mir einen sanften Stoß, der mich auf das Bett befördert. Langsam öffnet sie die Knöpfe ihrer Hose, welche daraufhin wie von Geisterhand zu Boden gleitet. Sie trägt einen schwarzen Tanga und ihre Haut schimmert golden

im gelben Licht der Nachttischlampe. Ich ziehe sie an mich und küsse ihren Bauch. Sie bebt. Mit einer schnellen Bewegung hole ich sie zu mir auf das Bett und rolle mich auf sie. Plötzlich versteift sie sich.
„Halt, warte", haucht sie leise.
„Was ist denn?", frage ich.
„Ach nichts", sagt sie. „Es ist nur ... Ich bin noch Jungfrau."
„Scheiße, nicht schon wieder", denke ich mir.
„Versteh mich nicht falsch. Ich will das hier, aber ich will, dass du vorsichtig bist, okay?"
„Ja klar, alles was du möchtest", versichere ich ihr.
Sie entspannt sich und bettet ihren Kopf auf den Polster. Geschickt öffne ich ihren Büstenhalter. Sie hat ein kleines Muttermal auf der linken Brust. Sie zieht mich an sich und küsst mich. Dreht mich auf den Rücken und lässt ihre Finger über meinen Bauch wandern. Gekonnt öffnet sie meine Hose und zieht sie nach unten. Ich bin steif wie ein Fahnenmast. Ihre Pupillen weiten sich und scheinen das Türkis ihrer Iris zu verschlingen. Sie setzt sich auf mich und ich dringe in sie ein. Sie zuckt kurz und schluckt hart. Sekunden später beginnt sie sich federleicht zu wiegen. Wer fickt hier eigentlich wen? Ihr Atem wird schwer und sie krallt ihre Nägel in meine Brust. Sie wird immer lauter. Ich komme. Sie sackt über mir zusammen.

Der Rauch einer Zigarette strömt aus meinem Mund. Ihr Kopf liegt auf meiner Brust und ihr Körper hebt und senkt sich langsam. Wenn ich die Augen schließe, wird mir schwindlig. Der Raum dreht sich, aber ich bin glücklich.

„Er lächelt zufrieden."
„Das ist schön."

Ich kann nicht schlafen. Leise entschwinde ich dem Bett, nehme meine Sachen und schlüpfe aus dem Zimmer, ohne Liv zu wecken. Im Gang schlüpfe ich in meine Sachen und stolpere nach unten. Der Boden im Wohnzimmer ist mit Alkoholleichen übersät. Ich muss mir regelrecht eine Schneise schlagen, um auf die Terrasse zu gelangen. Lucky und Bleech lungern in dicke Decken gehüllt in zwei Gartensesseln herum und kämpfen einen aussichtslosen Kampf mit einer Schnapsflasche.
„Da sieh an, wer da aus seinem Loch gekrochen kommt", lallt Bleech.
„Gibt es hier noch was zu trinken?", frage ich.
„Sicher", rülpst Lucky und reicht mir die Schnapsflasche. Gegen jede Vernunft nehme ich einen Schluck. Der Sex hat mich etwas nüchtern gemacht, doch mein Magen hält nichts von dem scharfen Zeug. Im selben Augenblick kotze ich schon auf den nächstbesten Busch. Schallendes Gelächter verhöhnt mich.
„Gut gemacht, Jerry", lobt Lucky.
„Ja super", spucke ich und lasse mich in einen Sessel plumpsen. Ich atme ein paar Mal tief durch und falle schon bald in einen traumlosen Schlaf.

Gegen Mittag kommt Dizzy auf die Terrasse gestolpert und rüttelt mich wach. „He Jerry, aufwachen. Ich muss nach Hause. Meine Eltern machen Stress."
„Was? Wo bin ich? Au, mein Kopf." Völlig durchgefroren und orientierungslos setze ich mich auf.
„Komm schon", drängt er.
„Ja ja, ich komm ja. Ich brauche Kopfwehtabletten. Wo ist denn Lucky?", frage ich.
„Keine Ahnung", drängt Dizzy ungeduldig.
„Okay, ich geh nur schnell nach oben, schmeiße mir ein paar Tabletten ein und verabschiede mich von Liv."

„Gut, aber beeil dich."
Bei jedem Schritt fühlt sich mein Gehirn an, als würde ein Schwergewichtsboxer mit voller Wucht auf die weiche Masse einschlagen. Im Bad finde ich Aspirin und genehmige mir gleich zwei Stück, in der Hoffnung, dass die Wirkung so schneller eintritt. Danach schleiche ich zu dem Zimmer, in dem ich Liv vermute und klopfe an. Ich vernehme ein zaghaftes „Ja" und öffne die Tür.
„Hey Süße, ausgeschlafen?", frage ich.
„Hey du. Geht so", schmatzt sie.
„Ich muss los. Dizzy muss nach Hause. Stress mit seinen Eltern", erkläre ich.
„Aha, schade. Wann sehen wir uns wieder?", fragt sie erwartungsvoll.
„Ich weiß nicht", entgegne ich schroff. Etwas zu schroff.
„Okay, dann bis irgendwann", murmelt sie und kuschelt sich wieder in den Kopfpolster.
Ich gebe ihr einen Kuss auf die Schläfe und verlasse das Zimmer. Als ich die Tür schließe, kann ich einen kurzen Blick auf ihren nackten Rücken erhaschen und verspüre sofort eine leichte Erregung, die augenblicklich in einen pochenden Kopfschmerz umschlägt. Vorsichtig wackle ich nach unten, wo Dizzy bereits ungeduldig wartet, wie ein Rennpferd vor dem Start eines großen Derbys.
„So, von mir aus können wir los. Aber du musst fahren, ich glaub, ich kann noch nicht", klage ich.
„Die Eltern und Bauern, die um ihre überfahrenen Kinder und Hühner trauern müssten, werden es mir danken, wenn ich fahre", motzt Dizzy.
Ich setze mich auf den Beifahrersitz und keine fünf Minuten später nicke ich ein.

Als ich wieder zu Hause bin und unsere Wohnung betrete, erwartet mich schon meine Mutter.
„Wie siehst du denn aus?“, fragt sie wütend.
„Wie hingekotzt, nehme ich an“, antworte ich gleichgültig und will in mein Zimmer verschwinden. Aber dieses Mal lässt sie mich nicht so einfach davonkommen.
„Warte, nicht so schnell, mein Freundchen“, hält sie mich auf.
„Was ist denn?“
„So geht das nicht mehr weiter. Du säufst wie ein Loch, von anderen Dingen ganz zu schweigen und siehst beschissen aus. Außerdem sollst du doch noch etwas für die Schule tun, oder?“
„Ja sicher, aber bitte nicht so laut. Mein Kopf“, jammere ich.
„Jetzt reichts mir aber. Die nächsten Wochen bleibst du schön zu Hause und kümmerst dich um deinen Kram, verstanden?“
„Ja sicher.“
„Gut, und jetzt geh duschen, du stinkst wie ein toter Iltis“, sagt sie und verzieht angeekelt ihren Mund.
„Okay“.
Ich dusche lange, esse einen Happen, wobei mein Magen rebelliert wie ein Aufständischer und schleiche in mein Zimmer.
„Gute Nacht, Mum.“
„Verschwinde bloß“, ruft sie mit einem Schmunzeln.
Meine Kraft reicht gerade noch, um mir einen dicken Joint zu drehen, den ich erschöpft am Fenster rauche.

Dunkle Schatten

Ich treffe Oliver am Raucherplatz unserer Schule. Seine Freundin hat vor ein paar Tagen mit ihm Schluss gemacht und er sieht aus wie hingerotzt; von seinem Körpergeruch ganz zu schweigen.
„Nimm es nicht so tragisch. Ihr hattet doch eine gute Zeit miteinander. Behalte die Erinnerungen in deinem Herzen und sieh nach vorne“, versuche ich ihn aufzumuntern.
„Du hast ja Recht, aber sie fehlt mir. Es zerreißt mich. Außerdem bin ich echt gefährdet, wieder mit dem Saufen anzufangen“, sagt er und schnippt die Zigarette weg.
Vor einem halben Jahr hatte er eine Phase, in der er täglich eine halbe Flasche Wodka soff. Als er bei weniger als einer Flasche am Tag das Zittern seiner Hände nicht mehr unter Kontrolle brachte, war er kurz vor einem Kollaps. Das Zittern war allgegenwärtig und seine Finger waren schon vollkommen runzlig vom Alkohol, der seiner Haut alle Feuchtigkeit entzog. Mit Hilfe von Noah schaffte er es zum Glück, von dem Teufelszeug wegzukommen.
„Fang dir die Scheiße bloß nicht wieder an. Ich meins ernst. Sonst kriegst du es mit mir zu tun“, drohe ich entschlossen.

„Ich bemühe mich ja, aber das Alleinsein bringt mich um. Und dieses beschissene Internat kotzt mich dermaßen an, dass ich es am liebsten in die Luft jagen würde."
„Ich verstehe dich ja, aber du darfst dich nicht so hängen lassen. Ich muss jetzt zurück in den Unterricht, aber am Abend komm ich bei dir vorbei, okay?"
„Ist gut", lächelt er erleichtert.
Am Abend sitzen wir bekifft in seinem Zimmer im Internat und Oliver erklärt mir zum tausendsten Mal, warum Slash der verdammt nochmal beste Gitarrist der Welt ist, als sein Telefon läutet.
„Hi Iggy, alles klar?", sagt Oliver.
Stille.
„Okay, hört sich gut an. Ich bring auch noch Noah und Jerry mit, okay?"
Stille.
„Super, dann bis Samstag." Er legt auf.
„Iggy hat uns für Samstagabend eingeladen. Er hat frisches Hasch bekommen. Du kommst doch mit, oder?"
Kurz überlege ich. Eigentlich hatte ich ein Abkommen mit meiner Mutter, aber am Abend etwas unternehmen wird wohl drinnen sein.
„Ja sicher, bin dabei", nehme ich die Einladung an.
„Sehr gut. Das wird sicher lustig. Noah nehmen wir auch mit. Er ist bei solchen Treffen immer eine Bereicherung", grinst Oliver und lässt sich auf sein Bett fallen.

Meine Mutter ist nicht begeistert von meinen Plänen, aber unter der Vorraussetzung, dass ich Samstag den ganzen Tag lerne und am nächsten Tag spätestens Mittag und nüchtern heimkomme, lässt sie mich fahren.

Samstagabend holen mich Oliver und Noah ab und wir rauschen in Noahs Ford Kombi zu Iggy. Er wohnt in

demselben Dorf wie Oliver am Stadtrand von Salzburg.
Aus den Lautsprechern des Autoradios hämmert Rammstein. Die unbändige Energie der deutschen Musiker treibt meinen Puls in die Höhe. Keine andere Band vereint eine dermaßen brachiale Urkraft, mit tiefschürfenden Texten und herzzerreißenden Melodien.
Ich zünde mir eine Zigarette an und öffne das Fenster einen kleinen Spalt. Der Rauch schlängelt sich nach draußen, wie eine Schlange, die soeben aus ihrem Terrarium ausbricht. Die Luft ist mild. Langsam, aber sicher hält der Frühling Einzug.
„Hey Jerry, wie geht es eigentlich Toulouse?", fragt mich Noah.
„Ganz gut, glaube ich. Wieso fragst du?", will ich wissen.
„Nur so. Ich habe sie nur seit eurer Trennung nicht mehr gesehen. Das ist alles", antwortet er.
„Ich hab sie auch nur ein paar Mal zufällig gesehen, wenn ich bei Dizzy war. Aber wir verstehen uns wieder ganz passabel."
„Das hört sich doch gut an", sagt Noah.
„Ja, auf jeden Fall. Ich bin echt froh darüber. Irgendwie liebe ich sie immer noch, glaube ich. Aber mehr wie eine Schwester. Ich weiß auch nicht."
„Das ist doch in Ordnung. Viele Typen stehen auf ihre Schwestern", schmunzelt Noah und er und Oliver gackern los wie die Hühner.
„Ja ja, leckt mich doch am Arsch, ihr Idioten", grunze ich und falle in ihr Gelächter ein.
Kurze Zeit später biegen wir in die schmale Straße ein, die zu Iggys Haus führt. Er wohnt in einem dreihundert Jahre alten Bauernhaus, das auf einer niedrigen Anhöhe am Dorfrand liegt. Der Hof ist wunderschön.

Urig. Das Erdgeschoß besteht aus einer mindestens einen Meter dicken Natursteinmauer, in die kleine Holzfenster eingelassen sind. Darüber sitzt der erste Stock, der gänzlich aus verwitterten Lärchenbalken erbaut wurde und dem Haus etwas Erdiges verleiht. Vor dem Haus sprudelt lustig Wasser aus einem marmornen Brunnen und uralte Obstbäume bewachen das Anwesen.
Wir parken hinter dem Haus und gehen zum Eingang. Eine mit Schnitzereien verzierte Holztür versperrt uns den Weg. Oliver langt hinter einen hölzernen Fensterladen neben der Tür und fischt einen riesigen, gusseisenen Schlüssel hervor. Wie den Schlüssel zu einem verborgenen Schatz hält er das Stück Metall vor seiner Brust und steckt ihn behutsam in das Schloss. Knarrend dreht sich der Schlüssel und mit einem Klacken öffnet sich die Tür. Er hängt den Schlüssel zurück und wir betreten das Haus. Sofort verspüre ich die Aura des Gebäudes. Generationen von Bauern sind hier schon ein- und ausgegangen.
Wir schleichen eine abgewetzte Holztreppe nach oben und huschen in Iggys Zimmer. Die Decke ist so nieder, dass ich gerade noch aufrecht stehen kann. Niemand ist da. Wir setzen uns auf eine braune Couch und rauchen eine Zigarette. Plötzlich fliegt die Tür auf und Iggy kommt gefolgt von seiner Freundin Lucy ins Zimmer gestürmt.
„Hi Jungs. Wie ich sehe, habt ihr es euch schon bequem gemacht?“, brüllt Iggy fröhlich.
„Hi Iggy“, grüßt Oliver, steht auf und sie umarmen sich. Die beiden kennen sich seit der Volksschule und sind seitdem unzertrennlich. Über die Jahre haben sie sich von Lausbuben, die einen Vergleich mit Huckleberry Finn und Tom Sawyer nicht zu scheuen brauchen, zu den österreichischen Ebenbildern der Toxic

Twins, Steven Tyler und Joe Perry entwickelt.
„Noah kennst du ja und das ist Jerry", stellt mich Oliver vor.
„Hi Jerry, fühl dich wie zu Hause, Alter", grinst Iggy.
„Danke."
Wir begrüßen Lucy, der ein Dauergrinsen ins Gesicht gezeichnet ist, mit einem Kuss auf die Wange. Iggy stellt jedem von uns ein Bier vor die Nase, greift in seine Hosentasche und zaubert eine dicke Kante Hasch hervor, die er auf den wackeligen Holztisch knallt. Es sind gut und gern zwanzig Gramm Hasch, die da vor uns liegen.
„So, ihr entschuldigt mich bitte kurz. Ich gehe jetzt meine Freundin ficken und in der Zwischenzeit werdet ihr euch schon etwas anzufangen wissen", sagt er und leitet unsere Blicke auf das Stück Hasch und eine rote Glasbong, die neben dem Tisch steht.
Er nimmt Lucy an der Hand und verlässt den Raum genauso schnell, wie er ein paar Minuten zuvor hereingeplatzt war. Wir sehen uns verdutzt an.
„Was war denn das gerade?", frage ich verwundert.
„Das, mein Freund, war Iggy, wie er leibt und lebt", sagt Oliver und greift nach dem Hasch.
Er toastet eine Zigarette mit dem Feuerzeug, bricht sie auf und leert den Tabak in eine grüne Schale. Im nächsten Augenblick erhitzt er schon das Hasch, bröselt etwas von der klebrigen Masse zu dem Tabak in der Schüssel und vermengt es zu einer homogenen Mischung. Danach wird das Hütchen der Bong mit der Mischung gefüllt, auf das Chillum gesteckt, und Oliver setzt seine Lippen an das Glasrohr, entzündet die Mischung und zieht. Langsam füllt sich das Glasrohr mit dichtem, grauem Rauch. Er setzt kurz ab, atmet tief durch und inhaliert dann den ganzen Rauch. Er schluckt zweimal krampfhaft, bevor er eine gewaltige

Rauchfontaine aus seinem Mund aufsteigen lässt. Dann stellt er die Bong auf den Boden und versinkt in der Couch.
„Das schießt einen in eine andere Welt“, hustet er mit schwerer Zunge.
Nacheinander rauchen Noah und ich die Bong. Nach der dritten Runde liegen wir wie gelähmt auf der Couch und kichern vor uns hin.
Eine Weile später beginne ich mich eigenartig zu fühlen. Mir wird übel und etwas Unfassbares scheint seine körperlose Gestalt über meinen Rücken zu bewegen. Ich schrecke hoch und stelle fest, dass Oliver und Noah begonnen haben, ein Computerspiel zu spielen.
„Hey Alter, willst du auch mal spielen?“, fragt Oliver.
„Nein, danke, lass gut sein“, krächze ich leise.
Ich kann meine Stimme nicht mehr richtig kontrollieren. Sie hört sich an wie ein weit entferntes Echo. Ich sinke zurück in die Couch, die mich zu verschlucken droht. Der Raum zieht sich zusammen und ich bekomme Panik. Urplötzlich wird mir bewusst, dass ich dasselbe durchlebe wie bei dem Pilzerausch vor einigen Monaten. Ich bin gefangen. Gefangen in meinem eigenen Gehirn. Wo bin ich? Wer sind die Menschen in diesem Raum? Ich kann mich nicht bewegen. Ich kann nicht sprechen. Hat der Trip von damals nie aufgehört? Die Angst hält mich mit eiserner Kralle umklammert und gibt mich nicht mehr frei. Ich muss dagegen ankämpfen. Irgendetwas Reales. Ich suche nach dem rettenden Anker.

„Was ist denn los, Herr Slawitsch?“
„Der do drüben machen scho wieda so komisch Geräusch“, sagt der Kranke und zeigt in meine Richtung.
„Da werden wir gleich mal nachsehen.“
Die Krankenschwester geht an mein Bett und prüft

meinen Puls. Anscheinend ist er ziemlich schnell, denn sie holt den Chefarzt.
„Was sollen wir mit ihm machen?“, fragt sie den Arzt.
Der Arzt rüttelt mich sanft. „Hallo. Hallo. Hören Sie mich?“
Ich erwache langsam und bin vollkommen verwirrt.
„Wo bin ich? Ich bin doch eben noch bei Iggy gewesen?“
„Wer ist Iggy?“, fragt der Arzt.
„Ein Freund. Und wer sind Sie überhaupt?“, schnauze ich.
„Ich bin Doktor Hofer“, antwortet der Arzt.
Er ist um die sechzig und hat eine Halbglatze, die er mit den wenigen Haaren, die seitlich an seinem Kopf ein klägliches Dasein fristen, zu verdecken versucht.
„Was mache ich hier? Gehts den anderen gut?“, erkundige ich mich besorgt.
„Welchen anderen?“, fragt der Arzt.
„Meinen Freunden. Oliver und Noah und Iggy natürlich“, erkläre ich.
„Die kenne ich nicht, aber ihre Freundin war gerade hier.“
„Welche Freundin?“
„Die junge Dame, die Sie fast täglich besuchen kommt. Toulouse heißt sie, glaube ich“, überlegt der Arzt.
„Wie bitte? Wir sind seit einigen Monaten getrennt“, sage ich. Panik erfüllt mich. Was erzählt mir dieser Kurpfuscher hier bloß?
„Das sieht aber anders aus, wenn sie hier ist“, meint der Arzt.
„Sie spinnen doch“, zetere ich und versuche aufzustehen, doch meine Muskeln gehorchen mir nicht. „Was ist denn hier los?“, frage ich verzweifelt.
„Ganz ruhig, nehmen Sie das“, sagt die Krankenschwester und hält mir zwei bunte Pillen unter die Nase.

„Was? Nein! Wofür ist das?“, will ich wissen.
„Zur Beruhigung“, besänftigt sie mich.
Widerspenstig nehme ich die Pillen und spüle sie mit etwas Wasser hinunter. Kurze Zeit später dämmere ich ein.

Noah sieht mich an. „Hey Jerry, alles klar bei dir? Du bist ja kreidebleich.“
Ich kann nichts sagen. Kein Wort kommt über meine Lippen. Ich will sprechen, kann aber nicht. Oliver steht auf und neigt sich zu mir. Er rüttelt mich.
„Hey. Geht es dir gut? Sag doch was!“
„Nein, gerade nicht.“ Die Worte quälen sich aus meinem Mund.
„Was ist denn los?“, fragt er besorgt.
„Ich weiß auch nicht. Ich war gerade wieder in der Welt, in der ich bei dem Pilzerausch gefangen war“, stottere ich. Ich entspanne mich ein bisschen. Die eiserne Kralle lockert ihren Griff.
„Scheiße Alter, geht es dir wieder besser?“
„Ich glaube schon, aber die Bong rühre ich so bald nicht mehr an!“
„Wird wohl besser sein“, sagt er.
Langsam lehne ich mich zurück und rauche eine Zigarette. Und eine weitere und noch eine. Die Welt normalisiert sich. Ich bin nur total bekifft.
In der Zwischenzeit sind Iggy und Lucy wiedergekommen. Wir unterhalten uns ein wenig, bis wir alle einschlafen. Oliver weckt mich.
„Komm Alter, wir gehen zu mir. Schlafen.“
„Okay“, nuschle ich verschlafen.
Wir verabschieden uns von Iggy und Lucy und stolpern durch die Nacht zu Oliver. Wie die letzten Penner stehlen wir uns durch die Finsternis, bis wir endlich da sind. Leise schleichen wir uns ins Haus, plündern

gierig den Vorratskeller, der so voll ist, dass eine zehnköpfige Familie einen Monat hier unten überleben könnte. Wie Einbrecher huschen wir durch das Stiegenhaus, an dessen Wänden unzählige Familienfotos hängen, nach oben in Olivers Zimmer. Einige der Gestalten auf den Fotos bewegen sich und greifen nach mir. Ein kalter Schauer läuft über meinen Rücken.
„Leise, ihr Idioten", zischt Oliver.
„Verzeihung", flüstern Noah und ich gleichzeitig und kichern wie kleine Schulmädchen. Im Zimmer angelangt, setzen wir uns mit unserer Beute auf den Boden und fressen alles auf wie eine Horde hungriger Wildschweine. Ich rauche noch eine Zigarette und schlafe neben den Überresten des Gelages ein.
Am nächsten Tag fahren wir gegen Mittag zurück. Oliver und Noah müssen ins Internat und ich zu meinen Schulunterlagen.
Bevor sie mich zu Hause absetzen, fahren wir noch zu einem abgelegen Platz in der Nähe der Schule. Es ist unser Abschiedsritual, wenn wir etwas gemeinsam unternommen haben. Oliver rollt einen Joint und wir lauschen den Klängen von Incubus. Make yourself.

Das letzte Gefecht

Es ist Montag und Dizzy schläft mit offenen Augen und aufrecht sitzend neben mir. Die Stunden ziehen sich wie dickflüssiger Honig, der aus einem Glas tropft. In zwei Monaten stehen die Abschlussprüfungen an. Bald werden wir der Schule, diesem quälenden Folterknecht, entfliehen und freie Menschen sein. Nur noch zwei Monate.

Ich versuche, mich mit der Kraft der schieren Verzweiflung für das letzte Gefecht zu motivieren. Aber der Kampf wird hart werden und Opfer fordern. Im letzten halben Jahr hatte ich es fertiggebracht, mich beim Gros der Lehrerschaft unbeliebt zu machen und das konnte zum echten Problem werden. Nur vereinzelte Professoren scheinen mich trotz meiner Eskapaden noch nicht abgeschrieben zu haben. Sie vermuten einen guten Kern unter der verwesenden Hülle und diesen wollen sie ein letztes Mal freilegen. Neben den schriftlichen Hauptfächern Deutsch, Englisch und Mathematik, in denen ich wenig zu befürchten habe, muss ich noch in vier Fächern zur mündlichen Prüfung antreten. Kunstgeschichte ist mein bestes Pferd im Stall. Vor allem die Impressionisten begeistern mich. Ihre Bilder führen ein mystisches Eigenleben. Das Leuchten und die Strahlkraft der Farben fesseln

mich. Wenn ich diese Bilder betrachte, erscheint es mir, als müsste man nur seine Hand ausstrecken oder einen Fuß heben und könnte in die Bilder eintreten wie in eine Parallelwelt.
Zwei weitere Fächer sind schnell gefunden, fehlt nur noch eines. Ein Fach, das über Desinteresse, einen fiesen Lehrer oder schlichtweg Unvermögen meinerseits erhaben ist. Schweren Herzens fällt meine Wahl auf Philosophie. Das Fach an sich interessiert mich, aber der Professor, der dieses Fach unterrichtet, kommt einer Katastrophe biblischen Ausmaßes gleich. Inkompetenz gepaart mit unergründlichem Hass auf alle Schüler dieser Welt scheinen eine unüberwindbare Bürde darzustellen. Manchmal habe ich den Eindruck, er würde uns am liebsten in eine der Höhlen verbannen, in denen Aristoteles seine Erkenntnisse hatte.
Eines Tages warte ich nach der Unterrichtsstunde, bis alle anderen weg sind, und bitte ihn um ein Gespräch. Ich fühle mich wie Daniel in der Löwengrube. Stammelnd frage ich um sein Einverständnis für mein Antreten zur Prüfung in seinem Fach. Anfangs wirkt er überrascht, dass einer von uns Blödmännern wirklich die Frechheit besitzt, ihn um die Zulassung zu fragen. Als er sich jedoch gefangen hat, merke ich, wie sein geschundenes Ego zu wachsen beginnt. Ein Samenkorn, das in der Wüste jahrelang nach einem Tropfen Wasser gelechzt hat und nun mit voller Kraft gegen den Himmel strebt.
Er betrachtet mich eindringlich und misstrauisch, als würde er auf das Zuschnappen einer ihm gestellten Falle warten. Doch als weder Gelächter aus einer finsteren Ecke schallt, noch sonst eine Frechheit zu ihm dringt, glätten sich die Falten rund um seine große Nase und auf seiner Stirn und seine Augenlider hören auf zu zucken.

„Sehr schön. Formulieren Sie bis in zwei Wochen ein Spezialthema."
„Okay, vielen Dank. Und was für ein Spezialthema."
„Na das müssen Sie schon selber wissen."
„Gut, ich werds versuchen."
„Versuchen wird zu wenig sein, Herr Zimmermann. Machen ist die Devise, machen."
„Verstanden! Und danke", schleime ich, dass mir fast das Kotzen kommt.
„Ja, ja, und jetzt verschwinden Sie."
„Das ging ja leichter als erwartet", denke ich mir. „Jetzt muss ich nur noch die Prüfungen schaffen."
Die folgenden Wochen verzichte ich auf alle Ablenkungen. Keine, fast keine Drogen, kein Feiern und keine Frauen.

Am Abend vor der mündlichen Matura bin ich ein nervliches Wrack. Die schriftlichen Prüfungen habe ich alle bestanden, aber vor den mündlichen Prüfungen habe ich Panik. Ich liege wach in meinem Bett und meine Gedanken überschlagen sich. Kurz dämmere ich ein, bis ich durch einen Albtraum aufschrecke. Ich wälze mich hin und her, finde aber keinen erholsamen Schlaf. Ich sitze mit vierzig noch immer im Unterricht, der Tisch ist viel zu klein und ich bin der einzige unter den Schülern, der einen Bart trägt.
Ich wache auf. Nur ein Albtraum.
Plötzlich stehe ich in einem rosa Kleid vor der Prüfungskommission, die mich mit erhobenem Finger für mein Auftreten rügt. Ich versuche mich zu rechtfertigen, indem ich erkläre, dass es sich um ein Designerkleid handle, mache damit aber auch keine Punkte bei den Herrschaften. Nur mein Englischlehrer scheint Gefallen an meiner Kleidung zu finden und sieht mich lüstern an.

Schweißnass erwache ich.

„Er schwitzt wieder so stark", stellt die Schwester besorgt fest.
„Ich weiß", sagt eine zweite Stimme.
„Ich würde wirklich gerne wissen, was in seinem Kopf passiert."
„Ja, ich auch."

Als ich von meinem Wecker gnadenlos wachgerüttelt werde, fühle ich mich wie gerädert. Ich quäle mich aus dem Bett, nehme eine heiße Dusche, putze mir gründlich die Zähne und zwänge mich in einen dunkelgrauen Anzug. Die Krawatte stecke ich ein. Erst im letzten Augenblick werde ich dieses Symbol der Spießergesellschaft um meinen Hals legen. Ich überprüfe meine Unterlagen und die Partyausstattung, die ich mir für später schon bereitgestellt habe. Ein paar Gramm Gras und eine Flasche Jack Daniels.
„Alles Gute, mein Schatz", ruft mir meine Mutter nach, als ich die Wohnung verlasse. Ich bin zu nervös, um noch etwas zu essen.
„Danke, ich melde mich bei dir, wenn es vorbei ist", rufe ich.
„Gut. Viel Glück!"
Während der Busfahrt die steile Bergstraße hoch zu meiner Schule wird mir bewusst, dass das die letzte Fahrt mit dem Schulbus in meinem Leben sein könnte. Ich fühle Wehmut in meiner Kehle aufsteigen, doch sogleich überkommt mich ein Gefühl höchster Euphorie. Ich werde diese Prüfungen schaffen!
Einige meiner Mitschüler haben ihre Prüfungen schon in den vergangenen Tagen abgelegt und liegen noch im Koma, als ich über den Pausenplatz Richtung Haupteingang der Schule schleiche. Ich fühle mich wie

ein gehetztes Reh. Meine Augen huschen von einer Seite zur anderen und meine Hände schwitzen. Der Anzug zwingt mich in eine ungewohnt aufrechte Körperhaltung.

Schilder mit der Aufschrift „MATURA, BITTE RUHE“, leiten mich durch die Aula bis vor die Bibliothek, in der die Prüfungen stattfinden. Noah wartet bereits vor der Tür. Schon von weitem erkenne ich an seiner Körperhaltung, dass es ihm nicht viel besser geht als mir. Er blättert hastig zerknitterte Unterlagen durch und versucht anscheinend, sich in letzter Minute noch etwas Wissen in sein Hirn zu pressen.

„Das bringt jetzt auch nichts mehr“, sage ich und versuche Selbstbewusstsein zu heucheln.

„Hi, ich weiß. Ich bin fertig Alter. Ich habe kein Auge zugetan“, stöhnt er.

„Ich auch nicht, aber wir schaffen das. Dann sind wir frei. Hörst du, frei!“

„Du hast Recht. Denen zeigen wir es jetzt!“, gibt er sich kämpferisch.

Wir werden in die Bibliothek gerufen. An Tischen, die in einem Halbkreis angeordnet sind, sitzen sieben Lehrer und Professoren. Ich fühle mich wie Maximus Decimus Meridius im Kolosseum. Wir bekommen unsere Fragen, setzen uns und beginnen mit unserer Vorbereitungszeit. Außer dem Blatt Papier, das vor mir auf dem Tisch liegt, höre und sehe ich nichts.

Noah ist vor mir an der Reihe und nach anfänglichen Schwierigkeiten macht er seine Sache gut und verlässt mit einem breiten Grinsen den Raum.

Als letzter unseres Jahrgangs bin ich am Zug. Ich rede mich in einen Rausch. Nach meinem Urteilsvermögen läuft es fantastisch und nach dem letzten Fach verlasse ich die Bibliothek mit erhobenem Haupt. Wir müssen warten, während sich die Lehrer beraten. Endlose

Minuten später werden Noah und ich wieder vor das Schiedsgericht gerufen.
„Meine Herren. Wider Erwarten haben Sie uns beide restlos überzeugt und in allen Fächern bestanden. Gratuliere."
Man kann förmlich die Steine von unseren Herzen abfallen hören und wir grinsen wie zwei Honigkuchenpferde. Die Lehrerschaft scheint genauso froh darüber zu sein, uns im Herbst nicht noch einmal begrüßen zu müssen, wie wir. Wir schütteln allen gehörig die Hände und stürmen aus dem Raum. Aus purem Übermut knalle ich der Französischprofessorin die Tür vor der Nase zu und lasse einen Urschrei aus meiner tiefsten Seele frei, der sogar einen ausgewachsen Braunbären das Fürchten gelehrt hätte. Noah und ich fallen uns in die Arme.
„Wir haben es geschafft!", juble ich.
„Ja Alter, endlich frei", schreit Noah.
Wir stolzieren zum Raucherplatz, wo die anderen Maturanten schon mit Dosenbier auf uns warten. Wir gönnen uns eine Marlboro.
„Prost und gratuliere", lallt Dizzy, der seine Prüfung schon am Vormittag geschafft hat.
„Prost Alter", trällere ich.
Nach einer weiteren Zigarette fahren wir zu mir nach Hause. Meine Mutter ist noch in der Arbeit und da die Maturafeier am Abend in einem Pub in unserem Dorf stattfinden wird, wollen wir am Balkon unserer Wohnung die Ruhe vor dem Sturm genießen und die bestandenen Prüfungen feiern.
Als wir in der Wohnung ankommen, greife ich als Erstes zum Hörer, rufe meine Mutter an und erzähle ihr von meinem Erfolg. Ihr Jubelschrei hallt noch einige Minuten in meinem Kopf nach. Sie ist überglücklich und sehr stolz auf mich. Sie hat den ganzen Tag mit-

gefiebert und ist unendlich erleichtert, von den quälenden Fesseln der Ungewissheit befreit zu sein.
Dizzy, Noah und ich fläzen uns mit einem Bier, einem Joint und der Flasche Jack Daniels, die ich am Vorabend bereitgestellt hatte, auf den Balkon und lassen uns die Sonne auf die nackten Oberkörper scheinen. Wir reden nicht viel, sitzen einfach nur da und genießen dieses wunderbare Gefühl, etwas Großes geschafft zu haben.
Im Laufe des Nachmittags kommen Candy, Oliver, Toulouse und noch einige meiner Mitschüler vorbei. Binnen weniger Stunden ist die Wohnung eingenommen, es wird Bier und Pizza serviert und getanzt. Begleitet von wilden Bewegungen und atonalem Gegröle fällt der ganze Druck der letzten Wochen von uns ab.
Ich hole mir gerade ein frisches Bier aus dem Kühlschrank, als ich einen Schlüssel im Schlüsselloch höre. Eine heiße Panikwelle überrollt mich. Es kann nur meine Mutter sein. Was macht sie schon hier? Ein kurzer Blick auf meine Uhr verrät mir, dass es schon nach fünf Uhr ist. Um diese Zeit kommt sie normalerweise nach Hause. Pünktlich wie die Feuerwehr. Wenn sie ihre Wohnung so vorfindet, voller angetrunkener Jugendlicher und leerer Alkoholflaschen, ist ein Herzinfarkt nur die logische Folge. Angriff ist die beste Verteidigung. Ich laufe zur Tür und als meine Mutter eintritt, falle ich ihr um den Hals.
„Hi Mum, ich hab es geschafft!“, rufe ich überschwänglich, in der Hoffnung, sie so von dem ganzen Chaos abzulenken.
„Gratuliere mein Schatz. Das ist ja so super“, jubelt sie und ich erkenne eine Träne in ihrem rechten Auge.
„Aber was ist denn hier los?“, fragt sie, als Oliver halb nackt aus meinem Zimmer stolpert.
„Hallo, Frau Zimmermann“, grinst Oliver und verschwindet gleich in Richtung Balkon.

„Ja das ... es tut mir leid, aber wir wollten nur etwas unsere Matura feiern und irgendwie sind es mehr Leute geworden als geplant. Wir werden gleich verschwinden, okay?“, erkläre ich und setze mein unschuldigstes Gesicht auf.
„Okay, ich gehe jetzt duschen und wenn ich fertig bin, will ich keinen von diesen Säcken mehr sehen. Ist das klar!“, poltert sie mit gespieltem Ernst.
„Okay, kein Problem. Danke.“, sage ich und umarme sie noch einmal.
Als sie im Bad verschwunden ist, laufe ich auf den Balkon.
„Hey Leute, wir müssen verschwinden. Meine Mutter ist gerade nach Hause gekommen. Packt eure Sachen. Wir treffen uns draußen und gehen dann ins Pub!“, verkünde ich.
Widerwillig erheben sich alle und einer nach dem anderen schleicht aus der Wohnung, wie ein Fußballspieler, der des Platzes verwiesen worden war. Dizzy und ich räumen das Nötigste auf, und ausgestattet mit einer ordentlichen Menge Gras und einem Bier in der Hand folgen wir den anderen. Bald haben wir sie eingeholt, doch nach wenigen Minuten habe ich das Bedürfnis, etwas alleine zu sein. Ich lasse die anderen ziehen und setze mich am Waldrand, etwas abseits der Straße, die in den Ort führt, in die Wiese, aus der mich bunte Blütenköpfe neugierig anlächeln. Ich drehe mir einen Joint und sinniere einige Minuten über mein Leben. Alle Türen stehen mir offen. Unendlich viele Möglichkeiten und doch habe ich keine Ahnung, was ich mit meiner restlichen Zeit auf diesem Planeten anfangen soll.
Der Rauch strömt sanft durch meine Lungen und mit jedem Atemzug fällt die Anspannung der letzten Wochen von mir ab. Ich träume vor mich hin, als ich auf

der Straße Toulouse und Cherry vorbeigehen sehe.
„Hey, ihr zwei Hübschen!“, rufe ich und winke ihnen zu. Sie winken zurück und scheinen über irgendetwas zu diskutieren. Nach einer Weile geht Cherry alleine weiter und Toulouse kommt zu mir. Sie gibt mir einen Kuss auf die Wange, nimmt den Joint und lässt sich neben mir in die Wiese fallen. Sie inhaliert und sieht zum Himmel empor. Die Wolken ziehen wie kleine Segelboote am endlosen Ozean des Himmels dahin. Unabbringbar, bis sie am Horizont verschwinden. Es ist, als würden wir am Meeresgrund sitzen und eine Regatta von unten beobachten.
„Ich möchte auch schon mit der Schule fertig sein“, jammert Toulouse entmutigt.
„Hey, das wird schon“, versuche ich sie aufzubauen.
„Ich weiß nicht. Ich schaffe das nie. Ich hasse die Schule und die Lehrer. Das ist doch reine Zeitverschwendung.“
„Sicher schaffst du das. Wir habens ja auch gepackt, sogar dein beknackter Bruder“, lache ich.
Sie lächelt zögerlich, „Hoffentlich!“
Seit ein paar Monaten verstehen wir uns wieder wie früher. Nur mit dem Unterschied, dass wir kein Paar mehr sind. Wir haben sogar ein paar Mal miteinander geschlafen. Irgendwie war es eigenartig mit ihr zu schlafen. Es war, als würde ich mit meiner Schwester vögeln, aber genau dieser Gedanke schien mich zu reizen. Es gefällt mir, wie es ist. Ich will frei sein und die Welt erforschen, weiß aber gleichzeitig, dass es immer einen sicheren Hafen gibt, in den ich zurückkehren kann.
„Und, bereit für die Vernichtung?“, fragt sie, gibt mir den Joint, der in der Zwischenzeit ausgegangen ist, und steht auf. Sie trägt einen Jeansminirock und ein weißes Unterhemd. Ihre Brüste zeichnen sich unter dem durchscheinenden Stoff ab, wie zwei Bergspitzen

unter einer Nebeldecke. Ich muss an mich halten, um sie nicht an Ort und Stelle zu nehmen. Hier in der Wiese, beobachtet von Wolken und zufällig vorbeikommenden Passanten. Sie ist schon ein Stück voraus gegangen. Ich laufe ihr nach, lege meinen Arm um ihre Schulter und wir schlendern ins Dorf. Sie schenkt mir ein Lächeln und ich weiß, dass uns eine denkwürdige Nacht bevor steht.
Als wir beim Pub ankommen, stürzt Carlos aus der Tür und kotzt uns genau vor die Füße.
„Hey, du Schwein", schimpft Toulouse.
Er hat blaue Ringe unter den Augen und ist kreidebleich. „Sorry, ich hab nur Platz für noch mehr Bier machen müssen", röchelt er und grinst uns schelmisch an. „Gib mir einen Zug von dem Joint in deiner Hand da, ja?" Ich gebe ihm den Joint und nach ein paar tiefen Zügen kotzt er ein zweites Mal. „Scheiße, ich glaub, jetzt ist alles draußen", spuckt er, schnappt mich an der Schulter und zerrt mich ins Pub.

Im Inneren des Pubs kann man die Luft förmlich schneiden. Das Gebäude hatte bis vor kurzem als Kuhstall gedient, der liebevoll renoviert und in eine ansehnliche Bar umgestaltet worden war. Die Einrichtung besteht aus schweren, dunklen Holztischen und Stühlen. Mitten durch den Raum zieht sich eine Reihe alter Kuhtränken, die zu Dekorationszwecken erhalten worden waren. Die steinernen Wannen eignen sich hervorragend zum Einkühlen von Getränken und sind bis zum Rand mit Eis und diversen Spirituosen gefüllt. Einige gelblich flackernde Laternen verleihen dem Interieur ein wohliges Eigenleben.
Unsere Eltern haben uns das Schlachtfeld schon seit geraumer Zeit überlassen und so wird die Party immer ausufernder. Wir halten uns erst gar nicht mehr mit

dem Bestellen von Getränken auf, sondern saufen direkt aus den Flaschen. Die Bar wird geentert und die Barkeeper als Geiseln genommen. Allerdings scheinen sie am Stockholm-Syndrom zu leiden. Sie überlassen uns das Terrain und feiern mit uns. Geld spielt heute keine Rolle.

Noah liegt mit dem Rücken auf der Bar und ich schütte Whiskey in seinen weit aufgesperrten Mund. Ich bin verwundert, wie viel von dem scharfen Zeug in seinem Rachen verschwindet, bis er sich unverwandt zur Seite rollt und hinter die Bar kotzt. Ich nehme einen langen Schluck aus der Flasche und sehe mich im Raum um. Die Menge ist außer Rand und Band. Die Leute tanzen auf den Tischen, Flaschen werden am Boden zerschmettert und es liegt schwerer Grasgeruch in der Luft.

Als ich einen unbändigen Drang verspüre, meine Blase zu entleeren, stelle ich eine leere Bierflasche zur Seite, stolpere nach draußen und suche mir den erstbesten Busch, um mein Geschäft zu verrichten. Schwankend wie ein alter Seemann beobachte ich meine Pisse, die in zwei dampfenden Strahlen aus meinem Schwanz fließt, als ich ein leises Stöhnen vernehme. Ich packe mein bestes Stück in meine biergetränkte Hose und wage einen Blick hinter den Busch. Anfangs erkenne ich nur einen nackten Hintern, der wild auf und ab hüpft, wie ein übergroßer, weißer Gummiball. Erst beim zweiten Hinsehen identifiziere ich Oliver. Er liegt auf einem dunkelhaarigen Mädchen. Ein Lachen entweicht meinen aufgeblähten Backen. Oliver sieht mich mit leicht schielenden Augen über die Schulter weg an und schreit, „Verpiss dich, du Penner, hast du denn überhaupt keinen Anstand?“

„Tut mir leid, aber ich hätte euch fast angepisst. Ihr solltet euch besser einen anderen Platz für eure Frivolitäten suchen“, pruste ich laut lachend.

„Du Schwein", kreischt das Mädchen und in diesem Moment beginnt auch Oliver zu lachen und bricht auf ihr zusammen.
Keine zehn Sekunden später stürmt das Mädchen vor Wut schäumend an mir vorbei. Oliver stolpert mit halb heruntergelassener Hose hinter ihr her und versucht zu retten, was zu retten ist. Aber es ist nichts mehr zu retten.
„Danke, du Arsch. Hast mir die Tour vermasselt", jammert Oliver und gibt mir einen leichten Rempler.
„Tut mir wirklich leid, Alter", sage ich und wir brechen in schallendes Gelächter aus.
„Komm, lass uns wieder reingehen", sagt Oliver, „ich habe Durst, wie Sau."
Dizzy und Carlos haben in der Zwischenzeit die Bar vollkommen übernommen und versuchen sich als Barkeeper. Ich geselle mich zu ihnen und versuche, einen Joint zu drehen. Erst mit dem dritten Versuch schaffe ich es, die Tabak-Gras-Mischung in das Papier zu rollen und den Joint zusammenzukleben. Ich muss ständig die Augen zusammenkneifen, um scharf zu sehen.
„Hat wer Feuer?", rufe ich.
Carlos fischt ein Päckchen Zündhölzer aus seiner Hosentasche und entzündet den Joint, der zwischen meinen Lippen auf seinen Einsatz wartet. Ich nehme einen tiefen Zug und überlege mir, dass ich mich schön langsam entscheiden muss. Entweder ich ergebe mich dem Suff, oder ich suche mir ein williges, weibliches Individuum, das ich beglücken kann. Mir wird klar, dass solche Entscheidungen in der nächsten Zeit mein Leben bestimmen werden und ich spüre ein Hochgefühl in mir aufsteigen. Doch die Entscheidung, was den weiteren Verlauf der heutigen Nacht betrifft, fällt mir durchaus schwer. Vor allem, weil an jeder Ecke Alkohol winkt und das Gras in meiner Hosentasche ständig

flüstert, ich solle es doch rauchen und mich dem Rausch hingeben. Ganz im Gegenteil zur Frauenwelt. An keiner Ecke steht ein potentielles Opfer und ein verführerisches Flüstern vernehme ich auch nicht. Wie so oft, entscheidet das Leben für mich, denn als Oliver mit zwei Fläschchen Jägermeister auf mich zugewankt kommt, ist der Entschluss gefallen. Zum Ficken bin ich sowieso schon zu blau, aber Saufen geht noch. Er drückt mir eines der Fläschchen in die Hand, wir schrauben den Deckel ab und trinken den süßlich-herben Kräuterschnaps.
„Gratuliere noch mal zur Matura, Alter", lallt Oliver und fällt mir um den Hals.
„Danke, Alter", singe ich überschwänglich.
Ich bin kurz den Tränen nahe, weil mir durch Olivers Beglückwünschung wieder bewusst wird, warum ich hier so gnadenlos saufe. Doch plötzlich reißt mich eine ruppige Attacke von hinten aus meiner temporären Sentimentalität.
„Hey, ihr Schwulis!", schreit Toulouse. „Was ist denn hier los? Treffen der anonymen Tunten? Feiern, aber zackig!", befiehlt sie uns lachend.
„Zu Befehl", rufen Oliver und ich im Chor und salutieren vor Toulouse, wobei ich mir die Handkante ins rechte Auge schlage und einen Moment das Gleichgewicht verliere. Oliver kann sich ein Lachen nicht verkneifen, stolpert dabei aber selbst rückwärts in eine der Kuhtränken, in der mittlerweile Dutzende Bierflaschen ihre letzte Ruhestätte gefunden haben. Wie eine angespülte Wasserleiche liegt er zwischen den Flaschen und krümmt sich vor Lachen. Toulouse und ich müssen uns gegenseitig stützen, um nicht zusammenzubrechen.
Als es bereits dämmert, ist das Pub in Schutt und Asche gelegt. Der Tag begrüßt uns mit strahlendem

Sonnenschein und einer warmen Brise. Diejenigen, die noch stehen können, versuchen zurück in die Schule zu gelangen, um dort weiter zu feiern und den Ort der jahrelangen Drangsal zu vernichten. Wer nicht mehr gehen kann, wird von helfenden Händen in ein Auto verladen und mitgenommen.
Eine hupende und dem chaotischen Kollaps nahe Autokolonne quält sich die steile und kurvige Bergstraße zu unserer Schule hoch. Entlang von steilen Böschungen und Gräben und durch den dichten Wald führt sie immer weiter nach oben. Für viele Autofahrer ist diese Straße schon in nüchternem Zustand eine Herausforderung, aber jeder von uns kennt diesen Weg in- und auswendig und so schaffen es alle unbeschadet ans Ziel. Dizzy und ich finden keine Mitfahrgelegenheit und so beschließen wir, Dizzys DS 50 zu missbrauchen, um dem Blechwurm zu folgen. Dizzy ist viel zu besoffen um zu fahren und so obliegt mir die Ehre, uns sicher ans Ziel zu bringen.
„Bitte aufsteigen, die Reise beginnt", lalle ich voller Zuversicht, uns unbeschadet zu chauffieren. Dizzy wuchtet sich auf das Moped, als würde er einen wilden arabischen Hengst besteigen und lässt uns beinahe seitlich umkippen.
„He, Alter, immer mit der Ruhe. Reiß dich etwas zusammen", grunze ich.
„Tut mir leid", murmelt er kleinlaut und nimmt nun etwas sanfter hinter mir Platz.
Mit einem lauten Aufjaulen des Motors rauschen wir los. Nach den ersten Metern stelle ich fest, dass ich nicht so fahrtüchtig bin, wie ich gedacht hatte. Wir fahren in Schlangenlinien hinter der Autokolonne her und ich muss höllisch aufpassen, keinen Auffahrunfall zu verursachen.
Überall auf dem Schulgelände stehen Autos herum,

wie verirrte Schafe. Die Motoren laufen noch und die Szenerie gleicht einem Science Fiction Film, in dem die Menschen von Aliens hochgebeamt wurden und alles liegen- und stehengelassen wurde.
Dizzy und ich rasen auf der alten DS 50 auf den zentralen Platz zu und ich lege eine Vollbremsung in der Wiese hin. Der Hinterreifen überholt uns seitlich und schon purzeln wir über den Boden. In meinem Schuh prangt ein großes Brandloch, weil ich bei dem Sturz den glühend heißen Auspuff berührt habe. Dizzy liegt jaulend neben mir und hält sich sein linkes Bein.
„Scheiße, du Idiot! Ich habe doch gesagt, du sollst keine Vollbremsung in der Wiese machen“, flucht Dizzy wütend.
Ich begreife erst nicht, warum er so einen Terz um die Sache macht, bis ich sein Bein sehe. Der Auspuff hat sich nicht wie bei mir in den Schuh, sondern in seine Wade gebrannt und ein Brandloch in der Größe einer Salamischeibe hinterlassen.
„Fuck, tut mir leid, Alter. Ist es schlimm?“, frage ich besorgt.
„Geht schon, es brennt nur wie Sau“, jault er.
Zum Glück ist er dermaßen voll, dass der Schmerz schnell vergessen ist und wir weiter feiern können. Bald entdecken auch die anderen das Moped und wir beginnen auf dem Weg, der die einzelnen Internatsgebäude miteinander verbindet und einer Trabrennbahn gleicht, Runden auf Zeit zu fahren. Eine Bestzeit jagt die andere, bis Bull das Moped zwischen die Finger bekommt. Er ist etwas kleiner als ich, wiegt aber gut und gern neunzig Kilo. Kein Fett, nur Muskeln und pure Kraft. Er zwängt seinen monströsen Schädel in den kleinen Helm und fährt los. Nach der ersten Runde stoppt er jedoch nicht, sondern rast mit Vollgas an uns vorbei. Runde für Runde jagt er das ächzende Moped

über das Plateau, bis es dem Gefährt zu viel wird und es ihn in einer Kurve abwirft wie ein durchgedrehter Hengst seinen Reiter. Bull hat eine Schürfwunde auf der Wange, rappelt sich auf und wankt von dannen. Das Moped liegt mit laufendem Motor, gebrochenem Kupplungshebel und verbeultem Kotflügel im Dreck und ringt verzweifelt nach Atem. Wir versorgen das geschundene Gefährt und bringen es in Sicherheit. Nach einer Weile verlassen Dizzy, Noah, zwei meiner Mitschüler und ich das Schlachtfeld und gehen zu einem unserer Lieblingsplätze im Wald. Es ist eine kleine Lichtung, über der Schlucht, die unter der Schule mäandriert. Wir lassen uns ins hohe Gras sinken und Noah fällt sofort in einen komatösen Schlaf. Wir anderen sitzen stumm im Gras, das vom warmen Wind sanft hin und her geschaukelt wird und lassen unsere Blicke über die Schlucht, über die weiten Wälder und den türkis glänzenden See im Tal schweifen. Dizzy brabbelt irgendetwas über seine glorreiche Zukunft und ich rolle einen Joint. Fertig. Wieder einmal. Ich lehne mich mit dem Rücken an einen Baum und entzünde den Joint. Nach ein paar tiefen Zügen gebe ich ihn an Dizzy weiter, schließe die Augen und versinke in dieses wohlig-warme Gefühl des Bekifftseins.

Eine weitere Schwester kommt an mein Bett. Eine andere beobachtet mich schon seit geraumer Zeit.
„Er sieht heute so friedlich aus."
„Ja, er lächelt beinahe ein bisschen."
Sie stehen noch eine Weile einfach so da. Sie scheinen sich zu freuen, mein Gesicht einmal nicht mit flackernden Augen und schweißnasser Stirn zu sehen.

Ich war kurz eingeschlafen. Als ich erwache und um mich blicke, bin ich allein. Glaube ich jedenfalls. Doch die Jungs sind da, nur liegen sie alle getarnt im Gras und auf den ersten Blick habe ich keinen von ihnen ausmachen können. Beruhigt strecke ich mich und trinke einen Schluck Bier. Nach und nach erwachen die anderen wieder zum Leben und wir beschließen, etwas zu essen und mehr Bier zu holen und dann den restlichen Tag hier zu verbringen.

Als wir zurück sind, wird mir erstmals richtig bewusst, was in den letzten Tagen geschehen war. Die Matura bedeutet nicht nur ein neues Leben, einen Neustart in eine ungewisse, aber möglichkeitenschwangere Zukunft, sie ist auch ein Ende. Ein Ende einer für jeden Jugendlichen prägenden Zeit. Ich hatte die letzten neun Jahre mit diesen Jungs und den anderen aus meiner Klasse verbracht. Tag für Tag dieselben Gesichter. Und nun werde ich einen Großteil von ihnen nur mehr sporadisch oder gar nicht mehr sehen. Der Wind des Lebens wird uns in alle möglichen Himmelsrichtungen zerstreuen. Meine Brust fühlt sich schwer an, als würde eine unsichtbare Last die Luft aus meinen Lungen drücken. Ein Gefühl von Trauer und tiefer Sehnsucht wühlt mein Inneres auf.

„Sie werden mir fehlen, das alles hier wird mir fehlen“, flüstere ich mir selbst zu.

Die Reise

Schon einige Wochen vor der Matura hatten wir, ungeachtet des ungewissen Ausgangs der Prüfungen, begonnen, unsere Maturareise zu planen. Im Grunde genommen war dieses Vorhaben von Vornherein zum Scheitern verurteilt. In unserer Klasse gab es schlicht und einfach zu viele verschiedene Charaktere, mit zu vielen unterschiedlichen Vorstellungen, was Reisen und das Verständnis und Empfinden von Spaß anging. Die meisten wollten eine Woche ohne Rücksicht auf Verluste feiern. Aber es gab auch Schüler, die etwas Alternatives, wie Zelten in der ungarischen Pampa vorschlugen und sogar eine Kulturreise nach Rom schaffte es auf die Abstimmungsliste. Die Chancen für diese Reise standen allerdings denkbar schlecht.
Tagelang wurde diskutiert und lamentiert, aber wir kamen zu keinem Ergebnis und so beschlossen wir dem Vorbild von Vater Staat zu folgen und eine demokratische Abstimmung über unsere Reise entscheiden zu lassen. Die Stimmzettel wurden ausgezählt und die Entscheidung fiel zwar nicht einstimmig, aber zu einem hohen Prozentsatz zu Gunsten des Feierns aus. Und da gab es nur eine Destination, die für uns in Frage kam: Ibiza. Die Baleareninsel hatte für uns alle

etwas zu bieten. Ein unvergleichliches Nachtleben und ein ruhiges, naturbelassenes Hinterland für diejenigen, die es etwas entspannter angehen lassen wollten.
Ich freute mich riesig über den Ausgang der Abstimmung, denn seit ich mich mit dem Techno-Virus infiziert hatte, wollte ich der Insel einen Besuch abstatten. Die besten Clubs der Welt würden ihre Pforten für mich öffnen. Amnesia, Privilege und Space. Die großen Drei. Und ich würde dort sein und im Rausch der Sinne versinken.

Nachdem ich die Maturafeier überstanden habe, verschlafe ich zwei Tage und verbringe die restlichen zwei Wochen bis zur Reise nach Ibiza in einem Zustand dauerhafter geistiger Umnachtung. Meine Mutter bekommt mich kaum zu Gesicht. Die Nächte verbringe ich im XTC-Rausch in Clubs oder hänge in irgendwelchen versifften Bars herum und untertags schlafe ich. Gewisse Parallelen zum Dasein eines Vampirs stellen sich ein. Das Tageslicht blendet meine geweiteten Pupillen und nur die Kühle und Anonymität der Nacht scheint mir Schutz zu bieten.
Eines Tages klingelt das Telefon und reißt mich aus einem traumschwangeren Schlaf. Es ist Julia. Ich habe schon geraume Zeit nichts mehr von ihr gehört und bin überrascht, ihre Stimme am anderen Ende der Leitung zu vernehmen.
Vor einigen Monaten hatte ich ihr Geld geliehen, weil sie in Schwierigkeiten steckte, und so denke ich mir, dass sie nun ihre Schulden begleichen will. Ich kann das Geld für die Reise nach Ibiza ausgesprochen gut gebrauchen. Der Nebenjob in dem Callcenter brachte zwar etwas Geld ein, nur musste ich meine Ambitionen, was Mitgliederwerbung anging, auf Grund der Matura etwas hinten anstellen.

„Hallo“, stammle ich verschlafen in den Hörer.
„Hi Jerry, ich bin es. Julia. Wie stehen die Aktien?“, fragt sie fröhlich.
„Keine Ahnung, die Börse ist noch geschlossen. Was willst du denn so früh am Morgen?“, murmle ich.
„Es ist halb drei Uhr. Was hast du denn letzte Nacht getrieben?“, fragt sie.
„Ehrlich gesagt, habe ich keine Ahnung“, muss ich zugeben.
„Tz, tz, diese Jugend. Hast du in den nächsten Tagen Zeit für einen Kaffee?“
„Ich glaub schon. Was ist denn los?“
„Das kann ich am Telefon nicht sagen, aber es ist dringend!“, sagt sie und ihre Stimme wird eine Nuance höher.
„Okay, aber nicht zu früh, ja?“
„Wie wärs denn mit morgen Nachmittag im William´s?“, schlägt sie vor.
„Geht in Ordnung. Passt dir vier Uhr?“, sage ich.
„Okay, passt super. Dann bis morgen und schlaf gut“, trällert sie und legt auf.
Ich höre nur mehr das Tuten der Leitung. Ich lege ebenfalls den Hörer auf, krieche zurück in mein Bett und ziehe die Decke über den Kopf.

Am nächsten Tag treffe ich Julia im William´s. Ich bin etwas zu spät, weil ich beim Autostoppen kein Glück hatte. Erst nach einer halben Ewigkeit hat sich ein glücklicher Besitzer eines fahrbaren Untersatzes erbarmt, mich mitzunehmen.
Bis auf die üblichen Verdächtigen sind nur wenige Leute im Café. Die Abgestürzten, die schon zu Mittag mit dem Saufen beginnen, und einige Pseudointellektuelle, die glauben, ein schwarzes Hemd und ein Buch eines russischen Autors vor sich auf dem Tisch würden

sie zu potentiellen Kandidaten für den Nobelpreis machen.
Ich lasse meinen Blick durch den Raum schweifen, der bei Tageslicht im Gegensatz zur grellen Beleuchtung während einer Techno-Party so unschuldig wirkt und entdecke Julia an einem Tisch sitzen, über dem ein riesiges Bild eines hiesigen Künstlers hängt. Bei ihr am Tisch kauern drei Gestalten. Zwei finstere Typen und ein Mädchen. Ich erkenne sofort, um welche Art Mensch es sich bei den dreien handelt. Die Typen sind maximal zwanzig, ausgemergelt und gepierct. Das Mädchen sieht auf den ersten Blick ganz süß aus, doch bei genauerem Hinsehen zeigen sich die dunklen Augenringe und schlechten Zähne einer typischen Drogenkonsumentin. Sie war eine von denen, die es übertrieben hatten und nun mit den Spuren, die ihre Ausschweifungen hinterlassen hatten, leben mussten.
Ich gehe zum Tisch und aus der Nähe erkenne ich einen der Typen. Er hatte mir einmal im Cave Club XTC verkauft, aber die Chancen, dass er mich ebenfalls erkennt, sind gleich Null. Ich gebe Julia einen Kuss auf die Wange und begrüße die drei Schatten neben ihr.
„Hi, lange nicht mehr gesehen. Wo warst du denn die ganze Zeit?“, fragt mich Julia.
„Hab Stress gehabt. Matura“, erkläre ich kurz angebunden. Ich fühle mich etwas unwohl in der Gegenwart der drei Gestalten.
„Und hast du es geschafft? Die Matura, meine ich“, will sie wissen.
„Ja, zum Glück. Endlich frei“, schwärme ich.
„Das ist ja super. Gratuliere!“, ruft sie und umarmt mich.
„Danke. Und was machst du zur Zeit?“, erkundige ich mich.
„Ach, immer busy. Nur unterwegs und arbeiten“, sagt sie mit einem verschmitzten Grinsen.

Ich bestelle einen Cappuccino.
„Also, was gibt es denn so Dringendes?“, frage ich neugierig.
„Hmm, ich hab da ein kleines Problem mit meinem Chef“, meint sie ernst.
Ihr Chef ist einer der Großdealer, die ganz Salzburg mit chemischen Drogen aus dem Osten überschwemmen.
„Ich muss ihm in zwei Tagen das Geld für die letzte Bestellung geben, habe aber noch nicht alles verkauft, verstehst du?“
„Aha, und wie kann ich dir da helfen? Ich hab dir doch schon einmal Geld geliehen und bin gerade selber pleite“, jammere ich und verabschiede mich innerlich schon von dem Geld, das ich ihr geborgt hatte.
„Ich weiß, darum wollte ich dich auch fragen, ob ich die Schulden in Naturalien begleichen kann.“
„Aha“. Mit diesem Angebot hatte ich zwar nicht gerechnet, aber mein Interesse ist geweckt. „Was hast du denn Schönes für mich?“, frage ich.
Sie beginnt in ihrer übergroßen Tasche zu kramen, mustert den Raum argwöhnisch, um eventuelle Beobachter auszumachen und zaubert ein kleines Säckchen voller weißer Pillen hervor.
„Wie viele willst du denn?“, lächelt sie unschuldig.
„Hmm, ich weiß nicht. Hast du auch Gras dabei?“, frage ich.
„Nein, aber einen spitzen Marok hätte ich.“
„Okay, gut. Dann gib mir sechs Pillen und für den Rest vom Geld etwas von dem Hasch“, bestelle ich, wie an der Wursttheke im Supermarkt.
„Gerne, wie Sie wünschen, mein Herr“, schmunzelt sie.
Sie nickt dem Typen neben ihr zu und der beginnt daraufhin verwirrt in seiner Jackentasche zu wühlen.
Ein paar Minuten später haben sechs „Sonnen“ und fünf Gramm bestes Haschisch ihren Besitzer gewechselt.

Wir sitzen noch etwas beisammen, ich bestelle einen zweiten Cappuccino und wir unterhalten uns. Das Mädel mit den Augenringen erzählt, dass sie erst vor wenigen Tagen aus dem Knast entlassen worden ist. Sie sei drei Monate wegen Drogenhandels eingesessen, habe eine richtige Scheißzeit hinter sich und würde unheimlich gerne wieder mal richtig ficken. Nach dieser Aussage sieht sie mich erwartungsvoll an, aber ich lehne dankend ab. Wenn ich mir schon eine beschissene Krankheit holen wollte, dann irgendwo auf einer Abenteuerreise in Asien oder Afrika im Dschungel, aber garantiert nicht bei irgendeiner abgefuckten Schlampe, die gerade wieder auf freiem Fuß ist. Ich trinke meinen Cappuccino aus, verabschiede mich von den kaputten Typen und umarme Julia. Es sollte für eine längere Zeit das letzte Mal sein, dass ich sie sehe.

Einige Monate später wird Julia von der Polizei verhaftet. Sie lebt mit zwei anderen Kerlen in einer WG in Hallein, wo sie Drogen gebunkert haben, die für den österreichischen Markt bestimmt sind. Sie dealen in großem Stil und versorgen jede größere Party zwischen München und Wien mit XTC, Speed und Kokain.
Julia erwartet zu dieser Zeit eine Lieferung von fünftausend Pillen aus Wien und hat sich schon gewundert, wo ihre Ware bleibt. Der Grund steht mit einem Durchsuchungsbefehl vor ihrer Tür. Bei einer Kontrolle auf der Autobahn hat die Polizei den Kurier hochgenommen und der hat gesungen wie ein Kanarienvogel in der Balz.
Die Polizei findet einhundertfünfzig Pillen und fünfzehn Gramm Koks in ihrem Zimmer und die fünftausend Pillen werden ihr auch noch angehängt. Sie wird sofort mitgenommen, von einer gehässigen Richterin

schuldig gesprochen und hinter Schloss und Riegel gesperrt.
Mehrere Monate stellt ein zwei mal drei Meter kleines Einzelzimmer ohne Ausblick ihre Behausung dar. Jeden Morgen erwarten sie schwarzer Kaffee und trockenes Brot. Der Höhepunkt ihres Tages ist der Besuch beim Gefängnispsychologen, einem fetten Verfechter der freudschen Lehren. Von seinem Zimmer aus kann sie den Himmel und die Stadt sehen. Ansonsten haben sich die beiden wenig zu sagen. Nach fast fünf Monaten wird sie entlassen. Von ihrem früheren Ich ist wenig übriggeblieben.

Nach dem Treffen mit Julia schlendere ich ziellos durch die Stadt, rauche Zigaretten und spiele mit dem Gedanken, eine der Pillen zu nehmen. Aus irgendeinem Grund siegt jedoch die Vernunft über den Drang, mich von den gesellschaftlichen Zwängen zu befreien. Stattdessen rufe ich Oliver an und verabrede mich für den folgenden Tag mit ihm. Ich mache ihm den Mund wässrig, indem ich ihm erzähle, dass ich eine Überraschung für ihn hätte.

Oliver kommt am frühen Nachmittag des nächsten Tages zu mir nach Hause. Meine Mutter ist noch in der Arbeit und wir setzen uns auf den Balkon in die Sonne. Es ist ein strahlendschöner Junitag und die Sonne gibt ihr Bestes, etwas Farbe auf unsere bleichen Körper zu pinseln.
„Was hast du denn für eine Überraschung für mich?“, fragt Oliver neugierig.
„Ja sicher, hätte ich beinahe vergessen“, sage ich und laufe in mein Zimmer. Ich hole das Säckchen mit den Pillen und dem Hasch aus meinem Geheimversteck und gehe zurück auf den Balkon. Ich lege meine Schätze

behutsam vor Oliver auf den Boden und lächle ihn verschwörerisch an.
„Hier, bitte schön“, grinse ich.
Seine Augen weiten sich und er leckt sich kurz über die Unterlippe. Er begutachtet den Inhalt argwöhnisch, nimmt den Marok heraus, riecht fachmännisch daran und nickt zufrieden.
„Und, was machen wir jetzt damit?“, fragt er.
„Hmm, ich weiß auch nicht, es ist so ein schöner Tag und ...“, doch bevor ich meinen Satz beenden kann, nimmt Oliver eine Pille aus dem Säckchen, steckt sie in seinen Mund und spült sie mit einem Schluck Wasser seine Kehle hinunter. Entgeistert sehe ich ihn an.
„Okay“, sage ich und mache es ihm nach.
Wir lassen die Sonne Sonne sein, gehen in mein Zimmer und lümmeln uns auf meine Matratze. Wir hören Guns n´ Roses und beginnen eine Partie Schach zu spielen. Ich war noch nie ein sonderlich begnadeter Schachspieler und verlor regelmäßig gegen Oliver. Nur wenn ich bekifft war, hatte ich genügend Geduld, die Züge im Vorhinein zu planen und strategisch zu spielen. Manchmal gewann ich dann sogar.
Wir sitzen uns im Schneidersitz gegenüber und zwischen uns liegt das hölzerne Schachbrett mit seinen tapferen Figuren darauf. Es läuft wie immer. Oliver schlägt eine meiner Figuren nach der anderen, wohingegen ich ihm gerade mal zwei Bauern abknöpfe. Plötzlich beginnt Oliver laut zu lachen.
„Scheiße, Alter, mein König hat sich gerade vor mir verneigt!“, prustet er.
„Wie bitte?“, frage ich verständnislos.
Ich spüre die ersten Wellen des XTC-Rausches in mir aufsteigen. Ein leichtes Vibrieren durchfährt meinen Körper, meine Hände werden feucht und mein Kiefer beginnt sich zu versteifen.

„Ich schwöre, mein König bewegt sich", sagt Oliver fasziniert. Er inspiziert die Figur argwöhnisch.
„Hmm, Julia hat etwas von LSD-Glasur gelabert, aber ich hab mir nichts weiter dabei gedacht", erkläre ich. Manchmal hatten die Pillen eine hauchdünne LSD-Glasur. Das waren eigentlich die besten. Die Glücksgefühle und die Energie, die das MDMA im Körper verteilt wie der Straßenräumdienst im Winter Streusalz, kommen bei diesen Pillen gepaart mit der halluzinogenen Wirkung des LSD. Die Halluzinationen sind zwar nicht besonders stark, reichen aber aus, um gewisse Dinge etwas anders zu sehen. Leicht verschobene Realität. Zudem hat man keine Probleme mit Horrortrips, weil die euphorisierende Wirkung der Pillen jeden Anflug negativer Gedanken im Keim erstickt.
„Scheiße, Alter, das wird ein wilder Tag werden", grinst Oliver voller Vorfreude.
„Das glaube ich auch. Wir sollten besser aus der Wohnung verschwinden, bevor meine Mutter nach Hause kommt", schlage ich etwas besorgt vor.
„Du hast Recht. Wir könnten in die Stadt fahren. Im LOFT steigt heute eine kleine Party. Iggy wird auch hinkommen", sagt Oliver.
Wir springen auf, stehen einen Moment vollkommen verwirrt in meinem Zimmer und fangen an zu lachen. Jeder beginnt seine sieben Sachen zusammenzusuchen. Zigaretten, Feuerzeug, Geld, Handy, etwas Dope und das Säckchen mit den Pillen, für den Fall der Fälle. Wir bewegen uns schnell, zumindest erscheint es mir so. Immer wieder stoßen wir an irgendeiner Ecke der Wohnung aneinander, gackern vor Aufregung wie die Hühner, nur um dann in die gleiche Richtung zu laufen, aus der wir gekommen sind. Als wir endlich alles haben, stürzen wir die drei Stockwerke hinunter, setzen uns in Olivers Auto und atmen tief durch.

„So, das hätten wir geschafft. Jetzt rauchen wir erst mal eine Zigarette und dann fahren wir ganz gemütlich in die Stadt", huste ich nach Atem ringend.
„Okay", sagt Oliver, grinst und zeigt seine Zähne.
Aus einer Zigarette werden zwei und bis wir losfahren, hat jeder von uns vier Glimmstängel geraucht. Mit etwas zittrigen Knien fährt Oliver los und wider Erwarten bewältigen wir die zwanzigminütige Fahrt in die Stadt ohne Probleme. Während der Fahrt rauchen wir ein halbes Päckchen Luckys und schreien uns bei dem Versuch, mit Till Lindemann mitzuhalten, die Kehlen heiser.
Mit Erfahrung kann man einen XTC-Rausch einigermaßen unter Kontrolle halten. Zumindest eine gewisse Zeit lang. Doch als wir das Auto unübersehbar schief am Rot-Kreuz-Parkplatz abstellen, ist es vorbei mit der noblen Zurückhaltung. Das MDMA entfaltet rücksichtslos seine volle Wirkung und wir schweben über die geschichtsträchtigen Straßen Salzburgs. Ich setze meine Sonnenbrille auf. Durch die geweiteten Pupillen sind meine Augen lichtempfindlich geworden. Ich fühle mich federleicht und es scheint, als wäre der Asphalt des Gehsteigs aus Watte. Jeder Schritt wird weich abgefedert und ich gleite ohne den Boden zu berühren dahin. Der warme Wind streichelt meine Haut und ein angenehmes Kribbeln umhüllt meinen Körper wie eine Decke aus feinstem Kaschmir.
Nach wenigen Minuten stehen wir vor dem Eingang des Clubs. Die Pforten des LOFT öffnen sich nur zu speziellen Anlässen. Premieren, Vorträge oder Partys, deren Durchführung an ein Treffen eines Geheimbundes erinnern.
Oliver und ich haben eine halb abgebrannte Zigarette im Mundwinkel hängen und kramen das Geld für den Eintritt aus unseren Hosentaschen. Der Türsteher beäugt

uns argwöhnisch, lässt uns aber ohne weiteren Kommentar in den Club. Gerade als wir die Stufen zur Bar hochgehen wollen, kommt uns Iggy entgegen. Er ist schon leicht angeheitert und fällt uns lachend um den Hals.
„Hi Iggy, alles klar?", frage ich und nehme die Sonnenbrille ab.
„Ja sicher und bei euch?", fragt er ausgelassen.
Er hält kurz inne, blickt mir in die Augen, nimmt Oliver die Brille von der Nase und beginnt schelmisch zu grinsen.
„Ihr seid doch vollkommen zugedröhnt!", ruft er.
Oliver und ich blicken uns an und grinsen verlegen.
„Seid ihr schon wieder auf dem Gift unterwegs?", will er wissen, obwohl er die Antwort schon vermutet.
„Eventuell schon", sage ich kleinlaut. „Aber wir haben dir auch etwas mitgebracht."
„Hmm, verlockendes Angebot", überlegt Iggy. „Gehen wir schnell raus, eine Zigarette rauchen?"
„Ja sicher", sprudelt es aus Oliver heraus. Er redet schnell und unkontrolliert, als hätte sein Kiefer ein Eigenleben entwickelt.
Wir hüpfen über ein paar verwitterte Stufen zum Salzachkai hinunter und setzen uns auf eine Bank. Oliver dreht einen Joint und ich gebe Iggy eine der Pillen. Ohne mit der Wimper zu zucken, schluckt er die Pille und spült den bitteren Nachgeschmack mit ein paar Schlucken Bier hinunter. Wir rauchen den Joint und wanken zurück in den Club. Lauter, stampfender Deep House dröhnt uns entgegen und heißt uns auf der Tanzfläche willkommen. Eine etwas ältere Frau beobachtet mich und schenkt mir ein verführerisches Lächeln. Wie ein Leuchtturm sendet sie unmissverständliche Signale. Nur mit dem Unterschied, dass sie mich nicht vor der felsigen Küste warnen, sondern auf

ihre Insel locken will. Ich lächle zurück, belasse es aber dabei, da ich schon viel zu zugedröhnt bin, um mich auf sie einzulassen.
Nach einigen Stunden genehmigen wir uns die zweite Ration MDMA und feiern bis in die frühen Morgenstunden. Mein Puls ist bei einhundertachtzig und ich schwitze. Die Luft in dem Club ist stickig und feucht. Meine Beine stampfen im Rhythmus der Musik auf den Boden, als wollten sie die Götter wecken und mein Kiefer hat sich in eine Wolfsfalle verwandelt. Ich rauche eine Zigarette nach der anderen und nehme meine Umwelt nur noch in verschleierten Farben war.

„Ich glaube, wir sollten den Chefarzt rufen. Er krampft schon seit Stunden", klagt die Schwester mit den kurzen Haaren.
„Und er schwitzt so stark", fügt die kleine, dicke Schwester hinzu.
„Sieh dir nur seinen Kiefer an. Blutet er etwa im Mund?", sagt die Kurzhaarige.
„Sieht so aus. Er beißt sich selbst wund!"
„Jetzt reichts, ich rufe den Arzt.
Wenige Minuten später steht Dr. Hofer an meinem Bett.
„Wenn wir nur in sein Gehirn sehen könnten. War er heute schon wach?", erkundigt er sich.
„Nein. Er schläft seit drei Tagen. Immer ganz ruhig. Doch seit einigen Stunden scheint er etwas sehr Anstrengendes zu durchleben. Was sollen wir machen?", fragt die Kurzhaarige besorgt.
„Spritzen Sie ihm ein Beruhigungsmittel und beobachten Sie seinen Puls", verordnet der Arzt und verlässt kopfschüttelnd das Zimmer.

Ich werde von einer kühlen Brise geweckt, die durch ein offenes Fenster in den Raum weht. Das Wetter schlägt um. Der Himmel ist übersät von grauen Wolken. Ich liege auf einer Couch in einem fremden Zimmer. Ich sehe auf meine Uhr. Es ist halb fünf Uhr nachmittags. Wo bin ich? Neben mir liegen Iggy und Oliver auf Decken am Boden und schnarchen wie zwei Braunbären im Winterschlaf. Iggy hat sogar noch seine Schuhe an. Krampfhaft versuche ich mich zu erinnern, wie wir hierher gekommen sind, aber die Geschehnisse der letzten Nacht bleiben mir ein Rätsel. Es ist mir auch egal. Ich drehe mich auf die andere Seite und falle sofort wieder in einen traumlosen Schlaf.

Einige Tage später fahren Dizzy und ich mit dem Bus nach Salzburg, wo wir uns mit unseren Klassenkameraden treffen wollen, um anschließend mit dem Zug nach München zu fahren. Von dort aus geht unser Flug nach Ibiza.
Wir haben beide nur eine kleine Reisetasche und einen Rucksack dabei. Außer einem extravaganten Party-Outfit, ein paar T-Shirts, zwei kurzen Hosen, Socken und Boxershorts habe ich nur meine Badehose eingepackt. Ein Reiseführer, Sonnencreme, Toiletteartikel und ein paar Dosen Bier für die Zugfahrt füllen meinen Rucksack. Wir sitzen zu fünft im Zugabteil und während der Zug langsam aus dem Bahnhof rollt, öffnen wir die erste Dose Bier.
Leicht angeheitert erreichen wir nach zwei Stunden Zugfahrt München. Zum Glück ist der Himmel wolkenfrei und einem ruhigen Flug steht nichts im Wege. Seit meiner Englandreise bin ich nicht mehr geflogen und daher etwas nervös. Die großen Blechvögel machen mir immer noch Angst. Glücklicherweise bin ich durch meine Klassenkameraden so abgelenkt, dass sich keine tödlichen Absturzszenarien in meinem Kopf abspielen können. Mit einem sanften Ruck hebt das

Flugzeug ab und die Umgebung unter uns verwandelt sich Meter um Meter, den wir in den Himmel rasen, zusehends in eine Modelllandschaft. Die Häuser werden zu bunten Bausteinen, die fahrenden Autos stehen still und die Äcker und Wiesen bilden ein Mosaik in allen erdenklichen Braun- und Grüntönen. Nach einer Weile krame ich meinen Reiseführer aus dem Rucksack, um mich etwas über die Insel zu informieren. Mitte der Neunzigerjahre entdeckten die jungen Europäer, vorwiegend Engländer, die Insel für sich und es entstand eine bunte Partykultur auf der Insel. Besonders Jünger der elektronischen Musik, Homosexuelle und Aussteiger fühlen sich auf der sonnenverwöhnten Insel wie im Paradies.
Ich schließe den Reiseführer und sehe aus dem ovalen Fenster. Ich kann bereits die unscharfen Umrisse vereinzelter Inseln erkennen. Keine zwanzig Minuten später landen wir unter lautem Protest des Fahrwerkes am Aeropuerto de Ibiza San José.
Als wir das Flughafengebäude verlassen, werde ich von der Hitze förmlich erschlagen. Während wir auf den Shuttledienst zu unserem Hotel warten, bin ich gedanklich schon in einem der Clubs. Wir quetschen uns in die drei Minibusse und fahren entlang der Küste zum Hotel. Die Strände sind voller Menschen und bunter Sonnenschirme, die wie farbenfrohe Zuckerstreusel auf einem Geburtstagskuchen wirken. Nach einer halben Stunde Fahrt erreichen wir unser Hotel und checken an der Rezeption ein. Eigentlich mag ich solche Pauschalreisen nicht besonders. Man kommt sich vor wie ein Stück Vieh in einem Mastbetrieb. Aber für eine Maturareise ist es ideal. Den ganzen Tag fressen und saufen, ohne sich um irgendetwas kümmern zu müssen.
Dizzy, Noah, Spider und ich teilen uns ein Zimmer mit

Ausblick auf einen Tennisplatz. Wir schlüpfen in unsere Badehosen und flanieren an die Poolbar. Erst einmal ein kühles Bier trinken und die Lage ausloten. Es ist früher Nachmittag und die ersten Nachtschwärmer kommen aus ihren Schlafhöhlen geschlichen und sichern sich eine der unzähligen Strandliegen, um in der Sonne weiterzuschlafen. Überall nacktes Fleisch.
„So gefällt mir das", denke ich mir und trinke einen Schluck Bier. Ich beschließe, mich heute ausgiebig einem alten Freund namens Alkohol zu widmen. Die Stunden verfliegen wie die Seiten eines Buches, die vom Wind willkürlich umgeblättert werden.

Mit dröhnendem Schädel erwache ich in einem der vier Betten in unserem Zimmer. Dizzy und Spider liegen in ihren Betten und schlafen wie unschuldige Kinder. Nur das Bett von Noah ist leer. Nachdem ich meine Blase entleert habe und mich dabei fast angekotzt hätte, nehme ich zwei Aspirin und lege mich wieder schlafen.
Gegen Mittag öffne ich zum zweiten Mal an diesem Tag meine Augen und fühle mich besser. Ich schlendere auf den Balkon, zünde mir eine Zigarette an und beobachte das Treiben am Pool. Ich erkenne einige meiner Klassenkameraden an der Bar. Nach einer kurzen Dusche geselle ich mich zu den anderen. Dizzy lehnt an der Bar und bestellt gerade zwei der verwässerten Cocktails, die hier serviert werden. Allem Anschein nach versucht er eine hakennasige Brünette abzufüllen.
„Hey Dizzy, wer ist denn deine hübsche Begleiterin?", frage ich ihn.
Er dreht sich zu mir und flüstert mir ins Ohr, „Ich habe keinen Schimmer, wie sie heißt und besonders hübsch ist sie auch nicht, aber sieh dir bloß ihre Titten an, Alter!"

Er trägt den Gesichtsausdruck eines alten Sackes, der sich eben von seiner Frührentnerpension eine Nutte nach Hause bestellt hat. Ich blicke verstohlen über seine Schulter und weiß sofort, was er meint. Ihre Oberweite sprengt beinahe ihr Bikinioberteil und stellt mehr als eine Einladung zu einem schlüpfrigen Spiel dar.
„Okay, viel Glück. Ich gebe dir zwei Stunden, dann gehen wir in die Stadt und sehen uns etwas um. Wir brauchen dringend XTC und etwas zu rauchen", dränge ich.
„Okay", sagt Dizzy, nimmt die zwei Cocktails, die der Bartender mit verschiedenen Obstsorten kunstvoll drapiert hat und drückt seinem Opfer eines der Gläser in die Hand. Nachdem die beiden im Hotel verschwunden sind, genehmige ich mir drei Tequila an der Bar, rauche ein paar Luckys und lasse meine Blicke schweifen. Aber außer ein paar lüsternen, solariumbraunen Mittvierzigerinnen mit operierten Nasen und gestrafften Ärschen ist nichts Verlockendes zu entdecken.
Nach ein paar Stunden kommt Dizzy mit einem entspannten Grinsen im Gesicht zurück. Er setzt sich neben mich und bestellt sich ein kühles Bier.
„Alter, habe ich einen Durst!", schmatzt er und leert das Glas in einem Zug.
Als wenige Minuten später die Brünette von vorhin leicht wackelig an uns vorbei stakst und Dizzy einen Kussmund zuwirft, erübrigt sich meine Frage nach den Ereignissen der letzten Stunden. Wir trinken noch ein Bier und machen uns auf den Weg in die Stadt. Der Alkohol in meinem Blut in Verbindung mit der brütenden Sonne degeneriert mein Hirn zu einer breiigen, wenig funktionstüchtigen Masse.
Wir folgen den Schildern, die uns den Weg Richtung Innenstadt weisen. Ibiza-Stadt ist eine multikulturelle Inselmetropole. Die knapp sechsundvierzigtausend

Einwohner aus aller Herren Länder und die tausenden Touristen bilden Jahr für Jahr ein buntes Konglomerat aus Angebot und Nachfrage. Wir folgen der Avinguda de Pere Matutes Noguera Richtung Stadtzentrum. Die Straßenränder sind gesäumt von Bars und Verkaufsbuden aller Art. Alle paar Meter sprechen uns Promotoren an, um uns mit verlockenden Angeboten in eine der Bars zu lotsen. Wir lehnen jedes Mal dankend ab, bis uns ein kleingewachsener, mit Tattoos zugepflasterter Spanier in gebrochenem Deutsch anspricht.

„Olá, meine Freunde. Wie gehts euch?", lächelt er, wobei seine Arme eine ausschweifende Bewegung vollziehen.

„Gut, danke, mein Freund", antworte ich.

Er ist einer dieser typischen Strandbar-Promotoren-Barkeeper, die sich ihr Geld neben dem Mixen von Drinks mit dem Verkauf von allen möglichen legalen und illegalen Dingen verdienen. Diese Art Mensch ist dein bester Freund, wenn er dir etwas verkaufen kann, wenn nicht, bist du ihm scheißegal. Du bist nur ein weiterer Tourist, dem man das Geld aus der Tasche ziehen kann.

„Ich habe Spezialangebot nur für euch. Zwei Flaschen Bier und einen Tequila gratis", sagt er und will uns in seine Bar führen.

Doch wir winken dankend ab und gehen weiter. Plötzlich steht er wieder neben uns und sieht uns verschwörerisch an.

„Wir haben doch schon nein gesagt", blaffe ich genervt.

„Ich weiß, meine Freunde, aber ich kann euch auch andere Dinge besorgen."

„Aha, und was sind das für Dinge?", frage ich.

„Alles, was ihr wollt. XTC, Kokain, Mädchen", fängt er an aufzuzählen, als wären das die normalsten Güter der Welt. Meine Neugierde ist geweckt.

„Hmm", ich sehe kurz zu Dizzy, der nickt und mit seiner dunklen Sonnenbrille aussieht wie ein Mafioso.
„XTC und etwas zu rauchen könnten wir schon brauchen", überlege ich laut. Ich fühle mich unwohl dabei, auf offener Straße Drogen zu kaufen.
„Okay, wartet hier!", sagt er und wie ein eifriger Kobold macht er sich auf den Weg zu seiner Bar. Er verschwindet hinter den Tresen, sieht sich verstohlen um und kramt unter dem Bartresen herum. Als er wieder aufsieht, entdecke ich ein gieriges Blitzen in seinen Augen. Er kommt mit zwei Flaschen Bier zurück und gibt sie uns.
„Wir wollten doch gar kein Bier", beschwert sich Dizzy.
„Ich weiß, ist Geschenk. Zur Tarnung", gibt er sich geheimnisvoll.
Dann drückt er mir vier Pillen und eine Kante Haschisch in die Hand. Ich begutachte argwöhnisch die Pillen. Auf der Oberseite sind perfekte Mercedes Sterne eingeprägt und das Hasch ist weich und biegsam. Ich nicke Dizzy zu, der daraufhin dem Typen Geld gibt.
„Viel Spaß, meine Freunde", grinst der kleine Spanier und lässt uns inmitten der Menschenmassen stehen.
Dizzy und ich spazieren durch die Stadt, kaufen ein paar billige Souvenirs und gehen dann zurück zum Hotel. Den restlichen Tag verbringen wir am Strand, rauchen das Hasch und als wir einen Zustand völliger Besinnungslosigkeit erreichen, schaffen wir es gerade noch ins Hotelzimmer, wo ich sofort in einen komatösen Tiefschlaf falle.
In dieser Nacht werde ich von Albträumen geplagt. Fiese Dealer verfolgen mich durch dunkle Gassen einer Stadt, die ich nicht kenne. Ich renne um mein Leben, komme aber nicht vom Fleck. Die Dealer rücken immer näher. Schließlich stehe ich mit dem Rücken an einer Wand und kann die Gesichter der Gangster sehen. Plötzlich bin ich nicht mehr in einer finsteren Gasse,

sondern in meiner ehemaligen Schule. Die Dealer haben sich in einige meiner Lehrer verwandelt, denen statt der Hände kleine Büschel von Marihuana- Pflanzen aus den Unterarmen wachsen, mit denen sie mich geißeln.

Die Warnleuchte im Schwesternzimmer der Nachtschwester, die losgeht, wenn bei einem der Patienten unter ständiger Überwachung Alarm ausgelöst wird, blinkt um ihr Leben. Die kurzhaarige Schwester, deren Haare plötzlich lang sind, läuft aufgeregt in mein Zimmer. Ich sitze aufrecht in meinem Bett und schnappe nach Luft.
„Was ist denn los?" will sie wissen, während sie mein Handgelenk packt, um meinen Puls zu fühlen.
„Ich weiß nicht, aber mein Herz rast und ich bekomme keine Luft", hechle ich voller Panik. Der Raum wirkt steril und alt. Zweidimensional. Irgendetwas stimmt nicht. Schlagartig wird mir klar, was es ist, das dieses merkwürdige Gefühl in mir auslöst. Monochromatisch. Alles ist schwarz-weiß. Keine Farben. Auch vor dem Fenster ist alles farblos. Die Bäume scheinen sogar ihre Blätter verloren zu haben.
„Ganz ruhig, legen Sie sich wieder hin und ich spritze Ihnen ein Beruhigungsmittel".
„Aber, ich ...", versuche ich zu sagen.
„Ganz ruhig", flüstert die Schwester sanft.
Die Spritze verstärkt meine Angst, doch als das Sedativum die erste Runde durch meinen Blutkreislauf erfolgreich bestritten hat, verlangsamt sich mein Puls.
„Was passiert hier bloß mit mir?", ist mein letzter Gedanke, bevor ich eindämmere.

Mit einem erstickten Schrei erwache ich. Ich bin noch immer ziemlich bedient vom Alkohol und dem Hasch und weiß zunächst gar nicht, wo ich bin. Aber als ich

Dizzy im Bett neben mir liegen sehe, warme Luft durch das offene Fenster strömt und meinen Körper sanft streichelt, finde ich mich zurecht. Ich trinke einen großen Schluck Wasser und falle in einen tiefen Schlaf.

Eine halbe Stunde später steht die Schwester abermals an meinem Bett und fühlt meinen Puls.
„Alles wieder normal", sagt sie beruhigt.

Langsam öffnen sich meine Augen einen Spalt und werden von der grellen Sonne, die erbarmungslos in das Zimmer strahlt, geblendet. Ich setze mich auf und strecke mich. Mein Rücken gibt ein knackendes Geräusch von sich. Außer mir ist niemand im Zimmer. Ich schnappe mir etwas Haschisch, Zigaretten und Drehpapier und setze mich auf den Balkon. Als ich den Joint fertig gerollt habe, entzünde ich ihn mit der züngelnden Flamme meines Feuerzeuges, nehme einen tiefen Zug und schließe die Augen. Die warme Sonne lässt in partnerschaftlicher Zusammenarbeit mit dem kühlen Morgenwind eine Gänsehaut über meinen nackten Oberkörper kriechen. Ich lasse den Rauch langsam aus meinem Mund strömen, wie Nebel, der sich in ein Tal ergießt, und meine Synapsen verfallen in dieses wohlig-benebelte Gefühl des Haschischrausches. So sitze ich eine ganze Weile alleine in der Sonne und döse vor mich hin, als ich von einem kalten Wasserschwall aus meinen Tagträumen gerissen werde. Ich schnappe nach Luft wie ein Fisch an Land und fahre geschockt herum.
„Scheiße, was soll denn das?", brülle ich ärgerlich.
Dizzy und Sammy, eine meiner zwei Mitschülerinnen neben Candy, die ich schon seit dem Kindergarten kenne, stehen mit einem leeren Kübel in der Hand hinter mir und lachen sich kaputt.

„Ihr zwei Ratten. Na wartet, das gibt Rache!“, rufe ich und springe auf.
Die beiden versuchen zu flüchten, stehen sich aber gegenseitig im Weg und so erreiche ich sie mit einem weiten Satz. Ohne Rücksicht auf Verluste stürze ich mich auf sie und wir landen zu dritt in einem der Betten, das einen klagenden Laut von sich gibt. Ich nehme Dizzy in den Schwitzkasten und Sammy ist unter uns begraben. Nach wenigen Minuten schweißtreibender Rangelei liegen wir am Bett und ringen nach Atem.
„Wenigstens bin ich jetzt munter“, hechle ich außer Atem.
„Und was machen wir heute?“, will Sammy wissen.
„Ich weiß auch nicht. Erst mal zum Pool und ein paar Bierchen trinken“, schlägt Dizzy vor.
„Langweilig“, brummt Sammy wenig begeistert.
„Weißt du was Besseres?“, fragt Dizzy beleidigt.
„Nein leider. Das ganze Saufen und Kiffen hat mir jegliche Fantasie geraubt“, klagt Sammy.
„Na also“, sagt Dizzy und fühlt sich sichtlich in seinem Vorschlag bestätigt.
„Geht schon mal vor, ich muss noch auf die Toilette“, erkläre ich.
Doch in Wirklichkeit will ich den Plan, den ich vorher in aller Stille am Balkon ausgebrütet habe, in die Tat umsetzen. Ich werde eine der Pillen testen.
„Gut, bis gleich“, ruft Dizzy, legt seinen Arm um Sammys Schulter und sie verlassen das Zimmer.
Wie schon so oft stehe ich auf irgendeiner Toilette, habe eine Pille in der Hand und betrachte mich im Spiegel. Mein Spiegelbild will wissen, warum ich dieses Gift immer wieder in meinen Körper jage. Doch im Spiegel kann ich bereits beobachten, wie meine Zunge ein Stück aus ihrem dunklen Heim hervortritt, die kleine weiße Pille ohne Widerrede sanft aufnimmt und

sich wieder zurückzieht, wie ein Tiger in Gefangenschaft, der seine tägliche Ration Ziegenfleisch erhalten hat. Die Antwort ist klar. Es gibt keinen Grund. Es bieten sich Möglichkeiten, und so lange ich mir nicht merklich schade und keine anderen Leute in Mitleidenschaft gezogen werden, schöpfe ich diese in vollen Zügen aus. Mit neunzehn Jahren fühle ich mich unbesiegbar. Scheinbar haben keine Taten schwerwiegende Konsequenzen. Das Leben passiert einfach.

Wenige Minuten später mache ich es mir mit einem kühlen Bier und etwas zu essen auf einer Sonnenliege neben Sammy bequem. Wir unterhalten uns, bis ich nach einer Weile merke, dass die Worte nur so aus mir heraussprudeln. Das XTC beginnt zu wirken. Mein Körper kribbelt und ich strotze nur so vor Energie und Tatendrang. Ich trinke den letzten Schluck Bier aus und beschließe, erstmal nur noch Wasser zu trinken, um meinen Kreislauf etwas zu schonen. Sammy sieht mich forschend an und fragt: „Was ist denn eigentlich mit dir los, Jerry? Du plapperst wie ein überdrehtes Schulmädchen."

„Nichts. Was soll denn sein? Ich bin nur gut drauf", erwidere ich schnell.

„Das stimmt doch nicht, du bist doch ...", will sie sagen, doch ich unterbreche sie.

„Weißt du eigentlich, wo Dizzy ist?"

„Nein, vielleicht am Strand. Du weichst mir doch aus, oder?", fragt sie.

„Nein, wieso denn auch? Ich werde mal zum Strand gehen", verkünde ich und springe auf.

Grinsend schwebe ich die wenigen hundert Meter zum Strand hinunter und finde Dizzy und Noah wie tote Fliegen auf zwei großen Strandliegen herumlungern. Ihre Gliedmaßen hängen an den Seiten der Sitzmöbel herunter.

„Hey Jungs, was macht ihr denn?“, frage ich voller Tatendrang.
Zuerst erhalte ich keine Antwort, doch dann bequemt sich Noah zu einem müden „Nicht viel“, wobei er mich mit halbgeöffneten, rubinroten Augen anstiert. Die beiden sind völlig bekifft und liegen da wie zwei gestrandete Wale.
„Hey, was haltet ihr davon, wenn wir uns ein Tretboot ausleihen, ein paar Joints drehen, ein paar Bier einpacken und etwas am Meer herumdümpeln?“, schlage ich vor.
Sie scheinen wenig motiviert zu sein, aber ich habe noch ein Ass im Ärmel.
„Ich frage auch die hübsche Animateurin, ob sie mitfährt“, sage ich.
Kurz regt sich etwas bei den beiden, doch nach einem ausgedehnten Gähnen sacken sie wieder in sich zusammen.
„Kommt schon, das wird lustig“, feure ich sie an.
„Ja sicher. Hol erstmal die Animateurin und mach das Boot klar, dann sehen wir weiter“, raunzt Dizzy.
„Super“, juble ich.
Ich bin voller Tatendrang. Das XTC zirkuliert in mir und treibt mich an. Keine Ruhe. Ich platze vor Energie. Ich mache mich auf den Weg, um die Animateurin davon zu überzeugen, mit uns aufs Meer hinauszugondeln. Die Gute weiß natürlich noch nichts von ihrem Glück. Als ich zum Pool komme, macht sie gerade Pause und raucht eine Zigarette.
„Hey Jenny, wie gehts?“, grüße ich.
Ihren Namen kenne ich von einer Dschungelshow vom Vorabend, bei der sie eine wild tanzende Leopardin gemimt hat. Sie ist eigentlich nicht die typische Animateurin, groß, blond, braungebrannt. Nein, sie wirkt etwas fehl am Platz, mit ihren roten Haaren, der hellen

Haut, den vielen großen Sommersprossen. Aber sie hat etwas Geheimnisvolles. Ich habe fast das Gefühl, als könnte sie in meine Seele blicken, wenn sie nur wollte.
„Hey. Gut. Aber schön langsam habe ich die Schnauze voll von dieser bescheuerten Arbeit", lamentiert sie angeödet.
Es ist ihr dritter Sommer in diesem Club. Jahr für Jahr derselbe Club, dieselben billigen Shows und schlechten Anmachen irgendwelcher besoffener Jungspunde.
„Wie lange musst du denn heute noch arbeiten?", frage ich.
„Ungefähr eine Stunde noch. Eine Runde Unterwassergymnastik für die Pensionistentruppe aus dem Wuppertal", stöhnt sie genervt.
„Aha und was machst du danach?", bohre ich weiter.
„Ich weiß noch nicht. Hab noch keine Pläne. Wieso?", fragt sie neugierig.
„Nur so. Dizzy, Noah und ich würden nachher mit einem Tretboot aufs Meer raus fahren. Etwas relaxen und Abstand von dem Wahnsinn hier bekommen. Ich dachte mir, dass du vielleicht mitkommen möchtest", hüstle ich mit gespieltem Desinteresse.
Sie überlegt kurz.
„Okay, ich komme mit. Hab sowieso nichts Besseres vor. Ich komme dann zum Strand runter."
„Okay, dann bis später", grinse ich.
„Bis später."
Sie drückt ihre Zigarette aus und informiert die Pensionistentruppe mit einem lauten Ruf darüber, dass es jetzt Zeit für ihre tägliche Fitnessstunde ist. Es ist ein bizarrer Anblick, wie sich verschrumpelte, aufgedunsene, hinkende, lahme und bucklige alte Menschen in den Pool quälen, um, sobald sie bis zum Hals im Wasser stehen, zu jungen Hüpfern zu mutieren. Die hängenden Gesichter beginnen zu strahlen, ob der un-

glaublichen Tatsache, sich ein paar Minuten ohne Schmerzen und Anstrengung bewegen zu können. Ich lasse dieses seltsame Naturschauspiel hinter mir und laufe zurück zum Strand.
Noah und Dizzy sind während meiner Mission wieder ins Wachkoma gefallen und liegen regungslos auf ihren Strandliegen. Ich setze mich unbemerkt neben sie und drehe einen dicken Joint. Nachdem ich ihn angezündet habe, nehme ich ein paar tiefe Züge und blase den Rauch in Richtung meiner Freunde. In kleinen Wirbeln zirkuliert der Rauch um ihre Nasen und langsam kehrt Leben in ihre katatonischen Körper zurück. Wie Spürhunde recken sie ihre Nasen in den Wind und nehmen Witterung auf.
„Und, wie ist es gelaufen? Wo ist denn deine Animateurin?“, fragt Dizzy spöttisch.
„Kommt in einer Stunde her“, erkläre ich und blase eine dicke Rauchwolke in den blauen Himmel.
„Wirklich?“, fragt Dizzy erstaunt.
„Ja wirklich“, antworte ich, als wäre es das Selbstverständlichste auf der Welt. Durch das Haschisch in Verbindung mit dem XTC habe ich den Eindruck, alles würde in Zeitlupe ablaufen.
„Wenn das so ist, werde ich kurz ins Meer hüpfen, um wieder munter zu werden“, sagt Noah.
Ich erschrecke kurz, weil es mir erscheint, als würde eine Stimme aus einem Grab zu mir sprechen. Er hatte sich die ganze Zeit nicht bewegt, war aber plötzlich aufgesprungen und wie ein Komet in meine Realität eingetreten.
„Das werde ich auch machen“, verkündet Dizzy und schon laufen die beiden wie ein verliebtes Pärchen ins Meer. Kopfüber stürzen sie sich in die schäumenden Fluten und verschwinden für ein paar Sekunden unter der Wasseroberfläche. Das Meer verschluckt sie. Sie

kehren zu ihrem Ursprung zurück, um kurz danach neu geboren zu werden.
Als sie zurück sind, rauchen wir den Joint zu Ende und liegen im Sand. Ich döse gerade etwas ein, als ich eine weibliche Stimme wahrnehme.
„Hey Jungs. Na, gehts los?“, fragt sie fröhlich.
Ich öffne meine Augen und sie steht genau vor meinem Kopf. Verzerrte Perspektive. Riesige Füße stützen einen Körper, der nach oben hin immer schmäler wird. Sie trägt einen grauen Bikini und hat sich ein buntes Strandtuch um die Hüften gebunden. An ihrem abgewinkelten Arm baumelt ein Strohkorb.
Wir schlendern zum Bootsverleih und leihen uns eines der maroden Tretboote aus. Das Boot hat allem Anschein nach seine Blütezeit in den Achtzigerjahren gehabt. Jenny, Noah und Dizzy steigen in das Boot und ich schiebe sie ins Wasser. Mit einem beherzten Sprung entere ich das Deck und die beiden Jungs beginnen zu treten. Mühsam quält sich das alte Boot über die Wellen. Als wir ein Stück auf das Meer hinausgefahren sind, öffnet Jenny ihren Korb und holt eine Flasche Wodka und eine pralle Wassermelone hervor. Sie legt beides auf den Bootsboden und beginnt mit einem Messer Stücke von der Melone abzuschneiden. Ich werfe eine Kante Hasch daneben. Der Einsatz ist gemacht. Das Spiel kann beginnen.

Wir haben die Flasche halb leer getrunken und zwei Joints geraucht, als sich Jenny auf den Rücken legt, sich etwas Wodka in den Bauchnabel gießt und uns erwartungsvoll ansieht. Sie hat mittlerweile ihr Strandtuch abgelegt und auf ihrem rechten Oberschenkel schimmert eine große Brandnarbe verschwommen in der Sonne.
„Wo hast du denn die Narbe her?“, frage ich. Ich habe

schon leichte Probleme, mich zu artikulieren.
„Unfall, als ich noch klein war“, erklärt sie beiläufig, „aber fällt dir gerade wirklich nichts Besseres ein, als mich nach meiner Krankengeschichte zu fragen?“, wundert sie sich und deutet mit ihrem Mittelfinger auf ihren Bauchnabel.
„Ähh, ja sicher, aber ...“, stammle ich, aber Noah kommt mir zuvor.
„Aus dem Weg, jetzt kommt der Meister des Bauchnabeltrinkens“, prahlt er und beugt sich über Jenny. Genüsslich schlürft er den Wodka aus der kleinen Vertiefung in ihrem flachen Bauch.
„Hmmm, göttlich“, leckt er sich die Lippen und setzt sich wieder hinter die Pedale.
Bevor ich reagieren kann, steht auch schon Dizzy vor Jenny, gießt etwas Wodka in ihren Nabel und trinkt. Er reicht mir die Flasche und sieht mich fordernd an. Ich folge seinem Beispiel und lecke die bittere Flüssigkeit aus Jennys Bauchnabel. Sie bebt leicht und eine feine Gänsehaut wandert über ihren Körper. Die dünnen Härchen auf ihrem Bauch stehen stramm wie von Raureif steifgefrorene Gräser und schimmern silbern im Sonnenlicht. Ich beginne, sie zu küssen. Zuerst neben dem Nabel, dann ein Stück weiter unten, bis ich am Rand ihres Höschens angekommen bin. Ich blicke nach oben, kann aber nur ihre geschlossenen Augen und ihre Brust, die sich schnell hebt und senkt, erkennen. Im Hintergrund erblicke ich Dizzy und Noah, denen die Geilheit schon bei den Ohren heraustropft. Ich küsse Jenny sanft an der Innenseite ihrer Oberschenkel und danach auf ihre Narbe. Plötzlich setzt sie sich auf und gibt mir einen sanften Stoß, sodass ich auf die kleine Bank hinter mir plumpse. Sie kommt auf allen Vieren auf mich zu, wie eine Leopardin. Voller Anmut und mit geschmeidigen Bewegungen.

Erinnerungen an ihre Abendshow schießen mir in den Kopf. Ich muss sogar zweimal hinsehen, weil ich für einen kurzen Moment wirklich eine Raubkatze vor mir sehe. Ich halluziniere. Sie küsst mich am Hals und an der Brust, während ihre Hände beginnen, den Knoten meiner Badehose zu öffnen. Sie zieht meine Hose nach unten und betrachtet mein bestes Stück argwöhnisch. Sie entledigt sich ihres Bikinihöschens, gewährt Dizzy und Noah einen Blick auf ihren Hintern und nimmt meinen Schwanz in ihren Mund. Normalerweise hätte das Vergnügen in so einer Situation keine zwanzig Sekunden gedauert, aber aufgrund des Drogen- und Alkoholcocktails in meinem Blut halte ich durch.
Dizzy beginnt sie ohne groß zu fragen von hinten zu vögeln, während Noah einen Joint raucht und auf seinen Einsatz wartet. Als ich meine Augen öffne, muss ich meine gesamte Willenskraft aufbringen, um nicht loszulachen. Das Bild, das sich vor meinen getrübten Augen zeichnet, ist einfach zu grotesk. Gerade rechtzeitig, als Noah den Joint fertig geraucht hat, komme ich. Mir entfährt ein leises Stöhnen und Jenny grinst mich an, als wäre sie die Unschuld in Person. Ich lasse mich rücklings in das blaue, kühle Nass fallen und treibe mit angehaltener Luft unter Wasser. Ich schwebe im Meer und vergesse vor Leichtigkeit fast wieder aufzutauchen und Luft zu holen. Mit einem tiefen Einatmen stoße ich aus dem Wasser und sehe, dass Noah meinen Platz eingenommen hat. Ich beobachte das Treiben der drei eine Zeit lang vom Wasser aus. Dann klettere ich zurück an Bord, nehme einen Schluck Wodka und drehe einen Joint. Nach und nach ergießen sich Abermillionen Spermien in und über Jenny und ein paar Augenblicke später liegen vier Körper in entspannten Posen auf dem kleinen Boot und betrachten den Himmel.

Besoffen, bekifft und völlig verpeilt von der Vögelei haben wir erhebliche Probleme, gegen die Strömung zurück an Land zu gelangen. Als wir es endlich schaffen, bleibt Noah im Boot, das von den Wellen immer wieder ein Stück an den Strand getragen wird, um im Anschluss wieder Richtung offene See zu gleiten, liegen. Wir anderen schleppen uns in den Schatten einer Palme und lassen uns in den Sand fallen. Es ist schon fast dunkel, als wir unter dem Schutz bietenden Gewächs einschlafen.

Am nächsten Morgen weckt uns einer der vielen Strandverkäufer unsanft aus unseren sandigen Träumen. Ich bin am Bauch liegend eingeschlafen und habe den halben Strand in meinem Mund. Den anderen ist es auch nicht viel besser ergangen und so wanken wir wie die Tänzer aus Michael Jacksons Video „Thriller" ins Hotel und fallen dort in unsere Betten.

Ich erwache, höre die Dusche rauschen und schlafe wieder ein.

Abermals erwache ich und habe einen fremden Geruch in der Nase. Es ist Jenny, die zusammengerollt wie ein Welpe neben mir auf dem schmalen Bett liegt.

„Er taucht immer wieder ab. Wacht kurz auf und entgleitet uns wieder. Ich kann ihn so nicht untersuchen. Wir sollten noch etwas abwarten. Rufen Sie mich, wenn er ansprechbar ist."
Die junge Schwester verfolgt den Arzt mit den Augen, als er das Zimmer verlässt und wendet sich dem Teenager zu, der in einem der alten Metallbetten liegt.

Dieses Mal schrecke ich auf, wie aus einem Albtraum.

Jenny ist weg, aber Dizzy liegt im Nachbarbett. Ich gehe ins Bad und wasche mir das Gesicht mit eiskaltem Wasser. Mein Bauch ist mit irgendwelchen Hieroglyphen vollgeschmiert. Ich kann kein Wort entziffern, bis ich draufkomme, dass die Schrift nur im Spiegel unlesbar ist – spiegelverkehrt. Langsam mache ich mir Sorgen um meinen geistigen Zustand. Jenny hat so was wie „Lebe wild" und „Danke" mit ihrem Eyeliner auf meine Haut geschmiert. „Sehr tiefgründig", denke ich mir insgeheim und steige unter die Dusche. Heute Abend wird Sven Väth auflegen und das will ich auf keinen Fall verpassen.

Gegen Mitternacht des nächsten Tages machen wir uns mit dem Bus auf den Weg zum Cocoon Club. Zuvor haben wir jeder eine der XTC Pillen genommen, die wir bei dem Barkeeper in der Stadt gekauft hatten. Die Busfahrt dauert um einiges länger als gedacht und so stehen wir nach einer halben Stunde Fahrt mit riesigen Pupillen und zuckenden Gliedmaßen inmitten einer Gruppe völlig besoffener deutscher Pauschaltouristen. Ein schlimmer Albtraum ist Realität geworden. Ich will nur mehr raus aus dem metallenen Wurm, dessen Eingeweide von biergetränkten Maden zerfressen werden. Ich wechsle verzweifelte Blicke mit Dizzy, der sich mit ausgestrecktem Zeigefinger selbst erschießt. Vor einer Bar mit einer großen, hellblau-weiß karierten Flagge stoppt der Bus und der vergorene Inhalt seines Magens ergießt sich grölend auf die staubige Straße. Endlich haben wir wieder Luft zum Atmen und meine Stimmung steigt sprunghaft. In wenigen Minuten werde ich Sven Väth live sehen und mich von ihm mit bestem elektronischem Sound versorgen lassen.

Doch als wir zum Club kommen, erwartet uns der nächste Schock. Die Warteschlange ist länger als bei einer Wallfahrtsprozession in Lourdes zu Ostern. Mittlerweile schießt das MDMA durch meine Adern, wie Michael Schumacher zu seinen besten Zeiten über den Nürburgring. Ich muss mich endlich bewegen und den Beat spüren. Nach einer halben Ewigkeit schweben wir durch das gläserne Portal in den Club. Die Musik schlägt uns entgegen wie ein ausgewachsener Brecher auf Hawaii. Ich habe noch nie so viele wunderschöne Frauen auf einem Fleck gesehen wie an diesem Abend im Cocoon Club. Manchmal erwische ich mich selbst dabei, wie ich mit offenem Mund völlig paralysiert eine der tanzenden Göttinnen anstarre. Ich tauche in eine laute und bunte Wunderwelt ein, die mir den Atem raubt.

Doch nach einigen Stunden neigt sich auch dieser Traum dem Ende zu. Draußen verstreut bereits die Morgensonne ihre hellgelben Strahlen über die Welt. Das XTC verliert seine Wirkung, der Körper verlangt nach Ruhe oder neuem Treibstoff. Dizzy und ich beschließen, nicht noch mehr XTC zu nehmen, sondern unseren letzten Tag auf Ibiza mit einem gemütlichen Joint am Strand zu beginnen.
Wir schnappen uns ein Taxi und fahren in die Nähe unseres Hotels. Bei einem der vielen kleinen Strandläden decken wir uns mit frischem Fruchtsaft und etwas zu essen ein und gehen zum Strand. Die Morgenluft ist kühl und umspielt sanft meinen ausgelaugten Körper. Es gibt nichts Besseres, als sich nach einer durchfeierten Nacht irgendwo in der Natur ein gemütliches Plätzchen zu suchen und einfach so dazuliegen und in den Himmel zu starren, bis man einschläft. Nachdem wir zwei Flaschen eiskalten Saft getrunken

und uns somit vor einem akuten Nieren- und Leberversagen bewahrt haben, rauchen wir einen dicken Joint und dämmern nach und nach weg.

Gegen Mittag weckt mich Dizzy mit einem unsanften Rempler gegen den Rücken.
„He Jerry, wir müssen schnell ins Hotel, unser Flug geht in drei Stunden!", ruft er mit panikgeblähten Nüstern.
Als ich die Worte Flug und Stunden höre, setzt in meinem Hirn das Notstromaggregat ein. Ich springe wie von der Tarantel gestochen auf und hetze, gefolgt von Dizzy, zur Straße. Eine Taxifahrt, einen schmerzvollen Schiss im Hotelzimmer und einen holprigen Flug später stehen wir wieder am Flughafen in München und warten auf unseren Zug nach Salzburg.

Alte Bekannte

Zu Hause falle ich wie ein Bulle nach einem blutigen Ritt in mein Bett und schlafe gefühlte 24 Stunden durch. Mein Körper fühlt sich an wie ein Auto, das mehrere Jahre gnadenlos über staubige Pisten, durch peitschenden Regen und knietiefen Morast gejagt wurde. Verrostet und ausgelaugt. Kein Benzin im Tank und die Reifen haben ihr Profil verloren.
Als ich wieder einigermaßen unter den Lebenden weile, beschließe ich, zu meinem Großvater zu fahren und dort ein paar ruhige Tage zu verbringen. Doch zuvor will ich mein Äußeres verändern. Mein Leben hat mit dem Abschluss der Schule eine neue, wenn auch unbekannte Richtung eingeschlagen und eine andere Frisur scheint mir der geeignete Weg zu sein, dieses Kapitel in meinem Leben endgültig hinter mir zu lassen. Ich kaufe mir rosa Haarfarbe und fahre zu Toulouse. In den letzten Jahren hat sie meine Mutter als meine persönliche Frisörin abgelöst. Ich gehe nie zu einem normalen Frisör. Erstens ist mir um das Geld leid und zweitens schneiden Frisöre die Haare nie so, wie man es will, sondern wie es der letzten Mode oder ihrem Geschmack entspricht.
Wie schon Dutzende Male zuvor stehe ich vor dem Haus der Kobalts und will die Klingel drücken. Doch

ich halte einen Moment inne. Etwas ist anders. Habe ich mich verändert oder hat das Haus eine Verwandlung durchgemacht? Ich trete ein paar Schritte zurück und betrachte das Gebäude. Die Farbe ist neu. Es ist zwar der gleiche Farbton, aber das einst fahle Hellgelb erstrahlt in neuem Glanz. Beruhigt gehe ich wieder zur Tür und läute. Toulouse öffnet mit einem Lächeln die Tür.
„Hallo Fremder, komm doch rein", begrüßt sie mich fröhlich.
„Hi Toulouse", sage ich und gebe ihr einen Kuss auf die Wange. Sie riecht gut. Süßlich, aber nicht so übertrieben wie die Verkäuferinnen in den kleinen Schmuckboutiquen in der Innenstadt.
„Haben deine Eltern das Haus neu gestrichen?", frage ich.
„Ja, letzte Woche. Sie haben alles selber gemacht und sich nach der Woche fast scheiden lassen. Von früh bis spät haben sie gestritten. Wie man einen Pinsel richtig hält, wie man die Farbe mischt, wann Pause gemacht wird und so weiter. Es war nicht zum Aushalten. Aber jetzt sind sie wieder ein Herz und eine Seele."
„Das freut mich."
„Ich soll dir also die Haare schneiden?", fragt Toulouse, als sie uns in der Küche etwas zu trinken macht.
„Ja, ich habe das Gefühl, mich verändern zu müssen", erkläre ich und halte ihr das Döschen mit der Haarfarbe unter die Nase.
„Das ist aber eine farbenfrohe Veränderung", sagt sie erstaunt.
„Ich weiß. Einmal schneiden und färben bitte", ordere ich, als wären wir in einem Frisörsalon.
„Sehr gerne, mein Herr", entgegnet sie und ich folge ihr ins Badezimmer. Ich setze mich auf einen Stuhl, den ich aus der Küche mitgenommen habe, und Toulouse legt mir ein großes Handtuch um die Schultern.

„Und, was hast du in nächster Zeit vor? Ich meine, du hast doch jetzt jede Menge Zeit, oder?“
„Ja sicher. Erst mal werde ich zu meinem Opa fahren und ein paar Tage ausspannen. Die Maturareise war ja nicht gerade sehr erholsam“, schmunzle ich.
„Das kann ich mir gut vorstellen. Dizzy hat auch eher einer Leiche geglichen als einem Strandurlauber.“
Ich höre die Schere, wie sie sich gleich einer Kuh auf der Suche nach den besten Gräsern durch meine Haare frisst. Strähne um Strähne fallen Haare zu Boden wie Laub im Herbst und mit jedem Haar, das gekürzt wird, fühle ich mich leichter.
„Ja stimmt. Dizzy hat wirklich schlecht ausgesehen“, überlege ich und wir müssen beide lachen.
„Richte deinem Opa einen lieben Gruß aus. Er war immer so nett zu mir“, sagt Toulouse und ihre Stimme bekommt einen melancholischen Unterton.
„Ich weiß. Du könntest doch einfach mitkommen. Als Freundin. Einfach so“, schlage ich vor und bin erstaunt, diese Worte aus meinem Mund flattern zu hören.
Toulouse hält kurz inne, als ob sie in Gedanken wäre.
„Das ist nett von dir, aber ich kann nicht.“
„Ach, nichts Besonderes. Ich bekomme nur Besuch“, erklärt sie.
„Wirklich. Von wem denn?“, frage ich.
„Ach weißt du ... von ... einem Jungen“, stammelt sie. Offensichtlich ist es ihr unangenehm, mit mir über ihren geheimnisvollen Besucher zu sprechen.
„Aha, kenne ich ihn?“, frage ich.
„Gewissermaßen schon ...“
„Komm schon, sag es mir. Ich werde schon nicht ausflippen“, beruhige ich sie.
„Es ist Luc.“
„Luc?“, frage ich.

„Ja. Der Junge, den ich damals in Spanien kennengelernt habe“, sagt sie kleinlaut. Kurz versetzt es mir einen Stich und ich bekomme keine Luft, doch in der nächsten Sekunde flutet frischer Sauerstoff in meine Lunge und das Pflaster ist abgerissen.
„Das ist doch schön für dich“, presse ich durch zusammengebissene Zähne hervor.
„Ja, findest du? Stört es dich nicht?“, wundert sie sich.
„Nein, wieso sollte es auch? Wir sind doch jetzt Freunde. Und Freunde freuen sich füreinander“, sage ich und muss beinahe kotzen, als die Worte aus meinem Mund kommen.

Ein paar Tage vor der Maturareise hatten Toulouse und ich das letzte Mal miteinander geschlafen. Oder besser gesagt, fast miteinander geschlafen. Wir waren allein im Haus der Kobalts und hatten eine Flasche Rotwein getrunken. Nach und nach kamen wir uns näher und zogen uns gegenseitig aus. Doch gerade als ich in sie eindringen wollte, verschoss mein kleiner Freund seine gesamte Ladung. Klassische Fehlzündung. Wir sahen uns in die Augen und wussten beide, dass wir nie wieder miteinander vögeln würden. Es war ein Zeichen. Bei den paar Mal, die wir nach unserer Trennung miteinander Sex hatten, waren jedes Mal Gefühle in mir erwacht, die ich nicht mehr fühlen wollte. Wir wussten beide, dass es falsch war und dass wir so nie echte Freunde werden konnten. Wir konnten es aber auch nicht sein lassen. Wir waren wie Fixer. Sex-mit-dem-Ex-Junkie. Doch nach dem allzu kurzen Erlebnis an jenem Abend erkannten wir beide, dass wir unser Verhalten ändern mussten. Wir zogen uns an und gingen nach draußen eine Zigarette rauchen. Es war eine stockfinstere Nacht und wir versprachen uns, nie wieder schwach zu werden.

„Das freut mich“, sagt sie, „ich hatte etwas Angst, es dir zu erzählen.“
Ich drehe mich um und sehe sie eindringlich an.
„Wir sind Freunde. Du bist wie eine Schwester für mich und du kannst mir jederzeit alles sagen, ist das klar?“, frage ich sie eindringlich.
„Ja, sonnenklar“, sagt sie lächelnd.
Nach einem letzten Schnipp Schnapp legt sie die Schere beiseite, öffnet die kleine Farbdose und verteilt die Paste auf meinem Kopf.
„Gleichmäßig auf das feuchte Haar verteilen, zwanzig Minuten einwirken lassen und sorgfältig auswaschen“, liest Toulouse laut vor.
„Dann werden wir wohl warten müssen. Lass uns eine Zigarette rauchen gehen“, schlage ich vor.
„Gerne“, antwortet sie.
Nach der Einwirkzeit wasche ich die Paste ab und sehe gespannt in den Spiegel.
„Na ja, rosa sieht etwas anders aus“, mutmaße ich und fahre mit meiner Hand durch mein Haar.
„Ja, aber das sieht auch lustig aus“, entgegnet Toulouse und muss sich ein Lachen verkneifen.
„Ja, lustig!“, sage ich und verziehe den Mund.
Die Farbe liegt irgendwo zwischen Eidottergelb und der Farbe von verdorbenem Lachs.
Wir rauchen noch eine Zigarette und dann gehe ich nach Hause.

Am nächsten Tag fahre ich mit dem Zug zu meinem Großvater. Es ist richtiges Zugfahrwetter. Es regnet in Strömen. Ich sitze alleine in einem Zugabteil und sehe zu, wie die nasse, graue Welt an mir vorbeizieht. Das Zugabteil ist angenehm temperiert und ich rutsche auf der weich gepolsterten Sitzbank ein Stück tiefer. Wenige Minuten später schlafe ich ein.

Kurz vor meinem Zielort wache ich auf und schaue erschrocken auf meine Uhr. Glück gehabt. Gerade noch rechtzeitig aufgewacht.
Ich verlasse den Zug und gehe zum Haupteingang des kleinen Bahnhofs. Das Wetter bessert sich. Die dicke, graue Patina, die den Himmel verdeckt hat wie ein alter Wandteppich, blättert Schicht für Schicht ab und die neugierige Sonnenstrahlen erhellen die Welt mit ihrem gelben Licht. Mein Großvater wartet am Eingang. Anfänglich scheint er mich gar nicht zu erkennen, aber nachdem ich ihn begrüße und umarme, legt er den ersten Schock ab.
„Da wird Meister Eder aber traurig sein, wenn sein Pumukel ohne ihn auf Reisen geht", witzelt er lächelnd.
„Ja, ja", sage ich.
„Wer den Schaden hat, braucht für den Spott nicht zu sorgen. Das kennst du doch, oder?", zwinkert er.
„Ja sicher, danke für deine netten Worte", schmunzle ich.
„Immer gerne."
Ich schmeiße meinen Rucksack in den Kofferraum seines Wagens und wir fahren los. Die Straße glänzt noch feucht und hier und dort steigen dünne Nebelschwaden von der nassen Erde auf.
„Ordentliches Gewitter", sagt mein Großvater.
„Ja, ordentlich", erwidere ich.
Nach zehn Minuten erreichen wir sein Haus. Wie immer ist die Fahrt den steilen Hügel zur schmalen Uferstraße hinunter und die verwinkelte Promenade bis hin zu seinem Haus ein Balanceakt zwischen unbeschadetem Lack und zerkratzten Außenspiegeln.
Ich bringe meine Sachen in mein Zimmer im Erdgeschoß und fläze mich auf die Terrasse. Mein Großvater setzt sich zu mir und stopft seine Pfeife mit holländischem Tabak. Sofort nachdem er die Pfeife angezündet

hat, steigt mir der süßlich-herbe Geruch von Whiskey und Pflaumen in die Nase.
„Hast du eine neue Sorte Tabak?“, frage ich.
„Ja. Habe ich geschenkt bekommen“, erklärt er.
„Riecht gut“, stelle ich fest.
„Ja. Auf jeden Fall besser als das Zeug, das du da rauchst“, sagt er und deutet auf die Zigarette in meinem Mund.
Später am Abend sitzen wir nach einer ausgiebigen Jause mit fein geschnittenem Speck, frischem Schafskäse, selbst gemachtem Kräuteraufstrich, gelben Tomaten und frischem Brot wieder auf der Terrasse und trinken Wein. Wir reden nicht viel. Sitzen einfach da und genießen den lauen Abend. Wir träumen vor uns hin. Eine ungewisse und abenteuerliche Zukunft liegt vor mir und ich stelle mir vor, an welche Orte ich noch reisen und welche Menschen ich noch kennenlernen werde. Es macht den Anschein, als würde mein Großvater das gleiche machen wie ich, nur umgekehrt. Er denkt vielleicht an vergangene Liebschaften und die vielen Geschichten, die ihm sein langes Leben schon erzählt hat.
Die folgenden Tage verbringe ich mit süßem Nichtstun. Ich esse regelmäßig und gönne meiner bleichen Haut eine ordentliche Portion Sonne. Ich liege am Flussufer im Gras, helfe meinem Großvater bei der Gartenarbeit und genieße die Abendstunden auf der Terrasse.

Hechelnd sitze ich an einem der vielen Tische in dem Callcenter in Salzburg, in dem ich schon während der Schulzeit gearbeitet habe. Draußen ist es gnadenlos heiß. Seit einigen Tagen brennt die Sonne vom Himmel, als möchte sie die ganze Welt in eine Wüste verwandeln. Die Ventilatoren laufen auf höchster Stufe

und doch steht mir der Schweiß auf der Stirn.
Vor mir steht ein Bildschirm, der mir die Daten des nächsten Kunden anzeigt, den ich anrufen werde, und auf meinem Kopf sitzt ein schwarzes Headset. Die Arbeit ist nicht sonderlich anstrengend, aber auch nicht sehr spannend. Wenigstens dient sie einem guten Zweck. Ich arbeite jetzt gut zwanzig Stunden in der Woche und versuche Menschen aller Gesellschaftsschichten von der guten Sache zu überzeugen. Die meisten hören mir geduldig zu, einige – speziell ältere Menschen – freuen sich sogar, eine andere Stimme als die des Kanarienvogels oder der geliebten Katze zu hören. Oft entwickeln sich die Gespräche in eine vollkommen andere Richtung als beabsichtigt und ich werde zur Kummerkastentante. Aber es ist mir egal. Die Zeit muss ich sowieso absitzen, also kann ich mir ebensogut die Probleme der Leute anhören. Manchmal kommt es auch vor, dass ich wüste Beschimpfungen über mich ergehen lassen muss. In solchen Fällen bin ich heilfroh, dass viele Meter Telefonkabel zwischen mir und der Person am anderen Ende der Leitung liegen.
Ich werde von der schrillen Stimme meiner Chefin aus meinen Gedanken gerissen.
„Alle mal herhören!", ruft sie fordernd, „Ich möchte euch eine neue Mitarbeiterin vorstellen. Das ist Leonie. Sie wird ab heute unser Team verstärken."
Wie gebannt starre ich auf die junge Frau. Sie ist in meinem Alter, trägt ihr Haar kinnlang und ist schlank. Sie strahlt irgendwie rosa; eine rosa Aura umgibt ihren drahtigen Körper.
Meine Chefin zeigt ihr den freien Tisch neben mir und sagt: „Du kannst dich hierher setzen. Das ist Jerry. Er wird dir alles zeigen, nicht wahr?"
„Natürlich ... sehr gerne", stottere ich und mir wird noch heißer als mir ohnehin schon ist.

„Eine Affenhitze ist das“, ächzt Leonie. „Übrigens, meine Freunde nennen mich Leo“, fährt sie fort und streckt mir ihre zierliche Hand entgegen.
„Hi, ich heiße Jerry“, stammle ich, während ich ihre Hand schüttle. Wir schwitzen beide.
„Ich weiß“, sagt sie und lächelt verschmitzt.

Von diesem Tag an habe ich eine neue Motivation, in die Arbeit zu gehen. Sobald ich das Callcenter betrete, sehe ich als erstes nach, ob Leo auch da ist.
Meistens sitzen wir nebeneinander und machen einen kleinen Wettkampf daraus, wer mehr Mitglieder akquirieren kann. Wir verbringen die Mittagspause gemeinsam und essen im nahen Park ein Sandwich oder einen kleinen Salat.
Doch sie wahrt stets eine gewisse Distanz. Als ob sie ein Geheimnis hüten würde. Mehrmals frage ich sie, ob sie nach der Arbeit etwas trinken gehen möchte, doch jedes Mal lehnt sie mit einer fadenscheinigen Ausrede ab. Ihre geheimnisvolle Art macht sie nur noch interessanter für mich. Es wird zusehends schwieriger, mich neben ihr zu konzentrieren. Das heiße Wetter zwingt uns dazu, möglichst wenig und möglichst leichte Kleidung zu tragen, und so sitzt sie meist mit kurzen Hosen oder Röcken und fast durchscheinenden Blusen oder Trägershirts neben mir. Ich habe das Gefühl, mich in sie zu verlieben.

Es ist ein weiterer sonniger Tag. Ein Samstag und in Salzburg wird die Street Parade veranstaltet. Ein trauriger Abklatsch der Love Parade in Berlin, aber besser als nichts allemal. Toulouse holt mich mit dem R4 ihrer Eltern ab und wir fahren in die Stadt zu Dizzys neuer Freundin. Sie heißt Janica. Ihre Eltern stammen aus dem ehemaligen Jugoslawien, leben aber schon

seit mehr als zwanzig Jahren in Österreich. Dizzy hat sie auf einer Party eines Freundes kennengelernt. Die beiden sind gleich am ersten Abend in der Kiste gelandet und seitdem unzertrennlich. Janica ist Dizzys erste feste Freundin seit Pixi und er scheint seit langem wieder richtig glücklich zu sein.
In der kleinen Dachgeschoßwohnung mit Balkon, in der Janica mit ihrer Mutter lebt – ihr Vater ist vor ein paar Jahren mit einer reichen, älteren Dame abgehauen – treffen wir uns, um uns für die Parade und die Party danach fertig zu machen. Wir trinken ein paar selbstgemixte Cocktails und rauchen ein paar Joints.
Wir fahren mit dem Bus ins Stadtzentrum und mischen uns unter die tanzende Menge. Von mindestens drei Dutzend Trucks, die geschmückt sind wie brasilianische Sambatänzerinnen zur Karnevalszeit, schallt die Musik durch die Straßen. Im Schritttempo rollen die Wagen durch die Stadt und bilden einen überdimensionalen Wurm aus Musik und Farben. Vom Kleinkind bis zu betagten Paaren sind alle Altersgruppen vertreten. Es herrscht Volksfeststimmung. Langsam, aber stetig bewegt sich der Partytross über den Bahnhof Richtung Messezentrum, wo die große Afterparty stattfinden soll.
Gegen 21 Uhr erreicht der Umzug sein Ziel. Die Wagen parken in einer riesigen Spirale am großen Parkplatz vor dem Messezentrum. Bevor wir in die Hallen gehen, essen wir noch eine Kleinigkeit und treffen Oliver und Iggy. Bei einem Typen aus Wien kaufen wir uns ein paar Pillen und spülen sie mit dem letzten Rest Wodka, den wir noch haben, unsere Schlünde hinunter.
Mittlerweile hat der Mond den Dienst der Sonne übernommen und taucht die Welt in ein fahles Licht. In der Messehalle legen DJs auf drei riesigen Floors auf

und befeuern das Publikum mit treibenden Beats von Deep House über Tech House und Minimal bis zu beinhartem Detroit Techno. Ich bin voll in meinem Element. Das XTC lässt mich vor Energie strotzen und mein Herz schlägt im Einklang mit den 180 bpm schnellen Beats. Als ich von einem fehlgeschlagenen Versuch zu pissen von der Toilette auf die Tanzfläche zurücktänzle, bleibe ich wie vom Blitz getroffen stehen und glaube zuerst, ich hätte Halluzinationen. Aber es ist kein Trugbild. Die rosa Aura ist real und sie steht keine fünf Meter von mir entfernt und unterhält sich mit einem Mädchen. Ich weiß nicht, was ich tun soll. Seitdem Leo in dem Callcenter aufgetaucht ist, bekomme ich sie nicht mehr aus meinem Schädel. Getrieben von dem XTC und vor Selbstvertrauen strotzend schreite ich auf sie zu und tippe ihr von hinten auf die Schulter. Ich sehe meinem Finger zu, wie er in die rosa Sphäre eintaucht, die ihren Körper umgibt. Überrascht dreht sie sich um.
„Hey Jerry, das ist ja eine Überraschung. Wie geht es dir?“, fragt sie.
Ihre Freundin erkennt die Situation und lässt uns alleine.
„Super, danke. Und dir? Bist du schon lange hier?“, schnattere ich.
Meine Hände schwitzen und der Kaugummi in meinem Mund hat bereits die Konsistenz von Babybrei.
„Nein, gerade erst gekommen. Bist du alleine hier?“, fragt sie.
„Nein, mit Dizzy und ein paar Freunden“, entgegne ich. Ich muss mich zügeln, um nicht wie ein Wasserfall auf sie einzureden. Die Wirkung des XTC erreicht gerade ihren Höhepunkt und in meinem Kopf überschlagen sich die Gedanken. Ich bin erfüllt von Glücksgefühlen und würde Leo am liebsten abknutschen.

„Wieso siehst du mich denn so komisch an?“, fragt sie.
„Ich ... wieso komisch?“
Sie tritt etwas näher und sieht mir tief in die Augen.
„Aha, so ist das also.“
„Wie ist was?“, stelle ich mich dumm.
„Deine Pupillen sind wohl etwas größer als normal, oder trägst du Kontaktlinsen?“, sagt sie mit einem wissenden Lächeln.
„Kann schon sein.“
„Kann schon sein, also.“
„Ich habe mich in dich verliebt“, platzt es aus mir heraus.
Einen Moment scheint es, als stände die Welt still und alle Geräusche scheinen verschwunden zu sein. Sie sieht mich eindringlich an und lächelt.
„Und das XTC ist auch ziemlich gut, oder?“
„Wie bitte?“, frage ich verdutzt.
„Du bist doch vollkommen zugedröhnt. Da liebt man doch alles und jeden“, tut sie mein Liebesgeständnis mit einer wegwerfenden Handbewegung ab.
„Mag schon sein. Ich bin vielleicht zugedröhnt, aber seit dem ersten Moment, als du in das Callcenter gekommen bist, hast du mich fasziniert. Und da war ich nicht auf XTC“, erkläre ich ernst.
„Wer weiß?“
„Nein wirklich“, sage ich, „stocknüchtern.“
„Schon gut, schon gut. Beruhige dich, das war ja nicht ernst gemeint“, sagt sie, „aber es gibt da ein Problem.“
„Und welches?“, will ich wissen und zünde mir eine Zigarette an.
„Na ja, ich habe einen Freund.“
Film aus, Klappe zu. Das Messer der Guillotine durchtrennt Fleisch und Knochen. Die Mine detoniert.
„Aber wieso hast du nie von ihm erzählt?“, frage ich geschockt.

„Ich weiß auch nicht. Ich wollte nicht meinen Müll bei dir abladen."
„Aber wir sind doch Freunde ..."
„Anscheinend nicht", unterbricht sie mich.
„Doch natürlich. Aber vielleicht auch mehr", sage ich erwartungsvoll.
„Du bist wirklich süß, aber zur Zeit ist es etwas ungünstig. Ich muss erst meine Angelegenheiten regeln", fährt sie nachdenklich fort.
„Ist doch in Ordnung", trällere ich. Ich gebe ihr einen Kuss auf die Wange und nehme sie an der Hand. „Komm, lass uns feiern gehen."
„Okay", lächelt sie und folgt mir.
Gegen vier Uhr früh verlasse ich gemeinsam mit Dizzy, Janica und Toulouse die Party und wir fahren mit einem Taxi zurück in Janicas Wohnung. Leo ist schon früher gegangen, hat sich aber mit einem Kuss bei mir verabschiedet. Ich schwebe auf Wolke sieben. Auch wenn sie einen Freund hat, habe ich das Gefühl, Chancen bei ihr zu haben. Das XTC wirkt noch immer und als die anderen bereits schlafen, sitze ich am Balkon und rauche eine Zigarette nach der anderen. Wie aus dem Nichts steht plötzlich Toulouse hinter mir.
„Scheiße, hast du mich erschreckt!", japse ich mit pochendem Herzen.
„Tut mir leid, aber ich kann nicht schlafen. Das waren ja echt mörderisch starke Pillen heute", erklärt sie und verdreht die Augen.
„Ja, ich weiß, ich bin auch noch ganz hibbelig. Zigarette?", frage ich sie.
„Ja gerne", antwortet sie, nimmt eine Zigarette aus der Schachtel am Tisch und setzt sich zu mir. „Wer war denn das Mädchen, mit dem du dich so angeregt unterhalten hast?"

„Ach, nur eine Arbeitskollegin aus dem Callcenter", sage ich beiläufig.
„Nur eine Arbeitskollegin aus dem Callcenter", macht sie mich nach.
„Genau."
„Komm schon, heraus mit der Sprache. Wer ist sie?", bohrt Toulouse weiter.
„Wie gesagt eine Arbeitskollegin", wiederhole ich.
„Und weiter?"
„Nichts weiter. Vielleicht bin ich ein bisschen in sie verliebt. Aber das ist auch egal, weil sie einen Freund hat", seufze ich mit zusammengebissenen Zähnen.
„Wusste ichs doch", sagt Toulouse, als hätte sie ein schwieriges Rätsel gelöst.
„Ja, aber der Freund", wiederhole ich.
„Das war doch noch nie ein Hindernis", grinst sie verschwörerisch. Ich entdecke immer noch neue Seiten an ihr. So ein hinterhältiges Luder.
„Ja schon. Aber ich lasse es erst einmal langsam angehen", erkläre ich.
„Okay", sagt sie und lässt einen kleinen Rauchring in den kühlen Nachthimmel steigen.
„Übrigens, in zwei Wochen kommt mich Luc wieder besuchen", erzählt Toulouse leise.
„Das ist doch schön für euch", sage ich.
Ich bin in Gedanken so auf Leo fixiert und das XTC zirkuliert noch immer durch meinen Körper, dass es mir dieses Mal gar nichts ausmacht, dass sie mir von Luc erzählt. Vielleicht ist er ja sogar nett.
Wir sitzen noch eine Weile ohne zu sprechen auf dem Balkon und sehen in die Sterne.

Zwei Wochen später sitze ich mit einem Joint in der Hand im Garten der Kobalts und starre in ein Lagerfeuer. Die Eltern von Dizzy und Toulouse sind wieder

einmal auf Geschäftsreise, dieses Mal in London, und so haben wir beschlossen, eine kleine Grillparty zu veranstalten.
Vor wenigen Stunden habe ich Luc kennen gelernt und er ist wirklich nett. Wir waren sofort auf einer Wellenlänge.
Er stammt aus einer kleinen Stadt an der deutsch-holländischen Grenze. Sein Vater kam vor vielen Jahren aus Marokko über Spanien nach Deutschland, wo er seine Mutter, eine Deutsche mit holländischen Wurzeln kennen lernte. Daher kommt auch sein markantes Gesicht. Seine hervorstechenden Backenknochen und seine große, eckige Nase werden von einer samtigbraunen Haut überzogen. Er hat dichtes, strubbeliges, kaffeebraunes Haar und seine Augen gleichen der Kohle im Lagerfeuer. Ich kann verstehen, dass sich Toulouse von ihm angezogen fühlt. Außer Luc und Toulouse sind noch Janica, Dizzy, Candy und ihr Freund da. Ich bin der einzige, der alleine ist, aber das macht mir nicht viel aus. Meine Gedanken sind bei Leo. Für übermorgen Abend haben wir uns verabredet. Im Steintheater, einer einem Amphitheater gleichen Felsformation über dem Hellbrunner Zoo, wird eine Goa Party stattfinden. Leo hat am Telefon gesagt, sie würde alleine mit einer Freundin kommen, denn ihr Freund fährt mit ein paar anderen Jungs für zwei Wochen in den Urlaub. Wenn die beiden schon nicht mehr gemeinsam in den Urlaub fahren, stehen meine Chancen vielleicht gar nicht so schlecht, denke ich mir insgeheim.
Das Feuer fesselt mich und mit jedem Joint, den ich rauche, tauche ich tiefer und tiefer in die Flammen und die Glut ein. Ich bilde mir sogar ein, eine Stimme aus den Flammen zu hören, kann sie aber nicht verstehen.

„Was ist denn schon wieder, Schwester?“, murrt der Arzt verschlafen. Es ist kurz nach drei Uhr morgens und die Schwester hat den jungen Turnusarzt, der Nachtdienst schieben muss, eben geweckt.
„Es tut mir leid, dass ich Sie geweckt habe, aber Sie müssen sich das ansehen. Sie kennen doch unseren jungen Wachkomapatienten, oder wie auch immer man seinen Zustand beschreiben will?“, fragt die Schwester.
„Ja natürlich“, entgegnet der Arzt und tritt an mein Bett. Er zuckt kurz zusammen.
„Was sagen Sie dazu?“, fragt die Schwester verstört.
„So etwas habe ich noch nie gesehen. Ist das schon länger so?“, will er wissen.
„Ich weiß nicht. Ich wollte eben seinen Puls messen, da ist es mir aufgefallen.“
„Haben Sie versucht, ihn zu wecken?“, fragt der Arzt.
„Nein, natürlich nicht.“
„Diese Augen. Völlig starr und regungslos. Und sehen Sie mal genauer hin. Es scheint, als würden sich Flammen in seinen Pupillen spiegeln.“
„Ja stimmt, jetzt sehe ich es auch.“
„Hat er eine andere Dosis oder ein neues Medikament bekommen?“, erkundigt sich der Arzt.
„Nein. So viel ich weiß, nicht. Vor ein paar Stunden hat er ja noch ganz normal geschlafen.“
„Hmm ... eigenartig.“
Der Arzt fährt mit seiner Hand über meine Augen und schließt meine Augenlider.

Ich schlafe am Feuer ein.

Es ist Samstag spät nachmittags, als es an der Tür unserer Wohnung läutet. Ich stehe im Badezimmer vor dem alten, mit einem Goldrahmen eingefassten Spiegel

und ärgere mich mit einem Pickel auf meiner Stirn herum. Ich ignoriere das Läuten. Heute werde ich Leo im Steintheater treffen und da kann ich so einen Eiterkrater gar nicht gebrauchen. Es läutet abermals.
„Scheiße, wer ist denn das?“, fluche ich und stapfe nur mit Boxershorts bekleidet zur Tür. Ich öffne sie einen Spalt und erkenne Adidas Schuhe, ein Sechserpack Bier und einen Rock, der gut und gerne auch als breiter Gürtel durchgegangen wäre.
„Hey, was ist denn das für ein Empfang“, beschwert sich Toulouse. „Lässt du seit Neuestem niemanden mehr in eure Wohnung?“
„Hallo, tut mir leid, aber den ganzen Tag läuten schon irgendwelche Leute an der Tür und wollen Ballkarten verkaufen. Ich habe euch nicht so früh erwartet. Macht es euch bequem, ich bin gleich fertig“, sage ich.
„Okay“, sagt Dizzy, der gefolgt von Janica und Luc die Wohnung betritt.
„Ich drehe erstmal einen Joint zur Entspannung“, verkündet Dizzy und geht schnurstracks auf den Balkon. Manchmal habe ich das Gefühl, Dizzy und Toulouse kennen die Wohnung besser als ich.
Als ich mich fertig angezogen und mit etwas CK One eingesprüht habe, geselle ich mich zu den anderen auf den Balkon.
„Da hat sich aber einer rausgeputzt“, grinst Toulouse spöttisch.
„Ach, halt deine Klappe“, schimpfe ich und nehme Dizzy den Joint aus der Hand.
„Wo fahren wir denn eigentlich hin?“, fragt Luc. Er wirkt etwas verloren.
„Ins Steintheater. Das wird dir sicher gefallen…“, sage ich, aber Toulouse unterbricht mich.
„Ein mystischer Ort“, erklärt sie und zwinkert mir zu. Sofort erinnere ich mich. Als wir noch zusammen

waren, kletterten wir während einer stockfinsteren Nacht über die Mauer, die den gesamten Park, den Fürsterzbischof Markus Sittikus aus purer Lust am Leben anlegen ließ, umgibt. Herzstück des Parks ist ein Lustschloss mit mannigfaltigen allegorischen Darstellungen und nach Tieren benannten Zimmern. Die Wasserspiele, ausgestattet mit diversen Wasserscherzen und verschiedenen beweglichen Figuren, gehören ebenso zu der Anlage wie das Steintheater, das an einer bewaldeten Hügelflanke liegt. Schon im 17. Jahrhundert wurden an diesem göttlichen Ort Opern aufgeführt und rauschende Feste gefeiert.

An jenem Abend schlichen wir durch den Park und ließen uns auf einer Decke inmitten des Theaters nieder. Nur eine Kerze erleuchtete die mehrere zehn Meter hohen Wände um uns herum. Vom vorderen, gegen den Park hin offenen Teil, gelangt man durch einen niedrigen Durchgang in den hinteren Teil des Theaters. Wie in einem Vulkankrater ist man rundherum von den Konglomeratfelsen umgeben. Der nach oben hin offene, natürliche Raum von der Größe eines durchschnittlichen Kirchenhauptschiffes gewährt einen unvergleichlichen Blick auf den Sternenhimmel. Die orange leuchtenden Wände umschlossen uns wie die Hand eines sanften Riesen. Wir rauchten einen Joint und begannen uns zu entkleiden. Im Sitzen schliefen wir miteinander. Unsere eng umschlungenen Körper warfen einen riesigen Schatten, der an eine Buddastatue erinnerte, an die Wände. Bei dem Gedanken an diesen Abend bekomme ich eine Gänsehaut. Numen vel dissita jungit – Im Göttlichen vereinen sich alle Gegensätze.

„Das hört sich ja sehr interessant an“, staunt Luc. Ich frage mich, ob es eigenartig für ihn ist, Toulouse und mich gemeinsam zu sehen.

Als das Sechserpack Bier leer ist, quetschen wir uns zu fünft in den roten R4 und fahren nach Hellbrunn. Es hat schon zu dämmern begonnen, als wir den Wagen auf einem der Besucherparkplätze abstellen. Es ist ein sonderbar milder Abend. Kein Lüftchen regt sich und die Welt scheint stillzustehen. Dieses Mal müssen wir nicht über die Mauer klettern. Ein Tor mit Rundbogen steht weit offen, als wäre es ein Türsteher, der uns zu einer Soirée begrüßt. Am Torbogen ist ein kleiner Lageplan angeklebt, worauf der Weg zum Steintheater beschrieben ist. Wir überqueren eine große Wiese und folgen einem schmalen Steig hinauf zum Theater. Schon von Weitem hört man die Musik und die Wände des steinernen Veranstaltungsortes leuchten in den buntesten Farben. Das ganze Theater ist mit neonfarbenen Skulpturen, Bändern, Tüchern und Lampen dekoriert. Schwarzlichtlampen tauchen die Szenerie in ein unwirkliches Licht und ich habe das Gefühl, in eine andere, fantastische Welt einzutauchen. Viele der Gäste tragen ausgefallene, bunte Kleidung und manche sind bemalt wie Indianer auf Kriegsfuß. Es scheint fast, als wären wir mitten in eine moderne Oper geplatzt. Was wohl die Menschen aus dem 17. Jahrhundert zu so einer Inszenierung gesagt hätten? Wahrscheinlich hätten sie jeden einzelnen von uns auf einem Baum in der nahen Allee aufgeknüpft oder am Scheiterhaufen verbrannt. Ich laufe eine Zeit lang fasziniert über das Gelände, als ich Toulouse treffe, die sich mit einem Bekannten unterhält.

„Hey Jerry, das ist Berni. Ich glaube, ihr kennt euch aus dem Cave Club“, mutmaßt Toulouse.

„Ja sicher. Wie gehts?“, frage ich.

„Gut, gut“, lächelt er fröhlich. Seine Piercings stehen in krassem Gegensatz zu seinen lockigen Haaren.

„Ich glaube, Berni hat etwas für dich“, sagt Toulouse geheimnisvoll.

„Ach ja, was denn?“, frage ich neugierig.
„Allerbeste Ware. Heute aus Wien gekommen. Ferraris“, erklärt er.
„Aha.“
„Willst du welche haben?“, fragt er, als würde er mir einen Kaugummi anbieten.
„Hmm ... ja gerne.“
Ich kaufe zwei der Pillen. Eine für mich und eine für Leo, die allerdings noch nicht da ist.
Als Leo eine Stunde später noch immer nicht aufgekreuzt ist, nehme ich eine der Pillen. Die anderen begnügen sich mit ein paar Joints und überlassen mir die chemische Abteilung. Wie schon so oft versetzt mich das XTC in eine euphorische Stimmung und ich tauche vollkommen in die Welt aus treibenden Rhythmen, kaleidoskopischen Farben und den betörenden Gerüchen von verschiedensten Räucherstäbchen ein, die in jeder Felsritze stecken und ihren Geruch über das ganze Theater verteilen.
Einige Stunden später durchwühle ich meine Hosentasche auf der Suche nach einem Feuerzeug, als ich auf die zweite Pille stoße. Die Pille erinnert mich an Leo, die immer noch nicht aufgetaucht ist. Sie hat mich versetzt. Aber ich habe jetzt keine Lust, mich zu ärgern, und nehme stattdessen die zweite Pille. Scheiß drauf! Der Abend ist zu genial, um Trübsal zu blasen. Außerdem wäre das in meinem Zustand gar nicht mehr möglich. Nichts und niemand kann mich gerade verletzen oder runterziehen. Ich schwebe zwischen den Menschen und bewege mich schnell und geschmeidig wie ein Panther auf der Jagd. Die Szenerie hat vollkommen Besitz von mir ergriffen. Ich vergesse, dass die anderen auch noch irgendwo sein müssen. Als ich mich gerade angeregt mit einer Verkäuferin, die an einem kleinen Stand selbstgemachten Schmuck und

selbst gebatikte Tücher verkauft, unterhalte, fällt mir Toulouse von hinten um den Hals.
„Da bist du ja. Wir haben dich schon die ganze Zeit gesucht“, ruft sie. Sie sieht erschöpft aus.
„Hi, sieh dir nur mal die Tücher an. Wundervoll, nicht?“, singe ich begeistert.
„Ja, sehr schön“, entgegnet sie. „Wir werden jetzt nach Hause fahren. Bleibst du noch oder kommst du mit zu uns?“
Da Leo wirklich nicht aufgekreuzt ist und die Morgendämmerung bereits eingesetzt hat, beschließe ich, mit den anderen mitzufahren.
„Ich komme mit.“
Kurz bevor wir zu Hause ankommen, fällt mir mein Handy ein, das ich die ganze Nacht im Auto vergessen hatte. Es zeigt eine Nachricht auf meiner Mobilbox an. Gespannt höre ich die Nachricht ab. Sie ist von Leo. Sie sagt, dass ihr etwas dazwischen gekommen sei, ich aber bei ihr schlafen könnte.
„Scheiße, verdammte Scheiße“, denke ich mir. „Wie soll ich jetzt bloß wieder in die Stadt kommen?“
Ich will unbedingt zu ihr. An schlafen ist sowieso nicht zu denken. Ich bin noch vollkommen zugedröhnt. Von den anderen ist keiner mehr gewillt, noch einmal in die Stadt zu fahren, also hänge ich fest. Mit zappelnden Beinen sitze ich vor dem Haus und rauche eine Zigarette, als mein Blick auf Dizzys Mopedhelm fällt, der unter der Bank liegt. Ohne groß nachzudenken fasse ich einen Entschluss. Ich werde mit der alten DS 50 zu Leo fahren. Ich kenne einen guten Schleichweg und um diese Zeit wird auch keine Polizeistreife mehr unterwegs sein. Ich sage den anderen Bescheid, die mich nur unter lautstarkem Protest ziehen lassen, nehme meinen Minidiscman, lege eine Goa Disc ein, setze den Helm auf und rausche los. Gerade geht die

Sonne hinter den Hügeln, die unser Dorf umgeben, auf und der kühle Fahrtwind fegt um mein Gesicht. Obwohl die DS 50 gerade einmal fünfundvierzig Sachen schafft, habe ich das Gefühl, mit Lichtgeschwindigkeit zu reisen. Die Musik, die ich auf volle Lautstärke gedreht habe, verstärkt dieses Gefühl enorm. Ich habe den Eindruck, als würde ich fliegen. Die Landschaft rauscht an mir vorbei und die Farben ziehen sich in die Länge, als hätte jemand eine ganze Palette Farbtöpfe verschüttet. Noch nie habe ich mich so frei gefühlt. Ich reite auf einem Phönix und bin unbesiegbar. Als ich das Moped vor dem Haus, in dem Leo wohnt, abstelle, bin ich traurig, dass die Fahrt schon vorbei ist. Meine Beine zittern von den Vibrationen des Mopeds und meine Hände krampfen, weil ich mich wie ein Klammeraffe an die Lenkstange gekrallt habe. Ich gehe in das Haus und läute an der Wohnungstür. Nach einer Weile öffnet Leo. Sie sieht verschlafen aus und trägt nur ein kurzes Nachthemd.
„Hey, Jerry. Schön, dass du gekommen bist. Es tut mir leid, dass wir uns nicht mehr getroffen haben, aber...“
„Schon gut“, unterbreche ich sie. „Jetzt sehen wir uns ja.“
Sie bittet mich in die Wohnung. „Kaffee?“, fragt sie.
„Nein danke, ich bin schon bedient, aber ein Glas Wasser wäre göttlich.“
„Gerne. Es stört dich doch nicht, wenn ich mir einen Kaffee gönne?“, fragt sie.
„Natürlich nicht.“
„Du kannst dich schon mal auf den Balkon setzen, ich komme gleich.“
„Okay.“
Ich gehe auf den Balkon, auf dem einige Korbmöbel stehen, und lasse mich in einen großen Sessel fallen. Von hier aus kann man über ein paar Häuser hinweg

eine weite Wiese, die von einigen Bäumen bevölkert wird, sehen. Alles ist noch ruhig und die Welt ist gerade im Begriff aufzuwachen. Diese Stimmung will so gar nicht zu meiner Verfassung passen.
Als Leo mit einer großen Tasse Kaffee, einem Krug Wasser und zwei Gläsern auf den Balkon kommt, habe ich schon zwei Zigaretten geraucht. Sie setzt sich mir gegenüber in einen der Korbsessel und zündet sich eine Zigarette an.
„Und, wie war die Party?“, erkundigt sie sich.
„Fantastisch. Echt fantastisch!“, sprudelt es aus mir hervor und ich leere ein Glas Wasser in einem Zug. „Schade, dass du nicht da warst.“
„Ja schade, aber ich hatte noch ein paar Sachen zu regeln“, erklärt sie nachdenklich.
„Mit deinem Freund?“, frage ich, als ob es mir egal wäre.
„Unter anderem.“
„Und?“
„Nichts und. Er ist in den Urlaub gefahren und ich bin hier mit dir. Das sagt doch einiges, oder?“, lächelt sie. Sie beginnt rosa zu schimmern.
„Ja sicher“, sage ich.
Eine Weile sitzen wir ruhig da, so ruhig es in meinem Zustand möglich ist, und genießen den Morgen.
„Kann ich kurz duschen gehen?“, frage ich. Ich habe in dieser Nacht mehr geschwitzt als ein Marathonläufer bei den Olympischen Sommerspielen.
„Sicher. Ich bringe dir ein Handtuch“, sagt sie.
Nach der Dusche fühle ich mich wie neu geboren. Ich gehe auf den Balkon, doch Leo ist verschwunden. Ich gehe zurück in die Wohnung und finde sie in ihrem Bett vor.
„Komm, leg dich zu mir“, flüstert sie.
„Nichts lieber als das“, sage ich, „aber es könnte sein, dass ich etwas zappelig bin.“

„Das macht nichts“, lächelt sie. Sie sieht irgendwie traurig aus.
„Gehts dir nicht gut?“, frage ich.
„Schon, es ist nur …“ Ich lege ihr einen Finger auf die Lippen und ziehe sie an mich. Sie legt ihren Kopf auf meine nackte Brust und ich spüre eine Träne auf meine Haut tropfen. Ich streichle ihre Stirn. Sie duftet sogar rosa. Eine ganze Weile liegen wir so da und ich starre an die Decke. Langsam, aber sicher lässt die Wirkung der Droge nach und mein Körper entspannt sich. Sie lässt ihre Finger gedankenverloren über meinen Bauch gleiten, als würde sie eine imaginäre Landkarte zeichnen. Ich bekomme eine Erektion.

Ich liege alleine in einem weißen Zimmer. Ich weiß nicht, ob ich schlafe oder wach bin. Ich weiß nicht einmal, ob meine Augen offen oder geschlossen sind. Ich spüre, wie jemand meine Decke nach unten zieht. Ich habe eine Erektion.
Die Schwester nimmt meinen Penis in die Hand, als würde sie meinen Blutdruck messen. Dann zieht sie ihre Hose aus und setzt sich auf mich. Ich spüre, wie sie sich um mich schließt. Ich kann mich nicht bewegen und kein Ton verlässt meinen Mund. Sie beginnt sich sanft auf und ab zu bewegen und krallt ihre Finger in meine Brust. Sie atmet schwer. Ihre Augen sind geschlossen. Plötzlich beginnt sie rosa zu leuchten.

Leos Finger wandern vorsichtig weiter nach unten, wie sich Antilopen in der Savanne auf ein Wasserloch zubewegen und mit einem Mal hält sie meinen Penis in ihrer Hand. Ich stöhne kurz auf. Sie zieht sich ihren Slip aus und setzt sich auf mich. Ich spüre, wie ich in sie eindringe. Alles an ihr ist rosa. Ihre Lippen, ihre Brustwarzen und ihre Scham. Sie beginnt sich zu wiegen.

Die Schwester bewegt sich immer heftiger und beißt sich auf ihre Lippen.

Leos Bewegungen werden schneller und fordernder. Ihr Mund ist halb geöffnet und sie atmet schwer. Mein Herz schlägt rasend schnell. Ich öffne meine Augen. Ihr Gesicht ist verzerrt; als habe jemand ein Foto ohne Blitz gemacht und die Aufnahme verwackelt. Ich bin zwischen Lust und Panik hin- und hergerissen.

Mein Herz beginnt zu rasen und ein Schauer läuft mir über den Rücken. Wie ein Standbild in einem Film taucht das Gesicht einer Frau, die ich aus einem anderen Leben zu kennen scheine, statt dem Gesicht der Schwester auf. Alles ist verzerrt und surreal. Mit einem erstickten Stöhnen neigt sich die Schwester nach vorne und ihr ganzer Körper zuckt für einige Momente, als hätte sie einen Stromschlag bekommen. Dann steigt sie von mir herunter, wie von einem Pferd nach einem wilden Ausritt, zieht sich ihre Hose an und geht. Kurz vor der Tür dreht sie sich um und legt einen Finger auf ihren Mund, als würde sie einem Kind bedeuten, dass es niemandem von dem gemeinsamen Geheimnis erzählen dürfe.

Leo zuckt heftig und krallt für einen Moment ihre Fingernägel in meine Brust, als wolle sie mir mein Herz herausreißen. Ich ejakuliere. Sie gleitet von mir und legt sich neben mich. Sie hält einen Finger an ihre Lippen und der Finger überbringt mir ihren Kuss, wie ein Postbote einem Kunden ein Paket. Wir schlafen ein.

Wir verbringen fast die ganze Woche miteinander. Essen gemeinsam, fahren gemeinsam zur Arbeit in das Callcenter, machen Ausflüge und schlafen miteinander.

Am Ende der Woche bin ich zu Hause, um mir neue Klamotten zu holen. Ich rufe Leo an, um zu fragen, ob wir noch etwas unternehmen wollen, als eine Männerstimme abhebt. Ich lege sofort wieder auf. Ist ihr Freund aus dem Urlaub zurück und sie hat mir nichts gesagt? Ich höre und sehe zwei Tage lang nichts von ihr. Erst nach dem Wochenende treffe ich sie in der Arbeit wieder. Sie wirkt verändert. Das rosa Leuchten ist verschwunden. In der Mittagspause spreche ich sie an.
„Ich hab versucht dich zu erreichen", beschwere ich mich mit ernster Stimme.
„Ach so?", sagt sie und tut so, als wäre nichts geschehen.
„Ach so. Ist das alles, was dir einfällt?", meckere ich aufgebracht, „Wars das jetzt? Habe ich mir die ganze letzte Woche etwas eingebildet?"
„Tut mir leid. Aber mein Freund ist wieder da und er hat sich für alles entschuldigt und ..."
„Und was? Bedeutet dir unsere gemeinsame Zeit denn gar nichts? War das nur ein Spiel für dich? Ein bisschen bumsen, um das Ego aufzupolieren."
„Hey, jetzt beruhige dich mal wieder. Ich bin dir überhaupt keine Rechenschaft schuldig, oder habe ich dir irgendetwas versprochen?"
„Nein, natürlich nicht, aber ich habe mir eben gedacht, dass ..."
„Dass was? Dass wir eine Beziehung haben? Dass wir bis zum Ende unserer Tage ein Bett teilen?"
„Na ja, irgendwie schon", stammle ich kleinlaut.
„Es tut mir leid, Jerry, aber ich will es mit meinem Freund nochmal versuchen, das schulde ich ihm. Kannst du das verstehen?", fragt sie.
„Okay, aber so einfach wirst du mich nicht los", erkläre ich standhaft.
„Vielleicht will ich das auch gar nicht."

Ich brauche Abstand und da fällt mir ein, dass Luc eines Abends, als wir bei Toulouse waren und ein paar Bier getrunken hatten, fallengelassen hat, dass es von ihm aus weniger als zwei Stunden Autofahrt nach Amsterdam seien. Er würde öfter hinfahren und könne die Stadt wärmstens empfehlen. Ohne lange zu überlegen, rufe ich ihn an.
„Das passt mir sehr gut", sagt er, nachdem ich ihm meine Lage erklärt habe, „außerdem kann ich ebenfalls etwas Zeit zum Nachdenken brauchen. Ich weiß nicht, was dir Toulouse erzählt hat, aber die Sache mit uns läuft auch nicht ganz so, wie ich mir das vorgestellt habe."
„Sie hat mir nichts Genaueres erzählt, nur dass du aus irgendeinem Grund früher abgereist bist als geplant."
„Ja genau. Aber in Amsterdam werden wir noch genügend Zeit haben, um darüber zu sprechen. Am besten kommst du erstmal zu mir und dann fahren wir gemeinsam nach Holland", schlägt er vor.
„Ausgezeichnet. Ich werde mich gleich morgen in einen Zug setzen und zu dir kommen."
„Alles klar, dann bis morgen", sagt er und legt auf.

Als ich im Zug sitze und die Landschaft, untermalt von einem leisen Rattern der Schienen an mir vorbeizieht, denke ich an Leo. Es ist das erste Mal in meinem Leben, dass ich das Mädchen, das ich will, nicht bekomme. Ich weiß nicht, ob nur mein Ego verletzt ist oder ob ich wirklich in sie verliebt bin. Sie hat mich nur ausgenützt. Ein Kummerkasten zum Vögeln. Ich war eine Affäre und irgendwie gefällt mir der Gedanke sogar. Aber wenn es nur eine Affäre war, warum fühlt es sich an, als würde ein Teil meines Herzens fehlen? Ich beschließe, geduldig zu sein. Vielleicht sieht die Sache in ein paar Tagen ganz anders aus.

Während der Fahrt trinke ich zwei Dosen Bier, lese ein paar Seiten in einem Buch und döse vor mich hin. Nach fast fünf Stunden Fahrt bin ich endlich da. Luc wartet am Bahnhofsausgang. Er wohnt noch bei seinen Eltern, hat aber das gesamte Untergeschoß des Hauses in Hanglage für sich alleine.
Am selben Abend besuchen wir einen seiner Freunde, einen mittelgroßen, an die vierzig Jahre alten Syrer, der einen D'Artagnan-Bart trägt. Mit ihm werden wir am nächsten Tag nach Amsterdam fahren. Er hat dort beruflich zu tun.
Wir setzen uns auf bequeme Polster, die mit orientalischen Mustern bestickt und auf dem Boden um einen niedrigen Teakholztisch angeordnet sind. Es gibt Tee und Mandelplätzchen. Wir rauchen einige Joints mit bestem holländischem Gras. Das ist einer der Vorteile, wenn man an der holländischen Grenze lebt. Wir philosophieren über Gott und die Welt. Der Syrer erzählt von seiner Heimat und der abenteuerlichen Flucht seiner Eltern. Wieder tauche ich in eine neue, fremde Welt ein.
Am nächsten Morgen holt uns der Syrer bei Luc ab und wir fahren in einem alten Golf nach Amsterdam. An der Centraal Station lässt er uns aussteigen und wir verabreden, dass er uns in drei Tagen wieder hier abholen wird.
Zu Fuß schlendern Luc und ich durch einen Teil des Rotlichtviertels und nehmen uns ein Zimmer über dem „The Doors"-Coffeeshop. Es ist ein heruntergekommenes Loch, ausgestattet mit einem Waschbecken, drei Stockbetten und einem kleinen Fenster in einen Hinterhof. Wir sperren unsere Sachen in einen der sechs Spinde, die in dem Zimmer vor sich hinrosten, und gehen in den Coffeeshop.
Wir bestellen Kaffee und zwei Gramm Orange Butt. Der Himmel über der Stadt ist so grau wie die von

Touristen überlaufenen Straßen und es weht eine kühle Brise. Trotzdem setzen wir uns an einen der Holztische, die sich vor dem Shop drängen. Ich habe den Eindruck, als würden sie sich genauso anbieten wie die Prostituierten in den roten Schaufenstern im Rotlichtviertel.
Ich nehme einen tiefen Zug von dem Joint, den Luc gedreht hat und lasse die Stadt auf mich wirken. Irgendwie erinnert mich Amsterdam an London, mit dem Unterschied, dass hier alles, was in der englischen Hauptstadt illegal ist, erlaubt ist.
Nach dem Joint, von dem ich schon ziemlich bedient bin, machen wir uns auf den Weg, um die Stadt zu erkunden. An fast jeder Ecke lockt ein Coffeeshop mit verschiedensten Rauchwaren und Bier. Kichernd flanieren wir durch enge Gassen, überqueren die vielen Kanäle, die die Stadt durchziehen wie das Blutgefäßsystem den menschlichen Körper. Vielleicht erscheint mir die Stadt deshalb so lebendig und pulsierend. Wir gehen in den „Bulldog"-Coffeeshop, den ersten Coffeeshop von Amsterdam, der 1975 von einem gewissen Henk gegründet worden war. Wir lassen uns die Karte geben und ich bin überrascht, dass neben den üblichen Getränken eine Vielzahl von Grassorten angeboten wird. Wir bestellen zwei Bier und jeweils ein Gramm White Widow und Bubblegum Kush. Der Kellner stellt uns das Bier auf den Tisch und legt zwei kleine Plastiksäckchen mit dem Gras daneben. Noch nie habe ich solche Buds gesehen. Das Gras ist so harzig, als hätte man es in Honig getaucht. Ich drehe einen Joint und inhaliere den Rauch. Süßlich und dicht legt sich der Rauch in meine Lunge und ich bin von einem halben Joint so stoned, als hätte ich zu Hause fünf Bongs von unserem Standardgras hintereinander geraucht.

„Scheiße, Alter. Das Zeug ist echt heftig", huste ich. Meine Augen sind auf Halbmast und ich muss ständig gegen ein Lachen kämpfen, das sich aus den Tiefen meines Körpers an die Oberfläche arbeitet.
„Ich weiß. Nicht zu vergleichen mit dem Zeug, das man sonst so bekommt", grinst Luc.
„Irgendwie habe ich Hunger", sage ich.
„Ja, ich auch", erklärt sich Luc solidarisch, „lass uns gehen und etwas zu essen suchen."
Und so startet ein Kreislauf, den wir für die nächsten drei Tage nicht mehr unterbrechen können. Coffeeshop – Kiffen – Essen – Coffeeshop – Kiffen – Schlafen – Coffeeshop.
Nach dem vierten Coffeeshop an diesem Abend stehen wir in einem Fastfood Laden und bestellen Burger. Als ich bezahlen will, merke ich, dass etwas nicht stimmt. Ich sehe meiner Hand zu, wie sie der jungen Bedienung das Geld gibt, kann mich aber weder daran erinnern, wie der Geldschein in meine Hand gekommen ist, noch, dass ich meiner Hand den Auftrag gegeben habe, etwas zu machen. Schlagartig ist sie wieder da – Angst. Tiefe, alles verzehrende Angst. Dieselbe Angst wie an dem Abend, als ich den Pilze-Horrortrip durchlebt habe. Ich spüre Panik in mir aufsteigen. Ich versuche Luc auf meine Situation aufmerksam zu machen, aber er steht nur neben mir und unterhält sich mit einer anderen Bedienung.
„Verdammt", denke ich mir.
„Wieso denn verdammt?", höre ich eine Stimme.
„Was?", frage ich verstört.
„Ich habe nichts gesagt", erklärt Luc und dreht sich wieder zu der Bedienung.
„Scheiße, was passiert hier?", schallt es in meinem Kopf.
„Ich dachte schon, du hättest mich vergessen", beklagt sich die Stimme.

„Wer bist du?“, frage ich.
„Ich? Kennst du mich denn nicht mehr? Erinnerst du dich nicht mehr an den Abend in der Szene? Wir hatten doch eine tolle Zeit, nur wir beide.“
„Wir hatten gar nichts“, wimmere ich ängstlich, „ich hatte die beschissenste Zeit meines Lebens. Und jetzt verschwinde endlich!“, schreie ich die Stimme an.
Ich erhalte keine Antwort und die eiserne Hand, die sich um meine Kehle gelegt hat, lockert ihren Griff.
„Alles klar?“, fragt Luc, „Du bist ja kreidebleich.“
„Geht schon. Kreislaufprobleme“, stammle ich.
„Das kenne ich. Das Gras ist einfach höllisch stark hier. Komm, wir gehen in die Herberge und legen uns etwas schlafen. Es war ein langer Tag“, schlägt er vor.
„Okay, sehr gerne“, seufze ich erleichtert.
Wir schlendern durch die Stadt, kaufen uns noch zwei Bier und gehen zur Herberge.
Ich kann lange nicht einschlafen, liege im Halbschlaf am Rücken und treibe durch das Nichts. Immer wieder schrecke ich hoch und weiß nicht, wo ich bin. Erst nach einigen Sekunden erkenne ich die Stockbetten und die Blumentapete an den Wänden.

Abermals schrecke ich hoch, will mich gleich wieder fallenlassen und weiterschlafen, als ich merke, dass etwas anders ist. Die Stockbetten sind weg, keine Tapete mehr. Ich liege alleine in einem kahlen Zimmer. Nichts, außer mir, dem Bett, in dem ich liege und einem wackeligen Nachtkästchen. Ich schalte das Licht ein, aber alles bleibt grau. Keine Farben. Ich bekomme Panik.
„Das ist nur ein Albtraum, Junge, wach auf. Wach auf!“, versuche ich mich selbst zu wecken, „Wach auf, wach jetzt auf!“, rufe ich, so laut ich kann.
Plötzlich springt die Tür auf und eine Schwester kommt in das Zimmer gelaufen.

„Was ist denn los, Herr Zimmermann?", fragt sie besorgt.
„Scheiße, was los ist? Ich kann aus diesem verdammten Albtraum nicht aufwachen", rufe ich verzweifelt.
„Aber Sie sind doch wach", sagt sie.
„Das kann nicht sein. Ich war doch gerade noch in Amsterdam. Die Herberge, Luc, die Tapeten und Stockbetten. Alles weg!"
„Sie haben nur geträumt", beruhigt mich die Schwester.
„Was? Nein, wo bin ich hier überhaupt", frage ich.
„Das wissen Sie doch. Das haben wir Ihnen schon hundert Mal gesagt. Und jetzt beruhigen Sie sich wieder", sagt die Schwester.

„He, Alter, wach auf!", ruft Luc und rüttelt an meinen Schultern.
„Was, wie ... scheiße, bin ich froh, dein Gesicht zu sehen!", seufze ich erleichtert.
„Du hattest einen Albtraum", erklärt Luc.
„Ich weiß. Einen von der schlimmsten Sorte", zittere ich.
„Das liegt sicher am Gras. Wir haben ja nicht gerade wenig geraucht. Da kann so etwas schon mal vorkommen. Schlaf jetzt", sagt er und legt sich wieder nieder.

Am nächsten Morgen erwache ich wie gerädert und lehne ab, als mir Luc einen Joint anbietet. Erst gegen Mittag, nach einem herzhaften Essen und ein paar Gläsern Fruchtsaft genehmige ich mir einen Joint. Das THC durchströmt mich und ich fühle mich, als würde ich auf einer Wolke schweben. Vergessen sind die Albträume der letzten Nacht.
Wir flanieren durch die Stadt, sehen uns das Sexmuseum an und besuchen einen der vielen Flohmärkte der Stadt. Am Nachmittag setzen wir uns in ein Café,

trinken Kaffee und rauchen. Das Wetter ist besser geworden und die Sonne wärmt uns mit ein paar ihrer kostbaren Strahlen. Sie taucht die Stadt in ein goldenes Licht. Wir reden über Leo und Toulouse und kommen schließlich zu dem Schluss, dass wir viel zu stoned sind, um zu einer sinnvollen Lösung für unsere Probleme zu gelangen.
Am Abend schlendern wir durch das Rotlichtviertel und ich sehe fasziniert in die Schaufenster. Frauen jeden Alters, jeder Hautfarbe und Statur bieten ihre Dienste feil. Nirgends auf der Welt wird das älteste Gewerbe der Menschheit so betrieben wie hier. Plötzlich bleibe ich wie angewurzelt stehen. Ich habe das Gefühl, einen Geist zu sehen. Sofort durchzuckt mich wieder die Angst, doch als ich merke, dass die Frau hinter der rötlichen Glasscheibe meine Blicke erwidert, verschwindet die Angst genauso schnell wie sie aufgetaucht ist. Gebannt starre ich sie an und sehe Erkennen in ihren Augen.
„Was ist denn? Komm schon Alter, das sind doch alles nur Nutten. Das bringt dich auch nicht über Leo hinweg“, sagt Luc.
„Warte kurz“, entgegne ich, gehe näher an die Scheibe heran und lege meine Hand auf das warme Glas. Die Nutte steht auf, kommt an die Scheibe und legt ebenfalls ihre Hand darauf. Genau auf meine. Wir sind nur durch die Scheibe getrennt, aber ich kann sie spüren. Ich traue meinen Augen nicht. Es ist Sue.
„So funktioniert das aber nicht“, lacht Luc und stellt sich neben mich.
„Ach, halts Maul. Ich kenne diese Frau“, sage ich.
Luc sieht mich erstaunt an.
„Ich dachte, du warst noch nie in Amsterdam.“
„War ich auch nicht.“
Sue winkt mich zu sich herein. Vorbei an einem Stier

von Türsteher, der mich argwöhnisch beäugt, gehe ich in das Etablissement. Sue erwartet mich am Gang. Sie ist gealtert, hat aber immer noch eine anziehende Ausstrahlung.
„Ich habe jetzt keine Zeit, aber in drei Stunden habe ich Feierabend. Dann können wir uns treffen", erklärt sie.
„Ja sehr gerne, aber ...", stammle ich perplex.
„Nicht jetzt, komm in drei Stunden, ja?", drängt sie.
„Okay, bis später", sage ich und gehe wieder nach draußen, wo Luc auf mich wartet.
„Wer ist denn das?", fragt er neugierig.
„Eine alte Freundin. Komm, lass uns gehen", erkläre ich kurz angebunden und gehe los.
„Aber woher kennst du sie denn?", fragt er weiter.
„Das ist eine lange Geschichte. Komm jetzt", schnauze ich.
Ich mache mir Sorgen, da sie doch in ihrem Häuschen in Südengland sein sollte und nicht in irgendeinem Puff in Amsterdam.
„Was hat sie dir gesagt?", will er wissen.
„In drei Stunden hat sie Feierabend, dann werde ich sie hier abholen."
„Und was soll ich machen?"
„Du kommst natürlich mit. Sie ist echt nett."
„Okay. Und was machen wir jetzt die drei Stunden?", fragt Luc.
„Na, was wohl?"

Drei Stunden später stehen wir wieder vor dem Etablissement. Es herrscht reger Betrieb. Ständig gehen Männer ein und aus. Sue ist nicht mehr in ihrem Schaufenster, also warten wir. Ein paar Minuten später kommt sie mit einer Zigarette im Mund aus der Tür, sieht sich kurz um und winkt mir zu. Sie hat sich verändert. Sie sieht müde aus und wirkt ausgemergelt.

Außerdem trägt sie zu einem kurzen Rock ein langärmeliges Shirt und weniger Make-up als bei unserem ersten Treffen vor mehr als drei Jahren. Lächelnd kommt sie auf uns zu und umarmt mich, wie eine alte Liebe aus einem vergangenen Leben.
„Hey, mein Süßer, was machst du denn in Amsterdam?“, fragt sie aufgeregt.
„Nichts Besonderes“, antworte ich, „aber die Frage ist vielmehr, was machst du in Amsterdam?“
„Das frage ich mich auch. Wer ist dein Freund?“, will sie wissen.
„Das ist Luc“, stelle ich ihn kurz vor.
„Hi Luc, ich bin Sue“, sagt sie freundlich und hält ihm ihre Hand hin.
„Freut mich“, erwidert er.
„Wollen wir etwas trinken gehen? Ich kenne da ein nettes Café ganz in der Nähe“, sagt sie.
„Sehr gerne“, antworte ich.
„Ich werde euch lieber alleine lassen. Ihr habt sicher einiges zu besprechen“, sagt Luc.
„Bist du dir sicher? Du kannst gerne mitkommen.“
„Ist schon in Ordnung. Aber vergiss nicht, morgen um fünf Uhr holt uns der Syrer an der Centraal Station ab“, erinnert mich Luc und zwinkert mir zu.
„Alles klar, ich werde da sein“, versichere ich ihm.
„Komm, lass uns gehen. Ich bin durstig“, sagt Sue.
„Okay.“
Sie hängt sich bei mir ein und schweigend schlendern wir ein paar Minuten durch das Rotlichtviertel. An einer Straßenecke liegt das Café, neben einem der unzähligen Kanäle. Wir setzen uns auf einen Tisch vor dem Café. Sie bestellt Pims, wie in London, und ich trinke Bier. Erwartungsvoll sehe ich sie an.
„Also, was ist geschehen? Nach deinem Brief dachte ich, dass sich alles zum Guten gewendet hätte.“

„Hat es auch. Eine gewisse Zeit lang zumindest“, seufzt sie und bläst eine dünne Rauchwolke in die Abendluft.

Ich nippe an meinem Bier und drehe einen Joint.

„Ich habe dir doch geschrieben, dass ich mich als Autorin versuchen wollte“, fährt sie fort.

„Ja, hast du.“

„Ich habe also geschrieben. Ein Buch über mein Leben. Von meiner Kindheit bis zu der Zeit, in der ich für den Zuhälter gearbeitet habe. Quasi als Eigentherapie. Ich habe mir alles von der Seele geschrieben, und mit jedem Wort, das mein Gehirn verlassen und seinen Weg auf ein Stück Papier geschafft hat, habe ich mich besser gefühlt. Zwei Jahre lang habe ich geschrieben und die Ruhe und Abgeschiedenheit in dem kleinen Häuschen genossen. Und eines Tages war das Buch fertig. Ich habe es an mehrere Verlage geschickt und nach ein paar Wochen habe ich von einem eher unbekannten Londoner Verlag eine Antwort erhalten.“

„Und?“, frage ich gespannt.

„Sie wollten mich kennenlernen und mein Buch veröffentlichen. Anfangs war ich mir nicht sicher, ob ich das wollte, weil viele intime Details drinnenstanden, aber ich entschloss mich, es zu riskieren. Also bin ich nach London gefahren, habe mir ihr Angebot angehört und wir sind uns noch am selben Tag einig geworden.“

„Aha.“

„Das Buch verkaufte sich besser als erwartet und ich konnte ziemlich gut von den Einnahmen leben. Bis ...“, sie beißt sich auf die Unterlippe und zündet sich eine weitere Zigarette an.

„Bis was?“

„Bis ... bis der Zuhälter vor meiner Tür stand. Als ich die Tür öffnete, war ich starr vor Schreck. Er stieß die Tür auf und polterte in mein Haus. Er setzte sich an

meinen Esstisch, holte ein Messer aus seiner Tasche, klappte es auf und legte es vor sich auf den Tisch. Er sagte, ich solle mich zu ihm setzen. Ich tat, was er mir befahl. Er hatte von dem Buch gehört, es gelesen, sich in der Geschichte wiedererkannt und mich ausfindig gemacht. Er erpresste mich. Wenn ich ihn nicht beteiligen würde, wüsste ich, was passieren würde. Und das wusste ich nur zu gut. Also gab ich ihm Geld. Viel Geld. Ich war am Boden zerstört. Ich war nicht mehr sicher. Einige Wochen darauf kam er noch einmal und wollte mehr Geld. Ich musste das Haus verkaufen und er sagte, ich solle mich bloß nie wieder in London oder einer anderen Stadt in England blicken lassen, sonst würde er mich abstechen wie ein Schwein. Ich hatte Todesangst und wusste nicht weiter."
„Dieses Arschloch!", rief ich wütend.
„Ich musste also das Land verlassen. Ich hatte kein Geld mehr und wusste nicht, wo ich hin sollte."
„Und wie bist du dann nach Amsterdam gekommen?", frage ich.
„Nach einigen Tagen purer Verzweiflung ist mir eingefallen, dass eine alte Freundin von mir in Amsterdam lebt und eines der vielen Etablissements hier führt. Sie hat mich bei sich aufgenommen und mir einen Job gegeben. Sie hat mich gerettet."
„Aber wieder als Nutte arbeiten?", frage ich.
„Nicht als Nutte. Als lebendige Schaufensterpuppe", verbessert sie mich.
„Als Schaufensterpuppe?"
„Ja genau. Ich habe keinen direkten Kontakt zu Männern. Nur glotzen dürfen sie, nicht berühren."
„Okay." Mir fehlen die Worte.
„Ja, und so bin ich hier gelandet", sagt sie und ihr Blick schweift ab. Ich bin mir sicher, dass sie an ihr Häuschen in England denkt und sich wieder einmal

von Gott betrogen fühlt. „Aber was ist mit dir? Bist du noch mit deiner Freundin zusammen?"
„Nein. Nach meinem Englandaufenthalt waren wir noch fast eineinhalb Jahre ein Paar, aber letztes Silvester haben wir uns getrennt", erzähle ich.
„Das ist aber schade. Kriege ich einen Zug von dem Joint?"
„Sicher. Es ist halb so schlimm. Wir sind wieder Freunde und verstehen uns ausgezeichnet. Sie ist jetzt mit Luc zusammen."
„Wie mit Luc? Mit dem Luc, den ich vorher kennengelernt habe?", fragt sie verdutzt.
„Ja genau, dieser Luc", sage ich. „Aber sie haben gerade Probleme und ich bin in ein Mädchen verliebt, das einen Freund hat und mich nur ausgenützt hat. Also haben wir beschlossen, nach Amsterdam zu fahren, um über unsere Situation nachzudenken."
„Nachzudenken. In Amsterdam?", sagt sie ungläubig.
„Ja genau", sage ich und ziehe demonstrativ an dem Joint, den mir Sue wiedergegeben hat, nachdem sie ein paar Mal inhaliert hat.
„Wo wohnst du eigentlich?", frage ich.
„In einer kleinen Wohnung etwas außerhalb", erklärt sie.
„Darf ich sie sehen?", frage ich.
„Ich glaube nicht. Es ist auch besser, wenn ich jetzt gehe."
„Aber wieso denn? Habe ich etwas Falsches gesagt?", frage ich verwirrt.
„Nein. Aber es ist besser so", beharrt sie, legt etwas Geld auf den Tisch und geht, ohne sich umzudrehen.
„Irgendetwas stimmt hier nicht", denke ich mir. Sie war die ganze Zeit über nervös und unruhig. Ihre tiefen Augenringe und das langärmelige Shirt stimmen mich traurig. Ich bezahle und mache mich auf den

Weg in die Herberge. Luc ist schon da, wir rauchen noch einen Joint und gehen dann schlafen. Abermals plagen mich Albträume von Krankenschwestern, farblosen Räumen und Spritzen.

Am nächsten Tag treffen wir uns mit dem Syrer und fahren zurück zu Luc. Ich bleibe noch eine Nacht und fahre am Tag darauf nach Hause. Die ganze Zugfahrt über muss ich an Sue denken. Wer bestimmt eigentlich, wie unser Leben verläuft? Sind wir wirklich unseres eigenen Glückes Schmied, oder gibt es einen größeren Plan, dem wir sowieso nicht entkommen können? Sues Leben war geprägt von Verlust, Angst und Unglück. Alles Gute im Leben wurde ihr genommen, obwohl sie ein guter Mensch war. Wo ist da die Gerechtigkeit? Oder ist sie gar kein guter Mensch und ich täusche mich in ihr? Bin ich ein guter Mensch? Wo wird mich mein Leben hinführen?

Ein zweites Leben

Nach meiner Rückkehr aus Amsterdam plagen mich zunehmend Schattengespenster. Es ist immer derselbe Traum. Jedes Mal öffne ich meine Augen und finde mich in einem Krankenhauszimmer wieder. Alles ist schwarz-weiß. Jegliche Farben scheinen zu fehlen und irgendwie sind sie doch vorhanden. Es ist mehr ein Farbenfühlen als ein Farbensehen. Wenn ich dann schweißgebadet aufwache, weiß ich, dass ich nur geträumt habe, aber während des Traumes habe ich das Gefühl, wirklich in dem Krankenzimmer zu liegen.
Ich bin ständig müde und schlafe zunehmend auch untertags. Ich verliere den Rhythmus und habe immer öfter das Gefühl, in zwei Realitäten zu leben. Die Welten verschwimmen. Als würde man gelb und blau mischen und grün erhalten. In den Träumen scheint auch die Zeit stillzustehen. Ich verändere mich nicht. Weder äußerlich noch emotional. Ich bin immer achtzehn Jahre alt, gehe noch zur Schule und bin noch mit Toulouse zusammen. Manchmal sehe ich sie sogar in dem Krankenzimmer. Vielmehr spüre ich sie. Sie sitzt an meinem Bett, während ich schlafe. Verzweifelt versuche ich aufzuwachen, schaffe es aber nicht, den Kokon aus Schlaf abzulegen, um mit ihr zu sprechen.
Doch an einem Dienstag verändert sich alles.

Ich habe Mittagspause. Der Himmel sieht aus, als würde er die Welt auf schlechte Nachrichten vorbereiten. Grau mit blauen Flecken gesprenkelt, aber viel näher als normal. Scheinbar möchte er die Menschen erdrücken. Als ich das Callcenter verlasse, um mich mit meiner Tante auf einen Plausch in der Innenstadt zum Mittagessen zu treffen, ist mir schwindlig. Immer wieder habe ich Probleme, Distanzen abzuschätzen und meinen Blick zu fokussieren. Ich fahre mit dem O-Bus zum Hanuschplatz und steige dort aus. Durch eines der großen Fenster des Restaurants sehe ich meine Tante. Sie hat sich ein Bier bestellt und das Glas schon halb leer getrunken.
„Hallo Jerry, du siehst aber blass aus. Alles in Ordnung?“, fragt sie mich mit einem besorgten Gesichtsausdruck.
„Hallo, ich weiß nicht. Ich fühle mich schon seit ein paar Tagen nicht wohl. Vielleicht sind es aber auch nur die Nachwirkungen von Amsterdam“, mutmaße ich.
„Das kann natürlich sein“, erwidert sie mit einem Blick, als würde sie in ihre Jugend abschweifen, und bestellt bei einer jungen Kellnerin Spaghetti mit Olivenöl und Knoblauch. Ich nehme eine Pizza und ein Bier.
„Vielleicht regt das meinen Kreislauf an“, sage ich, als mir die Kellnerin das Bier hinstellt.
Nach dem Essen muss meine Tante wieder zur Arbeit. Ich habe noch etwas Zeit und beschließe, durch die Stadt zu flanieren. Gerade als ich mir eine Zigarette anzünden will, habe ich den Eindruck, als wolle mich der Himmel nun endgültig zerquetschen. Und nicht nur der Himmel. Die Häuserfluchten kommen auf mich zu, die Gesichter einzelner Passanten verwandeln sich im Vorbeigehen in fiese Fratzen und starren mich an. Ich bekomme Panik. Ich muss hier weg. Ich gehe,

vielmehr husche ich Richtung Salzach. Ich fühle mich beobachtet und belauscht. Alles hat Augen und Ohren. Ich bin nirgends in Sicherheit. Immer schneller werden meine Schritte, bis ich schließlich laufe, als wäre der Teufel persönlich hinter mir her. Erst als ich den Fluss überquert habe und eine leere Bank am Kai finde, die ihr Dasein beschützt unter einem knorrigen Kastanienbaum fristet, werden meine Schritte langsamer und ich setze mich. Das Wasser des Flusses steigt unerklärlicherweise und will mich mit sich fortreißen. Ich nehme meine Beine auf die Bank und schließlich setze ich mich auf die Lehne. Doch, auf meiner hölzernen Insel bin ich sicher. Nur kann ich hier nicht mehr weg. Ich weiß nicht, was mit mir passiert. Langsam kriecht wieder die Angst meine Wirbelsäule hoch, wie ein glitschiger Arm eines Riesenkalmars, der mich mit sich in die Tiefe ziehen will. In sein dunkles, nasses Versteck. Für immer gefangen. Ich weiß keinen Ausweg. Panisch rauche ich eine Zigarette nach der anderen. Es scheint, dass sich die bösen Geister von mir fern halten, solange eine Zigarette brennt. So wie sich Wölfe von einem Feuer fernhalten. Es darf nur nie ausgehen, sonst wird man mit Haut und Haaren verschlungen. Ich muss in einer Stunde wieder in der Arbeit sein. Da kann ich nie und nimmer hingehen. Nicht in diesem Zustand. Was soll ich bloß machen? Dizzy, ich muss Dizzy anrufen. Ich nehme mein Telefon und wähle. Es läutet. Das Geräusch bohrt sich in mein Gehirn wie eine heiße Nadel.

„Hallo“, murmelt Dizzy mit verschlafener Stimme.

„Dizzy! Scheiße Alter, du musst mich abholen, bitte!“ Ich bin außer mir.

„Jerry, bist du das ...?“, fragt Dizzy.

„Ja Alter, bitte komm mich holen, schnell!“

„Immer mit der Ruhe, was ist denn passiert?“

„Keine Zeit, hol mich ab, schnell!"
„Okay, okay, wo bist du denn?"
„Ich weiß nicht genau, irgendwo an der Salzach. Alles verschiebt sich immer wieder."
„Was? Scheiße, bleib wo du bist, ich komme", sagt Dizzy, der gemerkt hat, dass ich nicht nur zu faul bin, um mit dem Bus nach Hause zu fahren.
„Dizzy, Dizzy, warte!"
„Was ist denn?"
„Du musst in der Arbeit anrufen und dir irgendeine Ausrede einfallen lassen. Ich kann da jetzt nicht hingehen. Auf keinen Fall!"
„Okay, ich lass mir etwas einfallen. Bleib wo du bist, ich finde dich schon."
„Okay, danke Alter. Mach schnell", flehe ich und lege auf. Beinahe hätte ich vergessen, eine neue Zigarette anzuzünden. Wie dumm bin ich nur. Ich warte. Die Wellen schlagen gierig an mein Floß und immer wieder taucht einer der ekelhaften Tentakel des Kalmars auf. Mittlerweile habe ich eine halbe Packung Zigaretten geraucht. Nichts tut sich. Eine verdächtige Stille hat sich um mich herum ausgebreitet. Die Kapuze meines Pullovers tief ins Gesicht gezogen, sitze ich auf meiner Insel und warte. Plötzlich wird die Stille von einem dröhnenden Geräusch durchbrochen. Erschrocken drehe ich mich um und erkenne den roten R4 der Kobalts. Wie gebannt starre ich auf das Auto. Dizzy hupt und winkt mir zu. Zögerlich steige ich von der Bank. Ich habe Angst in den Fluten zu ertrinken, aber der Boden unter meinen Füßen ist fest. Fester Asphalt. Geduckt, als würde ich von einem Schützengraben in den nächsten hechten, laufe ich zum Wagen und steige hinten ein. Toulouse und Janica sind auch im Auto.
„Scheiße, bin ich froh, euch zu sehen", japse ich erleichtert. Mit einem Mal lichten sich die Wolken, das

Wasser zieht sich zurück und ich kann wieder frei atmen.
„Was ist denn bloß passiert?", fragt Toulouse besorgt. Sie sitzt auf der Rückbank und sieht mich fragend an.
„Keine Ahnung. Plötzlich habe ich Panik bekommen und dann war es, als hätte es alles und jeder auf mich abgesehen", sprudelt es aus mir heraus.
„Hast du irgendwas genommen?", will Dizzy wissen.
„Nein, natürlich nicht. Ich habe gerade mal ein Bier zum Mittagessen getrunken", erkläre ich.
„Das ist doch verrückt. Du solltest wirklich deinen Drogenkonsum etwas einschränken", rügt mich Toulouse, als wäre sie meine Mutter.
„Ich sage doch, dass ich nichts genommen habe", verteidige ich mich.
„Kann schon sein. Vielleicht nicht jetzt, aber..."
„Ja, ich weiß. Bitte lasst uns fahren, okay", bettle ich.
„Schon gut. Wir fahren jetzt erst einmal zu uns. Da kannst du dich etwas ausruhen", sagt Dizzy, legt den Gang ein und fährt los.
Ich lehne meinen Kopf an die Schulter von Toulouse und schließe die Augen.

Ich erwache in dem Krankenzimmer. Doch dieses Mal ist etwas anders. Ich fühle mich, als wäre ich nach einem tagelangen Tiefschlaf aufgewacht. Meine Augenlider sind bleiern und meine Gliedmaßen verweigern anfänglich ihren Dienst. Ich bin alleine in dem Zimmer und doch habe ich das Gefühl, eine Stimme zu hören. Wie ein Luchs spitze ich die Ohren und versuche den Ursprung der Stimme zu orten. Sie scheint unendlich weit entfernt zu sein. Nach einer Weile stelle ich fest, dass es Dizzys Stimme ist, die da nach mir ruft. Ich setze mich langsam auf und versuche ihn zu lokalisieren, aber außer mir ist niemand in dem Raum.

Der Raum. Schlagartig wird mir bewusst, was an diesem Tag anders ist. Farben. Es sind die Farben. Noch nie war der Traum koloriert. Es ist, als würde ich das erste Mal in Farbe fernsehen. Der Raum ist zwar noch immer von Weiß- und Grautönen dominiert, aber hier und da blitzt ein gelbes Handtuch, eine blau-grün gepunktete Tasse oder ein farbenfrohes Bild auf. Und die Welt vor dem Fenster erstrahlt in allerlei Farben. Die Bäume haben sogar Blätter. Verfärbte Blätter, wie im Herbst.
Verwirrt sehe ich mich um. Ich war doch gerade noch mit Toulouse, Dizzy und Janica im Auto. Wie bin ich bloß hierhergekommen? Die Tür des Zimmers öffnet sich langsam und Toulouse steckt ihren Kopf herein. Sie kommt an mein Bett und sieht mich traurig an.
„Bin ich froh, dich zu sehen“, flüstere ich. „Wo sind denn Dizzy und Janica?“, frage ich sie neugierig. Ich bin überrascht, meine Stimme zu hören. Es scheint mir, als würde ich das erste Mal mit ihr sprechen können. Als wäre der Kokon endlich zerbrochen. Ich habe mich von der Puppe zum Schmetterling entwickelt.
„Wer ist denn Janica? Und Dizzy ist gar nicht da“, antwortet sie und sieht mich fragend an.
„Ähh ... Dizzys Freundin natürlich“.
„Dizzy hat doch keine Freundin mehr. Er hat erst vor ein paar Wochen mit Pixi Schluss gemacht“, erklärt Toulouse. „Das weißt du doch.“
„Was? Das ist doch schon ewig her.“
„Wie meinst du das?“, fragt Toulouse.
„Wenn ich mich richtig erinnere, ist das jetzt schon fast ein Jahr her“, versuche ich mich zu entsinnen.
„Wie kommst du denn darauf?“ Sie sieht mich skeptisch an.
Ich weiß nicht, was ich denken soll. Toulouse kommt näher, sieht mich forschend an und küsst mich innig auf die Lippen.

„Was machst du denn da?", frage ich sie erbost. „Ich dachte, das hätten wir hinter uns!"
„Wie meinst du das?"
„Erinnerst du dich nicht mehr an unser Abkommen? Wir wollten doch nie wieder miteinander schlafen, nach der peinlichen Vorstellung damals."
„Was redest du denn da? Weißt du was, ich hole jetzt den Arzt. Ich bin gleich wieder da!"
„Okay." Ich bin verwirrt. Was ist geschehen? Wieder höre ich Dizzys Stimme. Verzerrt und undeutlich, als würde er in einem anderen Raum stehen und nach mir rufen.
Nach einer Weile kommt Toulouse, gefolgt von einem Arzt und einer Krankenschwester, zurück. Ich kenne den Arzt.
„Guten Tag, Herr Zimmermann. Schön, Sie wieder unter den Lebenden zu sehen", freut sich der Arzt.
„Wie meinen Sie das?", frage ich.
„Wissen Sie, wo Sie sind?"
„Nein, aber wie es scheint, in einem Krankenhaus. Was geht denn hier vor?", frage ich und merke, wie ich zu schwitzen beginne. Wieder Dizzys Stimme. Sie kommt immer näher, wird immer deutlicher.
„Was ist heute für ein Tag und welches Jahr haben wir?", fragt der Arzt.
„Was ist denn das für eine Frage?", blaffe ich und sehe zu Toulouse. Sie bleibt stumm, gibt mir aber zu verstehen, dass ich die Frage beantworten soll.
„Mit dem Tag bin ich mir nicht ganz sicher. Aber sicher ein Wochentag. Ja genau, und wir haben das Jahr 2001", stelle ich selbstbewusst fest.
„Herr Zimmermann, das ist jetzt wahrscheinlich etwas eigenartig für Sie, aber ich glaube, ich muss Ihnen da etwas erklären", runzelt der Arzt die Stirn und setzt sich an mein Bett.

„Was ist das letzte, an das Sie sich erinnern können?", fragt mich der Arzt.
„Hmmm ...", ich beschließe, das Spiel mitzuspielen. „Ich hatte gearbeitet und mich dann mit meiner Tante zum Mittagessen getroffen. Dann hatte ich eine Art Panikattacke und habe Dizzy angerufen. Er hat mich gemeinsam mit Toulouse und Janica abgeholt. Dann bin ich im Auto eingeschlafen. Und jetzt bin ich hier aufgewacht."

Dieses Mal ist der Traum so realistisch, als fänden die Gespräche wirklich statt.

Ich sehe, wie sich Toulouse und der Arzt erschütterte Blicke zuwerfen und den Kopf schütteln.
„Was ist denn los?", frage ich wieder. „Was ist mit mir?"
„Herr Zimmermann. Sie sind seit fast drei Wochen bei uns in der Klinik. Es ist Oktober 2000. Sie haben eine massive Psychose, wahrscheinlich ausgelöst durch eine Überdosis Pilze oder sogenannte Magic Mushrooms, erlitten. Heute ist der erste Tag, an dem Sie richtig wach und ansprechbar sind", erklärt der Arzt.
Ich sehe zu Toulouse. Sie nickt und eine dicke Träne läuft über ihre Wange.
„Wie bitte? Das kann nicht sein. Toulouse – wir sind seit über einem halben Jahr getrennt. Ich bin mit der Schule fertig. Ich war in Ibiza und Amsterdam. Sie spinnen doch!", schreie ich.
„Es stimmt, Jerry", plichtet Toulouse dem Arzt bei. „Kannst du dich noch an den Abend in der Szene erinnern? Du hast doch Pilze genommen und warst mit Dizzy und Noah unterwegs."
„Ja sicher. Das war die schlimmste Nacht meines Lebens, aber das ist schon lange her. Mir geht es wieder gut. Ich bin nach dieser Nacht nach Hause gekommen und habe mich bei meiner Mutter ausgeweint."

Auf das Stichwort kommt meine Mutter bei der Tür herein und fällt mir um den Hals.
„Endlich, endlich“, ist alles, was sie schluchzend hervorbringt.
„Hi Mum“, sage ich und drücke sie, so fest ich es in meinem Zustand vermag.
„Endlich bist du wieder da!“, schluchzt sie mit erstickter Stimme.
„Ja, aber ich war doch die ganze Zeit da“.
Sie sieht mich traurig an. Dann sieht sie zu dem Arzt und fragt: „Darf ich?“
„Bitte“, erlaubt der Arzt.
„Was ist geschehen, Mum? Ich bin nach dem Horrortrip doch zu dir gekommen und habe dir alles erzählt. Weißt du das nicht mehr?“, frage ich.
„Das hast du dir nur eingebildet, mein Schatz. Dizzy hat mich vollkommen aufgelöst angerufen und gesagt, dass mit dir etwas nicht stimmt. Ich bin sofort in die Stadt gefahren, um dich zu holen, aber als ich dich sah, wusste ich, dass wir die Rettung rufen mussten.“ Sie hat Tränen in den Augen.
„Was war denn mit mir?“, frage ich angsterfüllt.
„Du hast am Boden gelegen, deine Augen haben gezuckt und du hast nur wirres Zeug von dir gegeben. Wir konnten dich einfach nicht aufwecken. Es war, als wärst du in einem Albtraum gefangen. Es war schrecklich.“
„Und dann?“
„Der Krankenwagen hat dich hierher gebracht und seitdem bist du hier. Das ist jetzt genau neunzehn Tage her“. Tränen kullern über ihr Gesicht.
„Aber, alles was ich erlebt habe. Das soll alles nur in meinem Kopf passiert sein? Das glaube ich nicht. Sagt mir sofort die Wahrheit!“, schreie ich.
„Das ist die Wahrheit, mein Schatz“, sagt meine Mutter.

„Du meinst ... die Schule? Die anderen Frauen? Die Maturareise? Alles nicht passiert?“
„Nein, nichts davon“, sagt sie.
Ich blicke zu Toulouse. „Und wir sind noch zusammen?“
Sie nickt.
„Herr Zimmermann, Sie haben einen steinigen Weg vor sich. Wir werden Sie jetzt in eine spezielle Klinik verlegen, bis Sie wieder vollständig genesen sind“, klärt mich der Arzt auf.
„Was? Nein. Mir geht es doch gut!“, japse ich verzweifelt. Wieder höre ich Dizzys Stimme und so etwas wie Musik. Es scheint sogar, als würde eine unsichtbare Kraft an mir zerren und rütteln.
„Wir haben keine andere Wahl. Sie haben die letzten Wochen starke Medikamente bekommen und es kann jederzeit sein, dass Sie einen Rückfall erleiden.“
„Nein, nein, das kann nicht sein. Bitte!“, flehe ich. Mir wird schwindlig und der Raum beginnt sich zu verändern. Die Farben verblassen. Sie scheinen von den Wänden, Gegenständen und Personen im Raum herunterzufließen, als würde man sie mit Wasser abwaschen. Ich höre ein Rauschen in meinem Kopf. Meine Mutter, der Arzt und Toulouse werden zweidimensional. Kurz bevor sich meine Augen schließen, ist alles nur mehr schwarz-weiß.

Im nächsten Moment begann mein ganzer Körper zu kribbeln, als würden hunderte von Ameisen auf mir Walzer tanzen. Es war, als wäre mein gesamter Körper eingeschlafen gewesen und würde nun erwachen wie ein Wesen, das durch einen Fluch versteinert worden war. Ich vernahm einen stampfenden Rhythmus. Musik. Richtige Musik drang über meine Ohren in mein Gehirn ein und befreite meinen Geist von einer dicken Dreckschicht. Wie ein Blinder, der durch ein

Wunder wieder sehen konnte, versuchte ich meine Augen zu öffnen, aber eine unsichtbare Macht schien mich davon abhalten zu wollen. Bunte Lichter blendeten mich, als hätten mich Terroristen auf gleißenden Wüstenboden gebunden und mir die Augenlider mit Klebeband an die Stirn geklebt, wodurch sich die gnadenlose Sonne unbarmherzig in meine Augäpfel brennen konnte. Plötzlich war die Stimme, die ich immer wieder in meinem Kopf gehört hatte, wieder da. Es war aber nicht Dizzys Stimme. Es war die Stimme der tausend Zungen.

„Lass mich nicht allein", raunte die Stimme.

„Wer bist du?", fragte ich verwirrt.

„Das weißt du doch!", krächzte die Stimme ärgerlich. Ich war mir sicher, dass ich den Ursprung der Stimme kannte. Als wären wir uns in einem früheren Leben bereits begegnet. Ebenso wusste ich, dass mich der Klang der Stimme bisher immer bis ins Mark erschüttert und zu Tode geängstigt hatte. Doch komischer Weise hatte sie ihre ganze Bedrohlichkeit, ihre Grausamkeit und vor allem ihre Doppelzüngigkeit verloren. Es war nur mehr eine Stimme, die allen Ausdruck eingebüßt hatte. Eine leere Hülle ohne Macht. Mir wuchsen Hände, starke, mutige Hände, welche die Stimme packten und sie gegen eine imaginäre Wand pressten. Nun konnte ich die Angst, die Panik der Stimme riechen. Ich hatte den Spieß umgedreht und zischte: „Ich will, dass du ein für alle Mal verschwindest und mich in Ruhe lässt, hast du verstanden! Nie wieder will ich auch nur den Hauch eines Wortes von dir hören!"

Bruchteile einer Sekunde geschah nichts und dann sog meine Lunge Luft ein, als würde sie das allererste Mal frischen Sauerstoff atmen. Ich wollte mich bewegen, als ich bemerkte, dass etwas an mir rüttelte. Ich dachte schon, die Stimme hätte immer noch nicht aufgegeben,

doch dem Rütteln folgten Stimmen, die ich kannte. Es waren die Stimmen meiner Freunde. Langsam konnte ich jetzt meine Augen öffnen und wie durch einen Schleier aus bunten Farben machte ich zwei bekannte Gesichter aus. Wie einen Fötus, der von einer urgewaltigen Kraft durch den Geburtskanal gezogen wird, schleuderte es mich zurück in die Realität.
Quälend langsam kam ich zu mir. Ich sah mich verwirrt um, erkannte Stühle, Tische, bunte Scheinwerfer an der Decke, Menschen und eine Bar mit einem leuchtenden Schriftzug an der hinteren Wand. Ich war in der Szene. Ich war zurück von einer vermeintlichen Reise ohne Wiederkehr.
Plötzlich wurde ich einer Hand auf meiner Schulter gewahr. Sie rüttelte sanft, aber energisch an mir. Ich blickte auf und erkannte Dizzy.
„Endlich Alter, ich dachte schon, du kommst gar nicht mehr zurück", jubelte er.
Ich sah ihn an und fand mich in einer Umarmung wieder. Kurz war ich wie gelähmt, aber von einer Sekunde auf die andere war ich wieder Herr über meinen Körper und klammerte meine Arme so fest um Dizzy, als hätte ich noch nie jemanden umarmt.
Obwohl mir mein Leben in diesem Moment wie ein riesiger Trümmerhaufen erschien, hatte ich keine Angst – machte mir keine Sorgen.
Der Geburtskanal schloss sich und ich wurde ein zweites Mal ins Leben gespuckt.

Aerosmith: Pump – What it takes; © 1989 The David Geffen Company, an MCA Company, Distributed by BMG
Alice in Chains: Dirt – Down in a hole; © 1992 Sony Musik Entertainment Inc., Distribution Sony Music
Beasty Boys: Ill Communication – Sabotage; © 1994 Capitol (Universal) Records
Creed: My own prison – One; © 1999 Wind-up Entertainment Inc., Distribution Sony Music
Creed: Human Clay – With arms wide open; © 2000 Wind-up Entertainment Inc., Distribution Sony Music
Dire Straits: Making movies – Tunnel of love; © 1996 Mercury Records Ltd (London)
Grateful Dead: Shakedown Street – Fire on the mountain; © 1978 Arista USA (Sony Music)
Guano Apes: Proud like a god – Open your eyes, Lords of the boards; © Supersonic Records, a division of GUN Records, Distributed by the local BMG company
Guns n´ Roses: Appetite for Destruction – Mr. Brownstone; © 1987 The David Geffen Company, an MCA Company
Guns n´ Roses: Use your Illusion II – You could be mine; © 1991 The David Geffen Company, an MCA Company
Ice Cube: War & Peace Vol.1 (The war disc) – Ask about me; © 1998 Best side. LLC, Priority Records
Iggy Pop: Lust for life – Passenger © 1977 Virgin Records (Universal)
Sepultura: Roots – Ratamahata; © 1996 Roadrunner Records, The all blacks B.V.
Soundgarden: Superunknown – Black hole sun; © 1994 A&M Records Inc. P.O.Box 118, Hollywood, CA 90078

Andreas Schober

wurde 1982 in Salzburg geboren. Nach der Matura begann er 2001 das Studium der Geologie in Salzburg. 2002 zog er nach Graz, wo er im Jahr 2007 an der Technischen Universität graduierte. Danach kehrte er nach Salzburg zurück.
Seit 2008 arbeitet er als Geologe in einem Ingenieurbüro. Er lebt mit seiner Familie in Wals bei Salzburg.

Andreas Schober
Ein zweites Leben
Roman

Lektorat: Karin Buttenhauser
Gestaltung: Volker Toth
Titelbild: Horst Prem
Druck: Theiss, St. Stefan

ISBN 978-3-902932-08-2

www.edition-tandem.at

Gefördert von:
Bundesministerium für Unterricht, Kunst und Kultur,
Stadt und Land Salzburg